上海交大 · 全球人文学术前沿丛书

王　宁 / 总主编　　祁志祥 / 执行主编

中国古代散文探奥

杨庆存学术历程文选

杨庆存　著

商务印书馆（上海）有限公司 出品
The Commercial Press (Shanghai) Co. Ltd.

　　杨庆存，中国古代文学博士，上海交通大学讲席教授，新人文学院（2015）首任院长，博士生导师。山东平邑人，先后就读于曲阜师范大学、山东大学、复旦大学。1993年师从王水照先生，1996年获博士学位后，任职国家哲学社会科学规划办公室。2015年受聘上海交通大学。曾任中国社会科学院研究员、清华大学教授、北京师范大学博导等。在《中国社会科学》（中文、英文版）、《文学评论》、《文学遗产》等期刊发表论文150多篇；在中华书局、人民出版社、人民文学出版社、商务印书馆、中国社会科学出版社等，出版个人专著《宋代散文研究》《黄庭坚与宋代文化》《传承与创新》《中国古代文学研究》《中国文化论稿》《社会科学论稿》《神话九章》等，合作专著《宋代文学史》（上下）、《宋代文学通论》、《中国古代文学通论》等，共38种。主持或参与国家及省部级各类课题12项。获教育部第七届高校科学研究优秀成果一等奖、山东省第七次社会科学优秀成果二等奖、上海市第十四届哲学社会科学优秀成果二等奖等。获评上海交大名师、"凯原十佳"教师、"最受欢迎教师"。现任中国宋代文学会常务理事、世界汉学学会副会长、中国古代散文学会理事、中国唐代文学会理事、国家社科基金评审专家、《光明日报·文学遗产》编委。获评"2022中国大学高贡献学者""2022上海市大学高贡献学者"。

总序

经过各位作者和编辑人员的努力和在疫情期间的细心打磨,这套"上海交大·全球人文学术前沿丛书"很快就要问世了,我作为这套丛书的总策划和上海交通大学人文学院院长,应出版社要求特写下这些文字,权且充作本丛书的总序。

读者也许已经注意到这套丛书题目中的两个关键词:上海交大、全球人文。这正好涉及这套丛书的两个方面:学术机构的支撑和学术理论的建构。这实际上也正是我在下面将要加以阐释的。我想还是从第二个方面谈起。

"全球人文"(global humanities)是近几年来我在国内外学界提出和建构并且频繁使用的一个理论概念,它也涉及两个关键词:"全球(化)"和"人文(学科)"。众所周知,全球化的概念进入中国可以追溯到20世纪90年代,我作为中国语境下这一课题的主要研究者之一对于全球化与中国文化和人文学科的关系也做了极大的推进。全球化这个概念开始时主要用于经济和金融领域,很少有人将其延伸到文化和人文学科。我至今还记得,1998年8月18—20日,时任北京语言大学比较文学研究所所长的我,联合了美国杜克大学、澳大利亚墨朵大学以及中国社会科学院共同在北京举行了"全球化与人文科学的未来"国际研讨会,那应该是在中国举行的首次从人文学科的角度探讨全球化问题的一次国际盛会。出席会议并做主旨发言的中外学者除了我本人外，还有时任美国杜克大学历史系教授、全球化研究的主要学者之一德里克，欧洲科学院院士、国际比较文学协会名誉主席佛克马，中国科学院哲学社会科学学部委员、北京大学教授季羡林，中国社会科学院外国文学研究所所长吴元迈。会议的各位发言人对于全球化用于描述经济上出现的一体化现象并无非议，而对于其用于文化和人文学科则产生了较大的争议，甚至有人认为提出文化全球化这个命题在某种程度上就是为文化的西方化或美国化而推波助澜。但我依然在发言中认为，我们完全可以将文化全球化视作一个共同的平台，既然西方文化可以借此平台进入中国，我们也完全可以借此将中国文化推介到全世界。那时我刚开始在头脑中萌生全球人文这个构想，并没有形成一个理论概念。在后来的二十多年里，全球化问题的研究在国内外方兴未艾，这方面的著述日益增多。我也有幸参加了由英美学者罗伯逊和肖尔特主编的劳特里奇《全球化百科全书》的编辑工作，恰好我的任务就是负责人文学科的词条组织和审稿，从而我对全球化与人文学科的密切关系有了新的认识。特别是近十多年来中国文化以及中国的人文学术加速了国际化的进程，我便在一些国际场合率先提出"全球人文"这一理论构想。当然，我在全球化的语境下提出"全球人文"的概念，主要是基于以下几方面的考虑。

　　首先，在全球化的进程日益加快的今天，人文学科已经不同程度地受到了影响和波及，在文学界，世界文学这个话题重新焕发出新的活力，并成为 21 世纪比较文学学者的一个前沿理论话题。在语言学界，针对全球化对全球英语之形成所产生的影响，我本人提出的复数的"全球汉语"（global Chineses）之概念也已初步成形，而且我还指出，在全球化的时代，世界语言体系将得到重新建构，汉语将成为仅次于英语的世界第二大语言。在哲学界，一些有着探讨普世问题并试图建立新的研究范式的抱负的哲学家也效法文学研究者，提出了"世界哲学"（world philosophy）这个话题，并力主中国哲学应在建立这一学科的过程中发挥奠基性作用。而在一向被认为是最为传统的史学界，则早有学者在世界体系分析和全球通史的编撰等领域内做出了卓越的贡献。因此，我认为，我们今天提出"全球人文"这个概念是非常及时的，而且文史哲等人文学科的学者们也确实就这个话题有话可说，并能在这个层面上进行卓有成效的对话。面对近年来美国的特朗普和拜登两届政府高举起反全球化和逆全球化的大旗，我认为中国应该理直气壮地承担起新一波全球化的领军角色。在这方面，中国的人文学者也应该大有作为。

其次，既然"全球人文"这个概念的提出具有一定的合法性，那么人们不禁要问，它的研究对象是什么？难道它是世界各国文史哲等学科简单的相加吗？我认为并非如此简单。就好比世界文学绝非各民族文学的简单相加那样，它必定有一个评价和选取的标准。全球人文也是如此。它所要探讨的主要是一些具有普遍意义的话题，诸如全球文化（global culture）、全球现代性（global modernity）、超民族主义（transnationalism）、世界主义（cosmopolitanism）、全球生态文明（global eco-civilization）、世界图像（world picture）、世界语言体系（world language system）、世界哲学、世界宗教（world religion）、世界艺术（world art）等。总之，从全球的视野来探讨一些具有普适意义的理论课题应该就是全球人文的主旨；也即作为中国的人文学者，我们不仅要对中国的问题发言，同时也应对全世界、全人类普遍存在并备受关注的问题发出自己的声音。这就是我们中国人文学者的抱负和使命。可以说，本丛书的策划和编辑就是基于这一目的。

当然，任何一个理念概念的提出和建构都需要有几十部专著和上百篇论文来支撑，并且需要有组织地编辑出版这些著作。因而这个历史的重任就落到了上海交通大学人文学院各位教授的肩上。当然，对于上海交通大学在自然科学和工程技术领域的领军角色和影响力，国内外学界早已有了公认的评价。而对于其人文学科的成就和广泛影响则知道的人不多。我在这里不妨做一简略的介绍。实际上，上海交通大学历来注重人文教育。早在1908年，学校便开设国文科，时任校长唐文治先生亲自主讲国文课，其独创的吟诵诗文之唐调已成为宝贵的文化遗产。在这所蜚声海内外的学府,先后有辜鸿铭、蔡元培、张元济、傅雷、李叔同、黄炎培、邵力子等人文学术大师在此任教或求学。这里也走出了江泽民、陆定一、丁关根等中国共产党的领导人或高级干部。因此我们说这所大学具有深厚的人文底蕴并不算夸张。

新中国成立后,上海交通大学曾一度成为一所以理工科为主的高校,在改革开放的年代里,学校意识到了重建人文学科的重要性和必要性。经过多次调整与改革,学校于 1985 年新建社会科学及工程系和文学艺术系,在此基础上于 1997 年成立了人文社会科学学院。2003 年,以文、史、哲、艺为主干学科的人文学院宣告成立,上海交通大学基础文科由此进入新的发展时期,并在近十多年里取得了跨越式的发展。其后,又有两次调整使得人文学院的学科布局和学术实力更加完整:2015 年 5 月 12 日,人文学院与国际教育学院合并为新的人文学院,开启了学院发展的新篇章;2019 年,学校决定将有着国际化特色的高端智库人文艺术研究院并入人文学院,从而更加增添了学院的国际化人文色彩。

21 世纪伊始,学校发力建设世界一流大学,在弘扬"人文与理工并重""文理工相辅相成"优秀学统的同时,强化人文学科建设,落实国家"人才兴国""文化强国"和"建设创新型国家"的战略目标。经过近二十年的建设,人文学院现已具备了从大学本科到博士研究生的完整的培养体系,并设有中国语言文学一级学科博士后流动站。学院肩负历史重任,成为学校"双一流"学科建设的重点。

人文学院以传承中华文化为核心,围绕"造就人才、大处着笔"的理念,将国家意志融入科研教学。人为本、学为根,延揽一流师资,培养一流人才,以学术促教学;和为魂、绩为体,营造和谐,团队协作,重成绩,重贡献;制度兴院,创新强院,规范有序,严格纪律,激励创新,对接世界。人文学院将从世界竞争、国家发展、时代要求、学校争创一流的大背景、大格局中不断求发展,努力成为人文学术和文化的传承创新者,一流人文素质教育和国际学生教育的先行者，学科基础厚实、学术人才聚集、人文氛围浓郁的学术重镇，建设"特色鲜明、品质高端、贡献显著、国际知名"的人文学院。

人文学院下设中文系、历史系、哲学系、汉语国际教育中心、艺术教育中心，国家大学生文化素质教育基地挂靠学院。世界反法西斯战争研究中心、中华创世神话研究基地作为省部级学术平台，人文艺术研究院、战争审判与世界和平研究院、神话学研究院、欧洲文化高等研究院、上海交通大学—鲁汶大学"欧洲文化研究中心"和东京审判研究中心等作为校级学术平台，挂靠人文学院管理。学科布局涵盖中国语言文学、中国历史、哲学、艺术等四个一级学科。可以说，今天的人文学科已经萃集了一大批享誉国内外的院士、长江学者、文科资深教授和讲席／特聘教授。为了集中体现我院教授的代表性科研成果，我们组织编辑了这套全球人文学术前沿丛书，其目的就是要做到以全球的视野和比较的方法研究中国的问题，反过来又从中国的人文现象出发对全球性的学术前沿课题做出中国人文学者的贡献。我想这就是我们编辑这套丛书的初衷。至于我们的目标是否得以实现，还有待于国内外同行专家学者的评判。

本丛书第一辑出版五位学者的文集。分别是王宁教授的《全球人文视野下的中外文论研究》、杨庆存教授的《中国古代散文探奥》、陈嘉明教授的《哲学、现代性与知识论》、张中良教授的《中国现代文学的历史还原和视域拓展》和祁志祥教授的《中国美学的史论建构及思想史转向》。通过它们，读者可以了解这五位学者的学术历程、标志性成果、基本主张及主要贡献。欢迎学界批评指正。

是为序。

王　宁

2022年5月于上海

— 目录 —

自序：我的学术之路　1

第一章　散文发生与散文概念新考

第一节　中国古代文学史的散文认知怪圈与学术疑惑　11
一、文学史研究中的散文认知怪圈　11
二、散文文体始源形态考索　15

第二节　"散文"概念内涵的扑朔迷离与出处的似是实非　17
一、世界各国"散文"概念内涵辨析　18
二、中国文献典籍中的"散文"溯源　20
三、12世纪"散文"概念的流行　23

第二章　古代散文的研究范围与音乐标界的分野模式

第一节　散文范畴与文本确定之讨论　33
一、20世纪60年代的散文大讨论　33
二、基本原则与理论"务虚"特征　35

第二节　学人对赋与骈文的直观认识　36
一、赋与骈文体性认知的见仁见智　37
二、基本原则与理论"务能"特征　37

第三节　诗、文的原生属性与音乐标界的分野模式　38
一、诗文"体制辞语"与本质区分依据　39
二、音乐艺术与文学艺术的密切关联　43

第四节　骈文属性　45
一、骈文的产生与特征　45
二、骈文诵读而不歌唱　46

第五节　赋之归隶　47

一、"文学袋鼠"与赋性体认　47

二、"古诗之流"与"不歌而颂"　49

三、"赋自诗出"与"脱乐入文"　53

第三章　古代散文经典与儒学思想精髓

第一节　中国经学的守正创新与人文精神　59

一、"诂经之说"与"学凡六变"　60

二、"经学发轫"与"经典定型"　64

三、文化集成与族群智慧　67

四、"有根、有用、有效"　69

五、经学传承与开拓创新　73

第二节　孔子"和"文化思想及现代启示　76

一、孔子时代的社会危机与"和"之重大价值的发现　77

二、孔子"和"文化思想体系的理论架构　78

三、倡"仁"以达"和"　79

四、崇"礼"以致"和"　81

五、"中庸"以成"和"　83

六、孔子"和"文化思想的人文基础　85

第三节　华夏民族理想人格的基石
　　　　——孔子仁学整体系统的重新审视　88

一、"仁"的客观准则——克己复礼　89

二、"仁"的基本精神——爱人　90

三、"仁"的心理基础——孝　93

四、"仁"的实践原则——中庸之道　97

五、言行关系　101

六、历史价值和现实意义　102

第四节　华夏文明的构建与古代政治的经纬
　　　　——孔子礼学思想体系的重新审视　104
一、社会文明的外化与时代内涵的更新：礼的性质　105
二、政治等级的经纬与整体秩序的稳定：礼的社会宏观效应　108
三、社会个体成员的文明规范：礼的自我约束机制　112
四、正义准绳与公理裁决：礼的社会调节功能　115
五、"以礼让为国"的历史得失　118

第四章　先秦散文体裁样式的开拓

第一节　《尚书·尧典》"黎民于变时雍"与中国农耕文明
　　　　——兼论经典训释变化与社会时代诉求转变之关系　127
一、"雍"训为"和"与文脉断裂　128
二、"雍"字本义追寻与衍生诸义考绎　132
三、"雍"字训释的语境规定与内涵的诠释选择　136
四、"雍"训为"蔽"的事理契合与原始朴素的历法科技　141
五、"于变时雍"的时令本义与"雍和"内涵的社会认知　146
六、"雍""庸"通用与"和"义嫁接　151
七、"黎民于变时雍"与中国上古农耕文明　154

第二节　《论语》的语言艺术　157
一、洗练质朴，流畅自然　157
二、生动形象，饶有趣味　159
三、富有哲理，含意深邃　160

第三节　《中国历代文选》与散文民族特色　162

第五章　宋代散文的繁荣兴盛与文化底蕴

第一节　中国古代散文的演进与分期　169
一、学人对前代散文发展轨辙的宏观审视与阶段厘分　169
二、古代散文的演化分期与特征简述　172

三、宋代散文的历史定位　179

第二节　作家投入与作品产出：数量统计及其图表显示　181

一、作家群体庞大与作品数量宏富　181

二、唐宋八大家散文创作数量对比　183

第三节　运行机制：多元并存与整合驱动　186

一、语体散文与正脉衍传　187

二、骈、散并行与相互抗争　188

第四节　发展模式：群体式创作与流派型衍传　191

一、文化自觉与审美趣尚　191

二、文学思潮与创作流派　192

第五节　社会环境：崇文意识与文化氛围　193

一、人文精神命脉与国家意识形态　194

二、文学思潮与创作流派　197

第六节　创作主体透视：知识结构与群体意识　199

一、集学术、文章、吏事于一身　199

二、"以天下为己任"与开宗创派　201

第六章　宋代散文体裁样式的开拓与创新

第一节　"记"体散文的勃兴与新领域的开拓　207

一、"记"体散文的勃兴与新领域的开拓　207

二、亭轩台阁记的由"物"到"人"　208

三、山水游记的自然审美与议论说理　210

四、书画记的重心转移与写意抒情　211

五、学记与藏书记的空前创造　212

第二节　书序的美学变化与长足发展　213

一、书序由"书"到"人"的重心转移　214

二、书序描写与抒情文学色彩的强化　214
三、书序宏观审视与发展规律的探寻　215

第三节　题跋的创制及其趣韵风神　216

一、题跋的兴起与宋代的鼎盛　217
二、苏轼题跋的情趣、理趣与谐趣　218
三、黄庭坚题跋的叙事、抒情与化境　219

第四节　文赋的脱颖与文艺散文的诞生　220

一、文赋创制与欧阳修、苏轼的贡献　220
二、宋代文艺散文的兴起与新境界　222

第五节　诗话、随笔的创造与日记范式的确立　223

一、诗话形式的开创与宋代诗话　223
二、宋代笔记散文的兴盛与文化品位　224
三、"日记"源流与宋代日记的定型　225

第六节　体式创新的时代基因与宋代文人的体裁意识　227

第七章　论北宋前期散文的流派与发展

第一节　宋初骈、散两派的并峙　231

一、五代派："沿溯燕许"与华实并重　232
二、复古派：宗经尊韩与垂教尚散　235

第二节　时文、古文的对垒相垮　241

一、西昆派：崇尚骈丽与盛世风采　242
二、古文派：力涤排偶与独高古文　246

第三节　文风新变与"有愧于古"　249

第八章　欧阳修文道观生成与散文创作实践

第一节　欧阳修文道观的生成创构与文化语境　255

第二节　欧阳修文道观的表述媒介与内涵创新　258

第三节　欧阳修文道观的文化实践与革新策略　264

第九章　苏轼人文史观与《六一居士集叙》

第一节　苏轼人文史观：儒学思想"功与天地并"　273
一、《六一居士集》与欧阳修的文化贡献　274
二、《六一居士集叙》与儒学思想的传承　275

第二节　苏轼人文史观的文化诠释与孔孟韩欧的文脉传承　277
一、人类生存的思想保障与儒学的创新性弘扬　278
二、欧阳修的"文风复古"与深远的历史影响　281

第三节　苏轼人文史观与"以人为本""天人合一"　282
一、中华文化核心理念与人类和平发展夙愿　282
二、"人"与"天"与"文"一体共生的关系　283
三、"人文""人心"与"天地之心"的统一　286

第四节　苏轼人文史观的生成基础："奋厉有当世志"　288
一、"以文治国"环境与儒家思想教育　288
二、欧阳修思想熏陶与"致君尧舜"理想　290
三、"知行合一"的践履与评价欧公的运用　291

第五节　苏轼人文史观的文化实践："问汝平生功业，黄州惠州儋州"　293
一、人文史观的文化实践与"平生功业"　293
二、黄州"躬耕东坡"与"未忘为国家虑"　294
三、惠州"文化惠民"与"天涯海角"兴学　294

第六节　苏轼人文史观的思考启迪："国家之存亡，在道德之深浅"　297
一、弘扬"人文化成"传统与倡导"和而不同"创新　298
二、"尊道贵德"的原则与"有意于济世"的效果　300

第十章　苏轼的人文思想与文化创造

第一节　苏轼的非凡处："深于性命自得"　308
第二节　苏轼人文史观："功与天地并"　310
第三节　苏轼书法独创："端庄杂流丽"　312
第四节　苏轼"以诗为词"："新天下耳目"　317

第十一章　黄庭坚的散文创作与艺术境界

第一节　现存山谷散文数量统计　323
一、黄庭坚传世散文统计表　323
二、黄庭坚与唐宋八大家散文数量对比　325

第二节　前人视野中的山谷散文　326
一、"文章为国器"与"体制词气不病"　327
二、"瑰玮之文妙绝当世"与"邈然有二汉之风"　329
三、"蕴藉有趣味"与"词著用情"　330

第三节　山谷散文分类考察　332
一、山谷之赋："以高古之文变艳丽之格"　332
二、山谷之序："以著书之人为重心"　335
三、山谷书简："修辞立其诚，下笔无草草"　338
四、山谷题跋："精金美玉"与"格韵高绝"　347

第四节　黄庭坚散文的艺术特征及其人文精神　351
一、深厚广博与勇于创新　351
二、精于立意与贵于得体　353
三、笃于情而深于理，博于识而巧于辞　355

第五节　中国古代传世的第一部私人日记
　　　　——论黄庭坚《宜州乙酉家乘》　357
一、自创格范，垂式千秋　357

二、构思、主调与文笔　359

三、补史正误、发明诗文与气象厥珍　363

第十二章　李清照散文的多维审视

第一节　易安传世的散文作品及研究的历史与现状　369

第二节　抒写性情，广寓识见：易安散文的立意　371

一、"应情而发，能通于人"　371

二、"闺阁之杰"与"压倒须眉"　373

第三节　含纳丰富，意蕴深厚：易安散文的储存信息与潜在意识　375

一、"尺幅千里"与"意在言外"　375

二、"随事以行文"与"因文以见志"　376

第四节　灵活变化，跌宕多姿：易安散文的结构方法与布局安排　379

一、"淋漓曲折"与"游于自然"　379

二、"金线穿珠"与"明暗相辅"　380

第五节　典赡博雅，精秀清婉：易安散文的语言文采与艺术风格　381

一、"错玉编珠"与"工雅可观"　381

二、"文词清婉"与"磊落不凡"　384

第十三章　杨万里的历史贡献与当代启示

第一节　杨万里的文化定位与研究缺憾　389

第二节　杨万里的文化视野与深厚底蕴　390

第三节　杨万里的文化情怀与使命意识　391

第四节　杨万里的文化理念与创新实践　392

第五节　杨万里的文化影响与当代启示　396

第十四章　辛弃疾散文艺术论

第一节　人格与文格的统一：稼轩散文的立意与境界　404
一、"思酬国耻"与"罄竭精恳"　404
二、"以气节自负，以功业自许"　406

第二节　抗战实践的艺术结晶：稼轩散文的针对性、现实性与社会性　407
一、"率多抚时感事之作"　407
二、"文章合为时而著"　409

第三节　兵法与文法的融合：稼轩散文的结构与层次　410
一、"精能变化"与"不主故常"　410
二、"法度谨严"与"逻辑缜密"　412

第四节　学养与笔力的造型：稼轩散文的语言与节奏　412
一、"俊丽雄伟，珠明玉坚"　412
二、"茹古含今"与"节奏优美"　414

第十五章　古代散文史料文献的发掘与运用

第一节　古籍善本与史料考镜　419
一、古籍善本的概念内涵与认知标准　419
二、古籍善本的"体"与"魂"　421
三、古籍善本的"用"与"藏"　424
四、古籍辑佚与史料考镜　427

第二节　苏轼与黄庭坚行谊考　432
一、苏黄友谊的序曲：品文识友与推扬汲引　433
二、苏黄友谊的确立：投书赠诗与作答次韵　436
三、苏黄友谊的发展：诗文唱和与翰墨往还　441
四、苏黄友谊的高峰：京师初晤与翱翔馆阁　447
五、苏黄友谊的深化：彭蠡诀别与挽歌湖海　452

第三节　黄庭坚宗族世系新考　457

一、北宋欧阳修与黄庭坚的文字记述　458

二、南宋周必大与袁燮、黄铢的描述　461

三、元明清时期的相关文献史料记载　462

四、历史论误订正与黄庭坚宗族世系表　465

第十六章　中国散文的当代思考

第一节　人文思想与人类生存：苏轼《六一居士集叙》的人文内涵　471

一、《六一居士集叙》与"体大而思精"　471

二、"出新意于法度之中，寄妙理于豪放之外"　476

三、"文之为德也大矣，与天地并生"　477

第二节　"经国之大业，不朽之盛事"——散文研究的人文内涵与价值引领　479

一、最有思想魅力的艺术奇葩　479

二、散文研究的新局面与新态势　479

三、散文研究的价值引领与拓展趋势　483

第三节　朱自清的学术研究与散文创作　490

一、学术研究的"返本开新"　492

二、散文创作的"返本开新"　495

三、朱自清文化精神的当代启示　499

后记　501

杨庆存著作一览　507

自序

我的学术之路

散文是人类表达思想与情感的普遍方式，也是世界文学艺术的重要门类。在博大精深的中华传统文化中，散文更是蕴含思想智慧与艺术精髓的基本载体。《中国古代散文探奥》（下称《探奥》）即是我学习思考和探索研究散文的阶段性成果。

一　学术历程

回顾我的学术历程，其实就是紧密结合工作职责，不断学习和深入认识中华优秀传统文化的过程。

20世纪70年代末，我于曲阜师范学院中文系毕业留校，担任刘乃昌教授[①]的助手，并讲授宋元文学。乃昌先生亲切和善、温润如玉，学力深厚，以研究苏轼而享誉学界，颇有大家风范。他言传身教，悉心指导，让我修完本科学业，继续学习研究生课程。先生指导我从精读黄庭坚全集入手，研究宋代文学。我反复研读缉香堂本《山谷全书》，并结合教学任

---

① 刘乃昌（1930—2015）先生后来调入山东大学，著有《辛弃疾论丛》《苏轼选集》《苏轼文学论集》《姜夔诗词选注》等十多部。曾任中国李清照辛弃疾学会会长。

务，细阅各种版本的文学史，发现黄庭坚的思想主张、创作实绩与文化影响，远非部分文学史家介绍的"教人剽窃"那样简单，很多问题被误解，亟需重新认识。1981年，我与乃昌师合作发表了《黄山谷的文艺思想和诗歌艺术》，指出其核心是倡导"创新"，引起学界关注。此后又相继独立发表了《黄庭坚"点铁成金""夺胎换骨"说新论》《黄庭坚词的创作特征》《苏轼与黄庭坚行谊考》等一批文章，承担了山东教委重点项目《黄庭坚研究》。乃昌师承担国家"六五"规划重大攻关项目《宋代文学史》（上下）[1]任务，我有幸撰写《黄庭坚与江西诗派》（上下）、《北宋后期其他诗人》等章；此后还共同完成了国家古籍整理项目《晁氏琴趣外篇　晁叔用词》校注[2]，获山东省第七次社科优秀成果二等奖。乃昌师令人敬佩的精神品格、深厚扎实的学术功底与细致缜密、科学严谨的治学态度，深深影响着我，成为带我走进学术殿堂的领路人。先生经常邀请中国社科院、北京大学等科研机构与高校学者到曲阜讲学，为我创造当面请教的机会，1982年仲夏还带领我和研究生赴南京访学，得到南京大学钱南扬、南京师范大学唐圭璋诸先生的热情指导。

1984年，我考入山东大学承办的全国首届宋元明清文学助教进修班，攻读硕士课程。此前，程千帆应邀在山东大学系统讲授"校雠学"，程老嘱我全程录音并整理成文字，让我十分艳羡山大的学术氛围。助教班的学习，让我开阔了学术视野：袁士硕"文学史方法论"、王绍曾"版本目录校雠学"、朱德才"宋词研究"、孟广来"戏剧研究"等，让我印象深刻，获益良多。其间还参与了《元曲百科辞典》[3]编撰，完成了《论宋元小说批评的开拓与发展》《张寿卿及其杂剧〈红梨花〉》等论文。

1986年评为讲师，开始讲授"宋词研究""中国古代散文发展史"课程。当时散文史课没有教材，准备教案时，我精心搜集和梳理相关文献资

---

[1]　人民文学出版社1996年版。
[2]　上海古籍出版社1991年版。
[3]　袁士硕主编《元曲百科辞典》，山东教育出版社1989年版。

料，认真考察古代散文发生、发展和衍变轨迹，深入探讨其规律，同时留意古代散文的理论与特点、学界研究的现状与热点。古代散文的发生、概念、范畴、分期等，这些急需解决的学术问题，都是备课过程中的发现。在《文学评论》《文学遗产》发表的《易安散文的多维审视》《稼轩散文艺术论》，即是尝试散文研究的成果。后者在1990年江西上饶召开的"纪念辛弃疾诞辰850周年学术讨论会"上，得到邓广铭、叶嘉莹、袁行霈、王水照等著名学者的关注、肯定和鼓励，坚定了我继续深入研究的信心。

1993年考入复旦，师从王水照先生读博。水照师以人格魅力与学术成就享誉海内外，散文研究影响深广。我以《宋代散文研究》为题目，在先生耳提面命、悉心指导下，展开深入研究，形成26万字的成果。学位论文得到顾易生、袁行霈、陈尚君、葛晓音、徐培均、马兴荣等著名学者的充分肯定，答辩委员会认为"论文对中国古代散文的创作和概念的起源所作的考辨，以音乐性为标界确立散文研究的范围，以体派衍传为宋代散文的演进模式，以及对宋代散文诸文体的拓进与创新所做的总结，都具有较高的学术参考价值"，"在学术界具有填补空白、拓展领域的意义"。[1] 发表在《中国社会科学》的《散文发生与散文概念新论》（中文、英文）、《宋代散文体裁样式的开拓与创新》，发表在《文学遗产》的《论北宋前期散文的流派与发展》《古代散文的研究范围与音乐标界的分野模式》，发表在《中华文史论丛》的《黄庭坚宗族世系新考》等，都是读博时的成果。此间还参与了水照师策划的《宋代文学通论》[2] 撰写和教育部重大项目《历代文话》[3] 编纂，完成了《〈全唐文〉校点》[4] 第九册的任务。读博成为我学术成长的催熟期，尤其是水照先生的学术境界、学术气魄和高瞻远瞩的精神风格，给了我潜移默化的深刻影响。

---

[1] 摘自1996年6月10日《杨庆存博士论文答辩委员会结论》。
[2] 河南大学出版社1997年版。
[3] 复旦大学出版社2007年版。
[4] 香港成诚出版社1997年版。

1996年仲夏入职国家哲学社会科学规划领导小组下属的办公室,参与发展规划制定和基金项目管理。这是一个汇集全国文科头部精英的学术大平台,也是为国家建设提供决策咨询的庞大智囊团,更是国家同专家思想交流的桥梁与纽带。我一方面发挥专业优势,结合岗位职责和国家需求开展学术研究,从遵循学术发展规律角度提出系列制度建设建议,一方面围绕实施国家发展战略进行深入思考,形成一批学术成果。诸如编撰《哲学社会科学各学科研究状况与发展趋势》[1];策划并参与组织首次优秀成果评奖,编撰《首届国家社科基金项目优秀成果评奖获奖成果简介》[2];还相继发表《社会科学乃立国治国之根本》[3]、《社会科学思想与华夏文明传统》[4]、《关于繁荣哲学社会科学的几个问题》[5]、《中国文化"走出去"的起步与探索》[6];出版专著《社会科学论稿》[7]等。还发表了《孔子"和"文化思想及现代启示》[8]、《创新古典文献研究的思考》[9]、《中国古代诗词的境界与品鉴》[10],出版了《宋代散文研究》《黄庭坚与宋代文化》《传承与创新》等,与傅璇琮共同主编了《中国历代散文选》。

　　2015年春受聘上海交通大学,回归科研教学第一线。讲授"宋代散文研究""诗国与诗魂"等课程,主持"跨学科文化项目",发表了《"中国梦"的文化"根"与民族"魂"》《苏轼人文史观:"功与天地并"》等一批论文,出版《中国文化论稿》《中国古代文学研究》《人文论稿》《神话九章》等专著,还荣获教育部第七届高等学校优秀成果著作一等奖。作为

---

[1] 学习出版社1997年版。
[2] 中国社会科学出版社2000年版。
[3] 《社会科学战线》2003年第1期。
[4] 《浙江社会科学》2003年第1期。
[5] 《求是》2009年第11期。
[6] 《中国翻译》2014年第1期。
[7] 人民出版社2013年版。
[8] 《北京大学学报》(哲学社会科学版)2009年第2期。
[9] 《清华大学学报》(哲学社会科学版)2009年第1期。
[10] 《新华文摘》2012年第17期。

新人文学院首任院长,我与同事们坚持以"文字、文献、文学、文化、文明"为轴心,搭建学术平台,推进学科建设,壮大师资队伍,获批中国语言文学一级学科博士点、哲学与历史两个硕士点,入选"2022中国高贡献学者"。

二 散文研究

上述学术经历可知,古代散文一直是我着力研究的重点,《探奥》是学习思考和坚持探索的真实记录,呈现着取得的阶段性成果与达到的认识水平。这些成果大都选择新角度、新层面或运用新材料、新方法,提出独到的新见解、新观点或新结论。其中具备重要学术意义的观点有以下诸方面。

一是首次对"散文"文体概念在中国的出现做了细密考论,提出"散文"概念产生于中国12世纪中叶,由周必大、朱熹、吕祖谦等人提出,而非"源于西方"或"始于罗大经",纠正了学界"中国向无'散文'一词"的错误说法。二是运用逻辑推理和历史实证的方法,以丰富翔实的历史文献典籍为依据,提出了"散文的出现并不晚于诗歌"的新结论,矫正了中外学界普遍流行的"散文的出现晚于诗歌"说。三是立足于中国古代散文发生、发展和衍变的历史实际,界定"散文"概念的内涵、外延、性质与特点,并由此提出界定散文作品的基本原则与可操作性标准。首次从文化发展与文学理论层面,提出中国古代散文的研究范围与音乐标界的分野模式,将音乐属性作为区分诗歌、散文的重要标志,从而增强了散文研究的科学性与规范性。

四是针对学界长期以来骈文与赋的研究各自独立、无所归属的状况,明确提出中国古代骈文与赋均属散文研究范畴。不仅为重新审视肇始于南北朝且长达千年之久的"骈散之争"开辟了新思路,而且为深入认识唐宋古文运动发展与宋代散文创作鼎盛提供了新思路。五是立足于宏观层面研究中国古代散文发展的历史轨辙与阶段厘分，审视宋代散文，深入研究宋代散文多元并存与整合驱动的创作机制、群体式创作与流派型衍传的发展模式、崇文重文的社会环境以及创作主体的知识结构与群体意识等方面的重要特征，由此提出宋代是散文创作的鼎盛期。六是首次从散文流派衍传的角度与层面，采用纵横交叉、有论有考、"点、线、面"结合的方法，梳理宋文衍变的脉理轨迹，提出系列新观点。诸如宋代散文发展"五期说"；北宋前期散文发展骈、散两派并峙，五代派"沿溯燕许"华实并重，复古派"宗经尊韩"、垂教尚散，西昆派"崇尚骈丽"，古文派力涤排偶；认为骈、散两派互济互补、相辅相成，乃是一个枝头上的两朵花，表现形式有区别，而理论主张却有很多共同点。

七是首次系统、全面、深入地分析了黄庭坚、李清照、辛弃疾三位宋诗或宋词代表作家的散文创作，指出他（她）们不仅是诗坛词坛创宗开派的领袖人物，而且也都是散文圣手，创作出了思想内容与艺术表现都臻于完美的名篇。由此弥补了学界关于宋代作家研究与文学史研究的不足和缺憾。八是首次提出体裁样式开拓创新促进了宋代散文繁荣兴盛。认为"记"体散文的勃兴与新领域的开拓、书序的美学变化与长足发展、题跋的创制及其趣韵风神、文赋的脱颖与文艺散文的诞生、诗话与随笔的创造及日记范式的确立等，都是典型例证。而宋代散文家强烈的文体创新意识、综合创新能力与强烈的群体观念、鲜明的历史意识，成为散文鼎盛的重要原因。

三　认识体会

学术研究的经历，逐渐形成一些认识与体会。

首先，学术研究是人类社会实践的高端文化活动，也是人类文化的最高表现形态，而"德、学、才、识、胆"是学术研究者的必备素质。"学术"，"学"为前提，"术"即思想，学术研究旨在出思想、出理论、出效益，须遵循"求真、求实、求新、求善、求美"与"有物、有序、有理、有用、有效"的原则，力求新发现、新观点、新材料、新思路、新境界。

其次，自觉遵循学术研究规律。一要突出问题导向。发现有研究意义的问题，是学术功底和思想敏锐的体现，分析问题、解决问题，反映学术能力与水平。二要树立人类意识。具有人类普遍意义是学术研究的至高境界。三要强化国家观念。着眼于党和国家事业发展全局需要，开展理论研究和学术探索。四要开阔世界视野。伴随经济全球化与人类命运共同体程度的日益提高，任何重大问题的研究都应放在世界范围内来审视，充分借鉴和共享国外的文明成果。五要重视探讨规律，升华理论层次。应从理论层面和文化层面把握研究对象的性质与意义，体现历史高度和思想深度。六要切实严谨学风。这是增强科学性，提高权威性的重要手段。

复次，学术成果是个体努力与群体合作的结晶。在学术道路上每前进一步，都离不开师长指导、学友切磋和学界支持，这是一个不断深化认识、丰富精神和提高生命品位的历史过程。创造性转化和创新性发展中华优秀传统文化，自强不息，厚德载物，光大"以人为本""济世致用""天下为公""尊道贵德"的理念，努力开拓学术研究新境界，乃提升学养和奉献社会的重要渠道。

杨庆存

2022年9月8日写定于上海奉贤

第一章 散文发生与散文概念新考

散文的发生与散文的概念是散文研究领域内亟待深入探讨的两大学术问题。长期以来，"散文晚于诗歌"论、"散文概念源于西方"或"始于南宋罗大经"说，一直流播于学界，影响甚广。然而，深入思索则不能不生疑窦，难免令人有迷惘、困惑感。笔者就此重做考论，冀能探寻较为客观、公正、符合实际的结论，以促进相关问题的深入研究。①

第一节　中国古代文学史的散文认知怪圈与学术疑惑

关于中国古代散文的认知，在中国古代文学史研究中一直是一个未能形成共识的遗留问题，是急需深入思考和有待解决的重要问题。

一、文学史研究中的散文认知怪圈

在世界范围内的文学史研究中，长期以来，许多文学史家都认为：散文的产生晚于诗歌；诗歌是文学中最早出现的样式。这种观点在中国不仅极为流行，而且向无异议。中国近代以来的文学史著述，凡谈及这一问题，几乎无一例外地遵守着这条法则式的成说，它似乎成为一条不可移易的定规和难以逾越的怪圈。新中国成立后出版的影响甚大、流传颇广的中国文学史著述，也都笃信不疑地贯彻着这种观点。例如，游国恩等五教授编著的《中国文学史》说：

> 散文的产生较晚于诗歌，它是语言和逻辑思维进一步发展的结果，而以文字为其必要的条件。未有文字，早有诗歌，而散文则产生于既有文字之后。②

---

① 本章原文发表于《中国社会科学》1997年第1期（总第103期），第140—152页。
② 人民文学出版社1963年版，第一册，第18页。

该书在第三章第一节谈及殷商至春秋时代的散文时,还重申了"散文是在文字发明以后才产生的"①。由南京大学等十三所高等院校联合编写的《中国文学史》称"原始社会的诗歌是人类文字最早的样式"②;宁大年主编的高等师范专科学校教材《中国文学史》谓"劳动歌谣是最早出现的文学样式"③,"散文是实用性最强的文学样式,产生于文学发明之后"④;王文生主编的高等教育自学考试汉语言文学专业用书《中国文学史》则反复强调"在原始社会里最早产生的文学样式是诗歌","在诸多文学样式起源的历史中,诗歌产生最早"⑤,"文学艺术的起源以诗歌为先,而散文的产生较诗歌为晚"⑥,"未有文字,早有诗歌,而散文的产生则必是在既有文字之后"⑦;刘大杰《中国文学发展史》亦云"在文学部门里,歌谣产生最早,文字产生之前就有了歌谣"⑧……诸如此类,递相祖述,不胜枚举。在这些著述中,不仅观点相同,而且连语言亦极相似。

中国社会科学院文学研究所编写的《中国文学史》在诗、文发生先后问题上,着笔十分谨慎,抑或有意避开,故无明确说明诗歌早于散文的字样。但在章节安排和行文中依然体现了这种观点。其封建社会以前文学的首章首节《中国原始社会的文化和文学艺术的起源》突出了"口头歌谣",而在第二章《书写文学的萌芽和散文的开端》将《尚书》作为第一部散文集,给读者留下的整体印象依然是诗歌早于散文,诗的始源形态是口头创作,而散文则必须是在有了文字之后方能出现。

另外,诗歌早于散文,或者说散文晚于诗歌,这种观点在一些普及

---

① 人民文学出版社1963年版,第一册,第43页。
② 江西人民出版社1979年版,上册,第7页。
③ 北京师范大学出版社1990年版,第1页。
④ 北京师范大学出版社1990年版,第25页。
⑤ 高等教育出版社1989年版,第15页。
⑥ 高等教育出版社1989年版,第17页。
⑦ 高等教育出版社1989年版,第17页。
⑧ 上海人民出版社1973年版,第一册,第1页。

性的著述中亦颇为流行。诸如吴调公教授《文学分类的基本常识》说"诗歌是最早出现的文体"[①]，赵润峰《文学知识大观》说诗歌"在各种文学体裁中出现最早"[②]，台湾黎明文化事业公司印行的《中华文化百科全书》第十册说"最初之文学为诗歌"等，无一不立足于散文的产生晚于诗。散文的产生晚于诗歌说，如此普遍地见之于众多的著述中，为许多文学史家和学者所接受、沿袭并广为传播，其科学性、正确性似乎不容置疑。然而，当我们不囿于成说而重新从文学发生学的角度予以冷静、客观、历史、逻辑地深入思索，并返视这一观点时，则又不能不产生疑问。苏联著名的文学理论家莫·卡冈在其《艺术形态学》一书中即曾指出：

> 诗歌早于散文是一件确凿不移的历史事实。不过这好象是奇怪的和不足信的，因为原始人象我和您一样，在日常生活中用散文讲话；他怎么会为了艺术认识的目的，舍弃对这种散文语言的简单的、似乎是如此自然的运用，而开始编制比散文语言结构复杂得多的诗歌语言结构呢？[③]

可惜卡冈只是提出了怀疑而未能进一步深究并展开论述，但这已经足可引起学人的反思！

"散文的产生晚于诗歌"论者称"未有文字，早有诗歌，而散文则产生于既有文字之后"，这种粗看似乎有理而细想并非科学的论断，实际上是既不符合客观事实又违反逻辑常识，欠缺客观、公正、严密和准确。约而言之，其误有三：一是混淆了口头创作与书面创作的界限；二是忽略了散文口头创作的始源形态；三是衡鉴诗歌、散文发生的标准不统一，谈诗以口头创作为据，说文则转以文字创作为准。

---

① 长江文艺出版社1982年版，第17页。
② 时代文艺出版社1989年版，第93页。
③ 莫·卡冈《艺术形态学》，凌继尧、金亚娜译，生活·读书·新知三联书店1986年版，第400页。

散文和诗歌均隶属于文学。文学"就是人类的言语"①，是人类语言的艺术。它伴随着语言的产生而发生，随着人类文明的进步而发展，自从人类有了语言，也就开始有了文学，所谓"文学艺术并非起于有了文字之后，远在文字发明创造以前，文学艺术早已产生"②的观点，早已成为学界的共识。因此，文学的产生并不以文字的出现为前提。正如世界上其他国家的文学一样，"中国文学在其文字诞生以前就已经产生了"③。未有文字之前的文学，当然只能是口头创作的文学、口耳相传的文学。黑格尔称未有文字之前的文学为"前艺术"④，我们姑且称之为文学的"始源形态"。人类自有文字之后，便有了书面语言。伴随着语言之口头与书面的区分，文学则有了口头与文本的分别。探讨文学的发生，探讨文学各类文体的始源，必然使用统一的标准和统一的前提条件，时代的统一性与表现形态（口头或文字）的统一性尤其重要。或用逻辑的方法追溯"前艺术"时期的情形，或用历史的方法依据传世之文本考辨其先后。而"散文的产生晚于诗歌"说，正是违背了这一原则，探讨诗歌的产生是从口头创作时期寻找源头，研究散文的产生则转而依据文字产生之后的文本资料，故其结论必然错误。苏联文学理论家格·尼·波斯彼洛夫在他的《文学原理》第十章《文学的体裁》中，曾批评亚历山大·维谢洛夫斯基《历史诗学》首章《远古诗歌的混合性和文学各类分化的开始》，"只把有韵律的口头歌谣作品作为自己的观察对象和作结论的根据，故意不提所有古代的口头散文作品（神话、民间故事、民间传说等）"⑤，"散文的产生晚于诗歌"论者与亚历山大·维谢洛夫斯基使用的方法正是同一套路数。

---

① 格·尼·波斯彼洛夫《文学原理》，王忠琪、徐京安、张秉真译，生活·读书·新知三联书店1985年版，第345页。
② 游国恩等五教授本《中国文学史》，第一册，第4页。
③ 《中国大百科全书》（文学卷），"中国文学"条。
④ 参见格·尼·波斯彼洛夫《文学原理》，第301页。
⑤ 格·尼·波斯彼洛夫《文学原理》，第301页。

二、散文文体始源形态考索

毫无疑问，研究文学样式的起源，必须追溯到文学艺术发展的原始时期，必须从人类先民的口头创作起步，从人类语言的诞生开始，而不应以文字的出现为依据。鲁迅指出：

> 人类是在未有文字之前，就有了创作的，可惜没有人记下，也没有法子记下。我们的祖先的原始人，原是连话也不会说的，为了共同劳作，必需发表意见，才渐渐地练出复杂的声音来。假如那时大家抬木头，都觉得吃力了，却想不到发表，其中有一个叫道'杭育杭育'，那么，这就是创作，大家也要佩服、应用的，这就等于出版。倘若用什么记号留存了下来，这就是文学。[1]

这段众所周知的文字，常常被用来阐述诗歌的产生。其实，鲁迅在这里谈的乃是口头创作，是文学的产生，而并非单指诗歌。值得注意的是，鲁迅在这里灵活运用《吕氏春秋·谣词》（"今举大木者，前呼舆谮，后亦应之"）与《淮南子·道应训》（"今夫举大木者，前呼邪许，后亦应之，此举重劝力之歌也"）里的材料，将人类语言的产生与文学的发生紧密地联系在一起，并不以文字的产生为限。其基本观点，我们可称之为"口头发表"说。马克思在谈到人类语言的产生时曾指出，"语言是一种实践的、既为别人存在并仅仅因此也为我自己存在的、现实的意识。语言也和意识一样，只是由于需要，由于和他人交往的迫切需要才产生的"[2]。这就是说，人类语言的产生是基于人类交往、意识交流的需要。由于任何事物的发生、发展都是由简单渐趋复杂，语言也不能例外，则知最初的语言是极其简单的、质直的、自然的、实用的，这些因素，大都为后来的文

---

[1]《且介亭杂文·门外文谈》，人民文学出版社1973年版，第76页。
[2]《德意志意识形态》，中共中央马恩列斯著作编译局译，人民出版社1981年重印本。

字散文所保留。按照鲁迅先生的"口头发表"说，人类初祖在相互交流意识时所使用的语言也是一种创作，也是一种文学的发表，那么，这些语言便可视作散文的始源形态。美国学者弗朗兹·博厄斯指出，"原始散文是口头表达的艺术"①，是亦将散文的产生追溯到文字出现以前的远古时期。弗朗兹还进而指出，"原始的散文有两种主要形式，一种是叙述的，另一种是宣讲性质的"。这种类分的科学性或可商榷，而大体接近事理，合于逻辑。

要之，没有文字之前，便有"口头文学"。而人类在社会实践的具体交际中，无论是协调动作、交流思想，还是讲说故事、描述事物，都是使用质朴、自然、简单、浅化、直接的表达方式，这便是"口头散文"，这便是散文的始源形态。可以断定，这种散文始源形态的出现，是绝不会晚于口头创作的诗歌。而"散文的产生晚于诗歌"论者，恰恰忽略了这种散文的始源形态，将散文的产生推至文字出现以后，故其结论必然难以令人信服。即便以文字的出现为前提，就今存传世文本而论，中国的第一部诗歌总集《诗经》所收入的作品"自西周初年至春秋中叶"②，即最早的作品是大约公元前11世纪时期的作品，而中国的第一部散文总集《尚书》记载虞、夏、商、周各代典、谟、训、诰、誓、命等上古文献，其最早的作品虞书大约出现于公元前21世纪，较《诗经》中最早的作品早了近千年。可见，"散文的产生晚于诗歌"说，在文本研究中也是难以成立的。有学者指出，"在美国文学中，散文作为语言传达信息的基本媒介，是最早亦最广泛使用的形式"③。其实，这种情形又何止美国文学独然！

显然，由于文学发生初始阶段口头创作的特殊性，我们现在已无法通过历史实证的途径去研究文学始源形态各类文体的发生情形，但是，我

---

① 弗朗兹·博厄斯《原始艺术》，金辉译，上海文艺出版社1989年版，第284页。
② 游国恩等五教授本《中国文学史》。
③ 美国散文选《我有一个梦想·前言》，钱满素选编，中国社会科学出版社1993年版。

们却可以用逻辑推理的方法予以探讨。我们无须将"散文的产生晚于诗歌"说变而为"诗歌的产生晚于散文"论，但我们必须指出"散文的产生晚于诗歌"说的不科学性，必须纠正直到目前为止仍在学界广为传播的讹误，至少让学人知道：散文的产生并不晚于诗歌，散文与诗歌一样，也是中国乃至世界文学中最早产生的文学样式之一。

至于"散文的产生晚于诗歌"论者为什么一定要把文字的出现作为散文发生的首要条件，也是一个必须搞清的问题。笔者以为，这大约与其对"散文"概念字面的理解不无关系。在中国古代，人们多将"散文"与"骈文"对举，作为两种文体形式的概念，主要概括并区分了两类语句结构表现形态，前者是散行单句的文字，后者是对偶成双的句子。于是，"散文"之"文"便被理解成"文字"之"文"，而"散文的产生则必定在既有文字之后"说的出现，便不足为奇。其实，"散文"作为一个文体概念，它具有多层性的特点，当与"骈文"相对应时，上面的理解并不为错，且学界向有释"文"为"文字"者，如清人章炳麟即云"文学者，以有文字著于竹帛，故谓之'文'……是故，榷论文学，以文字为准"[①]。这种文本文学观自成一家言。然而，作为文体概念的"散文"与诗歌对举时，因其具有广义性，"散文"之"文"就不能单独理解成为"文字"之"文"了，口头文学中的散文就不存在有无文字的问题。

第二节 "散文"概念内涵的扑朔迷离与出处的似是实非

"散文"概念的内涵与出处，一直是散文研究中尚未理清且颇多争议的论题。由于学界的见仁见智而使散文概念的内涵与外延扑朔迷离，渊源出处亦似是实非，直接影响着散文研究范围与文本的明确界划。笔者以为，搞清散文概念的由来始末和渊源所自，对于正确理解概念的内涵与外

---

① 《国故论衡·文学总论》，《章氏丛书》中卷，浙江图书馆刊行本。

延,把握其时代性、区域性和变化性诸特点,以便准确界定研究文本,是十分重要的。鉴于散文有古今之别、中外之分,笔者拟从现代学者创用的"中国古代散文"这一概念入手,由今溯古,旁及国外,逐层考察,描述散文概念的生成辙迹。

一、世界各国"散文"概念内涵辨析

"中国古代散文"是现代人使用的概念。从语法学上讲,这是一个以"散文"为中心词的偏正词组。"中国"与"古代"分别修饰和限定了"散文"发生的空间地域、时代断限,从而区别于"外国古代散文""中国现代散文"等概念。可见"中国古代散文"作为一个整体概念,体现了立足于世界文化并纵贯古今的审视特点。这是今人对古代作品进行返视而形成的新概念,它既有对古代散文作品的理性归纳,又涵载着现代人的意识,体现着近代学人的观念。简言之,"古代散文"实质上是在现代意义的"散文"概念基础上返视古代作品而出现的一个新概念。

作为现代的"散文"概念,它与诗歌、戏剧、小说并列为四,成为文学四分法中一个重要的文体门类。了解"中国古代散文"概念的内涵,必须从现代"散文"概念谈起,而现代的"散文"概念在中国也有一个逐渐形成的过程。现代"散文"又称"美文""纯散文""文学散文"等。近人刘半农于1917年5月号《新青年》上发表了《我之文学改良观》,首次提出"文学散文"的概念,指出"所谓散文,亦文学的散文,而非字的散文",从而规定了近代散文的文学性。周作人于1921年6月8日的《晨报副刊》上发表了《美文》,指出了近代散文的审美性,且云"中国古文里的序、记与说等,也可以说是美文的一类",从而点明了古代散文与近代散文在美的特质方面的共通性。其后,王统照于1923年6月21日的《晨报副刊》上又发表文章,提出了"纯散文"的概念,并指出此类文章"写景写事实,以及语句的构造,布局的清显,使人阅之自生美感",从文章内容、语言、结构及接受者效应诸方面说明了近代散文的特点。这些不同的名称都突出地强调了散文的文学性和美感性。而较早将散文与诗歌、戏剧、小说并列相论的文献资料，当数傅斯年1918年12月所写成的《怎样写白话文》[①]，其后，王统照的《散文的分类》[②]、胡梦华的《絮语散文》[③]均承其说。20世纪初叶，西方的文学理论、散文理论也被大量介绍到中国，加之二三十年代散文创作出现高潮，于是现代意义的"散文"概念得到广泛使用，梁实秋还专门撰写了《论散文》[④]，对"散文"概念多角度地进行了认真分析，并指出了散文的性质、特点和要求。正如诗歌、戏剧、小说都有多种体式一样，现代散文则包括了记叙散文、抒情散文、报告文学、杂文等。显然，现代意义的"散文"概念是不适宜于研究中国古代文学作品的。

然而，无论是古代的文章还是现代的散文，都有其共通或相近的地方，有其承传弘扬的连结点，于是，借用现代意义的"散文"概念而冠之以"古代"二字，以限定和说明研究的对象——古代散文，便成为现当代学者所常用的方法，"中国古代散文"之概念脱颖而出。黑格尔在其《小逻辑》一书中指出，"概念就是存在与本质的真理"[⑤]，任何概念都是从实在、具体的事物中抽象出来的，并体现着此类事物最显明的本质特征。"散文"作为文学门类的一种，也必然是在这种艺术形式发展成熟并逐渐相对形成一定规则后，人们予以归纳总结和概括抽象出来的（这个过程也可能潜意识的，没有语言或文字表达，而只存在于思维甚至模糊的认识中）。现代的散文概念自然是在现代散文创作实践和创作理论的发展中逐渐确立起来的，但从辞源学的角度来说，"散文"概念又有其渊源和继承性。了解这一点，对于准确把握"散文"概念内涵的多层性是十分重要

---

① 见《中国新文学大系·理论建设集》，上海文艺出版社1981年影印本，第217页。
② 1924年2月21日《晨报副刊》。
③ 1926年3月10日《小说月报》第十七卷。
④ 1928年10月10日《新月》第一卷，第8号。
⑤ 黑格尔《小逻辑》，贺麟译，商务印书馆1981年版，第324页。

的。中国学界从辞源学角度考察"散文"概念的出现,大致有两种代表性的意见:一是源于西方说,一是始自南宋后期罗大经《鹤林玉露》说。前者以郁达夫《中国新文学大系·散文二集·导言》为代表,后者以商务印书馆《辞源》为代表。其实,这两种说法均欠准确,甚至是讹误。

二、中国文献典籍中的"散文"溯源

郁达夫说:"中国古来的文章,一向就以散文为主要的文体……正因为说到文章就指散文,所以中国向来没有'散文'这一个名字。若我的臆断不错的话,则我们现在所用的'散文'两字,还是西方文化东渐后的产品,或者简直是翻译也说不定。"① 其实,郁氏之"臆断"是根本错误的,而"简直是翻译"的推测亦无根据,这只要了解一下西语方面的有关情况,并考察一下中国有关的古代典籍,问题就十分清楚了。

在西语中,诗歌、戏剧、小说都有与汉语相对应的词汇,如英语中的"poetry"(诗歌)、"theatre"(戏剧)、"novel"(小说),而唯独没有与汉语"散文"对应的词语,以故,《大不列颠百科全书》中只有"prose poem"(散文诗),没有"散文"词条。汉语的有关译著大都用"prose"或"essay"翻译"散文",但这两个英语词的意义与涵盖范围大不相同。前者相对于"verse"(韵文)而言,包括诗歌以外的一切非韵文体裁,诸如小说、戏剧、文学批评、传记、政论、演说、日记、书信、游记等,可见涵盖面过广。至于后者,英国学者W.E.威廉斯(W. E. Williams)认为,"英国的'essay'花色繁多,但几乎没有规则","是一般比较短小的不以叙事为目的之非韵文"②,一般多译成"随笔"或"小品文"。这显然其涵盖面十分有限。法语中的"prose"、西班牙语中的"prosd"、俄语中的"プpóза"等,也都是泛指与韵文相对的文体。

---

① 《中国新文学大系》卷首。

② *A Book of English Essays* 前言。

从世界各国文学发展的历史看，散文是各民族文学中普遍存在的一个重要门类，但由于地域和民族习俗诸方面的巨大差别，其发展的情形是大不相同的。在西方各国的文学发展中，与诗歌、戏剧、小说相比，散文的发展相当缓慢，尚属后起之秀。西方各国散文文体创作起步虽有不同，而大致是从文艺复兴才逐渐有了大的发展并相继出现繁荣。一般文学史家认为，法国是"essay"的发祥地，而蒙田（Montaigne）被誉为"essay"体裁的创始人。1580年，蒙田出版了自己的随笔集 *Essais*，标志着法国散文开始有了较大发展。1597年，英国培根（Francis Bacon）借用蒙田的书名也出版了一本随笔集，成为英国散文的滥觞。其后，相继有罗伯特·伯尔顿（Robert Burton）《忧郁的剖析》[①]和托马斯·勃朗（Sir Thomas Browne）《虔诚的医生》[②]两部被誉为17世纪"奇书"的散文著述面世。18世纪由于文人创办期刊蔚成风气，从而使英国散文的发展进入高潮。这与中国古代散文发展的情形相比，西方散文的繁荣可谓姗姗来迟。西语中没有出现或产生"散文"的概念，也是情理中事。

　　与西方各国相比，中国散文发展的情形则别是一番景象。如果仅就现存的散文文本而言，散文这种文学体裁是在华夏民族这块古老的土地上率先成熟的，中国古代散文所展示的辉煌成就，在世界范围内，可以当之无愧地说居于领先地位。中国于公元前5世纪前后的春秋战国时期，即出现了散文创作的第一个黄金季节，而西方散文的繁荣则是公元16世纪以后的事情。不难想见，华夏民族对散文这一文学体裁的认识和创作实践，有着多么悠久的历史！而"散文"这一概念最早出现在中国古代的文献典籍中，便是十分自然的事情了。

　　稽考中国古代典籍，"散文"字样在公元3世纪中叶便已出现在文人们的创作中。西晋辞赋家木华《海赋》有"云锦散文于沙汭之际，绫罗

---

① *The Anatomy of Melancholy*，1621年出版。
② *Relgioi Medici*，1643年出版。

被光于螺蚌之节"①之句，此处的"散文"与"被光"对举，乃光彩焕发、显现之意。至公元5世纪末，南朝梁代刘彦和《文心雕龙·明诗》亦有"观其结体散文，直而不野；婉转附物，怊怅切情，实五言之冠冕也"②。这里的"结体散文"乃是指文字表达。木、刘二氏著述中的"散文"字样，乃是动宾结构的词组，尚非后世文体"散文"概念，故无文体意义。其后，至晚在公元12世纪中叶，人们就已经开始使用具有文体意义的"散文"概念了：

若散文，则山谷大不及后山。③

周益公……谓杨伯子曰："……四六特拘对耳，其立意措辞贵浑融有味，与散文同。"④

杨东山尝谓余曰："文章各有体……曾子固之古雅，苏老泉之雄健，固亦文章之杰，然皆不能作诗。山谷诗骚妙天下，而散文颇觉琐碎局促。"⑤

东莱先生曰："诏书或用散文，或用四六，皆得。唯四六者下语须浑全，不可如表求新奇之对而失大体。"⑥

散文当以西汉诏为根本，次则王岐公、荆公、曾子开。⑦

晋檄亦用散文，如袁豹《伐蜀檄》之类。⑧

散文至宋人始是真文字，诗则反是矣。⑨

---

① 萧统《昭明文选》卷十二，中州古籍出版社1990年版，第163页。
② 四库全书影印本第1478册，第11页。
③ 《朱子语类》卷一百四十，王星贤点校本第八册，中华书局1986年版，第3334页。
④ 罗大经《鹤林玉露》甲编卷二，王瑞来点校本，中华书局1983年版，第27页。
⑤ 罗大经《鹤林玉露》丙编卷二，王瑞来点校本，第265页。
⑥ 王应麟《辞学指南》卷二，四库全书影印本第948册，第302页。
⑦ 王应麟《辞学指南》卷二，四库全书影印本第948册，第302页。
⑧ 王应麟《辞学指南》卷三，四库全书影印本第948册，第325页。
⑨ 王若虚《滹南遗老集》卷三十七《文辨》，四库全书影印本第1190册，第465页。

上引诸段资料，均出自公元13世纪的中国典籍中，而这个时期正是南宋散文发展的高峰期和散文理论蓬勃兴起的旺盛期。《朱子语类》《鹤林玉露》《辞学指南》《文辨》或称引，或自述，多处使用"散文"概念，可知当时这一概念已在士林中使用并流传。据《扪虱新话》载："后山居士言：'曾子固短于韵语，黄鲁直短于散语。'"此处之"韵语""散语"即"韵文""散文"之意，具有文体概念的意义。曾子固（巩）以文名家，不以诗称；黄鲁直（庭坚）反是；乃知此处"韵语"即诗、"散语"为文也。"以散语"称文，注重于语言的结构形态，此即"散文"概念的前身。由此可推知，至少在北宋中期，"散文"概念已在酝酿之中。《后山诗话》称"国初士大夫例能四六，然用散语与故事尔"，可为辅证。

三、12世纪"散文"概念的流行

那么，是谁较早地提出并首先使用具有文体意义的"散文"概念呢？仅据上面征引的资料，已有七人直接使用过"散文"概念：周益公、朱熹、东莱先生、杨东山、王应麟、罗大经、王若虚。七子中以周益公年辈最长。周益公即周必大（1126—1204），字子充，南宋孝宗朝历右丞相，拜少保，进封益国公，故称"周益公"。周氏在历史上以政事显，然其学术和文章于当时声望颇高。陆游云：

> 大丞相太师益公自少壮时以进士博学宏词叠二科起家，不数年，历太学三馆，予实交文于是时。时固多少年豪隽不群之士，然落笔立论，倾动一座，无敢撄其锋者，唯公一人。中或暂斥，而玉烟剑气、三秀之芝，非穷山腐壤所能湮没。复出于时，极文章礼乐之用，绝世独立，遂登相辅。虽去视草之地，而大诏令典册，孝宗皇帝独特以属公。[1]

---

[1] 《周益公文集序》，《陆放翁全集·渭南文集》卷十五，中国书店1986年版上册，第87页。

又据罗大经云，朱熹"于当世之文独取周益公，于当世之诗，独取陆放翁"①，亦可知其在文坛艺苑的地位、影响和成就。

周氏有《文忠集》二百卷传世，四库馆臣谓"必大以文章受知孝宗，其制命温雅，文体昌博，为南渡后台阁之冠，考据亦极精审，岿然负一代重名。著作之富，自杨万里、陆游以外，未有能及之者"②。为人熟知的《皇朝文鉴》（又名《宋文鉴》）也是在他的直接参与设计下才得以问世的。时孝宗令临安府开印江钿编类的《文海》，周必大以此书"殊无伦理"为由，请孝宗收回成命，并建议"委馆阁官铨择本朝文章，成一代之书"，"其后，遂付吕伯共祖谦。即成，上问何以为名，必大乞赐'皇朝文鉴'，上曰'善'。又降旨令必大作序，亦即进呈"③。由此可知周必大实为《宋文鉴》的首席主编，从构想设计到实施方案，以至命名、作序，皆亲为之。

上述史实足证周氏文章学术造诣精深，学问博洽，惜为政声所掩，近代以来，鲜有学人关注周氏文章学术方面的成就。尤其值得注意的是，周益公具有区分和精鉴文体的丰富经验与鲜明意识。其"两入翰苑，自权直院至学士承旨，皆遍为之"④。周氏渊博的学识、丰富的阅历以及大批量的创作实践，都使他对散文体式有着深刻的理性认识，使他有条件、有可能率先提出和使用"散文"之概念。

与学为政掩的周必大有所不同，齿少周氏四岁的朱熹（1130—1200，字元晦，号晦庵）则以学术和文章著称于世。他不仅是有宋一代的理学宗师，而且也是南宋时期的文章名家。李塗《文章精义》称颂其文章"如长江大河，滔滔汩汩"⑤，黄震《日钞》亦赞叹其"天才卓绝，学才宏肆，落

---

① 罗大经《鹤林玉露》丙编卷五，王瑞来点校本。
② 《〈文忠集〉提要》，四库全书影印本第1295册，第1147页。
③ 周必大《玉堂杂记》卷中，四库全书影印本第595册，第632页。
④ 《〈玉堂杂记〉提要》，四库全书影印本第595册，第549页。
⑤ 四库全书影印本第1481册，第810页。

笔成章，殆于天造"①，所谓"于书无所不通，于文无所不能"②。尤其是朱熹一生主要从事讲学和学术研究，其于各体文章均精鉴细辨，熟能深知，故其拈出并使用"散文"这一文体概念，可谓顺理成章，乃势所必然。

更值得注意的是，周必大使用的"散文"概念还只是就"四六"相对而言，与"骈文"对举，侧重于语句构成形态；而朱氏使用的"散文"概念则与诗歌对举，实际上其内涵又提高了一个层次。这是因为朱熹所评论的两位人物山谷（黄庭坚）和后山（陈师道）均以诗歌名家，乃是宋代最大的诗派——江西诗派的开山与宗祖。但他们二人又不独擅诗，兼以能文。由于后山曾辨香南丰，始受业于散文名家曾巩，为文"简严密栗"③，连黄庭坚也叹服后山"至于作文，深知古人之关键，其论事救首救尾，如常山之蛇，时辈未见其比"④。而黄庭坚虽为苏门学士，亦有"瑰玮之文妙绝当世"⑤之誉，但其终生著力于诗，自称"绍圣以后，始知作文章"⑥。尽管他于散文亦卓有成就，且对为文发表过许多很好的见解，而人们仍然以为山谷散文功底远不及后山，朱熹的该段评论是很有代表性的。然而，该段评论的重要价值并不在于对山谷、后山散文之评价是否的当，而在于朱氏提出并使用了与诗歌相对应的"散文"概念。

与朱熹、张栻并称为"东南三贤"的吕祖谦（1137—1181，字伯恭）也是以文章学术著称于世，人谓"东莱先生"（其伯祖吕本中人称"大东莱先生"，故祖谦又号"小东莱"）。吕氏家族显赫，十世为官，祖辈数登相位，且家风重学修文，累代相承不衰，家学渊源深厚。祖谦英年早逝，在官虽不显达，而学术文章卓有建树。他善于博采众长，不株守一家之

---

① 《黄氏日钞》卷三十六，四库全书影印本第708册，第99页。
② 方回《送罗寿可诗序》，《桐江续集》卷三十二，四库全书影印本1193册，第662页。
③ 《〈后山集〉提要》，四库全书影印本第1114册，第514页。
④ 《答黄子飞》，《山谷集·内集》卷十九，四库全书影印本第1113册，第182页。
⑤ 《举黄鲁直自代状》，《苏轼文集》卷二十四，中华书局1986年版，第714页。
⑥ 《答洪驹父书》，《山谷集·内集》卷十九，四库全书影印本第1113册，第185页。

说,故学问渊博宏富,朱熹称赞他"以一身而备四气之和,以一心而涵千古之秘,推其有足以尊主而庇民,出其余足以范俗而垂世"①。其文章"波流云涌,珠辉玉洁,为一时著作之冠"②,人称"在南宋诸儒之中,可谓衔华佩实"③。

与朱熹相似,吕氏也多年从事讲学授徒,曾任南外宗学教授、太学博士、严州教授等,居家亦诲人不倦。其自谓于文章"研思微旨"④,对各类文章体式都能精鉴熟知。吕氏"为诸生课试"而写的《东莱左氏博议》,取《左氏春秋》范文,研讨文章之学,示范作法,将"胸中所存、所操、所识、所习,毫衍发谬,随笔呈露,举无留藏"⑤,不仅为当时学子所珍视,而且流播海外,在古代即成为日本学人研习汉学的必读书。所编《圣宋文鉴》汇集北宋各体文章精品,分类选篇,尤见其慧眼匠心。《古文关键》辑选韩、柳、欧、苏诸名家古文六十余篇,"各标举其命意布局之处,示学者以门径"⑥,且"于体格源流俱有心解"⑦。该书开卷首设《总论看文字法》,提出学文须"先见文字体式,然后遍考古人用意处"⑧,可见吕氏极重文体。

总之,吕祖谦的学识、造诣和对文章学的潜心研究所达到的高度,都可能使他对文章类式体格产生理性认识,从而提出或者接受"散文"这一文体概念。其将"散文"与"四六"对举,则与周必大同。

同周必大、朱熹、吕祖谦不一样,杨东山(1150?—1129?)、罗大经(1195?—1252?)、王应麟(1223—1279)都是"散文"这一文体概

---

① 张伯行《吕东莱先生文集序》,金华丛书本。
② 王崇炳《吕东莱先生文集序》,金华丛书本。
③ 《〈东莱集〉提要》,四库全书影印本第1150册,第2页。
④ 《除太学博士谢陈丞相启》,《东莱集》卷四,四库全书影印本第1150册,第39页。
⑤ 《东莱左氏博议·自序》,四库全书影印本第152册,第296页。
⑥ 《〈古文关键〉提要》,四库全书影印本第1351册,第715、718页。
⑦ 《〈东莱集〉提要》,四库全书影印本第1150册,第2页。
⑧ 《〈古文关键〉提要》,四库全书影印本第1351册,第715、718页。

念的接受者、传播者、使用者或记载者。

东山名长孺，字子伯，号东山潜夫，人称"杨东山"，乃南宋"中兴四大诗人"之一杨万里的长子。其父与周益公、吕祖谦俱为南宋名流，周、杨交谊尤厚。《宋史》称"万里为人刚而褊，孝宗始爱其才，以问周必大，必大无善语，由此不见用"①，此说未可轻信。

今检周氏《文忠集》、杨氏《诚斋集》，二人唱和酬赠、书翰往来甚多，相互敬慕之情溢于言表。诸如周必大《奉新宰杨廷秀携诗访别次韵送之》称"诚斋诗名牛斗寒，上规大雅非小山"②，《题杨廷秀浩斋记》谓"友人杨廷秀，学问文章，独步斯世。至于立朝谔谔，知无不言，言无不尽，要当求之古人，真所谓浩然之气，至刚至大，以直养而无害，塞于天地之间者"③，《回江东漕杨秘监万里启》云"郡国虽分于两地，江湖实共于一天。湘水岸花，我正哦公之留咏"④，又有《上巳访杨廷秀赏牡丹于御书匾榜之斋其东园仅一亩为术者九名曰三三径意象绝新》《乙卯冬杨廷秀访平园即事二首》《次韵杨廷秀》诸诗。故其《寄杨廷秀待制》诗说："共作槐忙五十春，交情非复白头新。"⑤罗大经《鹤林玉露》亦载："庆元间，周益公以宰相退休，杨诚斋以秘书监退休，实为吾邦二大老。益公尝访诚斋于南溪之上，留诗云……，诚斋和云：'相国来临处士家，山间草木也光华……'"⑥周必大《跋杨廷秀赠族人复字道卿诗》还以"家生执戟郎，又拔乎其萃者也"⑦称誉长孺。

由上种种，可知长孺接受世伯周必大的指导和影响是情理中事。《鹤

---

① 《宋史》卷四百三十三，中华书局标点本第19册，第12870页。
② 《周益国文忠公集·省斋文稿》卷五，四库全书影印本第1147册，第65页。
③ 《周益国文忠公集·省斋文稿》卷十九，四库全书影印本第1147册，第192页。
④ 《周益国文忠公集·省斋文稿》卷二十七，四库全书影印本第1147册，第294页。
⑤ 《周益国文忠公集·平园续稿》卷一，四库全书影印本第1147册，第442页。
⑥ 罗大经《鹤林玉露》乙编卷五，王瑞来点校本，第211页。
⑦ 《周益国文忠公集·平园续稿》卷一，四库全书影印本第1147册，第515页。

林玉露》甲编卷二所记"杨伯子"实际上就是"杨子伯"之误①，该条资料乃是周必大指导长孺作文方法的例证。由《鹤林玉露》所载杨长孺对文章的诸多评论可知，共对文章的研习造诣颇深，故发论多中肯綮实。而其父杨万里虽以诗名，亦自称"生好为文，而尤喜四六"②，传世文章尤多散体，如《千虑策》为世艳称。前辈教诲、家学渊源和个人研讨，使杨长孺得以自觉地接受并使用"散文"概念，且不拘于同"四六"并提，而是与"诗骚"对举。

罗大经（字景纶）虽未直接使用"散文"概念，但其纪录、征引周、吕、杨诸家之说，实际上就是间接的承认和直接的宣传。且《鹤林玉露》议论称述欧阳修、苏轼、杨万里、叶适、真德秀、魏了翁等文章名家，可知著者亦深谙文章之学。

王应麟辈分虽低，但其著述中对"散文"概念的使用频率最高。他不仅直接记述吕祖谦的话，而且还多次直接运用"散文"概念论述和区分文体，明确地把"散文"作为文章规范的一种，其于"诏""诺"二体均以"散文""四六"标目示例。尤其难能可贵的是，他还承传吕氏说法，将"散文"与"散语"两个概念严加区别，如卷二说："东莱先生曰……（表）其四句下散语须叙自旧官迁新官之意"，"制头首句四六一联，散语四句或六句……后面或四句散语，或只用两句散语结"。③只要我们与上引"散文当以西汉诏为根本""晋檄亦用散文"相参照，即知"散语"乃指文中不讲对称的散行文字，而"散文"则是完整的文章。

王应麟出生于吕祖谦谢世四十二年之后，但却是吕氏学术的继承人。清代全祖望《谢山同谷三先生书院记》说："王尚书深宁独得吕学之大宗，深宁论学，独亦兼取诸家，然其综罗文献，实师说东莱。"④且王氏"博

---

① 明代会稽间溥校刊本《鹤林玉露》、四库本（第865册，第306页）均作"伯子"，未予校改。
② 《与张严州敬夫书》，《诚斋集》卷六十五，四库全书影印本第1160册，第619页。
③ 《辞学指南》卷二，四库全书影印本第948册，第282页。
④ 《全祖望文集》卷十五，中华书局排印本。

极群书，谙练掌故，征引奥博"①，其《辞学指南》即是直接受吕氏《古文关键》影响的产物，故于书中师承并弘扬吕氏之说，推广、使用"散文"概念。

周必大、朱熹、吕祖谦及其后学杨长孺、罗大经、王应麟均生活于南宋时期，就地域而言，南宋版图乃是华夏的半壁河山，位于江左。与南宋长期对峙并统治着北方中原地带的是女真金人。金亡北宋，奄有中原，而文烈继统，条教诏令，肃然丕振，金源作家，蔚然兴起，"其文章雄建，直继北宋诸贤"②。金源作家既得北宋文化薰染，又受南宋名家影响，故于文学方面亦颇有建树。王若虚（1174—1243）即是较有代表性的作家。他"自应奉文字至为直学士，主文盟几三十年，出入经传，手未尝释卷"③，虽不善四六之文，而深于文章之学，故有《文辨》之作。王氏谓"散文至宋人始是真文字，诗则反是矣"④，直接将"散文"与"诗"对举，同朱熹、杨长孺之用法暗合。其与朱熹虽为后学，而与长孺则属同代，可见至公元12世纪，"散文"这一概念已经出现在中国不同的区域文化中。

由上面的考察绎理，我们大致可以知道：一、周必大、朱熹、吕祖谦、王若虚等著名学者是较早提出并开始使用"散文"文体概念者；杨长孺、罗大经、王应麟是"散文"概念的积极接受、使用、传播和记载者。二、由于现存有关较早提出"散文"概念的资料，均属他人间接记载，而非本人直接的专门著述，无法确考首次使用的准确时间；如果我们假定周、朱、吕诸人是在及第释褐后方有可能提出"散文"概念的话，周于绍兴二十一年（1151）及第，朱中绍兴十八年（1148）进士，吕乃隆兴元年（1163）释褐，那么，"散文"概念提出的时间则大约是在公元12世纪中叶。三、由于"散文"概念或与"四六"对举，或与"诗歌"并称，故从

---

① 《四库全书简明目录》卷十四。
② 阮元《金文最·序》，见张金吾编《金文最》卷首，光绪乙未江苏书局刻本。
③ 王鹗《滹南遗老集引》，《滹南集》卷首，四库全书影印本第1190册。
④ 《滹南集》卷三十七《诗话·扬雄之经》条，四库全书影印本第1190册，第465页。

问世之日起，其概念内涵就具有相对性、不确定性和多层性的特点；当与"四六"对举时，含义相对狭窄，特指那些散行单句、语句排列无一定准则和固定规律的文章，而与"诗歌"并称时涵盖面较广，四六骈文亦应囊括其内，至明代徐师曾《文体明辨序说·文》又将"散文"与"韵语"对举，则"散文"内涵至少已有三个层次，分别与骈文、诗歌、韵文对举。四、"散文"概念在宋代既无用韵与否的限制，又无文章体式（指具体的体裁样式）的规定范围。五、"散文"概念与四六骈文和诗歌相对举，则其名称的形成，主要还是依据文章（文本）语言文字排列的不规则性特点，现代的散文概念，依然保持了这一因素。

应当指出，在古代，"散文"概念又与人们经常使用的"文""文章""古文"等概念既相联系，又有区别，此不赘言。自然，上面的分析只是根据目前检索到的一点有限的文献资料进行的，但这已足可说明具有文体意义的"散文"概念，至少在公元12世纪的中国就已经形成并开始运用于文字著述。南宋以后直至近代，"散文"概念为历代的部分学人所沿用，元代刘壎《隐居通议》卷十八，明代徐师曾《文体明辨序说》，明崇祯末年国子监生张自烈所撰《正字通》，清朝孔广森《答朱沧湄书》、袁枚《胡稚威骈体文序》，清末罗惇《文学源流》，近代刘师培《南北文学异同论》……皆从不同角度使用了"散文"概念。毋庸讳言，由于种种原因，"散文"概念在中国古代的文人学子中，并没有得到普遍广泛的认同、推广和使用，许多著述依然习惯于使用"古文""骈文"之类的旧说，这种现象虽然到"五四"以后大有改观，却一直延续到现在的学术界，形成了多种概念并存的局面。

言而总之，"中国向来没有'散文'这一个名字""'散文'两字……简直是翻译"的说法，是缺乏根据的，是不足为信的。而"散文"概念始于罗大经的说法，也是不准确的。至于吕武志以为"散文"一词"首见于王应麟《辞学指南》"（《唐末五代散文研究·绪论》，台湾学生书局1989年版）的说法，更是一个误会。

第二章 古代散文的研究范围与音乐标界的分野模式

第一节　散文范畴与文本确定之讨论[①]

任何研究工作都必须首先确定自己的研究对象,古代散文的研究自然不能例外。目前的古代散文研究,主要是依据传世文本进行的。因此,确定散文的文本,便成为首要的工作。美国学者M.H.阿伯拉姆曾从概念的角度划界散文范围说:"散文是一个没有范围限制的术语,一切口语化或书写式的、不具有韵文那种有规律性的格律单位的文章,都是散文。"[②] 这种圈定法或许适合于西语系,却不完全符合中国汉语语言文学的具体情况。

一、20世纪60年代的散文大讨论

中国古代的文章、诗歌、戏剧、小说之外,尚有数以百计的文体,哪些可以列入古代散文研究的对象,便成为十分复杂的问题。为此,学界曾于60年代初举行过讨论,不少专家学者提出了许多富有启发性和建设性的意见、构想乃至具体方案或基本原则。有学者指出,"散文的范畴是一个复杂的问题","散文这种文体,包含的范围很广,一些学术著作、政论文章,以及应用文都可以归入散文之列"[③];也有学者指出,"散文有狭义的散文(文学散文)和广义的散文(非文学散文,包括政论文等)",二者"都很值得我们下功夫去进行研究"[④];有的学者则主张"文学史上的散文,应指那些具有文学价值或者在文学史上有影响的作品而言,并非泛指一般文字,也不能局限于狭义散文","文学史上的散文,必须有一定的界限,它只能包括本身具有文学价值或在文学发展历史上有影响的

[①] 本章原文发表于《文学遗产》1997年第6期,第5—16页。
[②] 阿伯拉姆《简明外国文学词典》,曾忠禄等译,湖南人民出版社1987年版,第276页。
[③] 潘辰《关于散文的范畴》,《光明日报》1962年3月4日《文学遗产》副刊。
[④] 铁民、少康等《关于古典散文研究的二三问题》,《光明日报》1962年12月2日《文学遗产》副刊第442期。

作品。它既不是和骈文对立的名称,也不是和韵文对立的名称"①。可见标准和尺度是见仁见智的。有的专家学者还进一步提出了判定散文作品的具体方法和标准,如有人将"形象""感情""艺术结构和语言修辞"作为"从古人文字中辨别文学散文的三个标准"②;有人主张"具有形象或抒情意味",而"对较古的作品把尺度放得宽些,对后来的则严一些"③;也有人主张"应该把散文和韵文分开","在非韵文即广义散文中,又可分为纯文学散文、具有文学性的散文和一般文章三类",且"随着时代的先后,散文范围应有所不同"④;还有学者指出,"散文中如何区分文学与非文学是一个复杂问题","认清对象的性质(文学或非文学),可以使我们知道如何去研究它。但如果对象的性质一时认不清,那也无妨,关键在于实事求是,不从概念出发,而从对象的具体实际出发去加以研究"⑤……这些意见,或侧重于艺术,或着眼于时代变化,或立足语言声韵,或强调"实事求是"的科学态度,各具慧心,对散文研究的范围的圈定发表了可资参考的见解。

20世纪60年代关于散文研究范围的讨论,代表着当时的认识水平,其中不少观点,至今在学界仍有相当影响,一些好的思路,如"实事求是"、从"具体实际出发",已经为散文史家所接受,并运用到实践中,出了一批可喜的成果。但从整体上看,这次讨论"务虚"的特点较突出,学人们试图首先建立起确定散文研究范围的理论,然后付诸实践,故可行性研究相对薄弱,有些提法似应再加斟酌,有些理论的操作性不强,一旦接触到具体作品则容易显露其矛盾的方面。即如以用韵与否来区分古代散

---

① 胡念贻《古代散文研究的两个问题》,《光明日报》1962年3月4日《文学遗产》副刊,收入湖南人民出版社1980年出版的《关于文学遗产的批判继承问题》。
② 胡念贻《文学史编写中的散文问题》。
③ 潘辰《关于散文的范畴》,《光明日报》1962年3月4日《文学遗产》副刊。
④ 谭家健《关于古典散文的若干问题》,《文学评论丛刊》(第五辑)。
⑤ 铁民、少康等《关于古典散文研究的二三问题》,《光明日报》1962年12月2日《文学遗产》副刊第442期。

文研究对象就不具备实际操作的可行性。用韵与否只能作为区分文学大类的方法之一。如用韵者：诗、词、赋、骈文等；不用韵者：古文、小说、史书、书信、随笔、杂记等。这种将所有作品划为两类的方法，显然不能作为区分散文的标准。韵文是侧重于语言的声音美（押韵），而散文则是侧重于语言的形态（外形），二者并无对等的统一性。将散文与韵文对举，至少是一种逻辑的混乱，用此界划古代散文，也是行不通的。文之有韵，自六经始，诗歌而外，《周易》《太玄》，韵语亦夥，而赋与骈文多为韵文，这些实应属于广义散文的研究范围（对此，下面将做详述）。

二、基本原则与理论"务虚"特征

自然，将古代的文章区分为韵文和散文，韵文之外即是散文，这种理论亦自有其依据渊源。在我国，魏晋南北朝时期即有"文""笔"之分，所谓"无韵者笔也，有韵者文也"[1]，而于西方，用韵与否更是甚为流行的一种圈定一类文学作品的标准。然而，"文""笔"之分在当时即有争论，西方的文学类分标准亦不适合于我国古代文学作品的分类。至于以有无文学性来体认古代文章是否是散文，甚至在非韵文范围内再区分纯文学散文、具有文学性的散文和一般文章的方法，显然是完全受西方和现代文学理论的影响而产生，近年来亦有学者提出将古典散文"分为文学性的、非文学性的和两可性的三大类"[2]，大同小异而已。

散文属文学范畴，自然要有文学性。然而，中国古代除诗歌、戏剧、小说之外的所有文章，可以有文学性强、弱之分，而不存在有无文学性的问题，正如有的学者指出的，"我国古代，文学与非文学的界限是没有严格区分的"[3]，何况"文学性"乃是一个模糊、含混的概念，其内涵与外延亦无明确界定。且以文学性体分古代散文，由于没有硬性的客观依据和统

---

[1] 刘勰《文心雕龙·总术》，四库全书影印本第1478册，第169页。
[2] 曾枣庄《从文章辨体看古典散文的研究范围》，《文学遗产》1988年4期。
[3] 陈必祥《古代散文文体概论·绪论》，河南人民出版社1986年版。

一的标准，最容易出现随意性，势必将大量古代的文章排斥于散文大门之外，或者出现大量有争议的文本。

可喜的是，近年来随着散文研究的不断推进和深入，人们对散文研究的范围和文本的认定也日益深化，朝着明朗化、科学化和实事求是的方向发展。有学者指出，"在中国古代，什么样的文章算是散文？人们的看法是不同的"，而"从汉语文章的实际考察，中国古代的散文，曾是包括了各体文章的。不但包括诸子、史传，而且包括碑文、墓志"，"总之，中国古代的散文和今天之所谓散文的概念，有所不同，古代散文的范围是相当广泛的"。[①]

笔者以为，从中国古代文章的具体实际出发，兼顾文章的时代特点和变化性，是确定古代散文研究范围和文本的基本原则，将中国古代除诗歌、戏剧、小说之外的一切可以单独成篇的文章（"文章"并非"文字"）都视为古典散文研究的对象，文学性强者，自是古代散文的精品，而弱者亦可指出其不足。唯其如此，方能既不受现代散文概念的制约和限定，又可面对古代写作的实际，范围虽广却不违史实。也唯其如此，方能较为客观地描述古代散文发展的轨迹，科学地探寻其艺术规律，为当代散文的发展提供借鉴。

第二节 学人对赋与骈文的直观认识

确定中国古代散文研究的范围与文本，怎样处理赋与骈文这两种文体，一直是学界颇有争议的难点问题，也是极易引起分歧和触发论辩的热点、焦点问题。因此反对将二者纳入散文研究范围者固有之，而积极主张纳入散文者亦夥。

[①] 郭预衡《古代散文百科大辞典·序》，学苑出版社1991年版。

一、赋与骈文体性认知的见仁见智

有学者在20世纪60年代初即曾撰文指出,"骈文,是我国一种独特的文体,它讲求对仗、辞藻、音律,但不叶韵,和古文同属于广义的散文范围。古典散文的研究应该包括骈文在内"①。90年代初又有专家指出,"中国古代的散文,一般来说,即是前人之所谓'古文',但也包括与古文相对的'骈文'。中国的骈文,乃是汉语文章一种特殊的结构形式,骈词骊句,却不同于诗词,曰'骈'曰'古',都是散文","中国古代的散文,不但包括骈体,而且包括赋体"②。

中国20世纪30年代出版的陈柱撰写的《中国散文史》③以散体散文和骈体散文的双轨并向发展演变作为全书的结构线索,设"骈散未分""骈文渐成""骈文极盛"诸编,将骈文作为本书的主要考察对象之一;而90年代初出版的郭预衡教授的皇皇巨著《中国散文史》④,不仅将骈文作为重点考察和研究的对象,而且还视赋为文,对赋体散文进行了颇为详细的论述。然而,学界无论从理论上还是从实践中承认骈文和赋都属于古代散文研究范围,却均未能详细申述充分的理由和依据,持相反观点者,对此也缺乏深入的稽考与研讨。

二、基本原则与理论"务能"特征

笔者以为,是否能将骈文与赋作为古代散文的研究对象,应该首先从中国散文、中国文学乃至中国文化发展的历史长河中去考察其发生、发展的情形,进而深入研讨文体自身的特质及其与其他文体的联系,方有可

---

① 王运熙《重视我国古典散文的研究工作》,《文汇报》1961年3月22日。
② 郭预衡《古代散文百科大辞典·序》。
③ "中国文化史丛书"第二辑,商务印书馆1937年版。这是较早系统描述中国古代散文发展情形的专著。
④ 上海古籍出版社1993年版。这是迄今较全面、系统、详备地描述中国古代散文发展情形的分量最重的专著。

得出能令人信服的结论。

钱锺书先生曾指出过中国古代许多文体"平行而不平等"[①]的现象。按照现代的文学四分法，诗歌、散文、戏剧、小说属同等的概念，而赋与骈文则只能隶属于某一文学大类中，其与戏剧、小说是没有什么直接瓜葛的，故可置而不论，唯与诗歌、散文有着直接的多方面的立体交叉的联系，至有人称"辞赋和骈文是介于诗歌和散文之间的两种文体，从文学性上分，它们可归入散文，从散体性上说，它们也可归入韵文"[②]，也有人说"赋……是由最原始的诗歌、散文等文体混融而衍生的。因此，它具有中介性、边缘性的特点"[③]，刘大杰先生则认为"赋这种体制是较为特殊的。由外表看去，是非诗非文，而其内容却又有诗有文，可以说是一种半诗半文的混合体"[④]；日本学者儿岛献吉郎谓骈文乃"既非纯粹之散文，又非完全之韵文，乃似文非文，似诗非诗，介于韵文散文之间，有不即不离之关系者"[⑤]。

赋与骈文本身的复杂性，使我们不得不采取由外入内的方法，首先搞清与其有直接关联的诗歌、散文这两种文体的根本区别。

第三节 诗、文的原生属性与音乐标界的分野模式

一般说来，人们总是习惯于从语言外在形态的差别上（诸如用韵、句式等）去区分和认定各种不同的文体。

[①] 参见《七缀集》，上海古籍出版社1994年版，第4页。原文为"这些文体就象梯级或台阶，是平行而不平等的"。
[②] 陈必祥《古代散文文体概论》。
[③] 袁济喜《中国古代文体丛书·赋》，人民文学出版社1994年版。
[④] 《中国文学发展史》，上海古籍出版社1982年版。
[⑤] 儿岛献吉郎《中国文学概论》。

一、诗文"体制辞语"与本质区分依据

美国学者盖勒（C.M.Gayley）教授在他的《英诗选·绪论》里说：

> 诗和散文不同的地方，就是散文的言语系日常交换意见的器具，而诗的实质，系一种高尚集中的想象和情感表现，诗系表现在微妙的、有音节的如脉动的韵语里的。

即所谓"体制辞语不同耳"[①]，苏联著名文学艺术理论家莫·卡冈在论述诗歌与散文的区别时指出：

> 纯粹的散文和诗歌，只不过是由诗歌"极点"向散文"极点"运动和作反向运动的文学形成广阔领域的对立的两极。我们极其概略地就可以划分出这样一些过渡环节，如自由诗——无韵诗——散文诗——有韵律的散文。[②]

这种在动态中区分文体的方法虽然新颖，而仍未脱离注重外在形式的路数。

中国古代亦有不少学人试图从其他方面区分诗、文之不同，诸如金人元好问说"诗与文，特言语之别称耳，有所记述之谓文，吟咏情性之为诗，其为言语则一也"[③]，明代胡应麟谓"诗与文体迥不类：文尚典实，诗贵清空；诗主风神，文先理道"[④]，许学夷称"诗与文章不同，文显而直，诗曲而隐"[⑤]，清人吴乔认为诗、文"意同而所以用之者不同，

[①] 吴乔《答万季野诗局》，见《清诗话》（上册），上海古籍出版社1963年版，第25页。
[②] 莫·卡冈《艺术形态学》，第296页。
[③] 《杨叔能〈小亨集〉引》，《元好问集》卷三十六，四库全书影印本第1191册，第424页。
[④] 《诗薮》外编卷一，上海古籍出版社1979年新1版。
[⑤] 《诗源辨体》卷一，海上耿庐重印本。

是以诗文体制有异耳"①……论者分别从内容、风格、体貌和功用等方面多角度、多侧面地予以区分，均言之有理却又失之一隅，似有隔靴搔痒之感。

尽管人们可以从语言的外在形态或诗歌、散文的基本内容、总体风格、社会功能诸方面去探讨诗、文的差别，但在具体的研究中总难避免麻烦，往往会遇到许多矛盾。宋人陈骙曾指出过先秦典籍"容无异体"的特点：

> 六经之道既曰同归，六经之文容无异体，故《易》文似《诗》，《诗》文似《书》，《书》文似《礼》。《中孚·九二》曰："鸣鹤在荫，其子和之。我有好爵，吾与尔靡之"，使入《诗·雅》，孰别爻辞？《柳》二章曰："其在于今，兴迷乱于政，颠覆厥德，荒湛于酒。汝虽湛乐从，弗念厥绍，罔敷求先王克共明刑"，使入《书·诰》，孰别《雅》语？《顾命》曰："牖间南向，敷重篾席，黼纯华玉，仍几西序。东向敷重，厎席缀纯，文贝仍几。东序西向，敷重丰席，画纯雕玉，仍几西序。南向敷重，笋席玄纷，纯漆仍几"，使入《春官侍几筵》，孰别《命》语？②

这就是说，从语言的外在形态上是不能区分和辨认文体类别的，故华兹华斯（Wordsworth）说诗与散文的文辞没有重要的区别。③至于用韵，也有学人指出，"最好的散文，也有着显的韵律，几乎比平常的诗更高尚；而所谓散诗（blank verse）便是无韵的，仍不失其为高尚的诗"④，可见韵律亦不

---

① 吴乔《围炉诗话》卷一，道光甲申重雕三槐堂藏版本。
② 《文则》上，四库全书影印本第1480册，第685页。
③ 《小品文研究》（第一编），新中国书局1932年版。
④ 李素伯《什么是小品文》，见《小品文研究》（第一编）。

能用以界划诗文。诸如此类的问题，我们还可以胪列许多，但上述事实已足可说明表面的外部现象是难以抓住诗歌、散文之最根本的区别点。

那么，诗歌、散文最根本的区别点在哪里呢？美国的两位文学理论家雷·韦勒克和奥·沃伦认为"文学类型应视为一种对文学作品的分类编组，在理论上，这种编组是建立在两个根据之上的：一个是外在形式（如特殊的格律或结构等），一是内在形式（如态度、情调、目的等以及较为粗糙的题材和读者、观念范围等）。外表上的根据可以是这一个，也可以是另一个（比如内在形式是"田园诗的"和"讽刺的"，外在形式是二音步的和平达体颂歌式的）；但关键性的问题是接着去找寻'另外一个'根据，以便从外在与内在两个方面确定文学类型"[①]。根据这一理论，我们不妨放弃单独的静态研究方式，而从诗歌、散文发生、发展和衍变的历史动态中去进行考察探寻。

如前所述，诗歌、散文均属文学的范畴，而"文学是人类的言语"[②]，未有文字之前的"前艺术"时期，文学处于始源形态，而在语言上只有两种表达类型：一是讲述性语言，一是歌唱性语言。前者的特点是以表意为旨归，语言较为简单、直接、朴实、明了，而发音平缓，声音振幅波动较小，声调变化幅度不大；后者则以抒情为目的，由于这种语言主要依靠借助于声音的高下抑扬、轻重缓急、顿挫起伏等倾泻内心的情感从而形成音调的大幅度变化和强烈鲜明的振幅以及规则性的旋律，与音乐融为一体，因此，这种歌唱性的语言自诞生之日起，即具有音乐的属性，成为音乐的附属物。

讲述性语言和歌唱性语言是"前艺术"时期的两大基本语言形式，它们分别形成了这一时期仅有的两种文学形态——散文与诗，而后世千变万化的各种文学形式，也都是这两种基本的语言类型发展变化和组合复生

[①] 韦勒克、沃伦《文学理论》，刘象愚等译，生活·读书·新知三联书店1984年版。

[②] 格·尼·波斯彼洛夫《文学原理》。

的结果。即如中国古代的戏剧脚本和含有诗词的小说话本,就是由诗、文杂交生成的新样式;戏剧保持和发扬了诗的音乐属性,表演时付诸唱,连剧本中的讲述性文字自白、对白之类,也向音乐靠近;而小说则保持和发扬了讲述性的特点,其中的诗词也脱离了音乐的属性呈现出诵讲的色彩。在各种艺术异常发达的当代,出现了"配乐散文",似乎音乐也和散文结合在一起了,但二者乃是"合而不并",各自保持着相对的独立性,互不相融,音乐自是音乐,散文依旧是散文,仍然保持着它原有的讲述性本色而以朗诵的形式出现。

  从文学的始源形态到当代的文学世界,我们可以从中获得一直为学人所忽略的重大的启示:音乐对于区分文学类式具有举足轻重的作用,音乐性是鉴定文体归属的试剂和媒介。在"前艺术"时期,音乐性是区分诗、文的唯一尺度;而于后世,依然具有不容忽视的参考价值。如果我们将"前艺术"时期的文学予以分类的话,那么,自然就会有音乐文学与非音乐文学之分,前者即是由歌唱性语言构成的诗歌,后者即是由讲述性语言构成的散文;从美学角度讲,前者属阴柔型文学,后者属阳刚型文学,如图所示:

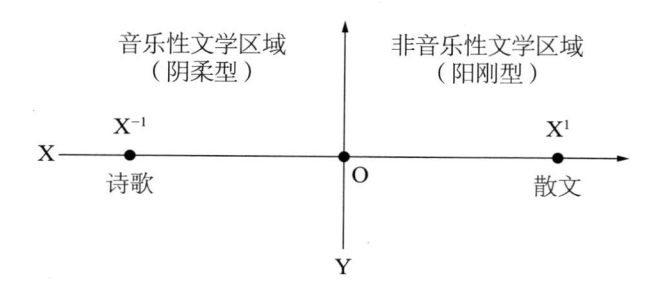

"前艺术"时期文学分野示意图

```
        音乐性文学区域  │  非音乐性文学区域
          (阴柔型)    │    (阳刚型)
                      │
         •X$^{-1}$    │       •X$^{1}$
    X────────────────O────────────────→
          诗歌        │        散文
                      │
                      Y
```

该坐标系中的纵向标线Y界分有无音乐属性,区划文学的两大领域;横向标线X为文体发展运动的轨道,X^{1}、X^{-1}分别是散文、诗歌的对应点,后世所有文体都是在这两点之间进行运动和反向运动;纵标与横标的交叉点O

是文体有无音乐属性的界分点。由此，我们完全可以将"音乐性"的有无作为区分文学类型的"另外一个"根据，作为界划诗、文分疆的唯一标准。

二、音乐艺术与文学艺术的密切关联

其实，古今中外的不少学人都已注意到文学模式之于音乐的联系。苏联的莫·卡冈在其《艺术形态学》一书中就曾指出：

> 我们所考察的文学形式的系谱，分布在语言艺术和音乐相毗邻和相对峙的方向上……语言创作形式从散文向诗歌的运动，正是面向音乐的运动。①

美国学者弗朗兹·博厄斯在他的《原始艺术》里也指出：

> 诗歌是逐渐脱离音乐而独立的。
> 自从诗歌和音乐分开以后，音乐和口头语言也割断了联系。②

值得专门一提的是1763年问世的勃朗的有趣的专论《论诗和音乐，它们的产生、联结、作用、发展、划分和衰落》："……发现了诗歌因素、音乐因素和舞蹈因素的混合性统一。"③

在中国古代，从各种不同的视角观察音乐与文体的联系者，举不胜举。南朝宋之颜延之曾引荀爽语"诗者，古之歌章"④强调诗的配乐性；

---

① 莫·卡冈《艺术形态学》。
② 弗朗兹·博厄斯《原始艺术》，第284页。
③ 莫·卡冈《艺术形态学》，第6页，勃文见《西欧十七—十八世纪的音乐美学》汇编，莫斯科，1971年。
④ 严可均校辑《全上古三代秦汉三国六朝文》（第3册），《全宋文》卷三六《庭诰》，中华书局1958年广雅书局刻本复制重印本，第2634页。

刘勰谓"凡乐辞曰诗,诗声曰歌"[1],从释名的角度指出了诗的音乐性;欧阳修有"诗者,乐之苗裔"[2]说;郑樵则指出,"自后夔以来,乐以诗为本,诗以声为用,八音六律为之羽翼耳"[3];王灼进一步指出,"古人初不定声律,因所感发为歌,而声律从之,唐、虞禅代以来是也,余波至西汉末始绝"[4];明代李东阳谓"文之成声音者则为诗"[5],"古之六经《易》《书》《春秋》《礼》《乐》皆文也,惟《风》《雅》《颂》则谓之诗,今其为体固在也"[6];清人之"古诗皆乐"[7]、"诗乃乐之辞"[8]、"诗乃乐之根本"[9]诸说屡见于著述,黄宗羲也曾指出,"原诗之起,皆因于乐,是故《三百篇》即乐经也……《三百篇》而降,诗与乐遂判为二"[10]。

当代学者亦多有高论,如钱锺书《谈艺录》云"诗、词、曲三者,始皆与乐一体,而由浑之划,初合终离"[11];郭沫若甚至将"原始人之言语"与"原始人之音乐"合二为一[12];闻一多则从原始人"孕而未化的语言"与"音乐的萌芽"之结合,探讨诗歌的起源。[13]游国恩等五教授编著的《中国文学史》也曾"从音乐的关系"区别"楚辞"与"汉赋",指出"汉赋"同音乐的距离比"楚辞"更远些……这些古贤宿学与当代大师们的视角或有不同,但他们都看到了一个不容忽视的基本的历史事实:诗与

---

[1] 刘勰著,范文澜注《文心雕龙·乐府》,人民文学出版社1958年版。
[2] 《书梅圣俞稿后》,《欧阳修全集·居士外集》卷二三。
[3] 《乐略》,郑樵撰《通志》卷四九,中华书局1987年版,第625页。
[4] 《碧鸡漫志》卷一,上海古籍出版社1988年版。
[5] 《匏翁家藏集序》,《怀麓堂集·文后稿四》,四库全书影印本第1250册,第668页。
[6] 《春雨堂稿序》,《怀麓堂集·文后稿三》,四库全书影印本第1250册,第653页。
[7] 冯班《钝吟杂录》,《清诗话》(上册),第35页。
[8] 冯班《钝吟杂录》,《清诗话》(上册),第35页。
[9] 吴乔《答万季野诗问》,《清诗话》(上册),第25页。
[10] 《乐府广序序》,见《南雷文定》卷二,清宣统二年时中书局排印梨洲遗书汇刊本。
[11] 《谈艺录》,中华书局1984年版。
[12] 《甲骨文字研究·释和言》,科学出版社1962年版。
[13] 《神话与诗》,古籍出版社1956年版。

音乐有共生性的特点，二者的联系密不可分，就其本质而言，相互依存，共为一体。换言之，诗的本质是音乐，音乐性、合乐性、配乐性是诗歌的根本属性、原生属性。这种属性正是有别于散文的关键点、肯綮和根本区别点，而且诗的这种原生型特质，就像人类种族的基因代代相传不会泯灭一样，始终保存在中国古代千变万化、千姿百态的诗歌家族中，不管它是文人的案头之作还是真的付诸歌唱。

由此，我们就完全可以利用诗歌所独有的原生型特质，去鉴别中国古代作品中的诗歌、散文两大系列，鉴别赋与骈文两种文体家族基因，定其归属。

第四节　骈文属性

自从人类创造发明了文字之后，文学的发展进入了一个全新时期，文学开始有了口头与文本的分别，而后者则是我们文学研究的主要依据。考察中国古代现存的传世文本可以发现，先秦以前的文学样式依然只有两类：非诗即文。诗依旧保持着它的原生属性——音乐性，可以配乐歌唱，所谓"弦歌之"；而诗以外的所有文章，不管是神话传说、历史故事，还是政论演说、钟鼎铭文，不管是应用性的文章还是记载性的文章，它们都表现出讲述性的特点而统统属于"先秦散文"的行列。而赋与骈文就是胎息于先秦散文而后逐渐发展为独立的文体，兹分述如下。

一、骈文的产生与特征

先谈骈文。"骈文"乃"骈语文""骈体文"的省称，其与"散语文""散体文"的省称"散文"是对等的概念。"骈文"之称，概括了这种文体在语言形态上最直观、最鲜明、最基本的特征——句式上的两两相对，即偶对现象，可谓名实相符。

骈文是中国汉语言文学所特有的文体，它萌芽于先秦，发展于两汉，魏晋南北朝时期进入繁盛阶段，隋唐以后直到清末，虽有峦谷之变化，而奇峰秀壑，绵延不绝，呈现出一条明晰的发生、发展和衍变线索，且在其发展的历史进程中也逐渐形成了自身的庞大体系。以故，向有学人把骈文作为一种独立的文体予以研究，这自然不失为一种较好的研究途径。然而，对骈文本身进行独立的研究，并不意味着骈文不能纳入古代散文研究的范围。

以往学界对能否将骈文纳入古代散文研究的范围有不同意见，笔者以为主要由如下原因所致。一是概念内涵、外延模糊不清，如将广义"散文"与"散语文"之"散文"等同，不予区分层次，而后者与骈文本来就是平等对应的概念，将骈语文隶属于散语文自然是不能成立的。二是骈文本身有有韵之骈文和无韵之骈文两种，旧的文学类分法将所有作品都划为韵文与散文两阵营，其不科学性十分明显，韵文只能与"非韵文"对应，而"散文"并不等于"非韵文"，散文中亦有韵文，韵文中亦可有散文，如此则韵文与散文实际上不存在可比性的共同点，而只有交叉性的重复点。

二、骈文诵读而不歌唱

由于骈文有用韵与无韵两种情形，则使两分法处于两难境地，归入韵文则无韵骈文名实不符，归入散文则有韵之骈文难以处理。两分法与骈文间的矛盾性，导致了学人们的不同观点，甚至出现了迫不得已只好"令骈文独立"的主张。日本学者儿岛献吉郎的一番言论堪为典型：

> 骈文云者，句子对偶之谓。然则四六文者（"四六文"乃"骈文"之别称，此处为行文变化，故用之），乃文学两性两属之中间性，比之散文，则多韵文之价值，比之韵文，则又有散文之形式。故于韵文、散文之外，令骈文独立……亦出于不得已耳。[①]

[①] 儿岛献吉郎《中国文学概论》。

中国学界在实际操作中对于骈文的处理，基本上也是走的这条路子，不少文学史著述和有关论述古代散文发展情形的文章，总爱将骈文置于章末而单立一节，这或许是为了论述的方便，然而给人的印象却依然是"出于不得已耳"。相比之下，陈柱的《中国散文史》对于骈文地位的认定和处理，令人钦佩！

其实，骈文无论有韵与否，就性质说，均属讲述性语言，而不是歌唱性语言，故均属"文"的范畴，其无韵者自是广义散文之一种，而有韵者如箴铭、颂赞、哀祭之类，亦无音乐属性，不供配乐歌唱，依然是广义散文之一种。由是，骈文理所当然地可以纳入古代散文研究的范围。

清人刘开认为"文辞一术，体虽百变，道本同源。经纬错以成文，玄黄合而为采。故骈之与散，并派而争流，殊途而合辙"，"骈散之分，非理有参差，实言殊浓淡，或为绘绣之饰，或为布帛之温，究其要归，终无异致"[①]，"是则文有骈、散，如树之有枝干，草之有花萼，初无彼此之别。所可言者，一以理为宗，一以词为主耳。夫理未尝不藉乎辞，辞亦未尝外乎理，而偏胜之弊遂至两歧"，所见甚是。

第五节　赋之归隶

赋较之于骈文，情形就更为复杂了。

一、"文学袋鼠"与赋性体认

如果说骈文尚能使相当部分的人可以明断其为文而非诗的话，那么，赋的根本体性使部分专家学者也感到无能为力了，前面引述的学界对赋的认识，足以说明这一点。除此之外，也有人指出：

---

① 《与王子卿太宋论骈体书》，见光绪己丑仲夏长沙五氏刊藏《国朝十家四六文钞》。

> 赋是中国所独有的中间性的文学体制；诗人之赋近于诗，辞人之赋近于散文；赋的修辞技巧近于诗，其布局谋篇又近于散文。它是文学中的袋鼠。①

论者只就创作主体和艺术特征谈赋之于诗、于散文的相近处，而于赋到底是诗是文，还是非诗非文，抑或亦诗亦文，均未置可否。另有学人指出：

> 尽管赋是由散文与诗（包括骚）交融而诞生的，并且在它的流变中始终受到诗和散文因素的渗透与影响，或者接近诗（如俳赋、律赋），或者接近散文（如宋文赋），但总的说来，它是一种独立的文体，以铺陈的手法状物写情，讲究押韵、对仗，是介于诗与散文之间的一种文体。②

虽然论者对赋的观察是基本符实的，而仍然处于赋之表面现象的迷宫中，始终未能准确把握赋的性质与归属。

毫无疑问，对于任何一种文体，都可作为独立的文体而从不同角度予以研究，但由于这种研究着眼点偏窄，基本上属于单层面的、孤立的个体性研究，往往很难在文学多层次的大范围内确定其相应的位置，且易为其表面现象所迷惑，难以把握文体潜在的隐晦性的根本属性。学界对于赋与骈文的研究，即属此种情形，故只能让其独立于诗、文之外，别辟一片天地，却又难以与诗歌、散文并列为同一个层次。

---

① 曹聚仁《赋到底是什么？是诗还是散文？》，见郑振铎、付东华编《文学百题》，上海书店1981年版，第360页。
② 袁济喜《中国古代文体丛书·赋》。

二、"古诗之流"与"不歌而颂"

那么,赋究竟姓诗还是姓文?其实,古圣先贤早已做出了认定。在迄今检阅到的文献资料中,班固是较早注意研究赋之体性者,其《两都赋·序》虽非专论赋体,而字里行间,已透出作者的基本观点,惜后世学人论赋多征引片言只句,鲜有精审全篇、明其旨意而定其属性者。为论述方便,兹将序文抄录如下:

> 或曰:"赋者,古诗之流也。"昔成康没而颂声寝,王泽竭而诗不作。大汉初定,日不暇给。至于武宣之世,乃崇礼官,考文章,内设金马石渠之署,外兴乐府协律之事,以兴废继绝,润色鸿业。是以众庶悦豫,福应尤盛。《白麟》《赤雁》《芝房》《宝鼎》之歌,荐于效庙;神雀、五凤、甘露、黄龙之瑞,以为年纪。故言语侍从之臣,若司马相如、虞丘寿王、东方朔、枚皋、王褒、刘向之属,朝夕论思,日月献纳。而公卿大臣御史大夫倪宽、太常孔臧、太中大夫董仲舒、宗正刘德、太子太傅肖望之等,时时间作。或以抒下情而通讽谕,或以宣上德而尽忠孝,雍容揄扬,著于后嗣,抑亦雅颂之亚也。故孝成之世,论而录之,盖奏御者千有余篇,而后大汉之文章,炳焉与三代同风。且夫道有夷隆,学有粗密,因时而建德者,不以远近易则。故皋陶歌虞,奚斯颂鲁,同见采于孔氏,列于《诗》《书》,其义一也。稽之上古则如彼,考之汉室又如此,斯事虽细,然先臣之旧式,国家之遗美,不可阙也。……[①]

序文从赋之渊源谈起(所谓"古诗之流",意即由古诗发展变化而来,"流"者,流变也,"古诗之流"非"古诗之类",则赋非诗也。赋

---

① 《班彪列传第三十》附,《后汉书》卷四十,中华书局1965年标点本。

是受古诗影响的产物，学人多有论述，此不赘言），继言汉赋的创作盛况（从成康颂诗不作起笔，谈到宣武的润色鸿业和创作的繁荣景象，描述了西周至西汉文学自低谷向波峰发展的变化状态，揭示了汉赋产生的大的历史环境，并进而概述了当时赋作的内容、数量及总体评价），然后指出了创作的重要性，俨然一篇汉赋发展小史。尤其值得注意的是，序中诗、文对举者多达六处："颂"（此处非诗体概念，乃讲述性褒美之言辞，故属文）与"诗"；"崇礼乐"（诗、乐一体，礼乐者，诗也）与"考文章"（"文章"之概念序中两用之，下面"大汉之文章，炳焉与三代同风"，则专指汉赋）；"内设金马石渠之府"（朝廷撰文之所）与"外兴乐府协律之事"（采诗配乐之所）；"荐于郊庙"诸歌与"以为年纪"之瑞（纪瑞之文）；"歌虞"与"颂鲁"；《诗》与《书》。这一现象足以说明，著者对于诗、文之概念有着明晰的界分，对诗、文两种文体有着明确的认识。更为重要的是，班氏是将汉赋列之于文一类，是视赋为文而非诗的，这最重要的一点，却为学人所忽略，不能不说是一大遗憾。

班固在他的《汉书·艺文志》里更为明确地指出了赋的特质——"不歌而颂谓之赋"（"颂"，诵也，此处指讲述，与"歌"相对），从而将赋与具备音乐属性的诗歌，进行了明确的区分和界划，规定了赋属于文的范畴。

班固是历代学人公认的赋学权威，其论赋之语被视为经典而为后世治赋者征引不绝，屡见诸著述中，且班氏生处赋之兴盛之后，对赋之体性的认识自然是最可信、最具权威性。其实，班固之前，赋之作手名家扬雄在谈论写赋方法时，已经道出了赋无音乐属性的特点："大抵能读千赋，则能为之。"① 赋之曰"读"而不曰"歌"，不曰"唱"，正说明赋不能入乐、合乐，而这正是文的根本属性。

班固之后，刘勰对赋进行了系统而深入的专门研究，于《文心雕龙》

---

① 《答桓谭论赋书》，《扬子云集》卷四，四库全书影印本第1063册。

专设《诠赋》篇。刘承班说,谓"赋自诗出,分歧异派",且云:

> 及灵均唱骚,始广声貌。然赋也者,受命于诗人,而拓宇于楚辞也。于是荀况《礼》《智》,宋玉《风》《钓》,爰名赐号,与诗画境,六义附庸,蔚成大国。述客主以首引,极声貌以穷文。斯盖别诗之原始,命赋之厥初也。[①]

这段文字极其简洁扼要地概述了赋的酝酿、生成、发展、兴盛和相对定型,揭示了"别诗之原始,命赋之厥初"的情形。刘勰认为,赋自诗出,而屈原《离骚》是由诗而赋的关键性作品。由于《离骚》创造性地运用和极大地发挥了古诗铺叙的手法,在保持诗歌抒情言志本色的同时,将叙事纳入其中,尽铺张渲染之能事,从而启发了赋由"六义附庸"向独立文体的发展,所谓"始广声貌",正是对铺张渲染的概括。

屈骚问世之后,赋从诗人那里获取了生命的基因而孕育成独立的文体,首先在楚辞里展现风姿。自荀况、宋玉诸作以赋名篇,赋由诗的一种表现手法脱颖而为独立昌盛的文体,俨然与诗对垒。不仅如此,而且还逐渐形成了主客问答的模式,由《离骚》的"始广声貌"变而为"极声貌以穷文"。尤其值得注意的是,刘氏指明了赋的发祥地,指明了赋有别于诗。在先秦两汉文人创作非诗即文的情况下,赋既然不属于诗,则自然当属于文。另外,此处提及的"诗""骚""赋""楚辞"诸概念亦值得注意,著者使用得甚有分寸,指示出它们之间的关系。古代"诗""骚"并称,二者均有音乐属性,刘氏以"唱"饰"骚",正点出了其音乐性。

至于"楚辞",宋人黄伯恩《新校楚辞序》云:

[①] 四库全书影印本第1478册,第13页。

> 《楚辞》虽肇于楚，而其目盖始于汉世。然屈、宋之文与后世依仿者，通有此目，而陈说之以为唯屈原所著则谓之"离骚"，后人效而继之，则曰"楚辞"，非也。自汉以还，文师词宗，慕其轨躅，摛华竞秀，而识其体要者亦寡。盖屈、宋诸骚，皆书楚语，作楚声，纪楚地，名楚物，故可谓之"楚辞"。①

黄氏由地域文化解释楚辞得名，甚得其要。赋"兴楚而盛汉"②，"拓宇于《楚辞》"，其始自然为楚辞之一种。

汉代刘向屈原、宋玉、景差之作及后世追慕模拟之篇，如贾谊《惜誓》、东方朔《七谏》、王褒《九怀》等合为一集，统称"楚辞"。今揣其意，"楚辞"者，乃楚地之文章也，其隶有骚、赋二体，前者为诗而后者为文明甚，骚、赋并称，实际上就是诗、文对举。徐师曾指出，"楚辞《卜居》《渔父》二篇，已肇文体；而《子虚》《上林》《两都》等作，则首尾是文。后人仿之，纯用此体，盖议论有韵之文也"③，可证赋即楚辞中的散文；章学诚则将赋视为诸子散文中的一家，"古之赋家之流，原本诗骚，出入战国诸子。假设问对，庄、列寓言之遗也；恢郭声势，苏、张纵横之体也；排比谐隐，韩非储说之属也；征材聚事，吕览类务之义也。虽其文逐声韵，旨存比兴，而深探本原，实能自成一子之学，与夫专门之书，初无差别也"④；日本学人铃木虎雄也说"骚赋者，有韵之骈文"⑤……皆视赋为文。

总之，赋与骈文的根本体性均属于文，这是不容怀疑的，我们理应将其纳入古代散文研究的范围。如果使用图示法，那么，就更为

---

① 《宋文鉴》卷九二，齐治平校点本，中华书局1992年版中册，第1306页。
② 《文心雕龙·诠赋》，四库全书影印本第1478册，第13页。
③ 《文体明辨序说》，人民文学出版社1962年版。
④ 《章学诚遗书》，《文史通义》，文物出版社1985年版。
⑤ 铃木虎雄《赋史大要自序》，殷石臞译，正中书局1942年版。

明显了：

赋与骈文归属示意图

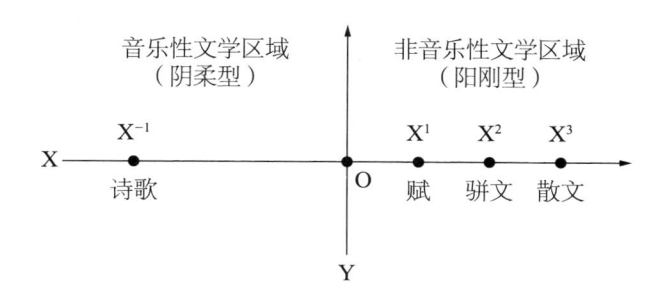

```
         音乐性文学区域      非音乐性文学区域
          （阴柔型）           （阳刚型）
              X⁻¹              X¹   X²   X³
      X ─────●──────────┼─────●────●────●──────→
              诗歌       O     赋   骈文  散文
                        │
                        ▼
                        Y
```

三、"赋自诗出"与"脱乐入文"

赋与骈文这两种文体，一是由诗歌向散文运动，一是由散文向诗歌运动。"赋自诗出"，而赋只是从诗的一种表现手法发展为独立的文体，却并无诗的原生属性——音乐性，故属非音乐性文学区域，靠近了散文；骈文，特别是押韵的骈文，它们从散文的母体中分裂出来向诗的方向运动，吸收诗的部分因素，然而并未跨越O点，仍无音乐属性，依然是散文家族的成员。这种情形正如词、曲朝散文方向运动一样，尽管它们在句式形态、韵脚变化或章法结构诸方面已经吸收了散文的不少因素，但音乐性依然是其根本属性，它们在文学运动轨道上的对应点还是只能在音乐文学的区域内，如图所示：

词、曲对应位置示意图

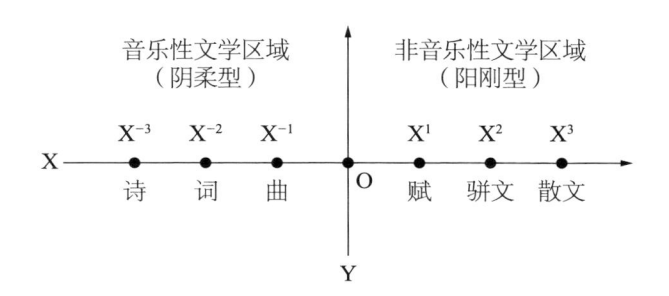

```
         音乐性文学区域          非音乐性文学区域
          （阴柔型）               （阳刚型）
         X⁻³  X⁻²  X⁻¹          X¹   X²   X³
      X ──●────●────●────┼─────●────●────●──────→
          诗   词   曲    O     赋   骈文  散文
                         │
                         ▼
                         Y
```

如果我们将中国古代文学中几种主要的基本文学体式或用坐标示意法标出其相应的位置,那么,各种文体的根本属性及其相互间的渗透关系就比较明显了:

基本文体对应位置示意图

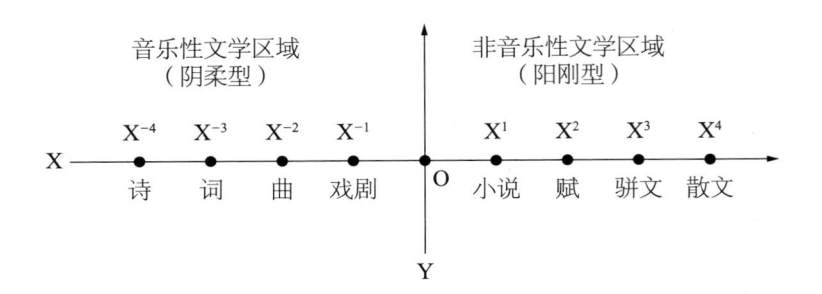

```
        音乐性文学区域              非音乐性文学区域
         (阴柔型)                   (阳刚型)
       X⁻⁴   X⁻³   X⁻²   X⁻¹      X¹    X²    X³    X⁴
  X ────●─────●─────●─────●──────●─────●─────●─────●──→
        诗    词    曲   戏剧  O  小说   赋   骈文   散文
                              │
                              Y
```

坐标系 X 轴上标列的八种文体,实际上可分为两个层次:出现最早的散文、诗歌这一对文体由于涵盖面大体相当而属平等的对应关系,戏剧和小说在中国古代的出现是唐代以后的事情,然而都具有汇纳众体的兼融性和复合性特点,亦属平等的对应关系,故可与诗、散文同属一个层次(这与现代的文学四分法是不谋而合的);词与曲、赋与骈文都是分别从诗歌和散文中分化独立而衍生的新文体,乃是诗歌、散文各自的分支,单向性和单纯性的特点较明显,虽具有相对的独立性,而含纳面偏窄,故可列为第二层次。

另外,由图可知,包含对立文体(指音乐性或非音乐性)因素的多寡决定着距离轴心的位置点,这正说明了对立文体的相向运动规律,同时也大体显示了各种文体出现的时序,数轴数字的绝对值越大,出现的时间越早,越小则越晚。应当指出的是,中国古代的戏剧以唱为主,实际上是诗剧、歌剧,本质依然为诗;中国古代的小说,除唐传奇、宋元话本和明清时期的文言小说、章回小说之外,隋唐之前的小说及其以后的笔记小说,实际上依然属散文的行列。

美国著名的文学理论家韦勒克指出,"文学类型的理论是一个关于秩序的原理"[1];法国的列维-斯特劳斯也曾指出,"科学家们对于怀疑和挫折是能容忍的,因为他们不得不如此。他们唯一不能而且也不应该容忍的就是无秩序"[2]。中国学界对文学分类所取的标准不一,实际上长期以来就处于一种"无秩序"的状态,这在古代散文研究上表现得更为突出和典型,以致难以明确其研究范围。有鉴于此,故于上面,我们在讨论古代散文研究范围的同时,提出了以有无音乐性为标界区分文学类别的方法。这种模式避免了拘于语言形态区分文体时所出现的那种交叉重叠的矛盾现象,并从根本上解决了争议颇大的赋与骈文的归属问题。明确诗、文的原生属性和本质区别,为进一步具体地确定古代散文所包括的细目打下了基础。

总而言之,古代散文的研究范围是十分宽泛的,非音乐性文学区域内的所有可以独立成篇的文章(具有现代意义的小说除外),均可视为散文。在研究过程中,我们还必须顾及散文的历史性、衍化性、多样性、多层性等特点,采取灵活和实事求是的态度,从中国古代汉语文章的实际出发予以考察研讨。

---

[1] 韦勒克、沃伦《文学理论》。
[2] 列维-斯特劳斯《野性的思维·图腾分类的逻辑》,李幼蒸译,商务印书馆1987年版。

第三章 古代散文经典与儒学思想精髓

儒学传承在经学。中国经学是中华民族历史实践和文化创造的智慧结晶，是实现民族复兴的重要思想资源和人类共有的文化财富。经学这一最具民族特色的学术文化表现形式，实际上是一个开放性很强的动态知识系统和综合性很强的古代文化信息库，保存了大量珍贵文化史料，蕴含着丰富深刻的人文思想。经学以人才培养、人文化成、安邦治国为宗旨，与时俱进，始终坚持守正创新，在文化传承、理论创新和推进社会文明等方面发挥了重大作用。经学发展历程是中华民族思想意识和价值观念不断创新的学术演变史、文化发展史和人文教育史。经学成为中国古代的主流文化，关键在于经世致用、人文传承，呈现出创造性转化与创新性发展的特点，体现着中华民族以人为本的文化精神。

第一节　中国经学的守正创新与人文精神[①]

中国经学是中国古代儒家文化的思想精髓，是中华民族历史实践和文化创造的智慧结晶。在中华民族发展的历史长河中，经学对民族精神的铸造形成和传统文化的传承弘扬，发挥了重要作用。由此，经学不仅走过了数千年的辉煌历程，为中国古代的文化发展、文明发展和社会进步做出了重要贡献，而且馨香远播海外，对促进人类文明健康发展产生了积极影响。近代以来，中国经学在时代变革与世界动荡的大背景中经受了强烈冲击，特别是20世纪20年代五四运动和70年代"文革"浩劫，使中国经学在其发祥地一蹶不振，似乎再无复兴之望！

然而，正如老子所言"反者道之动"[②]，物极则必返。中国"文革"之后的改革开放国策，让知识匮乏的青年国人燃起了学习传统文化的强烈欲望。于是，"经学"之元典与中国古代诸多名著一起，迅速成为人们学习

---

① 本节原文发表于《国际儒学》2021年第4期，第100—109页。
② 王弼注《老子道德经注·下篇》第四十章，《诸子集成》（第3册），中华书局2010年版，第25页。

阅读和开展研究的热点，文化学术界也逐渐透出经学复兴的气息与生机。人类进入21世纪，众多远见卓识的有志之士，更是深刻认识到包括经学在内的中华优秀传统文化蕴含的深刻人类意义与巨大当代价值。"经学"与中国古代众多优秀文化成果，被视为中华民族珍贵的精神财富和重要的思想资源。在"文化强国"成为实现民族复兴之梦的重大战略举措之时，继承和弘扬民族优秀传统文化也成为国人的普遍共识。

智力资源是一个国家、一个民族最珍贵的资源。建设中华民族优秀文化传承体系，建设社会主义核心价值体系，建设中国特色社会主义新文化，让中国优秀文化走向世界，让世界人民深入了解中国，成为实现民族复兴、实现"中国梦"的重要内容。新世纪新时期中国的经济、政治和文化与世界发展一体化的大环境、大趋势，也急切需要博大精深的传统文化提供思想资源与智力支撑，所有这些都为经学复兴与创新发展提供了良好机遇。

一、"诂经之说"与"学凡六变"

中国经学是最具民族特色的学术文化表现形式，更是中国传统文化的动态知识体系和古代文化信息库。应当指出，"经学"概念实际上有广义、狭义之分。广义经学，可以泛指研究各种经典学说要义及经典文本著作的学问；而狭义经学则往往专指研究、注解和诠释儒家经典文本著作的学问，比如汉代郑玄《三礼注》与《毛诗传笺》、唐代孔颖达《五经注疏》、宋代朱熹《诗集传》之类都是狭义经学代表性著作。本节关于经学的讨论即立足于儒家经典的研究、注解与诠释。

现代学界一般以研究儒家经典的文字传世文本为依据，认为中国经学始于汉代，特别是始于汉武帝"推明孔氏"[①]、倡扬儒术之后。其实，从发生学角度讲，中国经学从元典生成之日起即已开始了其波澜壮阔的文化

---

① 班固《汉书》（第8册）卷五十六《董仲舒传第二十六》，中华书局1962年版，第2525页。

生命之旅。而中国传统经学至少从孔子杏坛讲学即已开始显露端倪。且不说孔子对于经典的整理,仅从《论语》中的文字记载来看,就有很多讨论儒家经典的内容,诸如大家耳熟能详的"不学诗,无以言"、"不学礼,无以立"①、"诗,可以兴,可以观,可以群,可以怨。迩之事父,远之事君,多识于鸟兽草木之名"②之类的结论性表达,无一不是建立在深入研究、深刻思考和深切体验的基础上。

就目前传世的经学研究著述看,传统经学着眼于"教化","因事以寓教",旨在化育人文,培养人才,影响社会,教化百姓。经学家们立足于建立、阐释和丰富儒家"内圣外王""淑世济世"的思想体系,构筑"格物、致知、诚意、正心、修身、齐家、治国、平天下"③的个体理论修养和社会实践路径,实现"安邦治国"的理想,所谓"圣人觉世牖民,大抵因事以寓教。《诗》寓于风谣,《礼》寓于节文,《尚书》《春秋》寓于史,而《易》则寓于卜筮"④。但在经学发展衍化的过程中,经学家们的学术成果一方面体现为烦琐细碎的字词注解和章句诠释,一方面表现出内容解读偏离真实原意而多有牵强附会,以至《四库全书总目提要·经部总叙》称其"诂经之说而已"⑤。当然,"诂经"依据基本史实和文化现象而自成风貌,含纳着浓厚的书卷气和学问味,但"诂经"只是"经学"内容的一部分,或者说是传统"经学"的主体部分,而绝不是"经学"的全部。我们不能也不可以忽略"诂经"现象内含的巨量文化信息和人才培养与文化传承的重大作用。而"诂经"著述更是不容轻觑的重要历史文化成果,仅《四库全书》与《续修四库全书总目提要》就收录经学著作三千六百余部、三万二千多卷,其中保存了大量珍贵的文化史料,蕴藏着丰富深

---

① 刘宝楠《论语正义》(第1册)卷十九《季氏第十六》,中华书局2010年版,第363页。
② 刘宝楠《论语正义》(第1册)卷二十《阳货第十七》,第374页。
③ 朱熹《四书章句集注·大学章句》,中华书局1983年版,第3页。
④ 纪昀总纂《四库全书总目提要·经部总叙》卷一,河北人民出版社2000年版,第49页。
⑤ 纪昀总纂《四库全书总目提要·经部总叙》卷一,第50页。

刻的学术思想，这是人类共同拥有的巨大智力资源和精神财富。而这仅仅是经学著作的一部分。

清代学人纪昀等在《四库全书总目提要·经部总叙》中，曾回顾和总结经学发展的历史，并提出"学凡六变"说。《总叙》认为经学起于汉代，而"自汉京以后垂二千年，儒者沿波，学凡六变"[①]，即经过了六大发展变化阶段，而每个时期都各有创造发明，也各有偏颇弊病。《总叙》指出，经学首变于汉代，经学家们"专门授受，递禀师承，非惟诂训相传，莫敢同异，即篇章字句，亦恪守所闻，其学笃实谨严，及其弊也'拘'"。"笃实谨严"的学风是这一时期的突出特点，而其弊端在于拘泥于"师承"，不敢突破师门局限而博采众家之长，即所谓"莫敢同异"，学术视野不开阔，影响了经学研究更好水平的发挥。

此后再变于魏晋王弼、王肃而延宕至北宋前期孙复、刘敞。此即所谓"王弼、王肃稍持异议，流风所扇，或信或疑，越孔（颖达）、贾（公彦）、啖（助）、赵（匡）以及北宋孙复、刘敞等，各自论说，不相统摄，及其弊也'杂'"。这一阶段由魏晋而越唐入宋，跨时长而流派多，经学家们各自标旌树帜，而弊端在于"疑古惑经"，竞相发挥己意，各家独自树立，"不相统摄"，造成了博广杂乱的局面。经学三变于北宋中期程颢、程颐至南宋中期朱熹。这是一个思想大解放、理论大提升的非常时期，"洛、闽继起，道学大昌，摆落汉唐，独研义理，凡经师旧说，俱排斥以为不足信，其学务别是非，及其弊也'悍'"。这一阶段实际上是经学大发展、理论大突破的阶段，经学家们以"独研义理"为特色，创新理论，形成宋代"理学"，而其弊端在于部分经学家时有率意攻驳经文或擅自删改元典的现象。

经学四变于宋末明初。这一阶段的突出特点是"学脉旁分，攀缘日众，驱除异己，务定一尊，自宋末以逮明初，其学见异不迁，及其弊也

[①] 纪昀总纂《四库全书总目提要·经部总叙》卷一，第49页。

'党'"。"学脉旁分"与"务定一尊"的竞争态势促进了经学的繁荣，但同时也出现了一些为维护自家门户声誉而庇护和回避其短的不良学术倾向，如《论语集注》误引包咸夏瑚商琏之说，而张存中《四书通证》即阙此一条以讳其误，王柏删《国风》三十二篇，许谦疑之而吴师道反以为非，都是典型的例子。

经学五变于明代正德、嘉靖以后。其时学人"主持太过，势有所偏，才辨聪明，激而横决，自明正德、嘉靖以后，其学各抒心得，及其弊也'肆'"。这与当时"独抒性灵，不拘格套"①的文化思潮相一致，此一时期的突出特点是"各抒心得"，而由此出现的弊病就是过度的随意性，如王守仁之末派皆以狂禅解经，游离本意甚远。经学六变于清初。其时经学家们"空谈臆断，考证必疏，于是博雅之儒引古义以抵其隙，国初诸家，其学征实不诬，及其弊也'琐'"。"考证必疏"与"征实不诬"是第六阶段的突出特征，而弊端在于细碎、烦琐与冗长，如一字音训动辄辨晰标注文字数百言之多。

可以看出，《四库全书总目提要·经部总叙》的作者是立足经学发展变化的实际情形并参酌了历史时代划分的界限，对这六个时期的变化分别进行宏观审视和概括分析，在此基础上提出了自己的看法。他们认为，由汉至清两千多年的经学发展，"汉学"与"宋学"两家成就最为突出，且各有特点，不能轻予轩轾，所谓"要其归宿，则不过汉学、宋学两家互为胜负。夫汉学具有根柢，讲学者以浅陋轻之，不足服汉儒也。宋学具有精微，读书者以空疏薄之，亦不足服宋儒也"②。《四库全书总目提要·经部总叙》作者认为，"经者非他，即天下之公理而已"③，因此主张"消融门户之见而各取所长，则私心祛而公理出，公理出而经义明矣"④。

---

① 袁宏道《叙小修诗》，《袁中郎全集》卷一，世界书局1935年版，第6页。
② 纪昀总纂《四库全书总目提要·经部总叙》卷一，第49页。
③ 纪昀总纂《四库全书总目提要·经部总叙》卷一，第49页。
④ 纪昀总纂《四库全书总目提要·经部总叙》卷一，第49页。

此说甚是。

"学凡六变"总结的经学发展演变轨迹与伴随出现的六大弊端，其科学性和严谨性暂且不论，却从另外一个独特的视角说明中国传统"经学"，实际上是一个开放性很强的动态知识体系和综合性很强的文化谱系，是一门"究天人之际、通古今之变"，"致广大而尽精微"的"大学问"。这一文化谱系和知识体系，既跨学科、跨领域，哲学、历史、文学、文字、天文、地理、农、林、工、医，几乎无所不包，专业性要求很高，综合性特点鲜明。同时，中国传统"经学"又是具有很强实践性和深刻社会性的"大学问"，体现着普遍的生活日用引导性和个体行为的指导性，普及化元素很浓。因此，"经学"又是一个最能反映中国古代文化发展实际、最能体现鲜明民族特色的历史概念，影响大、流传广、地位高，中国古代文化发展史上传统的图书分类采用"经、史、子、集"四分法，而"经"冠诸首。

二、"经学发轫"与"经典定型"

中国传统"经学"的形成，实际上是一个文化发展和学术创新的历史过程。从素材凝练到元典生成，再由元典演进为"经"，进而由"经"发展成专门的学问"经学"，这是一个极其漫长的孕育、诞生、传播、检验、认知和不断丰富发展的历史进程。上面所述纪昀等四库馆臣总结概括的"学凡六变"，乃是"经"已成"学"之后的事情，其实在此之前还有经学的"发轫期"与元典的"定型期"。

先说经书元典的"定型期"。"经"之"元典"定型，这是经学形成的根本基础和重要标志。"经学"乃是研究阐发儒家经典而形成的专门学问，所以前人一般认为"经学"形成于公元前6世纪至公元前5世纪的儒家创始人孔子时期。的确，很多文献史料的文字记载，给予这种观点以有力支持。司马迁《史记·孔子世家》中就有十多处记载孔子整理、研究、撰述与教授"六经"的相关内容。如"孔子不仕，退而修《诗》《书》《礼》

《乐》,弟子弥众,至自远方,莫不受业焉"①;"孔子之时,周室微而《礼》《乐》废、《诗》《书》缺。追迹三代之礼,序《书传》,上纪唐、虞之际,下至秦缪,编次其事"②。孔子本人也有"吾自卫反鲁,然后《乐》正,《雅》《颂》各得其所"③的说法。至于《春秋》之作,则有"吾道不行矣,吾何以自见于后世哉?乃因史记作《春秋》"的文字记述。如此等等。清末著名学者皮锡瑞在其《经学历史》一书中认为,"经学"肇始于孔子对《书》《诗》《礼》《乐》《易》《春秋》"六经"编订和整理④,这种观点颇具代表性。然而,对于"六经"的整理和编订,更精准的表述应当是"经"之"元典定型",这是"经学"形成的一个重要表现和基础环节。

再说经学之"发轫期"。如果说经书元典定型是经学形成的主要标志,那么经书元典定型之前的孕育酝酿,都可以看作是经学的"发轫期"。众所周知,学术研究的一个重要规则就是"考镜源流"⑤,既要知"流",更要知"源"。照此规则可以推知,"经学"实际上包括"经"与"经学"两个层面,而且是两个虽然紧密相连但本质与内涵都根本不同的概念。"经"是"元典",即上面所言"六经"之著作;而"经学"理应既包括"元典"及产生,又包括对"元典"的研究、注疏以及相关领域的考察。因此,"经学"的范围与内容,实际上包括"经"之元典的产生及其相关内容,换言之,"经学"发轫于"经"的产生,最早可以追溯到《诗》《书》《礼》《乐》《易》《春秋》记载和描述的事件发生时期,而其形成则在孔子时期,其后绵延发展创新数千年,成中华文化发展之大观。

经书元典定型,实际上也是一个不断调整变化的历史过程。其初次定型于孔子编订的"六经"。其后,伴随时代变迁与王朝更替,"经"之

---

① 司马迁《史记》(第6册)卷四十七《孔子世家第十七》,中华书局2011年版,第1914页。
② 司马迁《史记》(第6册)卷四十七《孔子世家第十七》,第1935页。
③ 司马迁《史记》(第6册)卷四十七《孔子世家第十七》,第1927页。
④ 皮锡瑞著,周予同注《经学历史》,中华书局1959年版,第30页。
⑤ 章学诚《校雠通义·序》,叶瑛校注《文史通义校注》(下),中华书局1985年版,第945页。

元典的界定、数量与内容也不断变化，由六经而五经、七经、九经、十二经，最后至十三经凝定。

孔子对六经的编订已如上述。而目前见到的传世典籍中，最早使用"六经"一词的是《庄子》，其《外篇·天运》云：

> 孔子谓老聃曰："丘治《诗》《书》《礼》《乐》《易》《春秋》六经，自以为久矣，孰知其故矣，以奸者七十二君，论先王之道而明周、召之迹，一君无所钩用。甚矣！夫人之难说也？道之难明邪？"老子曰："幸矣，子之不遇治世之君！夫六经，先王之陈迹也，岂其所以迹哉！今子之所言，犹迹也。夫迹，履之所出，而迹岂履哉！"①

由此我们至少可以推知三点：一是"六经"概念实际上创自孔子，老子只是复述而已；二是孔子自称"丘治""六经"，则"六经"确为孔子编定；三是"六经""论先王之道而明周、召之迹"，意在于"用"，但当时"一君无所钩用"的局面让孔子十分尴尬而疑惑不解。

至西汉初年，"六经"之《乐》经失传而遂有"五经"之说。汉武帝从维护国家长期统治需要又"推明孔氏"②，"表章《六经》"③，由此把儒家学说推向中华文化的核心与正统，而"经学"也自然地成为中华文化最重要的代表。迨至东汉，在"五经"基础上增加《孝经》与《论语》，遂成"七经"。④ 皮锡瑞认为"经学盛于汉"⑤，这是其中的一个重要依据。魏晋时期玄学兴而经学淡。唐代儒、释、道三家并用，而经学进一步深化。唐

---

① 郭庆藩《庄子集释·外篇·天运第十四》，《诸子集成》（第3册），第234页。
② 班固《汉书》（第8册）卷五十六《董仲舒传第二十六》，第2525页。
③ 班固《汉书》（第1册）卷六《武帝纪第六》，第212页。
④ 王国维《观堂集林》卷二十《魏石经考一》，《王国维遗书》（第三册），上海古籍出版社1983年版，第3页。
⑤ 皮锡瑞著，周予同注《经学历史》，第141页。

人先是参考沿用汉代郑玄《三礼注》,将《礼》拆为《仪礼》《周礼》与《礼记》,而将《春秋》拆作《左传》《公羊传》与《谷梁传》,共成"九经";唐文宗开成年间,将《周易》《尚书》《诗经》《周礼》《仪礼》《礼记》《春秋左传》《春秋公羊传》《春秋谷梁传》《孝经》《论语》《尔雅》等十二种儒家经书并刻于石,史称"开成十二经"。宋代则将《孟子》升格为经,与"开成石经"合作"十三经"。至此儒家经典"十三经"最后凝定。经书之元典的变化调整及其内含的文化背景,自然也是经学研究不可忽视的重要内容。

三、文化集成与族群智慧

如上所述,中国传统"经学"是一个开放性很强的动态知识体系和综合性很强的文化信息库。在中华传统文化中,儒、释、道三家学说是互济互补的三大支柱,而儒家学说是历史最为久远的本土文化,也是中国古代数千年封建社会中的主流文化。从某种角度说,经学是中华民族传统文化的基石与轴心,是民族智慧的重要载体和民族精神的集中体现,特色鲜明,成果丰富[①],世界影响深广。

以"经"名书,旨在突出强调其深厚的思想意义与巨大的文化价值,突出强调其在社会生活中的行为指导性,而这在人们的思想观念中早已是约定俗成。称"易""书""诗"为"易经""书经""诗经",又有"五经""六经""七经""九经""十二经""十三经"之说,这正如人们称"圣经""佛经"一样,充满敬重、神圣和玄秘。那么,人们为什么选定"经"字来表达而不用其他呢?其实,这与中国农耕文化人们基本生活常识的认知有着密不可分的直接关系。

"经",其本意与"纬"相对,是古代织布时预先在织布机上纵向安

---

① 《四库全书》经部收录经学著作1773部、20427卷,《续修四库全书总目提要·经部》(中华书局1993年版)收录经学著作1928部。

放的织线,是纬线交织时的依附支撑,也是织成布帛的基础。汉代许慎《说文解字》训为"织也"[1],清代段玉裁《说文解字注》进一步释为"纵线"[2]。而人们根据"经"在布帛生产中的重要支撑作用,赋予引申义,用来比喻重要书籍、重要典籍,不仅增强了形象性和生动性,丰富了其内涵,而且将人类历史实践的物质生产与精神生产联系起来,耐人寻味。由此可知,"经"者,既是"经线"之"经"、"经纬"之"经",又是"经典"之"经"、"圣经"之"经",强调的是书籍本身内容的重要性。而研究"经"书的"经学",不仅发展为专门的学问,而且对推动文化的发展、社会的进步和人类的文明发挥着积极作用。

的确,"经学"著作蕴藏了丰富而深刻的思想,也保存了大量珍贵的史料,不仅成为儒家学说的核心载体,而且也是中华民族人类胸怀与人文品格的集中体现。经学的形成、发展与影响,是中华民族对人类文化发展和人类文明进步做出的重大贡献。它既是中华民族历史实践和社会生活的智慧结晶,是中国传统文化的重要代表,又是全世界人民共同拥有的精神财富和弥足珍贵的思想资源。经学对维护中华民族数千年相对稳定的持续发展发挥了重要作用,使中华民族成为人类发展历史长河中五大文明古国唯一持续至今不曾间断者。[3]可以预见,以中国传统"经学"为代表的中华文化,其重要的思想观念,如以人为本、天人合一、天下为公、公平正义之类以及其蕴含的人类意识、家国情怀、和谐秩序、个体修

---

[1] 许慎撰,段玉裁注《说文解字注》卷十三,上海古籍出版社1981年版,第568页。
[2] 段玉裁以"纵线"引申为穿订书册的线,进而指书籍,此又是可商榷斟酌处,从中国古代书籍制度形成衍变的历史来考察,欠缺严谨和说服力。汉代班固《汉书·孙宝传》"著于经典"、南朝宋范晔《后汉书·皇后纪上·和熹邓皇后》"暮诵经典"都以"经"称书,而那时尚无册页书籍。
[3] 威廉·麦克高希《世界文明史》称"古巴比伦、古埃及、古印度、中国、古希腊是世界上的五大文明发源地"。另有"四大文明古国"说,分别是古埃及、古巴比伦、古印度和中国。四大文明古国实际上对应着世界四大发源地,文明分别指两河流域、古埃及、古印度、中国这四个大型人类文明最早诞生的地区,而同一时期的爱琴海文明未被包含其中。

养等，在今后相当长的历史时期内，将继续对人类健康发展和文明推进产生积极影响。这是由经学的思想内容、思维方式、自身特点和价值取向所决定的。

中国传统经学发展史，从某种意义上说，就是一部中华民族思想意识和价值观念不断创新发展的学术演变史、文化发展史和人文教育史。中国古代特别是中国封建社会的发展历史证明，一方面，大的历史环境和综合条件影响着经学的发展态势，另一方面，经学的发展变化又往往成为决定文化发展、社会发展和文明发展的重要因素，从先秦的"百家争鸣"到汉代的"推明孔氏"[①]、"表章《六经》"[②]，从唐朝"三教互补"的融合到赵宋"程朱理学"的盛行，从明代的"阳明心学"到清代的"乾嘉朴学"，都是典型的案例与标志。

20世纪前期的上海交通大学老校长、著名国学大师唐文治先生曾经指出："吾国十三经，如日月之丽天、江河之行地，万古不磨，所谓国宝是也。"[③] 又说："通经者，非徒通其句读也，当论世而知其通，得经之意焉耳。"[④] 在文化成为国家综合实力重要方面的当今时代，深入研究传统经学，继承和弘扬经学创造的文化精神，是建设新文化、创造新理论和增强国家文化软实力的必然要求。

四、"有根、有用、有效"

任何一门学问的产生都有其历史的必然性，而其发展与成长情形，除了必要的外部条件和社会环境之外，主要的则是由其内部机制的生命

---

① 班固《汉书》（第8册）卷五十六《董仲舒传第二十六》，第2525页。
② 班固《汉书》（第1册）卷六《武帝纪第六》，第212页。
③ 唐文治《无锡国学专修馆学规》，王桐荪、胡邦彦、冯俊森等选注《唐文治文选》，上海交通大学出版社2005年版，第181页。
④ 唐文治《十三经提纲》卷六《礼记》，唐文治编纂《十三经读本》（第一册），上海人民出版社2015年版，第53页。

力来决定。中国传统经学之所以成为中国古代的主流文化而盛行数千年之久，迄今依然显示着旺盛的文化生命力，主要是因为经学"有根、有用、有效"，在经世致用、人文传承、勇于创新、弘扬正气、树立学风、铸造民族精神等许多方面都有着出色表现。

一是"有根"。"根"即根源，是文化产品获得鲜活生命力的基础。经学元典之产生根源于历史实践，根源于社会生活，根源于宇宙自然。儒家以"入世"著称，以人为本，关注现实，关心社会，关切民生，儒家经典也都具有这样的特色。"十三经"既不同于以形象思维为主要特征的文学作品，又不同于以抽象逻辑为主要表现方式的哲学著作，而是记言、记行、记事、记物的"纪实"文字。其思想内容无不植根于历史史实和现实生活实践，所以庄子认为"夫六经，先王之陈迹也"[1]。被誉为"群经之首"的《周易》"人更三圣，世历三古"[2]，而伏羲画卦，"仰则观象于天，俯则观法于地。观鸟兽之文与地之宜，近取诸身，远取诸物，于是始作八卦，以通神明之德，以类万物之情"[3]。中国古代第一部文章总集《尚书》乃"人君辞诰之典，右史记言之策。古之王者事总万机，发号出令，义非一揆：或设教以驭下，或展礼以事上，或宣威以肃震曜，或敷和而散风雨，得之则百度惟贞，失之则千里斯谬。枢机之发，荣辱之主，丝纶之动，不可不慎。所以辞不苟出，君举必书，欲其昭法诫，慎言行也。其泉源所渐，基于出震之君；黼藻斯彰，郁乎如云之后。勋、华揖让而典、谟起，汤、武革命而誓、诰兴"[4]。由此可知，《书》的内容和来源不仅源于生活和实践，而且都是历史史实的真实记录。汉代班固曾考察并分析《论语》成书说："《论语》者，孔子应答弟子、时人，及弟子相与言而接闻於夫子之语也。当时弟子各有所记，夫子既卒，门人相与辑而论纂，故谓之

---

[1] 郭庆藩《庄子集释·外篇·天运第十四》，《诸子集成》（第3册），第234页。
[2] 班固《汉书》（第6册）卷三十《艺文志第十》，第1704页。
[3] 孔颖达《周易正义》卷八《系辞下》，《十三经注疏》（第一册），中华书局2009年版，第179页。
[4] 孔颖达《尚书正义》卷一《尚书正义序》，《十三经注疏》（第一册），第233页。

《论语》。"① 至于《三礼》《孟子》《春秋》等,其产生渊源与内容背景之"根"更是无须赘言。

二是"有用"。"经世致用"是中华文化的优秀传统,也是中国古代志士仁人追求的人生目标。文化学术,"有用则盛,无用则衰"②。中国传统经学之所以能够成为古代主流文化而数千年不衰,关键正在于其巨大的"有用"性。"经学"元典大都旨在"垂型万世"③,经邦治国,立德树人,化育百姓,纯朴民俗,推进文明。《四库全书总目提要·经部·易类一·序》称"《易》道广大,无所不包,旁及天文、地理、乐律、兵法、韵学、算术以逮方外之炉火,皆可援《易》以为说"。《尚书正义》之作"庶对扬于圣范,冀有益於童稚"④,而《诗经》之《关雎》"先王以是经夫妇,成孝敬,厚人伦,美教化,移风俗","所以风天下而正夫妇也。故用之乡人焉,用之邦国焉"。⑤ 至"《尔雅》者,先儒授教之术,后进索隐之方,诚传注之滥觞,为经籍之枢要者也"⑥。《四库全书总目提要·集部总叙》称"夫学者研理于经,可以正天下之是非;征事于史,可以明古今之成败",是亦着眼于"用"。可知儒家经典皆"有用""大用"之书。司马迁《史记·孔子世家》记载了孔子作《春秋》的故事:

子曰:"弗乎!弗乎!君子病没世而名不称焉。吾道不行矣,吾何以自见于后世哉?"乃因史记作《春秋》,上至隐公,下讫哀公十四年,十二公。据鲁,亲周,故殷,运之三代。约其文辞而指博。故吴楚之君自称王,而春秋贬之曰"子";践土之会实召周天子,而《春

---

① 班固《汉书》(第6册)卷三十《艺文志第十》,第1717页。
② 皮锡瑞著,周予同注《经学历史》,第134页。
③ 纪昀总纂《四库全书总目提要·经部总叙》卷一,第49页。
④ 孔颖达疏《尚书正义》卷一《尚书正义序》,《十三经注疏》(第一册),第233页。
⑤ 毛苌《毛诗序》,孔颖达疏《毛诗正义》卷一引,《十三经注疏》(上册),中华书局1980年版,第269页。
⑥ 郭璞注,邢昺疏《尔雅注疏》,《十三经注疏》(下册),第2564页。

秋》讳之曰"天王狩于河阳":推此类以绳当世。贬损之义,后有王者举而开之。《春秋》之义行,则天下乱臣贼子惧焉。

由这段文字我们可以看到,孔子作《春秋》至少有两个目的:一是要让儒家推行的"仁礼"之道"名实相符";二是要通过"贬损之义"来"以绳当世"。而其效果则是"《春秋》之义行,则天下乱臣贼子惧焉",显然是达到了设想的初衷。关于经学的"有用"性,宋代张载概括的最精彩、最精辟,即"为天地立心,为生民立命,为往圣继绝学,为万世开太平"[①],冯友兰先生称此为"横渠四句"[②]。当然,"用"又有形式之别、大小之异、层次之分。

三是"有效"。"有效"主要是指经学产生的积极影响和发挥的重要作用。经学的"有效"可以在意识形态领域和社会生活方面得到验证。经学有三个突出鲜明的特点值得注意:一是经学"主干"元典一直都是作为全国通用教材而存在,不论是在"以吏为师"时期还是在"私学"兴起之后,都是如此,不仅以多种材质载体制作教材课本,而且刻成"石经"颁于学府;不仅讲授传习,而且密切关联仕途科举。二是经学一直是以学术研究的形式在不断地深化、细化,不断地拓展、创新,不断地系统化和理论化,不仅成就了历代一批一批的经学大师、文化名家,而且留下了汗牛充栋的著述成果。三是由于经学内容源于社会生活,具有很强的实践性,经学的发展也始终呈现出理论与实践密切结合的特点,指导着人们的思想和行为,提升了全民族的文明素质。这三大特点反映在中国古代不同的历史时期重点虽有差异,而在学术发展、文化传承、社会风气、制度文明等方面,在人的观念意识、风操节守、思想品格、综合素质等方面,则都显示出巨大影响力。特别是经学在人才培养、文化建设和创新理论方面表现

---

① 张载《张子语录中》,章锡深点校《张载集》,中华书局1985年版,第320页。
② 冯友兰《中国哲学简史》,北京大学出版社2010年版,第37页。

出持久强大的生命力，在维护社会秩序、维护封建统治方面表现出非同寻常、无可替代的作用。所有这些都充分展现出经学内蕴的巨大能量和"有效"性。

五、经学传承与开拓创新

中国传统经学创造了人类文明发展史上最富民族特色的文化传承模式。"经学"的发展兴盛，体现着中华民族对前代历史和民族文化的高度尊重、高度珍视和自觉传承，体现着中华民族尊重历史、尊重知识、尊重人才的一以贯之的优良传统。历代经学家们一方面表现出不畏艰难、刻苦严谨的治学精神和敢于探索、勇于创新的气魄胆识，一方面表现出"斯文自任"的历史使命意识、责任担当精神和文化自觉、文明自信的创新能力。所有这些都给我们以深刻的当代启示。

在20世纪人类遭受战争磨难和遭遇各种文化思潮碰撞之时，中国经学发展虽然在大陆遭遇重大挫折，但是依然以各种形态和方式在全世界顽强倔强地发展，不仅中国的大陆、台湾、香港涌现出一批卓有影响的经学家，而且在海外、境外的世界各地涌现出很多中国经学的专家学者和学术成果。特别是地下考古重大材料的新发现，如银雀山汉墓竹简（1972）、马王堆汉墓简帛（1972—1974）、郭店楚简（1993）、清华大学藏战国竹简（2008）之类，也为经学研究的深入提供了支撑。至于世界诺贝尔奖获得者"人类要生存下去，就必须回到二十五个世纪以前，去汲取孔子的智慧"[1]的建议，则是中国经学影响的又一典型例证。

进入21世纪以来，伴随中国经济的迅速崛起和国家综合实力的不断提升，中国传统经学的研究呈现令人欣喜的新态势。一方面是国家重视程度越来越高，政策支持力度越来越大，一方面是研究队伍迅速成长，研究

---

[1] 1988年1月在巴黎召开的主题为"面向二十一世纪"的第一届诺贝尔奖获得者国际大会上，七十五名参会者经过四天的讨论得出的结论之一。见1981年1月24日《堪培拉时报》(*Canberra Times*)，作者是帕特里克·曼汉姆。

方法和成果形式丰富多彩，世界影响越来越深广。比如，山东大学与中华书局共同策划组织的《〈十三经注疏〉汇校》引起学界的高度关注，其第一项成果《尚书注疏汇校》完成后，也获得专家好评；由国学网、首都师范大学电子文献研究所联合北京师范大学易学文化研究院共同组织的《中华易学全书》[①]编纂工程，将点校整理《四库全书》所收易学典籍183种、1839卷、3500余万字，分为64册，另有2000余幅易学图，学界高度期待。国家社会科学基金近20年来还资助支持了一大批经学研究的重大项目、重点项目和相关课题，如《易经研究》《诗经研究》《尚书研究》等等。此外也有一批经学研究的重要成果入选国家社会科学优秀成果文库，如《周易经传研究》《两汉〈尚书〉学研究》等等。

目前经学研究呈现着令人欣喜的新态势。比如，经学研究文献资料搜集的全球化、最新考古材料使用的科学化、研究方法的现代化、高新科技手段的信息化，等等，这些都大大提高了经学研究的水平、质量和效率。尤其是国家对中华优秀传统文化积极思想资源研究发掘的引导支持，使"国学热"持续升温，成规模的大型古籍整理与研究成为国家文化建设的基础工程，世界学习了解中国古代文化的需求和期待也越来越强烈。在这种大的时代背景下，经学研究正在发生变化，传统经学的概念、内涵与范围已经不断被突破，诸如《道德经》已经成为全世界外译版本最多的中国典籍，《孙子兵法》之类的"武经"、《黄帝内经》之类的"医经"也都成为人们倾注更大热情的热点，这说明21世纪的"新经学"正在悄悄酝酿中。

人类的发展与民族的振兴需要学界做出更大的成绩、更多的贡献。我们理应自觉地以前贤圣哲为榜样，自觉继承和大力弘扬中国传统经学的治学精神、创新勇气和历史担当，为建设中华民族优秀文化传承体系建设、社会主义核心价值体系和中国特色社会主义新文化，为推进中国文化

---

① 参见《人民网》2015年4月20日"《中华易学全书》将于年内陆续出版"。

与世界文化的交流、交融与创新，贡献力量和智慧，特别是要有创建当代"新经学"的勇气和胆量。中国传统经学虽然走过了数千年的历程，创造了属于他们那个时代的辉煌，但同时也给后人留下了巨大的发展空间。时代的进步和高新科学技术的发明，为我们提供了研究手段的极大便利，同时也为理论创新提出了更高的要求。树立人类意识、强化国家观念，立足现实、着眼长远，发扬光大前人创建汉学、宋学、朴学的精神，创造属于当今时代的经学研究新话语、新理论、新体系，已经成为学人义不容辞的历史责任。

刘勰《文心雕龙·宗经》篇称"经也者，恒久之至道，不刊之鸿教也"[1]，指出"经"蕴含着人类社会与宇宙万物发展变化的永久性规律，是开发人类智慧、提高民族素质和推进社会文明不可磨灭的文化信仰与永久性教材。中国传统经学从"经"的孕育到"经学"形成，历经数千年传承演进，"以人为本""天人合一""尊道贵德"的三大理念，始终是贯穿经学发展的核心、重心与轴心，体现出深刻厚重的人文精神，彰显着恢宏强大的文化生命力、思想影响力与民族凝聚力，成为引领人类和平发展的思想库。镌刻于联合国大厦的"己所不欲，勿施于人"[2]，已经成为当代国际关系的基本准则与世界和平正义群体的"座右铭"。

创造人类21世纪的"新经学"，既要创新性弘扬中华文化优秀传统，汲取前贤创造的优秀成果，更要结合时代发展需要，突破"经学"即"儒学"的历史局限；既要保持以人文精神为根本的民族特色，更要强化"人类命运共同体"思想意识，立足于从传统文化中深入发掘具有人类普遍意义的思想资源，在完善和重构经学框架、话语体系、理论体系和传播体系诸方面下功夫。"新经学"应彰显"大文化"气魄，开辟新境界。传统经学知识认知的综合性、整体性极强，没有学科区分，只有"道""器"之

---

[1] 刘勰著，范文澜注《文心雕龙》，第3页。
[2] 刘宝楠《论语正义》卷十五《颜渊》，第485页。

别,"文史哲艺"不分家,"理工农医"为一体,不仅呈现着"人"为灵魂、"天地人"交融的"大文化"景象,而且呈现着人性化、生活化和社会化鲜明的实践性。欧阳修称赞王弼经解"推天地之理以明人事之始终,而不失其正"[①];苏轼认为"圣人之道,自本而观之,则皆出于人情"[②];朱熹提出"复求圣人之意,以明夫性命道德之归"[③];无不立足于"致广大而尽精微"[④]的人文"大文化"。"新经学"更应避免"书斋化",融入现实实践中。将新成果用听得懂、记得住、生活化、易实践的方式与生动活泼的形式,向世界广泛传播。既重塑古老文明中华民族新形象,又寻求世界人民知识认知、观念认知与价值认知的共同点,引导人类的和平发展、文明发展与健康发展。

第二节 孔子"和"文化思想及现代启示[⑤]

"和",是东方哲学中的一个重要概念,"和"文化更是中国传统文化的思想精华。作为人类文明发展史上卓越的思想家和杰出的文化巨人,孔子为中国"和"文化的创新发展做出了重大贡献。他所创立的以"和"文化为核心的儒家学说,不仅成为支撑中国封建社会两千多年持续稳定发展的主流文化,而且在世界范围内至今产生着深刻广泛的影响,以至于参加巴黎第一届诺贝尔奖获得者国际大会的七十多位权威专家认为,人类要生

---

① 欧阳修《张令〈注周易〉序》,李逸安点校《欧阳修全集》(第3册)卷六十五,中华书局2001年版,第949页。
② 苏轼《中庸论中》,孔凡礼点校《苏轼文集》(第1册)卷二,第61页。
③ 朱熹《〈中庸集解〉序》,《晦庵先生朱文公文集》卷七十五,朱杰人、严佐之、刘永翔主编《朱子全书》(第24册),上海古籍出版社、安徽教育出版社2002年版,第3640页。
④ 朱熹《四书章句集注·中庸章句》,第35页。
⑤ 本节原文发表于《北京大学学报》(哲学社会科学版)2009年第2期(总第252期);《新华文摘》2009年第13期(总第433期)全文转载。

存下去，必须从二十五个世纪以前的孔子那里汲取智慧。[①] 在全球经济一体化、信息传播网络化和文化发展多样化的当今世界，在文化作为综合国力重要组成部分并开始由"软实力"逐渐向"硬实力"演化的国际大环境中，孔子智慧对于和谐社会、和谐世界建设与人类文明发展依然有着重要启示。

一、孔子时代的社会危机与"和"之重大价值的发现

在人类社会发展的历史进程中，人与自然、人与社会、人自身的矛盾，始终是人类必须面对的三大矛盾。其在不同时期或地域的不同表现，决定着人们思考的重心和应对的措施。即如大禹时代，地球冰河末期的世界大洪水，曾使人类濒临绝境。当其时，大禹率众"导川夷岩"，"湮洪水，决江河"，"劳身焦思，居外十三年，过家门不敢入"[②]，带领人们征服了严重威胁人类生存的洪水。李白为此写下了"大禹理百川，儿啼不窥家，杀湍湮洪水，九洲始桑麻"（《公无渡河》）的诗句，赞美大禹功绩。

与大禹不同，孔子时代面临的主要问题是人与人、人与族群、族群与族群、族群与国家、国家与国家之间的社会矛盾，社会不同利益群体甚至是社会成员个体利益的争夺与争斗异常激烈残酷。当时的亚洲华夏大地，诸侯征伐，社会动荡，族群残杀，道德沦丧，所谓"弑君三十六，亡国五十二，诸侯奔走不得保其社稷者，不可胜数"[③]，而"周室既衰，诸侯恣行"，"幽国""僭越""胁君""乱国""坏法乱纪""君臣为谑"（《礼记·礼运》）的情况不胜枚举。诚如孟子所说"世衰道微，邪说暴行有作"（《孟子·滕文公下》），不仅前代创造的文明惨遭破坏，而且人们的生命和生存受到严重威胁，文明的发展面临严峻挑战。孔子正是在这样的

[①] 1988年1月24日澳大利亚《堪培拉时报》刊发了题为《诺贝尔奖获得者说要汲取孔子的智慧》的文章，文章说"人类要生存下去，就必须回到25个世纪以前，去汲取孔子的智慧"。参见李存山《孔子智慧与实践智慧》，《寻根》2003年第6期。
[②] 司马迁《史记·夏本纪第二》。
[③] 司马迁《史记·太史公自序》。

历史背景下，思考着解决社会危机的最佳思路和根本方法。围绕如何使社会安定有序、人们和谐和睦，孔子着眼于"人"这个社会的核心与矛盾的主体，深刻把握战乱年代人们思安、思定的普遍心理，在现实的日常生活中、在前人的实践经验中，发现了"和"这一理念安邦定国的潜在效能，并把它作为思想文化创造的重心。

"和"的本义是"相应"（见《说文解字》），乃"彼此心声相应""顺而相从"之意。"和"即"和谐""和顺""和睦"。而战争以"战"来"争"，武力解决争端，这是社会矛盾极端化的表现，也是社会动荡的根源。"和"的理念蕴含着社会学、人类学和政治学的诸多要素，反映的是社会协调有序的精神风貌，体现着文明健康的发展。人"和"则不争，国"和"则无战。"和"会使社会安定、秩序井然。孔子面对严酷的社会战乱，敏锐地发现并发掘出"和"这一人类文明发展的至高境界，并将其系统化、理论化、通俗化和实践化，提出了推动社会和谐有序、文明发展的新思路。

二、孔子"和"文化思想体系的理论架构

"和"，无论在孔子之前还是在孔子身后，都是先秦思想文化中的重要社会理念，所谓"和也者，天下之达道也"（《礼记·中庸》）。《周易》"保合大和""天下和平""和顺于道德"，《尚书》"协和万邦""神人以和""庶政惟和"，《墨子》"天下和，庶民阜""刑政治，万民和"，《荀子》"天下之和"，《管子》"内外均和"，等等，不胜枚举。这说明，"和"的理念已经具有了较为广泛的时代认知基础和社会心理基础。传世典籍中，孔子关于"和"的直接表述并不多。《论语》全书仅在《学而》《述而》《子路》《季氏》《子张》篇中有五章言及。然而，从孔子思想文化的整个体系看，"和"实际上是他全部思想中的最高理念，也是其毕生追求的理想社会状态。孔子提出的一些最重要的哲学理念，如"仁""礼""中庸"等思想，其实都以"和"为内在统领。

"和"作为人类社会健康发展的理想状态,它的实现,既需要一定的历史过程,又必须具备可行的引导措施。因此,孔子思考的重点,不在于怎样发现"和"之美好——这原本是人人都向往的,而在于通过什么方式来实现社会之"和"。为此,孔子以"人"为根本、以现实生活为基础,创立了"仁"学和"礼"学,并提出了一种重要的方法论——"中庸之道",从而构筑起合理、严谨与稳定的思想体系。"和"是这个体系的最高理念,"仁"与"礼"是两个并列且内外相辅相成的子系统。在这个思想体系中,"仁"与"礼"将"和"作为实现的目标,处处散发出人性的光芒;"中庸之道"作为实现"和"的方法也处处显示着思想的博大精深。

三、倡"仁"以达"和"

"和"的核心是人与人之间的和谐,是人的情感、精神和心理的相通,但由于人性中普遍存在的弱点如嫉妒、贪婪、恐惧、私欲等,人与人的和谐又往往很难达到。对此,人类早期的一些思想家如亚里士多德等都曾有过经典的思考。孔子的伟大之处在于,他虽然洞悉导致人与人之间不和谐的种种因素,但却能从人的情感和心理层面发现人性中诸多与"和"相通的积极因子,并将其升华为人人都可以用心性去领悟的哲学范畴——"仁"。[①]

"仁"是一种境界和胸怀,是内在的气质和修养。"仁"之所以通于"和",首先是因为其内涵中具有人类最积极最美好的情感因子——大爱。人的特质就是富有情感性,孔子说"仁者,人也,亲亲为大"(《礼记·中庸》),"上下相亲,谓之仁"(《礼记·经解》),这是一种最为纯洁、最为积极、最为可贵的人类情感,由此孔子进一步提出"仁者爱人"

---

① 杨庆存《华夏民族理想人格的基石——孔子仁学整体系统的重新审视》,《孔子研究》1992年第4期。

(《论语·颜渊》)的著名论断。《论语·乡党》记载了这样一个故事:"厩焚。子退朝。曰:'伤人乎?'不问马。"这表明,仁者的爱人表现的是人与人之间的相互关爱,相互尊重,是对人的生命的热爱和珍视,这是一种社会的"大爱"。相互关爱,自然就会"胜残去杀",维护和平,人与人之间的和谐、社会的和谐就有了坚实的思想基础与社会基础。

"仁"之所以通于"和",还因为它植根于人类至亲的血脉联系。孔子主张"仁"的实践要从家庭的"孝弟"做起。他认为,"笃于亲"才能"兴于仁"(《论语·泰伯》),"孝弟"是"为人之本"(《论语·学而》),也是家庭成员之间达成和谐的最佳途径。社会的基本单位是家庭,"体仁""行仁"以"孝弟"为先,就有了根基。由此推而广之于整个社会,人与人的和谐也才有坚实的基础,所谓"君子笃于亲,则民兴于仁"(《论语·泰伯》)。这一思想在后来的孟子那里进一步发扬光大。孟子主张"爱人"必先"事亲";认为"事"以"事亲为大"(《孟子·离娄上》),"孝"乃"德之祖","老吾老,以及人之老,幼吾幼,以及人之幼,天下可运于掌"(《孟子·梁惠王上》)。这让人们更加清楚地看到了"仁"是如何通过人类的亲情关系,促成整个社会步入"上下无怨,民用和睦"[①]的和谐状态。

由此看出,"仁"不仅是社会成员道德修养的最高境界,更是社会和谐的重要基础。"仁"中之大爱和至亲因素可以成就一个社会最有道德修养的精英群体——"君子"。他们以其宽宏、博大而又朴素平实的品格,协调着社会成员之间的融洽关系。事实上,早在《尚书》里即有"虽有周亲,不如仁人"(《周书·泰誓中》)的说法,说明"仁"在人们心目中早就形成了一种固定的高尚品质。这种品质具有的亲和力、凝聚力和号召力,是形成人格魅力的重要因素,也是现实社会浩然正气的重要体现。

---

① 李善注《文选》卷五十一《四子讲德论》。

孔子正是由于看到了"仁"与"和"的内在联系以及由此形成的巨大社会思想能量，他才不遗余力地倡导"仁"的思想观念。孔子认为，"仁"既体现着一种社会公德，又承载着社会成员的责任感，是实现"和"的重要途径。因此，他坚持"仁以为己任""仁以行之"（《周易》）的社会实践，不惜为此"死而后已"（《论语·泰伯》）。

基于同样的原因，孔子又特别强调"仁"是统治阶层必备的品质。所谓"三代之得天下也以仁，其失天下也以不仁。国之所以废兴存亡者亦然。天子不仁，不保四海；诸侯不仁，不保社稷；卿大夫不仁，不保宗庙；士庶人不仁，不保四体"（《孟子·离娄上》），统治阶层的"仁"与"不仁"，直接关系江山社稷的得失，无怪有人将其与"和"并列而论，认为"'和'与'仁'，霸王之器也"（《礼记·经解》）。对于当权的统治者来说，"仁"的实践还具有示范性。"君仁，莫不仁"（《孟子·离娄上》），"上好仁，则下之为仁争先人"（《礼记·缁衣》），因此，执政者必须"克宽克仁，彰信兆民"（《尚书·商书》）；"仁以爱之，义以正之，如此，则民治行矣"（《礼记·乐记》）。

四、崇"礼"以致"和"

在孔子思想体系中，"礼"是与"仁"同等重要的另一个思想范畴。[①] 如果说"仁"主要是通过人的内在道德修养来实现人与人之"和"的话，那么，"礼"则更多的是通过人的外在行为规范来实现人与社会之"和"。

"礼"是实现社会和谐的重要手段。孔子说，"礼之用，和为贵。先王之道斯为美，小大由之"（《论语·学而》）。在这里，孔子非常明确地将"礼"定位于一种"用"，即手段，而同时又突出强调了"和"是效

---

① 杨庆存《华夏文明的构建与古代政治的经纬——孔子礼学思想体系的重新审视》，《新华文摘》2002年第7期。

果，是目的。孔子认为，"礼"的作用最珍贵的地方就在于它可以使社会达到和谐的状态，"礼"是"先王之道"最美好的精华。这实质上是赞叹"礼"在协调社会关系中的重要作用和重大价值。这段话议论的是"礼"，而强调的是"和"，故钱穆先生说，"此最孔门言礼之精义，学者不可不深求"（《论语新解》）。孔子将人类社会发展的最佳状态确定为"和"，这正是其思想学说的伟大深邃之处，他对"礼"之"用"的政治定位，也不断地启发着中国封建社会一代代君王、政治家和思想家，使建筑在儒家思想基础之上的"礼治"以"和"为目标而富有超强生命力。

"礼"作为引导人与社会达成和谐的重要手段，其精髓在于使国家政治和社会生活规范有序。即通过对社会政治伦理秩序的规范，形成运行有序的社会状态，从而使全体社会成员在有序的社会活动中确定位置，达成和谐。《礼记》说："夫礼者，所以定亲疏、决嫌疑、别同异、明是非也"，"道德仁义，非礼不成；教训正俗，非礼不备；分争辨讼，非礼不决；君臣、上下、父子、兄弟，非礼不定；宦学事师，非礼不亲；班朝治军，莅官行法，非礼威严不行；祷祠、祭祀、供给鬼神，非礼不诚不庄"（《礼记·曲礼》）。孔子正是看到了"礼"在建立政治秩序和规范社会行为中这样广泛而重要的作用，才把"礼"作为引导社会走向和谐的重要手段。孔子认为，"礼者，君之大柄也"，"治上安民，莫善于礼"（《礼记·经解》）。"礼"可以"治政安君"，"治人之情"，而"坏国、丧家、亡人，必先去其礼"（《礼记·礼运》），因此，治理好国家，一切都要先从"礼"的整肃开始。他还将政治伦理秩序归纳概括为"君君、臣臣、父父、子子"八个字，作为全体社会成员躬行实践的基准。

"礼"之所以能够成为安邦治国的"大柄"，追根求源，在于其植根于人性中最具普遍意义的内容——习俗。孔子在谈论"礼"的起源时曾指出，"夫礼之初，始诸饮食"（《礼记·礼运》）；《仪礼》中"士冠礼""士婚礼""燕礼""大射仪"等等，对于衣着、程序、话语、位置、迎宾、送客等具体细节都做了生动的表述。《礼记》记载接待客人时的情景："凡与客人者,每门让于客。客至于寝门,则主人请入为席,然后出迎客。客固辞,主人肃客而入。主人入门而右,客入门而左。主人就东阶,客就西阶。"其习俗化、生活化的特点由此可窥一斑。司马迁也说,"观三代损益,乃知缘人情而制礼,依人性而作仪"(《史记·礼书》)。正因如此,"礼"才能形成对全体社会成员行为的强有力规范和制约,而遵礼和学礼也就体现着个体对社会的尊重。孔子终生不遗余力地倡导"礼"的学习和实践,认为这是一个人在社会上安身立命的起码条件。《论语》有很多关于礼的示范事例的记载,孔子甚至直接告诫自己的儿子"不学礼,无以立"(《论语·季氏》)。他特别反对越轨、越礼行为。《论语》记载了关于"八佾舞于庭,是可忍也,孰不可忍也"(《八佾》)的故事,按照当时的礼制规定,舞蹈奏乐,天子八行,诸侯六行,每行六人;大夫四行,每行四人;季氏身份只能用四行,却"八佾舞于庭",用了天子之礼,所以受到孔子严厉谴责。

从社会习俗到国家政治,"礼"维护社会安定的作用不断被强化,"礼"的秩序性对营造和谐的社会环境无疑具有举足轻重的作用。从现存《周礼》《礼仪》《礼记》等文化典籍来看,当时大至国土区划、官吏职掌、乡遂授田、城郭道路之制、市肆关门之政以及庠序之教,小至冠、婚、丧、祭、歌舞乐律乃至衣服饮食、坐立行走,都有详细明确的规定。在政治制度方面,《周礼》"体国经野,设官分职",对部门设置、等级标识、社会成员之间交际交往的仪态程序,等等,也都有非常具体的规定,不仅反映出国家权力的集中和统治机构的健全,也显示着对社会成员的自我约束。通过《周礼》,孔子看到了在社会习俗基础上形成的政治制度对于引导人类社会步入和谐的重大作用,这正是他力倡恢复周礼的深刻思想原因。

五、"中庸"以成"和"

"中庸"是孔子学说中一个最耐人寻味而又充满思想智慧的哲学理

念，也是孔子"和"文化思想体系里不可或缺的重要内容。何谓"中庸"？孔子认为，"中庸"是"至德"的表现，所谓"中庸之为德也，其至矣乎"（《论语·雍也》），这是就其本质而言。

从文字学的角度来看，"中庸"的本义就是恰当地运用。许慎《说文解字》说，"中，内也；上下通也"；"庸，用也，从用，从庚；庚，更事也"。合而解之，"中庸"即"内用"，属于人的意识行为。由于前人常"中""正"连用，如"刚健中正""行必中正"等，则"中"也有"正"的意思。所以朱熹《中庸章句》说"中"就是"不偏、不倚，无过、不及"，这已是本义的衍生。按照子思的解释，"喜怒哀乐之未发谓之'中'；发而皆中节谓之'和'"（《礼记·中庸》），"未发"即在"内"，"中节"则恰当。故《逸周书·度训》有"'和'，非'中'不立"之论。值得注意的是，子思指出了"中"与"和"的内在联系。"中庸之道"原本就是"和之道"，它体现着"和"，又是达成"和"的方法和原则。正因为如此，在孔子的论述中，"中庸之道"既是一种至高的修养和境界，又广泛地体现在"君子"对"仁"与"礼"的把握和实践中，缺少了中庸，"仁"与"礼"将难以正确地践行。

以"中庸之道"来把握"仁"，核心是怎样对人的各种极端欲望和情感进行正确的规制和处理。孔子说："富与贵，是人之所欲也，不以其道得之，不处也。贫与贱，人之所恶也，不以其道去之，不去也。"（《论语·里仁》）向往富贵，摆脱贫贱，这是每个人都会有的欲望，但是，实现它却需要正确的方法。"仁者爱人"也是根源于人的情感，而人的情感和欲望只有恰当得体，才会和谐有序，否则就会引起矛盾，所谓"过犹不及"（《论语·先进》）。而孔子称赞的一些美德，如"惠而不费，劳而不怨，欲而不贪，泰而不骄，威而不猛"，等等，都是讲人应如何对情感和欲望进行适度的把握。

需要指出的是，"中庸"绝不是折中调和。《论语·阳货》载：

> 子张问仁于孔子。孔子曰："能行五者于天下者为仁矣。""请问之。"曰："恭、宽、信、敏、惠。恭则不侮，宽则得众，信则人任焉，敏则有功，惠足以使人。"

这里的"恭、宽、信、敏、惠"都暗含着中庸原则，因而能帮助人们成就事业。孔子非常赞赏那些深谙中庸之道的人。《论语·公冶长》载："子谓南容：'邦有道，不废；邦无道，免于刑戮。'以其兄之子妻之。"国家政治清明时能出来做官，政治黑暗时也不至于被杀，南容能做到这样，说明他娴熟中庸之道，能圆满地处理好各种事情，因此，孔子便把侄女嫁给了他。

以"中庸之道"来把握"礼"，核心是怎样通过合理的制度安排，防止社会出现巨大的贫富分化。"有国有家者，不患寡而患不均，不患贫而患不安。盖均无贫，和无寡，安无倾。"（《论语·季氏》）贫富分化会使社会矛盾矛激化，从而与"和"的社会目标背道而驰。从这个角度看，"中庸之道"又是"礼"的根基和灵魂，所以孔子才说"礼之用，和为贵"。对此，朱熹进一步阐释说，"均则不患于贫而和，和则不患于寡而安，安则不相疑忌，而无倾覆之患"（《四书章句集注·论语集注》）。或许也正是从这个意义上，毛泽东同志指出，"'中庸'观念是孔子的一大发现，一大功绩"[①]。的确，古往今来，世界上任何来自社会内部的动荡，追根求源，都与贫富差距的扩大有关。这对于现代社会的政治家们如何安邦治国仍有重要的指导和启示意义，而如何践行，也是一个历久弥新的课题。

六、孔子"和"文化思想的人文基础

孔子创造的"和"文化思想"尊德性而道学问，致广大而尽精微，

---

① 《毛泽东书信选集》，中央文献出版社2003年版，第147页。

极高明而道中庸"(《中庸》),博大精深而又平实可行,为世界不同国家和不同民族所认同。有人将《论语》看作是东方的《圣经》;法国魁奈则认为,《论语》"满载原理及德行之言,胜过于希腊七圣之言"[①];而俄国的列夫·托尔斯泰甚至将孔子的格言作为必读的内容,他在1900年的日记中写道:"了解了孔子的思想,其他一切都显得微不足道了。"的确,一部《论语》虽然只有万余言,却让人越读越"仰之弥高",这在人类发展的历史上都是罕见的。这种情形,自然与孔子"和"文化思想的巨大魅力密切相关,同时也与其深厚的历史渊源和人文基础密切相关。

首先,以最高理念"和"为统领的思想架构,是孔子在浓缩千年文化精华的基础上,进行思想创新的伟大成果。据记载,孔子乃"圣人之后",他"信而好古",曾"适周,问礼于老子"(《史记·孔子世家》)。对于古代文化,孔子首先是精心地阅读、学习和研究,他"读《易》,韦编三绝"(《汉书·儒林传》),又"修诗、书、礼、乐","晚而喜《易》,序彖、系、象、说卦、文言","因史记作春秋"(《史记·孔子世家》),对前代的文化古籍、典章制度烂熟于胸。这些都为"和"文化思想体系的创造奠定了坚实的人文基础。孔子在大量阅读学习和深入思考的基础上,发现了社会政治文化如何通过传承与创新保持其旺盛的生命力。"殷因于夏礼,所损益,可知也;周因于殷礼,所损益,可知也;其或继周者,虽百世可知也。"(《论语·为政》)正因为如此,他不仅能够"祖述尧、舜,宪章文、武"(《汉书·艺文志》),精心选择、整理与诠释前代文化精华,如"古者诗三千余篇"而"去其重,取可施于礼义"者"三百五篇,皆弦歌之",而且能够以前所未有的哲人气魄和开阔博大的胸襟,领悟历史文化的精髓,思考社会的和谐安定与人类文明的发展。如前所述,孔子之前,中国的"和"文化思想早已滥觞。《周易》

---

① 魁奈《中国君主专制论》,转引自利奇温《十八世纪中国与欧洲文化的接触》,商务印书馆1991年版,第94页。

《尚书》《诗经》《周礼》等文献中都有相关的记述，可知天下之"和"与社会之"和"已经是历代明君的最高政治理想和追求。从墨子、荀子、管子等这些与孔子同时或稍后的思想家的著述来看，"和"也已然成为思想文化中的重要社会理念。孔子思想的杰出之处在于，"和"在他这里不仅是一种最高的社会理想和整个学说的内在统领，而且完全可以体现在对"仁""礼"和"中庸"之道的学习、修炼的把握之中，既可望又可及，并且是人人都可以践行的。正是这一点，成就了其以"和"为统领的学说体系经久不衰的思想魅力。

其次，孔子"和"文化思想最根本的要义是人之"和"，因而出发点是现实社会中有血有肉的活生生的人，着眼点则是富有思想和情感的人性，构成其学说重要支撑的"仁""礼"和"中庸之道"也因其深厚的人性底蕴而富有长久的生命力。从上面的分析中可以看出，在孔子的学说中，"仁"的践行可以从对至亲的"孝弟"开始，"礼"的规制则体现着对源远流长的人类习俗的尊重，"礼"至于"中庸之道"，更是以对人的社会心理分析为基础，以对人的种种现实欲望和情感的正确把握为前提。既充分考虑人的社会需求和心理需求，又充分考虑人的现实需要和社会的长远发展，孔子的"和"文化思想处处透着对人之大爱和"以人为本"的精神。也正由于此，千百年来，各个时代的人们都从孔子学说中发现了自己人性中的闪光部分，同时又自觉自愿地遵从他的思想主张，并用之规范、约束和协调人们的社会行为，引导社会走向和谐与文明。

中国著名的社会学家费孝通先生曾指出，"现在世界正进入一个全球性的战国时代，是一个更大规模的战国时代，这个时代在呼唤着新的孔子，一个比孔子心怀更开阔的大手笔"[①]。跨入21世纪之后，人类发展过程中的三大基本矛盾依然存在，人与自然的矛盾如环境问题大有愈演愈烈之

---

① 费孝通《孔林片思》，《读书》1992年第9期。

势，而在局部地区，社会矛盾的冲突也不断加剧。孔子于二十五个世纪之前创造的"和"文化思想，非但没有因为历史的久远而淡出人们的视野，反而愈加显示出孔子智慧的超前性、普适性和永恒性，继续为当今和谐社会、和谐世界的构建提供着深刻丰富的启示。

第三节　华夏民族理想人格的基石
——孔子仁学整体系统的重新审视[①]

"仁"是孔子哲学伦理思想的核心，这一点是毫无疑义的。然而对它的理解、阐释和评价却歧议纷呈。比如，有人认为"仁"是"忠恕之道"（刘节《孔子的"唯仁论"》），有人认为"仁"是一种"牺牲自己为大众服务的精神"（郭沫若《十批判书》），有人认为"仁"是"君子的属性"（侯外庐《中国思想通史》），也有人认为"仁"的阶级实质乃在"克己复礼"，如此等等。虽然见解不同，但都是依据孔子本人的解释。因为在《论语》中，"仁"这个字共出现了一百多次；颜回问仁，樊迟问仁，仲弓问仁，子张问仁，他们得到的回答都是不同的；至于孔子针对不同情况对仁的不同解释就更多了。研究者则往往根据自己的理解突出强调其某一侧面，见仁见智。然而无论偏执于哪一种解释，都无法把孔子本人的解释完全贯通，难以勾勒其全貌。笔者认为，孔子所谓的"仁"，并非某种特定的德目，而是一个独立完整的道德体系和价值观念的总称。正因为如此，孔子的弟子们才从各个角度探究它，孔子亦从各个角度阐释它。将孔子所有的解释串联起来，我们看到，孔子的"仁"，是一个全面的体系。它包括以下几个方面：一、客观准则；二、基本精神；三、心理基础；四、实践原则；五、言行关系。本节试从此出发，做一初步勾勒，并在此基础上，评价其历史价值和现实意义。

[①] 本节原文发表于《孔子研究》1992年第4期。

一、"仁"的客观准则——克己复礼

"仁"与"礼""义"等范畴不同，它所涉及的，只是社会个体成员内在的道德修养。一个人是否有道德，有修养，一句话，是否达到了仁的标准，用什么来衡量呢？标准可以是多方面的，其中，一个较为外在的、客观的准则便是礼——"克己复礼为仁"。礼之所以能够成为仁的客观准则，是由其本身的价值决定的。首先，礼无论就政治制度还是具体的礼仪、习俗来看，都是约定俗成的结果，具有很强的规范性，这就决定了它能够成为一个大家都能公认的、较为客观的标准。其次，礼是社会的整体文明，是社会正常生活秩序的经纬，能否自觉地遵守它，标志着个人对社会的全面尊重，自然也反映着个人的道德水平。再次，礼是随着社会的发展而不断损益变化的，人的道德修养同样如此。事鬼敬神是殷礼的主要特征，与此相应，它也就成为殷人的最高道德准则。一时代有一时代的文明，亦有一时代的道德标准，离开了整个社会文明的大环境，道德便无从谈起。孔子谈的礼，正是这样一个随着时代的变化而不断变化的客观准则。没有这样一个准则，仁的修养就会出现偏差。《泰伯》篇云："恭而无礼则劳，慎而无礼则葸，勇而无礼则乱，直而无礼则绞。"这里，"恭""慎""勇""直"都是具体的道德素质，属"仁"的范畴，但它们如果没有"礼"作为准绳，正确引导，同样会误入歧途。

"礼"作为"仁"的客观准则，并非孔子个人的人为规定。《左传·昭公十二年》载："仲尼曰：'古也有志，克己复礼，仁也。'"可见，"礼"在孔子以前就早已成为人们所公认的一个客观标准了，孔子只是重新强调了这个标准，并具体把它解释为"非礼勿视，非礼勿听，非礼勿言，非礼勿动"（《颜渊》）。克制自己，按照"礼"的准则视听言动，这绝不是一时的权宜之计，而是一生都应坚持的原则，长之以往，持之以恒，便成了一种基本的修养，这就是"克己复礼为仁"这句话的内在逻辑。

当然，"礼"作为"仁"的准则又是客观的、外在的，其意义只在于使"仁"的内在价值得以外化，亦即得到社会的承认，并不构成"仁"的实质性内容。在"仁"与"礼"的关系上，首先，"礼"是外在的，"仁"是内在的，外在的"礼"是文，内在的"仁"是质，"文质彬彬，然后君子"（《雍也》）。二者互为表里。其次，"仁"的修养又对"礼"起着决定性的作用。《八佾》篇记载了孔子与他的学生子夏的这样一段对话：

> 子夏问曰："'巧笑倩兮，美目盼兮，素以为绚兮'，何谓也？"子曰："绘事后素。"曰："礼后乎？"子曰："起予者商也！始可与言诗矣！"

这里的"礼后"，即指"礼"是在"仁"之后。子夏从一句诗中悟出了"仁"与"礼"的关系，这使孔子大为高兴。一个人如果没有内在的"仁"，外在的"礼"就没有了着落，就像绘画而没有底子。因此，孔子强调"礼"是"仁"的标准，同时，更强调"仁"对"礼"的决定作用。"人而不仁，如礼何？"（《八佾》）无论如何，内在的修养还是第一位的。

二、"仁"的基本精神——爱人

作为内在的道德修养，"仁"的基本精神是"爱人"。《颜渊》篇云："樊迟问仁。子曰：'爱人。'"何谓"爱人"？下文没有具体的解释。将孔子其他关于仁的论述串联起来，综合地看，这里所说的"爱人"，其意蕴决非仅如字面。它不包括那种对一切人的"泛爱"，也不包括为他人的奉献和牺牲。这两点也都是孔子所称颂的，但它们不属于"爱人"的范畴。仁者的"爱人"，指的是对他人的一种基本精神或态度。它包括两个方面，一是对他人人格的尊重，二是对人的生命价值的珍视。这两方面都是以理性精神为主导的，与"泛爱"和"牺牲"的情感倾注有明显的不同。

先看第一个方面。《雍也》篇载：

子贡曰:"如有博施于民而能济众,何如?可谓仁乎?"子曰:"何事于仁!必也圣乎?尧舜其犹病诸。夫仁者,己欲立而立人,己欲达而达人。能近取譬,可谓仁之方已。"

这里,子贡所说的"博施于民而能济众",既包含着广博的泛爱,也包含着为民众而牺牲自己利益的奉献精神。孔子认为,能做到这一点,那是非常了不起的,"尧舜其犹病诸",一般人就更不容易做到了。这不是他所讲的"仁",而是一种超越于"仁"之上的"圣",是一种更为崇高的道德境界。他所讲的"仁",是一般人只要努力就能做到的。"仁远乎哉?我欲仁,斯仁至矣"(《述而》);"为仁由己,而由人乎哉?"(《颜渊》)既然"博施而泛爱众"被排除在了"仁"之外,那么,这里降而次之的"己欲立而立人,己欲达而达人"则可作为"仁者爱人"的一个恰当注释。这里谈的是对待他人的平等善良的态度,也就是将心比心,自己需要的,要想到别人也同样需要,自己想做的事,要想到别人也同样想做,要尽可能地帮助别人。"能近取譬,可谓仁之方也",即是说,不一定要博施济众,只要能从自己身边的事情做起,以平等善良的态度对待和帮助自己周围的人,也就是掌握了"仁"的方法了。

如果说"己欲立而立人,己欲达而达人"体现着对他人的善良和帮助的话,那么,它的另一面,"己所不欲,勿施于人"则体现着对他人人格的尊重。还是子贡问他的老师:"有一言可以终身行之者乎?"孔子答道:"其恕乎?己所不欲,勿施于人。"(《卫灵公》)这个可以终身行之的"恕",集中了孔子的平等思想。当然,这里涉及的,只是人格尊严的平等,它与孔子对等级制度的维护并不矛盾。在严格的等级制度下,人们在权利和利益方面是绝对不平等的,孔子强调君君、臣臣、父父、子子,也正是把这种不平等更加固定化、严格化。但这种不平等是属于全社会的,是社会政治经济在一定历史发展阶段上出现的必然现象。孔子所说的"己所不欲,勿施于人"不是像近代人道主义者那样,要求广泛的社会平等权利，而是从个人出发，讲个人对他人的基本态度。"三军可夺帅也，匹夫不可夺志也。"（《子罕》）每个人都有自己的主观意志，尊重别人，就要尊重别人的意志，自己不想干的事情，要想到别人会有同样的心理，不能再强加于人。也就是说，要把自己与他人放在同等的位置上。这是一种纯属道德范畴的平等观念，它不需求诸社会，只需求诸自己。只要从自身做起，就能在自己这里得到实现。所谓"我欲仁，斯仁至矣"，"为仁由己，岂由人乎哉！"

仁者"爱人"第二个方面的内容是珍惜人的生命价值，维护人们的生存权利。《乡党》篇记载了孔子这样一件事：

厩焚。子退朝。曰："伤人乎？"不问马。

这一小小的记载历来引人注目。因为在这关切的询问中，正透露了孔子对人的生命价值的珍视。马厩失火，他最关心的是人员有无伤亡，其他则无关紧要。珍视人的生命价值，自然就要反对战争，提倡和平，维护人们的生存权利。然而，战争与和平，在相当大的程度上，要取决于执政者，取决于那些政治家的自身素质。"善人为邦百年，亦可以胜残去杀矣！"（《子路》）因此，孔子认为，对政治家来说，能够避免战争，维护和平，造福于人类，便是最大的仁了。《宪问》篇云：

子路曰："桓公杀公子纠，召忽死之，管仲不死。"曰："未仁乎？"子曰："桓公九合诸侯，不以兵车，管仲之力也。如其仁，如其仁。"

公子纠是桓公之兄，桓公杀之，这是不符合一般的道德常理的，作为公子纠师傅的管仲没有像他的同事召忽那样为之一死，子路认为，这样的行为，可称得上不仁了吧！同样的问题子贡在下面又提了出来："管仲非仁者与？桓公杀公子纠，不能死，又相之。"看来他们是对"仁"的含义还不能准确把握，尤其对管仲这样一位出色的政治家，感到很难评论，于是拿这件事来请教老师。孔子的回答表明，仁者不是拘板的殉道主义者，更不必为某个人无益牺牲自己。对执政者来说，最大的仁就在于他能够爱护人民，造福于人民。桓公九合诸侯，这样大规模的霸业却能成功地避免战争，这是管仲辅佐的结果。他不仅使多少无辜的人们幸免于难，而且"一匡天下，民到于今受其赐"。因此，孔子盛赞他"如其仁，如其仁"。这里的"仁"，体现了对民众的慈爱精神。它是从珍惜人的生命价值出发的，并且从根本上保证了人们和平的生存条件。《颜渊》篇中还有这样一条记载：

> 季康子问政于孔子曰："如杀无道，以就有道，何如？"孔子对曰："子为政，焉用杀？子欲善而民善矣。君子之德风，小人之德草。草上之风，必偃。"

这就是说，即便对于不正义的人，也不能采用杀的手段，做君主的，完全可以用自己的善德去感化他们。当然，"胜残去杀"并不意味着绝对地反对一切战争。"善人教民七年，亦可以即戎矣"（《子路》），即便是善人执政，也要有意识地训练人民的作战能力，以应付必要的战争。这也是最大限度地保存人民的一种方式。相反，"以不教民战，是谓弃之"（《子路》），平时不加以训练，到战时仓促地驱民上阵，就是白白地让人民去送死。从这些论述中可以看出，维护人民起码的生存权利，珍惜人的生命价值，这是一个基本原则。这一原则，是构成孔子"仁"的基本精神的一个重要内容。

三、"仁"的心理基础——孝

"仁"作为道德修养，还有一个坚实的心理基础，这便是"孝"。《学而》篇载：

> 有子曰："其为人也孝弟，而好犯上者，鲜矣；不好犯上，而好作乱者，未之有也。君子务本，本立而道生。孝弟也者，其为人之本与！"

孔子讲"仁"，也非常强调"孝"，这段话，指明了"仁"和"孝"的关系，类似的说法还见于《管子》"孝悌者，仁之祖也"，《孟子》"仁之实，事亲是也"。这就是说，"孝"是"仁"的基础，一个人，如果没有"孝"，就根本不可能有"仁"。这个基础，主要是指心理基础。关于孔子"孝"的思想，迄今为止，评价显然不够充分。封建社会后期，"孝"被纳入封建纲常，成为桎梏人们精神思想的一根绳索，这也是它不被重视的一个历史原因。然而孔子提倡的"孝"，同"仁"一样，是一个极有价值的范畴，尤其它与"仁"的关系，更是研究孔子仁学思想的一个重要方面。

什么是"孝"？从《论语》中子游、子夏等人问"孝"的情况看，它同"仁"一样，同样是一个正在探讨的伦理范畴。孔子说："今之孝者，是谓能养。至于犬马，皆有能养。不敬，何以别乎？"（《为政》）这就是说，"孝"不只是单纯的赡养行为，更重要的，是对父母的情感，这是人比动物高出一筹之所在。因此，孔子论"孝"，总是着眼于两点：一是强调对父母的深厚感情，二是强调对父母的敬。这两点又是互相关联的，前者是基础。弟子孟武伯问孝于孔子，他的回答是："父母唯其疾之忧。"（《为政》）对于父母，唯恐其生病，这深深的忧虑中，正可反映出对父母的深厚感情。他又说："父母之年，不可不知也。一则以喜，一则以惧。"（《里仁》）基于这种忧虑，他又提出，"父母在，不远游，游必有方"（《里仁》）。他认为，父子之间的这种亲密感情是超越一切的，是人间第一原则。这一点在下面这段对话中表述得相当明确：

叶公语孔子曰："吾党有直躬者，其父攘羊，而子证之。"孔子曰："吾党之直者异于是：父为子隐，子为父隐，直在其中矣。"（《子路》）

叶公所说的"直"，是指对不道德的犯罪行为，即便是亲生父母，也毫不留情。但孔子却认为，这种"直"是不可取的，因为它必然会破坏父子间的自然感情。相反，父为子隐，子为父隐，正是双方的互相保护，同时，也就保护了这种自然感情。我们知道，孔子是强调人必须主持正义的，"君子之于天下也，无适也，无莫也，义之与比"（《里仁》）。但在父子之间，正义便让位给了感情。孔子这一认识正确与否暂且不论，重要的是，从这里可以看出，孔子强调的"孝"，与以后发展的"孝道"是有区别的。它不是教条，不是纲常，而首先是一种自然感情，天然之爱，因而它是平易亲切的，极易为人们所接受的。

有了爱自然也就有了敬。对父母的敬，主要表现为对其意志的遵从。"父在，观其志；父没，观其行，三年无改于父之道，可谓孝矣。"（《学而》）孔子特别称赞孟庄子之"孝"，因为他"不改父之臣与父之政，是难能也"（《子张》）。所以，敬与爱一样，是"孝"的又一个重要标志。然而父母之志未必全是对的，不对的时候怎么办？孔子说："事父母几谏，见志不从，又敬不违，劳而无怨。"（《里仁》）提出批评意见是完全正当的；但如果父母不接受，也不能改变对他们敬的态度。

爱和敬这两个基本特征使"孝"成为"仁"的重要心理基础，正因为如此，有子才把它强调为"仁之本"。前面讲到，"仁"的客观标准是"礼"，基本精神是"爱人"，这两方面都需要以"孝"作为心理基础。关于前一方面，有子的那段话已清楚地说明了其中的关系。我们知道，在君主制度下，"君王正是家长和村长的发展"[①]，"就象皇帝通常被尊为全国的

---

① 亚里士多德《政治学》，吴寿彭译，商务印书馆1965年版，第6页。

君父一样，皇帝的每一个官吏也都在他管辖的地区内被看作是这种父权的代表"[①]。所以，一个孝敬父母的人，必然也会像尊敬父母一样，尊敬这种"父权的代表"。所谓"资于事父以事母，而爱同；资于事父以事君，而敬同；故母取其爱而君取其敬，兼之者，父也。故以孝事君，则忠；以敬事长，则敬"（《孝经·士章》）。等级关系是礼的核心内容，由孝敬父母、尊敬兄长到遵守等级制度、"克己复礼"，这是一个极其自然的过程，这一过程正显出"孝"作为心理基础的重要价值。

再从"仁"的基本精神来看，如前所述，"仁者爱人"主要是从社会个体出发，讲个人对他人的基本态度。在个人与他人的关系中，与父母兄长的关系是每个人都会接触到的最基本、最直接的关系。一个人，从出生到长大成人，这一段时间，主要是接受父母的哺育和爱抚，成人以后对父母的孝，实际上是对这种哺育和爱抚的一种自然回报。其中，父母对子女的哺育和子女对父母的赡养都是一种天然的义务，双方的爱则是伴随这一过程而产生的感情的双向交流。孔子特别强调这种感情的回报，因为它标志着文明人类所独具的精神境界。这里，看一下孔子与宰我下面这段对话是很有意思的：

> 宰我问："三年之丧，期已久矣。君子三年不为礼，礼必坏；三年不为乐，乐必崩。旧谷既没，新谷既升，钻燧改火，期可已矣。子曰："食夫稻，衣夫锦，于女安乎？"曰："安。""女安，则为之！夫君子居丧，食旨不甘，闻乐不乐，居处不安，故不为也。今女安，则为之！"宰我出。子曰："予之不仁也！子生三年，然后免于父母之怀。夫三年之丧，天下之通丧也，予也有三年之爱于其父母乎？"（《阳货》）

[①] 马克思《中国革命和欧洲革命》。

父母死了，要守丧三年，现在看来，这古老的风俗显得刻板而愚昧。无怪宰我感到有些不耐烦。然而孔子却是从感情上解释这个问题的。一个人，从呱呱坠地到初步学会走路说话，需要三年的时间。三年的婴儿期都是在父母的怀抱中长大的，父母死后，做子女的，难道连三年的沉痛都没有吗？凭着宰我这一态度，孔子便生气地断定他"不仁也"。由此也可以看出"孝"是"仁"的起码条件和前提。杜维明先生说："仁者人也，人是在天地万物中感性最敏锐，也就是感情最丰富的存有。人的不忍之情，人的忠恕之道，不是抽象的说教，而是体之于身的一种自然涌现的感情。"在孝中体现的对父母的爱，正是这种感情中的一种最基本的感情。一个人，如果连养育自己并给自己以厚爱的父母都不给以回报，则对他人的爱——"仁者爱人"，就更谈不到了。反之，一个深爱父母的人，"老吾老以及人之老，幼吾幼以及人之幼"，也便是很容易做到的了。在这方面，孔子认为，统治者的表率作用也相当重要。"君子笃于亲，则民兴于仁"（《泰伯》），只要统治者能做出孝的榜样，立足于这个"仁之本"，人民自然就会趋于仁了。这样，孝就不仅仅是一般社会成员"克己复礼"的心理基础，也成了统治者树立权威的一个重要精神基础。这一点曾使后代不少统治者深受启发。汉代统治者在自己的帝号前面常常要加上一个"孝"字，看来正是出于这种考虑。

四、"仁"的实践原则——中庸之道

"仁"作为一种修养，最终要贯彻到人们的言行中去，所以，它又是极富实践性的。怎样去实践呢？从孔子关于"仁"的许多论述中可以看出，"仁"的基本实践原则便是"中庸"。"中庸之为德也，其至矣乎？民鲜久矣。"（《雍也》）这是《论语》中关于中庸的唯一的一段话，但它却明确地显示了中庸与"仁"的关联，即它作为一种德，是包括并体现在"仁"之中的。

毛泽东曾说："中庸观念是孔子的一大发现，一大功绩，是哲学的重

要范畴，值得很好地解释一番。"[①] 还需要指出的是，类似的发现在古希腊人那里同样存在。从梭伦到亚里士多德，中庸之道一直被作为实践德行的基本方法反复强调着。其中，亚里士多德的有关阐释与孔子极为相似，因此，在这里，我想将前者作为参照，与孔子的有关思想互为论证，以便在更广泛的基础上认识孔子中庸观念的价值。

首先，孔子与亚里士多德都把中庸作为德的最高境界，并突出其实践性。孔子的"德"与亚里士多德反复论述的"德行"在内涵方面是一样的，都是指人的情感和行为的综合；中庸，则是对情感和行为的最恰当的处理。关于中庸，《说文》"中，正也"，"庸，用也"，可直释为"正确的运用"（或处理）。亚里士多德说，"一切德行的活动，都涉及到手段"，这手段便是中庸。"善德就是行于中庸——则适宜于大多数人的最好的生活方式就应该是行于中庸。"（《政治学》）同时，亚里士多德和孔子都认为，对情感和行为的恰当处理既是德的最高境界，又不是高不可攀的，而是每个人只要努力就能做到的。孔子说："有能一日用其力于仁矣乎？我未见力不足者。"（《里仁》）这里的"仁"，正是从它的实践性上讲的。亚里士多德也说，中庸是"每个人都能达到的"。因为它是一种实践原则，是手段，所以，只要运用它，也就掌握了它，拥有了它。

其次，在对情感和行为的处理中，中庸意味着掌握好过度与不及的界限，有一种恰当的分寸感。《论语·先进》：

> 子贡问："师与商也孰贤？"子曰："师也过，商也不及。""然则师愈与？"子曰："过犹不及。"

这就是说，过度与不及都不好。因为在人的情感和行为的处理方面，任何过与不及都会产生品德上的缺陷。"不得中行而与之，必也狂狷乎？

[①] 《毛泽东书信选集》，第147页。

狂者进取，狷者有所不为也。"（《子路》）孔子称赞的一些美德，如"惠而不费，劳而不怨，欲而不贪，泰而不骄，威而不猛"，等等，都是对情感行为的一种适度把握。关于这一点，亚里士多德的表述更为明确："因为德性必须处理情感和行为，而情感和行为有过度和不及的可能，而过度与不及皆不对，只有在适当的时间和机会，对适当的人和对象，持适当的态度去处理，才是中道，亦即最好的中道。"（《政治学》）他还具体分析说，"关于金钱的适度的取与舍是乐施"，"关于荣誉和耻辱，其适度是适当的自豪"，"关于某些快乐和痛苦（不指一切苦乐皆如此，特别是苦痛）的适度是节制"，如此等等。从这里可以看出，中庸的无过无不及的境界，不是折中调和，而是人们在处理情感和行为时把握的一种恰到好处的分寸感。这种分寸感能使人在可能的情况下最大限度地把事情做得完满成功。比如，孔子说："富与贵，是人之所欲也，不以其道得之，不处也。贫与贱，人之所恶也，不以其道去之，不去也。君子去仁，恶乎成名？"（《里仁》）想望富贵，摆脱贫贱，这是每个人都会有的欲望，但是，实现它却需要正确的方法。这方法便来自"仁"。"仁"的实践原则会指导人们处理这些问题，帮助人们成就事情。所以他又说："君子无终食间违仁，造次必于是，颠沛必于是。"（《里仁》）因为情感和行为是随时都会在新的矛盾面前发生问题、需要处理的，所以，"仁"的实践原则是一个君子所须臾不能背离的。这种无过无不及的境界从孔子的一些具体论述中还能得到印证。他说："好勇疾贫，乱也，人而不仁，疾之已甚，乱也。"（《泰伯》）即便是对不好的人或事，"疾之已甚"，也会产生坏的结果。《宪问》篇："或曰：'以德报怨，何如？'子曰：'何以报德？以直报怨，以德报德。'"以德报怨，这是西方基督式的仁慈，但它给德者造成损失，也就是对德的不公平，因而孔子不以为然。他认为正确的方法是"以直报怨"，这样才能显示出德的价值。不仅如此，孔子还提出了一些具体原则。《阳货》篇载：

> 子张问仁于孔子。孔子曰："能行五者于天下者为仁矣。""请问之。"曰："恭、宽、信、敏、惠。恭则不侮，宽则得众，信则人任焉，敏则有功，惠足以使人。"

这里，"恭、宽、信、敏、惠"都是暗含着中庸原则的，因而能帮助人们成就事情。正因为如此，孔子非常赞成那些能够行于中庸的人。"子谓南容：'邦有道，不废；邦无道，免于刑戮。'以其兄之子妻之。"（《公冶长》）国家政治清明，能出来做官，政治黑暗，也不至于被杀，说明南容是深得中庸之道的，这样的人，能最大限度地把事情处理得圆满些，因此，孔子感到他是可靠的，便把自己的侄女嫁给了他。

再次，中庸也不意味着在好与坏之间择其中，无过无不及的适度本身便是一种最佳境界，而过与不及相对中庸来说，则都是恶。亚里士多德说："就德性的本性或定义说，德性是一种适度或适中；但就正当与最好的标准来判断，德性却是一个极端。"因此，中庸正是"二恶之间的中点，一恶在过度一边，一恶在不及一边"（《政治学》）。由此看来，中庸不仅不是折中调和，而且随时要对"过"与"不及"展开两方面的斗争。孔子说："唯仁者能好人，能恶人。"（《里仁》）因为仁者把握着适度的原则，也就掌握了好的标准，所以，无论是爱和憎，都能做到恰如其分。"季氏富于周公"，显然有些过分了，"而求也为之聚敛而附益之"。孔子于是很生气："非吾徒也，小子鸣鼓而攻之，可也。"（《先进》）鸣鼓而攻之，是激烈的行动，但它针对的是"季氏富于周公"，在这里，激烈的斗争正是一种适度，是符合中庸之道的（至于这里反映的等级观念则另当别论）。由于中庸不是好与坏的折中，而是相对于两恶的极端，所以，它本身就是一种不可动摇的原则。"当仁，不让于师"（《卫灵公》），在这一原则面前，即便是老师，也不讲情面。

总之，中庸作为方法论，既是"仁"的实践原则，也是"仁"的最高体现。它在东西方思想界几乎同时出现，并不是偶然的，表现出社会文明发展到一定阶段时，人类对自身的一种理性把握。其核心是以适度的分寸感处理各种问题，以使事物朝着最好的方向发展。

五、言行关系

"仁"既是实践的，那么，能否去实践，也是检验一个人是否仁的尺度。在"仁"的探讨中，孔子多次论及言行关系，强调行重于言。他认为，君子应"敏于事而慎于言"，反对言过其行：

> 君子耻其言而过其行。（《宪问》）
> 其言之不怍，其为之也难。（《宪问》）
> 巧言令色，鲜矣仁。（《学而》）
> 古者言之不出，耻躬之不逮也。（《里仁》）

有言而无行，或者言过其行，就是违背了"仁"的实践性，同时也就构成了对仁的损害，所谓"巧言乱德"（《卫灵公》），所以孔子一再斥责这种言行不一的作风。为了做到言行一致，孔子强调宁愿少说或不说，以避免言过于行。他认为，只要能够躬身实践，自然会有正确的言论。所谓"有德者必有言，有言者不必有德"（《宪问》）。他又说："刚、毅、木、讷近仁。"（《子路》）其中，"刚""毅"是对情感进行适度调节后呈现的精神状态，本身即是实践的结果，"木""讷"则都具有慎言的特点。

在《雍也》篇中，孔子还特别提到了这样一件事："孟之反不伐，奔而殿，将入门，策其马，曰：'非敢后也，马不进也。'"在抵御齐国的战役中，军队溃退了，孟之反走在最后，掩护全军，但他不愿意让人称赞他的勇敢牺牲精神，所以故意掩饰说，不是我敢于殿后，是马不肯快走。这是一种高尚的境界，默默地为人们做着好事而不求任何褒扬。在这方面，孔子对自己也提出了严格的要求："文，莫吾犹人也。躬行君子，则吾未之有得。"（《述而》）躬行君子，是孔子一生的努力和追求，集中地体现了孔子仁学的实践特征。

六、历史价值和现实意义

上面我们大体勾勒了孔子仁学思想体系的各个侧面，这些不同的侧面结合起来，便构成了华夏民族理想人格的第一座理论大厦。如何认识、评价这座大厦，是今天孔子研究中迫切需要解决的问题。孔子不仅是中华民族思想文化传统的奠基者，也是一位具有世界意义的伟大的思想家，因此，对他的学说的历史价值和现实意义的把握，还应结合整个人类思想发展史来进行，作为两千多年前的一位思想家，孔子的仁学思想已表现出惊人的成熟，这使他大大超越了同时期的古希腊人而与近代欧洲极为相近。具体表现在以下几方面：

第一，孔子把"礼"作为"仁"的准则，是将人置于具体的社会环境中，在人与社会的关系中把握人的价值。这是一个基本的立足点。在这一点上，孔子远远高出同时期的古希腊人。在古希腊，最早把思考的重心从宇宙转向人类自身的是苏格拉底。他的名言"认识你自己"以审视的目光看待人生，表现出当时人类把握自己的欲望和要求，同时，也第一个透露了古希腊人本哲学的主要特征——以自我为中心。在欧洲，把人本哲学的立足点从个人转向社会，从全社会的角度出发考虑人的价值实现，是近代才出现的事情，培根是西方近代哲学的奠基人之一，他首先对以往的一切哲学派别——苏格拉底的、犬儒派的、快乐派的、斯多亚派的、伊壁鸠鲁派的以及亚里士多德的提出立场上的批评，指出尽管他们各有长处，但都是从个人的角度出发谈人的道德价值实现的。培根把立足点从个人转向社会，强调全体福利，强调个人对他人的义务从而为科学的、唯物的人本哲学显示了一个新的开端。此后的许多重要思想家如霍布斯、斯宾诺莎、狄德罗、卢梭、康德、黑格尔等等，尽管他们的学说体系各不相同，但在谈及道德时，都或多或少地把个人与社会联系在一起。只是在这些思想家这里，我们才更多地发现了与孔子极为相近的思想和道德观念。如仁慈、仁爱、守信、谦谨、"己所不欲，勿施于人"，等等。这些观念，在古希腊思想家那里都是鲜有的。孔子之所以能在思想道德观念上比希腊人高出一筹，关键还是一个角度和方法的问题，也就是说，在基本立足点上，孔子是超越了同时的希腊人而接近于近代欧洲的。

第二，孔子仁学基本精神"爱人"具有浓厚的情感色彩和坚实的心理基础，这是高出古希腊人而接近近代欧洲人的另一表现。古希腊思想家崇尚理性，却不清楚情感以及情感与理性的关系。"亚里士多德写了几卷伦理学，但是没有研究成为伦理学主要对象的情感。"[1]中世纪的基督教强调信仰、希望和爱，把情感和心理引入道德领域，在一定程度上填补了希腊人的欠缺。但是，基督教神学的爱是一种空洞的情感。人们为了自己的来世，必须爱上帝，而上帝和来世都只是一种虚构。只是到了文艺复兴以后的近代，欧洲人才真正注意到情感在人类道德中的重要作用，并且将心理学的实验分析与道德哲学紧密联系起来。比如，在子女对父母的关系上，亚里士多德把两者之间的关系比作债权人与债务人之间的关系，至于爱则只泛泛一提；到了15世纪，宗教改革领袖马丁·路德把孝敬尊长作为一种重要的美德，并且强调孝敬不仅仅是对父母的热爱，也包括对父母的"畏惧"和绝对的"服从"。这一观念与孔子非常相近。孔子"孝"的核心是对父母之爱，这是一种普遍的天然感情，由这种爱推及普遍的仁爱，是一个极其自然的过程，它实际上解决了近代欧洲哲学史上反复探讨的一个问题，即如何由自爱到他人之爱。因为从社会的角度看，孝实质上是一种扩大延伸了的自爱。

第三，仁慈、仁爱、平等、自由是近代西方人道主义思想的核心，这些在孔子思想中也都有鲜明的体现。孔子的"己所不欲，勿施于人"，其内涵颇类于斯宾塞所谓"消极的仁慈"，而"己欲立而立人，己欲达而达人"，又颇类于他所说的"积极的仁慈"。不仅如此，他的"己所不欲，勿施于人"以及"以直报怨，以德报德"等论述中，还蕴含着平等自由的思想。当然，这里的平等，不是权利的平等，而是指平等待人的态度；自

---

[1] 《西方哲学名著选》（上卷），商务印书馆1964年版，第567页。

由，不是强调个人的绝对自由，而是强调给他人以自由。斯宾塞曾指出，一个人的活动，仅仅在没有妨碍他人的情况下，方有自由。孔子的"己所不欲，勿施于人"也是强调的这一点，正因为如此，他的这句名言方在近代欧洲思想界引起了那么巨大的反响，受到了热烈的推崇。

以上我们简略分析了孔子仁学思想中与近代西方人道主义思想的相近之处。由此可以看出，作为两千多年前的思想家，孔子的很多思想是超越了他那个时代的。这种超越性使他的学说至今仍然具有强大的生命力。美国学者亨利·托马斯在谈及亚里士多德的时候说，他的"科学知识的缺陷，不是由于他的思维不健全，而缺乏必要的科学仪器，一方面没有望远镜，另一方面没有显微镜，因而既不能获得宏观的宇宙观念，也不能获得微观的宇宙观念。鉴于这些障碍，亚里士多德的科学研究仅仅具有历史意义而不具有实际价值"。孔子也同样没有望远镜和显微镜，但他没有像亚里士多德那样去做包罗万象的研究。他的仁学思想，只是从社会的角度研究人和人的道德，探讨如何进行人格的修养，提高人的文明素质。然而，就是这样一个角度和出发点，便决定了他对时代的超越。他的仁学思想，不仅具有历史意义，更重要的是，两千多年来，一直成为中国古代知识分子人格修养的指南（尽管这并不排除后来逐渐形成的僵化倾向和迂阔成分），只要我们剔除其礼学因素、等级观念等时代杂质，就会看到，其基本内核至今仍然是熠熠发光的，至于其现实意义和应用价值，更是举世所公认的。

第四节　华夏文明的构建与古代政治的经纬
——孔子礼学思想体系的重新审视[①]

人类历史是一个不断向文明演进和深化的过程。古代无数先贤圣哲

---

① 本节原文发表于《湖南社会科学》2002年第4期，《新华文摘》2002年第7期全文转载。

曾为此做出了卓越贡献,孔子最为杰出。他以超常的睿智促进了华夏文明的发展,其仁学思想、礼学思想是华夏文明史乃至人类文明史上的杰出建构,成为华夏文明特别是华夏精神文明的重要基石和支柱。关于仁学,前文已分节讨论[①],本节拟就礼学思想略陈管见。

一、社会文明的外化与时代内涵的更新:礼的性质

什么是礼?有人把它解释为"社会制度和风俗仪式"[②];有人解释为"古代等级社会人们物质与精神生活包括一切礼仪在内的制度的总称"[③];也有人认为它是"种族统治的规范"[④]或"原始巫术礼仪基础上的晚期氏族统治体系的规范化和系统化"[⑤]。这些都是就其形式和内容而言的。然而,礼虽包括风俗仪式,又不完全是风俗仪式,虽包括政治制度,又不完全是政治制度。所谓礼,就其根本性质来说,一言以蔽之,就是一种社会文明。《礼记·曲礼上》云:"鹦鹉能言,不离飞鸟,猩猩能言,不离禽兽。今人而无礼,虽能言,不亦禽兽之心乎?夫唯禽兽无礼,故父子聚麀。是故圣人作,为礼以教人,使人以有礼知自别于禽兽。"这段话强调的正是礼作为人类文明的基本特征,它是使人类超越原始动物本能并区别于其他一切动物的根本所在。当然,这段话也表明,礼所体现的,还只是一种刚刚脱胎于自然状态的人类初级文明。孔子之于礼,总是概而言之,强调的正是它的这种根本性质。"礼云礼云,玉帛云乎哉!"(《阳货》)"礼,与其奢也,宁俭。"(《八佾》)礼岂止只是体现为华美隆重的仪式,文明性才是它的本质特征。所以,在孔子那个时代,"文"或"文章"常常就是礼的代称。"大哉尧之为君也!……巍巍乎其有成功也,焕乎其有

---

① 见《华夏民族理想人格的基石——孔子仁学整体系统的重新审视》,《孔子研究》1992年第4期。
② 高亨《孔子思想三论》,《哲学研究》1962年第1期。
③ 杜任之、高树帜《孔子学说精华体系》,山西人民出版社1985年版,第113页。
④ 杨荣国《论孔子思想》,《学术研究》1962年第1期。
⑤ 李泽厚《孔子再评价》,《中国社会科学》1980年第2期。

文章！"(《泰伯》)"棘子成曰：'君子质而已矣，何以文为？'子贡曰：'惜乎，夫子之说君子也。驷不及舌。文犹质也，质犹文也。'"(《颜渊》)这里的"文"，都特指礼。

作为社会文明，礼是社会政治、经济、文化的综合体现，因此，它又必然是随着社会的发展而不断变化发展的。对于这一点，孔子有着明确的认识。他说："殷因于夏礼，所损益，可知也；周因于殷礼，所损益，可知也；其或继周者，虽百世可知也。"(《为政》)这就是说，后代的礼总是在前代的基础上继承下来而又有所变化的，这是一个规律。孔子认为他对夏、殷、周三代礼的继承沿革情况是熟悉的，至于周代以后，虽百世，这种有所"损益"的变化规律不会变，礼一定还会随着社会的发展而不断发展，这一点他非常自信，故曰："虽百世可知也。"他又说："夏礼，吾能言之，杞不足徵也；殷礼，吾能言之，宋不足徵也。文献不足故也。足，则吾能徵之矣。"(《八佾》)关于夏礼和殷礼，他都能谈谈，但要进行详细的考证，则需要历史文献。至于它们的后代杞国和宋国都早已不足徵之了，因为周代以后杞、宋的礼早已不是殷之礼了。这就是说，作为一代文明，礼的发展是一个历史过程。一代有一代的文明，亦有一代之礼。孔子之所以重视礼，强调礼，正是因为它是这样一种不断发展变化的社会文明。

在进行了一番历史考察之后，孔子显然更加赞赏周礼。"周监于两代，郁郁乎文哉！吾从周。"(《八佾》)事实上，周礼也正是他那个时代正在延续着的礼。所谓"周之礼教，虽至衰乱之世，亦非全不奉行"[①]。"礼乐征伐自诸侯出"，知识政治上的动荡和混乱，而"自诸侯出"的礼乐本身，就其基本精神来看，仍然是周代文明的延续。孔子对周礼的赞赏常常成为评价他在政治上或进步或保守的一个主要依据，然而仅仅从政治态度着眼，是远远不能说明孔子赞赏周礼的全部意义的。作为社会文明，

[①] 柳诒徵《中国文化史》(上册)，中国大百科全书出版社1988年版，第186页。

礼的变化发展与阶级关系等方面的政治变动相比，显然要缓慢得多，它只能是社会物质文明和精神文明不断发展的结果。因此，孔子之于周礼，是从社会历史发展的角度来看待它的价值的。他曾将周与夏、殷两代做了这样的对比分析：

> 夏道尊命，事鬼敬神而远之，近人而忠焉，先禄而后威，先赏而后罚，亲而不尊；其民之敝：蠢而愚，乔而野，朴而不文。殷人尊神，率民以事神，先鬼而后礼，先罚而后赏，尊而不亲；其民之敝：荡而不静，胜而无耻。周人尊礼尚施，事鬼敬神而远之，近人而忠焉，其赏罚用爵列，亲而不尊；其民之敝：利而巧，文而不惭，贼而蔽。（《礼记·表记》）

他指出，殷人与周人的重要区别，在于前者"尊神，率民以示神，先鬼而后礼"，这是其愚昧之处。夏人与周人虽然在"事鬼敬神而远之"方面是一样的，但其民愚野不文，说明还未完全脱离原始状态；而周人的尊礼尚施，事鬼敬神而远之，则是对夏殷文明的全面超越。至于其民之巧利狡诈，虽为一敝，然而与夏人的乔野不文、殷人的放荡无耻相比，不也正从一个侧面反映出人的文明素质的发展吗？"夏殷之礼，文献无征"，而"周之文化，灿焉可观"，又"以礼为渊海，集前古之大成，开后来之政教"。① 仅从现存的《周礼》《礼仪》《礼记》等典籍来看，大至国土区划、官吏职掌、乡遂授田、城郭道路之制、市肆关门之政、庠序之教，小至冠、婚、丧、祭、歌舞乐律乃至衣服饮食、坐立行走，都做了详细明确的规定。当然，这些规定，尤其在社会公共生活方面，都是在传统习俗的基础上加以规范化的。这是一种超脱于原始巫术文化的世俗文明。在这一文明的建立中，周王朝的两位杰出统治者文王、周公有着杰出的贡献。

---

① 柳诒徵《中国文化史》，第105、112、121页。

"文王拘而演《周易》"[1]这一传说本身不管是否可靠,至少说明了文王的哲人气质;至于周公,则直接参与了礼乐的制定。"成王在丰,天下已安,周之官政未次序,于是周公作《周官》,官其别宜,作立政,以便百姓。"[2]难怪谢无量先生感叹,柏拉图设计的理想国,主张以哲学家执政,这在古希腊纯属理想,而在中国的周代,则已成了事实。文王周公之政,足可称为"以哲学家率制天下"[3]。在《论语》中,我们多次看到孔子对文王、周公的称颂,他称赞他们的政绩,更赞赏由他们大力推进的整个社会文明。这是"郁郁乎文哉"这句话的内在底蕴。

从历史的发展来看,与夏、殷文明比较,孔子非常赞赏周礼的先进性,这一点是毫无疑义的。但赞赏并不等于全面的提倡。孔子从来没有直接说过应如何如何发扬周礼,而且在《论语》中任何言及礼的地方,我们都无法推断出他所说的礼便是周礼。事实上,孔子所说的礼,既有对以往文明的继承,也有他自己的独特发现,是在继承周代文明的基础上对当代理想文明的一个新的构想,它同样是有所"损益"的。因此,评价孔子的礼,应从他自己的这个理论体系出发,而不应仅仅从他对周礼的态度出发。

二、政治等级的经纬与整体秩序的稳定:礼的社会宏观效应

孔子提倡的礼,在政治上,集中表现为两点:一是对君王权威的维护,二是对等级关系的认定。前者意味着国家权力的集中,后者则意味着国家统治机构的严密和健全,它们都是社会历史发展到一定阶段才可能出现的。

先谈第一点。周代以前,真正意义上的君王权威并没有出现。其传说中的尧、舜、禹诸王,实际上都是为民谋福利的英雄。"尧之王天下

---

[1] 《史记·太史公自序》。
[2] 《史记·鲁周公世家》。
[3] 柳诒徵《中国文化史》,第117页。

也，茅茨不剪，采椽不斫，粝粢之食，藜藿之羹，冬日麑裘，夏日葛衣，虽监门之服养，不亏于此矣。禹之王天下，身执耒臿，以民为先，股无胈，胫不生毛，虽臣虏之劳，不苦于此矣。"① 这时的君王，其职责在于带领人们与大自然进行斗争，尚无任何权力意识。正因为如此，才有所谓"禅让"的美传。到了殷代，"殷人尊神，率民以示神，先鬼而后礼"，鬼神的权威远远高出君王的权威。由殷至周，情况则起了变化。"文武之政，布在方策。其人存，则其政举；其人亡，则其政息"②，君王个人的存亡对整个国家政治起着如此重大的决定性作用，仅此一点，就足以说明君王的权威了。也只是到了周代，我们才能从一些典籍和诗歌中看到对君王威仪思德的歌颂：

仪刑文王，万国作孚。(《诗经·大雅·文王》)
有梏德行，四国顺之。(《诗经·大雅·抑》)
文王明德慎罚，不敢侮鳏寡，庸庸、祗祗、威威、显民。(《书·康诰》)

由此看来，文王是依靠他的品德赢得了人们的拥戴，树立了威望的。权力和威望集于一身，使世俗君王成了凌驾于一切之上的主宰力量，这正是君王制成熟的一个标志。

再从国家机构的设置来看，夏代官员不过百十余人。《明堂位》"夏后氏官百"，郑注《昏义》曰："天子立六官、三公、九卿、二十七大夫、八十一元士，盖谓夏后氏也。……夏后氏官二十。"由此看来，所谓夏之朝政，只是初具国家形态；殷商时期，初设三公五官、方伯连帅之制，然王室迁徙无常，又尚鬼信巫，巫氏世相殷室，并未形成严格的等级制度。

---

① 《韩非子·五蠹》。
② 《礼记·中庸》。

到了周代，为了稳固君王的权威，统治者"以九仪之命，正邦国之位"[①]，上自诸侯，下到一般官吏，分为卿、大夫、士等九个等级，由此构成了对君王的层层服从。君王权威的确立、等级关系的认定，以及典章制度的健全，说明我国的君王制到了周代，已摆脱了原始的初级阶段，进而形成一种完备严密的国家形态。正因为如此，孔子才对它备加赞赏。

不过，孔子并没有要人们亦步亦趋地效法周代的一切，而是把最能体现其文明特征的周礼作为关注的中心内容，并把它的基本精神概括为八个字，即"君君、臣臣、父父、子子"。所谓"君君、臣臣"，就是说君要像君，要有威信，有威严；臣要像臣，要忠诚，要服从，明确严格的君臣等级关系。这是稳定国家政治秩序、保证君王的政治措施能够得到顺利贯彻执行的前提。其实，君臣关系问题，也就是孔子对子路说的"正名"问题：

> 子路曰："卫君待子而为政，子将奚先？"
> 子曰："必也正名乎？"
> 子路曰："有是哉，子之迂也！奚其正？"
> 子曰："野哉，由也！君子于其所不知，盖阙如也。名不正，则言不顺；言不顺，则事不成；事不成，则礼乐不兴；礼乐不兴，则刑罚不中；刑罚不中，则民无所措手足……"

这里，孔子指出了"名不正"即"君不君、臣不臣"可能带来的一系列严重恶果。名位的不正，绝不只是君王个人的问题，伴随而来的，将是整个社会秩序的混乱。孔子这一认识，是符合当时历史发展的实际情况的。我们知道，在君王制的国家形态中，君王代表的正是高度集中的国家权威。按照近代英国哲学家霍布斯的说法，人类按自然法相互订立社会契

---

① 《周官·大宋伯》。

约，组成社会，这种契约的订立也就是人们把自己的权力交给一个君主，由此，就有了公共的权力、统一的法律，才能保证人们生活在和平的社会状态。因此，君王的权威，本质上还是全社会赋予的。而君臣关系，实际上也就是政府官员同国家最高权力之间的关系，维护君王的权威，就是维护国家的权威。所以孔子又特别强调臣对君的忠：

> 子张问政，子曰："居之无倦，行之以忠。"
> 定公问："君使臣，臣事君，如之何？"
> 孔子对曰："君使臣以礼，臣事君以忠。"

事君以忠，实际上就是对国家的忠诚。正因为如此，在历史上，忠君始终被看作政府官员必备的素质，并且总是与报国联系在一起。

与"君君、臣臣"同样重要的另一个方面是"父父、子子"。把父子关系摆得同君臣关系一样重要，成为治国大政方针的重要内容，这是非常耐人寻味的。亚里士多德在分析君王制的形成过程时这样说道："家庭常常由亲属中的老人主持，各家所繁衍的村坊同样的也由年辈最高的长老统帅，君王正是家长和村长的发展。"[①] 同样的过程柳宗元在他的《封建论》中也有如下阐述："有里胥而后有县大夫，有县大夫而后有诸侯，有诸侯而后有方伯连帅，有方伯连帅而后有天子。……故封建非圣人意，势也。"这就是说，君王的产生是一个自然的历史过程，是继家长、村长而后自然形成的全社会的权威。既然如此，这个权威的树立和行事也便不能脱离它所产生的这个基础。正像马克思所分析的："就象皇帝通常被尊为全国的君父一样，皇帝的每一个官吏也都在他所管辖的地区内被看作是这种父权的代表。"[②] 君权和父权是如此紧密相连，以至于人们直接把皇帝叫作万民

---

① 亚里士多德《政治学》，第6页。
② 马克思《中国革命和欧洲革命》。

之父，把官吏叫作父母官。在这种情况下，对父权的维护同时也就是对君权的维护。如果说"君君、臣臣"强调的是严明的等级关系，并在此基础上形成对君王权威的行政上的服从的话，那么，"父父、子子"则是从君王形成的自然基础出发，强调对君王权威的心理上的确认。孔子认为，一个君王，要想把他的国家治理好，首先要从这两方面着手，把最主要的政治关系理顺，这是保证社会政治秩序稳定顺畅的关键环节。

总之，"君君、臣臣、父父、子子"，是孔子对周代以来逐步形成的社会政治秩序的高度概括和总结。它的意义，并不在于对周礼的维护，而是为以后封建社会的发展稳固找到了一个可以"经国家，定社稷，序民人，利后嗣"的政治法则。历时两千多年的中国封建社会，正是在这一法则的指导下经纬并稳定其内部秩序的。

三、社会个体成员的文明规范：礼的自我约束机制

在社会生活的其他方面，礼表现为对传统文化习俗的整理、定型和对社会个体成员道德修养的文明规范。

我们知道，孔子伦理道德思想的核心是"仁"，而"仁"的客观标准则是礼——"克己复礼为仁"。所谓克己复礼，就是要求人们自觉地约束自己，在既定的位置上以礼的标准正确地处理上下左右的关系，如为父要慈，为子要孝，为友要信，为臣要忠，为君要善、要爱民，等等。这样，社会个体成员道德境界的提高与整个社会文明政治秩序的稳定与推进便是一个和谐统一的相辅相成的过程。礼要求每个社会成员恪守既定的社会关系，也赋予他们一定的道德责任。如果人们都恪守这些关系，履行其道德责任，社会就稳定；反之，秩序受到破坏，社会便动荡不安。

"克己复礼为仁"的详细含义还包括对人们所有言行举止的规范，这便是孔子对颜回解释的"非礼勿视，非礼勿听，非礼勿言，非礼勿动"（《颜渊》）。在这方面，礼既表现为规范化的文明仪态，也表现为在传统习俗的基础上加以整理定型的许多具体仪式。文明的仪表标志着一个人的

素养，对具体礼节仪式的熟悉则可以使人在一切社交场合中都能应付自如。所以，孔子认为，对礼的学习和实践是一个人在社会上安身立命的起码条件。他告诫自己的儿子说："不学礼，无以立。"（《季氏》）孔子本人在这方面则堪称身体力行的楷模。请看《乡党》篇中这些生动的描述：

> 朝，与下大夫言，侃侃如也；与上大夫言，訚訚如也；君在，踧踖如也。
> 君召使摈，色勃如也，足躩如也。揖所与立，左右手，衣前后，襜如也。趋进，翼如也。宾退，必复命曰："宾不顾矣。"
> 过位，色勃如也，足躩如也。其言似不足者。
> 摄齐升堂，鞠躬如也，屏气似不息者。
> 没阶，趋进，翼如也。

这是他从事政务活动时的情形。其中有的是对约定俗成的传统政习的遵守，但更多的则是通过小心翼翼的举止言谈乃至一定的面部表情体现出对君臣关系的恪守和对君王权威的维护。日常生活中，同样一丝不苟：

> 乡人饮酒，杖者出，斯出也。
> 问人于他邦，再拜而送之。
> 见齐衰者，虽狎，必变。见冕者与瞽者，虽亵，必以貌。
> 升车，必正立，执绥。
> 席不正，不坐。
> 虽疏食菜羹，瓜祭，必齐如也。

待人接物，迎来送往，日常的家居或外出，都表现出深厚的礼的修养。以上这些描述，以现代的价值观念来看，不少已近于滑稽。然而，在孔子那个时代，在只有少数人能够接受教育的社会，它的意义便非同寻常了。在这小心翼翼、循规蹈矩的言行背后隐含着的，是对放纵粗野轻率的抑制和对文明生活秩序的追求。我们不必去批评这里面很多幼稚的成分。类似的幼稚在希腊人那里表现得更为突出。与孔子几乎同时出现的毕达哥拉斯学派也曾对人们的行为做出了许多规定，如"禁食豆子"，"东西落下了，不要捡起来"，"不要去碰白公鸡"，"不要擘开面包"，"房子里不许有燕子"，"不要吃整个的面包"，"不要用铁拔头"[1]，等等，都更为幼稚和离奇，但它们同样反映了人类儿童时代自我约束的要求，而这种要求的内在精神则是趋向文明。这一精神在后来亚里士多德的著作中则表现得较为成熟。他曾向人们标举了一些典范的行为美德，如"徐行缓步""语词深沉""谈吐平稳"等，这些都与孔子在精神上较为接近。孔子的弟子们能够把他的言行举止的细枝末节如此惟妙惟肖地记录下来，说明那些在我们看来近于滑稽的举止言行，在当时人的心目中，还是一种尊崇的典范。

文明的仪态和具体的仪式礼节构成了礼的包罗万象的内容，在这方面，《周礼》《仪礼》《礼记》诸书有着详赡细密的记载。德国史学家夏德评价说：

> 《周礼》为周代文化生活最重要的典据，亦为后代之向导……其于国民之教养，实居重大位置。世界之书籍中，罕见其匹俦。且其关于公共生活及社会生活，详细说明，与陶冶后代之国民，具有非常之势力。因袭之久，世人因此详细之规定，殊不能任意而行，社会万般之生活，无论一言一行，无不依其仪式。俾优氏以为此等详细的规矩，其主要目的，惟在使人除去公私生活上放纵粗野之行动，使肉体与道德共具有一定不变之性格，更于其上筑成一不变易状态之政府焉。

这段话恰恰可以作为笔者上述观点的一个佐证。日常生活中的礼是

---

[1] 罗素《西方哲学史》（上卷），何兆武、李约瑟译，商务印书馆1963年版，第57—58页。

颇为细致浩繁的，然而正是它们在规范人们言行的同时，构成了稳定的社会秩序的广泛基础。

四、正义准绳与公理裁决：礼的社会调节功能

《礼记·经解》云："礼之于正国也，犹衡之于轻重也，绳墨之于曲直也，规矩之于方园也。"又《曲礼上》云："夫礼者，所以定亲疏，决嫌疑，别同异，明是非也。……道德仁义，非礼不成。教训正俗，非礼不备。分争辩讼，非礼不决。君臣上下、父子兄弟，非礼不定。宦学事师，非礼不亲。班朝治军涖官行法，非礼威严不行。祷祠祭祀供给鬼神，非礼不诚不庄。"这两段话，都说出了礼的一个重要特征——社会调节作用。礼无处不在，哪里有了它，哪里就有了正常的秩序。所以孔子说"治上安民，莫善于礼"（《礼记·经解》）。不过，礼的这种调节作用也并不是人为地赋予的，而是来源于其自身的公正性质。在西方思想史上，"公正"或"正义"是一个非常重要的政治伦理范畴，几乎所有伟大的思想家都从不同的角度对它进行过解释和阐述。然而，类似的情形在中国思想史上则不多见。因为在礼中，已经涵括了公正。《礼记·乐记》云："中正无邪，礼之质也。"就是说，中正（即公正）是礼的一个本质特征。又说："礼也者，理之不可易者也。"这是说，在礼中蕴含着一种无可辩驳的公理。正是由于这种公正特质，才使礼能够对社会生活的各个方面进行调节。

《礼记》的这一认识，溯其渊源，则来自孔子。孔子说："礼之用，和为贵。先王之道，斯为美，小大由之。"（《学而》）这里的和，就是调节使之适中的意思。同样的意思在《礼记·仲尼燕居》中关于孔子与他的弟子子贡的一段话中表述得更为明确：

> 子曰："师，尔过，而商也不及。子产犹众人之母也，能食之不能教也。"子贡越席而对曰："敢问将何以为此中者也。"子曰："礼乎礼！夫礼所以制中也。"

与此同时，孔子还认识到，礼的这种正义特征，要求公正的权威来维护。因为正义本身，诚如英国哲学家亚当·斯密所指出的那样，"是靠权威来贯彻的；是人为法（man-made）的规则和法规领域"[①]。所以，孔子又特别强调统治者本人的公正素质。"政者，正也。子帅以正，孰敢不正？"（《颜渊》）"苟正其身矣，于从政乎何有？不能正其身，如正人何？"（《子路》）"其身正，不令而行；其身不正，虽令不从。"（《子路》）他称赞舜："无为而治者，其舜也与？夫何为哉！恭己正南面而已矣。"（《卫灵公》）为政只要有了恭和正，就能无为而治。反之，如果"政不正，则君位危，君位危，则大臣倍，小臣窃"（《礼记·礼运》）。统治者本人缺乏正义感，不能帅之以正，礼的正义性就会被破坏，而礼的正义性一旦遭到破坏，丧失了公正裁决的功能，整个社会便会陷入混乱。

礼的公正性体现在社会个体成员身上便是义。孔子说："君子之于天下也，无适也，无莫也，义之与比。"（《里仁》）这里的"义"，就是恰当合理的意思。孟子认为，义与仁不同，"仁，内也，非外也；义，外也，非内也"（《孟子·告子上》）。它是一种明显地体之于言表的外在表现，正是它，决定着社会个体成员对礼的遵循。"夫义，路也；礼，门也。惟君子能由是路入门也。"（《孟子·万章下》）如前所述，日常生活中的礼是复杂而琐细的，学习它是一方面，更重要的，是要领会它的精神实质，这实质便是其正义性。把握了它的正义性，具备了"义"的品质，于礼也便一通百通了。值得注意的是，孔子在谈义时，常常把它与"利"联系在一起。"君子喻于义，小人喻于利"（《里仁》），"见利思义，见危授命"（《宪问》），"不义而富且贵，于我如浮云"。因为，义或者说正义，是为社会全体成员所普遍承认的一种合理性，这种合理性是整个社会和公义需要的体现，所以常常又与人们出自个人需要的利益追求相矛盾。这样，对

---

① 韦斯特《亚当·斯密——其人其书》，转引自周辅成主编《西方著名伦理学家评传》，上海人民出版社1987年版，第334页。

个人来说，在社会生活中，是以义为取舍还是以利为取舍便成了一个至关重要的原则问题。在这个问题上，孔子首先是重义的。不过，他并不反对在不损害社会公义前提下正当的个人利益追求："义然后取，然后人不厌其取。"（《宪问》）孔子这一思想，在孟子那里发展成了细致的义利之辩，并由此衍出了著名的"舍生取义"说。

当然，礼的公正性是与它所由产生的历史阶段紧密相连的。20世纪初的法国哲学家柏格森曾把公正分为相对与绝对两种。他说："相对稳定的公正，是一种封闭型公正，它表示刚脱胎于自然的那种社会的一种自发的平衡，自身显示于风俗之中，而总体职责也隶属于这些风俗。"① 显然，这种相对稳定的"封闭型公正"，恰恰可以说明礼的公正性质。作为直接脱胎于自然状态的人类初级文明，礼无论就其具体的行为规范、仪式还是政治制度来看，都是约定俗成的，是社会自然发展的结果。它对社会生活各个方面的调节是自发的，又是强有力的。它不仅仅是一般人们所必须遵循的法典，也是统治者乃至君王本人也必须遵循的法典。同时，这部法典在很多方面又是不立文字的，它是社会风俗的自然定型，又指导着人们回到社会风俗本身。然而，历史总是不断向前发展的，当历史的发展超越了那特定的历史阶段，社会风俗由于人类社会生活和思想文化的发展也渐渐地发生变化时，礼原有的公正价值也便随之减少或消失。在孔子这里，礼与人们正常的欲望行为并不是矛盾对立的，而是使之纳入正常轨道的一种外在规范。然而到了宋代以后，随着城市生活的繁荣、市民阶层的兴起，社会文明向着更高的层次发展，这时，以孔子那个时代的礼为中心的很多观念便显得陈腐而无力了。试想，当人们深深为那"衣带渐宽终不悔，为伊消得人憔悴"的爱情境界所沉醉激动的时候，那"夫唱妇随"的礼的规定不是显得有些太煞风景了吗？遗憾的是，这时的思想界并没有魄力去倡明新的社会思想和价值观念，而是企图努力使礼原有的公正性

---

① 柏格森《道德与宗教的两个来源》，转引自周辅成主编《西方著名伦理学家评传》，第715页。

以及由此而来的社会调节作用得以保持和延续。于是，礼直接变成了理，理即是天理，以往具体的文明秩序和行为规范成了抽象永恒的天经地义。"视、听、言、动，非理不为，即是礼，礼即是理也。不是天理，便是人欲"①，"一言，一语，一动，一坐，一立，一饮，一食，都有是非，是底便是天理，非底便是人欲"②，天理和人欲变成了相互对立的，完全否定了人的正当欲望和追求。"饮食者，天理也；要求美味，人欲也"，"人生都是天理，人欲却是后来没巴鼻生底"③，于是，人除了保持最低限度的生存条件外，没有其他任何追求的权利。礼对个人的思想情感也由适度的调节变为严格的心理拘束："人心万物之主，走东走西如何了得？""若都收敛在义理上安顿，无许多胡思乱想，则久久于物欲上轻，于义理上重。"④适应过去那特定时代的礼被解释为永远一成不变的天理，进步了发展了的人类还必须像前人一样去思想和生活。礼不再是像在孔子那里那样随着时代的变化有所损益地更新和发展，而是成了不能有丝毫变更的训条和戒律。这是孔子学说的大倒退。思想精神的压抑桎梏了整个民族精神，于是，宋代以后，在中华民族的文明发展史上，再也看不到那种生气勃勃的汉唐景象了。

五、"以礼让为国"的历史得失

孔子对礼的价值和作用的深刻发现与新的阐释，大大启发了中国历代的统治者，以至于在以后的两千多年中，"以礼让为国"一直被作为封建统治者的一个基本指导思想。因此，中国封建社会的许多功功过过，还要从这里说起。

首先，"以礼让为国"是孔子在当时的历史条件下对封建君主制的一

---

① 《二程全书·遗书》第十五。
② 《朱子语类》卷三十八。
③ 《朱子语类》卷十三。
④ 《朱子语类》卷十二。

种崭新而全面的设计。他把周代以来社会生活中关于礼的普遍意识升华为一种社会政治法则，并且把它交予君王付诸实施。这是以文明为先导的对社会政治和人的精神道德的综合治理，它大大加速了中国封建社会的文明进程，是促成中国社会在一定历史时期内高度发达繁荣的主要政治原因。具体来看，其历史优越性表现在以下两个方面：

一、礼是一个既包含着政治关系又包含着道德意识的综合概念，它是等级秩序的经纬，又是精神道德的统领。君君、臣臣、父父、子子，这是由礼所规定的基本政治关系，与此同时，对它的恪守又成了一种最基本的道德要求。"夫君不君则犯，臣不臣则诛，父不父则无道，子不子则不孝。此四行者，天下之大过也。"[①]恪守着它，就具备了最基本的道德，违反了它，就是最大的不道德。所以孔子说："克己复礼为仁。"礼不仅是最高的政治准则，也是最高的道德准则，这样，"以礼让为国"实际上就是把政治的和精神的双重统治权威赋予君王，从而使全社会有了一个高度集中统一的运筹核心。正如孔子所说的："礼者，君之大柄也。所以别嫌明微，傧鬼神，考制度，别仁义，所以治政安君也。"（《礼记·礼运》）如果把整个社会关系比作一张网，那么，礼则是这张网上的个个结点。它一头连接着社会，一头连接着个人，是个人与社会、道德与政治的总汇，抓住了它，就是抓住了大柄，抓住了纲。纲举目张，封建统治的权威由此而确立，其根基也由此而得到了稳固加强。

二、礼在将绝对权威赋予君王制的同时，又赋予他的臣民以一定程度的民主。礼固然决定着臣对君、下对上的层层服从，但这种服从在政治生活领域中绝不是无原则的。君王的权威对身为君王的人来说，只是一种社会规定和社会责任，而就君王本人来说，绝不是无可指责的。人们可以在自己既定的位置上，以可以允许的方式对他做出政治的和道德的评判。《宪问》篇云："子路问事君。子曰：'勿欺也，而犯之。'"就是说，臣对

---

① 《史记·太史公自序》。

君，不能阳奉阴违地欺骗他，却可以当面触犯他，批评他。这批评的方式便是谏。《礼记·表记》："子曰：'事君远而谏，则谄也；近而不谏，则尸利也。'"越位而谏，是不合适的，孔子称之为谄，但就在君王左右，看到他的错误而不劝谏，那就是尸其位而谋私利了。他又说："事君欲谏不欲陈。"臣下对君主，责任就在劝谏，而不是歌功颂德。如果"事君三违而不出竟，则利禄也"（《礼记·表记》）。与君主总是意见不合，但又不劝谏，不因此而辞职，那便是贪图利禄了。因此，直言敢谏，勇于指陈朝政君王之得失，被看作是一种完全符合礼的美德，是仁在政治上的重要表现。另一方面，能够虚怀纳谏，也是君王的美德。孔子的这一思想，到后来便被发展成为一种固定的政治制度，不仅臣对君的谏成为政治决策程序的重要一环，而且专设谏官一职，使其成为君王左右的重要近臣，被赋予直接批评朝政的特殊权力。

对于人民大众来说，礼赋予他们的民主形式便是诗。在孔子那个时代，诗还是民众间的一种自发的吟咏，一种萌芽状态的文学。然而，孔子却从中发现了它巨大的社会功能："诗，可以兴，可以观，可以群，可以怨。迩之事父，远之事君。"（《阳货》）这一发现，大大提高了诗的社会地位。后代的统治者由此受到启发，他们充分注意到诗的政治作用和实用价值，并赋予它礼的神圣与庄严。"变风发乎情，止乎礼义。发乎情，民之性也；止乎礼义，先王之泽也。"[①]在相当长的历史时期内，诗是唯一来自民间的反映民众生活情绪和政治要求的文字记录，对君王来说，其中流露的社会情绪是绝对不容忽视的。为了保全社稷，坐稳江山，他们必须从这唯一的民间文学记录中了解社会民情。由此便可以解释，为什么民间诗歌在两汉时期享有那样崇高的地位，并且受到官方的扶持和保护了。

诗与谏是中国封建制度下的两种独特的民主形式。它们一方面来自民众，一方面来自朝廷官员，是封建君王了解民情、集思广益、民主决策

[①]《毛诗序》。

的有效途径。当然，这两项民主实施起来都是有限度的，因为它直接受君王个人素质的限制。然而，从大力加强乐府机构的汉武帝和以虚怀纳谏而闻名的李世民分别造就了汉唐最强盛的一统江山的事实看，只有真正实行这两项民主，礼才能以其完备的内容使君王制达到最佳的和谐状态。

由上述可见，孔子以礼为中心的政治思想是一个全面的协调的体系。它不仅经纬着等级秩序，规范着人们的言行，调节着社会各方面的生活，而且有一套独特的集权与民主相结合的决策程序。如果说封建君王制作为一定历史阶段的产物有其存在的必然性的话，那么，孔子的"以礼让为国"显然是一种最佳政治选择。14世纪初，当意大利的君王制正濒临衰亡，新的社会秩序正在酝酿的时候，"中世纪的最后一位诗人"但丁仍然对君王制做着这样的憧憬："一切协调的东西都要靠众多意志的统一。人类在最好的情况下就是一种协调，正如一个人在其最好的情况下是一种协调一样。一个家庭、一个城市乃至一个王国，都是这样。整个人类也是如此。所以人类在最好的情况下也要靠意志的统一。……倘若人类没有一个驾乎一切之上的君主，以他的意志为其余一切人意志的主宰和节制力量，那么，人类是不会协调的。"[①] 社会的协调构成了社会的稳定，而人类的物质文明和精神文明只有在稳定和平的环境中才能得到较大的发展。继古希腊、罗马以后，封建君王制是欧洲大陆上普遍的国家形态，然而但丁所憧憬的那种社会协调始终没有出现。西欧漫长的中世纪是动荡不宁的，人们把精神的和政治的统治权威分别赋予教会和国王，世俗权力和所有的武装力量都掌握在国王这方面，然而教会却又"可以决定一个国王是否应该永恒地升天堂还是下地狱；教会可以解除臣民们效忠的责任，从而就可以鼓动反叛"[②]。教会与国王的矛盾与斗争常常使社会各方面失去平衡，出现频繁的动乱和无休止的战争。动荡不宁制约了社会的发展，西欧的中世纪一

---

① 《君道论》，转引自姜国柱、朱葵菊《论人·人性》，海洋出版社1988年版，第436页。
② 罗素《西方哲学史》（上卷），绪论。

向被人们视为一段漫长而又黑暗的历史。与之形成鲜明对照的，是同时期中国一段段相对的稳定、秩序与繁荣。在这里，孔子提出的另一个重要思想范畴"仁"作为人们的道德追求与精神寄托，其作用足以取代西方的上帝，而礼作为仁的客观准则又使其社会价值得以实现。礼不仅协调着人们的道德精神与社会行为，而且使帝王的政治和精神的双重权威得以确立。这正是但丁所憧憬的那种协调状态。在中国的历史上，每当帝王能恰当地运用其权威使全社会达到这种协调的时候，社会就稳定、繁荣、发展；反之，则衰落、混乱、动荡不安。由此便可以解释从汉至唐宋的近千年中，为什么一次次农民大起义冲毁了旧的王朝，而新王朝又总能在继承旧体制的前提下全面调整各方面的关系，从而使社会在稳定中重新得到发展。

其次，"以礼让为国"强调礼治，却忽视了法治，在这方面，是有得亦有失的。礼不同于法。强调用法律来巩固政治统治，规范人们的行为，这是西方的传统。这一传统的渊源可以追溯到古希腊。古希腊最早的政治改革家梭伦不仅用法律的形式把所有的人划分为四个阶级，而且也把当时普遍存在于人们意识中的道德要求用格言、忠告和法规的形式确定下来，并通过颁行法律使之得到执行。从此，通过政治体制和法律的变革来促进整个社会文明，便成了古希腊思想家们的共同探索方式。如何使法律更健全，政体更完善，这是他们思考的重心。为此，柏拉图设计了一个"理想国"，亚里士多德则具体分析了君王政体、僭主政体、平民政体、寡头政体等不同政体的优劣及其建立的方式、变革的原因，以及法律的作用等。应当说，在政治体制和法律方面，孔子远远没有他们那样见多识广。在自夏至周的十多个世纪中，中国社会虽几经动荡，但始终没有出现类似梭伦立法改革那样的政体变动。到了孔子的时代，其小国林立的状态虽颇似古希腊诸城邦，但希腊城邦各自独立的不同政体和完备的法律制度却是孔子不曾见到的。君王制是孔子所能见到的唯一的政治形态，他的全部思考只能从这里出发。人类要进步，社会就要稳定，而社会的稳定则依赖于统治机构的调节。因此，如何使君王制不断完善合理和稳固，使其更好地发挥对整个社会的调节作用,推进社会文明的发展,便是孔子社会政治思考的出发点和归宿。由此出发,他抓住了礼这一重要环节。如前所述,礼是对社会政治和人的精神道德的综合治理,在道德方面,礼与法的区别在于,礼是人们正确言行的准绳,是对人的精神道德的积极引导,"止邪也于未形,使人日徙善远罪而不自知也"①,是建设性的、引导性的;而法律从根本上说,是对人的过失的制裁,是错误极限的规定,是警戒性的、补救性的。就其建设性和引导性来说,礼显然优越于法,它是中华民族在精神文明方面能够较早地领先于世界的一个重要原因。但礼的维持主要依赖于人们主观精神上的努力和风俗习惯的约束,对于其相反的恶的一面则没有强制性的措施。所谓"礼禁未然之前,法施已然之后,法之所以用着易见,而礼之所为禁者难知"②。重视禁未然之前,而忽视了已然之后,这不能不说是"以礼让为国"的一大疏忽,其结果便是中国历史上法律制度的极不健全和整个民族法律意识的淡薄。

善的增长并不能完全抵消恶的产生,而且随着社会的文明进步,同新的善一样,新的恶仍然会继续产生。为阻止恶对整个社会的侵蚀,必须有健全的法律制度。在这个问题上,孔子的认识显然走上了一个极端。他说:"听讼,吾犹人也。必也使无讼乎?"(《颜渊》)想通过礼的治理,使整个社会达到无讼的境界,这只能是一种善良的愿望,在人类进入大同世界以前,是绝对办不到的。而欲使无讼忽视了法制的健全,其结果是使恶获得了更加畅行的机会。此种情形在中国封建社会后期,礼由于变成了僵化的道德训条和戒律而日益失去其规范力的时候,表现得尤为突出。一方面是僵化的思想观念,一方面是罪恶的横行,正像卢梭说的:"什么恶他们(中国人——作者注)都会犯,什么罪行在他们都很通行。"③"以礼让为国"的引导性曾造就了中国由秦汉至唐宋近千年高度发达的封建文明,

---

① 《礼记·坊记》。
② 《史记·太史公自序》。
③ 转引自匡亚明《孔子评传》,南京大学出版社1990年版,第406页。

但它的这一重大疏忽和本身的僵化也导致了封建社会后期长时间的落后、衰败、混乱和停滞。

　　以上我们大略指出了"以礼让为国"的历史得失。那么，今天看来，孔子以礼为中心的社会政治思想还有没有意义呢？当今世界是科学技术的时代。关于这个时代的政治，英国哲学家罗素在他的《西方哲学史》下卷序言中这样分析道："科学技术需要有在单一的指导下组织起来的大量个人进行协作。所以它的趋向是反无政府主义，甚至是反个人主义的。因为它要求有一个组织坚强的社会机构。"礼的基本精神是维护君王的权威，而君王的权威则代表着国家的权威。这一基本精神与无政府主义倾向是相对立的，如果去除其作为历史陈迹的君臣父子的具体内容的话，礼治的维护国家权威的精神，其对精神道德的建设性和引导性，乃至"以礼让为国"忽视法律建设的反面教训，对当今处于科技振兴时代的中国人来说，都不失为一种历史的借鉴。

第四章 先秦散文体裁样式的开拓

第一节 《尚书·尧典》"黎民于变时雍"与中国农耕文明
——兼论经典训释变化与社会时代诉求转变之关系①

《尚书》既是弥足珍贵的中国古代第一部历史文献散文集,又是中华优秀传统文化经典的代表作。开篇《尧典》"黎民于变时雍",历代训诂释义与全篇结构厘分,都游离于元典本意之外而造成文脉断裂。本节采用"致广大而尽精微"的研究方法,深入考察和系统梳理相关历史文献,并充分运用文字学、训诂学和文学、历史、哲学乃至律历学等综合知识,从追寻"雍"字本义入手,并根据上下语境诠释内涵,得出"雍"训为"和"与"社会治理效果说"是历史诠释讹误的结论,同时突破千年成见,提出理应训"雍"为"蔽"的新观点。这种新释与农耕历法内涵有着紧密的关系,属于对全文思想内容、文化意义和中国上古农耕文明信息的正确认识与价值判断。此新训不仅回归"黎民于变时雍"所涉及时令的本义,深刻发掘了"雍和"流行的社会认知与文字衍化的内在关联,而且从中华民族文化与人类文明发展的高度,揭示了《尧典》丰富深刻的中国上古农耕文明信息和不容轻觑的人类文化意义。

博大精深的中国经学是人类文明发展史上最具创造活力的文化奇葩,也是最能体现中华民族人文精神的思想宝库。作为迄今可见文字记载最早的"上古帝王之书"(《论衡·正说篇》)《尚书》,既是弥足珍贵的中国古代第一部历史文献散文集,又是中华民族优秀传统文化经典的代表作。自"孔子纂焉"(《汉书·艺文志》)定型而"垂世立教""恢弘至道",《尚书》即开始成为历代人才培养的传统教材和文化传承的重要载体,不仅当时"三千之徒,并受其义"(伪孔安国《尚书·序》),而且后来成为学术研究的热点与古代文化的经典,以至发展成为影响深广的专门学问"《尚

---

① 本节原文以《〈尚书·尧典〉"黎民于变时雍"经解新说——兼论经典训释变化与社会时代诉求转变之关系》为题目,发表于山东大学《文史哲》2018年第6期,第135—143页。发表时有删减,现恢复原稿。文章由杨宝珠博士搜集材料并撰写初稿。

书》学"而绵延兴盛数千年。汉代以来，立为官学，刻于石经，学派林立，名家辈出，训诂之作，汗牛充栋。

然而，由于历史的久远与传播的制约，加之汉文字书写形体的衍化与内涵发展的丰富，都让历代学者对《尚书》具体内容的诠释与理解见仁见智，既自成一家言，又不乏疑窦处，形成表面百花齐放、百家争鸣而内里多有讹误的局面。《尚书·尧典》"黎民于变时雍"的训解就颇富典型性。以往此句的旧有训诂和全文结构的厘定，偏离了元典初衷，影响了读者对全篇思想内容、文化意义、艺术创造和人类贡献的正确认识与价值评判。笔者秉持求真求是、求善求美的精神与敬畏先哲、敬畏学术而不必为贤者讳的理念，拟从"黎民于变时雍"的重新训考和甄辨入手，深入探讨《尧典》丰富深厚的上古农耕文明信息和不容轻觑的人类文化意义。

一、"雍"训为"和"与文脉断裂

《尚书》学是中国传统经学研究既扎实活跃又纷繁复杂的领域，自汉代就有今文、古文学派之分，其后，辑佚、辨伪、注疏、训诂成为历代《尚书》学者研究的主要形式。魏晋南北朝时期，社会格局分裂为南、北两个政治权力中心，《尚书》学也随之形成"南学"与"北学"两个学派。"南学"尊崇梅赜所献汉代孔安国传古文《尚书》（后证伪），"北学"尊崇汉代郑玄兼容今文、古文二家的注疏体系。此后，受时代盛行的佛学、玄学影响，经北齐刘炫、刘焯二人推扬，重义理阐释的伪孔安国传古文《尚书》成为通行的唯一注本，而重训诂的郑玄注本则随之湮没。唐初重修科举制度，立五经为教育范本与试题来源。贞观年间，国子祭酒孔颖达受命主持编纂《五经正义》，对五经注疏进行大规模的系统梳理。孔颖达虽是"北学"学者，却选取了"南学"伪孔安国传古文《尚书》为底本。自此以后，这种系统的注疏就成为最权威的经解版本流传下来。笔者正是在研读《五经正义》时发现了《尧典》诸如"黎民于变时雍"经解训释的疑窦。

《尧典》记述了上古时代帝尧放勋执政的典范事迹。目前见到的通行权威版本，一般都将全文分为三大部分。第一部分概述帝尧"钦明文，思安安"的理想抱负、"允恭克让，光被四表"的品格气质，以及"克明俊德""协和万邦"的超强能力与卓越政绩，而以"黎民于变时雍"作为第一部分内容的收束之笔；第二部分描写制定历法，"敬授民时"；第三部分记叙如何选定继位人。古代的兴邦治国对内之要有二，一是确保经济发展以维持生存，二是确保政策延续以维持安定，而"敬授民时"是保证农耕经济发展的基础，选好继位人更是保证国策延续的根本。因此，全文紧紧围绕这两件事情来展开。

作为第一部分的收尾"百姓昭明，协和万邦，黎民于变时雍"三句，孔颖达《五经正义》本注云：

> 昭亦明也。协，合。黎，众。时，是。雍，和也。言天下众民皆变化从上，是以风俗大和。黎，力兮反。疏正义曰：言尧能名闻广远，由其委任贤哲，故复陈之。言尧之为君也，能尊明俊德之士，使之助己施化。以此贤臣之化，先令亲其九族之亲。九族蒙化已亲睦矣，又使之和协显明于百官之族姓。百姓蒙化皆有礼仪，昭然而明显矣，又使之合会调和天下之万国。其万国之众人于是变化从上，是以风俗大和，能使九族敦睦，百姓显明，万邦和睦，是安天下之当安者也。[1]

以上这段注疏文字有三点值得特别注意：一是将"百姓昭明"三句作为一个完整的意群，且以"黎民于变时雍"收束上面内容，成为前面两句的落脚点。二是释"雍"为"和"，不但指出三句之间内容的因果关

---

[1] 孔安国传，孔颖达疏，廖名春、陈明整理《尚书正义》，北京大学出版社2000年版，第31页。

联,而且尤其强调了"其万国之众人于是变化从上,是以风俗大和"即所谓"黎民于变时雍"的意思,并进而追溯到上面的"思安安",完成了对第一部分内容的诠释归纳。三是其训"黎"为"众"、释"时"为"是",且将"黎民于变时雍"一句的理解接续前文意脉,乃是尧推行一系列治国方略措施的实施效果,是对人们在尧的美政治理下安定富足状态的集中称颂,似乎是顺理成章。

历代注疏基本上递相沿袭而不出其樊篱。清代《四库全书》收录《尚书》类研究著述五十余种,对这句的理解基本上都是因循其说。即便是宋代的文化巨擘苏轼,其《书传》卷一"黎民于变时雍"句下也作了这样的注疏:

> 协,合也。黎,众也。变,化也。雍,和也。[1]

其文字虽极简略,而意思甚为相近。另如南宋时期蔡沈《书集传》注为:

> 黎,黑也,民首皆黑,故曰黎民。于,叹美辞。变,变恶为善也。时,是。雍,和也。此言尧推其德,自身而家、而国、而天下,所谓放勋者也。[2]

是书曾与孔颖达《五经正义》并立学官,影响甚大。然而,蔡沈虽有创立新意的成分,如训"黎"为"黑"、视"于"为"叹美辞",且把"变"字的解读由"变化从上"改为"变恶为善"。但是,其对整句的理解还是和孔颖达相通相近甚至是完全一致的,都是把这句归入上文意群,

---

[1] 尤韶华《归善斋〈尚书〉二典章句集解》(上卷),社会科学文献出版社2014年版,第324页。
[2] 蔡沈《书集传》,《朱子全书外编》(第1册),华东师范大学出版社2010年版,第2页。

作为尧推行美政取得的良好社会效果的总结。元代陈栎《尚书集传纂疏》卷一乃一字不差地沿袭宋代蔡沈《书集传》的注解，而明代陈泰交《尚书注考》则云：

> 黎民，训黎，黑也，民首皆黑，故曰黎民；乃命重黎，训黎高阳之后。于变时雍，女于时，惟时懋哉，咸若时，若不在时，惟帝时举，时日曷丧，予惟时其迁居，仰惟前代时若，训时，是也；动惟厥时，训时，时措之宜也；协时月正日，训时，谓四时；曰时，训雨，旸燠寒风，各以时至，故曰时也；至于旬时，训时，三月。①

陈氏对于"于变时雍"四字用墨甚多，尤其围绕"时"字生发开来，提出了"在时""时日""惟时""厥时""四时""时至"等诸多概念，可惜没有进一步深入分析和发掘其与"变"字的内在联系。陈氏在这里虽然没有直接训"雍"为"和"，而是以"懋"字训，此字表示"兴盛、茂盛、兴旺、盛大"的状态，实质上依然是"和"字风貌的另外一种表达。

由上可以看出，对于"黎民于变时雍"一句的字词理解注释，最没有争议与歧义的便是训"雍"为"和"，这似乎是达成了高度一致的共识而不容置疑。

然而，以训"雍"为"和"细读第一部分内容，则会产生诸多疑惑处。首先是与前面内容逻辑的矛盾及文气不接、意脉不畅。从总的方面看，其前面内容要点的大逻辑是"自身而家、而国、而天下"（蔡沈《书集传》），"百姓昭明"在只有皇室贵族才会有"姓"的上古时代，讲的是国家上层或者说达官贵族名分地位的确定和组织管理等级制度的严明，突出的是"秩序"性和"有序"性，"协和万邦"是说同所有邦国关系都十

---

① 转引自尤韶华《归善斋〈尚书〉二典章句集解》（上卷），第327—328页。

分友好，强调的是"天下安宁"，而由"万邦"到"黎民"则造成描述对象与内容逻辑的"断崖"式巨大落差，因为"黎民"者，乃是从事田间耕种劳作的人群（下文有详考），即所谓"民首皆黑"者（陈泰交《尚书注考》）。其次是与后面内容逻辑的断裂及文气的不通。"黎民于变时雍"作为第一部分的结尾如果说尚可勉强解释得通的话，而第二部分内容的开头"乃命羲和，钦若昊天，历象日月星辰，敬授民时"则突兀难接。此"乃"字似乎既可作代词称帝尧，亦可作连词表示因果关系。细味语境及语气，则以后者为胜。若是，显然"乃"字极其突兀，与上面内容形成"悬崖"式断裂，无所依着，造成文章脉理结构的明显缺陷。可以推测，无论是最初的草拟者还是编纂的审定者，产生这样疏漏的可能性都微乎其微。而后世的理解与训释是否符合经典原意值得深思。既然如此，是否会有更好的训释和理解，可以避免上述矛盾与缺陷呢？我们不妨"考镜源流、辨章学术"（章学诚《校雠通义》），寻绎符合元典本意的训释。

二、"雍"字本义追寻与衍生诸义考绎

诗有"诗眼"，文有"文眼"。清代学者刘熙载说："揭全文之旨，或在篇首，或在篇中，或在篇末。在篇首则后者必顾之，在篇末则前者必注之，在篇中则前注之、后顾之。顾、注，抑所谓文眼者也。"（刘熙载《艺概·文概》）"黎民于变时雍"是正确理解全篇的关键，而"雍"字则是至为重要的"文眼"。

在古文经学的解读中，训"雍"为"和"，与后世对"雍和"一词基本内涵的通识认知无疑是相契合的，使用频率甚高，也最容易理解和接受。但"雍"字绝非仅有"和"义一解。只要考察"雍"字原意及内涵衍变，就会发现尚有诸多意义，如"雍蔽""雍堵""雍塞"等义。

"雍"字初文为"邕"。《说文解字》曰："邕，四方有水自邕城池者，从川从邑，於容切。㟌籀文邕，𢲸害也，从一。雝，川，《春秋传》曰，

川雝为泽，凶，祖才切。"①颜师古《汉书注》曰："雍者，河水溢出为小流也。"又引《尔雅》曰："水自河出为雍。又曰江有沱、河有雍。"②以上三则材料分别把"雍"解释为护城河、河水溢出的小流。那么"雍"的本义到底是什么呢，这就需要从更多的甲骨文、金文、简牍材料中去考察和甄别。

"雍"字早期的字形有""""""""等，这些字形的共同点是包含两个要素，即水流和水流环绕着的物体，此物体或为城邑或为小块陆地。就属性来说，"雍"以水为主，而"雍"与其他状态的水的区别是"包围环绕"，进而有了包围、环绕、保护、限制、隔离等含义。在早期铭文中，除地名、人名外，出现频率较高的"雍"字使用方法之一是"璧雍"。《殷周金文集成》06015号西周早期一则铭文记载：

> 雩若翌（翌），才（在）璧（辟）雝（雍），王乘于舟，為大豊（禮），王射大龏禽，侯乘于赤旂舟，從，死咸。

这则铭文记载了西周初期"王""臣""璧（辟）雝（雍）""為大豊（禮）"的故事，清楚地记载了人物、地点与事件。显然，其中的"璧（辟）雝（雍）"是事件发生的地点。

那么，"璧（辟）雍"为何物？《汉书·楚元王传第六》载"至于国家，将有大事，若立辟雍、封禅、巡狩之仪"（《汉书》卷三十六）；《盐铁论·崇礼第三十七》谓"今万方绝国之君奉贽献者，怀天子之盛德而欲观中国之礼仪，故设明堂辟雍以示之"③；《独断》卷下称"夏曰校，殷曰庠，周曰序，天子曰辟雍，谓流水四面如璧以节观者"；《白虎通·辟雍》

---

① 许慎撰，段玉裁注《说文解字注》，上海古籍出版社1988年影印经韵楼藏版，第569页上。
② 颜师古《汉书注》卷五十一《贾邹枚路传第二十一》。
③ 王利器《盐铁论校注》，中华书局1992年版，第487页。

说"小学，经义之宫；大学者，辟雍，飨射之宫"①；《大戴礼记·明堂第六十七》则有"明堂者，所以明诸侯尊卑，外水曰辟雍"②。上面的材料显示，"明堂璧（辟）雍"是天子在郊外修建的礼用场所，其中挖土堆积而成高地上的厅宇建筑称"明堂"，在周围挖出的沟渠中注水为"璧雍"。因为这个水是环形围绕的，像环形玉璧，所以称为"璧雍"。"明堂璧雍"实际上是联为一体不可分割的，正如其字形显示，包含着两大元素。由此可见，"雍"确是指包围环绕物体的水流，而这种水流无疑起着"以节观者"的阻隔、挡住、遮蔽的作用。

"雍"字由最初本义又衍生出一系列衍生义。首先，"包围环绕"衍生出"拥抱""拥有""拥护"之"拥"义。《殷周金文集成》02660号商代晚期或西周早期金文"辛乍（作）寶，其亡（無）彊（疆），乒（厥）家雝德"；《殷周金文集成》02841号西周晚期金文"女（汝）母（毋）敢妄（荒）寍（寧），虔夙夕重（惠）我一人，擁（雍）我邦小大猷，母（毋）折緘，告余先王若德，用印（仰）邵（昭）皇天，繡（申）圖（紹）大命，康能四或（國）"；《殷周金文集成》02826号春秋早期金文"余不叚妄（荒）寍，㚡（經）雝（雍）明德，宣邲我猷，用召（紹）匹（弼）辟（台）辟"；以上"雍"字均是"拥有""拥护"之义。其次，流水包围环绕对内部高地建筑或城邑陆地起保护作用，这其中还包含对外部隔断与阻隔的意味。正如《独断》卷下所言"流水四面如璧"的目的是"以节观者"，就是把朝觐、观礼的各色人等阻隔在流水之外，不让靠近明堂，以显示天子威严。《睡虎地秦简·田律》称"春二月，毋敢伐材木山林及雍（壅）隄水"，《春秋谷梁传》记"毋雍泉，毋讫籴"③，"雍隄水"和"雍泉"都是在说把水流阻断，取"隔断"之义。水流被阻断后会形成大面积积水，于是由这里又衍生出"壅积"之"壅"。《文子·精诚》："虑牺氏

---

① 陈立撰，吴则虞点校《白虎通疏证》，中华书局1994年版，第257页。
② 孔广森撰，王丰先校点《大戴礼记补注》，中华书局2013年版，第159页。
③ 钟文烝《春秋谷梁经传补注》，中华书局2009年版，第283页。

第四章　先秦散文体裁样式的开拓

之王天下也，枕石寝绳，杀秋约冬，负方州，抱员天，阴阳所壅、沉滞不通者窍理之，逆气戾物伤民厚积者绝止之。""阴阳所壅"即阴阳不通造成的"壅滞"，是"壅堵"不通之义。

后来，"壅滞""壅堵"又衍生出"壅蔽"义，这个含义在春秋战国时期使用频率很高，基本古籍库检索所得资料中，作"壅蔽"解的几近百条之多。如《子华子·晏子》"如之何其将壅之蔽之，而使之不得以植立"；《管子·法法第十六》"令入而不出谓之蔽，令出而不入谓之壅，令出而不行谓之牵，令入而不至谓之瑕。牵瑕蔽壅之事君者，非敢杜其门而守其户也，为令之有所不行也"；《荀子·致士第十四》"朋党比周之誉，君子不听；残贼加累之谮，君子不用；隐忌雍蔽之人，君子不近"；《吕氏春秋·恃君览第八》"无备召祸，专独位危，简士壅塞。欲无壅塞，必礼士。欲位无危，必得众。欲无召祸，必完备"；《韩非子·孤愤第十一》"今有国者虽地广人众，然而人主壅蔽，大臣专权，是国为越也"。上述材料中的"壅之蔽之""令入而不出谓之蔽，令出而不入谓之壅""牵瑕蔽壅""隐忌雍蔽""简士壅塞""人主壅蔽"等等，都是"壅"与"蔽"对举并用，而且都将两个字的意思视为相近、相似甚至相同，换而言之，"壅"即"蔽"、"蔽"即"壅"也。而"蔽"即"隐蔽""遮隐""蒙蔽"，乃不清楚之意。

那么，为什么"雍"字会有"邕""雝""廱"诸多字形呢？这与文字随着含义变化增加偏旁表义，从而生成新字形并取代旧有字形的文字演变规律有关。如前所述，"雍"字初形为"邕"，表示围绕物体的环形水泽，后来加入"隹"旁成"雝"。"雝"曾表鸟名，《尔雅·释鸟第十七》有"鶺鸰，雝渠，雀属也。飞则鸣，但则摇"[①]的记载；亦有可能是为了平衡字形加入"隹"为饰笔，甲骨文、金文字形演化加"隹"为饰笔颇为常见。后来，"雝"又增"广"旁成"廱"，《说文解字》谓"廱，

[①] 郭璞注，邢昺疏《尔雅注疏》，上海古籍出版社2010年版，第543页。

天子飨饮辟廱，从广，雝声，於容切"，"广，因厂为屋，象对刺高屋之形，凡广之属皆从广，读若俨然之俨，鱼俭切"。① 可见，"廱"有高大建筑物的意思，许慎将"辟雍"写作"辟廱"就是为了突出辟雍"人为建造"与"宫室功能"的含义。"廱"形左面的"丿"与"邕"进一步简化为"亠"，就有了使用情况最多的"雍"形。

"雍"作为后起字形逐渐取代初形"邕"及笔画繁杂的"雝"与"廱"，成为表"邕"本义及大部分衍生义的字形。汉代隶书得到飞跃式的发展，文字构型也逐渐以形声字为标准轨范，此时文字根据衍生义的含义加入形旁构成新的专用字。如"雍"加"土"旁成"壅"，作为"壅蔽"之"壅"的专用字；"雍"加"手"旁为"拥"，作为"拥抱"之"拥"的专用字；"雍"加"肉"旁为"臃"，作为"臃肿"之"臃"的专用字。这样，产生于同一个本义文字的不同衍生义文字就区别开来，形成我们今天表意指事明确的文字系统。

以上梳理考证了"雍"字的本义与诸多衍生义，但这只是本节深入讨论的前提和基础，而更重要的则是如何确定"黎民于变时雍"之"雍"字的正确含义。其正确方法就是将"雍"放在具体语境中来考察。

三、"雍"字训释的语境规定与内涵的诠释选择

如前所述，以往训"雍"为"和"都是顺承"黎民于变时雍"此句之前所有内容的整体意脉而臆断，既忽略了句子内部的词语逻辑结构，又没有顾及此句后面文章内容的关联。实际上，"雍"在此句中的本义是受其前面词语内容规定和限制的，换而言之，"黎民于变时"五个字限制和规定着"雍"字的真正含义，这也是准确理解"雍"字的重要条件。正因如此，我们必须首先搞清楚句子本身的词语结构、逻辑关系与含纳的内容。

---

① 许慎撰，段玉裁注《说文解字注》，第442页下。

先说"黎民"。就语法字词结构组成和语音节奏而言,"黎民于变时雍"至少可以做如下几种划分:一是"黎民/于变/时雍",二是"黎民/于变时/雍",三是"黎民/于/变时/雍",四是"黎民于/变时雍"。可以看出,这四种结构划分法,从语法角度讲,对于"黎民"这一名词主语的地位和独立性不会有争议。必须指出的是,汉代学者认为"黎"为黑色,"黎民"指称黑色皮肤的劳动人群。其实,"黎民"就是使用"犁"这种工具犁地的人,指代所有从事农耕活动的人群。从事农耕的人们,最关心季节时令的变化,因为这直接关系耕种、管理和收获的时机与节点,关系其生活、生产和生存。

再说"于"与"变时"。从词的属性讲,"于"字有多种用法,如介词、感叹词,甚至动词。属于什么词性,则要放在具体语境中来判断。"黎民于变时雍"句中的"于"字应当是介词,其与"变时"构成介词定语,修饰和限定目标指向的"雍"字。"变时"就是变化的季节。"时"为形声字,古代繁体从"日""寺"声。从"日"表示与时间有关,本义乃时令、节气、季节等等,故《说文解字》谓"时,四时也"。"于变时"乃是"对于时令、节气、季节"而言的意思。此其一。其二,"于"字在古代还有另外一种鲜为人知、句例甚少的用法,即《尔雅·释诂》所称"于,曰也"①,就是"说"的意思,属性成为动词。由是,其后面"变时雍"三字就成为被"说"的内容,全句字词节奏与结构就成为"二一、二一"的三三对仗句式,即"黎民于、变时雍"。在这里,"变"与"时"两个字连成了一个词,可以理解为"时令的变化"或"节气的变化"。以上两种情况,无论是介词还是动词,表达的都是对于"时令、节气、季节"之"变化"的感受与认识。

其实,先秦时期,"变"与"时"组合成词表达时令变化的情况并不少见,且多以"时变"状态出现。这个词最初表自然世界季节气候的

---

① 郭璞注,邢昺疏《尔雅注疏》,第24页。

变化，后来才上升到抽象概念层面，表时机、时代的变化。如《子夏易传·离下艮上》：

> 刚柔交错，天文也。文明以止，人文也。观乎天文，以察时变。观乎人文，以化成天下……观其天文，可以敬授人时；察其人文，可以自已而化，成天下治也。

以上所言"观乎天文，以察时变"，其"天文"是指天象，即日月星辰运行轨迹的自然现象。古人认识到星辰运行规律与四季变化规律之间相匹配的关系，于是用可见的星辰运行来标记不容易把握的时间变化，这就是"以察时变"。根据星辰的位置标记一年中气候变化的节点，即农作物生长过程中关键的时间点，这就是历法时令。此用以指导人们的农业生产，也就是引文中提到的"观其天文，可以敬授人时（民时）"。这与《尧典》中"历象日月星辰，敬授民时"正相一致。《禽经》（含张华注）中也记载了动植物自身的生长规律与时令变化之间的关系：

> 毛协四时。春则毛弱，夏则稀少而改易，秋则刷理，冬则更生细毛自温。羽物变化转于时令。仲春之节，鹰化为鸠；季春之节，田鼠化为鴽；仲秋之节，鸠复化为鹰；季秋之节，雀入大水化为蛤；孟冬之节，雉入水化为蜃。淮南子曰："鳌化为鹑，鹑化为鹢，鹢化为布谷，布谷复为鹞。顺节令以变形也。"乾道始终以成物性。生物者，乾之始；成物者，乾之终。随时变化，成就万物之性也。（《禽经·毛协四时》）

"毛协四时"一段记述了鸟类的羽毛随四季变化而改变形态的规律，这既是生物自身随时令变化的结果，也是自然界时令变化的一种表征。"羽物变化转于时令"一段虽然内容有悖于科学常理，但这是古人在生命科学尚不发达的时代对自然界物候变化的直观认知,其中体现了生物随四季节令变化的观念。"乾道始终以成物性"一段描述生物与天道之间的关系,这里的天道还保存着唯物世界中自然时令的含义,说万物的生命、性理,是随着自然时令节气的变化而形成的。而"随时变化"就是"时变"的扩展。

随着哲学思维的发展与春秋战国时期社会现实的变化,原本描述自然现象的时令变化上升到抽象概念层面,被赋予时机变化、时代变化、内外制约因素变化等更为丰富的含义。如《六韬·盈虚二》中的"天时变化"已不仅仅指自然气候时令的变化,而被赋予天道观念,指一种能左右人与社会命运的不可抗拒的力量。春秋以后,"时变"的含义越来越多地用来表示时机、时运的变化。汉代以后,很少有人以"时变"表示"时令变化"。这可能也是汉代古文经学家们不从"时令变化"的角度去理解"变时"的重要原因,而更愿意以"时"通"是"或者令其为"时代"之"时"。文字发展到汉代有很多已经失去本义而表示衍生义,很多词语的本义也因时代变化而渐渐淡出人们的视野,取而代之的是适用于当下社会的衍生义。"时变"的本义"时令变化"的丢失就是这种现象的例证。不难看出,"时变"即"变时",有所不同的只是词序的改变,前者突出"时",后者强调"变",指代的内容含义没有变化。

与古文学派有所不同,今文学派的文本"变时"作"蕃时",那么二者有何不同? 其与时令变化有何相关? 《说文解字》谓"蕃,艸茂也。从艸番声"[1]。"蕃"的本义是草木滋生,后引申为繁茂。《子夏易传·坤下坤上》称"天地变化,草木蕃"。"天地变化"即气候时令与季节的变化,气候时令变化,草木随之滋生、繁密起来。这里的"蕃"是草木生长的意思。后来,"蕃"有特定与五谷搭配使用的现象,特指农作物的生长与高产。如《管子·小匡第二十》云"时雨甘露不降,飘风暴雨数臻,五

---

[1] 许慎撰,段玉裁注《说文解字注》,第47页上。

谷不蕃，六畜不育"，《文子·精诚》说"甘雨以时，五谷蕃殖。春生夏长，秋收冬藏"，《荀子·尧问第三十二》有"树之而五谷蕃焉，草木殖焉，禽兽育焉"之语，《淮南鸿烈解·主术训》记"是以群生遂长，五谷蕃殖，教民养育六畜以时"之言。在这些材料中，农作物的种植都称为"蕃"，牲畜的养殖都称为"育"。先秦时期名物区分精细而严格，几种文献中皆以"蕃"表示五谷生长，可见"蕃"在这一时期是特别标示五谷的种植与其繁茂形态的。后来，"蕃"的使用范围逐渐扩大，扩展到牲畜、鱼虫甚至人的领域，再后来便指所有生物的生长繁衍。如《白虎通德论·五行》"物蕃屈有节，欲出时为春，春之为言偆，偆动也"[①]。这里称万物的滋生为"蕃"、衰败为"屈"，"蕃"即万物"欲出时"。班固用万物欲出时的"蠢动"来解释"春"这种称谓的来历。可以看到，虽然"蕃"的使用范围扩大了，但仍然与时令节气联系在一起。"蕃时"就是草木滋生之时，是五谷生长之时，是万物生息繁衍之时，是春夏之时。人们要想使农作物顺利生长、获得丰收，就必须按照植物本身的生长规律进行播种、灌溉等一系列农事。植物本身生长规律的枯荣体现的就是四季时节的变化，所以，"蕃时"就是"变时"，即农耕时令的更替。

综上所述，"黎民于变时雍"句中的"变"与"时"两字应当是一个词"变时"，表达的是一年四季的"时令、节气、季节"之变化，并修饰和限定"雍"字。若此，以往训"雍"为"和"，句意实难贯通。在上面"雍"字本义与诸多衍生义的训考中，可与季节时令变化相关联、可匹配的只有"雍"之衍生义"蔽雍"，即田间耕种的人们对于季节时令变化的准确情况如同被水隔开与遮蔽的"璧雍"一样，感觉模糊，认识不清。换而言之，就是为时令节气的变化所"蔽"、所"塞"、所"堵"，对季节时令的变化把握不准确，影响和妨碍了适时耕种或收获。而这才是田间耕作的"黎民"最为关心、最为上心和利益攸关的大事，也是关系国计民生、

---

① 陈立撰，吴则虞点校《白虎通疏证》，第175页。

安邦治国的大事。所以，在"雍"字的所有含义中，对于"黎民于变时雍"来说，训"雍"为"蔽"则最能贴合语境与语义。

四、"雍"训为"蔽"的事理契合与原始朴素的历法科技

从上面对"黎民于变时雍"字词结构的分析与字词本义的探寻可以清楚地知道，这句话的核心意思是表达田间耕作人群对于时令节气变化模糊不清，并透露出由于生存、生活、生产的需要而特别希望掌握和了解的信息，句中每一个字词都与农耕有着密切关系。我们选择训"雍"为"蔽"，解释"黎民"对于"变时"即时令节气变化模糊不清的状态和期待了解的愿景，无疑最为契合事理逻辑。"蔽"为形声字，从艸，敝声。《说文解字》称"蔽，小草也"①，此为本义；而《广雅》说"蔽，障也，隐也"②，则是引申义，含有"遮住、遮掩、障蔽、不清楚"的意思。至于其他解释，都很难做到圆通全句文意。

训"雍"为"蔽"后，则"黎民于变时雍"一句的内容全都紧紧围绕农耕之事的时令节气，这显然与其前面"百姓昭明，协和万邦"的内容看不出有什么直接联系，在逻辑上也不属同一个层面，所以既不协调也不吻合。然而，却与其下第二部分开头四句以及后面的所有内容都紧密相连。如果把"黎民于变时雍"作为第二部分的段首句，那么，此段开头五句，共同构成了第二部分的第一个意群：

> 黎民于变时雍，乃命羲和，钦若昊天，历象日月星辰，敬授民时。（《尚书·尧典》）

这一意群，其内容结构的内在逻辑是：第一句提出问题，后四句从

---

① 许慎撰，段玉裁注《说文解字注》，第40页上。
② 王念孙《广雅疏证》，中华书局1983年影印钟宇讯点校本，第64页上。

安排任务到实施方法，直至最后目标，全都是解决问题。五句形成密不可分的整体，不仅极其简练地按照事件发生发展先后顺序描述了解决问题的历时性过程，而且逻辑严谨，结构完整，首尾照应。更应特别指出的是，这一意群下面从"分命羲仲"到"庶绩咸熙"的所有内容，全部都是紧紧围绕此五句逐步展开。显然，这样的处理不仅文脉贯通，而且让文章结构完美。总的来说，至少解决了如下几方面的问题：一是纠正了以往训"雍"为"和"的讹误，发明了作者的原意，使"黎民于变时雍"的本义得到回归。二是纠正了以往段落结构划分上的讹误，将第一部分结尾"黎民于变时雍"作为第二部分的首句，不仅贯通了文脉，而且恢复了作品思想内容与逻辑结构的合理性，由此彰显了艺术结构的形式美。三是纠正了以往第二部分以"乃"字开头的突兀状态，恢复了"乃"字在上下句中承接文气意脉的重要作用，增强了文章的流畅感和节奏感。四是结束了以往思想内容与表现形式的逻辑混乱情形，恢复了文章内容清晰、思路清晰、层次清晰、逻辑清晰的本来面貌，恢复了"黎民于变时雍"引领下文的统摄作用，同时也让这一意群发挥了呼应和照应下面内容的纲目作用，自然过渡到尧命羲和重新制定历法的详细描述中。

现在再读全文，就会看到作者其实运用大量笔墨只写最值得为人称道的两件事：一是如何考察天体运行和自然季节的时令变化，制定历法，所谓"敬授民时"；二是怎么样考察选择继位人，除注重道德人品和协调组织能力外，尤其注重考察治理洪水的能力与实效。这两件事表面上看似乎不相联属，而实际上则关联至为紧密，二者都与人们的生存、生活、生产密切相关，核心都是紧紧围绕农耕的发展。前者是确定季节时令的变化和规律并普告天下，确保适时耕作，后者则立足于当时洪水灾害的实际，以治理洪水和创造适应农牧耕作大环境的能力为标准，选定首领。而制定历法，更能反映农耕文明的发展程度，这里做重点分析。其文字节录如下：

黎民于变时雍，乃命羲和，钦若昊天，历象日月星辰，敬授民时。分命羲仲，宅嵎夷，曰旸谷。寅宾出日，平秩东作。日中，星鸟，以殷仲春。厥民析，鸟兽孳尾。申命羲叔，宅南极，曰交阯。寅敬致日，平秩南为。日永，星火，以正仲夏。厥民因，鸟兽希革。分命和仲，宅西土，曰昧谷。寅饯纳日，平秩西成。宵中，星虚，以殷仲秋。厥民夷，鸟兽毛毨。申命和叔，宅朔方，曰幽都。寅在易日，平秩朔伏。日短，星昴，以正仲冬。厥民隩，鸟兽氄毛。帝曰："咨！汝羲暨和。期三百有五旬有六日，以闰月定四时，成岁。允厘百工，庶绩咸熙。"（《尚书·尧典》）

以上这段文字记载和描述了帝尧如何面临当时制约社会发展的重大现实问题——"黎民于变时雍"，即人们对于季节时令的变化不清楚，怎样安排解决这一直接影响族群生存和国家发展的重大问题，命令司掌历法的羲氏、和氏两大贵族，严格遵循天地宇宙的自然变化规律，观察日月星辰的运行情况，重新制定出历法，庄重颁布给人们使用，以最大限度地避免贻误农时。

文章记述了羲氏、和氏两大家族分别派出各自的次子、三子羲仲、羲叔、和仲、和叔四人，分赴东夷旸谷、南极交阯、西土昧谷、北方幽都四地，在四个指定区域地点开展观察和研究，并根据天文星象变化、人们生产劳作与居住习俗以及鸟兽交配与羽毛变化情况等，来确定"仲春、仲夏、仲秋、仲冬"的准确时间。羲仲住在东方海滨叫旸谷的地方，观察日出的情况，以昼夜平分的那天作为春分，并参考鸟星的位置来校正；羲叔住在南方叫交阯的地方，观察太阳由北向南移动的情况，以白昼时间最长的那天为夏至，并参考火星的位置来校正；和仲住在西方叫昧谷的地方，观察日落的情况，以昼夜平分的那天作为秋分，并参考虚星的位置来校正；和叔住在北方叫幽都的地方，观察太阳由南向北移动的情况，以白昼最短的那天作为冬至，并参考昴星的位置来校正。羲氏、和氏将考察结果呈报，尧据此决定以366日为一年，用闰月调整历法和四季的关系，使每年的农时正确，不出差误。因此而"允厘百工，庶绩咸熙"，人们了解和掌握了季节时令的变化规律，不再为"变时"所"蔽"，能遵照历法来安排生活、生产，收到很好的社会效果。值得指出的是，作者既描写了掌司其事者"宾、敬、饯、在"的虔诚、庄重、严肃、认真的态度，又交代了重点观察和研究的目标与对象，即"日、月、星、辰"运行位置的变化规律以及昼夜时间的长短"日中、日永"；既以"民"为主要观察对象，记述其春夏秋冬四季之"析、因、夷、隩"的居住风俗和劳作规律，又以"鸟兽"为重点考察目标，记述其春夏秋冬四季之"孳尾、希革、毛毨、氄毛"的重要表征。所有这些，都体现出早期农耕时代先民劳作的重要特征，虽然居无定所，随季节变化而选择较为安全适宜的地形地势，且耕种、牧养与狩猎为一体，但是对大自然的诸多现象已经有着深刻地感性认识，体现出原始朴素的历法科技手段。

  历法既是人类农耕历史实践的珍贵文化载体，又是农业文明发展的重要标志。从本质上讲，历法是人类对于自然世界直观认识的规律概括和经验总结，其中包含着人类的生存智慧与生活智慧，体现着人类对于自然宇宙运行变化的规律认识与开发利用。从目前已知的世界历史文献看，公元前3000年左右，生活在两河流域的苏美尔人根据自然变换的规律，以月亮的阴晴圆缺作为计时标准，创制了最早的历法太阴历，十二个月为一年，共354天。至公元前2000年左右，古埃及人根据尼罗河泛滥周期，制定出太阳历，成为公历最早的源头。中国的历法大约始于公元前2500年前后。从现有文献看，在伏羲氏、神农氏时期就已经在生活生产中开始运用自然季节的变化特点。《易·系辞下第八》曰"包牺氏没，神农氏作，斫木为耜，揉木为耒，耒耨之利，以教天下"；《管子·形势解第六十四》中说"神农教耕，生谷以致民利"；《皇王大纪·皇纪·炎帝神农氏》中载"治其丝麻为之布帛"。从这些材料中可知其在当时创制工具和种植五谷的农耕发展情况，可知当时人类由原始游牧生活向农耕文明转化的情况。而所有这些，都离不开对自然季节变化的了解和把握。《尚书·尧典》"黎民于变时雍"及其制定历法的记载只是中国农耕文明发展史上的一个典型案例。中国古代历法有着独特的民族特色。最早的历法一年只分为春、秋二时，所以后来用"春秋"代表一年。《庄子·内篇·逍遥游第一》"蟪蛄不知春秋"，意思就是蟪蛄的生命不到一年。此外史官所记的史料在上古也称为"春秋"，因为史料都是纪年体的。后来历法日趋周密，春秋二时再分冬夏二时，有些古书所列的四时顺序不是"春夏秋冬"，而是"春秋冬夏"，如《墨子·天志中第二十七》"制为四时春秋冬夏，以纪纲之"，《管子·幼官第八》"修春秋冬夏之常祭"，《礼记·孔子闲居第二十九》"天有四时，春秋冬夏"等。后来伴随实践经验的积累和自然认识的深入，逐步向原始细密化与原始科学化推进。古人很早就掌握了春分、秋分和夏至、冬至这四个最重要的节气，将一年分为春、夏、秋、冬四时。以此为基础，古人又逐步细分和完善了二十四节气。《尚书·尧典》把春分叫"日中"，秋分叫"宵中"，因为这两天昼夜长短相等，《吕氏春秋》都叫"日夜分"。《尧典》把夏至叫"日永"，冬至叫"日短"，因为夏至白天最长，冬至白天最短，《吕氏春秋》分别叫作"日长至""日短至"。《吕氏春秋》里已经明确提到了立春、立夏、立秋、立冬四个节气，到了《淮南子》就出现了和现代名称完全相同的二十四个节气。目前见到的较早的历法文献是《夏小正》，将一年分为十二个月，每月以某些显著星象的"昏""旦中天"或"晨见""夕伏"来表示节候，是物候历和天文历的结合体。此与《尧典》的"四仲中星"即"日中，星鸟，以殷仲春；日永，星火，以正仲夏；宵中，星虚，以殷仲秋；日短，星昴，以正仲冬"利用星象预报季节一脉相承。此后，修订历法一直是历朝历代必不可少的重要任务。仅以宋代为例，319年内颁发过18种历法，其中南宋杨忠辅制定的《统天历》取回归年长为365.2425日，是当时世界上最精密的数值，比欧洲著名的《格里高历》（亦取365.2425日）即当今世界通行的公历早了380多年。

五、"于变时雍"的时令本义与"雍和"内涵的社会认知

如上所述,"敬授民时",让田间耕作的人群了解和掌握时令节气的变化,以确保一年的农耕、养殖等活动按时令进行。上古三代是中国农耕社会的起步时期,先民在协调人力与自然规律之间的矛盾中艰难摸索,时令就是掌握自然生命枯荣规律的重大成果。以农作物种植为主的一年的作息活动按照时令进行,才能确保农作物产量稳定、六畜兴旺。这是关乎生存的第一件大事。但是,这种理解与《五经正义》训释大相径庭,唐宋两代学子为求仕途埋首经义,少有提出异议者。宋代崇文抑武政策提升了士大夫阶层的社会地位,士大夫要求与君主共治天下,更多地以学术形式干预政治,于是"疑古惑经"与重新注解经书的思潮出现,其实质是以注疏的方式建构自己的政治哲学体系。元代经学式微,以"乡先生"为主要成员的新安经学是元代经学代表。新安经学以朱熹为宗,却死守宋代经学藩篱,失去了宋代经学最可称道的疑经精神。明初结束元代游牧民族推崇武力的社会风气,重新编定儒家经典,试图将社会秩序重新纳入理性文明中来。然而明初官修《五经大全》采取的是元代新安经学的著述,仍然没有突破宋学藩篱。直至清中后期以朴学为基础的近代学术研究起步,经学研究才进入一个新的境界。

唐以后的注疏中没有将"于变时雍"作为"时令"之事来考虑的,而在唐代以前的文献中对于"于变时雍"的理解与运用是否能寻到蛛丝马迹呢?《汉书·成帝纪第十》有一段文字耐人寻味:

> 二年春寒,诏曰:"昔在帝尧,立羲和之官,命以四时之事,令不失其序,故《书》云'黎民于蕃时雍',明以阴阳为本也。今公卿大夫或不信阴阳,薄而小之,所奏请多违时政,传以不知,周行天下,而欲望阴阳和调,岂不谬哉!其务顺四时月令。"

对于这则材料的记载,清季学者们已经注意到并提供了一种解释,

孙星衍、王先谦、皮锡瑞等将"黎民于蕃时雍"作为今文经学的文本加以记录。如王先谦《尚书孔传参正》注：

"黎民于变时雍"，古文也，今文作"黎民于蕃时雍"……韦昭曰："蕃，多也。"段云："应用古文，读"蕃"为"变"……颜引应注盖删去"古文作"变"之语。①

王先谦先生首先判定《汉书》所录"黎民于蕃时雍"是今文经学使用的文本，然后辑录各家对异文"蕃"字的解释。一种解释说"蕃"通"变"，"黎民于蕃时雍"即"黎民于变时雍"，在释义上和古文经学注疏相同。另一种解释训"蕃"为"养"，"养"即尧帝对民众的养育教化，百姓在尧的养育化下变得雍和。这种解释虽然根据"蕃"字本身提出了新的见解，但目的还是合理地将此句挂靠到古文经学注疏上。下面我们就逐条分析汉成帝诏书中使用的"黎民于蕃时雍"一句是否与古文经学释义相同。

首先，这条材料是今文经学的文本应该没有异议，依据有二。诏书曰"故《书》云'黎民于蕃时雍'，明以阴阳为本也"，可知这句话的使用环境是在强调"以阴阳为本"，让公卿大夫提出的政令措施符合阴阳与四时运行的规律。强调阴阳五行与灾异感应是今文经学解经的鲜明特点，今文经学家们认为世间万事万物都统摄于阴阳五行的规律，如果人尤其是君主不按照阴阳五行言语活动，就会招致上天降下的灾祸，这种灾祸往往表现为自然灾害或异象。这则诏书中对该句的使用是符合今文经学解经传统的。此其一。其二，诏书颁布者汉成帝刘骜乃今文经学笃学者。汉代今文、古文学派斗争激烈，而古文经学一直没有真正立于学官，虽有个别帝王推崇甚至王莽时曾将其短暂立于学官，都如昙花一现。古文经学更像是

---

① 王先谦《尚书孔传参正》，中华书局2011年版，第16—18页。

一股强大的民间洪流与官方规定的今文经学正统相抗衡。汉代的皇室是研习今文经学的。史料可考的受学于今文尚书的汉代皇帝有十五位，其中两位还参与《尚书》学著作的撰写与编纂，如汉明帝刘庄撰写《尚书》学专著《五家要说章句》，汉章帝刘炟下令集撰今文经学著作《欧阳、大小夏侯尚书古文异同》与《白虎通义》。在诸侯王与王后文字中也屡见对今文经学章句的称引。可以说，汉代皇室是笼罩在今文经学的学术传统与言行规范之下的。汉成帝刘骜受学于今文经学小夏侯《尚书》学派的郑宽中，重用林尊等今文经学家，所以汉成帝在诏书中称引的这句当是今文经学无疑。

其次，此句句意与古文经学经解不同。诏书中称："昔在帝尧，立羲和之官，命以四时之事，令不失其序，故《书》云'黎民于蕃时雍'，明以阴阳为本也。"文中用"故"字连接前后文，表前后略有因果关联。说古时候帝尧立羲和之官，让他们掌管四季时令的事，使百姓的生活按秩序进行，所以《尚书》中强调"黎民于蕃时雍"，是为了让人们铭记始终要以阴阳为根本。由此可见，"黎民于蕃时雍"是与后文"乃命羲和，钦若昊天，历象日月星辰，敬授民时"归为一个意群的，"黎民于蕃时雍"的含义与时令有关。汉成帝诏书称引这句的起因是公卿大夫忘记了阴阳四时月令，称引这句的目的是告诫他们要以阴阳四时月令为本。同理，他认为《尚书》记录这句的目的是"明以阴阳为本"，那么《尚书》记录这句的原因就是人们忘记了以阴阳为本，可理解为在时令变化这件事上"壅蔽"不清。

今文经学重天人感应、阴阳灾异，其实这个传统源于上古代时农耕生产方式决定的对天象气候、季节时令的依赖与重视。主动种植使人类从采摘的原始形态中解放出来，迈出摆脱自然环境限制的第一步。然而，主动种植是人力对自然原力的强行干预，这种干预如果违背作物本身生长规律，就会导致作物的减产甚至死亡，所以严格按照自然生长规律进行合理干预是保证农耕成功的决定性因素。先民通过漫长的观察并总结作物生长规律，在气候变化的节点进行相应的干预，这些气候变化的节点就是时令。一年以农事为主的活动都按照自然气候的时令变化进行，就是最初的"天人感应"，即以顺应自然规律来消解人力与自然原力之间的冲突，使人力改造后的自然仍能保持平衡状态，这样人们才能在对自然施加力量的同时不受自然反冲力量的伤害，从而更好地生存下去。

随着生产发展，社会分工越来越明显，不管执政者的政令还是人民的生活行为都不仅仅局限在农事范围内，所以最初描述自然规律的"阴阳二元论"与"五行生克说"就上升到抽象的哲学伦理层面，指导人们方方面面的行动。"阴阳二元论"是时刻提醒人们事物都有此消彼长、相互制约的两面，二者不可偏废。"五行生克说"是将世间所有事物都置于普遍联系的整体中，告诉人们要从整体着眼，观照诸多方面。人们试图将一切都纳入符合逻辑的因果链条中来，这样不仅可以解释诸多异常的现象，还可以通过预判来避免不可抗因素的伤害。这是人类建立可控的生存环境与机制的尝试。于是，在东周晚期与汉代前期，阴阳五行说充斥社会的方方面面，很多地方牵强附会，但这是古人建立可控生存机制与精神安全机制的过渡尝试。

今文经学对这句的解读源于农耕时令，符合三代时期以发展农业生产为第一生存要义的时代主题。且今文经学是传世之学，师徒授受谱系鲜明、师法严格，或说荀子曾游学于齐，三为祭酒，伏生今文《尚书》学即受学于荀子。所以笔者以为，今文经学对这句的解读是更接近文本原义的。令人疑惑不解的是，既然将此句解为与时令相关更符合文本原义，为什么在后世流传中，此种解释却湮没不闻了呢？不独唐代立伪孔传古文《尚书》为官学之后，即便在汉代，我们可以检索到的十几条文献中，也只有此处诏书称引是体现其与时令相关的。同样出自《汉书》的另几处的称引也都是依循古文尚书的解读方式，将其归入前文意群，作为对尧治理下的盛世状况的总结。由此可知，在对这句经解的接受上，与和平盛世相联系已经取代与农耕时令相联系，成为当时社会的主要认知形态。这已经不是简单的今文、古文学派斗争的问题，而是整个社会思潮发生了转型变化。上古时代是农耕社会起步、探索、初步成形的时期，人们对农业种植方方面面的经验还不充足，农具与生产方式也原始落后，生产力低下，所以如何提高生产是当时社会的大事，人们的一切探索几乎都围绕在如何发展生产力上。历经春秋战国时代农业技术的改革、水利灌溉工程的兴修，农业生产获得了一次飞跃式的进步。秦始皇统一政治版图，废除分封建制，严格户籍政策，将人作为农民稳固在土地上，此时基本具备了成熟农业社会的雏形。及至汉武帝时期，社会结束混乱动荡，作为此后延续两千年的农业社会制度正式定型了。此时农业技术、农事规律等问题已经相当成熟，农民可以自发进行农业生产并且保证产量，生产力不再是困扰生存的头等大事，于是人们的关注点转移到对分配关系的调节上来，即调节社会关系。

儒家思想自诞生之初就天然背负调节农业社会生产关系的职责，或者说儒家思想就诞生于农业社会的生产方式。孔子将儒家思想追溯到周制，周是以农耕生产方式发展起来的方国，其制度必然是适用于农业社会的制度。春秋战国时期儒家思想发展壮大也是伴随着农业生产方式的壮大。至汉武帝时期农业社会完全稳固，执政者推行"尊经黜子"的政策，此时儒家的胜利实质上是农业生产方式的胜利。儒家倡导的"和""序""节用""重农抑商"等思想都是为农业社会更好地发展而提出的。"和"就是调节社会关系的一种，倡导大家不争，有序分配社会资源，"和"又能维护社会稳定，从而更好地进行农业生产。武帝之后，合理分配资源、维护社会稳定成为时代主题，人们解读经书的角度也不可避免地从这个角度出发，于是将"黎民于变时雍"解为社会和睦稳定就成为最能广为接受的方式。原先从生产力角度出发将其解读为与农耕时令相关的方式就渐渐淡出人们的视野。这是社会发展的客观事实的驱动，是人们思想观念变化导致的自然结果。不同时代的经解是顺应时代发展的需要，在"求用"层面上虽无对错之分，而在"求真"层面，符合原意的解释与主观阐发的解释就有正误之别。

六、"雍""庸"通用与"和"义嫁接

其实,任何文化现象的发生与存在都必定有其多方面合理性的根源,而绝非出于偶然,《尧典》"雍"训为"和",也不例外。这除了上面分析过的主流文化价值观和社会认知层面的大环境因素之外,也还有文字学知识系统内部的小环境因素。可以断言,"雍"与"和"的联姻必定有其合理性与必然性。

仅就基本古籍库检索资料来看,先秦时期"雍"字的使用主要有五种情况。一是做名词用的最多,如地名、鸟名、星象名、乐名、人名、职官名等,大约有一百一十多条。二是形容词,作"堵塞、壅蔽"解,有九十条左右。三是动词,作"抱持、拥有、拥护"解,有二十多处。四是从"壅堵""拥有"意衍生出来的"群、多、拥挤、盛大"义,十余条。五是拟声词,作"鸟鸣、钟鸣"等解,十多处。相比之下,"雍"字作"雍和"解的用法却极少,汉代以前将"雍"与"和"联系在一起的只有《尔雅·释训第三》"肃肃、翼翼,恭也。雝雝、优优,和也"[①]。除却这则材料释"雝雝、优优"为"和",其余都是汉代以后至唐、宋注疏家将先秦文献中"雍"解释为"和",然仔细推求文献,会发现"雍"字并不作"和"解。

如《禽经》"宋寮雕雕,鸿仪鹭序",晋张华注曰:"鸿,雁属。大曰鸿,小曰雁。飞有行列也。鹭,白鹭也。小不逾大,飞有次序,百官缙绅之象。《诗》以振鹭比百寮,雍容喻朝美。"(《禽经·宋寮雕雕》)"鸿仪鹭序"是说鸿雁和白鹭飞行各有各的阵仗和秩序,而前文的"雕雕"是指一群鸟聚在一起,是"群、多、簇拥"的意思。晋人注疏将群鸟的秩序比附在朝堂的百官之上,说百官也像群鸟有序聚集,场面盛大美好,故"雍容"是指盛大的样子。又如《诗经·召南·何彼襛矣》"何彼襛矣,唐棣之华。曷不肃雝,王姬之车",郑玄笺、孔颖达疏在《毛诗注疏》下

---

① 郭璞注,邢昺疏《尔雅注疏》,第174—175页。

注"肃雍"为"肃敬雍和"①。这首诗是描写齐国公主出嫁时的场景,华丽盛大,像盛开的繁花。"肃雍"一词用来形容公主乘坐的车,显然,如果理解为"肃敬雍和"就不通了,这里实际上是取"多"的衍生义,解为"簇拥""盛大"。《礼记》引《诗》云"肃雍和鸣,先祖是听",言"夫肃肃,敬也。雍雍,和也。夫敬以和,何事不行"。②《诗经》中的"肃雍"与《何彼襛矣》中的"肃雍"一样,指"簇拥、多"的样子,《礼记》根据儒家提倡的行为处事准则附会上"敬"与"和"的意思。《诗经·大雅·文王之什》:"思齐大任,文王之母。思媚周姜,京室之妇。大姒嗣徽音,则百斯男。惠于宗公,神罔时怨,神罔时恫。刑于寡妻,至于兄弟,以御于家邦。雝雝在宫,肃肃在庙。"在郑玄笺、孔颖达疏《毛诗注疏》中注解"雝雝""肃肃"均为"雝雝,和也,肃肃,敬也,笺云:宫谓辟廱宫也,群臣助文王养老则尚和,助祭于庙则尚敬,言得礼之宜"③。然而,看这整首诗是在称颂周宗室中女性的功德,特别点出大姒的功德是"嗣徽音,则百斯男",即育有很多子嗣。"五谷丰登""人丁兴旺"是中国人两个最基本的愿望,首先粮食高产保证生存,然后子孙众多确保繁衍,"多"尤其是物产不发达、人口稀少的上古时代所追求、崇尚的精神。所以,"雝雝在宫,肃肃在庙"是接续前文"则百斯男",意思是不管在宫室中生活还是在宗庙里祭祀,人丁都非常多,亦即"拥拥在宫,簇簇在庙"。还有,《礼记·少仪第十七》:"言语之美,穆穆皇皇。朝廷之美,济济翔翔。祭祀之美,齐齐皇皇。车马之美,匪匪翼翼。鸾和之美,肃肃雍雍。"④在这段文字中,

---

① 毛亨传,郑玄笺,孔颖达疏,陆德明音释《毛诗注疏》,上海古籍出版社2013年版,第138—140页。
② 孔颖达《礼记正义》,北京大学出版社2014年影印南宋越刊八行本,第1070页。
③ 毛亨传,郑玄笺,孔颖达疏,陆德明音释《毛诗注疏》,第1449—1455页。
④ 孔颖达《礼记正义》,第975页。

"肃雍"用来形容鸾鸟一起鸣叫之美。观察前后语义,"穆穆皇皇""济济翔翔""齐齐皇皇""匪匪翼翼"都是形容多的词汇,说"言语""朝堂""祭祀""车马"都要富丽堂皇、场面盛大才美。同样,各种鸟的声音、声调多了,配合在一起的和声才美,所以,形容"鸾和之美"的"肃肃雍雍"也是"多"的意思。

我们在"雍"的含义流变中很难找到"和"义的出处,是否可以另辟蹊径来探寻其他的可能性呢?众所周知,古代通假、借用是非常普遍的文字现象和文化现象,会不会是人们将其他与"雍"字相近、带有"和"义的字与"雍"字混用嫁接所致呢?比如"庸和"之"庸"之类,我们不妨略做讨论。

"庸"字金文字形为"🔲""🔲""🔲"等,像两手使物持中。"庸"字用法一是取"持中"之意,表"中、正";一是同音通假,通"功用"之"用"。《子夏易传·乾下乾上》"子曰:'龙德而正中者也,庸言之信,庸行之谨……谨信以为常,得于正也'",用龙德比喻君子之德,说君德的谨信是因为"得于正",即说话、办事不偏激。那么"庸言"与"庸行"之"庸"采用的就是"中、正"的用法,表示客观、全面、稳重的含义。"庸"表"中、正""不偏激",即说话办事采取折中的方法,"折中"带有各方相互妥协的意味,于是就衍生出"和"的含义。《韩诗外传》谓:"伯夷,圣人之清者也;柳下惠,圣人之和者也;孔子,圣人之中者也。诗曰:'不竞不絿,不刚不柔',中庸和通之谓也。"[①] 这则材料中,"中庸"与"和通"首次作为一个词组使用。汉代以后,"庸"字与"和"字共同使用成为一种常见的现象,如《南齐书·列传第十四》"桑濮郑卫,训隔绅冕;中庸和雅,莫复于斯"[②],《一切经音义》卷二十三"中庸,以钟反。《广雅》'庸,和也'。《小尔雅》'庸,善也'。

---

① 屈守元《韩诗外传笺疏》,巴蜀书社2012年版,第176页。
② 萧子显《南齐书》,中华书局2011年版,第595页。

谓和善人也"①,《禅林宝训》卷二"一妄庸唱之于其前,百妄庸和之于其后"②。"庸"与"雍"有意义可通之处,"庸"之"昏庸"与"雍"之"壅蔽"意义相近。《鹖子·撰吏五帝三王传政乙第五》"众目视于伪,不留视于真;众心耀于名,不能察于实。夫庸主必惑于众,岂能受于道教哉?故君子之道,不必见纳也",这里的"庸主"指不能明察真实的君主,有被蒙蔽的意味,如果这里写作"雍(壅)主"也是可通的。《管子·正第四十三》"致刑其民,庸心以蔽;致政其民,服信以听;致德其民,和平以静;致道其民,付而不争",此处材料中的"庸心以蔽"即"壅心以蔽",直接使"庸"通"壅"字。可见,"庸"与"雍"是会发生通假混用现象的。"庸"与"雍"有一部分意义相通,两个字又是同音,混用通假的现象时有发生。于是,"庸和"便被记为"雍和","和"的意义从"庸"嫁接到了"雍"上。这样的训释,既适应了主流文化价值观的需要,又得到社会认知的赞同,由此传承开来便成为十分自然的事情。其结果则是把原本属于反映中国上古时代农耕文明与历法文化的珍贵文献,解读成了最高统治者实施美政管理的社会效果。

七、"黎民于变时雍"与中国上古农耕文明

上面对"黎民于变时雍"的详细训考与分析可知,《尚书·尧典》涵载着中国上古农耕文明的丰富信息。孔子编纂,旨在"恢弘至道,示人主以轨范",而儒家思想生于斯、存于斯、寓于斯。所以李学勤先生称《尚书》"是我国历代统治者治理国家的'政治课本'和理论依据"。毫无疑问,《尚书》记载了中华民族上古时期部落首领的历史活动和思想实践,反映了当时农耕文明发展的实际情形,而《尧典》保存的农耕历法文化信

---

① 徐时仪《一切经音义三种校本合刊附索引》,上海古籍出版社2012年版,第475页。
② 释圣可《禅林宝训顺硃》,宗教文化出版社2009年版,第133页。

息尤其珍贵。

　　农耕的产生，是人类由原始野性状态走向文明发展的重大创举，是人类历史实践经验积累、智力增长和活力开发的重要体现。农作物的发现、认识、选择与种植，自然界动物的特点识别与驯化饲养，各种劳动工具的发明与制造，无不含有大量的经验智慧与原始科技元素。换而言之，农耕是人类生存从自然走向自觉的重要标志和由经验积累走向智力开发的重大飞跃。这种创举和飞跃，决定了人类的基本生存方式与积极发展方向，成为人类生息繁衍和健康发展的根本路径与重要保障。由此创造的农耕文明，谱写了人类历史进程的辉煌篇章。在古巴比伦、古埃及、古希腊、古印度、古中国这五大农耕文明中[①]，中华民族创造的农耕文明特色尤其突出。繁衍生息于喜马拉雅山东麓与太平洋西岸，且以"厚德载物、自强不息"而著称的中华民族，在漫长悠久的历史发展过程中，相继创造了黄河文明、长江文明、草原文明、高原文明等多元发展的中华文明共同体。与此同时，勤劳善良的中华民族也创造了以农牧耕种为外在基本形式、以社会综合治理为重要思想内涵的农耕文明。中国古代的农耕文明，以人为本、立足实际、注重成效，充分表现出天人合一、顺应自然、遵循规律的朴素态度，同时又将国家治理、社会建设、文化传承的人文精神融入其中，形成独特的"耕读文化"，呈现出系统而坚实的思想基础与强劲严密的社会合力，显示出强大的创新力和旺盛的生命力。这不仅在迄今为止大量的考古发现中得到有力证实（如约8000年前的大地湾文化、约7000年前的仰韶文化、约5000年前的良渚文化等），而且在汗牛充栋的传世文献中有着大量的文字记载，《尚书》《诗经》以及诸多先秦典籍中，都有深厚丰富的内容表现，甚至中国古代主流传统文化——儒家学说的诞生与发展，也都是中国古代农耕文明的反映与支撑。

---

① 古巴比伦（约公元前4000年）、古埃及（约公元前3500年）、古希腊（约公元前3000年）、古中国（约公元前3000年）、古印度（约公元前2000年）。

而《尧典》运用大量笔墨描写如何考察季节时令，制定历法，"敬授民时"，确保按照季节时令的自然变化适时耕作，更能反映农耕文明的发展程度。

中国经学自生成之日起就有人文化育的"致用"原则，孔子从三代遗存文献中遴选篇目编纂成书，目的是申明自己的社会理念，以达改造社会的效果。此时的经与其取材的原始文献可能就已经发生了偏离。历代官方、学者不断对解经方式加以调整，是因为社会现实发生了变化，承载指导社会秩序运转功能的经解也必须随之变化。于是，历代经解与文献本义偏离越来越大。然而"求用"的同时，也必须"求真"，这是学术研究的重要原则，何况历代经学一直存在"求用"与"求真"两大解经流派，即"义理派"与"训诂派"。义理与训诂是经学的两翼，不可截然而分，历史上的经学大家亦往往融合二者之长，因此，义理与训诂这两种解经方式没有孰高孰低的可比性，角度不同而已。上面对于"黎民于变时雍"的重新解读，就是从"求真"入手，探求文献本义，进而"求义理"，厘清文献生成时候记录的原初内容，将文献作为社会历史材料，通过对文献本义的研究窥探其生成时代的社会样貌。反推同理，对当时社会历史的把握有助于我们更深入地理解文献，进而理解文学。傅璇琮先生在《我写〈唐代科举与文学〉的学术追求》一文中说："文化乃是一个整体，为了把握一个时代、一个民族的历史活动，需要从文学、历史、哲学等著作中，以及遗存的文物中，作广泛而细心的考察，把那些最足以说明生活特色的材料集中起来，并尽可能作立体交叉的研究，让研究的对象活起来。"将社会历史背景与文献文学结合起来研究，是中国古典文学必须也必然要走的道路。由社会历史背景入文学方能"求真"，将文学入社会历史方能"致用"。我们从"黎民于变时雍"的经解考辨入手，求真求是，深入探讨《尧典》的农耕文化意义，正是弘扬光大中华民族优秀传统文化的尝试。

第二节 《论语》的语言艺术①

《论语》这部书不论在中国思想史还是在世界艺术史上，都有着重大的影响。它虽然是语录体著作，但是，依然有着不可忽视的艺术成就。其语言特点，尤为突出。

一、洗练质朴，流畅自然

《论语》之前的散文，如《易经》《尚书》等，其语言朴拙，大都古奥难懂，所谓"周诰殷盘，佶屈聱牙"（韩愈《进学解》）。《论语》扬长避短，一变而为"句之易道，义之易晓"（王禹偁《答张扶书》），达到了洗练质朴、自然流畅的境地。

《论语》语言简洁凝练。它往往用最经济的话，完美地阐明所要表达的内容。如鲁哀公问孔子怎样使民服，孔子说"举直措诸枉，则民服；举枉措诸直，则民不服"（《为政》），从正反两面入手，指出提拔正直的人还是提拔邪恶的人，是使民"服"与"不服"的关键，阐明了自己深刻独到的见解，简洁明了，凝练有力。再如"巧言令色，鲜矣仁"（《学而》），只有七个字，便概括了善于花言巧语、阿谀逢迎一类人的特点，揭穿了这种人道德恶劣的实质。再如：

> 工欲善其事，必先利其器。（《卫灵公》）
> 季康子问政于孔子。孔子对曰："政者，正也；子帅以正，孰敢不正？"（《颜渊》）
> 子路问政，子曰："先之劳之。"请益，曰："无倦。"（《子路》）

或明理，或教人，无不言简意赅、深刻明快，不见点滴废语虚墨。

---

① 本节原文发表于《语文函授》1981年第1期（总第1期），第10—12页。

孔子反对过分讲究文辞藻饰，以为"文胜质则史"（《雍也》），他主张老朴自然，把清楚地表达内容放在首位，所谓"辞达而已矣"（《卫灵公》）。《论语》遵循了这条原则，不事雕琢，以达意为准，处处体现出质朴无华的本色。在《季氏》篇里，记有一段孔子与冉有、季路谈论政事的话："有国有家者，不患寡而患不均，不患贫而患不安。盖均无贫，和无寡，安无倾。"这段话，内在的逻辑性很强，言辞非常朴实，清楚地阐述了自己的看法，指出统治者不能只为国民的少寡和财货的匮乏忧虑，更可怕的是贫富的悬殊和社会的动乱。《论语》中还有不少近乎口语的语言，如"知之者，不如好之者；好之者，不如乐之者"（《雍也》）、"知之为知之，不知为不知，是知也"（《为政》）、"孰谓鄹人之子知礼乎？入太庙，每事问"（《八佾》）、"过而不改，是谓过矣"（《卫灵公》）等，都明白如话，似谈家常，通俗质朴。鲁迅说，《论语》"其文辞皆略无华饰，取足达意而已"（《汉文学史纲要》），正指出这些语言的特质。

《论语》语言不仅洗练质朴，而且自然流畅。《卫灵公》篇中有这样一节文字：

> 师冕见，及阶，子曰："阶也。"及席，子曰："席也。"皆坐，子告之曰："某在斯，某在斯。"

这段文字记叙了盲人乐师冕见孔子的情形。它不仅富有真切感，使人如同目睹，而且文辞流畅，富有节奏美。再如"三军可夺帅也，匹夫不可夺志也"（《子罕》）、"可与言而不与之言，失人；不可与言而与之言，失言。知者不失人，亦不失言"（《卫灵公》）等等，都不减行云流水之趣。

《论语》语言的自然流畅，在语势和节奏上，表现得更为明显。像"君子坦荡荡，小人长戚戚"（《述而》），"知者不惑，仁者不忧，勇者不惧"（《子罕》），前者形式对仗，音调和谐，后者采用排比，铿锵有力，似格言，像诗句，读起来语势如注。

《论语》中的一般叙述语言，也都朗朗上口。如孔子谈撰文："为命，裨谌草创之，世叔讨论之，行人子羽修饰之，东里子产润色之。"（《宪问》）这段被明代学者李贽称为撰文秘诀的文字，非常自然地叙述了一次制作文告的过程。句式相似，而长短相间，给读者以浏亮明快的感觉，犹似自己冲口而出。

《论语》语言的洗练质朴、流畅自然，是形成易解易记特点的重要因素之一，它为广泛地流传提供了有利条件。

二、生动形象，饶有趣味

《论语》语言的生动形象和饶有趣味，首先表现在人物语言的个性化上。《论语》并非文学作品，而读完之后，总有几个活生生的人物形象留在读者脑海里。不必说孔子的形象，他如纯朴直率的子路、笃信好学的颜渊、颖慧善谈的子贡等，无不各具神态。他们用各自的语言，勾勒了自己的形象，给读者留下了鲜明深刻的印象。子路"好勇力，志伉直"（《史记·仲尼弟子列传》），当孔子独美颜渊时，他立即追问："子行三军则谁与？"（《述而》）一句话便把他的不服、不满和心胸的狭窄全部袒露出来，不仅以勇力自恃的神态跃然纸上，而且充分地表现了率直鲁莽的性格，既可笑又可爱。

与子路不同，子贡是"言语"科的学生，自然是文质彬彬，别有风度。他认为孔子学识渊博，德才超凡，但对孔子没有做官，惑而不解，于是问孔子："有美玉于斯，韫椟而藏诸？求善贾而沽诸？"孔子会心地回答："沽之哉！沽之哉！我待贾者也。"（《子罕》）子贡使用非常委婉的语言，了解了老师的志向，充分表现出他善于辞令的特点，这同子路的直率形成了鲜明的对照。契诃夫曾要求在文学作品中，"每个人都应该说他自己的话"，而《论语》所记，则是每个人实际说的话，因此愈显生动有趣，谈笑风生。

《论语》语言的生动形象和饶有趣味，还表现在善于设譬用喻上。这在诸子散文中是有开创之功的。其后的《孟子》《庄子》《荀子》《韩非子》等,虽都有此特点,而自《论语》始。《论语》中的譬喻,以新颖通俗见长。《子张》篇中有如下一章:

> 叔孙武叔语大夫于朝曰:"子贡贤于仲尼。"子服景伯以告子贡。子贡曰:"譬之宫墙,赐之墙也及肩,窥见室家之好。夫子之墙数仞,不得其门而入,不见宗庙之美,百官之富,得其门者或寡矣。夫子之云,不亦宜乎。"

以宫墙的高低和窥见的难易作譬,用"室家之好""宗庙之美、百官之富"为喻,通俗形象地解释了自己学浅识薄,容易被人理解,而孔子雄深雅厚,难为常人攀识,所谓"阳春白雪,和者盖寡",说明了深藏浅露的道理。浅明易懂,贴切生动。如"为政以德,譬如北辰居其所而众星共之"(《为政》)、"今之孝者,是谓能养。至于犬马,皆能有养;不敬,何以别乎?"(《为政》)、"君子之德风,小人之德草,草上之风,必偃"(《颜渊》)等等,都是通过形象的比喻,使抽象的事物具体鲜明,具体的事物生动形象、易解有趣。

《论语》语言的生动形象,在一些描写性的语言上,也可以体现出来。孔子去见南子,"子路不说"(《雍也》);孔子说,他如果去海外传道,跟随者可能只有子由,"子路闻之喜"(《公冶长》)。一个"不说",一个"喜",把子路的内心世界的变化和直率外露的性格,生动地描绘出来了。苏轼曾有两句诗赞美吴道子的画:"觉来落笔不经意,神妙独到秋毫巅。"《论语》语言的生动形象,饶有趣志,何尝不是如此!

三、富有哲理,含意深邃

《论语》中有许多含意深邃的语言,数千年来一直活在人们的口头上。如"三人行,必有我师焉"、"学而不厌,诲人不倦"(《述而》)、

"己所不欲，勿施于人"（《卫灵公》）、"敏而好学，不耻下问"、"三思而后行"（《公冶长》）等等，有的成为固定的成语，有的成为生活的格言，也有的成为人们的座右铭。这些语言的显著特点之一，就是蕴藏着丰富的哲学道理。由于它们大部分是从繁芜纷纭的社会现实和薄积厚累的实践经验中，进行分析综合、高度概括、抽象提炼出来的，因而含有较多的朴素辩证法的因素。像"学而不思则罔，思而不学则殆"（《为政》）这个著名论断，就十分凝练地概括了"学"与"思"相辅相成的关系。"不愤不启，不悱不发，举一隅不以三隅反，则不复也"（《述而》），指出"教"要根据"学"的实际情况启发诱导，包含着条件论、内因论的观点。如"欲速则不达"（《子路》）、"人无远虑，必有近忧"、"小不忍则乱大谋"（《卫灵公》）、"后生可畏"（《子罕》）等，都或多或少地体现了事物互相联系和发展变化的观点、矛盾转化的观点。固然，这些论断里也有唯心主义的成分，因此不能同唯物辩证法相提并论，但在当时的历史条件下，已经是难能可贵的了。像在对待人的问题上，孔子提出要全面考察，"视其所以，观其所由，察其所安"（《为政》），"听其言，观其行"（《公冶长》），不随世苟同，"众恶之，必察焉；众好之，必察焉"（《卫灵公》），实事求是地做出评价，并且要求"不以言举人，不以人废言"（《卫灵公》），这些论述，至今仍有重要的参考价值。

　　《论语》的语言，不仅富有哲理，而且警策含蓄，用意深远，耐人寻味。高度艺术性的语言，大都以有限之笔，含无穷之意，所谓"发语已殚，而含意未尽。使夫读者望表而知里，扪毛而辩骨，睹一事于句中，反三隅于字外"（刘知几《史通·叙事》）。《论语》不乏其例。如"岁寒，然后知松柏之后凋也"（《子罕》），这不仅仅是对松柏的礼赞，可以说，它是熔铸了丰富的社会内容而高度艺术化了的语言。它给人启迪。后世无数有气节的诗人，用它赞颂英雄俊杰，誉美高风亮节；更多的正直之士，在艰难困苦的恶劣环境中，警喻自慰，勉励友人，因而度过严酷的岁月，迎来明媚的春光。松柏，成为高尚品格的象征。又如"子在川上曰：逝者如斯夫！不舍昼夜"(《子罕》)，人们从这里领略的，绝不止于孔子望河兴叹，而是神会得更深更广。后人或把它作为自强不息的警言，或借以抒发壮志未酬的悲愤，就是最好的证明。清代著名的散文家刘大櫆在《论文偶记》里说："理不可以直指也，故即物以明理。""理"是否可以直指且不论，"即物以明理"却实在道着了《论语》这类语言的妙处，而且所明之理，意深味浓。

总之，作为我国早期的散文，《论语》在语言方面的成就是显著的。它不仅为其他诸子散文做了个榜样，而且对后世文学的发展，也有不可低估的影响。即使今天，仍不失其借鉴的价值。

第三节 《中国历代文选》与散文民族特色

《中国历代文选》[①]是中华民族优秀传统文化的生动展现，是学习了解和领略品味中国古代思想文化精华的便捷读物。

如所周知，散文是人类文化的重要载体和备受青睐的文学样式，是人们社会实践活动的理性升华和思想情感交流的智慧结晶。散文的发生历史久远，而其创作有两种基本的表现形态：口头言说与文字写作。前者多以口耳相传的形式存在，后者则以固定文字流传。未有文字之前，即有口头创作；创明文字之后，写作成为主流，部分口头作品也被记录为文字，形成语录体散文。纵观世界各国、各民族的散文，各有不同的风格与特色，而其中的优秀作品，无不流传广泛，影响深远，成为全人类共有的文化资源和珍贵的精神财富。

中国古代散文有着鲜明突出的民族特色。首先是历史悠久，源远流长。远古的口头创作且不论，仅据至今流传的文字文本《尚书·虞书》推

---

① 由中央文史研究馆馆员、中华书局原总编辑傅璇琮先生策划，国家社科规划办杨庆存先生主编。丛书分为先秦文选、两汉文选、魏晋南北朝文选、唐代文选、北宋文选、南宋文选、元明文选、清代文选，手工线装共八函，由崇贤馆世纪文化传媒有限公司策划出版。

断，至少经过了五千多年的发展，而且其间绵延持续，未曾间断，从先秦诸子百家到清代桐城流派，前呼后应，相继不绝，创作热潮和艺术流派频频涌现，层出不穷。

其次是内容广博，思想深刻。中国古代散文以人为本，既立足实际，贴近生活，又反映社会，体现时代。作品或记言记人、叙事说理，或写景抒情、传道明心，大到宇宙空间、社会人生、安邦治国的哲学思考和理论探讨，小至丘园华屋、山水草木的启发联想和细腻缠绵，无不包容含纳。同时，又以"经世致用""泄导人情""务为有补于世"为基本遵循，重立意、重学养、重识见，探索学术，创新理论，化育社会，传承文明，赋予作品深刻的思想性和很强的文献性。其自强不息、厚德载物、爱国忧民的民族精神，"日日新又日新"、与时俱进、创新求变的时代精神，在在皆是。

再次是体式繁多，艺术精美。中国古代散文的创造性、开放性和变化性特点十分突出。散文作品大都因事而成文，篇成而体定，与时变化，适用为本，十分自由和灵活，呈现出文无定式、体无衡规的局面，不同时期的散文有着不同的表现形态。故散文的体裁样式繁多，无体不备。其艺术表现，则求善求美，注重艺术境界和美感效果。作者充分运用汉语言文字的自身特点，从音韵到形态，从句式节奏到章法结构，追求语言美、结构美和意境美，追求散文整体艺术的冲击力、感染力和持久生命力，使散文作品"辞达""意胜""味厚""韵浓"，风格多样，异彩纷呈。至如散文大家层出不穷，群星璀璨；名作如山如林，千古传颂；散文理论之系统全面（参见复旦大学王水照教授编《历代文话》十册），作品影响之广泛深远，则更不待言。

总之，中国古代散文重内容、讲艺术，不仅意境新，辞采美，而且哲思灼见，议论英发。其关切社会民生、谋略国家发展、"忧以天下、乐以天下"的思想境界，其精于结构、善于创新和奇思妙语、深情幽趣的艺术腕力，无不令人赞叹！古代散文对于创新思想、治国理政和文化传播，对于精神塑造、道德培养和情操陶冶，对于提高民族素质、促进社会文明，都发挥了巨大作用，赢得了"经国之大业，不朽之盛事"的美誉，成为传统文化和主流文化的代表，雄居文坛、一统独尊。由此，中国也成为世界上散文创作时间最久、作品数量最多、民族特色最鲜明的散文大国和散文强国。

学习和弘扬民族优秀文化，是时代发展和文化建设的必然要求。中央文史研究馆馆员、中华书局原总编辑、清华大学文献研究中心主任傅璇琮先生精心设计和策划了《中国历代文选》丛书，并介绍和推荐笔者作为丛书主编。傅先生曾编有《中国古代散文精选注释》丛书，按文体分为哲理、记叙、史传、抒情小赋、游记、书信、笔记、序跋共八册，2009年由清华大学出版社出版。现在的这套《品读》丛书，以历史朝代为序，分为先秦卷、两汉卷、魏晋南北朝卷、唐代卷、北宋卷、南宋卷、元明卷、清代卷八册，由崇贤馆藏书出版社出版。两套丛书，各有特色。

丛书依次由上海大学林建福教授、清华大学马庆洲编审、北京大学傅刚教授、西北大学李浩教授、宋代文学学会常务理事杨庆存教授、中国社会科学院毛双民研究员、中华书局骈宇骞编审分别担任各卷主编。丛书编写的基本原则和体例要求是：1.选取的作品要有典型性和代表性，思想性和艺术性兼胜。2.适合中等文化水平的现代一般读者阅读，同时可供部分普通教学研究者参考。3.要有作者简介、题解（说明写作的时间、背景，简要介绍作品的思想艺术价值，也可以引用前人的评语）、注释（不必详尽，简要即可）、现代译文（赋体可不译）。4.每卷字数控制在25万至28万间。5.崇贤馆藏书出版社负责配图，配图要紧紧围绕内容，与文字相得益彰。

文章选编是我国传承数千年的优秀文化传统。它既是广泛传播文学精品和普及文化教育的重要渠道，又是丰富人们精神生活和提高民族整体素质的有效途径；既是开展学术研究、表达学术见解的一种方式，又是探寻文化发展规律、创新民族文化的重要基础。孔子选《诗经》且有"不学诗无以言"的圣训，萧统编《文选》致有"文选烂、秀才半"民谚且至今为显学，这在中国文学史、文化史乃至学术研究史上发生的巨大作用，众所周知。宋代甚至把文章选编作为国家文化建设、培养士子人才、淳朴民风民俗的重要手段，作为仕宦官吏学习历史、借鉴经验和提高理政才能的重要途径，倾国家之力组织编辑《册府元龟》《太平御览》《文苑英华》这样规模宏大的高典大册。明清时期的《唐宋八大家文钞》《古文观止》《唐诗三百首》等等，都是家喻户晓、妇孺皆知、影响很广的选本。近代以来的作品选编，更是目不暇接。毫无疑问，这对丰富人们日益增长的精神文化生活需求，对于提高全民族的文化素养与文明素质，对于弘扬中华优秀文化传统和建设新文化，都具有不容低估的重要意义。

希望《中国历代文选》丛书，能在学习与弘扬中华优秀传统文化、提高民族文化素养与光大民族精神方面，在体现文化自觉、增强文化自信、促进文化自强方面，在响应文化强国战略、建设优秀传统文化传承体系方面，发挥些许作用。

第五章 宋代散文的繁荣兴盛与文化底蕴

第一节 中国古代散文的演进与分期①

宋代散文在整个中国古代散文发展的历史长河中处于一个什么样的位置？起着什么样的作用？宋代的散文作家又是如何对待前人的创作？怎样开拓其新的疆宇？对后世散文的发展有何影响？这一系列的问题，都必须从中国古代散文发展的全景审视中去寻绎答案。

一、学人对前代散文发展轨辙的宏观审视与阶段厘分

同世界上一切事物的发展都有其阶段性一样，中国古代散文的发展亦不能例外。对此，自公元3世纪起，就已经有学人注意并研讨过这一问题，挚虞《文章流别论》、刘勰《文心雕龙》（其中《通篇》曾将前代之文划分为"黄唐""虞夏""商周""楚汉""魏晋""宋初"六个阶段）均有论述，隋唐以后而渐趋于细。唐人陆希声指出：

> 夫文兴于唐虞，而隆于周汉。自明帝后，文体寝弱，以至于魏晋宋齐梁隋，嫣然华媚，无复筋骨。唐兴，犹袭隋故态。至天后朝，陈伯玉始复古制，当世高之。虽博雅典实，犹未能全去谐靡。至退之乃大革流弊，落落有老成之风。②

是将唐代以前的文章发展界分为"唐虞""周汉""魏晋宋齐梁隋""唐"四大阶段。李汉《韩愈文集序》则分为"秦汉以前"、西汉、"后汉曹魏"、晋隋、唐五大阶段：

> 秦汉以前，其气浑然；迨乎司马迁、相如、董生、扬雄、刘向之

---

① 本章原文发表于《首届宋代文学国际研讨会论文集》，复旦大学出版社2001年版，第627—650页。
② 《唐太子校书李观文集序》，见《全唐文》卷八一三，中华书局1983年影印本。

徒，尤所谓杰然者也；至后汉曹魏，气象委苶；司马氏以来，规范荡悉，谓《易》以下为古文，剽掠僭窃为工耳。……（韩愈）先生之于文，摧陷廓清之功，比于武事，可谓雄伟不常者矣。①

明人屠隆《文章论》称"黄虞以后，周孔以前，文与道合为一。秦汉而下，文与道分为二……六朝工于文，而道则舛戾。宋儒合乎道，而文则浅庸"，则将文章发展至宋划为四段。清人董兆熊《南宋文录录·序》分"六经"、秦汉、"六朝"、"唐"、"宋"五大段。② 原文有关部分曰：

六经之书，圣人之父也，圣人本天理而教人者也。秦燔诗书，汉尚黄老，清言乎晋氏，六经之旨晦，而天理或几于熄矣。六朝之无文也，非无文也，是无理也。……唐之中叶，昌黎韩氏作《原道》，而其理复还于天下……宋初柳开之徒出……不免于左饰而右掩矣。欧阳氏矫之，一变为演漾纡徐之致……

清代童槐在《叶氏睿吾楼文话叙》中，又将上古至宋之文厘为"六经"、"周秦诸子"、两汉、魏晋六朝、唐、宋六大阶段：

在昔六经并著，政治伦理之大以逮名物，纤悉一系于文。周秦诸子与史家迭出、各自成体，孙卿、屈原，或赋或骚，更擅其变，由今辨之，并得为文章之祖。自贾生、枚叔、相如、子云、孟坚、季长、平子之徒，继踵而起，相与雕章琢句，下启建安，浸淫至乎江左……洎韩、柳诸公惜文之不古，而故始名，然当时犹不堪区别。物至而反，乃有穆伯长、柳仲涂之尊韩，由是，欧、苏、曾、王，递建门仞……

---

① 《四部要籍序跋大全》，华国出版社影印本，集部乙辑第496页。
② 董兆熊《南宋文录录》卷首，光绪十七年（1891）苏州书局编刻。

全祖望《皇四子二希堂文集序》亦分六大阶段：

> 自上古结绳而治，后世圣人易之以书契……孔子于斯道之隆替，未尝不寓之以斯文之盛衰……三代以降……魏晋之后，变纯朴为绮靡，化元声为冗薄，而文之衰极矣。至唐韩昌黎，乃起衰式靡，天下复归于正……其后若欧阳、三苏、曾子固诸人，代继其踪，又有周、程、张、朱诸大儒继起，远接历圣之传，明道以觉世，而斯文之盛，遂如日月之经天，山川之纬地。……①

所谓"结绳而治"，即文字产生之前的"前艺术"时期；孔子乃指春秋战国时期；而"魏晋"之前有秦汉，之后有南北朝，又有唐、有宋矣。

陈元龙《御定历代赋汇告成进呈表》曾缕述赋的源流体变，其云：

> 盖赋之作也，始推本于典坟，继增华于风雅。兰陵祭酒，聿垂礼智之篇；梦泽骚人，爰有芷兰之咏。西京东洛，典丽兼雄；北部南朝，菁华竞艳。唐传应制，以格律为工；宋惩绮靡，遂清真是尚。元明而降，体制各殊，然而家擅雕虫，人能读霓。……

这里的"典坟"即古人常说的"三坟五典"之简称，乃指虞夏商周时期的古籍如《易经》《尚书》之类；"风雅"则泛指春秋战国时期的文字著述。陈氏着眼于赋，将其始源流变分为虞夏商周、春秋战国、两汉、南北朝、唐、宋、元明七大阶段，并指出了各阶段的艺术特点，而赋即散文之一种，赋的发展脉络正如散文的发展大体一致。

清人邵长蘅在谈论前代文章的发展变化时说：

---

① 《四部要籍序跋大全》，集部甲集第319—320页。

> 文章与世递降。信夫！六经不可以文论。周秦而下，文莫盛于西京，汉氏之东稍衰矣。沿至六朝，文几亡。唐振之，而唐之文不如汉。唐末更五代之乱，文又亡。宋振之，而宋之文不追唐。历元讫明，而元明之文不追宋。……是故通两千年之源流论，则后往往不及前，盖气运为之，莫知其所以然。划代而论，则一代有一代之文，不相借亦不相掩。不相借，故能各自成其家；不相掩，故能各称胜于一代。[1]

邵氏之"文章与世递降"观或可另予讨论，但他对前代文章发展变化的阶段性特点看得十分清楚，故能较为贴合实际地划分为"周秦""两汉""六朝""唐""五代""宋""元明"诸段，加之"清代"，共计八大阶段。

由上面的征引分析可知，古人对于前代文章发展变化的阶段性是十分重视的，尽管他们审视的角度各有不同，而对阶段的划分和认定则大同小异，像周秦、两汉、魏晋六朝、唐、宋诸段的厘定，几无异议。尤其值得注意的是，当代学界论及古代散文之发展，总是喜欢合唐并宋，往往视唐宋为一段，而前人却多将唐、宋作为相对独立的两大阶段。

二、古代散文的演化分期与特征简述

根据中国古代散文发生发展的实际情形并参考前人的意见，笔者以为中国古代散文的发展大体可以划分为九个阶段：胎息期、滥觞期、生长期、成熟期、求新期、革新期、繁盛期、低谷期、终结期。

第一阶段胎息期，是指未有文字之前的"前艺术"时期的散文。该期散文全是口头表达，以描述事物、传达行为意识为主，完全出于人际和社会交往的需要，故其实用性最强。这个时期又是古代散文的发生期，属

---

[1] 《四部要籍序跋大全》，附编第139页。

散文的始源形态阶段。

　　第二阶段滥觞期，是指创明文字之后到西周时期的散文。这个时期是古代散文文本期的开始时期，即用字写作散文的开始。这个时期的散文从传世文本看，大都是甲骨刻辞或铜器铭文，具有记事性、说明性诸特点，形式简朴，虽然已有鲜明的实用性和功利性，而写作者并无自觉的创作意识。后世散文中的部分文体即由此而萌芽，故这个时期又是古代散文的发轫期，如《尚书》已具备相当水平。

　　第三阶段生长期是指公元前770年至公元前221年的春秋战国时期的散文。这个时期的散文仍不具备明确的写作意识，基本上仍是记录性的文字，诸如《春秋》《左传》《国语》《战国策》《晏子春秋》等，这些所谓"史传散文"实际上乃是史实的纪录而已。即使像《论语》《孟子》这样的名著也都是记言、记行之书，皆非有意为文。但由于这一时期文化的相对发展，人们在文字表达方面已有较大提高和进步，艺术性的因素逐渐加强，朦胧的审美意识已在文章的结构安排和题材的剪裁、语言的措辞表达诸方面渐渐体现出来。《庄子》《荀子》《韩非子》等书，已有程度不等的自著篇目。

　　这个时期，由于历史散文和诸子散文取得了辉煌的成就，形成了中国古代散文发展史上的第一个高峰和黄金季节，尽管这些作品仍属"无意为文"的产物，但已经表现出较高的艺术水平，具有多方面的审美价值和认识价值，故对后世散文的发展有着直接而巨大的影响。

　　第四阶段成熟期，是指公元前221年至公元220年秦汉时期的散文。这个时期的散文创作有如下几个突出的变化和明显的特征：

　　其一是创作意识的明确化与明朗化。该时期的大部分作品已不再如前代那样多属记录式的文字，而是由作家独立写成，有着明确的目的，即已由前代的不自觉写作变而为自觉创作。

　　其二是艺术审美的强化和自觉化。中国古代散文是应了社会的实际应用而诞生，并在实际应用中发展壮大和逐步兴盛起来，因而实用性是中国古代散文的第一位的特征（实用性的程度有高下强弱之分，而且是多角度、多层次的）；但由于自其诞生之日起，便蕴藏着艺术审美的因素，而且伴随着散文的不断发展，艺术审美的因素也不断加强，因此中国古代散文又具有审美价值。

艺术审美应该说是中国古代散文第二性的特征，但它同实用性一样具有不稳定性的特点，在不同的历史时期和不同的作品中，实用和审美会互有升降，甚至秩序换置，这是应当首先说明的。秦汉之前的散文作品虽然含有艺术审美的因素，而多属自然、天然或偶然，作家明确的理性因素偏少。与此不同，秦汉时期的大部分散文作品在选材、构思、运意、谋篇、结构布局、层次安排、语言措辞诸方面都开始体现出明显的理性思维特点，作者除重视文章的社会功用外，也特别注意文章的形式美和语言的修饰美，从而使文章的艺术审美性得到了空前加强，赋的兴盛即是典型的事例。

其三是以文名家的作者群体和独立成篇的名作大量涌现。前代虽有诸子百家而皆不以能文名世，虽有经典名作而多属片断型，完整性、独立性相对薄弱。与此不同，秦汉则以文名世者前后相望，司马迁、班固自不必言，诸如陆贾、贾谊、晁错、枚乘、司马相如、桓谭、王充等皆以文著；而名篇佳制如《谏逐客书》《两都赋》《长门赋》《过秦论》《论贵粟疏》等等，不胜枚举。由上可知，散文至秦汉时期已进入成熟阶段，鲁迅先生曾称魏晋南北朝时期是中国文学的自觉时代，其实，这种自觉，在秦汉散文中已经充分体现出来了。

第五阶段魏晋南北朝时期，即公元220年至公元581年之间，乃是散文发展的求新期。这种求新，主要表现在审美意识的空前加强、空前高涨，人们将艺术审美提升到几乎与实用同等，甚至超越实用性的程度，追求文章的形式美，讲究语言的修饰美、声韵美，注重句式的对称美，骈俪文风盛极一时。求新求美，从艺术的角度看，这无疑是一种进步。对于该期文风，学人多持批判态度，其实，在反对唯美的同时，亦应肯定其进步和合理的因素。另外，这一时期还是文学理论研究的兴盛期。曹丕之《典论·论文》、挚虞之《文章流别论》、刘勰之《文心雕龙》等都是人所共知的名著。理论乃实践之总结，又反过来指导实践。理论研究的盛行，不仅说明文章创作已达到相当成熟并积累了丰富经验，而且说明人们已从感性认识开始升华为理性认识阶段。

从公元581年至公元960年之间的隋唐五代时期，乃是散文创作的深化期、革新期，或称复古期，也是古代散文发展又一高潮的形成期。这一时期从"大隋受命，圣道聿兴，屏黜轻浮，遏止华伪"[①]始，至唐"初则广汉陈子昂以风雅革浮侈，次则燕国张公说以宏茂广波澜。天宝以还，则李员外（华）、萧功曹（颖士）、贾常侍（至）、独孤常州（及）比肩而出，故其道益炽"[②]，"大历、贞元间，美才辈出，擩哜道真，涵泳圣涯，于是韩愈倡之，柳宗元、李翱、皇甫湜等和之，排逐百家，法度森严，抵轹晋、魏，上轧汉、周，唐之文完然为一王法"[③]，直到五代时的牛希济还在批评"以妖艳为胜"[④]，可见这一时期散文创作的主旋律就是要求革新复古，也正是这种革新复古的要求推动了散文的发展和兴盛。其间虽有起伏波折，而前接后续，共同形成了唐文创作的高峰，呈现出大家汇涌、前后相望的情景，且佳作如林，脍炙人口，骈散二体，兼兴并荣，构成中国古代散文发展第六阶段突出的特征。

自公元960年始，至公元1279年为止的两宋时期，是中国古代散文发展中的第七个阶段，也是古代散文的全盛期、鼎盛期。欧阳修称"圣宋兴，百余年间，雄文硕学之士相继不绝，文章之盛，遂追三代之隆"[⑤]；王十朋谓宋代"文益粹美，远出乎贞元、元和之上，而近乎成周之郁郁

---

① 李谔《上隋高帝革文华书》，见《隋书》卷六六《李谔传》，中华书局1973年版，第1543页。
② 梁肃《补阙李君前集序》，《全唐文》卷五一八，第5261页。
③ 《文艺传序》，《新唐书》卷二〇一，中华书局1975年标点本第18册，第5725页。
④ 《文章论》，《全唐文》卷八一四，第8877页。
⑤ 《欧阳修全集》下册，《集古录跋尾》卷四。

矣"①；陆游亦言宋文"抗汉唐而出其上兮，震耀无穷"②；明人宋濂说"自秦以下，文莫盛于宋"③；清人认为文章"至宋而始醇"④、"至宋而体备，至宋而法严，至宋而本末源流遂能与圣贤合"⑤……这些资料足以说明：自宋迄清众多的名家和学者都公认宋代散文所创造的辉煌成就达到了前所未有的高度，宋代散文处于中国古代散文发展的巅峰，所谓"文则大昌于宋"⑥、"文至斯而极"⑦，皆是此意。

宋文的鼎盛首先表现在创作方面。宋代散文作家总数与创作总量、名家与名作的数量、个体作家的创作数量等，都是空前的，前此历代均无法相比并。宋人在体裁方面的发展创新，在内容方面的开拓发掘，也都远过前人。宋人在艺术方面的发展创造更具特色。宋文的艺术风格多姿多彩，丰富多样，其于用骈用散虽有过激烈的争论，文风复古的呼声甚高且贯穿于两宋间，但骈、散二体均获得了大面积的丰收。

宋人在散文创作理论和散文批评理论诸方面的总结和研究，也开始向全面、系统、深入、细致、多视角、多层次方面发展，自宋初迄宋末，不仅有着大量的片断式论述，而且出现了大量的专文、专论或专书，尤其南宋，诸如《古文关键》《文章精义》《文章轨范》之类的著述颇夥。特别是宋代文人有着鲜明的群体意识，不同的创作倾向、不同的审美标准和不同的艺术趣尚，使他们分别形成了众多的创作团体和不同的艺术流派。这些群体和流派，相辅相成，交互辉映，共同创造着宋文的繁荣鼎盛，构成了宋文发展的奇特景观。

物极而返，散文在宋代鼎盛之后，至元明时期（1279—1644）转入

---

① 《策问》，《梅溪文集》前集卷一四，四部丛刊本。
② 《尤延之尚书哀辞》，《陆放翁全集》卷四一，中国书店据世界书局1936年版影印。
③ 《苏平仲文集序》，《宋学士文集》卷六六，四部丛刊初编集部第247册。
④ 《朱竹垞与李武曾论文书》，《文话》卷二。
⑤ 《文话》卷十。
⑥ 张云章《新城先生文稿序》，《四部要籍序跋大全》集部丁辑。
⑦ 董兆熊《南宋文录录·序》。

低谷期，这个时期就是中国古代散文发展的第八个阶段。《元史·儒学传序》称"元兴百年，上自朝廷内外名宦之臣，下及山林布衣之士，以通经能文显著当世者，彬彬焉众矣"[1]，而"有明一代，文士卓卓表见者"[2]亦众，说明元明作家还是很多的。但是该阶段散文创作虽然也有一定成绩，而总体水平却无法与前代相比。尽管作家们竭尽全力，依然无法扭转滑坡的趋势，正如王士祯所指出的那样："元明作者，大抵祖宋祧唐，万吻雷同，卒归率易。"[3]元人曾自称"国初学士大夫，祖述金人、江左余风，车书大同，风气为一"[4]，又言"自天历来，文章渐趋委靡，不失于搜猎破碎，则陷于剽盗灭裂，能卓然自信，不流于俗者几希矣"[5]；清人指出，"古文一派，自明代肤滥于七子，纤佻于三袁，至启、祯而极弊"[6]，又云文章"历元讫明，而元明之文不迨宋"[7]……所有这些，都讲述了元明时期散文创作的低潮状态。仅就四六骈体而言，清代孙梅说"四六至南宋之末菁华已竭，元朝作者寥寥，仅沿余波；至明代经义兴而声偶不讲，其时所用书启表联，多门面习套，无复作家风韵"[8]，亦可见出元明散文低谷状态的一个侧面。

爱新觉罗氏入主中原之后，中国古代散文的发展进入了最后一个阶段——第九个阶段，其自公元1644年始一直持续到1911年的辛亥革命。该阶段是中国古代散文发展的终结期，同元明时期相比，在散文创作方面又呈现着一种回光返照的回升现象，涌现出为数不少的名家和名作，骈体文与散体文都取得了一定成就，桐城派的兴起，更是为清代散文创作

---

[1] 《儒学传序》，《元史》卷一八九，中华书局1976年标点本第8册，第4313页。
[2] 《文苑传序》，《明史》卷二八五，中华书局1974年标点本第24册，第7307页。
[3] 《半部集序》，《四部要籍序跋大全》集部丙辑。
[4] 王理《元文类序》，商务印书馆1958年5月据1936年本重印。
[5] 杨维桢《东维子集·王希赐文集再序》。
[6] 《四库全书总目》。
[7] 邵长蘅《三家文钞序》，《四部要籍序跋大全》附编。
[8] 孙梅《四六丛话·凡例》，吴兴旧言堂藏版，嘉庆三年（1798）二月刻本。

抹上了亮色，闪现出散文发展的最后光辉。清人在散文理论研究方面有着很大发展，其中尤以桐城派理论为典型，诸如桐城先驱戴名世之"道""法""辞""情""气""神"统一说[①]，方苞之"义法"说[②]，刘大櫆之"气神""音节""字句"关系说[③]，姚鼐之"义理""考证""文章"相济说[④]，以及"神、理、气、味、格、律、声、色"说[⑤]等，都深入、系统而又具体化。随着辛亥革命的爆发，中国古代散文终于走完了艰难、曲折而又辉煌漫长的发展历程。新文化运动开始之后，中国的散文又揭开了崭新的一页。

中国古代散文发展流程演示表

期序	名称	朝代	纪年起止	主要特征	备注
一	胎息期		未有文字之前	口耳相传；实用性强	发生期
二	滥觞期	虞夏商周	前21世纪—前770年	记事性；说明性；实用性；无自觉地写作意识	酝酿期
三	生长期	春秋战国	前770—前221年	多属记录性文字；艺术性因素逐渐显露；出现自著性篇章	第一高潮期
四	成熟期	秦汉	前221—公元220年	自觉写作；艺术审美自觉化；出现了以文名家的群体和独立成篇的名作	第二高潮期

---

① 《戴名世集》卷一第4页、《答伍张两生书》卷四第109页，《己卯行书小题序》，王树民编校本，中华书局1986年版。
② 《又书货殖列传后》，《方苞集》卷二，刘季高校点本，上海古籍出版社1983年版，第58页。
③ 《论文偶记》，人民文学出版社1962年版。
④ 《述庵文钞序》，《惜抱轩文集》卷四，刘季高标校本，上海古籍出版社1992年版，第61页。
⑤ 姚鼐《古辞类纂序目》，黄山书社1992年版。

续表

期序	名称	朝代	纪年起止	主要特征	备注
五	求新期	魏晋南北朝	220—581年	审美意识空前强化;骈俪文风盛行;文章理论系统化	第一低谷期
六	深化期	隋唐	581—960年	革新复古呼声渐高,并形成古文运动,出现了散文大家;骈散二体均获丰收	第三高潮期
七	繁盛期	两宋	960—1279年	作家作品数量空前;风格多样;流派纷呈;散文理论向多角度、多层次发展	第四高潮期
八	波谷期	元明	1279—1644年	名家、名作锐减,宗唐祖宋,没有形成时代个性的典范文风	第二低谷期
九	终结期	清	1644—1911年	有部分名家、名作;有少数个性突出的流派;散文理论细致、深入、具体化	收束期

三、宋代散文的历史定位

从上面对中国古代散文发展历史的宏观审视、阶段概述和附表中,我们不难看出宋代散文所处的特殊地位:在散文发展历程中的四次创作高潮里,宋代散文的"含金量"最高,前朝历代散文创作的经验在宋代得到了充分而全面的继承、弘扬、发挥、创造和升华,而深入、系统、多角度、多层面的散文理论研究也从这里开始启动。就总体成就而言,宋代散文无疑是既超越了前人而又令后世景仰,它犹如众壑群峦中最为秀拔灵俊的山峰,成为中国古代散文发展史上最值得骄傲的时期之一。应该说,迄今为止，学界对于宋代散文的认识和评价都还有待于深入，其实，在整个中国古代散文发展演变的历史长河中，宋代涌现出的著名作家之多、脍炙人口的作品之富，已足可令人掂出宋代散文的分量！

应该特别指出的是，历来治古代散文者多将唐、宋相并论，唐、宋两代前后相承，其散文的发展不仅有不少相似相近处，如主张复古、要求革新、反对浮靡等等，而且有着一种承传光大的关系。但代更文变，时代不同，成就各异，唐、宋散文从体裁形式、思想内容到价值观念、艺术趣尚、审美特征，乃至总体风格、发展态势等等，都存在着很大差异。前人称"一代有一代之文，不相借，亦不相掩。不相借，故能各自成其家；不相掩，故能各标胜于一代"①，此言移评唐、宋散文，是十分贴切的。王水照师指出，"从文化上看，唐朝代表了中国封建文化的上升期，宋朝则是由中唐逐渐发展起来的新型文化的定型期、成熟期"②，从历史的角度说明了唐、宋文化处于两个不同的发展阶段；而台湾学者傅乐成《唐型文化和宋型文化》③则从类型学的角度指出了唐、宋文化之不同。在这不同历史阶段和两种不同类型文化氛围中产生出来的散文，必然地带有阶段性特征并具有相对的独立性。其实，由前面引征的古人对散文发展演化阶段厘分的资料即可看出，很多学者已经看到了唐、宋散文的不同性，并将唐、宋分别视为相对独立的阶段；元明清时期散文创作中出现的许多流派，或宗唐，或祖宋，也正是在对唐、宋散文不同特征的认定基础上形成的。

搞清了宋代在整个中国古代散文发展史链条上的位置之后，我们便很容易发现宋代正处于多种有利因素相互交汇的状态下。一般来说，文学发展变化的态势，主要是由创作主体、社会环境和文学自身运动的规律这三方面的主要因素所决定。中国古代散文入宋而繁荣鼎盛，正是因为这三

---

① 邵长蘅《青门剩稿》卷四《三家文钞序》。
② 《宋型文化与宋代文学》，《宋代文学通论·绪论》，河南大学出版社1997年版。
③ 《汉唐史论集》，联经出版事业公司1977年版。

大因素在宋代都达到了前所未有的最佳状态，而且三个方面互相促发。仅就自身规律讲（宋文繁盛的社会原因及创作主体的构成素质，将在下章专述），散文至宋已有数千年的发展史，先秦散文、两汉名作、唐代"韩柳"，成为宋人效法、学习和创新的典范，而六朝文风、五代痼弊，又足可令宋代的散文家们深省。借鉴前人正反两方面的经验和教训，使宋代散文具有了超越前贤的可能。

第二节 作家投入与作品产出：数量统计及其图表显示

宋代是中国古代文化发展史上的鼎盛阶段，宋人在文化的诸多领域都有辉前烛后的新成就。由此拔萃而出的宋代散文，"抗汉唐而出其上"[①]，"轶周秦"而"冠前古"[②]，成就卓越辉煌，为世艳称。其馨烈所及，不仅直接沾溉后代学人，启渥了众多的散文作手，而且播芳海外，光彩汉学，大量名篇隽章，成为世界文库中的瑰宝，盛传不衰，炳烁艺林。同其他文化艺术一样，宋代散文呈现着繁荣灿烂的景观，其中含纳着深厚的社会、文化底蕴。

一、作家群体庞大与作品数量宏富

宋代散文的繁荣发展表现在许多方面，其中作家与作品的数量是最为直观的表现和反映。其作家群体之庞大、作品数量之宏富，前此历代所未有。就作家而言，上至帝王公卿，下到布衣平民，无不参与其间，其作品少者百篇，富以千计。《宋史·艺文志》称"君臣上下，未尝顷刻不以文学为务，大而朝廷，微而草野，其所制作、讲说、纪述、赋咏，动成卷帙"，由此可以想见宋代文学（主要是指散文）创作的普遍、作家的广

---

① 陆游《尤延之尚书哀辞》，《陆放翁全集》卷四十一，第258页。
② 许开《五百家播芳大全文粹·序》，四库全书影印本第1352册，第2页。

泛和作品的繁富。清人严可均编辑的《全上古三代秦汉三国六朝文》"起上古迄隋，鸿裁巨制，片语单词，罔弗综录"，时越千载，作者仅"三千四百九十七人"，而作品也只有"七百四十六卷"；清代董诰等奉敕编辑的《全唐文》"成书千卷，文万有八千四百八十八篇"，"书中撰文者，三千四十二人"，加上陆心源氏《唐文拾遗》（七十二卷，文两千篇）、《唐文续拾》（十六卷，文三百数十篇）以及陈尚君先生《全唐文补编》（约六千篇）作品已逾两万篇，作家亦近唐前总数；宋代的作家作品又数倍于此。《宋史·艺文志》著录宋人撰述达"九千八百十九部，十一万九千九百七十三卷"，今时历千载之后，亡佚颇多，而"流传至今者尚有四五千种"，当然，这些并不全是散文。据缪钺先生《全宋文·序》称，"宋代文章，有别集流传者六百余家，如以无别集而文章零散传世者合而计之，作者将逾万人，作品超出十万"，这还是一个十分保守的估算。由此可窥宋文创作盛况之一斑，其作家投入之众多与作品产出之丰富可想而知。

为更加直观、清晰地显示宋代散文作家投入与作品产出的具体状况，今据上述资料绘制图表如下：

宋与前代散文作家投入及作品产出数量对比显示表

朝代名称	起止时间	历时年数	作家人数	作品总量		附注
				卷数	篇数	
先秦			206			
秦汉	前221—公元220年	441	820	746		
魏晋	220—439年	219	1124			
南北朝	420—589年	169	1123			作家总数为：3497
隋	581—618年	37	168			
唐五代	618—960年	342	3042	1088	约20000	
两宋	960—1279年	319	约10000		约100000	

该表先秦迄隋各时期的作家人数依据《全上古三代秦汉三国六朝文·凡例》直接抄录，各期作品无具体篇数，暂阙待核检；《全宋文》尚未出齐，总卷数亦阙如待补。从此表各项数字的对比显示中我们可以清楚地知道：一、宋代散文家总数约为唐五代的三倍还强，是先秦迄隋作家总量的近三倍；二、宋代散文作品总量至少是唐五代的五倍，大约是先秦至隋作品总量的七八倍，甚至更多；三、如就历时年岁看，宋代既短于唐五代，又短于秦汉，而作家投入的总量却是唐五代的三倍多、秦汉时期的十二倍多。

二、唐宋八大家散文创作数量对比

上面是从先秦至宋散文发展史的宏观角度，通过作家作品的总量对比，显示出宋文作家的大量投入和宋文作品的大量产出情况。宋代个体创作数量与名家数量也优于前代。仅就唐宋而言，为世艳称的"八大家"，宋居其六，占了总数的四分之三。其各家创作数量列如下表：

唐宋八大家散文创作数量显示表

作家名字	作品数量	本集名称	所据版本	备注
韩愈	361	韩昌黎全集	中国书店1991年据1935年世界书局本影印版	
柳宗元	522	柳宗元全集	中华书局1979年版校点本	
欧阳修	2416	欧阳修全集	中国书店1986年版	以目录中题目计算
苏洵	106	嘉祐集笺注	曾枣庄、金成礼笺注，上海古籍出版社1993年版	
王安石	1332	王安石全集	沈卓然重编本，大东书局民国二十五年（1936）三版	包括辑佚

续表

作家名字	作品数量	本集名称	所据版本	备注
曾巩	799	曾巩集	陈杏珍、晁继周点校，中华书局1984年版	包括佚文
苏轼	4349	苏轼文集	孔凡礼点校，中华书局1992年版	据目录检核
苏辙	1220	苏辙集	陈宏天、高秀芳点校，中华书局1990年版	包括辑佚
说明	苏轼作品，据孔凡礼《苏轼佚文汇编弁言》称"见于《苏轼文集》者，凡三千八百余篇、佚文四百余篇"，两项合计四千二百余，与表中数目略有不同。			

由上表显见，宋代六家除苏洵作品数量少于韩、柳外，其余五家均多于韩、柳，曾巩虽然在宋六家中位居第五，而作品数量仍然是韩愈的两倍多，是柳宗元的一倍半，且其《南丰续稿》与《南丰外集》在南宋时即已失传，倘若传世，数目又不止于此。欧、王及"三苏"均逾千篇以上；欧阳修的作品数量为韩愈的6.74倍、柳宗元的4.63倍；苏轼传世作品最富，竟为韩愈的12.08倍、柳宗元的8.37倍！

就脍炙人口、广为传播的散文名篇精品数量而言，宋亦夥于唐。唐代散文精品的产出几乎全集中在韩愈、柳宗元笔下，王勃《滕王阁序》而外，其他作家的精品知名度相对较弱。宋代的情形与唐代大不相同，其出产精品的作家数以十计、百计，欧、苏、曾、王之外，诸如王禹偁、范仲淹、石介、苏舜钦、司马光、周敦颐、胡铨、李清照、范成大、杨万里、陆游、辛弃疾、朱熹、叶适、陈亮、文天祥等等，均有历代传诵不衰的散文名作。随意翻检一下宋代而后的部分具有权威性的散文选本，这个问题的情形便可一目了然：

唐宋散文精品流播数量显示表

选集名称	所据版本	唐总量	总量	韩	柳	欧	苏	王	曾	洵	辙	唐	宋
唐宋八大家文钞	四库全书影印本	322	1131	192	130	356	251	211	87	60	166	322	1131
御选古文渊鉴	徐乾学编,康熙二十四年(1685)十二月刊行本	202	505	29	19	29	50	21	39	11	30	48	180
唐宋八家古文精选	吕留良选,吕葆中点勘重刊本	51	134	33	18	43	34	15	21	11	10	51	134
御选唐宋文醇	清高宗编,中华图书馆石印本	212	301	103	87	81	120	18	32	27	23	190	301
唐宋八大家类选	光绪九年(1883)重刊本,静远堂藏版	98	145	77	21	34	49	11	9	29	13	98	145
古文雅正	清蔡世远编选,上海中华图书馆印刷	50	76	21	4	12	5	7	6	1	2	25	33
古文观止	中华书局1959年版	43	51	24	11	13	17	4	2	4	3	35	43
古文辞类纂	四部备要刊本	170	243	131	37	59	58	60	27	24	13	168	241

续表

选集名称	所据版本	唐总量	总量	唐宋八大家入选数量							八家分代总计		
				韩	柳	欧	苏	王	曾	洵	辄	唐	宋
古文讲授谈，一名《古文魂》	清宣统二年（1910）京师京华印书局印刷	46	146	14	15	73	48	5	6	6	2	29	169
附注说明	上列各书的编选者依次为：明茅坤，清徐乾学，清吕留良，清高宗爱新觉罗·弘历，清储欣，清蔡世远，清吴楚材、吴调侯，清姚鼐，清尚秉和。												

上面列出的九种散文选本，都是颇富影响的本子，其编选者大都是深谙文章三昧者。尽管各家选本视角不同，价值取向与审美标准有异，个体作家入选数量也甚不平衡，入选的具体篇目亦不尽一致，然而，其作家作品入选总量全部都是宋多于唐，有的甚至数倍于唐，而宋代散文还只是局限于北宋，只有徐乾学奉敕编选的《御选古文渊鉴》稍取南宋名家之精品，总量即为唐代的2.5倍。

总而言之，由上面作家投入与作品产出总量、个体创作总量和名篇精品传播总量三个方面的数量统计，已不难想见宋代散文繁荣鼎盛的情形。

第三节　运行机制：多元并存与整合驱动

宋代散文作家的大量投入与作品的大量产出，与宋文创作独特的运行机制直接有关。创作运行机制是指文学发展过程中表现出来的运动状态。宋代散文创作的运行发展，是以散体、骈体、语体多元共存、并向发展、相互角逐、相互促进、相互融合、相互同化为主要特征，形成一种复合型运行机制而呈三足鼎立之势。其中又以骈、散二体为劲旅，争雄于文坛，在不同时期互有消长，彼此渗透，呈双轨并辙、时隐时显的同步运动状态，构成了宋代散文创作中的主旋律。语体虽不足抗衡骈散，但亦行乎两宋间，为道学、理学所专擅，未可轻置。向来论宋文者，大都以古文运动为线索，侧重于考察和研究散体，对骈体或避而不谈，或作批评的目标，间有论及者，亦仅作附庸与点缀，稍触即离，或独立一节，殿于章末；至于语体则大都从略，不在论列。散体为宋文最高成就之代表，将其作为宋文研究的重点无疑是正确的，而骈体、语体作为宋文家族中的重要成员和客观存在的实际，亦不容忽视。

一、语体散文与正脉衍传

从古代散文发展的历史看，语体乃是散文的始祖正脉，资格最老。其在"前艺术"时期是唯一的散文形式，呈现出原始性、自然性、讲述性、通俗性、朴实性诸特点（参见拙作《散文发生与散文概念新论》，《中国社会科学》1997年第1期，英文版1998年第4期），且由于处于口耳相传状态而不能凝定，实用性强，审美性弱。当人类创明文字之后，散文形式得到了质的飞跃而发生了根本的改变，由于文字的记载而使语体定型保存下来，并获得了再次修饰润色和艺术加工的机会与可能，从而增强了其文学审美性。由是，语体变而为散体，成为散文的冠冕和正统，从《论语》到《世说新语》都是十分典型的例证。

宋代语体多是鸿学大儒授业课艺的纪录，体式仿效《论语》《孟子》，且皆由生徒辑录整理而成书。在文学已高度发达的宋代，语体文已很难与其他散文样式或其他文学品种相抗衡、相比并，其自身的先天性弱点如片断性、不完整性、艺术因素的相对薄弱性等等，更是影响了它的美学价值，故历代学人都很少予以关注和研究（指从文学、从散文的角度）。但是，宋代的语体文蔚为大宗，范祖禹《帝学》、王开祖《儒志编》发其端，《二程遗书》、《二程外书》、《二程粹言》、徐积《节孝语录》等继其绪，至南宋而大盛，朱子《延平答问》、朱子与吕祖谦同撰之《近思录》、朱子《杂学辨》、吕乔年编《丽泽论说》、薛据所编《孔子集语》等，并出而丛集，黎靖德所编辑的《朱子语类》竟达一百四十卷之多。四库馆臣谓"南宋诸儒开此一派，文章亦遂有此一体，苟其理可取，亦不能不略其词章矣"①，其言虽不甚确，而大体近实。且宋代的语体散文仍然保持了始源时期的多种艺术美学因素，比如语气亲切宛然，风格自然纯朴，使人如对如晤，具有一定的可读性，对白话文学的发展不无积极影响，反映了宋文的一个侧面。作为一种文学现象，不予承认是不现实、不客观、不科学的，故郑振铎《插图本中国文学史》辟专节论述语录体散文的发展是很有眼光和见地的。

二、骈、散并行与相互抗争

较之语体、散体，骈体则属后起之秀，虽然在"前艺术"时期和创明文字之后的散文里，都含有骈体的因素，但其脱颖独立成体则是汉魏六朝时期的事了。该体至六朝而盛极，因过分讲求形式而减弱了文章的实用性功能（主要是社会教化效应的相对降低），所谓"变纯朴为绮靡，化元声为冗薄"②，从而导致了人们的訾议和批评，开始了中国古代散文发展史上长达千年的骈、散之争，骈体也从此开始在人们的批评声中求生存，在不断改进和变革中求发展，成为古代散文中散体之外的又一支劲旅。

骈文至宋而大变，所谓"文传薪火，增冰积水，有嬗变之风流；明月满墀，得常新之光景"③。宋人言"四六骈俪，于文章家为至浅，然上自朝廷命令诏册，下而缙绅之间笺书祝疏，无所不用"④；清代四库馆臣亦谓"自六代以来，笺启即多骈偶。然其时文体皆然，非以是别为一格也。至

---

① 《〈北溪大全集〉提要》，《四库全书简明目录》卷十六。
② 全祖望《皇四子二希堂文集序》，《四部要籍序跋大全》集部甲辑。
③ 彭元瑞《宋四六选·序》，丛书集成新编本。
④ 洪迈《四六名对》，《容斋三笔》卷八，四库全书影印本。

宋而岁时通候，仕宦迁除、吉凶庆吊，无一事不用启，无一人不用启，其启必以四六"①，可见骈体应用之广泛。

陈振孙曾从骈体史的角度指出过北宋诸散文名家对其革新改造的状况：

> 四六骈俪之文起于齐梁，历隋唐之世，表章诏诰多用之。然令狐楚、李商隐之流，号为能者，殊不工也。本朝杨、刘诸名公，犹未变唐体；至欧、苏，始以博学富文，为大篇长句，叙事达意，无艰难牵强之态，而王荆公尤深厚尔雅，俪语之工，昔所未有。绍圣后置词科，习者益众，格律精严，一字不苟措，若浮溪（王藻），尤其集大成者也。②

明代杨慎《群公四六·序》亦言：

> 四六之文，于文为末品也，昌黎病其衰飒，柳子以为骈拇。然自唐初以逮宋季，飞翰腾尺，争能竞工。观此集所载，若王梅溪、胡邦衡、王民瞻、任元受、赵庄叔、张安国、胡仁仲、陈止斋，皆一时忠节道学之臣，鸿藻景铄之士，其英声直气，见于偶丽絺绘之中，直可与陆宣公奏议上下相映，奚可以文章末品少之！③

杨氏亦从骈体发展史的宏观角度指出了唐宋两朝"飞翰腾尺，争能竞工"的兴盛景象，尤其对南宋时期"忠节道学之臣，鸿藻景铄之士"的骈体创作，给予了高度评价。

清人彭元瑞还曾精心描述了有宋三百余年间骈体发展演变与创作的

---

① 《〈四六标准〉提要》，四库全书影印本。
② 陈振孙《浮溪集说》，《四部要籍序跋大全》集部甲辑。
③ 《四部要籍序跋大全》集部丁辑。

繁荣景观：

> 杨（亿）、刘（筠）犹沿于古意，欧（阳修）、苏（轼）专务以气行；晁无咎之言情，王介甫之用古，开山有手，至海何人！洎及渡江之衰，鸣者浮溪（王藻）为盛。盘洲（洪适）之言语妙天下，平园（周必大）之制作高幕中。杨廷秀笺牍擅场，陆务观风骚余力。尊幕中之上客，捉刀竟说《三松》（南宋王子俊善四六文，有《三松类稿》，已佚）；封席上之青奴，《标准》（南宋李刘以四六名世，有《四六标准》四十卷传世）犹传一李。后村（刘克庄）则名言如屑，秋崖（方岳）则丽句为邻。癯轩（王迈）、南塘（赵汝谈）、筼窗（陈耆卿）、象麓雄于末造，讫在文山（天祥）。三百年之名作相望，四六家之别裁斯在。①

由此略可窥见，骈体在宋代自始至终都未中断其发展，宋代散文名家亦无不染指该体，且各据才力革新改造，从而使骈文成为宋代散文创作繁荣鼎盛的重要层面。

散体、骈体、语体在宋代虽有强弱主次之别，但并非各自独立地平行发展，而是相互渗透，相互容纳，相互促进，在形成一种整合潜流的同时，激发出一种不自觉的竞争力，驱动着宋代散文的发展。如果说北宋前期的骈散之争尚有一定对抗性的话，那么，这种对抗性至北宋中期已变成了推动宋文创作的合力。骈体的雅丽与节奏为散体所暗用，散体句式的自由灵活与语言的简洁质实也浸入骈体中，而语体的通俗自然和朴实易懂也同时为骈散所接受。总之，散体、骈体、语体共同构成了宋文的全貌，倘若要较客观地、较全面地了解宋文的发展情形，就不能有所偏废，将三者视为宋文的有机整体，可能更宜于把握宋文发展的脉络、规律与特征。

---

① 彭元瑞《宋四六选·序》，丛书集成新编本。

第四节　发展模式：群体式创作与流派型衍传

美国学者露丝·本尼迪克曾经指出，"一种文化就像一个人，或多或少有一种思想与行为的一致模式"①，"这种文化的模式化不能轻视，不能把它看作是无足轻重的琐事。正如现代科学在许多领域正在坚持的那样，整体不仅仅是其各部分之和，而是产生一个新实体的各部分的独特安排和相互关系的结果"②。露丝认为文化具有模式性；而文化模式是"新实体的各部分的独特安排和相互关系的结果"。宋代文化模式被学人称为"宋型文化"，作为宋代文化重要组成部分的散文，其发展亦具有独特的模式：群体蓬起与流派纷呈，由此促进和推动着宋文创作的发展与繁荣。

一、文化自觉与审美趣尚

宋代以前的散文发展是以个体写作为主，极少出现具有自觉意识的创作团体，即便是在我国散文发展的第一个高潮时期，虽然出现了百家争鸣的局面，但也都是各揭一帜，互不连属。秦汉以还，如"建安七子""竹林七贤"之类，尚不具备明确而自觉的群体意识。至唐始有改观，初唐"四杰"，稍见端倪，而韩柳主盟，已成声势。

入宋之后，文人群体意识空前强化，大致相同或相似、相近的指导思想与审美趣尚，使散文家们结成了众多的创作团体。《宋史》卷四百三十九《文苑传序》称"国初，杨亿、刘筠犹袭唐人声律之体；柳开、穆修志欲变古而力弗逮；庐陵欧阳修出，以古文倡，临川王安石、眉山苏轼、南丰曾巩起而和之"；宋人沈晦谓"国初文章承唐末五代之弊，卑弱不振。至天圣间，穆修、郑条之徒唱之，欧阳文忠、尹师鲁和之，格力始回"③；全祖望言"欧阳、三苏、曾子固诸人，代继其踪，又有周、程、

---

① 露丝·本尼迪克《文化模式》，何锡章、黄欢译，华夏出版社1987年版。
② 露丝·本尼迪克《文化模式》。
③ 沈晦《四明新本柳文后序》，《四部要籍序跋大全》集部乙辑。

张、朱诸大儒继起，远接历圣之传，明道以觉世"①；叶适说"程氏兄弟发明道学，从之者十八九"②；清人曰"文章至南宋之末，道学一派，侈谈心性，江湖一派，矫语山林"③……无不点明了宋代散文作家群体的涌现与散文流派的繁富。从宋初的五代派、复古派到南宋末期的抗战派、遗民派，其间的作家群体及流派数以百计。宋代散文的繁荣兴盛，从某种意义上说，正是依靠了这些作家群体和不同流派互相激发、互相竞争所产生的强大而持续的驱动力，不同群体、不同流派的出现，使宋文创作呈现出生机勃勃的景象。正如露丝所说的那样，"如果我们要理解人类行为的历史，就必须研究这些团体现象"④，研究宋代散文的发展，也必须由此入手。

二、文学思潮与创作流派

苏联著名的文学理论家格·尼·波斯彼洛夫指出，"每一种民族文学的历史发展，就是各种不同的文学流派的产生、互相影响和替代的过程。在这些流派的作品中，不同程度地体现出相应的艺术体系。这些流派还常常创立相应的创作纲领，作为文学思潮出现"⑤。宋代散文的发展正是众多不同的创作团体和不同的创作流派相继产生、互相影响和替代、承传的过程。宋代的散文家们一方面继承和发扬前代的文学传统，一方面又艰难地开辟着前进的道路，因此，复古创新成为时代的思潮，任何团体和个人，都力图在融化前代文化的基础上写出新的面目，只是由于学识和才力的差异，体现的水平也参差不齐，甚至对立。对于各群体与流派间的共同点、相关性和分歧点，将另文专论，此不赘言。

---

① 全祖望《皇四子二希堂文集序》，《四部要籍序跋大全》集部甲辑。
② 《习学记言序目》卷四七，中华书局1977年版。
③ 《〈道园学古录〉提要》，四库全书影印本。
④ 露丝·本尼迪克《文化模式》。
⑤ 格·尼·波斯彼洛夫《文学原理》。

宋代散文各体的发展是以流派承传的方式延续变化。如前所言，宋文发展的运行机制乃是多元并存，在其相互整合的过程中形成一种驱动力。综观宋文发展的全过程，则不难发现，其多元并存的局面，实际上是以流派或群体承传的形式维系的。散体古文始于宋初复古派，以穆修为代表的古文派接续之，至欧苏群体而极盛，定尊正统，其后为各派所接受，衍传不绝。"宋四六各有渊流谱派"①，其首发于五代派，西昆派张而煌之，风行士林，至欧苏群体"始脱恒蹊，以气行则机杼大变，驱成语则光景一新"②，前人称"庐陵、眉山以散行之气运对偶之文，在骈体中另出机杼，而组织经传、陶冶成句，实足跨越前人"③。是则经过大家作手的革故鼎新的姿貌传衍艺苑，故南渡前后文采派崛起辞林，出现了李清照、汪藻、孙觌诸作手，而南宋诸流，成就虽有不同，要之，皆不遗四六骈体。

波斯彼洛夫曾云："在各国文学发展的每个阶段内，出现了文学流派的各种不同关系，在每个流派中，又显示出作家的具体感受的世界观和社会信仰的特殊内在规律性。这些规律性是社会生活发展一定时期内的具体条件造成的。"④宋代众多散文流派间的相互关系是十分复杂的（参见拙作《论北宋前期散文的流派与发展》，《文学遗产》1995年第2期），除了共有的承传性外，诸如对立关系、互补关系、相互依存的共生关系、地域关系、党派关系等，这些，将另作专论。

第五节　社会环境：崇文意识与文化氛围

波斯彼洛夫认为，"文学是意识形态的特殊形式，它在自己的历史变化中受社会生活环境制约"；又说："创作思维的这种或那种方式（盲从权

---

① 王志坚《四六法海·序》。
② 孙梅《四六丛话·后序》。
③ 孙梅《四六丛话·后序》。
④ 格·尼·波斯彼洛夫《文学原理》。

威的、人文主义的、公民首先劝喻的，等等），取决于作家的具体认识的世界观的特点，而这种世界观又是以整个民族社会的状况为转移的。"① 文学的发展变化虽然有其自身运动的必然规律，但同时又必然地受着"社会生活环境制约"，有时，"整个民族社会的状况"甚至决定着文学的兴衰。而社会环境状况如何，又往往受当轴者舆论导向的直接影响。在文学创作领域尤其如是，所谓"世俗风尚，必有所偏，达人显贵之所主持，聪明才俊之所奔赴"②。不能否认，在特定历史条件下，最高统治者的意志，常常成为规定和支配事物发展的巨大力量，故朱熹有言，"天下事，须是人主晓得通透了，自要去做，方得"③；明人王文禄亦云，"一代人文之精神命脉，原于创业君心"④。宋代散文的繁荣鼎盛，从某种意义上说，是当时社会环境和文化氛围促成的必然结果。

一、人文精神命脉与国家意识形态

对于宋代文化发展在我国历史上的地位，前贤已多有定评。南宋朱熹已有"国朝文明之盛，前世莫及"⑤之说；王国维亦云"天水一朝人智之活动与文化之多方面，前之汉唐，后之元明，皆所不逮也"⑥；今人陈寅恪则言"华夏民族之文化，历数千载之演进，造极于赵宋之世"⑦；邓广铭称"宋代的文化，在中国封建社会历史时期之内，截止明清之际的西学东渐的时期为止，可以说，它是已经达到了登峰造极的高度的"⑧。业师王水照教授认为，"中国传统文化发展到宋代，已达到一个全面繁荣和高度成

---

① 格·尼·波斯彼洛夫《文学原理》。
② 章学诚《上辛楣官詹》，《文史通义新编》，上海古籍出版社1993年版。
③ 《朱子语类》卷十三。
④ 王文禄《文脉》卷三。
⑤ 《楚辞后语》卷六《服胡麻赋》注。
⑥ 《宋代之金石学》，《王国维遗书》第五册《静安文集续编》。
⑦ 《邓广铭〈宋史职官志考证〉序》，《金明馆丛稿二编》。
⑧ 陈植锷《北宋文化史述论·序引》，中国社会科学出版社1992年版。

熟的新的质变点"①。宋代文化的发达，在某种程度上说，宋廷文化导向是起了重要作用的，宋代前期几位创业君主的崇文意识所起的积极作用更不容忽视。宋太祖、宋太宗等遵行"文以守成"的古训，好文、尚文、右文，制定并实施了一系列操作性甚强的政策措施，兴教办学，养育人才，选拔贤士，奖掖才俊，优渥文人，从而刺激了文化的长足发展，不仅相对提高了整个民族的文化素质，而且创造了有利于文学发展的优越的社会环境，故南宋王十朋称"国朝四叶文章最盛，议者皆归功于仁祖文德之治"②。《宋史·文苑传序》云：

> 自古创业垂统之君，即其一时之好尚，而一代之规模，可以豫知矣。艺祖革命，首用文吏而夺武臣之权，宋之尚文，端本乎此。太宗、真宗其在藩邸，已有好学之名。作其即位，弥文日增。自时厥后，子孙相承，上之为人君者，无不典学；下之为人臣者，自宰相以至令录，无不擢科，海内文士彬彬辈出焉。

可以说，这就是有宋一代右文国策的背景及其三百余年间"文士彬彬辈出"的情形。北宋前期的南唐旧臣徐铉曾记述宋太宗勤奋好学、卓识远见，于万机暇豫，攻书课文，宵分乃罢，"讨论坟典，昧旦而兴，口无择言，手不释卷。尝从容谓近臣曰：'卿辈从公之暇，莫若为学为文；为学为文，莫若讨论六籍，游先王之道义。'"③可见其于读书为文不仅身体力行，而且倡导于臣属。

宋初诸帝尚文、好文、右文，并非出于一时兴趣而附庸风雅，而是基于清醒的理性认识，出自维护统治的需要。宋太祖本系一介武夫，不

---

① 《宋代文学通论·绪论》。
② 《策问》，《梅溪文集》前集卷十四，四部丛刊本。
③ 《徐文公集》卷十八《御制杂说序》。

但自己读书,而且倡导臣下习文,使了解"为治之道"①,明言"宰相需用读书人"②,且"令选儒臣干事者百余人,分治大藩"③。太宗更是酷爱读书,以为"开卷有益","辰巳间视事,既罢,即看书。深夜乃寝,五鼓而起。盛暑永昼未尝卧"④,而"凡诸故事可资风教者悉记之"⑤。其曾与近臣云:"王者虽以武功克定,终须用文德致治。朕每退朝,不废观书,意欲酌前代成败而行之,以尽损益也。"⑥宋真宗"听政之外,未尝虚度时日,探测简编,素所耽玩","讲论文艺,以日系时"⑦。其"博观载籍,非唯多闻广记,实皆取其规鉴。谈经典必稽其道,语史籍必穷其事,论为君必究其治乱,言为臣必志其邪正"⑧。真宗还亲自撰写了《崇儒术论》,刻石于国子监,中云:

> 儒术污隆,其应实大,国家崇替,何莫由斯!故秦衰则经籍道息,汉盛则学校兴行。其后命历迭改,而风教一揆。有唐文物最盛,朱梁而下,王风寖微。太祖太宗,丕变弊俗,崇尚斯文。朕获绍先业,谨导圣训,礼乐交举,儒术化成,实二后垂裕之所至也。⑨

宋真宗从历史发展的角度,考察审视文化兴衰与国家崇替的关系,从而深刻地认识到"崇尚斯文""礼乐交举"对于维护统治和促进社会发展的重要性。真宗还经常对近臣说:"经史之文,有国家之龟鉴,保邦治

---

① 李焘《续资治通鉴长编》卷三,中华书局1979年版。
② 李焘《续资治通鉴长编》卷七。
③ 李焘《续资治通鉴长编》卷十三。
④ 李焘《续资治通鉴长编》卷二五。
⑤ 《太平御览》卷首摘引《国朝会要》,南宋蜀刻本。
⑥ 李攸《宋朝事实》卷三。
⑦ 江少虞《宋朝事实类苑》卷三。
⑧ 李焘《续资治通鉴长编》卷八五。
⑨ 李焘《续资治通鉴长编》卷七九。

民之要，尽在是矣"，"参古今而适时用"，"学者不可不尽心焉"①；"勤学有益，最胜他事。且深资政理，无如经书"②。宋初诸帝这种高度自觉而有功利目的的文化意识为其后登宝即位者所承传。据范祖禹说，"神宗皇帝即位之初，多与讲读之臣论政事于迩英，君臣倾尽，无有所隐。而帝天资好学，自强不息，禁中观书，或至夜分。其励精勤政，前世帝王所未有也。自熙宁至元丰之末间，日御经筵，风雨不易，盖一遵祖宗成宪，以为后世子孙法也"③。

二、文学思潮与创作流派

宋代的最高统治者除身体力行倡导读书外，还制定和实行了一系列强有力的刺激措施，吸引人们习儒向道，并通过科举的形式，大量网罗人才，选拔俊彦，将优秀的学子纳入仕途，让其参政议政，以"为致治之具"④，"学而优则仕"在宋代才真正得以实施，许多孤寒之士通过读书科举之路进入仕途，成为显宦达人。据王禹偁至道三年（997）所写的《直言五事疏》称，太宗"临御之后，不求备以取人，舍短从长，拔十得五。在位将逾二纪，登第亦近万人"⑤，则每年平均大约有五百余人进入仕途，太宗即位后的第一次贡举即录取进士、诸科等五百零七人⑥，超过唐代每次取士不过二三十人的几十倍。另据苏轼所言，宋仁宗"在位之三十五年，进士盖十举矣"，"自天圣初讫于嘉祐之末，凡四千五百一十有七人"⑦，则每次平均录取进士四百五十二人，其数量亦相当可观。且宋代科举取士大体是公平竞争、机会均等，尽革畴昔"多为势家所取，致塞孤

---

① 李攸《宋朝事实》卷三。
② 江少虞《宋朝事实类苑》卷三。
③ 李攸《宋朝事实》卷三。
④ 李焘《续资治通鉴长编》卷七九。
⑤ 《王禹偁传》，《宋史》卷二百九十三。
⑥ 李焘《续资治通鉴长编》卷七九。
⑦ 《苏轼文集》卷十《送章子平诗叙》。

寒之路"①的弊病，使"寻常百姓家"的优秀学子大量入仕。据统计，从《宋史》有传的一千九百五十三人中，以布衣入仕者占55.12％②，像范仲淹、欧阳修等还成为名相。

以为"致治之具"的宋代科举，事实上已成为刺激文化发展的重要因素，并由此引发了一系列的文化连锁反应：读书之风骤起，"释耒耜而执笔砚者，十室而九"③，"虽濒海裔夷之邦，执耒垂髫之子，孰不抱籍缀辞"④；兴教办学形成热潮，"海隅徼塞四方万里之外，莫不皆有学"⑤，"虽荒服郡县必有学"⑥；讲学风气盛行，"儒生往往依山林，即闲旷以讲授，大师多至数十百人"⑦；学术研究空前活跃，疑古惑经，对传统文化进行重新反思和探讨，学派林立，竞创新说，儒、释、道相互融纳、相互整合；"学必始于观书"，由是宋代的刻书印刷业出现了前所未有的繁荣，官刻、家刻、坊刻多种经营，遍布全国，加速了文化的传播，"庆历中，有布衣毕昇，又为活板"⑧，改进了印刷术；刻书业的发达又为藏书风气的盛行提供了基础，官藏之外，私藏极富，李淑、宋绶"所蓄皆不减三万卷"⑨，王钦臣目至四万三千卷，"虽秘府之盛，无以逾之"⑩，陈振孙家藏达"五万一千一百八十余卷"⑪，"石林叶氏、贺氏，皆号藏书之多，至十万卷"⑫……以宋代科举为纲而连接起来的全社会性的各种文化网络，构成

---

① 李焘《续资治通鉴长编》卷十六。
② 王水照《宋代文学通论·绪论》、陈义彦《从布衣入仕论北宋布衣阶层的社会流动》。
③ 《苏轼文集》。
④ 范成大《学校》，《吴郡志》卷四。
⑤ 《吉州学记》，《欧阳修全集》之《居士集》卷三九。
⑥ 《南安郡学记》，《苏轼文集》卷十一。
⑦ 吕祖谦《白麓洞书院记》，《东莱集》卷六。
⑧ 沈括《技艺》，《梦溪笔谈》卷十八。
⑨ 陆游《跋京本〈家语〉》，《渭南文集》卷二八。
⑩ 徐度《却扫编》卷下。
⑪ 周密《书籍之厄》，《齐东野语》卷十二。
⑫ 周密《书籍之厄》，《齐东野语》卷十二。

了宋代浓厚的文化氛围；宋代散文的繁荣鼎盛也正是在这样的文化环境和学术气氛中展开的。

第六节 创作主体透视：知识结构与群体意识

宋代优越的社会环境和浓厚的文化氛围孕育了众多的杰出人才。仅就作家而言，其知识结构大都淹博融贯，呈多能化、复合型，往往集政治、文学、学术于一身，涌现出很多通才作家，且多以斯文自任，具有强烈的历史责任感和鲜明的群体意识。

一、集学术、文章、吏事于一身

宋代之前，往往以政显者拙于文，学术精而词彩乏，能文学者大都专擅一体，或以诗著，或以文名，兼美者不常见。唐代大家如李、杜、韩、柳，李白称"诗仙"，杜甫为"诗圣"，韩愈和柳宗元乃以古文家流芳艺林。在中国古代史上，他们只是以文学家垂青后世，其于史事、学术往往建树无多。

中国古代知识分子一贯追求"内圣外王"之境界，把"修身、齐家、治国、平天下"作为自己终生的奋斗目标和理想终端，而实现这种境界和理想，必须具备很高的思想境界和深厚的文化素养，除了个体的主观努力之外，尚需有适宜的社会环境。宋代的知识分子无疑成为其前贤和后学共同艳羡的幸运者，时代和社会为他们提供了实践或实现这种理想的机会与条件。宋廷的崇文国策和全社会性的兴教办学以及书籍业的繁荣，使得宋代学子能够在浓厚的文化氛围中砥砺学问，大面积、多层次、全方位地了解、学习、汲取前代文化的精华，从而滋养和提高个体素质，而大体公平竞争、机会均等的科举之路，又为他们实现治国平天下的理想提供了可能，故宋代的作家，往往集学者、显宦、文学于一身，全才、通才型作家不胜枚举，诸如晏殊、范仲淹、欧阳修、王安石、苏轼、杨万里、范成大、辛弃疾、文天祥等，都是十分典型的例子。

宋代作家尤其是名家，其知识结构均为综合型、多层化、多能化，呈通才型，这也是时代发展和社会进步的必然产物。宋代品评人物极重德、学、才、干，即品行、学问、辞章和能力。四者之中又以德行品质为最，故苏轼《举黄庭坚自代状》谓庭坚"孝友之行追配古人，瑰玮之文妙绝当世"①。而学、才、干三者，学为根本，为内修之功，才华外溢为文章，吏事政绩显才干，见能力，为其终极之目的。欧阳修曾云"君子之学，或施之事业，或见于文章，而常患于难兼也。盖遭时之士，功烈显于朝廷，名誉光于竹帛，故其常视文章为末事，而又有不暇与不能者焉"②，是乃先功业而后文章甚明，欧公之"文学止于润身，政事可以及物"③说甚至被视为至理名言而广为流传，可见人们是将能够广济天下的政事放在首位，其次才是文学。

宋代很多以文学名世者，实际上大都是深于学术、娴于理政、尤精文学的综合型通才。天圣六年（1028），晏殊以"为学精勤，属文典雅，略分吏局，亦著清声"④评荐范仲淹；至和三年（1056），欧阳修以"学问文章，知名当世；守道不苟，自重其身；议论通明，兼有时才之用"向朝廷推荐王安石；熙宁二年（1069），有人反对起用王安石，神宗反诘云："（王安石）文学不可任耶？吏事不可任耶？经术不可任耶？"⑤苏轼《送章子平诗叙》称"子平以文章之美，经术之富，政事之敏，守之以正，行之以谦"⑥……这些事例充分说明，德行以下，经术、文学、政事三个方面已成为当时评骘人物和选用人才的标准，而既然作为通行的标准，则此类

---

① 《苏轼文集》卷二四。
② 《薛简肃公文集序》，《欧阳修全集》之《居士集》卷四四。
③ 洪迈《容斋随笔》卷四引。
④ 《范文正公集·年谱》。
⑤ 李焘《续资治通鉴长编》卷六六。
⑥ 《苏轼文集》卷二四。

集多能于一身的综合型人才亦不会是少数,故两宋学术精深、文章博雅、政声显著者在在皆是。南宋孝宗赵睿为苏轼文集作《序》称:

> 苏轼忠言谠论,立朝大节,一时廷臣无出其右,负其豪气,志在行其所学,放浪岭海,文不少衰,力斡造化,元气淋漓,穷理尽性,贯通天人,山川风云,草木华实,千汇万状,可喜可愕,有感于中,一寓之于文,雄视百代,自作一家,浑涵光芒,至是而大成矣。①

这正是从德、政、学、文四方面给予了高度评价。就文学言,像欧阳修那样"论大道似韩愈,论事似陆贽,记事似司马迁,诗赋似李白"②者固稀,而诗、词、文、赋多体兼擅者甚众,从宋初的王禹偁、杨亿到宋末的文天祥,大都是能文、能诗亦能词,所谓"文章余事作诗人,溢而作词曲",正是宋代作家们的创作写照。

二、"以天下为己任"与开宗创派

宋代作家的通才性特点决定了其必然具有较强的艺术创造力。他们不仅能够鉴于古而通于今,视野开阔,气魄宏大,而且具有一种高度自觉的强烈的历史责任感和社会责任心,在"以天下为己任"的同时,追求人格的完善。柳开意欲"拯五代之横流,扶百世之大教,续韩、孟而助周、孔"③;王禹偁以"主管风骚胜要津"④自居;杨亿"以斯文为己任";范仲淹"每感激论天下事,奋不顾身","先天下之忧而忧,后天下之乐而乐";欧阳修"挽百川之颓波,息千古之邪说,使斯文之正气,可以翼羽

---

① 《苏轼文集》附录。
② 《六一居士集叙》,《苏轼文集》卷十。
③ 张景《河东先生集·序》。
④ 《前赋春居杂兴诗二首间半岁不复省视因长男……》,《小畜集》卷九。

大道，扶持人心"①；王安石"慨然有矫世变俗之志"②；曾巩"素慨然有志于天下事"；苏轼"奋厉有当世志"……其抱负、志气之宏大，正是宋人思想精神蓬勃向上的体现。而正是这种志气和素养，使得他们在学术、文章或政事诸方面都取得了卓著的成绩，显示了其巨大的创造力。

仅就文章与学术言，宋代开宗创派的首领人物数以百计：西昆之杨亿、刘筠；古文之欧阳修、苏轼；江西诗派之黄庭坚、陈师道；词之柳永、秦观、周邦彦、李清照、辛弃疾、姜白石；道学之二程、朱熹；王安石之于新学，张载之于关学，周敦颐之于濂学；陆九源创"心学"一派，陈亮倡"实事实功"，叶适为永嘉盟主……这些宋代文化骄子的丛集群出，正是时代的骄傲。宋代文人巨大的创造力还反映在文化各个层面的开拓与创新上，诸如哲学、史学、文学、金石学、经学、书法、绘画等等，都呈现出新风貌。

宋代文人还具有强烈而鲜明的群体意识。宋初柳开曾建来贤亭并作《来贤亭记》，表达了"欲举天下之人与吾同道者，悉相识而相知"③的美好愿望，为文风复古而努力；田锡《答胡旦书》说"古人所重者交结，翼道佑德，激切奋发，何莫由斯"④；欧阳修曾不遗余力地拔擢优秀人才，所谓"奖引后进，如恐不及，赏识之下，率为闻人"⑤；苏轼秉承师风，"喜奖与后进，有一言之善，则极口褒赏，使其闻于世而后已"，且言"文章之任亦在名世之士相与主盟，则其道不坠"⑥；南宋周必大亦云"一代文章必有宗"……这种同道相求的自觉意识和群体组合的强烈要求，成为宋代流派与群体丛生并起的基础，而宋代"社会选择的相对自由，使那些重要

---

① 《欧阳修传》，《宋史》卷三一九。
② 《王安石传》，《宋史》卷三二七。
③ 柳开《河东先生集》卷四。
④ 田锡《咸平集》卷三。
⑤ 《欧阳修传》，《宋史》卷三一九。
⑥ 葛立方《韵语阳秋语》卷一。

而自发的团体的出现成为可能"[1]。

柳开于宋初首倡复古,"髦俊率从焉";王禹偁极意称扬后进,学子多游其门,"主盟一时";"祥符天禧中,杨大年、钱文僖、晏元献、刘子仪以文章立朝,为诗皆宗尚李义山,号西昆体"[2];"庐陵欧阳修出,以古文倡,临川王安石、眉山苏轼、南丰曾巩起而和之"[3];直到南宋灭亡前后的爱国派,两宋期间由于各种因素而形成和涌现出的群体数以千计。

宋代最为常见的文学群体主要有六种情形:一是座主门生群体型,即在科举取士过程中试官与考生构成的群体;二是授徒群体型,大都是道学家或学有所成的鸿学硕儒传业课艺过程中形成的学术群体;三是僚友群体型,多属仕宦期间同僚幕友结社唱和形成的文人团体;四是师友型,即艺林学人相互学习、相互推重而构成的群体;五是政治型,此类多是党派之争过程中出现的文人群体;六是地域学术型群体。由于这些群体的成员均属文人阶层,程度和水平虽然千差万别,但是其于学术、文章、吏事等相通、相近、相似处甚夥,他们的学术见解、文学创作、理政实绩,无疑对宋代文化的发展起着重要的推动作用。

总之,宋代作家丰瞻广博的学识和深厚坚实的学术功底,为散文的大批量产出奠定了雄厚的基础,而众多作家鲜明的群体意识,使他们自觉地组合成各种各样的创作团体,从而有力地推动和促进了散文的繁荣发展。

---

[1] 露丝·本尼迪克《文化模式》。
[2] 刘攽《中山诗话》。
[3] 《文苑传》,《宋史》卷四三九。

第六章 宋代散文体裁样式的开拓与创新

宋代散文"抗汉唐而出其上"[①],取得了空前的卓异成就,其体裁样式的开拓与创新,是一个不容轻视的直接而重要的原因。但长期以来,学界未予深入探讨,迄今未见专论[②]。本章拟就记体散文、书序、题跋、文赋、诗话、随笔、日记和文艺散文等几种具有重要开拓性的体裁样式的发展创新、渊源流变、美学特征和文化意蕴,以及与此相关联的时代精神、人文环境、作家的体裁意识,试作绎述,以为引玉。

第一节 "记"体散文的勃兴与新领域的开拓

在宋代散文的诸多体裁样式中,宋人对于"记"体的发展、改造和创新最为引人注目。南宋叶适说"'记'虽(韩)愈及(柳)宗元犹未能擅所长也;至欧、曾、王、苏始尽其变态"[③],正指出了此体入宋后发展变化的特点。

一、"记"体散文的勃兴与新领域的开拓

"记"始于记事,本属应用文字,所谓"叙事识物"(李耆卿《文章缘起》注)、"纪事之文也"(潘昂霄《金石例》)。《禹贡》《顾命》被视为记体之祖,"而记之名,则仿于《戴记》《学记》诸篇"(徐师曾《文体明辨序说》)。汉扬雄《蜀记》,影响不广;晋陶潜《桃花源记》实乃诗序,非独立成篇;《昭明文选》"奏记"、《文心雕龙》"书记"都不具备后世所称记体的文体意义;故魏晋之前记体尚未独成一式。至唐,韩愈、柳宗元创作记体散文,遂成一式;入宋则更加盛丽多姿,蔚成大国。兹据部分唐宋名家本集,统计记体散文数量如下:

---

① 陆游《尤延之尚书哀辞》,《陆放翁全集》卷四一;本章原文发表于《中国社会科学》1995年第6期。
② 1963年3月31日《光明日报》在《文学遗产》栏刊出王水照《宋代散文的技巧和样式的发展》。这是新中国成立后较早注意宋文体式发展研究的重要成果;近年来一些古代文体研究与古代散文研究的著作,也曾或多或少地涉及宋文体式的发展变化,惜无系统性。
③ 《习学记言》卷四九。

作家	韩愈	柳宗元	欧阳修	苏轼	王安石	曾巩	叶适	朱熹	陆游
作品数量	9	33	45	63	24	34	53	81	56

由表可知：宋代诸家创作记体散文的数量大都远过韩、柳，发展态势趋向繁荣。就内容题材看，唐代记体散文约有四端：一是亭台堂阁记，二是山水游记，三是书画记，四是杂记。此就韩、柳所作统计如下：

作家 \ 分类篇数	亭台堂阁	山水游记	书画	杂记
韩愈	6	0	2	1
柳宗元	18	11	0	4

其中第一类包括厅壁记，如韩愈《蓝田县丞厅壁记》；第四类主要是记事记物，如柳宗元《铁炉步志》。据表，知记体散文在唐代是以亭堂记与山水记为主，兼有记述书、画艺术和杂事杂物者，作品数量和题材内容都不丰富，呈方兴初起之势。入宋后记体散文得到长足发展，宋人不仅在题材方面开辟出不少新领域，而且在立意、格局、视角、语言诸方面也有所创变。从总体上讲，宋代记体散文有四大特点：一是立意高远，所谓"必有一段万世不可磨灭之理"[①]；二是题材丰富；三是格局善变；四是兼取骈语。下面据类分述。

二、亭轩台阁记的由"物"到"人"

亭台堂阁记是记体散文最习见的题式，也是宋人最擅长的题式。唐人此类作品一般以"物"为主，多做客观、静态的记述，着眼点和着力点

---

① 谢枋得《文章轨范》。

重在"物"之本身，如建构过程、地理位置、自然景色等；或稍予议论，以写实胜，韩愈《燕喜亭记》即是典型。宋代一变而为以"人"为主，将强烈的主观意识纳入其中，或释放自我意识，或表露心态情绪，故虚实参错，且以动态叙述避开正面描绘，做到了"物为我用"而"不为物役"。

王禹偁《黄州新建小竹楼记》开篇以省洁的语言写黄冈以竹代瓦的习俗与选址作竹楼的经过，继用大量笔墨铺写渲染楼中生活情趣，末段通过议论昭示心态情绪。显然，文章的重点不是竹楼自身，而是生活在楼中的"人"，以及由此生发的随缘自适、游于物外的思想。范仲淹《岳阳楼记》先交代作记缘由，继而描绘楼外景色，而用"前人之述备矣"掠过，转用浓笔泼墨铺写登楼"人"临景时的情感变化，最后提出了饱含强烈社会意识的忧乐观"先天下之忧而忧，后天下之乐而乐"。与上述两篇分别表现个体意识与社会意识有所不同，欧阳修《醉翁亭记》表现的是"人"回归自然的情趣，是社会的"人"与大自然和谐统一的情形。文章不仅运用骈偶句式描绘出优美的自然景色和形形色色的劳作、游玩的人，而且传达了作者既能与人"同其乐"，又能"乐其乐"的意趣，全文形成一种雅俗共赏的艺术境界。苏舜钦的《沧浪亭记》则比王、范、欧更为直接地揭示出"人"与社会、自然的关系，"人"与情、物的关系。上述诸记就整体格局而言，尚未脱离先叙事、次写景、后议论这种"三段论式"的唐人模式，但由于表现主体的转移和骈散参用的句式以及思想意识的升华，其艺术境界已与唐人大不相同。

对亭轩记的发展做出重要贡献的当推苏轼。《苏轼文集》中此类作品有26篇，数量空前。苏轼不仅继续突出人的主观意识，寓理、情、识于文中，而且彻底打破了"三段论式"格局，叙述、描写、议论穿插运用，灵活变化，甚至吸收其他体裁的表现方式（如赋体、问答、赞颂之类），从而使体式为之一变。《超然台记》发端于议论，讲"人"与"物"的关系，且由物及人、由人及情、由情入理，提出了"游于物之内"与"游与物之外"两种情形的巨大差别；其后叙述自钱塘移守胶西而治园茸台，

"相与登览，放意肆志"；篇末仅用两句点题归结，说明作者"无所往而不乐者，盖游于物之外也"的内在原因。全文以理为主，议论过半，由理入事，由事而及景，又以理收束，照应开头，虚实相生，收纵自如。

《喜雨亭记》破题开端，征古明意，接着叙述建亭与命名的经过；再用主客问答形式，阐明以雨名亭的含义；而后用歌诀结尾。全文体式灵动圆活，语言流走如珠，表达了作者关心民瘼、与民同乐的主体意识。苏轼之后，此类体式基本上沿着欧苏创变的路数走，南宋亦未越此规范。如汪藻《翠微堂记》以议论"山林之乐"为主旨；朱熹《通鉴室记》《拙斋记》以介绍室、斋主人为主；杨万里《景延楼记》将幽美的画面与深邃的哲理巧妙地融为一体；陆游的《筹边楼记》用主客问答介绍和评论建楼人范成大出色的才能与忧国忧民的思想境界；叶适《烟霏楼记》着意于自然环境与人文状况；魏了翁《徂徕石先生祠堂记》评议石介一生遭遇及对宋代文化发展的贡献；刘辰翁《安远亭记》盛赞郭彦高报国壮志……整体格局大都与欧苏同一机杼。

三、山水游记的自然审美与议论说理

山水游记也是记体散文中的重镇，宋人对这一体裁的发展同样做出了积极的贡献。山水游记始于唐。元结《右溪记》已初具规模；至柳宗元创成一体，《永州八记》一直被视为山水游记的奠基之作，其体式亦由此确立。唐人游记重趣、尚实而含情，往往在对自然景物的客观细致而凝练简洁的精心描写中，传达出游人对大自然的欣赏与沟通。宋人在此基础上努力开拓创新，如在内容方面由单纯的自然审美型转向兼重议论说理的复合型，既增加了理性思辨色彩，又在一定程度上提高了游记散文的信息含纳量和社会教化功能。

王安石《游褒禅山记》、苏轼《石钟山记》最为典型。前者以议论为主，起笔即从释名考证入手，接着顺次记叙与山名有关的慧空禅院、华山洞、仆碑等，其后重点记述游洞情形，并由此生发出颇富启迪性的议论。

后者为学术考证式的记游散文。全文以实地考察石钟山命名缘由为主体，而以驳论前人发端，中间记游，复以议论收尾，记游部分实际上成为考察论证的过程，体制变化不可谓不大。

另外，北宋晁补之《新城游北山记》、南宋朱熹《百丈山记》、王质《游东林山水记》、邓牧《雪窦游志》等，虽体宗韩柳，注重景物的客观描绘，而在取材、造境、结构、手法诸方面又各呈新意。

四、书画记的重心转移与写意抒情

伴随着宋代书法绘画的繁荣，宋代书画记也有新的发展。书画记始于唐而盛于宋，大约首创于韩愈。韩有《画记》《科斗书后记》。前者详细描述了一卷古今人物小画的全部画面内容，并交代了作记因由，所谓"记其人物之形状与数而时观之以自释焉"，此为画记正体。后者先叙与此有关的人事，然后言得科斗书始末与作记缘由，遂为书记常式。可见唐代书画记是以书画作品为重心，兼及与作品有直接关联的人或事，体现出鲜明的记事性和客观性。

宋人则不墨守此式而多变化，往往借题发挥，纵横议论，灵活自由，贯穿己意，表现出强烈的写意性和抒情性。王禹偁《画记》乃为其父画像而作，起笔于古代家庙祭祀风俗和近代"图其神影以事之"的变化，次谓父像"神采尽妙""宛然如生"，由此推评画家技艺，最后交代作记原因。欧阳修有两篇书记：《御书阁记》与《仁宗御飞白记》。前篇叙述宋太祖为醴陵县登真宫"赐御书飞白字"，其字历劫犹存。在交代记由后，笔锋忽然转向释、老之于儒家的关系，诧异儒排释、老，而释、老不协力抗衡，反自相攻讦。后篇首言于友人处得观此字，次借友人之口叙述得字始末，兼及求记，然后议论作字之人。两文虽未对书法墨宝做正面评论，但紧紧围绕墨宝叙事、议论，视野开阔而生动有趣。

苏轼的书画记与其书画一样，亦自成一体。《文与可画筼筜谷偃竹记》实乃长歌当哭、悼念画者的祭文，充满了浓厚的抒情意味。作者追忆与画者平素知音期许、诗书往来、相教相戏、笃厚无间的情形，一改前人撰写书画记只作为局外人记叙、议论的格局，变为艺术实践的积极参与者。《净因院画记》《传神记》《画水记》等则着意于画论。苏轼之后，书画记体式几乎没有大的变化，而此类题材大量涌入题跋中。

五、学记与藏书记的空前创造

学记与藏书记属宋人新创。学记现存较早的是王禹偁《潭州岳麓山书院记》。该文首述古之重学，指出学校乃"政之本"，次叙始建兴衰，复写重修与作记，是以记叙为主体。欧阳修《吉州学记》先述朝廷诏令立学，次叙吉州学校兴办经过与规模，而以议论教学方法、想象教育效果做结；纪实之外，议论成分转多。其后，曾巩《宜黄县学记》与《筠州学记》，王安石《虔州学记》《太平州新学记》《繁昌县学记》等，大都循王、欧体式。至苏轼《南安军学记》始以议论为主，叙事为辅。南宋学记叙议结合，构思多变，数量也几可抗衡亭堂记，如朱熹多达十几篇，叶适也有九篇，均超过其亭堂记。

藏书记以苏轼《李氏山房藏书记》最为著名。该记先议书籍的巨大社会作用，继言"学必始于观书"，复讲书籍发展与学人态度；在这样广阔的背景下介绍李氏山房始末，表彰藏书者"以遗来者"的仁人之心；末尾交代作记缘由与目的。文章不局限于记叙藏书本身，而是始终将书与人的关系作为表现中心，议论纵横，谈古说今，正反对比，劝诫启迪，强调认真读书的必要性，视野开阔，立意高远。苏辙《藏书室记》叙苏洵当年"有书数千卷，手缉而校之以遗子孙"，文章广征博引，反复谈论读书的重要性，意在劝读。二苏之作遂为常式。

南宋朱熹《徽州婺源县学藏书记》《建阳县学藏书记》皆夹叙夹议，体类二苏。陆游《婺州稽古阁记》围绕阁名先叙述来历、始末、规模与作记，然后议论"稽古必以书"；《吴氏书楼记》肇于议理，继述吴氏兄弟"以钱百万创为大楼，储书数千卷"，兼及书楼格局，殿以议论；《万卷楼记》首言"学必本于书",继从校勘、通经、博学诸方面强调了藏书的重要性,最后申述近代藏书之盛,视野、格局均略有变化。叶适《栎斋藏书记》首叙斋主,次论学术流变,再述藏书内容之富,略呈现出新态势,而终未脱北宋范式。

第二节 书序的美学变化与长足发展

向来记、序并称,二者在叙事方面虽有相近处而体例迥异。序作为一种文体,滥觞于两汉,发展于魏晋,兴盛于唐而变化于宋。传孔安国《尚书序》称"序所以为作者之意",大体昭示了序的功能。约成于汉代的《毛诗序》、《史记·太史公自序》、《汉书·叙传》、扬雄《法言序》等,大都立足全书,进行宏观的阐释申述,或者兼及作者自身,是为常式。其后又有文集序、赠送序、燕集序、字序(解释人的名字)、杂序(事、物序)等相继问世。唐宋是序体散文的昌盛期,作品繁富,名篇迭出。兹选唐宋八家文集分别统计并列表如下:

作家\篇数\分类	赠序	书序	字序	燕集序	杂序	总计
韩愈	34	0	0	1	0	35
柳宗元	46	4	0	2	2	54
欧阳修	16	25	5	0	0	46
曾巩	10	24	2	0	2	38
苏轼	7	11	2	1	3	24
陆游	3	28	2	1	0	34
朱熹	12	47	9	0	1	69
叶适	5	29	0	0	1	35

由表可知：赠序与书序最繁盛；唐代赠序兴盛而宋代书序发达。书序本为序体正宗，汉以后不绝如缕，惜无大的发展，名家如韩愈，集中竟无一篇书序，这就为宋人留下了开拓的空间。

一、书序由"书"到"人"的重心转移

宋代书序的形象性、可读性、理论性较之前代明显加强。首先是表现主体和表现重心的转移——由"书"到"人"。序的正体是申述作者之意，故表现的主体和重心是书。宋代书序情形大变。曾巩《先大夫集后序》以五分之四的篇幅叙述著者事迹；黄庭坚《小山集序》几乎通篇介绍晏几道的为人与性格；魏伯恭《朱淑真诗集序》由朱氏作品的广泛传播与强烈的艺术感染力开端，讲述了作者不幸的身世。这些都将"人"作为表现的主体。陆游《师伯浑文集序》、陈亮《中兴遗传序》、叶适《龙川集序》更为典型。陆序首述"识隐士师伯浑于眉山"的情景，继而边叙边议师氏生平境遇，以其行事和性情突出了人物的形象。陈序实为龙伯康与赵次张二人的小传，从龙、赵京师初遇下笔，续以比射情形，进而详述次张有志难申，最后略谈书的内容体例。龙氏豪放的性格与精湛的射技，赵氏的聪明机智和善于应变，给人留下了深刻印象。叶序则以凝练简洁的文笔，叙述了陈亮由际遇天子到遭诋入狱几死大起大落的一生和学术上的成就。此外，文天祥《指南录后序》叙述抗元斗争中的亲身经历，因事而见人。诸如此类的书序，无不以表现著书之人为重心，充分体现了我国古代"知人论世"的优良传统。

二、书序描写与抒情文学色彩的强化

其次是文学色彩的强化——抒情性与描写性骤增。仅以欧阳修《归田录序》、秦观《精骑集序》、晏几道《小山词自序》、李清照《金石录后序》、孟元老《梦华录序》、陆游《吕居仁集序》诸篇便可窥其一斑。欧以主客问答的方式（这是对书序体制样式的一种革新），既生动地描绘了

官场那种"惊涛骇浪,卒然起于不测之渊,而蛟鳄鼋鼍之怪,方骈首而闯伺,乃措身其间"的险恶情景,又抒发了"不能因时奋身,遇事发愤,有所建明"而被迫"乞身于朝""优游田亩"的矛盾心情。秦以短小精悍的篇幅抒发了"少而不勤""长而善忘"的追悔莫及的心情。晏则叙其所怀,追忆往事,"记悲欢离合之事,如幻如电,如昨梦前尘","感光阴之易迁,叹境缘之无实",所抒发的凄伤之情不亚于其词作。李序脍炙人口而历代艳称不绝,首先就在于序文浓重的抒情性和生动的描绘。孟以浅易骈语成文,用精彩生动的语言描绘了北宋汴京太平时节的繁华景象:

> 举目则青楼画阁,绣户珠帘,雕车竞驻于天衢,宝马争驰于御路,金翠耀目,罗绮飘香。新声巧笑于柳陌花街,按管调弦于茶坊酒肆。八荒争凑,万国咸通。集四海之珍奇,皆归市易。会寰区之异味,悉在庖厨。花光满路,何限春游!箫鼓喧空,几家夜宴!

陆序描述江河源流情状以喻学者,表达对吕氏家学深厚、造诣精深的钦佩,颇富文采。

三、书序宏观审视与发展规律的探寻

其三是视野开阔,注重宏观审视和发展规律的探寻。如徐铉《重修说文解字序》历述华夏文字自"八卦即画"至"皇宋膺运"长达数千年间的发展演变,融知识性、趣味性、学术性于一体。苏轼《六一居士集叙》更以雄视百代、省察万古的气魄,从人类生存和文明发展的角度,将欧阳修与禹抑洪水、孔子作《春秋》、孟子距杨墨、韩愈作古文相提并论,高度评价欧阳修对于培育人才、发展宋学所做的巨大贡献。孙觌为汪藻《浮溪集》作序,不仅从"由汉迄唐,千有余岁"这样悠久的历史角度审视,而且还从作者性格、嗜好、学养、构思特点、时代背景诸方面深入考察其

艺术个性形成的多层原因。陆游《陈长翁文集序》先谈两汉文章的发展变化，次及两宋，而以北宋盛时为参照，阐述南渡以后的文章利弊，最后突出陈氏"居今行古，卓然杰立于颓波之外"的创作特点。周必大序《宋文鉴》则论析了北宋散文由"文博"到"辞古"再到"辞达"的发展变化轨迹。刘辰翁《简斋诗集序》肇端于作诗常理"忌矜持"，次由《诗经》到晚唐，再到当代江湖诗派，大笔勾勒诗歌的发展，进而溯源于李白、杜甫、王安石、黄庭坚、陈师道，在对比中突出陈与义诗歌的特征。

其四是向议论化、理论化延伸。宋人好议论，宋文好言理，这在书序中同样表现得很突出。欧阳修《伶官传序》发端与收尾均取议论，其"忧劳可以兴国，逸豫可以亡身""祸患常积于忽微，而智勇多困于所溺"已被视为至理名言。至其《梅圣俞诗集序》则重点讨论"诗穷而后工"的问题，从诗的创作、流传诸方面探讨这种说法的真实含义，指出"非诗之能穷人，殆穷者而后工也"，且以此为基础评价梅氏其人其诗。曾巩《战国策目录序》《新序目录序》，无不以议论为主。赵昚《苏轼文集序》从论述"成一代之文章"与"立天下之大节"的关系入手，探讨"节""气"与"道""文"的联系，然后议论苏轼其人其文。朱熹《诗集传序》则完全以问答的方式阐发有关《诗经》的诸多理论：《诗经》产生的渊源与基础、诗的教化功能与作用、不同诗体的区分与原因、学诗读诗的方法等。叶适《播芳集序》、姜夔《白石道人诗集自序》，也都分别从不同角度议论作文之难。可以说，宋代书序几乎无一篇不议论，无一篇不说理。这显然与宋代文人惯于理性思考有密切关系。

第三节　题跋的创制及其趣韵风神

前人常将序、跋并论，仅就其客体对象而言（如为一书写的序、跋），实有共同点，然其体制殊别，各成一式。明代徐师曾指出，"题跋者，简编之后语也。凡经传子史、诗文图书（字也）之类，前有序引，后有后序。可谓尽矣。其后览者，或因人之请求，或因感而有得，则复撰词以缀于末简，而总谓之题跋。……其词考古证今，释疑订谬，褒善贬恶，立法垂戒，各有所为，而专以简劲为主，故与序引不同"（《文体明辨序说》），正看到了跋与序的区别。

一、题跋的兴起与宋代的鼎盛

题跋兴于唐而成于宋。唐不以"跋"名篇，多作"读×××"，且仅限于文字著述。检韩愈、柳宗元本集，韩有《读荀子》等四篇，柳有《读韩愈所著〈毛颖传〉后题》一篇，皆就作品本身议论生发，类近后世题跋。但数量甚少，形式和内容亦颇局促。宋代题跋不仅数量惊人，而且形式灵活变化，内容丰富多彩。如欧阳修集有题跋四百五十四篇，苏轼集题跋达七百二十一篇，黄庭坚《山谷题跋》收四百余篇，陆游《渭南文集》存二百七十篇。宋人对题跋体裁的发展革新，其一反映在题材的开拓上，如由唐代单纯议论著述文字扩展到绘画书法等艺术、文化领域；其二反映在体式要求上无常格定式，灵活多样；其三是扩大并提高了题跋的功能，由单一议论发展到说理、抒情、记事、写人和学术研讨等；其四是增强了题跋文字的文学性和可读性、趣味性。总之，题材广泛，体式多样，内容丰富，立意新颖，理、识、情并举，挥洒自如，构成了宋代题跋的突出特点。

欧阳修《题薛公期画》对绘画以"形似为难""鬼神易为工"的说法表示异议，由作品本身引发开来，重在表达个人的见解。其《跋永康县学记》立足于古代书法史，由魏晋书法谈到唐五代的发展变化，再述入宋情形，最后才落笔于该记的书写者蔡襄身上，予以高度评价。至《集古录跋尾》中如《隋太平寺碑跋》《范文度模本兰亭序》等，或论字书笔画，或议赵宋文化与字学，都富有见解。

二、苏轼题跋的情趣、理趣与谐趣

苏轼与黄庭坚"最妙于题跋"[1],"凡人物书画,一经二老题跋,非雷非霆而千载震惊"[2]。苏轼题跋尤以理趣、情趣胜,使人既心悦诚服又难禁失笑。《书孟德传后》议论老虎畏人,讲述了"婴儿、醉人与其未及知之时"三种人遇虎不惧的故事,认为"虎畏之,无足怪者",据事推理,生动有趣。《书南史卢度传》首写跋者"不喜杀生","自去年得罪下狱,始意不免,既而得脱,遂自此不复杀一物",次言"亲经患难,不异鸡鸭之在庖厨,不忍复以口腹之故,使有生之类受无量怖苦尔",最后点出"偶读此书,与余事粗相类"而写此跋语,重在表达个人的心态感受,既见其仁慈本性,又有别于释之戒杀,情浓而切理。《跋王晋卿所藏莲花经》论"世人所贵,必贵其难"的常理;《题张乖崖书后》讲宽、爱、严、威辩证关系之人情;《跋欧阳文忠公书》议外放与致仕的心态感受……无不生动有趣。苏轼画跋更是别具匠心:

> 智者创物,能者述焉,非一人而成也。君子之于学,百工之于技,自三代历汉至唐而备矣。故诗至于杜子美,文至于韩退之,书至于颜鲁公,画至于吴道子,而古今之变,天下之能事毕矣。道子画人物如以灯取影,逆来顺往,旁见侧出,横斜平正,各相乘除,得自然之数,不差毫末,出新意于法度之中,寄妙理于豪放之外,所谓游刃余地,运斤成风……(《书吴道子画后》)

> 画以人物为神,花竹禽鱼为妙,宫室器用为巧,山水为胜。而山水以清雄奇富变态无穷为难。燕公之笔,浑然天成,灿然日新,已离画工之度数而得诗人之清丽。(《跋蒲传正燕公山水》)

---

[1] 陈继儒《白石樵真稿·书杨侍御刻苏黄题跋》。
[2] 毛晋《汲古阁书跋·东坡题跋》。

前者从物质创造与文化发展的角度审视立论，渐及吴氏之画；后者由各类绘画而渐及山水，再及蒲氏技艺，均视野开阔，境界高远，体现了一位通才大家的眼光与识见。其他如《书陈怀立传神》征古论今，纵论传神，最后点明"助发"陈氏之意；《跋南唐挑耳图》因画而记其为王诜用心理疗法治耳聋；《书南海风土》谈人与自然环境的适应，等等，无不充满理趣与情趣。

三、黄庭坚题跋的叙事、抒情与化境

与欧、苏不同，黄庭坚题跋带有浓郁的抒情色彩，间有叙事，形象鲜明生动，篇幅渐长。如《题东坡字后》：

> 东坡居士极不惜书，然不可乞。有乞书者，正色诘责之，或终不与一字。元祐中锁试礼部，每来见过，案上纸不择精粗，书遍乃已。性喜酒，然不能四五龠已烂醉。不辞谢而就卧。鼻鼾如雷。少焉苏醒，落笔如风雨，虽谑弄皆有义味，真神仙中人！此岂与今世翰墨之士争衡哉！

跋者不是就书法作品推评议论，而是借此回忆和叙述了有关苏轼作书的几件小事，从而将苏轼豪放飘逸的个性风采展现在读者面前，由衷地抒发了跋者钦仰敬佩的心情。又如《书家弟幼安作草后》自谓其书无法，"但观世间万缘如蚊蚋聚散，未尝一事横于胸中，故不择笔墨，遇纸则书，纸尽则已，亦不计校工拙与人之品藻讥弹，譬如木人舞中节拍，人叹其工，舞罢则又萧然矣"，寄情于名利之外习字作书的境界，形象而深刻。

黄庭坚题跋除了具有叙事抒情的特点外，还明理寓识，因而境界阔大，思致深邃，常妙语连珠，趣味丰饶。《跋秦氏所置法帖》着眼于地域文化发展演变的历史，指出两汉至宋"不闻蜀人有善书者"，然后突出眉

山苏轼"震辉中州，蔚为翰林之冠"，视野十分开阔。《书绘卷后》指出"学书要须胸中有道义，又广之以圣哲之学，书乃可贵"，"士大夫处世可以百为，唯不可俗"，都是深有所得的名言。至如《书草老杜诗后与黄斌老》自称"今来年老懒作此书，如老病人扶杖，随意倾倒，不复能工"，《跋湘帖群公书》谓"李西台出群拔翠，肥而不剩肉，如世间美女，丰肌而神气清秀"，《李致尧乞书书卷后》说"凡书要拙多于巧，近世少年作字，如新归子妆梳，百种点缀，终无烈妇态也"，等等，无不妙喻横出，令人回味。

宋室南渡后，题跋基本上沿着欧、苏、黄开拓的路子走，体式虽无新创，而多抚时感事，忧国伤怀。辛弃疾《跋绍兴辛巳亲征诏草》凝练警精，深沉感人，字字句句都熔铸着强烈执着的爱国赤诚和尖锐而含蓄的批判精神，悲愤、感慨、惋惜、遗憾等种种复杂的心态情绪与丰厚深广的潜在内容共同构成了深邃的意境，耐人咀嚼回味。陆游《跋周侍郎奏稿》《跋傅给事帖》《跋李庄简公家书》等都是为人熟知的名篇；黄震《跋宗忠简公行实后》对宗泽抗金救国给予高度评价，谴责黄潜善之流投降误国，悲惋北宋倾覆和南宋偏安，格调深沉。

第四节　文赋的脱颖与文艺散文的诞生

文赋与文艺散文是宋人参酌旧体裁创造出的两种新体式。

一、文赋创制与欧阳修、苏轼的贡献

赋滥觞于周末，荀卿草创其体，宋玉推扬发展，至汉大盛，魏晋六朝"变而为俳，唐人又再变而为律，宋人又再变而为文"（《文体明辨序说》）。文赋乃古文运动影响的产物。早在唐代已有古文向赋渗透的迹象，韩愈《进学解》即取古赋答问式，只是未以赋题篇。其后古文呈中落之势，文赋亦未能脱颖。宋代古文大盛，文赋才有了新的发展，出现了大批

的成功之作,因而成为独立的一体而与古赋、律赋、俳赋并列。

欧阳修、苏轼对文赋的创制贡献最大;黄庭坚、苏辙、张耒等也有数量可观的文赋作品。他们的作品有两大特点:其一是程度不同地保留并采用了古赋的部分形式与手法,如设问、铺张等,同时大量吸收古文笔法与气势,多虚字,少对偶,句式长短错落;其二是将事、景、情、理融为一体,增加了叙事与抒情的成分,而以言理为旨归,纵横议论。欧阳修《秋声赋》以主客问答方式叙事、写景和议论,描摹秋声情状,训释物象物理,再由自然界推及人类社会,探讨自然与人生的联系。苏轼《前赤壁赋》起笔于叙事写景,继以答问,由事及景、及情、及理,将叙事、写景、议论、抒情、说理熔于一炉,驰骋于自然、宇宙、历史、现实,纵论时空的无限与人生的有限,既传达了作者贬谪时期的内心矛盾与解脱过程,又蕴含着深邃的哲理。苏辙《黄楼赋》对苏轼《前赤壁赋》有直接影响,起笔云"子瞻与客游于黄楼之上",继叙黄楼构筑始末,描述洪水情状,再议论宇宙人生,结尾曰"于是众客释然而笑,颓然而就醉,河倾月坠,携扶而出"。其起结、格局,《前赤壁赋》近之。苏辙的《缸砚赋》《服茯苓赋》《墨竹赋》均属叙议结合的成功作品。黄庭坚《刘明仲墨竹赋》先述画者其人,次描绘画面,末评技艺高下,全用古文方法结构布局,层次清晰分明。张耒《斋居赋》释说自然界阴阳变化与人体相应的反应以及"养生而善身"的方法,议论"推此以尽道,考此以察物";《卯饮赋》写晨饮之趣,《秋风赋》描摹和议论秋风,也全取答问式而用古文句法。

北宋末党争殃及文坛,古文受抑,文赋中落。南渡后文赋再起,王十朋《双瀑赋》描绘金溪双瀑壮丽景象;张孝祥《金沙堆赋》叙写金沙堆"壁立千仞,衡亘百步"的形势状态;范成大《望海亭赋》,杨万里《浯溪赋》《海鳅赋》,陆游《焚香赋》等,皆以古文为赋。明人徐师曾《文体明辨序说》称"文赋尚理而失于辞",正道出了宋代文赋的一个突出特征。

二、宋代文艺散文的兴起与新境界

文艺散文是宋人的创造。宋以前的散文，从文章功能看，大略可类分为应用散文、记事散文、抒情散文、议论散文四大类，实用性是它们最突出的特点。这同散文体裁直接源于社会实践、源于社会生活的需要有关，从表奏书启到记序论策无不如是。中国传统的思维方式是典型的直觉经验型，因而前代散文多以写实著称而绝少虚拟成分；即使有少量寓言性作品，也大都囿于自然界题材。柳宗元《设渔者对智伯》虽有一定虚拟，而实是对史事的演义，且作者不参与其事。

宋代则出现了为世注目的新景象。柳开创作了《代王昭君谢汉帝疏》，王禹偁写了《录海人书》。此二文向被视作名篇而为人乐道，历代读者都似乎感觉到了其中饱含着浓烈的艺术气息，但又往往只着眼于题材内容，充分肯定作品的现实意义和深刻的思想性，而忽略了文章体式方面的创新。其实，二文之所以具有持久的艺术生命力，还在于自身的形式。二文均承袭前代应用文体，但关键是两文皆不是真正的应用文，不具实际"上疏""上书"的功能。柳乃替王昭君给皇帝写《疏》，王则为秦末海岛夷人作《书》给秦始皇。这种超现实的虚拟性，造成了与传统实际应用型的"奏疏""上书"的巨大差别，文学属性空前加强，艺术色彩骤增。于是，在前代体裁基础上经过改造创新，又一散文品种——文艺散文诞生了。

柳、王之作除虚拟性外，还将读者由现实带回千年前的历史空间中，而历史与现实又有着惊人的相似之处，作者正是利用这种历史与现实的叠合，借古讽今，造成深沉委婉的艺术效果。这样，文章虽然失去了体裁原有的应用功能，却获得了更为广泛、更为深刻和有益的社会功能，获得了持久而强大的艺术生命力。

从现存资料看，柳开是较早创作文艺散文的作家之一。他于宋初首倡古文，强调"古其理，高其意，随言短长，应变作制，同古人之行事"（《河东先生集·应责》），注重体裁变化而不拘常格。《代王昭君谢汉帝疏》

也许并非有意识创为文艺散文,却获得了成功。其后,王禹偁创作了数量可观的此类作品,除《录海人书》外,尚有《乌先生传》《代伯益上夏启书》《拟留侯与四皓书》等十几篇。欧阳修、苏轼等又推波助澜,欧作《代曾参答弟子书》,苏作《代侯公说项羽辞》《拟孙权答曹操书》,王令也有《代韩退之答柳子厚示浩初序书》,可见此体风行一时(不过应当指出,宋人文集中尚有大量具有实际应用功能的代拟之作,不属于文艺散文的范围)。

第五节　诗话、随笔的创造与日记范式的确立

诗话、随笔和日记均是宋人创制的新文体,其共同特征是均用随笔散记的形式,自由灵活,内容广博。

一、诗话形式的开创与宋代诗话

诗话(包括词话)乃是古代诗歌理论批评形式的一种。汉魏时期即有萌芽,《西京杂记》《世说新语》都有论赋说诗的片断;唐人以诗论诗,且有《诗式》《诗格》之类著述;宋则以文论诗,于是有了诗话。诗话产生于宋代古文运动极盛之时,是古文运动影响下的产物。欧阳修《六一诗话》是古代第一部以"诗话"命名的著述,计有二十八则,内容涉及本事考辨、诗歌理论、创作方法、作品鉴赏、流派群体、作家个性、风格区别、字句锤炼、诗作流传、诗病、记疑等十多个方面。该书为欧阳修晚年退居汝阴时所作,虽自称"集以资闲谈"(《六一诗话·自序》),然去取谨严,文笔简洁洗练,尤多风趣、谐趣、情趣和理趣。二十八则诗话仅限于唐宋时期,更侧重于当代,论唐诗才五则。每则集中谈论一点,短小精悍,往往在轻松愉悦的气氛中,将读者带入诗歌艺术的境界,使人深受感染和启发。如第二则"白乐天体"与"肥妻"之谈,第六则安鸿渐与赞宁之嘲咏,第八则陈从易与属客对"身轻一鸟过"之"过"字的补脱,

第十二则梅尧臣"意新语工"之论，第二十一则评述西昆体等，都极有见地。

欧阳修开创了"诗话"这一形式，适应了好议的时风，给宋代文人提供了谈诗的新天地，用以交流诗歌技艺和心得，传播理论与信息，故响应风从，作者继踵，蔚成大观：司马光《温公续诗话》、刘攽《中山诗话》、释惠洪《冷斋夜话》、陈师道《后山诗话》……不胜枚举。据郭绍虞《宋诗话考》，宋诗话可考者多达一百三十余种，流传到现在的完整诗话著作尚有四十多部，可见当时诗话时兴的状况。南宋诗话呈广博化、系统化、理论化趋势，内容兼及词、赋、散文，又往往据类分章，自成体系。如严羽《沧浪诗话》分为诗辨、诗体、诗法、诗评、考证五章，内容广泛，体系严密，成为一部较为系统的诗歌理论和诗歌批评著作；宋末张炎《词源》、沈义父《乐府指迷》的分类更为细密全面。

二、宋代笔记散文的兴盛与文化品位

随笔又称笔记文，是一种随笔杂录式的散文，以记载或议论当代事、物为主，或者谈道说艺、考辨学术，内容博杂，故又有杂记、散记、琐记之称，往往由许多形式自由灵活、篇幅短小精悍而又互不连属的单篇文字集合为一书。这种文体滥觞于魏晋，发展于隋唐，而大盛于两宋。宋代之前，笔记文与笔记小说往往混而为一，且不以"笔记"名书，至宋方独成一体，宋祁首以"笔记"名书，则宋人创制可知。

宋代笔记流传于世的多达几十部，大都辑录当代作者亲历、亲见、亲闻的事物，既有一定的史料价值，又有相当的文学价值。其学术考辨、论艺心得也多有发明，予人启迪；文笔多简洁淳朴，质实生动，且趣味丰饶。如欧阳修《归田录》多记朝廷逸事及士大夫谈谐之语，内容涉及宋前期的人物事迹、职官制度和官场逸闻，很多片段精彩动人。王辟之《渑水燕谈录》乃"闲接贤士大夫谈议，有可取者辄记之"（《渑水燕谈录·自序》），久而成书。其卷四《才识》云"子瞻文章议论，独出当世，风格高迈，真谪仙人也；至于书画，亦皆精绝。故其简笔才落手，即为人藏去。有得真迹者，重于珠玉。子瞻虽才行高世而遇人温厚，有片善可取者，辄与之倾尽城府，论辩唱酬，间以谈谑，以是尤为士大夫所爱"，以简洁朴实的语言介绍了苏轼的学养、人品和声望。范镇《东斋记事》"追忆馆阁中及在侍从时交游语言与夫里俗传说"（《东斋记事·自序》），宋敏求《春明退朝录》"多述宋代典制，而杂说、杂事亦错出其间"（《四库全书总目提要》），都是史料性极强的时事见闻笔记。其他如司马光《涑水纪闻》杂录宋前期朝政故事，李廌《师友谈记》记苏门交游言论，范公偁《过庭录》辑北宋士大夫逸闻趣事，均为人称道。

宋人笔记兴盛于北宋中叶，其后持续不衰。南渡初期朱弁《曲洧旧闻》、邵伯温《邵氏闻见录》、孟元老《东京梦华录》等都以追述北宋旧闻为特色；南宋中后期，耐得翁《都城纪胜》、吴自牧《梦粱录》、周密《武林旧事》等又都以记述都市生活与风情习俗著称；王明清《挥麈录》、叶绍翁《四朝闻见录》、岳珂《桯史》等则以记述南宋朝政得失和士人言行而闻名；洪迈《容斋随笔》、王应麟《困学纪闻》、王观国《学林》等尤以学术考辨见长。陆游《老学庵笔记》更是久负盛名。由此可见南宋笔记的繁荣状况。

三、"日记"源流与宋代日记的定型

"日记"一体，源远流长。前代史籍多系时日，当为后世日记所祖。汉代刘向已有"司君之过而书之，日有记也"（《新序·杂事一》）的说法，历代官府"日有所记"乃是史官、掾吏的职事之一，但这些均不具备文体意义。东汉马笃伯《封禅仪记》、唐代元和三年（808）李翱《来南录》已稍有演进，日记体式因而萌芽；逮宋始有真正的日记文体。

现存较早的日记是北宋赵抃《御试备官日记》，写于宋仁宗嘉祐六年（1061），时间起自二月二十六日，止于三月九日，共历时二十四

天，其中间断十四日，故仅立目十篇，内容是记本年进士考试事，诸如仁宗旨谕行端、各科考官姓名、工作程序等，虽仍带有官方事务性质，而体式粗备。周辉《清波杂志》称"元祐诸公皆有日记"；《宋史·艺文志》也著录了赵概《日记》一卷、司马光《日录》三卷、王安石《舒王日录》十二卷，惜已大都失传，难见原书面貌。唯有黄庭坚晚年撰写的《宜州乙酉家乘》至今流传，这是我国古代流传下来的第一部成熟、定型的私人日记（参见拙作《中国古代传世的第一部私人日记》，《理论学刊》1991年第6期），是日记文体成熟、定型的重要标志。这部日记实录了作者"乙酉"之年，即徽宗崇宁四年（1105）在宜州的私人交游，是研究黄庭坚晚年行实、思想及著述的珍贵资料，也是研究日记文体的重要依据。该书记事从正月一日开始，到八月二十九日终止，共计九月（本年闰二月）。其中除六月未记，五月所记文字在流传中脱落三十六行而短缺六天外，余皆每天立目，日有所记，且所书均为当日事，确有"日记"之实。全书二百二十九篇，通观其文字，篇幅不等，短至一字，长者逾百，充分体现了"有话则长，无话则短"的特点，尤其值得注意的是其日记的格式：先书时日，次记阴晴，后写事实，始终如一，固定不变。这种体式规格，成为后世日记的通式。其语言省净优美，生动形象，如正月十二日记游：

> 借马从元明游南山，及沙子岭，要叔时同行。入集真洞，蛇行一里余，秉烛上下，处处钟乳蟠结，皆成物象，时有润窒，行步差危耳。出洞。

从出游方式到陪同人物，乃至到达的地方、中途的邀请、游洞的情形、所见景象等，均记述明晰，依次写来，娓娓而谈，运思措字，精确凝练。南宋日记盛行，陆游《入蜀记》、范成大《吴船录》都是为人艳称的日记体游记。

第六节　体式创新的时代基因与宋代文人的体裁意识

别林斯基认为，艺术的样式、种类和体裁的优越性，只能是历史的——与时代精神相适应；卡冈指出，"社会存在和社会意识的不断改变不仅引起了对艺术掌握世界的新方式的需求，而且使过去曾经很重要的某些艺术形式、品种、种类和体裁失去了社会价值"[1]。这就是说，一切艺术样式都是随着时代的发展变化而变化发展，我国古代贤哲说"文变染乎世情，兴废系乎时序"[2]，"若无新变，不能代雄"[3]，也都看到了文体变化与社会存在的密切关系及其革新创造的重要性。

就中国古代散文而言，"其为体也屡迁"[4]，体裁样式大略经历了五个发展阶段。先秦是散文的滥觞期，尚无自觉的文体意识，散文属纪实文字，但各种体式已在萌芽和孕育中，依附于经史百家著述的整体系统中。秦汉时期为散文的形成期，多种体式开始出现。逮至魏晋南北朝，曹丕《典论·论文》、陆机《文赋》、刘勰《文心雕龙》等大批文章理论著述的出现，说明当时人们对体裁有了自觉认识并使之理论化、系统化，标志着文体进入了定型期。隋唐两宋在前代的基础上努力发展创造，成为文体的开拓期。元明清继承多而创新少，成为文体的承袭期。近代以后，散文体式开始跃入又一个开创期。宋代处于散文体裁的开拓期，上承唐代古文运动的优良传统，加之宋代政治、经济、文化等各方面的人文环境，为散文体裁的开拓创造提供了适宜的社会条件和历史基础，散文家们在努力利用前代已有体裁的同时，积极创造新式样，以适应社会实践的需要，从而促进了宋代散文的繁荣。而宋代散文各种新体式的创造，又都与当时的社会发展相联系：亭台堂阁记的盛行，正是经济上行、建筑业发达的直接表

---

[1] 莫·卡冈《艺术形态学》。
[2] 刘勰《文心雕龙·时序》。
[3] 萧子显《南齐书·文学传论》。
[4] 陆机《文赋》。

现；书序的兴盛，不但显示了著述的繁荣，而且标志着印刷出版业的发达兴旺；学记、藏书记的涌现，说明了对教育和知识的重视；山水记、书画记的发展则反映了审美意识的提高；文赋固然是古文运动的直接产物，而题跋、诗话、随笔、日记等，也都从不同角度反映了文人士子的审美情趣和社会心理，反映了文化的相对普及和朝通俗化发展的态势。

宋文体裁的开拓创新，也与宋人鲜明的体裁意识相联系。宋初古文家柳开即有"应变作制"（《河东先生集·应责》）之说，王安石评论文章"常先体制而后文之工拙"[1]，倪正父更明确指出，"文章以体制为先，精工次之，失其体制，虽浮声切响，抽黄对白，极其精工，不可谓之文矣"（《经鉏堂杂志》引），可见宋人对文章体制的重视。宋人编选文集亦甚重体式。姚铉《唐文粹》虽弃骈就散而"鉴裁精审，去取谨严"[2]；吕祖谦撰《古文关键》"于体格源流具有心解"[3]；真德秀《文章正宗》、谢枋得《文章轨范》皆重体式，其"格制法律，或详其体，或举其要，可为学者准则"（《古文关键·序》）。宋人这种重视体裁的观念，也是体式创新的重要因素。

---

[1] 黄庭坚《书王元之竹楼记后》。
[2] 《四库简目》卷十九。
[3] 《四库提要·〈东莱集〉提要》。

第七章 论北宋前期散文的流派与发展

第七章　论北宋前期散文的流派与发展

宋代是中国古代散文[①]发展史上的又一个辉煌时期，不仅大手笔云集，名作如林，作家作品数量远过前代，而且艺术流派层见叠出，竞辟新境，形成了宋文的繁荣景观。而北宋前期是直接影响有宋一代散文发展的重要起步阶段。本章试图从流派与群体的角度，考察绎理北宋前期散文发展的状况和态势，探寻演进轨迹，重新认识这一时期散文发展的特征及重要意义。

北宋前期时间的断限是一个首先需要明确的问题。论及宋文发展，前人多以欧阳修为界碑，自宋人章得象、范仲淹、苏轼、朱熹、陈亮、吴渊至元人脱脱等，无不如是。这无疑是符合宋文发展实际的。但欧公在世六十六载，应以何年为断？据欧公自述，其早习时文，释褐后方为古文，大变文风。苏轼《六一居士集叙》议论宋文发展，曾将宋初七十年作为一个阶段予以评述，而宋朝开国至欧阳修登第恰为七十年。欧公于仁宗天圣八年（1030）中进士，据此则本年可视为北宋前期的下限。本章论述散文发展的主要史实，也大体以该年为限。

第一节　宋初骈、散两派的并峙

北宋前期散文的发展，大体经历了两个阶段。宋初四十年为第一阶段。范仲淹《尹师鲁河南集序》回顾开国以后散文的发展历程，以柳开、杨亿断限分期，划为两大时块；柳氏咸平三年（1000）谢世，此年当可视为宋文发展第一阶段的下限。周必大作《宋文鉴·序》称："建隆、雍熙之间其文伟，咸平、景德之际其文博"，是以真宗咸平（998—1003）年间为界，分为前后两个阶段，当不误。

[①] 中国古代散文概念的内涵与外延都具有历史性、衍化性、多层性、相对性等特点，其取舍标准学界尚无共识。仅就语言组织的表现形态，即有骈体、散体之分。本章取其广义，骈文、古文均在论列。本章原文发表于《文学遗产》1995年第2期，中国人民大学复印报刊资料《古代文学研究》1996年第2期。

审视宋代散文发展的全部历程，我们不难觉察：散文创作的宗旨与立意、散文体式的语言构成形式（骈体、散体），这两个方面始终是宋人关注的重心和焦点，而后者在北宋前期的散文创作中表现得尤其突出，以致用骈还是用散，成为流派形成的重要因素和区划标准。这对于生活在唐代古文运动发生以后的宋人来说，并不足怪。中国古代散文的语言形态，正像散文自身不断地生长演进一样，也在不断地发展变化。虞夏商周时期，骈、散未分，奇、偶杂并；秦汉以降，骈体渐成，至六朝呈极盛；其后唐人酝酿复古，韩愈、柳宗元出而力倡古文，骈、散遂成相垮之势；五代时期古文式微而骈体盛行。

宋承五代末季，前代散文发展的历史足资宋人参考借鉴，用骈用散，散文家们自然可以任意选择，而又难免出现分歧。于是，文学发展的惯性与张力和宋初特定人文环境的结合，孕育了骈体擅场的五代派与力倡古文的复古派的相继产生和形成，由此开始了宋代散文发展的辉煌历程。

一、五代派："沿溯燕许"与华实并重

首先拉开宋文发展大幕的是五代入宋的部分散文家。宋朝开国后最高统治者即决策以文礼兴邦，取右文政策，宋太祖、宋太宗都尊儒重文，广罗人才，前朝的硕学鸿儒和文学侍臣如徐铉、陶谷、张昭、张洎、李昉、李至、宋白、吴淑等，皆得任用，置之馆阁，执掌文柄，成为宋文的奠基者和首批作家。这些作家大都是五代时的翰林学士，曾长期任职宫廷，多为文学侍臣。受五代文风的熏染和辞臣职责的修炼，他们均精于骈体，而入宋后受到的礼遇和显赫的政治地位，加上自身的涵养素质与喜欢奖掖后进的品德，使得他们具有较强的号召力和凝聚力，团结、吸引并培养了一批追随者，如陈彭年、胡克顺、李至等等。共同的写作习尚和审美情趣、相近的文学思想与艺术追求，使他们自然地形成了宋代散文发展史上的第一个流派——五代派。显然，该派被称为"五代派"，其原因主要有二：一是作家多为五代旧人，二是作品沿用五代体式。

五代派的散文理论很少有人予以关注和发掘，其实有些主张很值得注意，对后来的部分散文家影响深远。五代派为文以致化为宗，强调"时务政理"，既讲功用，又重文采；主张先有充实的内容，辞采与艺术应是作家才力学养的自然流露；提出为文要"敷王泽、达下情，不悖圣人之道，以成天下之务"，"至于格高气逸，词约义微，音韵调畅，华采繁缛"，乃作者"余力"[①]，在强调内容的同时，肯定了"音韵""华采"的自然合理性。该派还提出了"丽而有气，富而体要，学深而不僻，调律而不浮""词赡而理胜"[②]的为文原则，要求自然流畅的文风。

　　五代派散文以应用之篇为多，制诰章奏甚夥，兼有记叙、议论、抒情之作，其总体风格以典丽俊伟、条畅自然见长。这些特点除了与其创作理论有关外，还同所处时代、作家的素质与审美追求有直接关系。

　　五代派重要作家都是宿学硕儒。像陶谷嗜学强记，博通经史，诸子佛老，咸所总览；张昭家藏万卷，书无不读，尤好纂述；张洎博览释道之书，兼通禅寂虚无之理；宋白因学问宏富而被推为时彦宗师……这些作家学养深厚、贯通百家，故为文英华外溢而自然流丽，而赵宋初起的军威国势，又使文气雄壮俊伟。诸如徐铉《上说文解字表》"伏以振发人文，兴崇古道。考遗编于鲁壁，缉蠹简于羽陵。载穆皇风，允符昌运"，词语典丽，气势俊伟；陶谷《太祖登极赦》"汤武革命，发大号以顺人；唐汉开基，因始封而建国……革故鼎新，皇祚初膺于景命；变家为国，鸿恩宜被于寰区"，博雅雄劲，尤有气魄；张昭《请尊师傅讲论经义疏》"臣闻江海不让于细流，所以成其大；山岳不让其撮土，所以成其高；王者不倦昌言，所以成其圣……楚灵王军中决胜，不忘倚相之书；汉高祖马上争衡，犹听陆生之说"，征史用喻，流畅自然。而李昉《黄帝庙碑序》描述赵宋版图辽阔与升平景象，气魄极大，笔力雄劲。其他如张洎《论北方兵事

[①] 徐铉《故兵部侍郎王公集序》，《骑省集》卷二三。
[②] 徐铉《广陵刘生赋集序》，《骑省集》卷二三。

奏》、吴淑《事类赋》等，都甚见五代派风格。

五代派的核心代表徐铉（917—992）曾为南唐翰林学士，三知制诰，两拜中书，入宋特授直翰林院，拜给事中侍从。徐铉博识宏才，懿文茂学，且思维敏捷，下笔立成，时人推为"今世儒宗""后进宗师""文章之伯"。其散文贵理尚实，渊博雄丽，自然典雅，人谓"率意而成，自造精极"，"虽丝篁金石无以均其雅，黼黻玄黄不足方其丽"。①《质论》十四篇，人称"极刑政之要，尽君臣之际"②；《册秀才文》（其一）述古代文化发展的纷繁与寓理的一致性，扼要而简明；《重修说文序》缕述文字的发展演变及重修《说文》的重要意义，融知识性、趣味性、学术性浑然一体；无不文采斐然，博雅雄赡，自然流畅。

五代派以精于骈体著称，但并不忽视内容。《四库全书总目》谓"沿溯燕、许，不能嗣韩、柳之音"③，单就散文体式而言，诚为不错。但五代派将唐代古文运动"文以载道"等优良传统的因子移植于骈体创作中，给骈体散文注入了新的活力，使之获得了再生，故五代派作品已非单纯追求形式华美而以贵理致用为要，华实并重。正因如此，五代派产生了深远的影响。耸动天下、风行文坛四十年的西昆体散文实际上就是五代派的张扬延展；南渡前后的文采派、南宋后期的辞章派，也都导源于此；甚至宋代的许多古文家皆曾得到启发。

任何一代文化的发展，都首先是对前代文化的继承与延续，与此同时孕育开拓与创新。北宋前期正是继承、沿袭与变革创新交替的时代。然而，宋初散文自北宋中叶始，即遭非议，被目为"卑弱""丽靡"，范仲淹《尹师鲁集序》、苏颂《小畜外集序》、苏轼《六一居士集叙》等，都微寓此意。北宋末沈晦撰《柳文后序》直言"国初文章，承唐末五代之

---

① 陈彭年《故散骑常侍东海徐公序》，《徐公文集》卷首。
② 《徐公行状》，《徐公文集》附录。
③ 《〈骑省集〉提要》。

弊，卑弱不振"[①]；叶涛《重修实录本传》说"国朝接唐五代末流，文章专以声病对偶为工"[②]；《宋史·欧阳修传》至称"宋兴且百年，而文章体裁，犹仍五季余习。锼刻骈偶，淟涊弗振，士因陋守旧，论卑气弱"，是皆将宋初之文与五代并视而论，只看表象、形式，却没有觉察个中变化。

仅就五代入宋的作家而言，由于时代与人文环境的巨变，他们的心态也发生了很大变化，自五代乱世藩镇割据小国进入天下一统、文治日兴的赵宋大邦，由彷徨迷惘、应日度时到振奋进取、励志济世，散文创作当然不能不发生质变。故五代派作品与赵宋控驭天下的军威国势相统一，含纳着一种雄伟的气魄。南宋周必大说"建隆、雍熙之间（960—987）其文伟"[③]，正是独具慧眼，既肯定了五代派的创作，又看到了宋文开始呈现的新面貌。而五代派采用骈体为文，并赋予新时代的气息，正典型地反映了文学发展的惯性与弹性。至于五代派在发展过程中出现的偏差，如部分末流作家过分追求辞藻的华美而忽视内容的表达，这是五代派本身也反对的，理应受到批评。

总之，五代派对于宋文的起步和发展有着重要贡献，他们的散文理论与创作实践，活跃了宋初文坛，而对后进学子的提携培养，更是功不可没。

二、复古派：宗经尊韩与垂教尚散

在五代派势盛而骈体流行的同时，也相继出现了一些习尚淳古、思欲革新文风的散文作家。他们接受了唐代古文运动的直接影响，以宗经尊韩相号召，积极倡言复古，并逐渐形成一派——复古派。复古派与五代派并峙而影响甚大。该派以柳开、王禹偁为核心，相继形成了两大作家群体，高锡、梁周翰、范杲、赵湘、张景、孙何、丁谓、罗处约、柴成务

---

① 见《四部要籍序跋大全》集部乙辑。
② 《欧阳永叔集》附录。
③ 《宋文鉴·序》。

等，都是这一派的重要作家。孙复《上孔给事书》论宋初散文说："国朝自柳仲涂开、王元之禹偁、孙汉公何、种明逸放、张晦之景既往，虽来者纷纷，鲜克有议于斯文者。"①这里提到的作家，都是复古派的中坚。该派最活跃的时期是在太宗朝，代表人物柳开以舆论声势著于时，王禹偁以创作实绩称于世。二人先后相望，共同推动文风复古。

复古派尊崇韩愈而以散体古文为尚，创作理论有别于五代派，与唐代古文家也不尽相同。首先，复古派从社会学的角度倡言文风复古，旨在以文兴儒传道，垂教于民，借以提高全民族全社会的道德文明素质，达到社会的安定与发展。这是迭经五代战乱之后人们的普遍要求和美好愿望。如所周知，以孔子为代表的儒家对华夏文明发展的最大贡献之一是设计构筑了一个以礼为核心，以三纲五常为表象的稳定有序的社会模式。宋初古文家对这一思想的重大意义有着极为深刻的认识，故柳开指出"儒之为教，防乱也"②，王禹偁则认为"主管风骚胜要津"③。由此他们提出为文须"宗经树教"④、"有意于圣人之道"⑤、"务将教化于民"、"教民以道德仁义"⑥、"咸然使至于善"⑦。

其次，复古派为文主张社会意识与自我意识并重，提出文章"传道而明心"⑧。"传道"强调了散文创作内容的社会化，要求从儒家的角度反映现实，表现社会；"明心"又强调了散文创作内容的个性化，倡导写心，表现自我，二者构成了散文创作内容的并向统一性。而"明心"则体现了文学发展的新趋势。儒家强调内省和自我修养，追求人格的完美，并符合

---

① 《全宋文》卷四〇一。
② 柳开《默书》，《河东先生集》卷一。
③ 王禹偁《前赋春居杂兴诗二首间半岁不复省视因长男……》，《小畜集》卷九。
④ 王禹偁《送丁谓序》，《小畜集》卷一九。
⑤ 柳开《再与韩泊书》。
⑥ 柳开《应责》。
⑦ 柳开《上王学士第四书》。
⑧ 王禹偁《答张扶书》，《小畜集》卷一八。

社会规范，故"明心""传道"又是统一的。

复次，复古派强调文道并重，并倡导平易自然、朴实流畅的文风。柳开《应责》将"吾之文""吾之道"对举并论；王禹偁《再答张扶书》提出"有言""有文"说，都是强调内容与艺术并重。由此，复古派批评"华而不实，取其刻削为工，声律为能"（柳开《上王学士第三书》）、"秉笔多艳冶"（王禹偁《五哀诗》）的文风，反对"辞涩言苦，使人难读诵之"（柳开《应责》），要求"句易道，义易晓"（王禹偁《再答张扶书》）。这些思想立足垂教致化而从接受者的角度发论，对于扩大作品的读者群，充分有效地发挥文章的社会功能，具有积极意义。同时也可以看到唐代古文运动经验的弘扬和新乐府运动对宋文的影响。

复古派的创作与其理论相表里，其以散体古文作为创作的主要体式，作品内容又表现出鲜明的社会性、现实性和强烈的抒情性，而总体风格则弘扬并发展了韩愈散文平易的一面，以自然流畅、浅近通俗为主，不同作家的风格略有区别。

柳开是文风复古的首倡者。柳开（947—1000）十六七岁即习韩愈古文，且酷爱之，二十六岁前就创作出一批为世注目的古文作品，中年以后"取六经以为式"（《河东先生集》卷二《东郊野夫传》），终生以复古自任。他在《应责》篇中还明确界定了"古文"的特质、内涵及要求，并特别强调了文章的寓理与立意，指出"古文者，非在辞涩言苦，使人难读诵之，在于古其理，高其意，随言短长，应变作制，同古人之行事"。这既纠正了复古派中以"辞涩言苦"为古文的错误，要求语言自然平易，又区别了句式千篇一律的骈文，要求"随言短长，应变作制"（《河东先生集》卷一）。

柳开"以当世大儒从事古学"[1]，自称其文能"与孔子之言合二而一"，而其作品向来被说成"奇僻"[2]、"艰涩"[3]，近人章士钊至言"文之不从，字

---

[1] 《变文法》，《龙川文集》卷一一。
[2] 《〈小畜集〉提要》，《四库全书简明目录》卷一五。
[3] 《〈河东先生集〉提要》，《四库全书简明目录》卷一五。

不顺，臃肿滞涩，几使人读之上口不得"①。其实，柳文风格以自然平易为尚，而不事雕琢，朴实流畅。这种特点与他的创作个性密切相关。柳开自述"凡作之书，每执笔出其文，当稿若书他人之辞，其敏速有如此，无续功而成之者；苟一举笔不终其篇，虽十已就其八九，亦弃去不复作矣"，又言"吾性不喜二三而为之者，方出而或止之，辞意遽纷乱，纵后强继以成之，亦心竟若负病矣"。既如此为文，洗练不足或许有之，而产生"奇僻""艰涩"的机缘却是不多的。今传《河东先生集》中散文，内容质实而文风流畅。《代王昭君谢汉帝疏》借古言今，批评当轴者对"安国家、定社稷、息兵戈、静边戍"的无力无方，而屈辱求和，献媚于外；《来贤亭记》讲"欲举天下之人与吾同道者，悉相识而相知"的理想与"化古警今"的用意；《上大名府王祜学士书》论人生"有幸与不幸"，讲"君子笃道而育道，怀仁而合义"；《东郊野夫传》述其资质、性格、行事与修养；《上言时政表》《与张员外书》议论国体政事，或切言时事，或述其理想，或论修身治国，皆语势如注，流畅自然，深厚平实。其《补亡先生传》自叙为文情景："凡作之书，每执笔出其文，当稿若书他人之辞，其敏速有如此，无续功而成者；苟一举笔不终其篇，虽十已就其八九，亦弃去不复作矣。"（《河东先生集》卷二）柳开作文敏速，习惯于一气呵成，"性不喜二三为之"（《补亡先生传》），是文风流畅的重要原因和辅证（当然，这也可能同时造成粗率或拖沓）。那么，"奇僻""艰涩"之说从何说起呢？笔者疑出两源。一是误解张景《默书·序》"其言渊深"②。《默书》为柳开晚年作品，其文以思想精深见长，语言精警生动，但绝不艰涩。如"儒之为教，防乱也，为功惟深，所立固也"，"解人患在深，解己患在浅"，"兵败如鼠，兵胜如虎"等，近于口语格言，何况张景序言亦仅从思想内涵立论！疑后人遂将"渊深"误为"艰涩"以视柳文，以讹传讹，

---

① 《柳文指要》下册卷八《宋初古文》条。
② 《默书·序》，《河东先生集》卷一。

铸成一说。二是将复古派中末流作家的"艰涩""奇僻"误嫁柳氏。《宋史》载，与柳开更相引重的范杲，"为文深僻难晓，后生多慕效之"①，知当时确有为文艰涩者，故柳氏有"非在辞涩言苦"之说以反对之，而后人不细察柳文，竟将此流文风附嫁柳氏，悖谬尤甚。

柳开"拯五代之横流，扶百世之大教，续韩、孟而助周、孔"，"破昏荡疑，拒邪归正，学者宗信，以仰以赖"②，不仅赢得了不少有识之士的赞誉和推重，而且形成了一种自然凝聚力，吸引并聚集起一批古文作家和同道者，共同致力于复古。高锡、梁周翰、范杲皆习尚淳古而与柳开"齐名友善"（《宋史》卷四三九）；柳开门生张景得座师真传，所作《河东先生集·序》《河南县尉厅壁记》等，风格酷似其师。

比柳开小七岁的王禹偁（954—1001）"以雄文直道独立当世"（苏轼《王元之画像赞序》），曾"四入掖垣"，"三掌制诰，一入翰林"③，成就与影响均在柳开之上。王氏为文主张"远师六经、近师吏部，使句之易道，义之易晓，又辅之以学，助之以气"（《答张扶书》），反对"模其语而谓之古"。其散文大都具有较强的现实性和深刻的社会性，体现出鲜明的弘扬儒道和垂教致化倾向。风格古雅简淡，自然明快。名篇《待漏院记》描摹贤、奸、庸三类宰相上朝前心态思绪，褒贬规讽，乾隆帝弘历推称"理正言明，脍炙人口，无可雌黄"④。《唐河店妪传》写边境老妇机智杀敌，进而议论边政，建言御戎方略，文字简明生动。《录海人书》托言秦末海人，以海上奇遇之事上书天子，欲使朝廷"薄天下之赋，休天下之兵，息天下之役"。其他如《应诏言事疏》"缘军国大政，奏事五条"⑤，乃政治改革之大策，为后来范仲淹庆历新政之蓝本。《黄州新建小竹楼

---

① 《范杲传》，《宋史》卷二四九。
② 《河东先生集·序》。
③ 王禹偁《三黜赋》，《小畜集》卷一。
④ 《御制王禹偁〈待漏院记〉题辞》，四库本《小畜集》前附。
⑤ 吕祖谦《皇宋文鉴》卷四二，四库全书本。

记》叙谪居心绪与情趣,意境清隽而思致幽邃;语言自然隽永,流走如珠,情韵优美,骚情诗趣,溢于言外,王安石以为此文优于欧阳修《醉翁亭记》。①

王禹偁也精于骈体。他的应制文字宏丽典赡,尤喜以赋传道明心,除《三黜赋》外,《仲尼为素王赋》《君者以百姓为天赋》《圣人无名赋》等无不以弘扬儒道为旨归,而精深可传。苏颂曾从唐宋文风衍变的角度说"至公特起,力振斯文,根源于六经,枝派于百氏,斥浮伪,去陈言,作而述之,一变于道,后之秉笔之士学圣人之言,由藩墙而践堂奥,翳公为之司南也"②,高度评价了王氏于宋文发展的作用、贡献和影响。

王禹偁的门生孙何、丁谓,同年罗处约,乡谊柴成务,师长毕士安等,也都是主张文风复古的重要作家。孙何(961—1004)"笃学嗜古,为文必本经义"③,遗文二十二篇皆质实雅畅。《文箴》历述文章衍变,高度评价韩、柳,且充分肯定宋初"力树古风"的发展趋势和"无卑唐文"的创作实绩;《尊儒》指出"儒者即人伦之大宗而世教之总名耳。六经为其书,五常为其行",都颇有见地。丁谓(966—1037)文风简古,如《书异》描述自然灾害,"五月乙卯,震,雨雹,大风拔木,屋瓦皆飘",可窥一斑。

宋初两派尽管在语言形态、美学观念、创作习尚、宗法渊源诸方面有很大差异,但同时也有很多共同点,如兴儒传道、宗经树教、联系现实、文道并重、文风自然等等,因此两派基本上呈现着并行发展、相济互补的态势。五代派作家创作骈文但不排斥古文;复古派批评的也只是轻浮的文风,实际上依然赞同有内容的骈文。这种风气,对后来散文的健康发展乃至宋文独立风格的形成,有着积极影响。

---

① 黄庭坚《书王元之竹楼记后》,《豫章先生文集》卷二六。
② 《小畜外集序》,《苏魏公文集》卷六六。
③ 《孙何传》,《宋史》卷三〇六。

第二节　时文、古文的对垒相埒

宋初两派的核心作家徐铉、柳开、王禹偁诸大老相继谢世，标志着该阶段的结束。与此同时，宋文的发展也进入新的时期。南宋周必大曾言：

> 一代文章必有宗，惟名世者得其传。……若稽本朝，太祖以神武基王业，文治兴斯文，一传为太宗，翰林王公元之出焉；再传为真宗，杨文公大年出焉。[1]

是以王禹偁、杨亿为北宋文坛前后相继的两大宗主而分属两个阶段。王氏卒于真宗咸平四年（1001），此后三十年至仁宗天圣八年（1030）欧阳修及第，是为宋文发展的第二阶段。这一阶段与宋室初建时已有不同，赵宋王朝在政治、经济各方面都处于旺盛期，统治稳固，社会安定，"民风豫而泰"[2]。而真宗继太祖、太宗丕变弊俗、崇尚斯文之后，也"道遵先志，肇振斯文"（《册府元龟·序》），倾力于文德致治。他不仅自己刻苦勤奋，博览群书，而且还推出一系列大型的文化活动。诸如咸平四年（1001）命模印颁行刚刚校定完毕的七经旧疏；景德二年（1005）诏修《历代君臣事迹》（三年后成书一千卷，更名《册府元龟》）；景德四年（1007）令重加编录校定《文苑英华》；大中祥符元年（1008）追封孔子为"元圣文宣王"，且封禅泰山，朝圣曲阜，《宋史》讽称"一国君臣如病狂然"（《真宗本纪》）；祥符二年（1009）还下诏"风励学者"，"戒其流宕"（《续资治通鉴长编》卷七一）……在这种浓厚的文化氛围中，散文沿着宋初的路子继续延展深化，骈体时文和散体古文都获得了进一步的发展，于是遂有西昆派的崛起与古文派的抗衡。

---

[1] 《初寮先生前后集序》，《周益国文忠公集·平园续稿》卷一三。
[2] 苏舜钦《石曼卿诗集序》。

一、西昆派：崇尚骈丽与盛世风采

西昆派是宋真宗祥符（1008—1016）、天禧（1017—1021）前后逐渐形成的一个文学流派。刘攽《中山诗话》云"祥符、天禧中，杨大年、钱文僖、晏元献、刘子仪以文章立朝，为诗皆宗尚李义山，号西昆体"，指出了该派的形成、代表作家、创作旨趣和师承渊源。

西昆派得名于杨亿所编《西昆酬唱集》。是书结集于景德四年（1007），因全是酬唱诗篇，世人随以"西昆体"言诗。如欧阳修《六一诗话》称："西昆集出，时人争效之，诗体一变。"① 其后，蔡居厚《蔡宽夫诗话》、李颀《古今诗话》、葛立方《韵语阳秋》、严羽《沧浪诗话》、方回《桐江续集·送罗寿可诗序》等均以西昆派、西昆体专论诗歌，所以长期以来，人们只注意其诗而鲜言其散文，西昆派也遂之成为论诗的专称。其实西昆派作家都能诗善文，他们的散文更能体现该派的特点，而且影响甚大，只是对西昆派散文缺乏客观认真的研究，而在散文史上遂不如在诗歌史上的名声显著。

西昆派作家宗法李商隐，而李氏既是杰出的诗人，自创一体，又是著名的散文家，擅长骈文。西昆派沿袭其风，诗歌而外，文取骈体，雕章丽句，尤尚藻绘，博雅富赡，辞采飞扬。西昆派以杨亿为核心，周围又有刘筠、钱惟演、晏殊、李维、路振、刁衎、陈越等等。向之研治宋诗往往以西昆集入编作家为准，其实不然，如丁谓虽唱和其中而以古文名，相反，未能入集者仍不失为西昆派的重要人物如晏殊。

钱惟演、刘筠是西昆派的中坚作家。钱惟演（962—1034）以博学能文著称，家储文籍，富比朝廷。于书无所不读，自言平生唯好读书，"坐则读经史，卧则读小说，上厕则阅小词"②，未尝顷刻释卷。宋史称其"文辞清丽，名与杨亿、刘筠相上下"。代表作《春雪赋》描述春雪悖时而降

---

① 何文焕辑《历代诗话》（上册），中华书局1981年版，第270页。
② 欧阳修《归田录》卷二。

的情景,"冰霰杂下,温寒相搏。才衮衮而纷揉,更霏霏而交错。因方就圆,填溪满壑。迷匹练于素鹇,混高云于皓鹤",四六成文,骈丽博雅而不失自然之趣,意境阴冷而犹能瑰奇。其《梦草集序》叙家族人物曰"怀黄垂紫,盈于朝阙;摛华掞藻,充于家庭","抱椠怀铅","发策决科",色泽艳丽,骈对雅赡。刘筠(971—1031)文用骈体,博雅自然,富有气势。名篇《大酺赋》,其序有云:"我皇盛德形容,汪洋图谍,固不可以寸毫尺素,孟浪而称也。臣今所赋者,但述海内丰盛,兆庶欢康。"可知为颂圣德、咏升平而作。刘氏奏章兼用散句,且简练自然,个性鲜明。其写于天圣五年(1027)十月十一日的《礼生引太祝升殿彻豆事奏》简洁明达而又口语化。

西昆领袖杨亿(974—1020)十一岁以神童应试,"词体优赡,灿然可观"[1],授官制词称其"精爽神助,文字生知",由是声名震耀。曾修《太宗实录》,全书八十卷,而亿独草五十六卷。奉诏主修《册府元龟》,序次体例,皆其所定。一生两入翰林为学士,一知贡举。其在朝廷执掌文柄,"以斯文为己任,繇是东封西祀之仪,修史修书之局,皆归大手,为皇家之圣典。当时台阁英游,盖多出于师门"[2]。

杨亿学殖深厚,自称"励精为学,抗心希古,期漱先民之芳润,思窥作者之壸奥"(《武夷新集序》),而为文挥洒自如,珠璧炫耀,奇彩彪炳。今传《武夷新集》二十卷中四分之三是散文,又全取骈体,大都气势雄伟,博雅典赡,瑰丽自然,绝"无唐末五代衰飒之气"[3]。他自序《武夷新集》谓"由凫鹤之质自然,胡能损益;姜桂之性素定,岂可变迁;鸿丽之容,当见恕也",是自言其文"自然""鸿丽"。人称其文"如锦绣屏风"[4],色彩斑斓,富丽堂皇。《天喜观礼赋》《议灵州事宜状》等都是气势

---

[1] 《太宗皇帝实录》卷三。
[2] 范仲淹《杨文公写真赞》。
[3] 《〈武夷新集〉提要》。
[4] 《四部要籍序跋大全》集部乙辑,第509页。

恢宏的长篇巨制。就是短札便启，也都气势充沛，典赡富丽。如《答集贤丁、孙二寺丞启》"伏以学士岩电奇恣，天球遗韵。翔而后集，同威凤之得时；声必成文，类洪钟之待扣"，《答东京转运使馆姚启》"起居学士气冲斗极，名震京师，学通忘筴之书，理胜论都之赋"，无不语势如注，宏伟典赡。其《与章廷评书》写居处情景，"郡斋岑寂，宛在深山。狱讼甚稀，赋输易办。引领西月，群峰倚天。清溪南奔，浅深见底；人家枥次，多在岚烟中，修竹乔木，宛如图画"，可谓巧述妙喻，意境深远阔大，字字趣味横生，而自然平易，格调清新。

杨亿主张"文章随时"（《杨文公谈苑》），故"在两禁，变文章之体"（田况《儒林公议》），实践中或有过火不妥处。如骈体为文，宋初五代派尚限于章奏表启类应用文字，碑文墓志仍用散语，而杨亿撰碑文也取骈体，像《文简毕公墓志铭》《钱公墓志铭》等，虽运意措辞贴切自然，终乏庄重肃穆。杨亿今存作品，唯有《殇子述》一篇，独反骈偶，而用散句古文之体。亿一生唯有一子名云堂，两岁而夭，《殇子述》即为其而作，故文章情深意切，生动感人，而文字朴实质直，简练形象，其于爱子夭亡之痛惜，溢于言表。由此可见杨亿非不能为古文，不擅为古文，所不为者，乃不愿也。该文旨在传达父子之情，述独子殇而痛断肝肠，感情冲破了形式的束缚，无暇顾及体与辞，不得已而用古体。虽偶试之，即出手不凡，无愧大家手笔。

杨亿文风曾受到古文家责难，后世部分学人也将其作为形式唯美的典型批评，实在是一误会。杨氏虽有"雕章丽句"之说而旨在强调文学的艺术性，今读其集，亦无轻巧浮靡，反多豪迈瑰奇。王士禛指出"石介作《怪说》三篇刺之，张皇其词亦过矣"（《跋武夷新集》），已有洞察。王安石说杨亿"以文辞染当世，学者迷其端源，靡靡然穷日力以摹之，粉墨青朱，颠错丛庞，无文章黼黻之序"①，则过在"学者"。《宋史》云："宋一

---

① 《张刑部诗序》，《临川文集》卷八四。

第七章　论北宋前期散文的流派与发展　·245·

海内，文治日起，杨亿首以辞章擅天下，为时所宗，盖其清忠鲠亮之气，未卒大施，悉发于言，宜乎雄伟而浩博也。……至于文体今古，时习使然，遑暇议是哉！"（卷三〇五）论者用历史的眼光，结合时代环境特征、个人素质境遇和风俗习尚评论杨亿文风，足可征信。

曾被认为"与西昆无涉"①的晏殊（991—1055）实际上也是西昆派的重要作家。晏殊受杨亿影响颇深，刘攽《中山诗话》、吴渊《鹤山先生文集序》都把他与杨亿并称；叶梦得《避暑录话》、宋敏求《春明退朝录》均记述了晏、杨许多相同相近的经历，如皆以神童扬名，皆以童年诏试，皆以献赋赐第升迁，皆以擅长骈对驰骋文坛，皆以二十八岁知制诰……晏殊与刘筠交谊也甚厚，曾上《刘筠序班奏》，要求朝廷将刘氏"序班臣等之上"②。南宋吴渊说"昆体出，渐归雅训，犹事组织，则杨、晏为之倡"③，是以杨亿与晏殊并视为西昆代表。

晏殊在中国文学史上一向被目为词坛名家，与欧阳修并称"晏欧"，其实他的词不过是文字余力而已，其学养才力实在于文，故欧阳修说他"以文章为天下所宗"④，《宋史》也称赞其"文章赡丽，应用无穷"⑤。晏殊传世文章，多是骈体。《中园赋》《雪赋》气势恢宏，藻丽典雅。《傀儡赋》云"外眩刻雕，内牵缠索。朱紫坌并，银黄煜爚。生杀自口，荣枯在握"，不仅描述精妙形象，且暗寓机趣，意味深长。《举范仲淹状》谓范氏"为学精勤，属文典雅"，《谢赐飞白表》推称"文皇凤字，近愧于流芳；炎帝穗书，远惭于逸品"，或述评其学风、文风，或称赞其书品、书艺，均属对精工。

晏殊中年始读韩柳集，酷爱之，文风大变，《与富监丞书》对其为文

---

① 夏承焘《唐宋词人年谱》。
② 《续资治通鉴长编》卷九九。
③ 《鹤山先生文集序》，《南宋文录录》卷一六。
④ 《晏公神道碑铭》，《居士集》卷二二。
⑤ 《晏殊传》，《宋史》卷三一一。

的阶段性和变化过程言之甚详。今存作品中，中年后所作家书均用古体散句，融会韩柳，平易自然，细腻亲切，简洁质朴，如《答中丞兄家书》谈家中细事，娓娓而言，亲切有味，尤其是谈子女教育一段，生动感人。而《答赞善兄家书》全用古体散语，通篇自然亲切，简洁细腻。此类作品，置之古文名家集中也不失为上乘之作。

西昆派的崛起并非偶然。欧阳修为晏殊撰《神道碑铭》称"臣伏读国史，见真宗皇帝时，天下无事，天子方推让功德，祠祀天地山川，讲礼乐，以文颂声而儒学文章、隽贤伟异之人出"，指出了西昆兴起的时代土壤和环境气氛；而西昆作家自身的学养素质和宗趣习尚，又自然适应了这一时代，故崛起于文苑，蔚成大宗。田况《儒林公议》称西昆"赋颂章奏虽颇伤于雕摘，然五代以来芜鄙之气，由兹尽矣"，评价近于事实。

二、古文派：力涤排偶与独高古文

苏舜钦《石曼卿诗集序》称大中祥符（1008—1017）中，操笔之士率以藻丽为胜，唯穆修与石曼卿"自任以古道，作古文，必经实不放于世"[①]；朱熹《名臣言行录》说天圣（1023—1031）初，穆修与尹洙"矫时所尚，以古文为主"；《宋史·文苑传》也有关于穆修于西昆盛时"独以古文称，苏舜钦兄弟多从之游"的记载，可知在西昆派崛起的同时，也产生了一个以穆修为核心，石曼卿、尹洙、苏舜钦兄弟等一批作家为羽翼的古文派。

古文派沿着宋初柳开、王元之等开创的文风复古的路子，继续倡导宗经尊韩、贵实向道、反骈尚散，强调文章经世致用、联系现实、传道明心，要求文风自然朴实，其文学思想和创作主张与宋初复古派大同而小异。穆修仍以韩柳古文为旗帜，号召同道，批判时文，指出韩柳古文"与

---

① 《苏学士文集》卷一三。

仁义相华实而不杂"，"辞严义伟，制述如经"①，而"今世士子习尚浅近，非章句声偶之辞不置耳目，浮轨滥辙，相迹而奔"（《答乔适书》）。苏舜钦提出为文应"原于古，至于用"（《石曼卿诗集序》），"泽于物"（《上三司付使段公书》），"追还古风"（《投匦疏》），反映现实，发挥"警时鼓众"、补偏"救失"（《上孙冲谏议书》）的作用。古文派作家还开始了对时文、古文实质性区别的认识，指出学古文是"为道"、为"仁义"，而学时文是"为名"、为"爵禄"（穆修《答乔适书》）。尹洙则从"功名"与"文章"的辩证关系，提出"行事泽当时以利后世""立言矫当时以法后世""务求古之道"（《志古堂记》）。苏舜钦《上孙冲谏议书》还详细论述了道、德、文、词、辩五者之间的关系，提出文章应"业问追古，放言遣怀，剖昏出明"。所有这些，都可以看出，古文派试图建立自己的理论系统以增强对抗四六骈体散文的能力。同时，穆修与门生李之才还克服重重困难，花了近三十年时间校订、整理并募金刻印韩、柳文集，广其流传，这不能不说是倡导古文的一大力举，故朱熹称"韩柳之文因伯长而后行"（《名臣言行录》）。

古文派创作以反映现实、内容质实见长。穆修（979—1032）是该派的核心代表。穆氏自幼好学，长而尤嗜韩、柳古文，且倾尽全力倡导文风复古。他入仕前，有过一段习模时文的经历，入仕后则致力于倡导古文。他对韩愈、柳宗元推崇备至，以为自"韩、柳氏起，然后能大吐古人之文，其言与仁义相华实而不杂"，"辞严义伟，制述如经"（《唐柳先生集后序》），而不满于当时"习尚浅近"的文风。穆氏家有唐本柳宗元文集和韩愈集，他花了近三十年时间校订整理，并求募亲友，"得金募工镂板，印数百集，携入京师相国寺等，设肆鬻之"②，以广流播。

穆修"专以古文相高，而不为骈丽之语"③，"天姿高迈，沿溯于韩柳

---

① 穆修《唐柳先生集后序》，《穆参军集》卷二。
② 邵伯温《易学辨惑》，四库全书本。
③ 陈亮《变文法》，《龙川文集》卷一一。

而自得之"。今观传世作品,大率语言自然简古,不假雕饰,而格调凄苦者为多。《法相院中记》《静胜亭记》《上刘侍郎书》,均可窥其风格。穆修也有气势沛然、笔力雄劲之篇,如《亳州魏武帝帐庙记》等。《唐柳先生集后序》足可代表其一生古文创作所达到的境界。该篇议论叙述,朴实无华,凝练自然,而作者对韩、柳的敬慕,以及持之以恒倾力于韩柳文集的研读整理和精心校勘,数十年如一日的感人情景,毕现于读者面前。李慈铭称穆修"生昆体极盛之世,独矫割裂排比之习,以文从字顺为文而说理明确"[①],颇为中肯。

尹源、尹洙是古文派的重要作家。尹源(995—1045)喜言兵,曾作《唐说》《叙兵》十篇上呈朝廷,议论"唐之亡非君之为,臣之为也",以为宋鉴;后者建言边防之事,提出"稍革旧制,大募豪勇";均以议论见长,而语言古雅质朴、自然流畅。尹洙(1001—1047)有《河南集》,范仲淹序称"其文谨严,辞约而理精",内容大都关涉社稷民生、疆防边事、军旅守备。如《兵制》篇述战守胜败之要,尽当今利害,提出训士兵而代戍卒,以减边用,为御戎长久之策;《叙燕》《息戎》又极斥时弊,且以古为鉴,指出武备不可弛废,建言朝廷提高军备意识,议论剀切,"时人服其有经世之才"[②]。其他如《论诸将益兵奏》《论攻守》《备北狄论》等,均立足现实,警劝当轴不弛武备。

总之,尹洙于西昆极盛之世,"独倡古道,以救其弊"[③],且创作了大量优秀的古文,故南宋尤袤有"我朝古文之盛,倡自师鲁"(《河南先生集》附录引)之说。

苏舜钦(1008—1048)也是古文派的重要成员,他少习古文,工为文章,且慷慨有大志,与穆修交谊甚笃。为文宗法韩柳,不用骈体,主张

---

① 《孟学斋日记》乙集,《越缦堂日记》(第六册)。
② 韩琦《尹师鲁墓表》,《河南集》附录。
③ 富弼《哭尹舍人词》,四库全书本《宋文鉴》卷一三二,第18页。

"原于古，致于用"①，强调反映现实。

其作以论议时政、建言治国者为多，如《乞纳谏书》《火疏》《论西事状》《上执政启》等，皆直言警劝皇帝或当轴者，议论激烈。《沧浪亭记》代表其达到的艺术境界。文章将优美的景色与悲愤的心情统一在一起，形成了深沉悲壮、雄奇瑰丽的意境，以表达对朝政的不满和对现实的抗争，而绝非抒发逃避现实、冲旷自得的生活情趣。其写景尤似柳宗元山水游记笔法，而议论又有韩退之韵味，"字句凝练简洁，风格劲峭拗折"②。另如《苏州洞庭山水月禅院记》《处州照水堂记》《浩然堂记》诸篇，也都极有气势，意境阔大雄奇，寓理深刻隽永，文笔优美壮丽。宋荦指出，子美"文章雄建负奇气，如其为人。以之妃晁（补之）俪张（耒），殆无愧色。顾晁、张继起于古学大盛之日，而子美独崛兴于举世不为之时，挽杨、刘之颓波，导欧、苏之前驱，其才识尤有过人者。学者论宋初古文，往往以子美与穆伯长并称，其实伯长不及也"（《苏子美文集序》）。子美、伯长各有所长，无须强校上下，而品文定位，庶近事实。

总之，古文派在舆论声势与创作实绩方面，已形成了抗衡西昆的局面，为古文的进一步发展兴盛并超越时文，做好了充分的准备。

第三节　文风新变与"有愧于古"

由上述可知，北宋前期是骈体散文与古体散文同步发展且文风新变的时期，骈、散呈现着双轨并辙平行发展而骈体略占优势的状态，散文发展以不同流派的形式反映出嬗变的轨迹与出现的矛盾，《宋史》说"国初，杨亿、刘筠犹袭唐文声律之体；柳开、穆修志欲变古而力弗逮"（卷四三九《文苑一》），正是从骈、散两条线索勾勒描述了北宋前期散文的

---

① 《石曼卿诗集序》，《苏舜钦集》卷一三。
② 王水照选注《宋代散文选注》，上海古籍出版社1978年版，第38页。

发展态势。

应当指出的是，历代以来对于宋文称颂古文者多，推誉骈体者少，人们似乎形成一种偏见，往往将骈文作为古文的对立面予以指责。其实，从文学角度看，骈、散是古代散文一个枝头上的两朵鲜花，未可抑此扬彼。就体式而言，二者各有特点。骈文讲求用典、对仗、音韵、声律而雅化程度较高，读者群自然受到限制，从而缩小了垂教至化的有效范围，故五代派、西昆派力主自然流畅以补不足，而复古派、古文派则以"乘骥渡海"相讽刺。我们不必囿于前人成见，陷入传道框架模式内，而应予客观审视。

北宋前期又是宋文丕变的发轫期、酝酿期，各派作家共同探索着宋文发展的新路子，且在不少方面达成了共识，如宗经树教、济世致用、寓理尚实、自然平易等。尤其值得注意的是，各派作家都表现出较强的历史意识和群体意识，重要代表作家几乎无一不是以斯文自任，从而使北宋前期散文的发展充满了开创新局面的活力和积极因素。前人指出，"自唐末历五代，文格卑弱，至宋初，柳开始为古文"（《宋史·尹洙传》），王禹偁"全变五季雕绘之习"（《四库总目·〈小畜集〉提要》），西昆派的创作使"五代以来，芜鄙之气，由兹尽矣"[①]……这些评述清晰地讲明了北宋前期散文在文体、文风和气象诸方面，不断显示出来的革新变化。南宋周必大称"建隆、雍熙之间其文伟，咸平、景德之际其文博，天圣、明道之辞古……虽体制互兴，源流间出，而气全理正，其归则同"（《宋文鉴·序》），则揭示了宋前期散文内在的变化线索和流派不同而风神相同的实质，充分肯定了该期散文的新风貌、新成就。

北宋前期散文取得了可喜的成就，但从整个中国古代散文发展史的角度看，又实在难以抗衡前贤，依然沿袭多于创新，故苏轼说"宋兴七十余年……斯文终有愧于古，士亦因陋守旧，论卑气弱"（《六一居士集

---

① 田况《儒林公议》。

叙》)。这种现象是十分明显的，原因也是多方面的。

其一，就文章体式言，五代派、西昆派崇尚骈偶，而复古派、古文派又"独为古文"[①]，气象虽不同于前代，终觉囿于一体，如长江、黄河各为一系，并流而东，源头不一而又不能相互含纳融汇，且"华者近于俳优，质者几于鄙俚"[②]，欠缺文体改造意识，故各派均处于"因陋守旧"的状态。

其二，北宋前期散文的艺术境界偏低而艺术活力偏弱。文学作品的艺术生命力首先决定于自身的艺术境界和艺术活力。这种境界和活力是由作品的内容、形式、结构、语言、表现手法等多方面的因素共同构成的一种协调有致的完美合力，且能引起读者的共鸣、参与、欣赏乃至创造。北宋前期散文反映现实，议政论道，记叙抒情，题材丰富，但各派均过于强调和注重文章的实用性、功利性和现实性，又偏重体式，忽视了艺术的锤炼与升华，多数文章有其现实意义而缺乏持久的艺术生命力，作者与读者都被囚禁在"传道"的框架里。这种定向式的思维方式，使艺术的发挥受到限制，造成艺术境界偏低而艺术活力、张力变小变弱，使读者只能被动接受却不能积极参与，降低了作品的吸引力。这只要同后来欧、苏散文那种将宇宙、社会、自然、人生与自我融合为一，综合表现和精心锤炼的情形相比较，其视野封闭而局面偏窄的状态就更明显了，故苏轼认为"论卑气弱"。

其三，北宋前期散文没有出现一批脍炙人口、广为后世传颂的艺术精品，尤其没有出现类似韩愈那样起衰济溺、领袖群彦、雄踞一代的散文大家，各派的代表作家都不具备开创并树立一代风气的大家素质和雄伟气魄。如徐铉虽有"宗伯"之誉，而无振兴散文之雄心；杨亿才力雄赡，创为昆体，风靡天下，并能识拔俊彦，领袖一派，而终囿于一式；且二

---

① 苏舜钦《哀穆先生文》。
② 夏竦《厚文德奏》。

人为文一是"率意而成"[①]，一是"挥翰如飞"[②]，均不喜反复锤炼。柳开虽首倡古文，"而其力不足转移风气"[③]，加之狂而任气，"大言凌物"[④]，"喜功名，急义"[⑤]，故"学者率不从"[⑥]；穆修立志复古，而学养欠深，又"专以古文相高"。二人地位偏低，影响力和号召力都十分有限，故《宋史》说"柳开、穆修志欲变古而力弗逮"。王禹偁是宋前期唯一骈、散兼善的散文家，文学主张与创作实绩均有相当影响，且能"力振斯文"，"主盟一时"，甚至为后来的欧阳修和苏轼所倾慕[⑦]，惜其为文"多涉规讽，以是颇为流俗所不容"[⑧]，又"无师友论议"[⑨]，政治影响力也偏弱，终于难副大任。名派诸大老尚且如此，遑论他哉！

另外，北宋前期文风大变而超越前人的条件尚不成熟。其后，欧阳修出，苏轼、王安石、曾巩起而和之，宋文遂脱颖而独立，"乃复无愧于古"[⑩]。

---

① 李昉《徐铉墓志铭》。
② 欧阳修《归田录》。
③ 《四库全书总目提要·〈穆参军集〉提要》。
④ 沈括《梦溪笔谈》卷九。
⑤ 陈振孙《直斋书录解题》卷一七。
⑥ 韩琦《欧公墓志铭》。
⑦ 参见欧阳修《书王元之画像侧》、苏轼《王元之画像赞》。
⑧ 朱熹《五朝名臣言行录》卷九。
⑨ 叶适《习学记言序目》卷四九。
⑩ 苏辙《欧阳文忠公神道碑》。

第八章 欧阳修文道观生成与散文创作实践

第八章　欧阳修文道观生成与散文创作实践

文道观是决定作家创作风格与艺术境界、引领学风文风与文化建设的关键。对于"文""道"关系的思考与认知，一直是中国古代文坛反复讨论的热点问题，不仅成为中国传统文化的重要内容，而且涌现出各具特色的学术流派。欧阳修对文章形式与思想内容关系的深入思考并逐渐生成构建的"文道观"，不但奠定了其文坛盟主的坚实基础，而且直接促进了宋代文化建设，既有力推动了"古文运动"的健康发展，又给后世以深刻启迪。以往研究大都侧重于文道观内容的理解与阐释，很少就欧阳修文道观生成的创构过程、文化环境和实践策略，进行多侧面、多层次的动态考察。本章拟就此略做探讨，力图在还原时代历史语境的过程中，揭橥其丰富深刻的文化内涵和广泛深远的历史影响。[①]

第一节　欧阳修文道观的生成创构与文化语境

任何理论的产生与传播，都是特定历史环境下多种因素相互作用的产物。诸如首创者的综合素养、表述方式，接受者的层次范围、传播途径，乃至社会环境、文化思潮等。而首创者在建构话语体系时，也会受到文化资本、社会声誉、政治权力、士人群体、审美情趣等多种要素影响。中国古代文论的话语体系，并非纯粹认知性的知识形态，包含多重文化因素，是具有鲜明思想性、专业性、政治性、社会性与引导性的文化综合体。理论主张既与文人阶层在不同历史时期的社会角色紧密相连，也与士人群体的身份认同息息相关，其背后依托的乃是古代文人的精神追求与价值理想。如果将欧阳修的文道观仅仅理解为诗文风格或文学主张，就忽略了其文论话语产生的复杂性，遮蔽了文道观在文化内涵上的丰富性与独特性，也忽视了其在特定历史语境中的文学价值与文化意义。我们尝试运用

[①] 本章原文发表于《清华大学学报》（哲学社会科学版）2021年第3期，第126—133页（郑倩茹为第一作者）。

"把古文论的资料放回到它的文化、历史语境中去考察"①的方法,探讨欧阳修文道观的生成与构建。

欧阳修文道观的重要论述,大都集中在写给学人的书信中,诸如《与张秀才棐第一书》(1033)、《与张秀才棐第二书》(1033)、《与乐秀才第一书》(1037)、《与荆南乐秀才书》(1037)、《答吴充秀才书》(1040)、《答祖泽之书》(1041)等等。这些文章均写于景祐元年到庆历五年间(1034—1045),是"欧阳修政治道路和文学道路上又一重要时期"②。在此期间的三段经历,西河幕府彰显文人身份,被贬夷陵赢得士人认同,任职馆阁成为文化精英,不仅促使欧阳修的文化资本迅速积累,而且获得了一定的文学话语权力,为文道观的生成奠定了坚实基础。

欧阳修于天圣八年(1030)进士及第,次年任西京留守推官,当时的文坛宿老与新秀,如钱惟演、梅尧臣、尹洙、苏舜钦、张先等都会聚于此,欧阳修《寓随启》称"西河幕府,最盛于文章"③,是宋初文坛极具号召力和影响力的文学团体。他们主导了文学的主流话语,引领了社会的文化风向,并在文化因革中发挥着重要作用。欧阳修深受熏陶,"专以古文相尚,天下竞为楷模,于是文风一变,遂跨于唐矣"④。其好作古文的文学志趣与审美风格,得到了士人群体的广泛认同,不少学子慕名向他投师求学。明道二年(1033),来自河中的张棐秀才献上诗赋作品,但欧阳修不予认可,《答张秀才棐第一书》批评他"持宝而欲价者"的钻营行为,谦称自己"官位学行无动人也,是非可否不足取信也"⑤,拒绝了张秀才的举荐要求。然而,从话语表述中可以发现,欧阳修对自己此时所拥有的文化资本有着清醒认识,因为决定文学话语的根本因素是政治权力与社会地位,显然这时他并不具备这样的条件。

---

① 童庆炳《中国古代文论的现代意义》,北京师范大学出版社2001年版,第2页。
② 王水照《欧阳修散文创作的发展道路》,《走马塘集》,复旦大学出版社2016年版,第180页。
③ 《欧阳修全集》(第6册)卷一百五十五,第2590页。
④ 刘琳等校点《宋会要辑稿》(第9册)"选举六",上海古籍出版社2014年版,第5379页。
⑤ 《欧阳修全集》(第3册)卷六十七,第977页。

第八章　欧阳修文道观生成与散文创作实践

　　景祐三年（1036），欧阳修因贻书责备高若讷被贬为夷陵县令，虽然在政治上遭受了打击与挫折，但他仗义执言、不畏强权的精神品格，反而赢得文人同气相求、正义相惜的心理认同，得到士人群体的广泛支持，使他在文学领域的声誉不降反升。石介、苏舜钦等大批雅士纷纷寄诗慰问，蔡襄作《四贤一不肖》诗，高度赞扬他疾恶如仇、临难不避的文人气节。此诗一出，天下争相传颂，"布在都下，人争传写"[1]，进一步扩大了欧阳修的社会影响。欧阳修《于役志》记载自己即将离京之时众多文人分批前来送行，被贬途中也有大量雅士结伴同游、赋诗赠答，行迹所至均有士人迎来送往，如行至楚州先后与田况、刘春卿等人饮酒弈诗，至南京有石介相邀小饮于河亭[2]，不一而足。文人群体的种种文化行为，充分表达出对欧阳修文化地位、士人品格以及精神追求的全面认同，也说明他此时的文化影响力突破了地理空间的局限，辐射范围之广前所未有。这段贬谪经历让他对文化资本和话语权力有了更加深刻的认识与体悟，《与乐秀才第一书》说："官仅得一县令，又为有罪之人。其德、爵、齿三者，皆不足以称足下之所待，此其所以为惭。"[3] 此话虽是自谦之语，却透露出只有在世俗社会政治权力的主导下，文化资本与文学话语才能得以彰显的事实。

　　康定元年（1040），范仲淹举荐欧阳修为陕西经略府掌书记，其《举欧阳修充经略掌书记状》说，"臣访于士大夫，皆言非欧阳修不可，文学才识，为众所伏"[4]，足见当时欧阳修的文学声望日隆。欧阳修六月被召还京师，复任馆阁校勘，仍修《崇文总目》，重新回到政治文化权力中心，并与晏殊、宋祁等权贵显达、文章宿老宴集唱和。任职馆阁标志着精英士大夫身份的确立。馆阁是培养和储备治国精英的文化机构，位于宋代政治最高端，欧阳修在《又论馆阁取士劄子》中说文臣均是"有文章，有

---

[1]　王辟之《渑水燕谈录》卷二，中华书局1981年版，第15页。
[2]　具体论述见《欧阳修全集》（第5册）卷一百二十五，第1897—1905页。
[3]　《欧阳修全集》（第3册）卷七十，第1023页。
[4]　李勇先、王蓉贵校点《范仲淹全集》卷十九，四川大学出版社2002年版，第432页。

学问，有材有行，或精于一艺，或长于一事者"①，像晏殊、黄庭坚、秦观、苏轼、王安石等一流学者才能进入馆阁，他们掌控着文坛的主流话语权，扮演着文化创造者、政策制定者和思想传播者的主要角色。更为重要的是，馆阁文臣在国家科举考试中负责具体考务，与翰林学士一起为国家选拔人才，是文化的实际"立法者"，更是社会价值取向的引领者。在此时期许多学人入京进谒，欧阳修自称"过吾门者百千人"②，可见他的精英身份与文学趣尚，已经成为引领时代文化思潮与社会审美风尚的旗帜。而欧阳修对此始终保持着理性、谨慎的态度，在《答吴充秀才书》中说"修材不足用于时，仕不足荣于世，其毁誉不足轻重，气力不足动人。世之欲假誉以为重，借力而后进者，奚取于修焉"③，谦称自己的天资、官职、荣誉、才能不足以奖掖后进，但此语恰恰说明他深知自己"由于占有文化资本而被授予某种特权"④，后辈士子的拜谒行为，也是看重他所占据的政治地位和拥有的话语权力。对吴充秀才来说，一旦得到欧阳修的赏识或举荐，他的文学生涯和社会地位将会发生巨大转变；对欧阳修而言，超越文学意义的馆阁身份，促使他思考着如何引导文风、砥砺士风。以上所述，都为欧阳修酝酿文道观提供了有益的环境和气氛。

第二节　欧阳修文道观的表述媒介与内涵创新

宋代文学众体皆备，吕祖谦《宋文鉴》将文体分为五十八类，与人际交往相关的有问答、对、说、记、论、书等体裁。而欧阳修对文道观的理论建构与话语论述，几乎全部集中在与学人的交往书信中，这是他精心

---

① 《欧阳修全集》（第4册）卷一百一十四，第1728页。
② 曾巩《上欧阳学士第二书》，陈杏珍等点校《曾巩集》（上册）卷十五，中华书局1984年版，第234页。
③ 《欧阳修全集》（第2册）卷四十七，第663—664页。
④ 布尔迪厄《文化资本与社会炼金术》，包亚明编译，上海人民出版社1997年版，第85页。

选择的一种表述形式。与普通学人相比，欧阳修显然在社会政治环境中占据优势地位，拥有较高的文化资本，而表述媒介不仅是一种交际工具，也是一种标志着更深层次权力关系的符号形式，其中不无文化权力运作的支配性力量。学人借助"来信"表达自己的文化意图，即渴望凭借欧阳修的文化权威获得文化地位的提升。而欧阳修则通过"回信"阐述文学思想，作为一种话语权力由高到低的传递方式，回信在一定程度上更能满足求教者的心理期待，更益于自己的话语论述得到全面认可与接收，也更容易引导并改变学人的知识表述与心态结构。

欧阳修对回信这种传播媒介的认识是逐步明晰并加深的。《与张秀才棐第二书》一改之前的嘲讽态度，对他多有肯定和赞美，如"言尤高而志极大""甚有志""多闻博学"[①]等，所述内容不仅包括自己对治学的理解，而且阐发了对文道关系的思考。欧阳修前后态度的显著变化，以及书写内容、言说方式的明显转变，可以看出他已经意识到自己与张秀才在文学话语上的不平等关系，可以通过"回信"这种表述形式将文学思想传递给广大士子，通过一个又一个学人的具体文化行为，让自己创构的理论主张获得更广泛的群体认同，并逐渐形成规模性的文化思潮。被贬夷陵期间，欧阳修对回信的传播力度之大和接受程度之高已然深有体悟。《与荆南乐秀才书》虽然对乐生所问"举子业之文"略有不屑论之的意思，但又担心误导和打击他，故而挈出"顺时"二字告之，将其为学困惑与文坛乱象结合起来，指出这不仅是个人问题而是普遍现象，并且说自己在创作中也存在这种状况，"其前所为既不足学，其后所为慎不可学"[②]，鼓励他树立信心，还以"齐肩于两汉"期许乐秀才。清代文评家王元启说此文"措辞微婉，不作伉直语，较为可味"[③]，正是看到了欧公一改往日直白晓畅，措辞变得

---

① 《欧阳修全集》（第3册）卷六十七，第978页。
② 《欧阳修全集》（第2册）卷四十七，第661页。
③ 王元启《读欧记疑》卷一，《丛书集成续编》（第23册），台北新文丰出版公司1989年版，第47页。

委婉善诱，反映出他越来越重视回信这种话语传递形式，也更加注重言辞表达的谨慎性以及思想论述的启发性。

欧阳修任职馆阁时所作的《答吴充秀才书》与《答祖择之书》，无论是内容要义还是表达方式都更为浅露，因为此时他已经位于政治空间的较高位置上，并成为文坛风气的引领者，可以更加坚定、直接地表述自己的文道观理论，也更利于学人顺利接受并迅速掌握。如《答吴充秀才书》以自己的作文经历为例，"修学道而不至者，然幸不甘于所悦而溺于所止"①，使吴充秀才更容易理解并接受启迪，话语表述体现出普适性、引导性与启发性。同时也更加注意回复内容的典型性和针对性，面对文士为求利禄而尽心于文字的现象，《答吴充秀才书》指出学人必须走出书斋，在社会现实中行道；针对当时士风堕落的现象，《答祖择之书》提出"师经"重道、重振儒学的主张。两封回信彰显出嘉惠后学、奖掖后进的领袖风姿，透露出精英文人的身份使命和责任担当，与此同时欧阳修也建构着自己的文道观话语系统。

首先，欧阳修将"圣人之道"作为文道观的灵魂。宋初，柳开、石介等人推尊韩愈，提倡"行古道作古文"，但只取其道统而忽视文。柳开认为"文章为道之筌也"②，将文学视为道的工具与附庸，之后石介接过复古大旗，其《尊韩》提出只要将"布三纲之象，全五常之质"③的传道内容贯彻到文章中，文采、形式可以略而不计，表现出重道轻文思想，导致文坛出现偏离现实、轻视实用的怪诞文风。欧阳修结合当时文坛状况，梳理儒学本义与传承，强化儒家之"道"的思想内涵，建构"圣人之道"的话语体系，并针对当时文风险怪乱象，赋予"道"新的时代内涵，严厉批评"诞者之言"，遏止其蔓延，使复古行道的儒家精神重新得以弘扬。

---

① 《欧阳修全集》（第2册）卷四十七，第663页。
② 柳开《上王学士第三书》，《全宋文》（第3册）卷一一六，巴蜀书社1989年版，第582页。
③ 石介《上蔡副枢书》，《全宋文》（第15册）卷六二〇，巴蜀书社1991年版，第196页。

《与张秀才棐第二书》①是欧阳修文道观最为集中、最为充分的展现。这封书信以评论张棐文章为引子,从六个方面,层层深入地阐明了自己的"文道观"思想,如"圣人之道"与"诞者之言","知道""明道""为道""务道""王道"等等,构成一套相对完整的话语体系。全文突出六大重点:一是由评论张秀才的"古今杂文"提出问题。欧阳修认为大部分"言尤高而志极大",意在"闵世病俗,究古明道,欲拔今以复之古",做了基本肯定和鼓励。同时也严肃指出其"述三皇太古之道,舍近取远,务高言而鲜事实"的错误。由此引出"文""道"关系的重要话题。二是分析"文"与"道"的关系,突出其重大意义。欧阳修先着眼于"道",讲述"君子之于学"的目的在于"务为道",进而指出"为道必求知古"的路径,再说"知古明道"的用途,在于"履之以身,施之于事,而又见于文章而发之,以信后世",即躬身实践、应用于现实社会,然后体现于文章,流传于世,启迪后人,实现"行道""传道"的目标,促进人类的文明发展,而最后落脚于"文"。作者在讲清读书学习、知古明道、履身施事、见于文章、以信后世这五者之间内在逻辑与密切关联的同时,突出了用古代儒家之"道"来指导现实实践并体现于"文"的核心思想,着眼点与落脚点始终围绕阐发"文道"关系,而以"好学""知古""明道""务道""为文"五大支点为轴心,思路清晰,重点突出。三是界定"道"与"文"的内涵特质,突出文化传承。欧阳修明确指出,"其道,周公、孔子、孟轲之徒常履而行之者是也","其文章,则六经所载,至今而取信者是也"。这不仅具体诠释了"道"与"文"的规定内涵,而且明确了儒家思想之"道"可"履而行之"与儒学经典之"文"能"至今取信"的根本性质。与此同时,欧阳修还总结了"其道易知而可法,其言易明而可行"的重要特征。这与"以混蒙虚无为道,洪荒广略为古;其道难法,其言难行"的"诞者之言"形成鲜明对比。四是强调"圣人之道"的"可

---

① 《欧阳修全集》(第3册)卷六十七,第977—979页。

得""可行""可学"。欧阳修以孔子"道不远人"①的名言与《中庸》"率性之谓道"②的观点,说明"人"与"道"的密切关系;以《春秋》为书"以成隐让""信道不信邪"等,说明"文""道"本为一体;指出"圣人之道"能"履之于身,施之于事",此非"诞者之言"所可比。又以《尚书》"稽古"、孔子"好古",说明"其事乃君臣上下、礼乐刑法之事",既具体实在又不虚不诞,"宜为君子之所学"。五是倡导为文"切于事实"而不务"高言"虚语。欧阳修以"孔子删《书》断自《尧典》",其学则曰"祖述尧舜"为例,说明儒家明白"渐远而难彰,不可以信后世"的道理,故"弗道其前",不说尧舜以前的事,体现着学风的扎实与文风的严谨。对于当时"舍近而取远""务高言而鲜事实"的不良风气,欧阳修给予了严厉批评。此后,又举《书》为例,称"唐、虞之道为百王首",而所书"其事不过于亲九族,平百姓,忧水患",以此说明"道"在"事"中。欧公认为"孔子之后,惟孟轲最知道","然其言不过于教人树桑麻,畜鸡豚",而"孟轲之言道","其事乃世人之甚易知而近者",也是不务"高言"。六是批评"诞者之言""无用之说",以遏止与矫正不良文风。欧阳修批评"今之学者不深本之,乃乐诞者之言,思混沌于古初,以无形为至道",指出"务高远之为胜,以广诞者无用之说",这不是"学者之所尽心"的事。并针对张秀才文章"舍近取远,务高言而鲜事实"的弊病,劝其"宜少下其高而近其远"。由上述六点可知,欧阳修以正本清源的方式,重新举起复兴儒"道"与古朴文风的大旗,在建构文道观的话语体系时,不仅选择了广大士人最为熟知的"文""道"概念,而且使用表达精准的"圣人之道""诞者之言"一类不易产生歧义的词语,易为广大学人所接受。

其次,欧阳修文道观的生成是一个不断丰富和深化的建构过程。其

---

① 何晏集解,邢昺疏《论语注疏》卷九,《十三经注疏》(下册),第2474页。
② 郑玄注,孔颖达疏《礼记正义》卷五十二,《十三经注疏》(下册),第1625页。

《与乐秀才第一书》对广大学人最为关心的"文"做了深入阐释,进一步丰厚了文道观的理论内容。欧阳修指出往圣前贤"为道虽同"而"辞皆不同""言语文章未尝相似"[①]的现象,不仅揭示了"文如其人"的个性化规律,而且说明艺术风格多样化的必然性。他们的生活环境与内在修养有差异,却始终遵循儒家之"道",尽管文章的形式风格与表述方式各具风貌,而在思想内容方面,都体现着关心社会、关注现实、关切民生的人文情怀,承载着重要的道德价值和文化意义。欧阳修视"文"为"道"的集中反映和表现载体,将儒学之"道"与科举考试的现实需求紧密结合在一起,引导学人追求"圣人之道",进而带动"圣人之文"在知识论述和文学表达上的转变,为广大士人指出了一条既能实现政治功利性,又能达成文学审美性的努力方向。

再次,欧阳修在厘清"圣人之道"的文化定位以及"文道"关系的基础上,又为建构文道观话语体系赋予实践意义。《答吴充秀才书》提出"道胜文至"说,"圣人之文虽不可及,然大抵道胜者文不难而自至也",由此进一步指出"终日不出于轩序,不能纵横高下皆如意者,道未足也"。[②]欧阳修认为,孔子著述整理六经只花了数年时间就得以完成,是因为他周游列国并实际考察,对现实社会的思考与认识深刻,思想与文化积累深厚。当今学人要想写出"圣人之文",就要走出书斋,深入社会,践行其"道"。圣人之"道"是具体的、实在的、充满人情人性的,既在于"君臣、上下、礼乐、刑法之事"的纲常伦理,更在于社会生活"百事"的方方面面。"务道""行道"就是要身体力行地在社会生活中不断实践,积极承担社会道义和现实使命。欧阳修将抽象的"道"创新为一种可知可行的话语体系,实现了从理论到实践的飞跃与质变,使其文道观话语体系不仅具有理论意义,更具有行为上的可操作性,对现实生活有实际

---

① 《欧阳修全集》(第3册)卷七十,第1024页。
② 《欧阳修全集》(第2册)卷四十七,第664页。

的指导价值，因此获得了士人群体的广泛认同与普遍接受。

第四，欧阳修将"圣人之道"升华为士人阶层实现人生理想的坚定信念与践行准则。他在《答祖择之书》中指出，社会中存在着"今世无师""忘本逐利"等败坏风气的现象，造成这种乱象的重要原因就是儒家文化的式微。于是他告诉学人，"学者当师经，师经必先求其意。意得则心定，心定则道纯，道纯则充于中者实，中充实则发为文者辉光，施于世者果毅"[1]，要求士人向真正代表"圣人之文"的"六经"学习，以"格物致知、诚意正心、修身齐家、治国平天下"为核心价值，将"道"的精神实质内化在濡养德性的人格修养中，"君子多识前言往行，以畜其德"[2]，注重对自身德性修养的锤炼，从而达到"道纯中实"的有德境界，体现在文章中自然会富有光彩。欧阳修将儒者终生追求的道德理想纳入"圣人之道"的评判维度，将"道"升华为士人阶层的核心文化价值和最高精神追求，体现出他文道观的社会良知与思想价值。

以上考述了欧阳修文道观及话语体系的建构与完善，其根本实质是欧阳修对儒家思想的殷服，是对修身养性圣贤品格的企慕，代表着士人阶层的文化品格与精神价值。欧阳修呼唤并创明"圣人之道"的话语论述，恢复儒学精神，回归圣人原旨，体现出强烈的古道意识以及"我注六经"的创新意识，有宋一代的精神风尚、价值观念、审美趣味与诗文风格都是在"圣人之道"中形成并充分发展起来的。

第三节 欧阳修文道观的文化实践与革新策略

宋初以杨亿、刘筠等为首的"西昆派"承袭晚唐五代文风，创作用事精巧、辞藻华丽的四六文，重新煽起浮靡文风，随后晏殊、宋庠、宋

---

[1] 《欧阳修全集》（第3册）卷六十九，第1010页。
[2] 《欧阳修全集》（第2册）卷四十七，第661页。

祁、王珪等"后西昆派"又将骈文大量运用于制诰、奏议、碑册、谢表、笺启等应用文体中,四六"耸动天下"①,盛极一时。宋仁宗自天圣三年至明道二年间(1025—1033),多次下诏申戒浮华,尹洙、王禹偁、穆修等文人也极力提倡古文,尽管朝廷的遏制与古文派上下呼应,但似乎还是没有引起文坛的巨大响应。一方面是因为古文家对骈文、散文非此即彼的绝对态度,在四六文风头正劲之时,要"以散代骈"必定阻力重重;另一方面,古文家们并没有创作出超越前人的优秀作品,也没有出现能够折服文坛、号召与凝聚文人群体的领军人物,故不会得到广泛认同。

欧阳修走向文坛并逐渐崭露头角时,四六骈文早已是成熟的文体,具备了自成系统的话语风格,要想革新,并非易事。否定四六文体的话语形式,改变士人长期以来僵化的思维模式与文化心态,尤其是四六在科举取士中颇受重视的情况下,正所谓"自词科之兴,其最贵者四六之文"②,难度之大不言而喻!面对朝廷申戒浮华的现实政治压力,如何恢复上古文风,让散体古文成为主流,这是古文派面临的重大挑战,也是变革文风的重大机遇。对欧阳修而言,这一时期是他引领文坛并树立盟主形象的重要阶段,文体改革的成败会影响甚至改变他的话语权力与政治地位。采取什么样的文化策略才能确保文风改革成功,是他必须认真考虑的重大问题。欧阳修选择既有因循又有创造的策略,借鉴前人创新经验,选择"破体为文"的方式,在"尊体"与"破体"中突破了"文各有体"的藩篱,通过"以文体为四六"③的话语创新方式,巧妙化解了骈体、散体看似完全对立的矛盾话语体系,创造出能够兼容古文而自成一格、独具风神的"宋四六",探索出一种既维系时文功利性又含纳古文审美性的均衡模式,从而取得了宋代文风革新运动第一战役的巨大成功。

---

① 刘克庄《后村诗话》卷二,中华书局1983年版,第22页。
② 叶适《宏词》,《全宋文》(第285册)卷六四七八,上海辞书出版社、安徽教育出版社2006年版,第255页。
③ 陈善《扪虱新语》(第1册)卷一,中华书局1985年版,第7页。

首先，欧阳修以开阔的学术视野与海纳百川的胸怀，用理性、包容、通达的态度看待四六。其一，宋代建国至欧阳修主盟文坛之前七十年间，四六创作十分繁荣，有历史的必然性。宋初万象更新、文治武功、国威扬厉，自然需要典雅庄重、富丽堂皇的骈文来歌功颂德、润色宏业，属对精切、形式优美的骈体，契合安稳平和、雍容醇正的审美风尚与文化心理。"兴文教，抑武事"①的治国方略，表现出统治者尊重知识、优渥文人的政策倾向，不少士子因献赋获誉，如开宝九年（976）正月，扈蒙上《圣功颂》"述太祖受禅、平一天下之功，其词夸丽，遂有诏褒之"②，又如太平兴国四年（979）宋白献《平晋颂》而擢为中书舍人。此类例子，体现出政治权力对文学话语的规范要求，而文人通过创作四六迎合圣心，表达出自己的政治意愿与权力诉求。因此可以说四六是政治集权和文化专制状态下，文人选择的集体书写形式，受到特定时代的影响。其二，四六确有无可取代的文体价值。欧阳修《答陕西安抚使范龙图辞辟命书》说"世人所谓四六者，非修所好，少为进士时不免作之，自及第，遂弃不复作"③，透露出四六能为士子提供文学话语与政治权力之间转换的可能性，具有不可忽视的功利性；此外还具有"上至朝廷命令、诏册，下至缙绅之间笺书、祝疏"④无所不用的广泛性。其三，四六具有独特的美学风格。欧阳修《谢知制诰表》称"质而不文，则不足以行远而昭圣谟；丽而不典，则不足以示后而为世法"⑤，充分肯定骈文端庄严肃的文体优势，以及用典精当、对仗工整等形式美。其四，欧阳修早年的创作经历以及他与四六大家的密切交往关系。欧公"早工偶俪之文，故试于国学、南省，皆为天下第一"⑥，足

---

① 李焘《续资治通鉴长编》卷一八，第394页。
② 《宋史》卷二六九，中华书局1985年版，第9239页。
③ 《欧阳修全集》（第2册）卷四十七，第662页。
④ 洪迈《容斋四六丛谈》，王水照编《历代文话》（第1册），复旦大学出版社2007年版，第49页。
⑤ 《欧阳修全集》（第4册）卷九十四，第1319页。
⑥ 邵伯温撰，李剑雄、刘德权点校《邵氏闻见录》卷一五，中华书局1983年版，第166页。

见其四六创作的功力。欧阳修在文学上与"西昆派"有一定渊源,钱惟演是西河幕府的主人,洛阳的文学经历影响了欧公文学思想的形成,他在政治上又受到晏殊等人的提携举荐,欧公自己也赞赏西昆诸家"雄文博学,笔力有余"①,更称杨亿为"真一代之文豪也"②,故他并不全盘否定四六文。

其五,欧阳修对文学发展规律有清醒认识。四六发展至杨、刘已达高峰,物极必反,后期似乎再无出路,而陷入隶事晦涩、堆砌典故、形式僵化的泥淖,导致"今世士子,习尚浅近,非章句声偶之辞不置耳目"③,士人沉迷于内容空虚、浮艳纤弱的时文不可自拔。欧阳修于此时提出"以文体为四六"的主张,为骈文发展指出了一条新路,使四六的长短及节奏变化服从于议论说理的需要;同时又借助古文的气势与笔调,使骈文自然流畅、情文并茂,从而提高了四六的实用功能与审美价值,"骈体亦一变其格,始以排奡古雅,争胜古人"④,重新焕发了鲜活的生命力。

其次,欧阳修始终将"圣人之道"作为核心思想贯穿于文体改造中。四六文最大的弊病就是片面追求语言工整,限制思想的自由表达,容易造成说理不清和叙述不畅、内容空泛显然无力承担载"道"使命,与"圣人之文"标准相去甚远。"以文体为四六"的文化策略,改变了刻意追求对偶、堆砌辞藻的僵化形式,有利于自由灵活地表达儒家礼乐的政教内容,改变了士人群体文化资本趋于世俗化的局面。欧阳修甚至直接将"圣人之道"的儒学精神贯注于新四六中,《上执政谢馆职启》直接以六经入文,但又叙事明白、娓娓道来,堪称"变革为文"的经典,不仅从文体形式上恢复了叙事议论的先秦古文传统,而且从思想内容上突出了"六经之所载,皆人事之切于世者"⑤的社会功能,从形式与内容两方面为四六注入

---

① 欧阳修《六一诗话》,何文焕辑《历代诗话》(上册),第270页。
② 欧阳修《归田录》,朱易安等主编《全宋笔记》(第1编),大象出版社2003年版,第252页。
③ 穆修《答乔适书》,《全宋文》(第8册)卷三二二,第412页。
④ 孙梅《四六丛话》,王水照编《历代文话》(第5册),第4955页。
⑤ 《欧阳修全集》(第4册)卷九十五,第1446页。

了一股源头活水，体现出欧阳修复兴儒学的精神实质。这才是纠正浮靡文风、净化文化环境最有力度的话语重塑与变革方式。

再次，欧阳修"众莫能及"[①]的文章模范，以及文人的文化意愿与创作实践，促使"以文体为四六"获得普遍认同与广泛传播。首先，欧阳修的四六创作代表了"宋四六"的最高成就。他的文集中有七卷是四六骈文，大多为表、奏、书、启等，陈师道说"欧阳少师始以文体为对属，又善叙事，不用故事陈言，而文益高，次退之云"[②]，指出欧阳修骈文以散行之气运对偶之文，艺术成就仅次韩愈。他本人的艺术才力超群，使他能将两种文体的章法、结构、风格有机地融为一体，其《谢襄州燕龙图肃惠诗启》"佳在不作长句"[③]，《上随州钱相公启》"言情运事皆佳"[④]，他的四六创作异于流俗的文学形式，为广大士人钦服，"修文一出，天下士皆向慕，为之唯恐不及，一时文字，大变从古"[⑤]，对变革浮华文风具有重要示范作用。其次，欧阳修作为文坛盟主，其文学主张获得士人群体的积极响应，前有二苏、王安石、曾巩等人，稍后有苏门四学士、陈师道等人，交相呼应，创作出了许多出色的"宋四六"作品。其中苏轼与王安石的四六创作最具代表性，"本朝四六，以欧公为第一，苏、王次之"[⑥]，苏轼四六独辟蹊径，杨囮道《云庄四六余话》说他的骈文"偶俪甚恶之气一除，而四六之法则亡矣"[⑦]，其《量移汝州谢表》《孙觉可给事中制》等，笔调轻快雄健、句式自然妥帖。王安石的骈文自守法度，如《贺韩魏公启》《辞拜相

---

① 韩琦《欧阳公墓志铭》，《欧阳修全集》（第6册）附录卷三，第2704页。
② 陈师道《后山诗话》，何文焕辑《历代诗话》（上册），第310页。
③ 何焯著，崔高维点校《义门读书记》（中册）卷三八，中华书局1987年版，第679页。
④ 高步瀛《唐宋文举要》（下册）乙编卷四，上海古籍出版社1982年版，第1622页。
⑤ 叶涛《重修实录本传》，《欧阳修全集》（第6册）附录卷二，第2670页。
⑥ 吴子良《林下偶谈》卷二，曾枣庄等编《宋文纪事》（上），四川大学出版社1995年版，第251页。
⑦ 邵博《闻见后录》卷十六，《四库全书·子部·小说家类》（第1039册），上海古籍出版社1987年版，第291页。

启》等文章，笔力雄健、深厚、典雅，展现着文风改革之后"宋四六"的新风貌。

最后，"以文体为四六"的改革策略其实是文学、政治与社会多方互动、彼此妥协的产物。欧阳修凭借长期积累的文化资本和话语权力，已经获得文人群体的广泛认可与普遍支持，士人承认、服从并认可他的文化权威与领导，他也团结了如梅尧臣、苏舜钦、范仲淹等同道，奖掖推荐了苏洵、苏轼、王安石等人。但当时的欧阳修，在国家政治领域的影响力并不足够大，无法直接抗衡具有根深蒂固社会基础和现实政治权力的四六文。何况骈文还是当时科举取士的重要内容，承载着一定的政治使命与服务功能，是文学形式与政治权力交织的产物。故欲变革文坛风气，只能通过"委婉"的文化创新策略来实现，在悄然渐变中完成。这里不妨与欧阳修排抑太学体做比较，更能突显"破体为文"的思想智慧。嘉祐二年（1057）前后，欧阳修接连被授予翰林学士权知礼部贡举、右谏议大夫、礼部尚书、判秘阁等八种官职，宋仁宗还亲赐"文儒"二字，标志着他获得了社会政治与文化领域的全面认可，掌握了实际话语权。欧阳修在这样的文化语境中知贡举，黜落僻涩险怪的太学体，"凡如是者辄黜"[①]，象征的是政治许可与权力意愿对文学形式与知识论述的甄别、筛选，所以短时期内就获得显著成效，"时体为之一变"[②]，沉重打击了太学体，让古文传统重获新生。欧阳修在改造骈文的第一次诗文革新运动时，并未得到最高统治者的亲自授权，更没有文学领域的绝对话语权力，所以面对变革四六文风的历史任务，他不具备彻底否定的资本，而只能通过矫正四六文的弊病，更新骈体的话语形式与论述方式，使之发生改变，"以优游坦夷之辞矫而变之，其功不可少，然亦未尝不有取于昆体也"[③]，而这正是欧阳修在

---

① 《宋史》卷三百一十九，第10378页。
② 沈括著，金良年校点《梦溪笔谈》卷十九，齐鲁书社2007年版，第58页。
③ 张绖《明嘉靖玩珠堂刊西昆酬唱集序》，杨亿编，王仲荦注《西昆酬唱集注》附录二，中华书局1980年版，第340页。

变革文风过程中受到较少阻力,并取得成功的关键因素。因此欧阳修采取"以文体为属对"的文化策略,领导了宋代第一阶段的古文运动并获得成功,是他对文坛风向、政治权力和士人群体三者复杂关系的准确把握,以及对文学话语的创新性表述,才取得了诗文革新运动的最终胜利。

欧阳修赋予"宋四六"新的生命与风骨,不仅古文家欣然接受,而且专精四六的骈俪名家如王铚,风格也为之一变。新式四六在南北宋之际及南宋进入了发展的鼎盛时期,清人彭元瑞在《宋四六选自序》中说:"洎乎渡江之衰,鸣者浮溪为盛,盘洲之言语妙天下,平园之制作高禁中,杨廷秀笺牍擅场,陆务观风骚余力。"[①]南宋文人汪藻、洪适、周必大、杨万里、陆游等人将这种新文体发扬光大,创作出了耸动人心、传诵人口的名篇。欧阳修"破体为文"的文化创新策略,为文学发展开辟了崭新的道路,推动了北宋诗文革新运动健康发展并取得巨大成功,扭转了"论卑气弱"的文坛态势,营造了救时传道的文化环境,也创造性地弘扬和建构了中华文明发展的优秀文化传统。苏轼《六一居士集叙》称欧阳修为"今之韩愈","其学推韩愈、孟子以达于孔氏,著礼乐仁义之实,以合于大道,其言简而明,信而通,引物连类,折之于至理,以服人心"[②],正是对欧阳修亲身实践"圣人之道"与"圣人之文"文道观的最好评论。

---

① 彭元瑞《宋四六选自序》,《恩余堂辑稿》卷一,《续修四库全书·集部·别集类》第1447册,上海古籍出版社1996年版,第446页。
② 苏轼《六一居士集叙》,孔凡礼点校《苏轼文集》(第2册)卷十,第316页。

第九章 苏轼人文史观与《六一居士集叙》

第九章　苏轼人文史观与《六一居士集叙》

人文思想是关系人类生存与发展方向的根本问题，人文史观与思想文化建设、人类文明发展紧密相连。一部人类发展史，就是不断深化人文认知和推动社会实践的思想史与文化史。人文是中华文化的灵魂，"以人为本""尊道贵德""人文化成"的思想理念和优秀传统，体现着先进的人文思想和文明发展的趋势。但迄今仍有不少人群，对人文的重要意义与巨大价值疑惑不清，甚至将"人文"与"科技"对立。其实，中国古代先贤对此早有深刻认识并终生推动实践，儒学表现最突出。从人文初祖伏羲到周代文王姬昌，从孔子、孟子到韩愈、欧阳修，都在人文体系创建、社会历史实践和思想理论引导诸方面建树卓越。宋代文化巨擘苏轼对儒学人文思想"功与天地并"的深刻理解和精湛阐释，是先进人文史观的集中呈现，也是其文化创造与社会实践的内在动力，且引领了时代文化发展，并给后世以深刻启迪。然而，学界对此鲜有专门研究。本章拟从《六一居士集叙》切入，考察讨论，或许对深入认识人文思想的人类意义与文化发展规律、深刻理解苏轼爆发式的文化创造与宋代文化的全面繁荣有所裨益，抑或对纠正近代以来的"重理轻文"偏向，重新认识人文学科的重大意义有所启迪。[1]

第一节　苏轼人文史观：儒学思想"功与天地并"

当代著名学者王水照先生认为，"苏轼是我国文化史上一位罕见的全才，是人类知识和才华发展到某方面极限的化身"[2]；南宋孝宗赵昚则以"力斡造化，元气淋漓，穷理尽性，贯通天人"[3]赞叹苏轼文化思想的博

---

[1] 本章原文以《论苏轼的人文史观："功与天地并"》为题目，发表于《东岳论丛》2021年第2期，第81—96页，中国人民大学复印报刊资料《中国古代、近代文学研究》2021年第4期全文转载。
[2] 王水照《走进"苏海"——苏轼研究的几点反思》，《文学评论》1999年第3期，第135页。
[3] 赵昚《苏轼文集序》，孔凡礼点校《苏轼文集》（第6册）附录，第2385页。以下凡引用此版本者，版本从略。

大精深。苏轼为欧阳修诗文全集结撰的序言《六一居士集叙》①（下称《集叙》），乃是其人文史观与学识才华的具体呈现，反映了深刻精到的儒学见解与高瞻远瞩的文化视野。其中用"功与天地并"评价儒学与传承，既是对欧阳修历史贡献的肯定，又是对人文意义的凝练表达，在中国古代文化史上具有里程碑意义。

一、《六一居士集》与欧阳修的文化贡献

文贵得体。书序既要得文章形式之"体"，又要得思想内容之"体"，更要得著者身份之"体"。与一般文人不同，欧阳修既是文学家又是政治家，不仅"以文章道德为一世学者宗师"②，而且领导了北宋诗文革新并获得巨大成功，所谓"挽百川之颓波，息千古之邪说，使斯文之正气，可以羽翼大道，扶持人心"③。范仲淹称北宋散文创作，至欧阳修"而大振之，由是天下之文一变而古，其深有功于道"④。欧阳修还提出了"文与道俱""事信言文"的系统理论，倡导"百事为道""切于事实""不为空言而期于有用"⑤，显示出思想的进步性。尤其是他创作了大批"超然独骛，众莫能及"⑥的优秀散文，"文备众体，变化开阖，因物命意，各极其工"⑦，影响深广。欧阳修"平生以奖进贤材为己任"⑧，"奖引后进，如恐不及，赏识之下，率为闻人"⑨，由此培养了大批传承儒学的文化精英与治国

---

① 苏轼《六一居士集叙》，《苏轼文集》（第2册）卷十，第315—316页。本章对《六一居士集叙》的引用皆出于此，以下不再出注。
② 吴充《欧阳公行状》，李逸安点校《欧阳修全集》（第6册）附录卷三，第2693页。以下凡引用此版本者，版本从略。
③ 脱脱等撰《宋史·欧阳修传》，《宋史》（第30册）卷三一九，中华书局1977年版，第10383页。
④ 范仲淹《尹师鲁河南集序》，李勇先、王蓉贵点校《范仲淹全集》卷八，第183页。
⑤ 欧阳修《荐布衣苏洵状》，《欧阳修全集》（第4册）卷一一二，第1698页。
⑥ 脱脱等撰《宋史·欧阳修传》，第10381页。
⑦ 吴充《欧阳公行状》，《欧阳修全集》（第6册）附录卷三，第2693页。
⑧ 欧阳发《先公事迹》，《欧阳修全集》（第6册）附录卷二，第2628页。
⑨ 脱脱等撰《宋史·欧阳修传》，第10381页。

人才。给这样一位为宋代文化发展做出巨大贡献的"一代宗师"[1]作书序，无疑是对其思想境界与艺术魄力的挑战。

欧阳修在文化层面的贡献，首先是创造性传承儒家学说引领文风复古，发扬光大中华优秀传统文化的思想精髓，推动了时代文化与社会文明的发展。儒学创始人孔子终生致力于中华文化与社会文明的思考，所谓"周室既衰，诸侯恣行。仲尼悼礼废乐崩，追修经术，以达王道。匡乱世反之于正，见其文辞，为天下制仪法，垂《六艺》之统纪于后世"[2]，创建了以关心民生、关注现实、关切社会为核心并保障社会秩序安定的儒家学说，代表着中国古代的主流文化与核心价值观。这是在继承夏、商、周优秀传统文化基础上创建的思想体系，在中华文化发展和中国历史演进中发挥了重大作用。欧阳修继承弘扬儒学思想，不仅以"圣人之道"为灵魂、以儒家经典为范本，强调"其道，周公、孔子、孟轲之徒常履而行之者是也"，"其文章，则六经所载，至今而取信者是也"[3]，而且特别重视儒家思想的社会实践性，要求学人士子"履之于身，施之于事"，为文"切于事实"而不务"高言"，其思想主张与孔孟一脉相承。显然，只要说清楚儒学的人类意义，就明白了孔子、孟子的巨大贡献，而欧阳修的功绩则不言而喻。按照这样的逻辑作序，既可避其细而就其大，又能凸显高度与亮点。于是，苏轼采用立意高远、视野雄阔、由古至今的结构方法，振聋发聩地提出问题，气势恢宏地深入分析，引出震撼人心的学术观点——儒学与传承"功与天地并"。

二、《六一居士集叙》与儒学思想的传承

《集叙》起笔即说"言有大而非夸，达者信之，众人疑焉"，指出有些听起来似乎是令人难以置信的"大话"，其实并非故意夸张，文化修养和智

---

[1] 谢枋得《文章轨范》卷四，高海夫主编《唐宋八大家文钞校注集评·庐陵文钞》（上册），三秦出版社1998年版，第1811页。
[2] 司马迁《史记·太史公自序》，《史记》卷一三〇，中华书局1982年版，第3310页。
[3] 欧阳修《与张秀才棐第二书》，《欧阳修全集》（第3册）卷六十七，第978页。

力水平高的人，自然会理解和相信，而大多数普通人往往疑惑不解。从人情事理发端，新奇精警，自然亲切而又发人深省，为下面内容观点的引出预做了铺垫。作者首先拈出儒学史上的两个"大言"之例，即"孔子曰：'天之将丧斯文也，后死者不得与于斯文也。'孟子曰：'禹抑洪水，孔子作《春秋》，而予距杨、墨。'盖以是配禹也"，同时指出"文章之得丧，何与于天？而禹之功与天地并，孔子孟子以空言配之，不已夸乎"的疑问。

《论语·子罕》载，鲁定公十三年（前497），孔子率弟子由卫国去陈国，路经匡地，匡人曾遭受鲁国阳虎的掠夺和残杀，孔子相貌与阳虎相似，匡人误认孔子为阳虎，将其围困，拘禁五日，一度要杀害孔子。被困期间，孔子说了"文王既没，文不在兹乎？天之将丧斯文也，后死者不得于斯文也；天之未丧斯文也，匡人其如予何"[①]这段话。意思是说，周文王去世后，只有我掌握了周代创造的文化文明和文献，这是上天有意让我传于后世。如果我死了，后人就无法知道这些文化了。天意若是灭绝周文化，我就不会有掌握这些文化的机会；既然让我掌握了这些文化，上天就是让我担负起传承周文化的责任，我将会得到上天的祐护，匡人没有办法能害我。由此说明自己不会有生命危险，表现出临危不惧的充分自信和"斯文自任"的坚定信念。苏轼所引其中两句，重点在于突出孔子将"天"与"斯文"以及自己担负的使命联系在一起，表达"授命于天"的意思，似乎确有"大言"之嫌。

孟子之语，源于《孟子·滕文公章句下》："昔者禹抑洪水，而天下平；周公兼夷狄，驱猛兽，而百姓宁；孔子成《春秋》，而乱臣贼子惧。我亦欲正人心，息邪说，距诐行，放淫辞，以承三圣者，岂好辩哉？予不得已也！能言距杨、墨者，圣人之徒也。"[②]苏轼抽出的三句意思是说，大禹治水、孔子作《春秋》与自己批驳杨朱、墨翟这三件事，同宇宙自然为

[①] 《论语·子罕第九》，杨伯峻《论语译注》，中华书局2012年版，第124页。"后死者"，注者多作"孔子自称"，然由语境度本义，当为"后我死者"，即"死于孔子之后的人"。
[②] 《孟子·滕文公章句下》，杨伯峻《孟子译注》，中华书局2012年版，第165页。

人类提供生存空间的功德一样大。众所周知，大禹治水改善了人类生存生活生产环境，正如李白《公无渡河》诗所言"大禹理百川，儿啼不窥家。杀湍湮洪水，九州始蚕麻"①，苏轼也以"禹治洪水，排万世之患，使沟壑之地，疏为桑麻，鱼鳖之民，化为衣冠"②称叹。大禹功德体现在物质物理层面，社会效果的直观性很强。而孔子作《春秋》与孟子距杨墨，则属于文化意识形态，虽然影响人心、规范行为，却不具备直观性，让人觉得与大禹治水没有可比性，更无法与"天地之德"并论。孟子的话，似乎也确有"大言"之嫌。

作者由此归纳说，孔子作《春秋》与孟子距杨墨，与"天"有何关系？怎能将"文"与"天"联系在一起呢？大禹治水功德之巨，固可比肩天地，而孔孟言论，并无实在物质体现，怎能与大禹比并，更何况天地！这不确实给人以夸张的感觉吗？由此既照应了开头的"言有大"，又解释了"众人疑之"的合理性。更为重要的是，此处不仅引出了本篇书序的核心观点"功与天地并"，而且暗含不为"众人"关注的深层问题，即如何评价人文思想的价值意义与历史地位。对这一问题的不同回答，代表着不同的人文史观。"言有大"仅是表面现象，证明其"非夸"才是序者的本意，只有让人们明白孔子作《春秋》、孟子距杨墨的意义，确实与大禹治水一样造福人类，才能说明"言有大而非夸"，儒家人文思想的确"功与天地并"。

第二节　苏轼人文史观的文化诠释与孔孟韩欧的文脉传承

汉代孔安国《尚书·序》称书序"所以为作者之意，昭然义见"③，

---

① 李白《公无渡河》，彭定求等编《全唐诗》（第1册）卷十九，延边人民出版社2004年版，第914页。
② 苏轼《儒者可以守成论》，《苏轼文集》（第1册）卷二，第40页。
③ 孔安国《尚书·序》，严可均校辑《全上古三代秦汉三国六朝文·全汉文》卷十三，第127页。

揭示了书序介绍著作宗旨内容、便于读者了解意义价值的基本要求。《集叙》选择了评价欧阳修历史贡献为重心，即"功与天地并"，全篇紧紧围绕这一观点层层展开文化诠释。发端以"言、信、疑"为三支点，引出大禹、孔子、孟子"功与天地并"的讨论，提出孔孟以文章"配禹""不已夸乎"的考问。其后，通过前代历史发展的事实，进行深刻分析与阐释。

一、人类生存的思想保障与儒学的创新性弘扬

首先，正面讲述孔孟思想保障人类生存的社会效果。孟子曾经对孔子修《春秋》的历史背景和动因宗旨有过介绍，其时"世衰道微，邪说暴行有作，臣弑其君者有之，子弑其父者有之。孔子惧，作《春秋》"[①]，指出孔子时代，部分邦国士族丧失人性道德，造成社会秩序极度混乱。孔子敏锐认识到这将严重危及人类生存，深感恐惧与忧虑。为制止继续恶化，孔子采用记述"天子"历史的方法，借助文化道德和社会舆论力量，实施约束，规范行为，创造了深含"微言大义"的"春秋笔法"。"自《春秋》作，而乱臣贼子惧"[②]，取得良好震慑效果。孟子对自己"距杨墨"的文化背景、社会情形和动因目的也做过生动描述，"圣王不作，诸侯放恣，处士横议，杨朱、墨翟之言盈天下。天下之言不归杨则归墨。杨氏'为我'，是无君也；墨氏'兼爱'，是无父也。无父无君，是禽兽也"[③]，指出了杨墨之学泯灭人性，毁灭儒学，危及人类生存。孟子认为"杨墨之道不息，孔子之道不著，是邪说诬民，充塞仁义也"[④]。他为此担忧和恐惧，于是毅然批判和遏止杨墨邪说，捍卫与弘扬孔子儒学，所谓"吾为此惧，闲先圣之道，距杨墨，放淫辞，邪说不得作。作于其心，害于其事；作于其

---

① 《孟子·滕文公章句下》，杨伯峻《孟子译注》，第187页。
② 《孟子·滕文公章句下》，杨伯峻《孟子译注》，第165页。
③ 《孟子·滕文公章句下》，杨伯峻《孟子译注》，第165页。
④ 《孟子·滕文公章句下》，杨伯峻《孟子译注》，第165页。

事，害于其政"①，不给杨墨学说得逞的机会。"孟子之言行，而杨墨之道废"正是其努力维护儒学、确保社会正气的结果。然而，人们没有觉察修《春秋》和"距杨墨"的意义，误以为当时社会的发展本来就应该是这样，不知道这是孔子、孟子努力的结果，所谓"天下以为是固然，而不知其功"。至此，苏轼对孔子、孟子"言有大而非夸"做了深刻诠释，既突出了儒家思想对弘扬社会正气、推动人类文明发展的重大作用，又彰显了儒家人文思想舆论、道德、文化的社会影响力和巨大能量。

其次，以"申商韩非之学"的负面影响，反衬儒学保障人类生存的重要性。苏轼指出，孟子去世后，法家学说流行，创始人申不害、改革家商鞅、集大成者韩非等相继兴起，他们偏离儒学"以人为本"宗旨，"违道而趋利，残民以厚主"，与"崇仁尚礼，继道明德"的儒学相比，恶劣丑陋。法家用"严而少恩"②的学说迷惑君主，而君主贪图眼前功利，"靡然从之"。当此之际，没有出现孔子、孟子这样的思想家进行批驳阻止，"故其学遂行"。由此导致的直接后果就是国家消亡、社会动乱、生灵涂炭，"秦以是丧天下"，陈胜、吴广揭竿起义，刘邦、项羽楚汉之争，造成"死者十八九，天下萧然"的惨痛局面，"洪水之患，盖不至是也"。苏轼设想，如果在"秦之未得志"时，出现孟子式的人物，像"距杨墨"那样"距申商韩非"，维护儒学，那么就不会出现"死者十八九"的惨烈景象。由此前推，如果没有孟子，杨朱与墨翟学说将横行天下，祸害程度恐怕比"申商韩非"还要惨烈。正是孟子"距杨墨"，才避免了"天下萧然"，这同大禹治水给人们带来的福祉是一样的，所以"虽以孟子配禹可也"，即孟子与大禹一样"功与天地并"；孟子承续孔子，孔子自然也与大禹一样"功与天地并"。这就是苏轼对"言有大而非夸"和"达者信之"有力论证的内在逻辑与文化诠释。

---

① 《孟子·滕文公章句下》，杨伯峻《孟子译注》，第165页。
② 司马迁《史记·太史公自序》，《史记》卷一三〇，第3291页。

第三，以汉代盖公、贾谊、晁错为例，表示对"众人疑焉"的理解。苏轼借《史记·太史公自序》"盖公言黄、老，贾谊、晁错明申、韩"①之语，指出"邪说之移人，虽豪杰之士，有不免者，况众人乎"，回应并解释前面"众人疑焉"。"盖公"为汉代山东胶西著名学者，精通黄帝、老庄之学，曾以"宁静治国"授丞相曹参；西汉著名政论家贾谊、晁错，均博学多才，但置儒学于不顾，却推行申不害与韩非学说，贾谊位至太傅，也以"申韩"为务，令人费解。像盖公、贾谊这样学识深厚的"豪杰之士"尚且如此，那么，普通人对"言有大"产生疑惑就不足为奇了！至此，作者以孔孟儒学为实例，以历史衍变为线索，正面阐述与反面对比相结合，突出儒学引领社会健康发展的重要意义，表达了儒学"功与天地并"的人文史观，同时圆满完成了对"言、信、疑"的印证与诠释。

第四，由儒学的历史发展变化渐引至倡导"复古兴儒"的韩愈。苏轼以更为开阔的视野和恢宏的气势，讲述自汉至宋文化发展与社会衍变的历史事实，进一步证明儒学"功与天地并"，并以此为过渡到欧阳修做铺垫。汉代董仲舒曾提出"推明孔氏，抑黜百家"②，但未能落实到社会实践中，儒学没有恢复三代时期的主流地位，非儒学思想在中国历史发展进程中不断冲击着社会的正常发展。苏轼指出，"自汉以来，道术不出于孔氏，而乱天下者多矣。晋以老庄亡，梁以佛亡，莫或正之"。偏离儒学，就会天下大乱，乃至政息国亡。晋代因盛行老庄之学而灭，梁朝则因沉溺佛学而亡。晋、梁毁灭之前，没有人能以儒学思想纠正或抑制老庄、佛学思潮的过度传播。直到"五百余年而后得韩愈"③，韩愈在儒学式微，释、道盛行之际，力辟佛、老，谏迎佛骨，倡导古文运动，致力复兴儒学，

---

① 原句为："自曹参荐盖公言黄老，而贾生、晁错明申、商。"（《史记》卷一三〇，第3319页）
② 班固《汉书》（第8册）卷五十六《董仲舒传》，第2525页。
③ 此处"五百余年"是指汉代（公元前202—公元220）以后至韩愈（768—824）时代。

"文起八代之衰，而道济天下之溺"，"天下靡然从公，复归于正"①，"学者以愈配孟子"，认为其功德与孟子同，即"功与天地并"。

二、欧阳修的"文风复古"与深远的历史影响

第五，视欧阳修为"今之韩愈"，则欧阳修亦"功与天地并"。韩愈逝世二百多年后，欧阳修走上文坛，以韩愈为榜样，揭帜"文风复古"，弘扬儒学，"推韩愈、孟子以达于孔氏，著礼乐仁义之实，以合于大道"，领导了宋代的诗文革新并获得巨大成功。其文学创作"简而明，信而通，引物连类，折之于至理，以服人心"，"天下翕然师尊之"。苏轼指出，欧阳修在世时，反对派曾"哗而攻之"，但"折困其身，而不能屈其言，士无贤不肖，不谋而同曰'欧阳子，今之韩愈也'"。这就是当时人们给予欧阳修的评价，其推动儒学发展与促进社会进步的贡献，自然是与韩愈一样"功与天地并"。这是《集叙》对欧阳修的历史评价，也是文章的核心观点。前面从发端开始的所有内容，都是铺垫，最终全都落实于此处，既有百川归海之势，又有曲折委婉之妙，虽然"千呼万唤"，却令读者拍案叫绝。

第六，以北宋文化发展的新变化印证欧阳修"功与天地并"。苏轼介绍了北宋前期的社会环境，一方面是和平安定，"民不知其兵，富而教之"；一方面是文化领域缺乏活力与创造，呈现"斯文终有愧于古，士亦因陋守旧，论卑而气弱"的状态。欧阳修主盟文坛后，在弘扬儒学、改变文风、培养人才等方面做出了重大贡献，使得"天下争自濯磨，以通经学古为高，以救时行道为贤，以犯颜纳谏为忠"，不仅学风文风大变，而且注重社会实践。"长育成就，至嘉祐末，号称多士，欧阳子之功为多"，其培养社会文化精英，厥功至伟。序者深沉感叹"此岂人力也哉？非天其孰能使之"，既呼应了前面"天"与"斯文"的关联，又正面传达了欧阳修的成就和表现，天祐其成，含纳着上天意志的历史使命感，类近孔子受

---

① 苏轼《潮州韩文公庙碑》，《苏轼文集》（第2册）卷十七，第509页。

命于天。

第七，讲述欧阳修文化思想与创作实践的后世影响。苏轼指出，欧阳修去世"十有余年，士始为新学，以佛老之似，乱周孔之真"，儒学再次遭受挑战。"赖天子明圣，诏修取士法。风厉学者，专治孔氏，黜异端，然后风俗一变。考论师友渊源所自，复知诵习欧阳子之书"，由此点明编辑《六一居士集》的文化背景与现实意义，指出"欧阳子论大道似韩愈，论事似陆贽，记事似司马迁，诗赋似李白"的著作特点、文学风格与艺术境界，且以"天下之言"呼应文章发端。欧阳修广为人知，无须介绍生平事迹，故谨以名、字、号殿于末，结束全文。欧阳修身后的文坛变化，正是对其"功与天地并"的补充印证。

总之，"功与天地并"是对欧阳修历史贡献的评价，也是对儒学价值乃至人文思想意义的深刻认识，更是苏轼人文史观的具体表达。

第三节　苏轼人文史观与"以人为本""天人合一"

苏轼的人文史观具有鲜明突出的民族特色，体现着中华文化"以人为本""天人合一""尊道贵德"的三大理念。

一、中华文化核心理念与人类和平发展夙愿

苏轼人文史观的首要特征是着眼于人类和平发展与文明发展，境界高远。苏轼将中华文化"天人合一"的哲学理念，作为思考审视人文思想历史地位与社会价值的前提，认为人文既是人类历史实践的智慧结晶，又是人类效法自然宇宙之天地道德，参与化育万物的特有方式，人文之德与天德、地德并立为三。苏轼将思想意识层面的文化现象与物理物质层面的生存基础对举，把天地化育万物与大禹治水奠定人类生存物质基础的功绩，同孔、孟、韩、欧以文化意识形态推动人类社会文明发展的贡献并列，凸显人文思想对人类生存、社会发展、国家兴亡的重要作用。南宋吕

祖谦《古文关键》说"以文章配天，孔孟配禹，果然大而非夸"①，苏轼的人文观念震撼了这位与朱熹、张栻并称"东南三贤"的著名学者，其对人文思想丰富内涵和巨大意义的深刻理解，得到学界认同。

苏轼人文史观的又一特征是立足发明"天"与"文"与"人"的密切关联，思考深刻。这是苏轼人文史观的核心内容，"天""文"关系是贯穿《集叙》全篇的内在线索。开篇即提出"天"与"斯文"及"文章"与"天"的问题，"天之将丧斯文"直接将"天"与"斯文"联挂，而"文章之得丧，何与于天"的发问，尖锐明确，令人沉思，也为后面的诠释埋下伏笔。至论"欧阳子之功"，感叹"非天，其孰能使之"，说明欧阳修以儒学思想挽救社会颓势，绝非人力企及，欧阳修亦如孔子，兴复儒术是实践"天"的意志。天有自然之意，即"天意"，其中包含不可违背的自然规律或"自然之道"。苏轼视"天"为既有生命意志又可主宰万物的"神灵"，"文"自然也在其掌握中。但这并不意味着人只能被动接受支配，相反，人是宇宙智慧主体，思想文化不仅是人类独有的非凡创造，更是积极参与天地创造万物的重要方式。苏轼对"天"与"文"关系的思考，蕴含深厚的"以人为本、天人合一"哲学理念。

二、"人"与"天"与"文"一体共生的关系

"天""人"关系是苏轼人文史观的思想精髓。中华传统文化认为，"德"是"天""人"共有的品质特性。"天地之大德曰生"②，乃"生之始""生之本"，化生万物、养育生命，为生物始源。这使得宇宙充满循环往复、生生不息的生机活力，显示着孕育生命、承载万物并始终周流不息的"天道"。"天地之道，博也，厚也，高也，明也，悠也，久

---

① 吕祖谦《古文关键》（卷下），黄灵庚点校《吕祖谦全集》（第11册），浙江古籍出版社2008年版，第106页。
② 《周易·系辞下》，王弼、韩康伯注，孔颖达疏《周易正义》卷八，《十三经注疏》（上册），第74页。

也"①，表现出广博、深厚、高大、光明、悠远、长久的高贵品德。而人作为天地的独特创造，一切的生命活动都应体现与天地相同的"德"。《周易·乾·文言》谓"大人者，与天地合其德，与日月合其明，与四时合其序"②，指出圣人之所以被敬仰的原因，就在于他们可与天地合德、日月合明、四时合序，能够达到"天人合一"的最高境界。人既然是天地间的主体，就理应顺乎天意、合乎天道。"天行健，君子以自强不息"③，"地势坤，君子以厚德载物"④，将天、地与君子同等并列，天地之道在于"广容而无怨，厚载而无私"，人应亦然。作为宇宙唯一具有道德思想的生命，人不但要承担沟通天地的桥梁枢纽，还要学习天地润物有为、自强不息的品格。《诗经·大雅·烝民》曰"天生烝民，有物有则。民之秉彝，好是懿德"⑤，上天生养百姓，使万物生长都有法则可循，百姓就应秉承天道，以此为标准，规范自身行为。《尚书·蔡仲之命》称"皇天无亲，惟德是辅"⑥，人只有具备与天地运行法则相同的行为品德，才能得到上天庇佑帮助。"天"具有至高无上的地位和化育万物并"静行敦化"的大德，人类就要承续并效法天道，充分发挥主观能动性和巨大创造潜力，积极参与天地创造生命的过程，将宇宙万物的发育运行同人类社会的健康发展结合起来。天地之德的外在表现是春夏秋冬运行有序，稳定不乱，秩序井然，人文就是要在人类社会中也建立起这样的秩序，确保人类健康发展、文明发展。实际上苏轼在对"天"与"文"关系的思考中，已经包含了人的因素，既说明人类参与宇宙创造的必然性与重要性，凸显人类主体意识的高昂，同时指出人文思想是人类学习和效法天道、培育并教化德性，使

---

① 《礼记·中庸第三十一》，《礼记正义》卷五十三，《十三经注疏》（下册），第1632页。
② 《周易·乾·文言》，《周易正义》卷一，《十三经注疏》（上册），第5页。
③ 《周易·乾·象》，《周易正义》卷一，《十三经注疏》（上册），第14页。
④ 《周易·坤·象》，《周易正义》卷一，《十三经注疏》（上册），第18页。
⑤ 周振甫《诗经译注》，中华书局2010年版，第443页。
⑥ 《尚书·蔡仲之命》，孔安国传，孔颖达等正义《尚书正义》卷十七，《十三经注疏》（上册），第227页。

人道与天道相通、人德与天德相合的唯一方式。人类所特有的思想文化和智慧创造，是参与宇宙创造万物、天地化育生命的基础，因此人文思想也具有与天地并立的崇高地位。关于"天"与"人"的关系，前贤认为，天道与人道的共通之处在于"诚"，这也是"德"的表现，所谓"诚外无物"[1]。《礼记·中庸》说"诚者，天之道也；诚之者，人之道也。……自诚明，谓之性；自明诚，谓之教"[2]，指出天道就是以诚"生"物、以诚"化"物，而学习天道之"诚"就是人道；由诚而达于明，是人的天性，由明而达于诚，却是人类不断学习思想文化和接受教育的结果。与宇宙万物相比，个体的人确实非常渺小，但是人性与物性的不同之处，就在于人类所独有的文化能力，能学习、认识并理解天地化育之功，能洞悉、领悟并效法天地大"道"。因此，人类的思想和智慧，在天地万物间处于独一无二的地位。《礼记·中庸》说"唯天下至诚，为能尽其性。能尽其性，则能尽人之性。能尽人之性，则能尽物之性。能尽物之性，则可以赞天地之化育。可以赞天地之化育，则可以与天地参矣"[3]，意思是说天地的功能是化生养育，其本性在于"以诚化物"，而人作为自然界中特殊的一员，就要肩负起实现天性的使命，即通过人所创造的思想文化效法天地、参赞化育，力争与天道的法则和秩序相匹配，通过思想文化的学习、参与、分享、焕发、培育和实现万物走向完美，人就完成了"赞天地之化育"的使命，可以与天地并立为三，即"与天地参"。苏轼正是通过"天"与"文"、与"人"关系的分析，对"文章之得丧，何与于天"的发问做了圆满的解答与诠释。简而言之，人类通过生活实践创造文化，形成认知积累，薪火相传，同时通过思想文化的学习，主动承续天地生生之德，并将此天道运行于世间，这是人类参与天地创造的特有方式，因此苏

---

[1] 原文出自《礼记·中庸第三十一》："诚者，物之始终。不诚无物。是故君子诚之为贵。"《礼记正义》卷五十三，《十三经注疏》(下册)，第1632—1633页。
[2] 《礼记·中庸第三十一》，《礼记正义》卷五十三，《十三经注疏》(下册)，第1632页。
[3] 《礼记·中庸第三十一》，《礼记正义》卷五十三，《十三经注疏》(下册)，第1632页。

轼将人文思想放在与天地并立的重要地位。他也曾以"参天地"之功称赞韩愈，说韩愈以儒家思想复兴古文传统、挽救天下衰颓局面，"岂非参天地，关盛衰，浩然而独存者乎！"①将人文思想的价值提升到宇宙生命意识的高度，体现出苏轼对人文思想所具有崇高地位的认知。人类通过发挥主观能动性，学习、领会并运用天道，通过思想文化的独特创造，使人道合于天道、人德合于天德，参与宇宙万物化生化成，则人文思想具有"与天地并"的性质和地位，自然在情理之中。

三、"人文""人心"与"天地之心"的统一

深刻把握人文思想与人心的关系也是苏轼人文史观的重要特征。《集叙》在明确并凸显人文思想与天的紧密联系后，又进一步说明"文"对"人"的影响教化。作《春秋》与"距杨墨"，均以"正人心"为目标；韩愈面对"齐民逃赋役，高士著幽禅"②乱象，认为"释、老之害过于杨、墨"③，积极倡导儒学；欧阳修通过文化主张和思想力量"以服人心"。人文思想如何作用于"人心"？《礼记·礼运》称"人者，天地之心也"④，充分肯定了人在天地间的价值地位。人心是生命的根本，主宰着人类的精神变化。而天地本无"心"，但却以"生"万物为心，故《周易·复·象》说"天地养万物……乃天地之心也"⑤。天地之心就是为万物生存提供物质条件，体现出鲜活的生命力。就此而言，人心即天心，人心的实质便是对天地生物之心的内化，这不仅是作为人的生命情感需求，也是天所赋予人的神圣使命，更是人的最高价值和终极目的。人类所独有的灵性智慧和思想文化，就是以"人心"合乎天地生物之"天心"的创造过程，通

---

① 苏轼《潮州韩文公庙碑》，《苏轼文集》（第2册）卷十七，第509页。
② 韩愈《送灵师》，彭定求等编《全唐诗》（第6册）卷三三七，第2038页。
③ 韩愈《原道》，马其昶校注《韩昌黎文集校注》（卷一），上海古籍出版社1986年版，第20页。
④ 《礼记·礼运》，《礼记正义》卷二十二，《十三经注疏》（下册），第1424页。
⑤ 《周易·复·象》，《周易正义》卷三，《十三经注疏》（上册），第39页。

过"人心"展现"天心",所以人文思想具有通"天心"和"人心"的双重属性,既有天心般的旺盛生命力,又能起到化育人心、敦风化俗的重要作用。《中庸》中说:"大哉圣人之道!洋洋乎,发育万物,峻极于天。"[1] 商、汤、文、武等圣君以敬德保民的思想,参赞化育人心,让万物各正性命。《集叙》说"禹之功与天地并",大禹治水拯救黎民生命,体现出浓厚的泛爱生命、尊重生命、珍惜生命与仁爱万物的"天心",并且以这种仁爱与道义的人文思想感化"人心"、化育百姓。禹之后的孔子、孟子接续了"天心"之生的大德,继续以"仁"的人文思想化生万物,以至美至善的"道德"精神浇灌"人心"。著名儒学家唐君毅指出,"孔子教人以仁,亦即直接法天之使'四时行、百物生'之德,而使人皆有同于天之德。孔子之立人道,亦即承天道。人文之道与天道,唯是同一之仁道,而立人道以继天道"[2]。天地生养万物为"仁",天地节化万物为"义",而"仁义"正是儒家人文思想的核心与关键,是对天地仁爱万物"生生之心"的承续,并以此治己心、治道心、治民心,这正是人文思想能化育人心的重要原因,同时也是人文思想之所以具有强劲生命力的理论根源。尽管儒家文化历经风雨,在发展过程中也遭遇过曲折和坎坷,但是始终没有停息,就是因为其以天心合于人心、以天德合于人德、以天道合于人道的思想内核,让它拥有了天心般充沛的创造力和旺盛的生命力,对人心有着强大的穿透力和巨大的凝聚力,所以人文思想能够对人心产生重要作用,能够纠察人的自身矛盾,丰富人的精神世界,超越人的自我发展。

总之,苏轼对"文"与"天"、"文"与"人"关系的思考,蕴含着浓厚的"天人合一"的哲学理念和"人文化成"的精神意蕴,他强调人的意识、精神、思想具有"与天地参"的极端重要性,凸显人文思想对人心的"参赞化育"作用。

---

[1] 朱熹《四书章句集注·中庸章句》,《朱子全书》(第6册),第53页。
[2] 唐君毅《中国文化之精神价值》,广西师范大学出版社2005年版,第37—38页。

第四节　苏轼人文史观的生成基础："奋厉有当世志"

苏轼以儒学"功与天地并"为基础形成的人文史观，有着深厚的认知基础、思想基础和实践基础。宋代结束了晚唐五代藩镇割据的混乱局面而复归一统，巩固统治、休养生息、和平安定成为朝野的高度共识与期待。朝廷从前代的历史发展中，深刻认识到"儒术污隆，其应实大，国家崇替，何莫由斯"①，于是顺应时势，确定了"以文治国"的大政方针，在制度层面营造文化发展大环境，兴教办学，科举取士，出现了"释耒耜而执笔砚者，十室而九"②的局面。苏轼正是在这种文化背景中成长起来"奋厉有当世志"③的文化巨擘。

一、"以文治国"环境与儒家思想教育

首先，苏轼从小接受的就是儒家思想教育，特别是家乡眉州儒学的熏陶。其《眉州远景楼记》说："吾州之俗，有近古者三：其士大夫贵经术而重氏族；其民尊吏而畏法；其农夫合耦以相助。盖有三代、汉、唐之遗风，而他郡之所莫及也。"④名门望族看重经学、重视家族教育，百姓尊重官吏且遵纪守法，农民辛勤耕种、善良淳朴，成为眉州的普遍风俗。苏轼自称"治经独传于家学"⑤，"韶龀授经，不知他习"⑥。其父苏洵虽然"年二十七，始大发愤"⑦，但研习儒学经典，授教苏轼兄弟，可谓"教学相长"。儒学文化教养，让少年苏轼对当时的名家范仲淹、富弼、欧阳修等充满向慕，"比

---

① 赵恒《崇儒术论》，李焘《续资治通鉴长编》（第6册）卷七十九，第1798—1799页。
② 苏轼《谢范舍人启》，《苏轼文集》（第4册）卷四十九，第1425页。
③ 苏辙《亡兄子瞻端明墓志铭》，陈宏天、高秀芳点校《苏辙集》（第3册）卷二十二，中华书局1990年版，第1117页。
④ 苏轼《眉州远景楼记》，《苏轼文集》（第1册）卷十一，第352页。
⑤ 苏轼《谢制科启二首》，《苏轼文集》（第4册）卷四十六，第1324页。
⑥ 苏洵《上张侍郎第一书》，曾枣庄、金成礼笺注《嘉祐集笺注》卷十二，上海古籍出版社1993年版，第346页。
⑦ 欧阳修《故霸州文安县主簿苏君墓志铭》，《欧阳修全集》（第2册）卷三十五，第513页。

冠，博通经史，属文日数千言"①。苏轼从小接受经世济民儒家思想熏陶，不仅成就了他"奋厉有当世志"的进取精神，而且为其人文史观的形成奠定了坚实基础。其对儒学特点与人文作用的深刻认识，在诗文集中在在皆是。《儒者可与守成论》开端称赞"圣人之于天下也，无意于取也。譬之江海，百谷赴焉；譬之麟凤，鸟兽萃焉"②的思想境界与凝聚力；同时称赞"禹治洪水，排万世之患，使沟壑之地，疏为桑麻，鱼鳖之民，化为衣冠"的巨大功德，是视"圣人"之为与"禹治洪水"的人类意义相同。《易论》认为"圣人之道存乎其爻之辞"③而不在其数，《诗论》指出"六经之道，唯其近于人情，是以久传而不废"④，《礼论》提出"唯其近于正而易行，庶几天下之安而从之"⑤，《论取郜大鼎于宋》称"《春秋》之法，皆所以待后世王者之作而举行之也"⑥，如此等等，立论皆中肯切实，概见儒学功底。

其次，苏轼深受欧阳修文化思想与文学主张的实际影响。嘉祐二年（1057）苏轼进京应考，他在试卷《刑赏忠厚之至论》中表达了"天下归仁"的理想："尧、舜、禹、汤、文、武、成、康之际，何其爱民之深，忧民之切，而待天下之以君子长者之道也！"⑦阐述了儒家仁政治国思想，且说理透彻、平易晓畅，有"韩柳"遗风，大得考官梅圣俞与主考欧阳修称赏，进士及第。当时欧阳修赞叹"读轼书，不觉汗出，快哉快哉！老夫当避路，放他出一头地"⑧。苏轼释褐入仕后，嘉祐六年（1061），欧阳修举荐他参加"贤良方正"制科考试，成绩优异，出任大理评事等。其后苏轼一直追随欧阳修，得到指导切磋，直到欧阳修逝世前，还在讨

---

① 《宋史·苏轼传》，《宋史》（第31册）卷三三八，第10801页。
② 苏轼《儒者可与守成论》，《苏轼文集》（第1册）卷二，第39—40页。
③ 苏轼《易论》，《苏轼文集》（第1册）卷二，第52页。
④ 苏轼《诗论》，《苏轼文集》（第1册）卷二，第55页。
⑤ 苏轼《礼论》，《苏轼文集》（第1册）卷二，第58页。
⑥ 苏轼《论取郜大鼎于宋》，《苏轼文集》（第1册）卷三，第69页。
⑦ 苏轼《省试刑赏忠厚之至论》，《苏轼文集》（第1册）卷二，第33页。
⑧ 欧阳修《与梅圣俞（三十）》，《欧阳修全集》（第6册）卷一百四十九，第2459页。

论"琴诗"与"琵琶诗"的区别，苏轼还以新作未呈恩师为憾。受欧阳修"济世""补世""淑世"思想影响，苏轼曾针对社会时弊，写了《策略》《策别》《策断》等二十五篇系列文章，提出"立法禁""抑侥幸""决壅蔽""教战守"等一系列富国强兵、革故鼎新的思考，体现着儒术治国的理想。这些都对其人文史观的形成产生了重要影响。

二、欧阳修思想熏陶与"致君尧舜"理想

第三，关心民生与"致君尧舜"的理想，成为苏轼实践人文史观的重要方面。苏轼历经五朝，正是政局多变、党争多发的时代，他历经坎坷磨难，而始终坚守爱国济民、以人为本的儒者使命，自称"有笔头千字，胸中万卷；致君尧舜，此事何难？用舍由时，行藏在我"[①]，传达了信守儒家思想的坚定。神宗元丰二年（1079）苏轼因"乌台诗案"被贬黄州，儒家情怀依然是其精神支柱。《念奴娇·赤壁怀古》词以艳羡年少得志的周瑜来抒发自己的报国壮志，而《与王定国（八）》"杜子美在困穷之中，一饮一食，未尝忘君，诗人以来，一人而已"[②]通过赞美杜甫表达自己的意志。苏轼在写给挚友李常的信中称"虽怀坎壈于时，遇事有可尊主泽民者，便忘躯为之，祸福得丧，付与造物"[③]，身处逆境仍以"尊主泽民"自勉，不改报国初衷。绍圣元年（1094）被贬惠州，作《和陶咏三良》表达"君为社稷死，我则同其归"[④]的志向，体现着心怀天下的爱国之情。陆游《跋东坡帖》称苏轼"不以一身祸福，易其忧国之心，千载之下，生气凛然"[⑤]，赞扬的正是坚守儒家忧国爱民的精神。

---

① 苏轼《沁园春·赴密州早行马上寄子由》，龙榆生校笺，朱怀春标点《东坡乐府笺》卷一，上海古籍出版社2016年版，第65页。
② 苏轼《与王定国（八）》，《苏轼文集》（第4册）卷五十二，第1517页。
③ 苏轼《与李公择十七首（十一）》，《苏轼文集》（第4册）卷五十一，第1500页。
④ 苏轼《和陶咏三良》，王文诰辑注，孔凡礼点校《苏轼诗集》（第7册）卷四十，中华书局1982年版，第2184页。以下凡引用此版本者，版本从略。
⑤ 陆游《跋东坡帖》，《渭南文集》卷二十九，《陆放翁全集》（上册），第177页。

三、"知行合一"的践履与评价欧公的运用

第四，苏轼无论京城为官抑或任职地方，始终坚持实践儒家爱人之学。苏轼从"民者国之本""民者，天下之本"角度，以儒家"行道"精神多次上书神宗，直言王安石变法弊端，希望兴利除弊，不被采纳却屡奏不已，"同（文与可）极以为不然，每苦口力戒之，子瞻不能听也"①。元祐四年（1089）杭州遭遇水灾，为防止瘟疫传播，苏轼筹措钱款建置医院"安乐坊"，散发药物、救治百姓。密州蝗灾严重，"上翳日月，下掩草木，遇其所落，弥望萧然"②，他全力灭蝗抗旱，并上书朝廷减免秋税。知徐州时恰逢黄河决口，洪水围困徐州城，苏轼"庐于城上，过家不入"③，指挥抗洪。黄州因贫困有"溺婴"之风，苏轼成立"育儿会"，专门收养弃婴，"比期年，养者与儿，皆有父母之爱，遂不失所，所活亦数千人"④。被贬惠州时，苏轼"率众为二桥，以济病涉者"⑤。苏轼为官一任、造福一方，身体力行儒家思想，在反映对国家深切关怀和担当精神的同时，也体现着人文史观的全面实践。

第五，苏轼以"功与天地并"评价欧阳修，是其人文史观的具体运用。儒家思想是欧阳修文化贡献的主要支撑。欧阳修以"周公、孔子、孟轲之徒常履而行之者"⑥为"道"，以现实生活中的"百事"为"道"，恢复古文传统，树立社会正气。《集叙》突出欧阳修复兴儒学的巨大贡献，充分体现了苏轼对欧阳修的深刻理解与准确把握，前人认为"非长公（苏轼）不能道得出"⑦甚中肯綮。儒学将立德、立功、立言作为实现人生价

---

① 叶梦得《石林诗话》卷中，中华书局1999年版，第12页。
② 苏轼《上韩丞相论灾伤手实书》，《苏轼文集》（第4册）卷四十八，第1396页。
③ 苏辙《亡兄子瞻端明墓志铭》，《苏辙集》（第3册）卷二十二，第1120页。
④ 苏轼《与朱鄂州书》，《苏轼文集》（第4册）卷四十九，第1418页。
⑤ 苏辙《亡兄子瞻端明墓志铭》，《苏辙集》（第3册）卷二十二，第1126页。
⑥ 欧阳修《与张秀才棐第二书》，《欧阳修全集》（第3册）卷十七，第987页。
⑦ 蔡世远《古文雅正》卷十二，高海夫主编《唐宋八大家文钞校注集评·东坡文钞》（下册），第5540页。

值"三不朽"的最高境界,《左传·襄公二十四年》说:"'大上有立德,其次有立功,其次有立言',虽久不废,此之谓不朽。"[1] 欧阳修进一步具体化,指出"修之于身,施之于事,见之于言,是三者,所以能不朽而存也"[2]。苏轼深谙欧阳修深意,着眼于此立论,讲述欧阳修文章、道德、事业三方面贡献。欧阳修积极改造骈偶绮丽的"西昆体",打击险怪奇涩的"太学体",恢复韩柳古文传统,而"著礼乐仁义之实,以合于大道"的文学创作,以及"简而明、信而通,引物连类,折之于至理"的风格,也为士人做出表率,"后学大悟,文风一变",使北宋文学朝着内容充实、流畅自然的道路健康发展。文风即世风,文风变革带来社会风气新变化。欧阳修鼓励士子"屈申取舍,要于济务"[3],"生有闻于当时,死有传于后世"[4],逐渐形成"开口揽时事,议论争煌煌"[5],关切现实的风气,培育了"天下争自濯磨"的士林新风。明代茅坤说"苏长公乃欧文忠公极得意门生,此序却亦不负欧公"[6],正是看到了《集叙》从儒家立德、立功、立言三方面评价欧阳修历史贡献的精诚与智慧。清代藏书家孙琮赞叹"用笔精警,可谓极烹练之工"[7],清初储欣说"此序亦可弁冕欧阳子之书"[8],在高度评价《集叙》艺术境界的同时,充分肯定苏轼的人文史观。

---

[1] 《左传·襄公二十四年》,杜预注,孔颖达正义《春秋左传正义》卷三十五,《十三经注疏》(下册),第1979页。

[2] 欧阳修《送徐无党南归序》,《欧阳修全集》(第2册)卷四十四,第631页。

[3] 欧阳修《与焦殿丞千之(十六)》,《欧阳修全集》(第6册)卷一百五十,第2480页。

[4] 王安石《祭欧阳文忠公》,《欧阳修全集》(第6册)附录卷三,2685.

[5] 欧阳修《镇阳读书》,《欧阳修全集》(第1册)卷二,第35页。

[6] 茅坤《苏文忠公文钞》卷二十三,高海夫主编《唐宋八大家文钞校注集评·东坡文钞》(下册),第5538页。

[7] 孙琮《山晓阁选宋大家苏东坡全集》卷五,高海夫主编《唐宋八大家文钞校注集评·东坡文钞》(下册),第5539页。

[8] 储欣《唐宋十大家全集录·东坡先生全集录》卷三,高海夫主编《唐宋八大家文钞校注集评·东坡文钞》(下册),第5539—5540页。

第五节　苏轼人文史观的文化实践："问汝平生功业，黄州惠州儋州"

苏轼的人文史观更多地体现和贯穿在文化实践中。苏轼终生都致力于人文思想的学习、研究、创造与传播，故前人称评"自古文士之见道者，必推眉山苏长公其人，读其文而可概已"①。

一、人文史观的文化实践与"平生功业"

苏轼晚年有《自题金山画像》诗："心似已灰之木，身如不系之舟。问汝平生功业，黄州、惠州、儋州。"②这首禅机妙语式的六言诗，写于海南获赦北归时，途经镇江金山寺，看到十年前李公麟画的苏轼像，无限感慨，欣然命笔，实际上是诗人一生致力于人文创造和文化实践的回顾与自评。一般读者大都拘泥于字面意思，认为是在抒发长期被贬的感伤或自嘲，而没有品味到"别是一般滋味在心头"③的深层意韵。开头两句以形象的比喻，写三次被贬期间的心态与漂泊不定的生活，与数日前创作的《六月二十日夜渡海》"天容海色本澄清"④对读，即可明白诗中深情。作者着眼于"心""身"之"像"，化用《庄子·齐物论》"形固可使如槁木，而心固可使如死灰乎"⑤典实，正言若反，表达目前安定可期的欣喜。三四两句字面上是以先后贬居之地写其流放经历，却暗含此间远离仕宦冗务而可专注文化实践的收获。所谓"平生功业"，就是对自己致力儒学传承和文化创造的深刻总结，也是对自己人生价值实现的充分肯定，"九死南荒吾不恨，兹游奇绝冠平生"⑥是最好的注释，字里行间透露出自信、自慰与自豪。因为

---

① 茅维《宋苏文忠公全集叙》，《苏轼文集》（第6册）附录，第2390页。
② 苏轼《自题金山画像》，《苏轼诗集》（第8册）卷四十八，第2641页。
③ 李煜《乌夜啼·无言独上西楼》，张璋、黄畲编《全唐五代词》（上册）卷四，上海古籍出版社1986年版，第450页。
④ 苏轼《六月二十日夜渡海》，《苏轼诗集》（第7册）卷四十三，第2366页。
⑤ 《庄子·齐物论》，郭庆藩《庄子集释》（第1册）卷一下，中华书局1961年版，第43页。
⑥ 苏轼《六月二十日夜渡海》，《苏轼诗集》卷四十三（第8册），第2367页。

黄州、惠州、儋州既是苏轼仕途失意遭受贬谪的三个阶段，也是其文化创造与社会实践的高峰时期，其间致力于文学创作、潜心于经典研究，实践"圣人之道"与"斯文有传"，这才是他一生最喜欢和最看重的事情。

二、黄州"躬耕东坡"与"未忘为国家虑"

黄州"躬耕东坡"时期，是苏轼文学创作和文化创造的巅峰期。苏轼谪居黄州，"未忘为国家虑"[①]，而尤以文化为务。宇宙人生哲思意蕴深厚的《赤壁赋》与抒发报国壮志的《念奴娇·赤壁怀古》脍炙人口，描绘美妙月夜景色的《记承天寺夜游》与回忆学佛悟道情景的《安国寺记》千古流传，旷达豪放的《定风波·莫听穿林打叶声》与寓意高远的《卜算子·缺月挂疏桐》等名篇俊章，均写于此时。前人多用"瑰奇""绝搆""最工"或"前无古人""古今绝唱""一洗万古"等评价苏轼这一时期的文学作品，可见质量之高。而创作数量与频率也呈现高峰，迄今传世诗词约四百首，散文逾千篇。不仅如此，苏轼在黄州还深入研究儒家经典。《黄州上文潞公书》称"到黄州，无所用心，辄复覃思于《易》《论语》，端居深念，若有所得，遂因先子之学，作《易传》九卷。又自以意作《论语说》五卷"，"公退闲暇，一为读之，就使无取，亦足见其穷不忘道，老而能学也"。[②] 其《次韵乐著作野步》诗"废兴古郡诗无数，寂寞闲窗《易》粗通"[③]正是这一时期文化创造的真实写照。

三、惠州"文化惠民"与"天涯海角"兴学

惠州谪居近三年，其人文史观的文化实践主要表现在关心民生疾苦、为百姓做实事。惠州向称"瘴疠之地，魑魅为邻"[④]，苏轼尽其所能，帮

[①] 苏轼《与滕达道书（二十）》，《苏轼文集》（第4册）卷五十一，第1481页。
[②] 苏轼《黄州上文潞公书》，《苏轼文集》（第4册）卷四十八，第1380页。
[③] 苏轼《次韵乐著作野步》，《苏轼诗集》（第3册）卷二十，第1038页。
[④] 苏轼《到惠州谢表》，《苏轼文集》（第2册）卷二十四，第707页。

助人们改善生存环境,这在其创作的两百多首诗词与四百多篇散文中都有记载和反映。五言古体《两桥诗》记其"率众为东西二桥,以济病涉者",不但捐出名贵犀带,而且说服族人出资,诗有"嗟此病涉久,公私困留稽""不知百年来,几人陨沙泥"极写人们生活不便,又有"叹我捐腰犀""探囊赖故侯,宝钱出金闺"①描述捐资建桥。《游博罗香积寺》记因游寺而筹划水碓石磨,借用水力舂米磨面,减轻劳动强度,方便人们生活,诗有"三山屏拥僧舍小,一溪雷转松阴凉。要令水力供臼磨,与相地脉增堤防。霏霏落雪看收面,隐隐叠鼓闻舂糠。散流一啜云子白,炊裂十字琼肌香"②句,憧憬建成后使用的情景,令人陶醉。写于绍圣元年(1094)的《秧马歌并引》,记其"昔游武昌,见农夫皆骑秧马"劳作的情形,详述秧马"以榆枣为腹欲其滑,以楸桐为背欲其轻,腹如小舟昂其首尾,背如复瓦以便两髀"的制作原理,以及"雀跃于泥中,系束藁其首以缚秧,日行千畦。较之伛偻而作者,劳佚相绝"的轻松方便,在惠州帮助制作,示范推广,改变了原来"腰如箜篌首啄鸡,筋烦骨殆声酸嘶"③的原始劳作状态,既减轻了劳动强度又提高了劳动效率,故清人陶澍为李彦章《江南催耕课稻编》作序说:"昔东坡先生在惠州为《秧马歌》,以示博罗林令抃,林躬率田者制作阅试,惠州民皆施用,以为便。"④另外,苏轼还创作了多首描绘和赞美惠州西湖的诗词,其脍炙人口的名篇《食荔枝》诗"罗浮山下四时春,卢橘杨梅次第新。日啖荔枝三百颗,不辞长作岭南人"⑤,更是宣传惠州和岭南风物的永恒标志。苏轼与惠州人民结下深厚友谊,《与陈季常十六首(十六)》称惠州"风土食物不

---

① 苏轼《两桥诗》,《苏轼诗集》(第6册)卷四十,第2199页。
② 苏轼《游博罗香积寺》,《苏轼诗集》(第6册)卷三十九,第2112页。
③ 苏轼《秧马歌》,《苏轼诗集》(第6册)卷三十八,第2051页。
④ 陶澍《江南催耕课稻编序》,《陶澍全集·印心石屋文钞》(第6册)卷七,岳麓书院2010年版,第84页。
⑤ 苏轼《食荔枝二首(其二)》,《苏轼诗集》(第7册)卷四十,第2194页。

恶，吏民相待甚厚"①，甚至决计"买田筑室，作惠州人矣"。惠州也因苏轼而光彩倍增，清代诗人江逢辰写出了"一自坡公谪南海，天下不敢小惠州"②的著名诗句。

儋州是当时最为边远荒蛮的"天涯海角"。苏轼于宋哲宗绍圣四年（1097）被贬至南海儋州。当时此地条件恶劣，教育不兴，文化凋敝，其《和陶示周掾祖谢》诗"摄衣造两塾，窥户无一人。邦风方杞夷，庙貌犹殷因。先生馔已缺，弟子散莫臻。忍饥坐谈道，嗟我亦晚闻"③，详细描述了他造访当地学校时看到的真实情况，令人痛心疾首。苏轼不顾年迈体弱，一方面积极劝勉民众兴学办教，一方面设帐授业，开办书院"载酒堂"。他努力改善学习条件，研究儒家经典，撰写教材，《答李端叔十首（三）》称"所喜者，在海南了得《易》《书》《论语传》数十卷，似有益于骨朽后人耳目也"④，自认"此生不虚过"。写于此时的《韩愈论》代表着苏轼人文研究和治学方法达到的新高度。这篇文章的最大亮点在于以韩愈为例，运用批判性思维模式，深入思考和客观分析儒学及传承存在的缺陷，提出独到的见解与主张。文章强调儒学"履之以身""行之于事"的实践性，提出继承"圣人之道"必须做实事，所谓"安其实而乐之"，而不能"趋其名而好之"，更"不在于张而大之"地坐而论道，空谈理论；主张对黎民百姓要"教之使有能，化之使有知"，通过文化教育让人们获得生活的能力与智慧，这才是真正的爱民；提出治学须"善学"，"君子之为学"既要"知其人之所长"又要"知其蔽"，做到客观全面、求真求是。文章不为贤者讳，认为"韩愈之于圣人之道"乃"知好其名""而未能乐其实"，"儒者之患，患在于论性，以为喜怒哀乐皆出于情，而非性

---

① 苏轼《与陈季常十六首（十六）》，《苏轼文集》（第4册）卷五十三，第1570页。
② 江逢辰《白鹤峰和杨诚斋韵》，邬榕添编《罗浮山古诗词楹联选》，人民教育出版社1999年版，第144页。
③ 苏轼《和陶示周掾祖谢》，《苏轼诗集》（第7册）卷四十五，第2254页．
④ 苏轼《答李端叔十首（三）》，《苏轼文集》（第4册）卷五十二，第1540页。

之所有"①，均持之有据、言之成理，体现着思考的缜密与严谨。抑或这就是当时苏轼在海南儋州讲学的内容。苏轼在儋州"以诗书礼乐之教，转化其风俗，变化其人心，听书声之琅琅，弦歌四起"②，引起社会的强烈反响，渡海而来求学者甚多，如潮州吴子野、江阴葛延之等，学人姜唐佐成为琼州第一位进士。写于元符三年（1100）七月的《书合浦舟行》，回忆六月"自海康适合浦，遭连日大雨"而"碇宿大海中，天水相接，疏星满天。起坐四顾大息"，"所撰《易》《书》《论语》皆以自随，世未有别本。抚之而叹曰：'天未丧斯文，吾辈必济'已而果然"③的艰险情景，于生死未卜之际，最关心的却是研究儒家经典结撰的成果，可见其对人文事业的珍惜置于生命之上，其"抚之而叹"与孔子危于匡地又何其相似！苏轼不遗余力地投身当地教育，厚人伦、美风俗、正人心，推动当地文化发展与社会进步做出重要贡献。

宋徽宗建中靖国元年（1101）七月，一代文豪殒落。苏轼逝世噩耗传出，"吴越之民，相与哭于市，其君子相吊于家，讣闻四方，无贤愚皆咨嗟出涕。太学之士数百人，相率饭僧慧林佛舍"④，浩大的群众性自发式吊唁活动，显见其文化贡献的深广影响和人们由衷的敬仰。

第六节　苏轼人文史观的思考启迪："国家之存亡，在道德之深浅"

苏轼人文史观既有深厚的历史渊源，又有深刻的现实启迪。充满正能量的人文思想"功与天地并"，不但警醒当代，而且指引未来，是人类和平发展、文明发展、科学发展的基础与保证。

---

① 苏轼《韩愈论》，《苏轼文集》（第1册）卷四，第113—115页。
② 王国宪《重修〈儋县志〉叙》，钟平主编，海南省儋州市地方志编纂委员会编《儋县志》，新华出版社1994年版，第797页。
③ 苏轼《书合浦舟行》，《苏轼文集》（第5册）卷七十七，第2277页。
④ 苏辙《亡兄子瞻端明墓志铭》，《苏辙集》（第3册）卷二十二，第1117页。

一、弘扬"人文化成"传统与倡导"和而不同"创新

首先,苏轼将人文思想提升到国家存亡高度,重视"人文化成"的社会效果,启迪人类重视意识形态和文化建设,坚持正确发展方向。苏轼《上神宗皇帝书》指出:"国家之所以存亡者,在道德之浅深,不在乎强与弱,历数之所以长短者,在风俗之厚薄,不在乎富与贫。道德诚深,风俗诚厚,虽贫且弱,不害于长而存。道德诚浅,风俗诚薄,虽强且富,不救于短而亡。"①"道德""风俗"都是人文精神范畴,其深厚浅薄,直接关系国家兴亡;物质方面"虽强且富"而不讲道德,难免灭亡厄运;说明意识形态的人文思想远比国库充盈的物质基础更重要。《策别安万民》共六篇,开篇即言"安万民者,其别有六。一曰敦教化"②,提出通过人文教育让百姓"知信""知义",并以三代为例,说明人文教化直接关系社稷安危,所谓"圣人之于天下,所恃以为牢固不拔者,在乎天下之民可与为善,而不可与为恶也"③,认为政权稳定的根本在于人文教育,即使国家处于危难,百姓也能知勇知耻、是非分明,揭示出意识形态与社会教化的巨大力量。《孟子论》谓"孝悌足而王道备","《诗》之为教也,使人歌舞佚乐,无所不至,要在于不失正焉而已矣"④,指出儒家文化对民众匡正行为的教化意义。《礼以养人为本论》"礼之大意,存乎明天下之分,严君臣、笃父子、形孝悌而显仁义也"⑤,表达的也是通过人文教化实现社会有序、天下安定,这是国家长治久安的根本方法。

其次,苏轼既尊崇儒学又强调文化的丰富性与多样化,启迪我们既要牢固树立核心价值观,又要自觉遵循文化多样性的内在规律。《思堂记》说:"言各有当也。万物并育而不相害,道并行而不相悖。"⑥"并

---

① 苏轼《上神宗皇帝书》,《苏轼文集》(第2册)卷二十五,第737页。
② 苏轼《策别安万民一》,《苏轼文集》(第1册)卷八,第253页。
③ 苏轼《策别安万民一》,《苏轼文集》(第1册)卷八,第253—254页。
④ 苏轼《孟子论》,《苏轼文集》(第1册)卷三,第96页。
⑤ 苏轼《礼以养人为本论》,《苏轼文集》(第1册)卷二,第49页。
⑥ 苏轼《思堂记》,《苏轼文集》(第2册)卷十一,第363页。

育""并行"引自《礼记·中庸》:"仲尼祖述尧舜,宪章文武;上律天时,下袭水土;譬如天地之无不持载,无不覆帱,譬如四时之错行,如日月之代明。万物并育而不相害,道并行而不相悖。"孔颖达疏云:"子思申明夫子之德与天地相似,堪以配天地而育万物。"①本义是指孔子思想可与天地化育万物的功绩相媲美,并不排斥有益于促进社会健康发展的其他文化,苏轼以"言各有当"将其升华到文化哲学层次,认为人类创造的各种思想文化,呈现着多元并存、共同繁荣的景象,"不相害","不相悖",充分体现着儒家和而不同、兼容并包与互补共济的文化观。苏轼《答张文潜县丞书》批评王安石利用行政制度推行"王氏新学",造成文化单一,不利于繁荣发展,"文字之衰,未有如今日者也。其源实出于王氏",指出"王氏之文,未必不善也,而患在好使人同己",以致呈现如"荒瘠斥卤之地,弥望皆黄茅白苇"②的荒芜景象。此论不仅针对当时的文坛风气与学术生态,而且着眼于文化创造力,认为文化创造的多样性是焕发文化生命力的重要源泉,尊重文化的多样性才是人类健康发展的正确方向。

复次,苏轼强调以人为本的人文关怀和与时俱进的时代创新,这既是当前人类发展全球化趋势急需的思维模式,又是未来必须遵循的基本原则。"以人为本"既是中华文化的灵魂,又是人文精神的血肉,人文首先表现为对人性人情的关怀。苏轼《中庸论(中)》认为"圣人之道,自本而观之,则皆出于人情"③。《诗论》称"'六经'之道,惟其近于人情,是以久传而不废"④。可见苏轼的人文史观始终以"人"为主体,将人性人情作为思考的基础,体现出深刻的人文关怀。儒家思想体系的核心是礼乐教化,周公制礼乐维护君臣宗法秩序,孔子终其一生"克己复礼",但礼制

---

① 《礼记·中庸第三十一》,《礼记正义》卷五十三,《十三经注疏》(下册),第1634—1635页。
② 苏轼《答张文潜县丞书》,《苏轼文集》(第4册)卷四十九,第1427页。
③ 苏轼《中庸论(中)》,《苏轼文集》(第1册)卷二,第61页。
④ 苏轼《诗论》,《苏轼文集》(第1册)卷二,第55页。

文化应根据人类发展和时代变化而完善。苏轼《礼以养人为本论》说"礼之初,缘诸人情,因其所安者,而为之节文,凡人情之所安而有节者,举皆礼也,则是礼未始有定论也"①,既指出"礼"缘于"人情",又指出"礼"顺应人情与节制人情的双重作用,尤其强调"礼未始有定"的变化性。由此,苏轼批评"今儒者之论则不然","牵于繁文,而拘于小说,有毫毛之差,则终身以为不可"②,指出一味拘礼则会导致迂腐,真儒应该适应时代发展。其《礼论》指出三皇五代时期的礼制并非一成不变,礼乐文化应因时制宜,提出了"唯其近于正而易行,庶几天下之安而从之"③的原则。苏轼的礼本人情、礼需适时,具有求新应变的时代精神,提高了人文化育的有效性。

二、"尊道贵德"的原则与"有意于济世"的效果

第四,苏轼创建文化承传谱系的鲜明意识,为当前中华文化传承体系建设提供了方法论启示。优秀传统文化是人文思想的精髓,创造性地传承弘扬,是人类社会文明发展的保障。"斯文自任""薪火相传"是学人的历史使命和社会责任。《集叙》描述由"孔孟韩欧"构成的"儒家道统"谱系,有力证明继承发展优秀传统文化的重要性。孔子祖述尧舜、宪章文武,"郁郁乎文哉,吾从周"④;孟子继承孔子"道统"体系,"言必称尧舜"⑤;韩愈以承续孟子自居,"寻坠绪之茫茫,独旁搜而远绍"⑥,"旁搜""远绍"的就是"文、武、周公传之孔子,孔子传之孟轲,轲之死,不得其传"⑦的儒家道统谱系;欧阳修"其学推韩愈、孟子,以达于

---

① 苏轼《礼以养人为本论》,《苏轼文集》(第1册)卷二,第49页。
② 苏轼《礼以养人为本论》,《苏轼文集》(第1册)卷二,第49页。
③ 苏轼《礼论》,《苏轼文集》(第1册)卷二,第58页。
④ 《论语·八佾》,杨伯峻《论语译注》,第39页。
⑤ 《孟子·滕文公章句上》,杨伯峻《孟子译注》,第119页。
⑥ 韩愈《进学解》,马其昶校注《韩昌黎文集校注》卷一,第45页。
⑦ 韩愈《原道》,马其昶校注《韩昌黎文集校注》卷一,第18页。

孔氏",使"斯文有传,学者有师"①。苏轼描述儒家道统传承脉络,突出强调的正是优秀文化传承体系对于人类社会发展的重要性,传承的式微或中断将导致历史倒退,甚至国家消亡。清代张伯行说《集叙》"以孟子配禹,以韩文公配孟子,以欧阳子配韩文公,此是一篇血脉"②,指出的正是以孟子、韩愈、欧阳修为轴心的儒家道统传承体系。苏轼接受欧阳修"我老将休,付子斯文"③嘱托,成为文坛盟主,继续创造性地弘扬儒学,自觉传承文脉,不但接续"斯文"使命,而且培养提携了一批文化精英,保证了儒学传承体系的生机活力,为宋明理学体系的形成与"知行合一"理念的脱颖,做出了积极贡献。李廌《师友谈记》载:"东坡尝言,文章之任,亦在名世之士,相与主盟,则其道不坠。方今太平之盛,文士辈出,要使一时之文有所宗主。昔欧阳文忠常以是任付与某,故不敢不勉。"④苏轼积极向朝廷举荐人才,诸如《举黄庭坚自代状》谓庭坚"孝友之行追配古人,瑰玮之文妙绝当世"⑤之类甚多。苏轼晚年称"今吾衰老废学,自视缺然,而天下士不吾弃,以为可以与于斯文者,犹以文忠公之故也"⑥。文化传承体系的建立确保了以兴复儒学为核心的古文运动圆满成功。

第五,苏轼"儒学一元、博采百家"的人文实践,为人类文化丰富多彩的繁荣发展提供了深刻启示。苏轼一生都坚持以儒家思想为主导,同时汲取益于推动社会文明发展的各家学说,形成通脱豁达"不践古人"⑦、"自是一家"⑧的思想风格。明代焦竑《刻苏长公集序》记载苏轼"从武人

---

① 苏轼《祭欧阳文忠公文》,《苏轼文集》(第5册)卷六十三,第1937页。
② 张伯行《唐宋八大家文钞》卷八,高海夫主编《唐宋八大家文钞校注集评·东坡文钞》(下册),第5539页。
③ 苏轼《祭欧阳文忠公夫人文》,《苏轼文集》(第5册)卷六十三,第1956页。
④ 李廌《师友谈记》,中华书局2002年版,第44页。
⑤ 苏轼《举黄庭坚自代状》,《苏轼文集》(第2册)卷二十四,第714页。
⑥ 苏轼《太息一章送秦少章秀才》,《苏轼文集》(第5册)卷六十四,第1979页。
⑦ 苏轼《评草书》,《苏轼文集》(第5册)卷六十九,第2183页。
⑧ 苏轼《与鲜于子骏三首(二)》,《苏轼文集》(第4册)卷五十三,第1560页。

王彭游,得竺乾语而好之。久之,心凝神释,悟无思、无为之宗,慨然叹曰:'三藏十二部之文,皆《易》理也。'自是横口所发,皆为文章,肆笔而书,无非道妙,神奇出之浅易,纤穠寓于澹泊,读者人人以为己之所欲言而人人之所不能言也"①。"竺乾语"即印度佛学书;"无思、无为"即《易传·系辞上》"《易》,无思也,无为也,寂然不动,感而遂通,天下之故"②的简略语,代指《易》经,也是道家创始人老子思想的渊源所自;"三藏"即佛学著作的"经、律、论","十二部"是"说经"内容的分类。苏轼以中国儒家经典《易》学理解印度佛学著作,将人类文化的两部顶尖哲学宏著对读比较,从学理层面指出共情与相通处,不但体现着"海纳百川"式消化吸收外来文化的能力,而且在佛学思想中国化的过程中,深刻领悟了《易》学与佛学的机理奥妙,由此进入"横口所发,皆为文章,肆笔而书,无非道妙"③的创作境界。可知苏轼传承儒学、复兴古道,并不像韩愈那样简单化"排佛",因为他深刻领悟了佛学内在的人文精神正与中国儒学人性精髓相一致。

第六,苏轼对儒家思想"道"的实践化、具体化和生活化,为当代文化建设与学风文风建设树立了榜样。苏轼发展了欧阳修"文与道俱"的理论主张,更注重在生活实践中"求道""悟道""致道"和"行道"。《日喻》以"盲人识日"和"北人学游"两个故事,说明"道可致而不可求""学以致其道"④,强调的正是"道"在生活实践中。在文学创作上,苏轼既注重文章的"有用"性,又注重表达的"美感"性,强调作品"有益于当世"⑤、"以体用为本"⑥、"有意于济世之实用"⑦,要有"济世""补

---

① 焦竑《刻苏长公集序》,《苏轼文集》(第6册)附录,第2389页。
② 《周易·系辞上》,《周易正义》卷七,《十三经注疏》(上册),第81页。
③ 焦竑《刻苏长公集序》,《苏轼文集》(第6册)附录,第2389页。
④ 苏轼《日喻》,《苏轼文集》(第5册)卷六十四,第1981页。
⑤ 苏轼《策总叙》,《苏轼文集》(第1册)卷八,第225页。
⑥ 苏轼《答乔舍人启》,《苏轼文集》(第4册)卷四十七,第1363页。
⑦ 苏轼《答虞忄享俞括一首》,《苏轼文集》(第4册)卷五十九,第1793页。

第九章　苏轼人文史观与《六一居士集叙》

世""淑世"的深刻思想，所谓"言必中当世之过，凿凿乎如五谷必可以疗饥，断断乎如药石必可以伐病"①。内容有补于世，形式则要做到"辞达"。《与王庠书》指出"辞至于达，止矣，不可以有加矣"②。《答谢民师推官书》以描述和阐发艺术创造过程进一步解释辞达："求物之妙，如系风捕影，能使是物了然于心者，盖千万人而不一遇也。而况能使了然于口与手乎？是之谓辞达。辞至于能达，则文不可胜用矣。"③实现辞达，就须求物之妙、攫其要点而了然于心，心里清楚才能说得明白、写得准确，做到意称物、文逮意，达到"其神与万物交，其智与百工融"④的境界。苏轼《自评文》说："吾文如万斛泉源，不择地皆可出，在平地滔滔汩汩，虽一日千里无难。及其与山石曲折，随物赋形，而不可知也。所可知者，常行于所当行，常止于不可不止，如是而已矣。"⑤这种"文理自然，姿态横生"⑥的文章风格，呈现出"道法自然"⑦的浓重色彩，已经超越了韩愈"陈言务去"⑧和欧阳修"简而有法"⑨的境界。

总之，苏轼"功与天地并"的人文史观，代表着中国古代人文认知的最高点，为后世人文思想的发展提供了深刻的借鉴。明代茅维《宋苏文忠公全集叙》称"长公之文，犹夫云霞在天，江河在地，日遇之而日新，家取之而家足，若无意而意合，若无法而法随"⑩，指出了苏轼的历史贡献、艺术境界与深广影响。

---

① 苏轼《凫绎先生诗集叙》，《苏轼文集》（第1册）卷十，第313页。
② 苏轼《与王庠书》，《苏轼文集》（第4册）卷四十九，第1422页。
③ 苏轼《答谢民师推官书》，《苏轼文集》（第4册）卷四十九，第1418页。
④ 苏轼《书李伯时山庄图后》，《苏轼文集》（第5册）卷七十，第2211页。
⑤ 苏轼《自评文》，《苏轼文集》（第5册）卷六十六，第2069页。
⑥ 苏轼《答谢民师推官书》，《苏轼文集》（第4册）卷四十九，第1418页。
⑦ 《老子·第二十五章》，陈鼓应《老子译注》，中华书局1984年版，第101页。
⑧ 韩愈《答李翊书》，马其昶校注《韩昌黎文集校注》卷三，第170页。
⑨ 欧阳修《尹师鲁墓志铭》，《欧阳修全集》（第2册）卷二十八，第432页。
⑩ 茅维《宋苏文忠公全集叙》，《苏轼文集》（第6册）附录，第2390页。

第十章 苏轼的人文思想与文化创造

第十章　苏轼的人文思想与文化创造

著名苏轼研究专家王水照先生认为[①],"苏轼是我国文化史上一位罕见的全才,是人类知识和才华发展到某方面极限的化身"[②]。苏轼一生阅历丰富,建树卓著,既能朝廷议政、承旨翰林,又曾躬耕东坡、远谪海南。其散文、诗歌代表宋代最高成就,写词首开豪放一派,书法冠绝赵宋,绘画自成一家。学术研究、生活情趣等各个领域,都开拓出新境界,体现出令人震撼的文化创新力,成为推动中华文化发展和促进人类文明发展的文化巨人、创新奇人。目前,对于苏轼的研究有着丰富的成果,自宋迄今,历代都有苏轼研究的名家。但对苏轼本人的认识,以及文化理念和创新实践的评价,依然需要深入。遵循"知人论世"原则,应该继续加强深刻认识苏轼其人的研究,深入探讨作者与作品的深层关系,探讨文化发展的内在规律,为新文化建设提供借鉴。

何谓文化?要而言之,可概括为六条:一、文化的本质,是人类历史实践的智慧结晶和精神创造。二、文化的核心是"人"。人既是文化的创造者,又是唯一的受益者。三、从内容性质上,人类文化分为两大类,所谓"形而上者谓之'道'"与"形而下者谓之'器'",即"理论"形态的"道"与"实践"形态的"器"。四、传说、器物、文字是人类文化存在的三大基本形态和主要载体。五、"以人为本""天人合一""尊道贵德"是中华文化的三大核心理念,代表着中国古代朴素的价值观、宇宙观与科学观。六、文化创新,是促进人类文明发展和社会进步的不竭动力。

苏轼对中华文化创新和人类文明发展做出了重大贡献,主要表现在两大方面:一是文化理论的层次提升,二是文化创新的历史实践。由此形成中国文化史上千年不遇的"苏轼现象"。下面略做讨论,就教于方家。

---

① 本章原文是应邀为纪念苏轼常州仙逝920周年专题报告的前半部分。
② 王水照《走进"苏海"——苏轼研究的几点反思》,《文学评论》1999年第3期。

第一节　苏轼的非凡处："深于性命自得"

早在2300多年前，亚圣孟子（约公元前372—前289）就提出了著名的"知人论世"说，即《孟子·万章下》所言"颂其诗，读其书，不知其人可乎？是以论其世也"。这一论断，成为中国古代文化研究的重大原则和基本方法。新中国成立以来，苏轼研究取得大批令人兴奋的优秀成果，涌现出众多苏轼研究专家。但对苏轼本人的深刻认识，以及文化理念和创新实践的评价，依然有待深入。

人是文化创造的核心。苏轼首先是现实生活中的"人"，并非人们想象中的"神"。这位生活在中国11世纪的通才文人，既血肉丰满、情感细腻、思想深邃，又真性情、正能量、大视野，心胸开阔，实事求是，远见卓识，具有极强的历史使命感和社会责任心，表现出强大的综合创新力。

被誉为"苏门四学士"之一的秦观，在《答傅彬老简》一文中评论恩师苏轼时称："苏氏之道，最深于性命自得之际；其次，则器足以任重，识足以致远；至于议论文章，乃其与世周旋，至粗者也。"这是既出乎常人意料，而又最贴合苏轼实际的中肯评价。这一评价有四大特点：一是站位高，着眼于人的思想境界和综合气质，解释了苏轼成为一代文豪的根本原因。二是思考深，不停留在表面现象上，重点揭示现象背后的人文底蕴。三是从"器"与"识"两个方面评估了苏轼可以"任重""致远"的从政潜力。四是指出人们重点关注的苏轼"文章"，与上面"深于性命""任重致远"相比，不过是微不足道的"至粗"者。秦观将"深于性命自得"作为最重要、最关键的第一要素，放在首位，是对苏轼思想境界的最高评价。

"性命自得"源于三国时期曹魏思想家、音乐家、文学家嵇康创作的《琴赋》，此文讲述"琴"的创制、特性与作用，其中有"齐万物兮超自得，委性命兮任去留"之句，表达音乐让人进入"忘我"的境界。而嵇康之句又源于先秦时期的《庄子·齐物论》，庄子认为世界万物包括人在内，都有各自的天然属性和生存规律，人们不要违背天性与规律，应当朝着正确的方向发展，即所谓"尊道贵德"。

"性命自得"，就是对人性的认识与命运的把握。所谓"性"，就是人或事物自身具有的属性、潜质、天分和能力，又称天性、本性。"命"即命运、定数，其中蕴含着自然规律性。"性命自得"包括人在宇宙自然的定位、人与自然界的关系、人与社会的关系、人与人之间的关系，乃至人自身的和谐关系，这些内容近似于人类现代以来所谓的"三观"——世界观、人生观、价值观，包括对命运的把握、生命的珍惜、人情世事的理解、心态的调整、涵养的修炼等等。"自得"就是个人的理解、体验与收获，既反映个体的灵性、悟性、理性与知性，又体现极高的情商与智商。这些是苏轼应对人生和创造成就的坚实基础与深层原因，所以秦观将其放在首位。

第二位的是"器"与"识"。"器"与"道"相对而言，即"大器"，指做事、干事的实践能力，气魄、气度、心胸、格局、领导力、执行力之类。"足以任重"，就是堪以担当治国理政的大任。苏轼嘉祐二年（1057）考中进士，朝廷是把他当作后备"宰相"来培养的，只是由于北宋党争的牵累而最终没有实现。"识"即见识、见解、胆识，也是观察力、判断力、预见力与谋划力，所谓远见卓识。秦观认为苏轼的"议论文章"只是"与世周旋"的产物，是"至粗者"，故置于末。而后世对于苏轼的研究和评论，往往有"舍本"而"逐末"的现象，轻"至大"之"道"，而重"至粗"之"文"。显而易见，秦观最敬重的是苏轼的人格境界。

中国近代的文化大家与学术奇才王国维，在《文学小言》一文中指出："三代以下之诗人，无过于屈子、渊明、子美、子瞻者。此四子若无文学之天才，其人格亦自足千古。故无高尚伟大之人格，而有高尚伟大文章者，殆未之有也。"王国维认为屈原、陶潜、杜甫、苏轼四位大诗人，都是因为具有"高尚伟大之人格"，才成就了其"高尚伟大文章"。思想境界的伟大是创造文化辉煌的根本原因，这一点留给后人的启示最为重要：要想有所创造、有所成就，首先要做"有德"之人，做正直善良和具备综合创新能力的人。

第二节　苏轼人文史观："功与天地并"

人文史观属于思想理论。苏轼的文化理论贡献是多方面的，而最有代表性和最具突破性的，是《六一居士集叙》提出儒学传承"功与天地并"的人文史观。苏轼从中华民族发展史高度，审视儒学作用与影响，以丰富的史实系统阐释与"孔孟韩欧"一脉相承的儒学谱系，认为儒学的创建与传承，对于维护中华民族的健康发展发挥了巨大作用。

人文思想是关系人类生存与发展方向的根本问题，人文史观与思想文化建设、人类文明发展紧密相连。一部人类发展史，就是不断深化人文认知和推动社会实践的思想史与文化史。人文是中华文化的灵魂，"以人为本""人文化成""尊道贵德"的思想理念和优秀传统，体现着先进的人文思想和文明发展的趋势。苏轼对儒学人文思想"功与天地并"的深刻理解和精湛阐释，是先进人文史观的集中呈现，也是其文化创造与社会实践的内在动力，且引领了时代文化发展，并给后世以深刻启迪。

《六一居士集叙》是苏轼学识才华的具体呈现，反映了深刻精到的儒学见解与高瞻远瞩的文化视野。其中用"功与天地并"评价儒学与传承，既是对欧阳修历史贡献的肯定，又是对人文意义的凝练表达，在中国文化史上具有里程碑意义。

《集叙》运用孔子"天之将丧斯文也，后死者不得与于斯文也"、孟子"禹抑洪水，孔子作《春秋》，而予距杨、墨"两个例子，从正反两面展开对比论证，说明儒家思想与大禹治水一样，都是为人类生存发挥了与天地同等重要的作用。《论语·子罕》载，孔子率弟子路经匡地，匡人误认孔子为残害他们的阳虎，拘禁五日，要杀孔子。孔子说了以上的话，表达了自己将会得到上天的佑护，不会有生命危险，重点突出将"天"与"斯文"

联系在一起,表达"授命于天"的意思。《孟子·滕文公章句下》所言大禹治水、孔子作《春秋》、孟子批杨朱墨翟三事,治水改善了人类生存环境,功德体现在物质层面;孔孟所为属于意识形态,虽然影响人心,却不具备直观性,让人觉得与大禹没有可比性。如何评价人文思想的价值意义与历史地位,只有让人们明白孔子作《春秋》、孟子距杨墨的意义,确实与大禹治水一样造福人类,才能说明儒家人文思想的确"功与天地并"。

苏轼重点从四个方面展开论述。第一,正面讲述孔孟思想保障人类生存的社会效果,指出孔子时代,社会秩序极度混乱,孔子采用记述"天子"历史的方法,借助文化道德和社会舆论力量,实施约束,规范行为,创造了深含"微言大义"的"春秋笔法"。"自《春秋》作,而乱臣贼子惧"[1],取得良好震慑效果。孟子指出杨墨之学泯灭人性、毁灭儒学,危及人类生存,毅然批判和遏止杨墨邪说,维护儒学,确保社会正气。第二,以"申、商、韩非之学"的负面影响,反衬儒学保障人类生存的重要性。孟子去世后,法家学说流行,"违道而趋利,残民以厚主",导致国家消亡、社会动乱,"死者十八九,天下萧然","洪水之患,盖不至是也"。苏轼设想,如果在"秦之未得志"时,出现孟子式的人物,维护儒学,就不会出现这种惨烈景象。第三,由儒学历史变化渐引至倡导"复古兴儒"的韩愈。苏轼指出,"自汉以来,道术不出于孔氏,而乱天下者多矣。晋以老庄亡,梁以佛亡,莫或正之"。偏离儒学,就会天下大乱,乃至政息国亡。"五百余年而后得韩愈"[2],致力复兴儒学,"学者以愈配孟子"。第四,欧阳修以韩愈为榜样,弘扬儒学,故与韩愈一样"功与天地并"。这是《集叙》对欧阳修的历史评价,也是文章的核心观点。前面从发端开始的所有内容,都是铺垫,最终全都落实于此处,既有百川归海之势,又有曲折委婉之妙,"千呼万唤",令人叫绝。

---

[1] 《孟子·滕文公章句下》,杨伯峻《孟子译注》,第165页。
[2] 此处"五百余年"是指汉代(公元前202—公元220)以后至韩愈(768—824)时代。

总之,"功与天地并"既是对欧阳修历史贡献的评价,也是对儒学价值乃至人文思想意义的深刻认识,代表苏轼高瞻远瞩的理论观念。

苏轼人文史观具有鲜明突出的民族特色,体现着中华文化"以人为本""天人合一""尊道贵德"的三大理念。苏轼着眼于人类和平发展与文明发展,境界高远。此其一。其二,立足于发明"天"与"文"、与"人"的密切关联,思考深刻。"天""文"关系是贯穿全篇的内在线索,蕴含"以人为本、天人合一"的哲学理念。其三,"天""人"关系成为其中的思想精髓。传统文化认为,"德"是"天""人"共有的品性。"天地之大德曰生",化生万物、养育生命、承载万物,形成周流不息的"天道"。而人作为天地的独特创造,生命活动应体现与天地相同的"德","与四时合其序",效法天道。天地之德的外在表现是春夏秋冬运行有序,稳定不乱,人文就是要在人类社会中也建立起这样的秩序,确保人类文明发展。苏轼将人文思想的价值提升到宇宙生命意识的高度,体现出苏轼对人文思想所具有崇高地位的认知。其四,深刻把握人文思想与人心的关系。人心即天心,人类所独有的灵性智慧和思想文化,就是以"人心"合乎"天心"的创造过程,通过"人心"展现"天心",所以人文思想具有通"天心"和"人心"的双重属性,既有天心般的旺盛生命力,又能起到化育人心、敦风化俗的重要作用。

总之,苏轼对"文"与"天"、"文"与"人"关系的思考,蕴含着浓厚的"天人合一"的哲学理念和"人文化成"的精神意蕴,强调人的意识、精神、思想具有"与天地参"的极端重要性,凸显人文思想对人心的"参赞化育"作用。

第三节 苏轼书法独创:"端庄杂流丽"

苏轼为宋代四大书法家之首,是中国书法史上又一座耸立云天的艺术巅峰。他在《答张文潜书》中说自己的弟弟苏辙为人非常低调,"深不愿人知之，其文如其为人"，由此创造了中国文化发展史上"文如其人"的著名理论，并广为传播。"文如其人"是对人类文化现象与文化发展规律的生动概括和精辟总结，而书法又何尝不然？考诸书法史实，"字如其人"更为普遍，而反映在苏轼身上，更有典型性，更具代表性。

苏轼主张习书须从正楷入手，强调"书必有神、气、骨、肉、血，五者阙一，不为成书也"，这是"以人喻书"。作为世界万物之一的书法作品，也有自身的艺术生命力。真正的书法艺术作品，必然如生龙活虎的"人"一样，不仅有筋骨、有血肉，而且尤其有精气神。这里的"神"就是"神情"，就是思想境界，也是书法作品内含、内在的"意"。"气"是气象、气韵和生机；"骨"乃是遒劲、刚健有力量和力度；"肉"是要求适度丰满，体现弹性与张力；"血"即流动的血液，提供能量，体现灵动和生机。五者构成统一的有机整体，形成长久的艺术生命力。

尤其难能可贵的是，苏轼将人品与书品视为一体，提高了书法艺术审美的境界与层次，也丰厚了书法艺术的内涵。苏轼认为，"凡书像其为人"，"古之论书者，兼论其平生，苟非其人，虽工不贵也"。苏轼指出，"'心正则笔正'，理固然也。世之小人，书字虽工，而其神情终有睢盱侧媚之态，不知人情随想而见"。其《跋欧阳文忠公书》云，"欧阳文忠公用尖笔干墨作方阔字，神采秀发，膏润无穷。后人观之，如见其清眸丰颊，进趋裕如也"；又说"人貌有好丑，而君子小人之态不可掩也"，"书有工拙，而君子小人之心不可乱也"。

苏轼特别强调书法艺术的创新独造，要求"出新意，求变态"，自称"吾书虽不甚佳，然自出新意，不践古人，是一快也"（《评草书》）。其书法作品气魄雄伟，笔势隽逸，瘦健与丰腴浑然一体，互为衬托，故姿媚神秀，圆劲有韵，内刚而外柔，所谓"端庄杂流丽，刚健含婀娜"。苏轼自称"余书如绵裹铁"，又谓"平时作字，骨撑肉，肉没骨"。[①] 今传苏字体

---

① 苏轼《题自作字》，《苏轼文集》，第2203页。

势多为扁方,源于隶法而取其风神,用笔厚重劲健,取法于颜真卿笔意,兼得五代杨凝式之韵。可知苏轼书法博采众家,自成一体。

黄庭坚认为,"东坡书如华岳三峰,卓立参昂,虽造物之炉锤,不自知其妙也","此公盖天资解书,比之诗人是李白之流",其字"笔圆而韵胜,挟以文章妙天下,忠义贯日月之气,本朝善书,自当推为第一,数百年后,必有知余此论者"(《跋东坡墨迹》),又云:"翰林苏子瞻书法娟秀,虽用墨太丰,而韵有余,于今为天下第一","苏翰林用宣城诸葛齐锋笔作字,疏疏密密,随意缓急,而字间妍媚百出。古来以文章名重天下,例不工书。所以子瞻翰墨尤为世人所重。今日世人持之以得善价,百余年后,想见其风流余韵,当万金购藏耳"……今天,历史早已证明了黄庭坚评论的中肯性与预言的准确性。

宋人曾敏行《独醒杂志》卷三记苏轼与黄庭坚论书事:"东坡尝与山谷论书,东坡曰:'鲁直近字虽清劲,而笔势有时太瘦,几如树梢挂蛇。'山谷曰:'公之字固不敢轻议,然间觉褊浅,亦甚似石压虾蟆。'二公大笑,以为深中其病。"此事苏、黄集中均未见记载,可信性亦令人生疑,或好事者仿其声口为之。既如曾氏所记,也只反映了苏、黄的善识善评、善喻善对、思维敏捷、幽默风趣和心灵的相通。"树梢挂蛇""石压虾蟆"乃化用传统的灵蛇仙蟾之说,肯定了对方的书法艺术个性,前者言遒劲而有灵气,后者云其简重而富仙韵,戏谑或许有之,而讥刺决非本意。

苏轼珍视人的才华,而更重视人的品德。其于《书黄鲁直画跋后》云"君子爱人以德",其评黄庭坚则首谓"孝友之行追配古人",次言"瑰玮之文妙绝当世",衡鉴人物的标准是品学兼优而德重于才。黄庭坚是苏轼最得意的高足,诗歌与书法,都是"苏黄"并称,可见其成就与影响。而黄庭坚对恩师苏轼更是敬重有加,苏轼仙逝后,他把苏轼遗像挂在居室中,每天祭拜。

明代冯若愚称:"宋碑文字最著者,莫如欧公滁二碑。"苏轼楷书

《醉翁亭记》《丰乐亭记》，既是苏轼书法创作的精品，也是宋代书法艺术的代表。众所周知，所有艺术都是人类情感表达的方式，都是艺术家"表情达意"的手段，更是创作者思想精神和主观意识的艺术呈现。而所有称之为"艺术"的作品，都必然具备"情""理""意""象""趣"五大基本元素，只不过不同艺术门类采用的表现方法与呈现形式各有区别。

在艺术作品的"五大元素"中，"情"是第一位的。没有创作激情，就不会有艺术作品。因此，"情"是艺术创作的原动力。真正读懂和正确理解艺术作品的精妙，也必须从这里着眼和切入，感觉和体会作品含纳的真实情感，这才是真正找到了着力点。但是，"情"并不具备直观性或可见性，往往内潜于作品的"象"中或背后，"情"是依靠心灵的感触引发共鸣，依靠精神交流实现思想沟通，传达作者要说的"理"与"意"。"象"是艺术作品直接呈现给受众的形象，也是作者之"情"的载体；而"趣"则是受众从艺术作品中直接感觉或领悟到的美学效果，"象"与"趣"都是属于可见可感的表层形态。人们对于艺术的欣赏，往往大都停留在这个层面。而对于"情"的认知、理解和获得，由于存在着很大难度，需要具备一定的专业素养和条件，往往成为"被遗忘的角落"，这在书法领域显得更为突出。

总之，"情、理、意"含纳着一般受众看不着、想不到和难觉察的许多深层因素，其中包括作品的思想内容、构思设计、情感表达，包括作品创意、用意、本意和寓意，以及作品创作背后的诸多深层原因与复杂背景。而这些元素，恰恰是正确理解、深刻认识艺术作品最为重要和最为关键的元素。

苏轼楷书《醉翁亭记》《丰乐亭记》颇为典型。元代著名书画大家赵孟頫《松雪斋》称："余观此帖潇洒纵横，虽肥，而无墨猪之状，外柔内刚，真所谓'绵里裹铁'也。"明代王世贞认为"苏书《醉翁亭记》，结法遒美，气韵生动"，又说"坡公所书《醉翁》《丰乐》二亭记"，"遒伟俊迈，自是当家"。清梁巘《评书帖》也认为"东坡楷书《丰乐》《醉翁》二碑，大书深刻、劈实、劲健"。这些顶尖级书画大师，都称颂"二记"书法"潇洒纵横，外柔内刚"，"结法遒美，气韵生动"，"深刻、劈实、劲健"，但这些评论，基本上都是着眼于"象"，仅就笔法、风格、力度、气韵而言，全都执着于表象。至于为什么会这样的深层原因，无一及之。这两篇楷书均写于元祐六年（1091），此时54岁的苏轼，已经释褐32年，"乌台诗案"的迫害与"躬耕东坡"的生活已经成为历史，正任职朝廷，在皇帝身边担任翰林学士承旨的重要角色，直接参与国家大政，处于入仕以来的辉煌期。欧阳修（1007年8月—1072年9月）已经逝世二十年，"二记"创作也是45年之前的事了。

苏轼是欧阳修的得意门生，欧阳修不仅竭力提携培养，而且托付主盟文坛的重任。苏轼不负恩师厚望，坚守儒学理想，将北宋文化发展推向巅峰，培养出一批文化领域的领军人才。欧阳修在滁州创作的两篇经典亭记，艺术构思精妙，非但"醉翁之意不在酒"，"山水之间"也只是自然物象和情感载体。其真正的用意是表现儒家的"民本思想"，以"与民同乐"和"乐其乐"，传达儒家社会安定有序理想的实现。苏轼《六一居士集叙》中儒家思想"功与天地并"的人文史观，在"二记"中得到生动展现。苏轼楷书两篇记文，首先是怀着对人类文化特别是对儒家思想的敬仰，怀着对业师的无限敬重和深深怀念，怀着对社会现实的关注和人民安居乐业的欣慰，把满腔热忱灌注于笔端，虔诚庄重地创作出了这两篇中国书法史上的不朽经典。不仅遒劲洒脱，舒展优美，笔笔有力，端庄敦厚，神韵飘逸，而且饱含着苏轼的品格性情和才学胆识。

苏轼小楷《心经》撇捺开张，灵动飘逸，楷中兼行，清秀俊丽，如澄澈平静的湖水，波光粼粼，书法创作的虔诚、执着、庄严、敬畏、神圣与心态的平静、祥和等等，全都呈现于笔笔画画的字里行间。苏轼的行书、草书也都独具特色，自成一家，与楷书共同构成中国书法史上的"苏体"，千古流传于世，为中华文化的世界传播做出了积极贡献。

第四节　苏轼"以诗为词"："新天下耳目"

苏轼"以诗为词"，是指将原属于诗歌表现内容的重大题材和诗歌的多种艺术表现手法，纳入和运用于词的创作之中，使词的整体精神面貌和境界格局发生了很大的变化，不仅让人耳目一新，而且极大地提高了词的表现功能与社会地位。

苏轼将重大历史事件、亲情友情、夫妻之情，乃至人生哲理等题材内容，都纳入了词的表现范围之内，不仅极大开阔了词的疆域，而且为宋词的健康发展指出了正确方向。其中最具代表性的精品，就是《念奴娇·赤壁怀古》。这首词被称为振聋发聩的千古绝唱，其在宋代词史、中国古代词史乃至中国古代文学发展史上，都有着重要的创新意义和文化启迪。此篇重大创新之处有六：一是题材内容创新。词为"艳科"，苏轼之前，词从民间里巷歌谣到宫廷文坛宿老，表现内容大都是月下花前的儿女情长、红香翠软的闺阁心绪、羁旅行役的悲伤愁苦等等。《赤壁怀古》把重大的历史事件、杰出的英雄人物、雄奇的壮丽景观和崇高的报国理想作为词的表现内容，不仅极大地开拓了词的表现题材，令人耳目一新，而且大大提高了词的社会功能和文学品位。由此，胡寅《酒边词序》称"一洗绮罗香泽之态，摆脱绸缪宛转之度，使人登高望远，举首高歌，而逸怀浩气，超然乎尘垢之外。于是花间为皂隶，而柳氏为舆台矣"。二是构思谋篇奇特。时间"千古"与空间"赤壁"密切配合，作为结构全篇的中心线索，上片重在写景，情在景中，下片抒情，情中有景。全词以作者艳羡的人物周瑜为核心，形成人物、空间、时间三位一体的格局，起于"实""大江东去"，续于"虚""遥想公瑾"，收于"酹江月"，虚实兼有，中心突出，层次分明。三是语言生动精警。以"乱"状写江岸之"石"，用"崩云"渲染山峰高耸入云，以"惊"写"涛"突出声音的惊心动魄，用"裂岸"描述巨大声响和气势，用"卷起千堆雪"描绘水面景象，无不让人有如临其境、如闻其声、如见其景的感觉。以"雄姿英发，羽扇纶巾,谈笑间,樯橹灰飞烟灭",描述周瑜英俊潇洒、气定神闲的大将风度,呼之欲出。四是艺术风格创新。内容题材的创新必然带来艺术风格的变化。《赤壁怀古》以婉约缠绵的手法表现豪放雄奇的意境,开豪放一派,有力地推动了词的艺术风格多样化。作品一方面依旧保持和发扬了委婉含蓄的艺术传统,不是直抒胸臆,而是通过对周瑜的艳羡,委婉表达报效国家的壮志豪情;另一方面熔写景、议论、抒情于一炉,意境雄奇壮丽,情感深沉浓厚,语言精警劲健,形成了"豪放于外、婉约其内"的独创风格。五是意境雄奇深沉。全词情、景、事、理、趣、味、韵汇聚笔下,熔写景、议论、抒情于一炉,上下连接数千年,天、地、人浑融为一体,视野远大开阔,意境雄奇壮丽,情感深沉浓厚,成为这首词的突出特色。六是文化底蕴深厚。《赤壁怀古》所含纳的丰富文化信息量和作者表现出来的崇高思想境界,极大地增强了作品的思想文化底蕴,特别是浓厚的人文内涵,令人深思。其中涉及历史、军事、政治、哲学、道德、民风民俗等诸多方面。

《水调歌头·水调歌头》(明月几时有)咏月抒怀,表现人性亲情,也非常典型。此词上片写望月,下片写思亲。通篇以月为核心,却又句句切合人情,体现自然、社会与人的契合,宇宙、人类与情感的律动。上片从问月开始,以追溯明月起源与宇宙奥秘发端,思接远古,想象奇特,笔力奇崛,顿使词境浩渺深邃,引起无限遐想,引起无限宇宙与有限人生的思考。下片以月写人,用笔灵巧,以拟人手法,写月光转过红色楼阁,穿过雕花窗户,始终照着词人,不能入睡。月光流转体现时间流转。"不应有恨"两句,以幽默的语气,说自己与月亮并无怨恨,而月亮为何偏偏在家家户户亲人欢聚的中秋之夜,把月光通宵洒进室内,致其失眠,好像故意让词人过不去。月圆之日,不能与家人亲人团聚,自然是很痛苦的事,由此表达对亲人的思念和惦记。月亮好似故意与词人为难,词人责怪月亮无情,正衬托出"无眠"者思人的深情。"人有悲欢离合,月有阴晴圆缺,此事古难全"三句,笔势陡转,从理解人情物理的角度,强调"悲欢离合"与"阴晴圆缺"的自然性、必然性及其不可避免性，从而迈入了旷达超脱的思想境地。收尾"但愿人长久，千里共婵娟"祝愿亲人安好，表达惦念之情，形成精警阔大的意境和千古传颂的金句。全词以月为象征意象，融合古代神话与词人的奇妙想象，咏物、写景、抒情、议论水乳交融，境界开阔壮美，极富浪漫主义色彩。上片豪气干云，高屋建瓴；下片波澜层迭，返虚入实。语言清丽委婉中有洒脱豪放，笔致错综回环，摇曳多姿。作品吐露了词人在朝中受排挤的怨愤，表达了对胞弟的思念之情，并由此而上升到人生积极达观的哲理思索，在展示因政治失意而引起的出世、入世思想矛盾的同时，又表现出对人世的热爱，以及"随缘自娱"的相对积极态度，抒发了词人循应物理、明达超迈的情怀，遐想奇拔，空灵韶秀。《苕溪渔隐丛话》说"中秋词，自东坡《水调歌头》一出，余词尽废"，王国维《人间词话》认为"格高千古"，都给予高度评价。

苏轼《江城子·乙卯正月二十日夜记梦》（十年生死两茫茫），是中国古代词史上首次将结发妻子真挚感情写入作品的佳章俊篇。上片记梦中景，下片忆夫妻情，生动真切，感人至深，影响深广。当代著名学人朱自清的代表作《给亡妇》，就是学习苏轼此词的艺术结晶。朱自清在妻子逝世三周年之际，写了给亡妇的一封信。信中缕述三年来妻子最关心、最惦记的人与事，既描述三个孩子与自己的目前状态，又回忆以往"十二年结婚生活"的温馨、艰难与甜蜜，更诉说对妻子的无限感激与深刻思念。其中的夫妻深情、人文关怀以及体现出的道德品格、家庭责任，着实让人感动、感慨，而亲情、爱情、夫妻情又是那么的亲切，透露着苏轼词的影响。

另如《定风波》："莫听穿林打叶声，何妨吟啸且徐行。竹杖芒鞋轻胜马，谁怕？一蓑烟雨任平生。料峭春风吹酒醒，微冷，山头斜照却相迎。回首向来萧瑟处，归去，也无风雨也无晴。"全篇记述雨中行走的情形，具有深刻的哲思与人生感悟，给人无限启迪。

总之，苏轼"功与天地并"的人文史观，代表着中国古代人文认知的最高点,为后世人文思想的发展提供了深刻的借鉴。明代茅维《宋苏文忠公全集叙》称"长公之文,犹夫云霞在天,江河在地,日遇之而日新,家取之而家足,若无意而意合,若无法而法随"[①],指出了苏轼的历史贡献、艺术境界与深广影响。

---

① 茅维《宋苏文忠公全集叙》,《苏轼文集》(第6册)附录,第2390页。

第十一章 黄庭坚的散文创作与艺术境界

第十一章　黄庭坚的散文创作与艺术境界

"文章为国器"①，所谓"经国之大业，不朽之盛事"②，它既是制定方略，表达思想，抒发情感，探讨学术，反映和体现胆识、学养、品格与艺术境界的重要载体，又是治理国家、统一思想、参政、议政、施政的重要手段，同时也是传播精神文明、推进文化建设和促进人类进步的重要途径。在中国封建社会，文章是学子士林的必修课和基本功，更是跻身仕途、治国理政、经世济民和实现理想抱负的重要手段。宋代是中国封建文明和封建文化发展的鼎盛期，也是中国古代散文发展的颠峰期。黄庭坚作为北宋中叶具有强烈创新意识和极富创造力的全才型、通才型文化巨擘，其在文学和艺术的各个领域几乎都有精深的造诣与卓著的建树。然而，长期以来，人们关注和研究的热点、焦点，大都集中在他的诗歌和书法方面，鲜见散文方面的研究成果。其实，黄庭坚的散文正如他的诗歌和书法一样，具有重要的文化意义、文学意义和重大的创新意义、美学意义，不仅是中国古代文学宝库中的精品，而且是极为珍贵的中国古代文化史料库。这些散文，既具有丰富深厚的文化内涵，又充满积极健康的人文精神，是一笔巨大的亟待开发研究的文学遗产、文化遗产和精神财富。本章拟就山谷散文创作略作考察。

第一节　现存山谷散文数量统计

任何研究，都必须明确研究对象的基本情况。研究山谷散文也必须首先搞清其作品数量。

一、黄庭坚传世散文统计表

黄庭坚是一位勤奋刻苦、严谨认真、诗文兼擅的文学巨匠和多产作

---

① 《答陈敏善》，《黄庭坚全集正集》卷一九；本章原文发表于《黄庭坚研究论文选》，江西教育出版社2006年出版，是2005年参加江西"纪念黄庭坚诞辰960周年国际学术研讨会"的论文。
② 曹丕《典论·论文》。

家，他在创作大量追古冠今、绝出高妙诗篇的同时，也创作了大量辉前烛后、格韵高雅的各体散文。其当时，"一文一诗出，人争传诵之，纸价为高"①。南宋初，黄庭坚之甥洪炎编辑《豫章黄先生退听堂录》，收入诗文一千三百四十三篇，而散文居其半；淳熙间庭坚裔孙黄子耕"博求散亡，得八百六十八首"②，成《豫章黄庭坚全集别集》二十卷，其中各体散文占了九成以上，而诗词不足八十首，由此可见其散文创作数量之丰富。但由于年代久远，流传至今的散文作品只是其创作的一部分。现根据四川大学出版社2001年5月出版的《黄庭坚全集正集》（刘琳、李勇先、王蓉贵校点）将迄今为止能够见到的山谷传世散文文本数量统计如下表：

山谷传世散文文本数量统计表

文体	正集	外集	别集	续集	合计	备注
赋	17	10	2	0	29	
序	12	0	3	4	19	
记	28	0	18	23	69	
书简	76	31	777	318	1202	
论	3	0	0	0	3	
表状	15	0	25	1	41	
传	1	0	0	0	1	
策	0	0	3	0	3	
碑	2	0	0	2	4	
铭	82	0	22	2	106	
赞	79	0	16	6	101	
颂	90	0	30	7	127	

---

① 《豫章先生传》。
② 《豫章黄庭坚全集别集序》。

续表

文体	正集	外集	别集	续集	合计	备注
字说	27	0	23	2	52	
题跋	311	27	204	61	603	
杂著	8	54	52	6	120	
祭文	23	0	16	0	39	
墓表	39	22	22	0	83	
总计	813	144	1213	432	2602	

由上表可知，山谷创作了近二十种体裁的散文，流传到现在的作品达二千六百多篇，其中"书启"即书信数量最多，有一千二百多篇，占现存散文总量的46%，几近一半；其次是题跋，有六百多篇，约占总量的四分之一；赞、颂、铭一类篇什也在三百篇以上；而最少的则是"传"，仅有一篇。

应当说明的是，黄庭坚尚有日记二百二十三篇，即其《宜州乙酉家乘》，若与上表中的数量合而计之，则山谷现存散文在两千八百篇以上，是其现存诗歌总量（一千九百多首）的1.5倍。这个数字虽然比不上苏轼传世的散文数量（四千三百四十九篇），但却比唐宋八大家的其他七家都多得多。

二、黄庭坚与唐宋八大家散文数量对比

唐宋散文八大家传世作品数量统计表

作家名字	作品数量	本集名称	所据版本	备注
韩愈	361	韩昌黎全集	中国书店1991年据1935年世界书局本影印版	

续表

作家名字	作品数量	本集名称	所据版本	备注
柳宗元	522	柳宗元全集	中华书局1979年版校点本	
欧阳修	2416	欧阳修全集	中国书店1986年版	以目录中的题目计算
苏洵	106	嘉祐集笺注	曾枣庄、金成礼笺注，上海古籍出版社1993年版	
王安石	1332	王安石全集	沈卓然重编本，大东书局中华民国二十五年（1936）三版	包括辑佚
曾巩	799	曾巩集	陈杏珍、晁继周点校，中华书局1984年版	包括佚文
苏轼	4349	苏轼文集	孔凡礼点校，中华书局1992年版	据目录检核
苏辙	1220	苏辙集	陈宏天、高秀芳点校，中华书局1990年版	包括辑佚
说明	苏轼作品，据孔凡礼《苏轼佚文汇编弁言》称"见于《苏轼文集》者，凡三千八百余篇、佚文四百余篇"，两项合计四千二百余，与表中数目略有不同。			

由表显见，山谷传世散文数量虽稍逊苏轼，却多于欧阳修，是韩愈的7.8倍、柳宗元的5.4倍、苏洵的26.4倍、王安石的2.1倍、苏辙的2.3倍、曾巩的3.5倍。当然，这里只是数量对比。一般来说，数量是反映质量的重要参数。山谷散文创作的数量从一个侧面说明了他在散文方面所倾注的心血。

第二节　前人视野中的山谷散文

黄庭坚以诗名世，他把宋代诗歌推向高雅化、文人化的艺术顶峰，在艺术表现方面几乎发展到近于极致的程度,苏轼推许,士林称扬,学者景从,陈师道至"一见黄豫章,尽焚其稿而学焉"[1],遂成江西一派,影响之广之大之深,苏轼而外,实罕其比,而散文成就竟为诗名所掩。尤其近代以来,学人极少关注和研讨山谷散文,令人遗憾。

一、"文章为国器"与"体制词气不病"

其实,黄庭坚的文章功力、创作水平和总体成就并不逊于诗。他认为"文章为国器"[2],因此非常重视散文的写作,态度严谨,功力深厚,故其散文作品自当时起即受到学界与士林的普遍关注和赞誉而广为传播。

山谷本人认为自己的散文就整体而言,其成就逊色于前贤;就某些文体而言,亦未能度越时辈。山谷《写真自赞》称"文章不如司马、班、扬",这种同前贤的纵向比较,一方面说明黄庭坚创作散文,是将汉代司马迁、班固和辞赋大家扬雄作为楷模,标准甚高、要求甚高;另一方面说明山谷对散文创作高度重视的态度。其在《论作诗文》[3]中又说:

> 余自谓作诗颇有自悟处,若诸文亦无长处可过人。予尝对人言:"余作诗在东坡下,文潜、少游上;至于杂文,与无咎等耳。"

张文潜、秦少游、晁无咎与黄庭坚当时号称"苏门四学士"。这是与时贤比较文学创作的艺术成就,其诗姑且置之不论,此处的"杂文"即是指各体散文。山谷自言其散文成就与晁无咎等,乃是一种谦虚的说法。有学者认为山谷此处自评"是比较符合实际的"[4],若就诗歌而论,诚然不错;至于散文,则不尽然。晁无咎,字补之,有《鸡肋集》三十卷传世。

---

[1] 陈师道《答秦觏书》。
[2] 《答陈敏善》,《黄庭坚全集正集》卷一九。
[3] 《黄庭坚全集别集》卷十一。
[4] 《黄庭坚全集正集·前言》。

其散文《新城游北山记》曾得时贤褒扬。20世纪80年代，笔者在刘乃昌师指导下作《晁氏琴趣外篇　晁叔用词》校注①时，曾细读《鸡肋集》，集中散文虽有一定特色，但无论就其总体成就、创作数量还是就当时和后世产生的影响，显然都不可能与山谷同日而语，所谓"与无咎等耳"实乃自谦。

山谷又有《与秦少章书》，中云：

> 庭坚醉心于诗与楚词，似若有得，然终在古人后。至于议论文字，今日乃当付之少游及晁、张、无已。

这段文字的要点是说秦少游、晁补之、张耒、陈师道的议论散文比自己写得好。笔者以为，此处山谷所言"议论文字"乃是指诸如评论历史、议论时政，或建言治国方略、献策朝廷之类的政治性、现实性和应用性较强的文章。这类文章在现存的山谷全集中的确少见，而在秦、晁、张、陈的文集中却有不少这样的篇什，有的还曾为时人称道。若就此而言，山谷的自评是实事求是的。南宋韩淲《涧泉日记》卷下有这样的记载：

> 邹德久道山谷语云：庭坚最不能作议论文字，然读欧阳公、曾子固议论之文，决知此人冠映一代。公试观此两人文章合处以求体制，当自得之。言语固是学者之末，然行已之余，既贤于杂用心，亦便当以古人为准，要使体制词气不病耳。

细味该段文字，可推知乃后学请教山谷如何作议论文字时的谈话。所谓"最不能作议论文字"，乃非不能也，实不为也。欧阳修、曾巩俱为文章

---

① 上海古籍出版社1991年版。

名家，尤擅议论，名篇隽章，广为传颂。庭坚以之为模范，指导后学，且要求"合处以求体制""使体制词气不病"，这本身就说明论者深有研究。况在以策问取士的宋代，黄庭坚通过科举进入仕途，没有深厚坚实的议论文字功底，通过乡试、省试和殿试是很难想象的。山谷在《与洪驹父书》中还说，"学作议论文字，更取苏明允文字读之。古文要气质浑厚，勿太雕琢"①，可知其深谙此道。其实，山谷全书中的散文，大都是论诗、论学、论文、论道、论人、论事、论史、论艺之类的议论文字，而且大都有以短小精辟、生动深刻见长。山谷不作政治性很强的长篇议论文字，与当时所处激烈复杂的党争环境以及个人操守观念不无关系。

二、"瑰玮之文妙绝当世"与"邈然有二汉之风"

山谷散文在当时即得到师友同侪的高度关注和高度评价。其中尤以苏轼的称扬最具权威性和代表性。苏轼元丰二年（1079）《答黄鲁直》叙首见山谷诗文即"耸然异之"，且以"精金美玉"相喻；元祐间《举黄鲁直自代状》又以"瑰玮之文妙绝当世"称誉；其《仇池笔记》则言"黄鲁直诗文如蝤蛑、江瑶柱，格韵高绝"。

苏门学士对山谷散文也艳羡不已。秦观于元丰三年读庭坚《焦尾集》《敝帚集》，认为"文章高古，邈然有二汉之风。今时交游中以文墨自业者，未见其比"（《与李德叟简》）；晁补之《书鲁直题求父扬清亭诗后》谓山谷文字"致思高远"。另如释惠洪称叹山谷"藻万物以妙语，而应手生春"（《山谷老人赞》）；写于黄庭坚逝世后不久的《豫章先生传》甚至认为"山谷自黔州以后句法尤高，笔势放纵，实天下之奇作，自宋兴以来，一人而已"。这里并非仅就其诗而言，其中自然也包括散文。即使在元祐党禁时期，山谷文章依然受到人们的普遍珍爱。

南宋时期，元祐党禁解除，学者广辑遗文，重编、重刻、重印各种

---

① 《黄庭坚全集外集》卷二一。

山谷文集蔚成风气，"江、浙、闽、蜀亦多善本"①，山谷文集不仅有《黄庭坚全集正集》《黄庭坚全集外集》《黄庭坚全集别集》《黄庭坚全集续集》，而且还有诸如《山谷老人刀笔》《山谷题跋》《山谷尺牍》之类专门的散文集面世，山谷散文流布越来越广，真乃"诗文遍天下"②，而评论则愈实、愈深、愈透。如洪炎《豫章黄先生退听堂录序》云：

> 大抵鲁直于文章天成性得，落笔巧妙，他士莫逮，而尤长于诗。其发源以治心修性为宗本，放而至于远声利、薄轩冕，忧国爱民，忠义之气蔼然见于笔墨之外。

是已涉及作品本身、作者本意、境界效果等多方面的探讨。

三、"蕴藉有趣味"与"词著用情"

宋代之后，虽扬唐抑宋思潮渐起，而学林士子依然对山谷文章钟爱有加。如元代刘壎《隐居通议》卷十八谓"山谷诗律精深，是其所长，故凡近于诗者无不工，如古赋与夫赞、铭有韵者率入妙品，他如记、序散文则殊不及也"；明代何良俊《四友斋丛说》卷二三称"苏东坡才气浩瀚，固百代文人之雄。然黄山谷之文，蕴藉有趣味，时出魏晋人语，便可与坡老并驾。而其所论读书作文，又诸公所未到，余时出其妙语以示知者"；张有德《宋黄太史公集选序》亦云"鲁直文故稍逊子瞻，而清举拔俗，亦自蕴蕴。书尺题赞，大言小语，韵致特超。禅臻悟境，词著胜情"；清代盛炳纬《光绪重刻黄文节公全集序》则说山谷"以诗鸣世，文虽不如苏子瞻，而遣词隶事，光焰万丈"。

毋庸讳言，对于山谷散文的成就，前人也有不同认识。陈善《扪虱

---

① 魏了翁《黄太史文集序》。
② 黄子耕《山谷年谱序》。

新话》载陈师道所言"黄鲁直短于散语";朱熹以为"山谷善叙事情,叙得尽,后山叙得较有疏处。若散文,则山谷大不及后山"[①];罗大经《鹤林玉露》丙编卷二言"山谷诗骚妙天下,而散文颇觉琐碎局促"……诸如此类的评论,虽然未必十分确切,若就某一层面或某一点而言,倒也不无根据。若言山谷"长于诗歌",相对而言则"短于散语"亦不错;陈师道曾瓣香曾巩,于散文用功颇深,亦深谙文章规范,且当时有散文名篇流传,朱熹说"山谷大不及后山"也并非无据。至于罗大经"琐碎局促"之感觉,大约是因山谷散文体裁、体制和篇幅以简短、精炼居多所致。

宋代张镍作《豫章文集序》称:"鲁直诗文,誉者或过其实,毁者或损其真,皆非真知鲁直者,或有所爱憎而然也。大抵鲁直文不如诗……至其文则专学西汉,惜其才力褊局,不能汪洋趋赴。如其纪事立言,颇时有类处……至其为《黄夫人碑》,文似左氏,辞似屈原,可以阔步古今矣。虽使柳柳州复生,不能出其右也。"此论除"才力褊局"说失当外,大体近之。

总而言之,前人对于山谷散文的创作成就,给予了高度的评价和充分的肯定,同时也指出了其不足。前人(包括山谷本人)对于山谷散文的评论见仁见智,概括起来有三大特点:一是大都将其散文与诗歌作为一个艺术整体进行评论,或在二者的对比中定位其散文的成就;二是大都将其与同时代作家的散文进行横向比较,在比较中定位;三是宏观的、整体的、全面的评论较少,而具体作品的评点较多。但是,无论是宏观层次的感觉还是微观方面的评点,往往给人以只见树木、不见森林的印象,重表象而轻原因,既缺乏一定的系统性和全面性,又缺乏一定的理论高度和历史深度。造成这种状况的根本原因,大约是对山谷散文缺乏系统全面、科学客观和实事求是的考察研究。

---

① 《朱子语类》卷一四〇。

第三节　山谷散文分类考察

张孝祥《跋山谷贴》云："豫章先生孝友文章，师表一世，咳唾之余，闻者兴起，况其书又入神品，宜其传宝百世。"此跋从人品、文章和书法艺术诸角度高度评价山谷散文，也揭示了山谷散文传世众多的一个重要原因。山谷散文创作数量丰富，而且体裁多种多样。下面仅就其成就突出者分别考察。

一、山谷之赋："以高古之文变艳丽之格"

赋为散文，笔者已有详论[1]，此不赘述。山谷之赋，颇受学人关注，今存二十九篇，为人称道者几居其半。山谷曾指导王直方作赋云："作赋须要以宋玉、贾谊、相如、子云为师，略依仿其步骤，乃有古风。老杜《咏吴生画》云'画手看前辈，吴生远擅场'。盖古人于能事不独求夸时辈，须要于前辈中擅场耳。"[2] 所谓"须要于前辈中擅场"，即是要求超越前人，可知山谷作赋，标准高、要求高。其《答曹荀龙》谓"作赋要读《左氏》《前汉》精密，其佳句善字，皆当经心，略知某处可用，则下笔时，源源而来矣"[3]。今观其赋，确有其独到处，如重立意、重境界、重情感、重寓理，不唯文字优美，而且格韵高雅。

写于元祐八年（1093）的《江西道院赋》[4]最为人称道。该赋以序破题，交代江西好打官司而以"终讼为能"的恶习与筠州太守柳子宜"新燕居之堂"为"江西道院"，表明筠州无此恶习，"以鼓舞其国风"。赋从地域风俗文化之不同写起，赞扬柳子宜为政"忧民之忧""乐民之乐""仁形于心"，提出为政"简静""平易"的主张，所谓"简静则民肃"，"平

---

[1]　见《中国古代散文研究的范围与音乐标界的分野模式》，《文学遗产》1997年第6期。
[2]　《王立之承奉》，《黄庭坚全集正集》卷一九。
[3]　《黄庭坚全集正集》卷一九。
[4]　《黄庭坚全集正集》卷一二。

易则民亲"。全文以议"政"为纲、以议"俗"为线，突出"人事"，称扬友人，构思巧妙，语言古朴。金人王若虚认为此赋"最为精密"①；元代刘壎则从赋史角度评论该文的意义，以为此赋出，"而后以高古之文，变艳丽之格，六朝赋体，风斯下矣"②，可见评价之高。

如果说上赋是称颂友人为政有道的话，那么，以下两篇则是赞扬友人修身有方。元丰三年（1080），山谷赴任太和县，于道中为友人萧济父写了《休亭赋》③。序从友人"归教子弟""筑亭高原"乞文为铭写起，交代作赋原因；赋文则从议论宇宙万事万物的"一轨"与"并驰"谈起，进而深入谈论人间的"事时"与"世智"，以为"众人休乎得所欲，士休乎成名，君子休乎命，圣人休乎物"，盛赞友人"居今而好古""强学以见圣人，而休乎万物之祖"的人生态度。与此篇相类似的《寄老庵赋》④，是山谷为其岳父孙莘老所作。该赋写宇宙无限而人生有限的自然规律，称扬莘老"超世而不避世"的人生态度，预言其虽"鹑居"老庵，将"对万世而德不孤"。两篇均由小而言大，因事而言理，通达而有气势。

《苏李画枯木道士赋》《东坡居士墨戏赋》是两篇谈论书画艺术的作品，但是，作者并没有就书画论书画，而是睹物思人、怀人、论人，以虚写实，大处着笔，意趣、情趣和理趣更为浓厚。前者叹美作画人苏轼品德高尚、文章高妙、画技高超，所谓"商略终古"，"虎豹之有美，不雕而常自然"，"滑稽于秋兔之颖，尤以酒而能神"⑤……突出了作画者的品质素养和个性特点，给读者留下了极大的想象空间。后者则称叹苏轼"笔力跌宕于风烟无人之境"，所谓"天才逸群，心法无轨，笔与心机，释冰

---

① 《著述辩述·文辩》，《滹南遗老集》卷三七。
② 《隐居通议》卷四。
③ 《黄庭坚全集正集》卷一二。
④ 《黄庭坚全集正集》卷一二。
⑤ 《黄庭坚全集正集》卷一二。

为水"①，读之令人生无限敬慕。其元祐三年在秘书省所写的《刘明仲墨竹赋》②则先从作画之人的气质、素养和性格谈起，"子刘子河洛之英，骨毛粹清。用意风尘之表，如秋高而月明。游戏翰墨，龙蛇起陆"；然后描述其画，"尝其余巧，顾作二竹。其一枝叶条达，惠风举之。瘦地笋笋，夏篁解衣。三河少年，禀生勤刚。春服楚楚，侠游专场。王谢子弟，生长见闻。文献不足，犹超人群。其一折干偃蹇，斫头不屈。枝老叶硬，强项风雪。廉蔺之骨成尘，凛凛锋有生气。虽汲黯之不学，挫淮南之锋于千里之外"，用一系列的典故和拟人化的手法生动地描述墨竹的风神气貌；其后又巧妙地利用赋体的对话方式评论其画技高妙，"吾子于此，可谓能矣。犹有修篁之岁晚，枯枿之发春。少者骨梗，老而日新。附之以倾崖磐石，摧之以冰霜斧斤。第其曾高昭穆，至于来昆仍云。……世之工人，或能曲尽其形，至于其理，非高人逸才不能辨"；最后收笔于言理，"妙万物以成象，必其胸中洞然"。全文由人及画，由画及理，层层深入，严密有序，生动典雅，构思巧妙。

　　山谷的咏物赋也都深有寓意，深有趣味。如《苦笋赋》写苦笋"钟江山之秀气""甘脆惬当，小苦而反成味；温润缜密，多啖而不疾人"的特点，并由此引出"苦而有味，如忠谏之可活国；多而不害，如举士而皆得贤"③；《煎茶赋》由煎茶而引出"大匠无可弃之材，太平非一士之略"④的见解；元符二年（1099）在戎州写成的《对青竹赋》称赞青竹之美"以节不以文"，"贵之则律吕汗简，贱之则箕帚蒸薪，惟所逢遭，尽于斧斤"⑤，以竹写人，以竹自喻，无不意蕴深厚，耐人寻味。其中尤以《木之彬彬》最为杰出。此赋实际上是由议论历史上曹操所礼遇的杨修、

---

① 《黄庭坚全集正集》卷一二。
② 《黄庭坚全集正集》卷一二。
③ 《黄庭坚全集正集》卷一二。
④ 《黄庭坚全集正集》卷一二。
⑤ 《黄庭坚全集正集》卷一二。

孔融和祢衡三人遭遇而发，其序言之甚明。作者由自然界之草木而及社会之人事，由历史而议论人生，谈人生之哲理，讲做人应谦虚谨慎、慎言慎行，至简、至深、至明。如云"知（智）人之所不言，其忌深矣""知微者兵在其颈，求福者褚藏其颖""是非之歧，利害薰蒸""巧于辨人，拙于自辨""积小不当，是以亡其大当""祸集于所忽，怨棲于荣名"[①]，无不深刻精警，发人沉思。

由上可知，山谷之赋与铺张扬厉的汉代大赋有所不同，而在六朝发展起来的抒情小赋的基础上创造和发扬了自己独特的个性，如果说欧阳修《秋声赋》、苏轼《赤壁赋》等都还保留着汉魏六朝时期赋的问答体式而表现出较浓的有意为文因素的话，那么，在黄庭坚的作品中已经很少看到这种情形而体现出更多、更浓、更重的古文色彩，即文赋的特点。

二、山谷之序："以著书之人为重心"

黄庭坚今存序文七十一篇，其中文集序十九篇、字序（字说）五十二篇，数量虽不为富而质量和创新程度颇高。明代何良俊云："山谷文，如《赵安国字序》《杨概字序》二篇，似知道者，岂寻常求工于文字者可得窥其藩篱哉。其他《训郭氏三子名字序》，又《王定国论文集序》与《小山集序》《宋完字序》《忠州复古记》，皆奇作也"[②]，对山谷创作的各体序文中的具体作品给予高度评价。

序作为一种文体，滥觞于两汉，发展于魏晋，兴盛于李唐而变化于赵宋。传孔安国《尚书序》称"序所以为作者之意"，大体昭示了序的功能。约成于汉代的《毛诗序》、《史记·太史公自序》、《汉书·叙传》、扬雄《法言序》等，大都立足全书，进行宏观的阐释申述，或者兼及作者自身，是为常式。其后又有文集序、赠送序、燕集序、字序（解释人的名

---

① 《黄庭坚全集正集》卷一二。
② 《四友斋丛话》卷二三。

字)、杂序(事、物序)等相继问世。唐宋是序体散文的昌盛期,作品繁富,名篇迭出。唐代赠序兴盛而宋代书序发达。书序本为序体正宗,汉以后不绝如缕,惜无大的发展,名家如韩愈,集中竟无一篇书序,这就为宋人留下了开拓的空间(当然,这与书籍制度的发展有着直接关系)。而山谷序作的主要创新特征有四点:一是将表现主体和表现重心由"书"转移到"人";二是文学色彩强化——抒情性与描写性骤增;三是视野开阔,注重宏观审视和发展规律的探寻;四是向议论化、理论化延伸。

《小山集序》[①]是为人称道的佳作之一,此序一反申述作者之意或将"书"作为表现重心的写法,而将介绍晏几道的为人与性格作为主体:

> 晏叔原者,临淄公之莫子也,磊隗权奇,疏于顾忌。文章翰墨,自立规摹。常欲轩轾人,而不受世之轻重。诸公虽爱之,而又以小谨望之,遂陆沉于下位。平生潜心六艺,玩思百家,持论甚高,未尝以沽世。余尝怪而问焉,曰:"我蹒跚勃窣,犹获罪于诸公,愤而吐之,是唾人面也。"乃独嬉弄于乐府之余,而寓以诗人句法,清壮顿挫,能动摇人心。士大夫传之,以为有临淄之风尔,罕能味其言也。
>
> 予尝论:"叔原固人英也,其痴亦自绝人。"爱叔原者皆愠,而问其目,曰:"仕宦连蹇,而不能一傍贵人之门,是一痴也;论文自有体,不肯一作新进士语,此又一痴也;费资千百万,家人寒饥,而面有孺子之色,此又一痴也;人百负之而不恨,已信人,终不疑欺己,此又一痴也。"乃共以为然。
>
> 虽若此,至其乐府,可谓狭邪之大雅,豪士之鼓吹。其合者《高唐》《洛神》之流,其下者岂减《桃叶》《团扇》哉。

《小山集》是晏几道的乐府词集,作为当时词坛的婉约名家,晏几道的作

---

① 《黄庭坚全集正集》卷一五。

品脍炙人口,很受欢迎。但该序并没有将"书"作为表现的重心,详细介绍词集的内容特点,而是重笔浓墨,介绍晏几道的身世(为宰相晏殊之子)、为人性格、创作特点及其平生境遇,突出其性情之"痴",强调其独到之处和艺术效果,所谓"自立规摹","寓以诗人句法","论文自有体,不肯一作新进士语","清壮顿挫,能动摇人心"。其在艺术构思上采取叙述与对话相结合的形式,平实活泼,生动有趣,既有浓厚的文学色彩,又具史家之笔法,尤为精妙独特。

写于元符三年(1100)的《庞安常伤寒论后序》[1]则"著其行事以为后序",以五分之四的篇幅介绍著作人医道"名倾江淮"的影响,少年时"为气任侠""无所不为"的性格,中年"闭户读书""综缉百家之言"而"每用以视病"的苦学善用精神,以及治病"不择贵贱贫富""爱其老而慈其幼""轻财如粪土而乐义,耐事如慈母而有常"的高尚医德,而对论著本身只以"多得古人不言之意"数语评介。但读者由著者之行事、品质已足可相信其价值。

《王定国论文集序》《毕宪父诗集序》也都是侧重表现著作者本人。前者先写王氏"洒落有远韵"的气质、"夺官流落岭南"的遭遇及"更折节,自刻苦,读诸经"的精神,次写"其作诗及它文章,不守近世师儒绳尺,规摹远大,必有为而后作,欲以长雄一世。虽未尽如意,要不随人后"[2],突出了其为文特点,称赞其创新精神,这些都是着眼于著作之"人"。后者则先写序者与诗人的交往、诗集编辑经过,最后指出"今观公诗,如闻答问之声,如见待问之来"[3],具有很强的抒情性,而被表现的主体依然是著作"人"。《胡宗元诗集序》起笔于人之境遇与诗歌创作的关系,并以"候虫""涧水""金石丝竹"为喻,谈论诗歌类型,然后落笔到胡宗元其人其学其诗,所谓"好贤而乐善,安土而俟时",称叹其诗

---

[1] 《黄庭坚全集正集》卷一五。
[2] 《黄庭坚全集正集》卷一五。
[3] 《黄庭坚全集正集》卷一五。

"遇变而出奇，因难而见巧"①，切入点还在于"人"。

上述各篇都将"人"作为表现的主体，以表现著书之人为重心，充分体现了我国古代"知人论世"的优良传统。以下各篇则以议论说理见长。如《道臻师画墨竹序》议论吴道子作画"得之于心也，故无不妙"；张长史草书"用智不分也，故能入于神"，提出"欲得妙于笔，当得妙于心"②；《杨子建通神论序》开端即言"天下之学，要之有所宗师，然后可臻微入妙"，其下由"六经之旨"谈到"文章之工"，再及"神农、黄帝、岐伯、雷公之书""《本草》《素问》之意"③，无不议论切当，视野开阔。

山谷字说、字序五十二篇，多有深意和新意而洗去俗气，如《训郭氏三子名字说》"忠信者事之基也，有忠信以为基，而济之以好问强学，何所不至哉"④即其一例，此不赘述。

三、山谷书简："修辞立其诚，下笔无草草"

书简即书信，又称书、书启、简牍、尺牍等，是一种实用性和应用性很强的文体。在古代，它是亲友间交流情感、传达信息的主要方式和重要手段。宋代之前，就有如李斯《谏逐客书》、司马迁《报任安书》一类影响极大、脍炙人口的名篇，然而人们一般很少将写信视为文学创作，也很少有人像创作诗歌、散文那样精心写作书信。宋代学人丰富深厚的学养和认真严谨的写作态度，极大地提高了这种应用文体的文学品位和美学价值，使书信成为散文家族的大宗。而山谷书简尤其为人称道，以至被人们单独编辑成书，当作学习的范本，如《山谷刀笔》《山谷尺牍》《山谷老人刀笔》等。山谷现存书简达一千二百篇以上，几近其传世散文的一半，数量大，质量高，影响广。

---

① 《黄庭坚全集正集》卷一五。
② 《黄庭坚全集正集》卷一五。
③ 《黄庭坚全集正集》卷一五。
④ 《黄庭坚全集正集》卷二四。

第十一章　黄庭坚的散文创作与艺术境界

传达友情、亲情是书信常式，山谷书简这类内容最多，且感情纯真深厚、文字或朴实或典雅，因人而异。

黄庭坚"孝友之行追配古人"[①]，极重亲情和友情，因此这方面的书信数量甚多，也最能反映其人格与性情。写于元丰元年（1078）的《上苏子瞻书》[②]是山谷书简中的精品。这封信开头表达自己"齿少且贱"，于苏轼虽"尝望见眉宇于众人之中，而终不得备使令于前后"之向慕已久而不能随侍左右的心情，赞叹苏轼"学问文章，度越前辈，大雅岂弟，博约后来"，又说"早岁闻于父兄师友"，以"未尝得望履幕下""乐承教而未得"为憾，且对自己"未尝及门"而得苏轼推扬汲引表示感激。全信充满了对苏轼的敬爱、敬佩、敬重、敬仰之情，执礼谦恭而语言典雅优美。

苏轼与秦观相继去世后，黄庭坚曾多次在写给友人的信中表达沉痛怀念之情："去年失秦少游，又失东坡苏公，今年又失陈履常，余意文星已宵坠矣！"[③]其《与王庠周彦书》诉说悲痛欲绝的心情："东坡先生遂损馆舍，岂独贤士大夫悲痛不能已，'人之云亡，邦国殄瘁'者也，可惜可惜！立朝堂堂，危言谠论，切于事理，岂复有之！"又云："秦少游没于藤州，传得自作祭文并诗，可为殒涕。如此奇才，今世不复有矣。"[④]

其写给家人、亲人的信，叙家常、问温寒，如晤如对。《与李端叔书》讲述个人近况及家人、族人情况，"不肖须鬓已白十八九，短发残不可会聚，求田问舍颇有之，亦未知如意耳。小儿取妇，尚未得孙。女子今已三生矣。知命二男三女，似有可望者。三女一已嫁，其仲已咄咄逼人矣。元明在萍乡，甚安，亦有吏能声"[⑤]；《与嗣深节推十九弟书》[⑥]讲述"得书"

---

① 苏轼《举黄鲁直自代状》。
② 《黄庭坚全集正集》卷一八。
③ 《杂简》，《黄庭坚全集别集》卷一七。
④ 《黄庭坚全集正集》卷十八。
⑤ 《黄庭坚全集正集》卷一九。
⑥ 《黄庭坚全集别集》卷一八。

的欣喜和家人近况，同时也叙说家族其他成员的情况，都很典型。

写于元符元年（1098）的《与徐师川书》[①]，表达了作者对亲人的惦记和思念："即日想家姊郡君清健，新妇安胜。儿女今几人？书中殊不及此，何邪？"而其《与唐坦之书》[②]谈论亲情体贴入微："二亲倚门十年，妻儿有攻苦食淡之叹，亦能久伏忍邪？"至《与济川侄》"夜来细观所作文字，甚有笔力，他日可为诸父雪耻。但须勤读书令精博，极养心使纯静，根本若深，不患枝叶不茂也"[③]，其对晚辈学业日进的喜悦和厚望，溢于言表。又如《与声叔六侄书》谆谆嘱咐说"日月易失，官职自有命。但使腹中有数百卷书，略识古人义味，便不为俗士矣"[④]；写于黔州的《答宋子茂》云"小子相今十四，并其所生母在此。知命亦将一妾一子同来，今夏又得一男曰小牛。相及小牛颇丰厚，粗慰眼前。略治生，亦粗过。买地畦菜，开轩艺竹，水滨林下，万事忘矣"（《续集》卷三），款叙有致，淳朴有味。正如张守《跋周君举所藏山谷帖》所说："山谷老人谪居戎荆，而家书周谆，无一点悲忧愤嫉之气，视祸福宠辱，如浮云去来，何系欣戚！"

朱熹曾说："黄山谷慈祥之意甚佳，然殊不严重，书简皆及其婢妮。"[⑤]"书简皆及其婢妮"正见其不论尊卑、平等待人的性情与人格，正是其"不腐不迂"之可贵处。

谈诗论艺、治学修身、指导后进是山谷书简中最富特色的重要内容。

黄庭坚的这部分书简一般回复性的居多，大都具有很强的针对性，往往根据对方的不同情况，或启发引导，或评论作品，或传授经验，或谈论体会，或指示方法途径，无不循循善诱，启人心扉。如《与欧阳元老书》谈论阅读苏轼所作"岭外文字"的感觉和体会，"使人耳目聪

---

① 《黄庭坚全集正集》卷一九。
② 《黄庭坚全集正集》卷一八。
③ 《黄庭坚全集正集》卷一九。
④ 《黄庭坚全集别集》卷一八。
⑤ 《朱子语类》卷一三〇。

明，如清风自外来也"[①]；《答何静翁书》鼓励和肯定何静翁"所寄诗，淳淡而有句法；所论史事，不随世许可，取明于己者；而论古人，语约而意深。文章之法度，盖当如此"[②]；《与徐师川书》称赞师川诗作"辞皆尔雅，意皆有所属，规模远大。自东坡、秦少游、陈履常之死，常恐斯文之将坠。不意复得吾甥，真颓波之砥柱也"[③]；《答李几仲书》指导李几仲要"刻意于德、义经术"，"须学问琢磨以就晚成之器"[④]，皆可见出这类书简的特点。

《与王观复书》是很有代表性的一篇：

> 所送新诗，皆兴寄高远，但语生硬，不谐律吕，或词气不逮初造意时，此病亦只是读书未精博耳。"长袖善舞，多钱善贾"，不虚语也。南阳刘勰尝论文章之难云："意翻空而易奇，文征实而难工。"此语亦是沈、谢辈为儒林宗主时，好作奇语，故后生立论如此。好作奇语自是文章病，但当以理为主。理得而辞顺，文章自然出群拔萃。观杜子美到夔州后诗，韩退之自潮州还朝后文章，皆不烦绳削而自合矣。往年尝请问东坡先生作文章之法，东坡云："但熟读《礼记》《檀弓》，当得之。"既而取《檀弓》二篇，读数百过，然后知后世作文章不及古人之病，如观日月也。文章盖自建安以来，好作奇语，故其气象衰茶，其病至今犹在。唯陈伯玉、韩退之、李习之、近世欧阳永叔、王介甫、苏子瞻、秦少游乃无此病耳。公所论杜子美诗，亦未极其趣，试更深思之。（《黄庭坚全集正集》卷一八）

这封书信从评论王观复的诗歌谈起，首先肯定其"兴寄高远"，同时指出

[①] 《黄庭坚全集正集》卷十八。
[②] 《黄庭坚全集正集》卷一八。
[③] 《黄庭坚全集正集》卷一九。
[④] 《黄庭坚全集正集》卷一八。

"语生硬,不谐律吕,或词气不逮初造意时"的毛病,并分析造成这种毛病的原因"是读书未精博";由此,进一步从历史渊源和理论层面深入分析,指出"好作奇语自是文章病,但当以理为主。理得而辞顺,文章自然出群拔萃";最后以杜子美诗、韩退之文、苏东坡之论为例,谈自己的切身体会,指示王观复改正毛病、提高水平的途径。全信肯定优点,指出不足,分析原因,讲明道理,教以方法,有事实,有分析,有实例,有理论,循循善诱,层次井然,给人以可亲可敬、可信可行的感觉。与该信有异曲同工之妙的是《与王子予书》:

> 比来不审读书何以?想以道义敌纷华之兵,战胜久矣。古人有言:"并敌一向,千里杀将"。要须心地收汗马之功,读书乃有味;弃书策而游息,书味犹在胸中,久之乃见。古人用心处如此,则尽心于一两书,其余如破竹节,皆迎刃而解也。古人尝喻植杨,盖杨,天下易生之木也,从植之而生,横植之而生。一人植之,一人拔之,虽千日之功皆弃。此最善喻。顾衰老,终无益于高明,子予以谓如何?(《黄庭坚全集正集》卷一八)

该信以和蔼亲切的语气和生动形象的比喻,讲述读书治学的方法,一是应重在理解内容即"道义"而不要过分注意辞藻即"纷华",二是应处理好"精读"与"博览"的关系,注重专精,所谓"尽心于一两书,其余如破竹节,皆迎刃而解也",生动深刻,高雅有趣。其他如《答洪驹父书》《与王观复书》等无不如是:

> 所寄诗多佳句,犹恨雕琢功多耳。但熟观杜子美到夔州后古律诗,便得句法。简易而大巧出焉,平淡如山高水深,似欲不可企及,文章成就,更无斧凿痕,乃为佳作耳。(《黄庭坚全集正集》卷一八《与王观复书》)

寄诗语意老重，数过读不能去手，继以叹息。少加意读书，古人不难到也。诸文亦皆好，但少古人绳墨耳。可更熟读司马子长、韩退之文章。凡作一文，皆须有宗有趣，终始关键，有开有合，如四渎虽纳百川，或汇而为广泽，汪洋千里，要自发源注海耳。老夫绍圣以前，不知作文章斧斤，取旧所作读之，皆可笑。绍圣以后，始知作文章，但已老病，惰懒不能下笔也。外甥勉之，为我雪耻。《骂犬文》虽雄奇，然不作可也。东坡文章妙天下，其短处在好骂，慎勿袭其轨也。甚恨不得相见，极论诗与文章之善病，临书不能万一，千里强学自爱，少饮酒为佳。（《黄庭坚全集正集》卷一八《答洪驹父书》）

所寄《释权》一篇，词笔纵横，极见日新之效。更须治经，探其渊源，乃可到古人耳。《青琐祭文》，语意甚工，但用字时有未安处。自作语最难，老杜作诗，退之作文，无一字无来处，盖后人读书少，故谓韩、杜自作此语耳。古之能为文章者，真能陶冶万物，虽取古人之陈言入于翰墨，如灵丹一粒，点铁成金也。文章最为儒者末事，然既学之，又不可不知其曲折，幸熟思之。至于推之使高如泰山之崇、崛如垂天之云，作之使雄壮如沧江八月之涛、海运吞舟之鱼，又不可守绳墨，令俭陋也。（《黄庭坚全集正集》卷一八《答洪驹父书》）

以上拈出的均是谈论治学与创作，无不语重心长，生动典雅，趣味无穷。至如《与宋子茂书》言"人胸中久不用古今浇灌之，则俗尘生其间，照镜则觉面目可憎，对人亦语言无味也"[1]，讲勤于学习、勤于思考的重要性，更是深刻切实。

---

[1] 《黄庭坚全集外集》卷二一。

山谷书简也有不少谈论书法艺术者。如《与宜春朱和叔》：

> 承颇留意于学书，修身治经之余，诚胜他习。然要须古人为师，笔法虽欲清劲，必以质厚为本。古人论书，以沉着痛快为善，唐之书家，称徐季海书如怒猊抉石、渴骥奔泉，其大意可知。凡书之害，姿媚是其小疵，轻佻是其大病，直须落笔一一端正。至于放笔，自然成行，草则虽草，而笔意端正，最忌用意装缀，便不成书。（《黄庭坚全集正集》卷十九）

不仅对朱和叔学习书法十分欣赏，而且指导其如何习书以及应当注意的地方。

前人谓"鲁直与人书，论学论文，一切引归根本，未尝以区区文章为足恃者"[①]；明代杨希闵说山谷"教后生子弟，谆谆以熟读书史深求义味，不可以文人自了，至真至切，不腐不迂"[②]，与上均可俱见，可谓知言。

谈论茶道医道、社会习俗等也是山谷书简很有特色的内容。如《与王泸州书》谈茶道，细叙茶具要求、茶叶处理、冲泡方法、水温程度等，"家园新芽似胜常年……但不知有佳石磴否？石磴须洗，令无他茶气，风日极干之。牙子以疏布净揉，去白毛乃入磴，少下而急转，如旋风落雪，方所得。大率建溪令汤熟，双井宜嫩也"[③]；《与胡少汲书》其一论"治病之方"云"当深求蝉蜕，照破死生之恨，则忧畏淫怒，无处安脚，病既无根，枝叶安能为害"，其一讲"服椒"医眼，"二年来，尤觉眼力不足，数日来，漫服椒，乃似有益，冀渐得力，冬夜可观书耳"；《与郑彦能贴》为友人处方医治痢疾，"病中闻苦下痢，甚忧甚忧。昨日见颜色，知向安

---

① 袁裹等《庭帏杂录》卷下。
② 《黄文节公年谱序》。
③ 《黄庭坚全集别集》卷一六。

矣。但少服攻击之剂，调饮食之味，日可痊矣。赤石脂末二钱，细白面二两半，切三刀子软煮，调和羊清汁食之"①；《与曾公卷》感谢友人惠药，"前所惠草伏四神，初夏腹病，和理中丸四两服之，颇得益"②。

山谷书简的主要特征是温润尔雅，感情深厚淳朴、真挚动人。黄庭坚以忠信孝悌著称，慈祥善良，讲感情、重道义，实乃性情中人，故其书简实在而爽直，高雅无雕琢，读之如对如晤，如沐春风，如饮甘露。对此，上引各篇已可概见。另如《答李几仲书》"秋日楼台，万事不到胸次，吹以木末之风，照以海滨之月而歌足下之句，实有以激衰懊而增高明也"（《黄庭坚全集正集》卷十八）；《与徐甥师川》"然学有要道，读书须一言一句，自求己事，方见古人用心处，如此则不虚用功。又欲进道，须谢去外慕，乃得全功。古人云，纵此欲者，丧人善事，置之一处，无事不办。读书先净室焚香，令心意不驰走，则言下会理"，无不体现出这样的特点。

语言精粹凝练、优美生动、蕴藉有味是山谷书简的又一特征。

黄庭坚以诗著称，极重语言锤炼，故其书简呈现出较高的诗化程度而给人以精粹凝练、优美生动、蕴藉有味的感觉。如《答曹荀龙》讲读书与创作，"读书勿求多，唯要贯穿，使义理融畅，则下笔时，不寒乞也"③；《与王立之承奉帖》谈治学途径，"思义理则欲精，知古今则欲博，学文则观古人之规摹"④；《与明叔少府书》论经验积累及其意义，"医不三世，不服其药；老者之智，壮者之决也"⑤，都给人以精警深刻之感。

又如《与宋子茂书》写迁谪生活，"山花野草，微风动摇，以此终日。衣食所资，随缘厚薄，更不劳治也。此方米面既胜黔中，饭饱摩腹，

---

① 《黄庭坚全集别集》卷一四。
② 《黄庭坚全集外集》卷二一。
③ 《黄庭坚全集正集》卷一九。
④ 《黄庭坚全集别集》卷一五。
⑤ 《黄庭坚全集别集》卷一六。

婆娑以卒岁月耳"①;《答陈敏善》论广交良师益友,"河出昆仑墟,虽其本源高远矣,然渠并千七百,然后能经营中国,而达于四海。愿足下思四海之士以为友,增益其所不能,毋务速化而已"②;《与王立之》谈治学必得体、为学必得法,"若欲作楚词追配古人,直须熟读楚词,观古人用意曲折处讲学之,然后下笔。譬如巧女文绣妙一世,若欲作锦,必得锦机,乃能成锦耳"③,语言无不优美生动。

下面两篇较有代表性:

> 庭坚叩头,子真足下:累辱惠书及诗,窃伏天材高妙,钟山川之美,有名世之资,未尝不欢息也。黄鹄一举千里,非荆鸡之材所能啄菹,以是久未知所答。虽然,有一于此,可少助万分之一。致远者不可一世无资,故适千里者三月聚粮。又当知所向,问其道里之曲折,然后取涂而无悔。钩深而索隐,温故而知新,此治经之术也。经术者,所以使人知所向也。博学而详说之,极支离以趋简易,此观书之术也。博学者,所以使人知道里之曲折也。夫然后载司南以适四方而不迷,怀道鉴以对万物而不惑。曾子曰:"尊其所闻,则高明矣;行其所知,则光大矣。"闻道也,不以养口耳之间,而养心,可谓尊其所闻矣。在父之侧,则愿如舜、文王,在兄弟之间,则愿如伯夷、季子,可谓行其所知矣。欲速成,患人不知,好与不己若者处,贤于俗人则可矣,此学者之深病也。齐心服形,静而后求诸己,若无此四病者则善矣。若有似之,愿留意也。(《黄庭坚全集正集》卷一九《与潘子真书》)

> 陈履常正字,天下士也。读书如禹之治水,知天下之络脉,有开

---

① 《黄庭坚全集别集》卷一五。
② 《黄庭坚全集正集》卷一九。
③ 《黄庭坚全集外集》卷二一。

有塞，而至于九川涤源、四海会同者也。其作诗渊源，得老杜句法，今之诗人不能当也。至于作文，深知古人之关键，其论事救首救尾，如常山之蛇，时辈未见其比。公有意于学者，不可不往扫斯人之门。古人云："读书十年，不如一诣习主薄。"端有此理。若见，为问讯，千万。（《黄庭坚全集正集》卷一八《答王子飞书》）

前者以"黄鹄一举千里"喻潘子真有大才大志，然后以"适远者不可一世无资"为喻，谈其成才成志必须明确努力方向，而且要方法得当，并指示其途径，所谓"治经""知所向"，"博学""知曲折"，然后"不迷""不惑"，且须"尊其所闻"，"行其所知"，"齐心服形，静而后求诸己"；后者以大禹治水喻读书，论作诗、作文，均生动形象，深刻而明畅。

元代胡祇遹《跋山谷书稿》诗曾对山谷书简严谨认真的写作态度深有感慨，"修辞立其诚，下笔无草草。尺牍亦细事，谨密犹起稿。后人何荒唐，万言一挥扫"[1]；陈模《怀古录》卷下则高度评价山谷书简："诚斋云：'小简本朝唯山谷一人。'今观《刀笔集》，不特是语言好，多是理致药石有用之言，他人所以不及。"是为的评。

四、山谷题跋："精金美玉"与"格韵高绝"

明代徐师曾指出："题跋者，简编之后语也。凡经传子史、诗文图书（字也）之类，前有序引，后有后序。可谓尽矣。其后览者，或因人之请求，或因感而有得，则复撰词以缀于末简，而总谓之题跋。……其词考古证今，释疑订谬，褒善贬恶，立法垂戒，各有所为，而专以简劲为主，故与序引不同。"[2]

---

[1] 《紫山大全集》卷二。
[2] 《文体明辨序说》。

山谷题跋是山谷散文中最富特色的精华部分。苏轼曾以"精金美玉"喻其人，又以"格韵高绝"赞其诗，二语移评山谷题跋，则甚为的当。山谷题跋今存六百多篇，数量仅次于书简，又最能体现山谷的学养、个性和艺术造诣。明人毛晋在《山谷题跋序》中说，"从来名家落笔，谑浪小碎，皆有趣味，一时同调，辄相欣赏赞叹，不啻口出"，正是道出了山谷题跋的特点。

题跋兴于唐而成于宋。唐不以"跋"名篇，多作"读×××"，且仅限于文字著述。检韩愈、柳宗元本集，韩有《读荀子》等四篇，柳有《读韩愈所著〈毛颖传〉后题》一篇，皆就作品本身议论生发，类近后世题跋。但数量甚少，形式和内容亦颇局促。宋代题跋不仅数量惊人，而且形式灵活变化，内容丰富多彩。如欧阳修集有题跋四百五十四篇，苏轼集题跋达七百二十一篇，山谷传世题跋的数量少于苏而多于欧。

宋人对题跋体裁的发展革新，其一反映在题材的开拓上，如由唐代单纯议论著述文字扩展到绘画书法等艺术、文化领域；其二反映在体式要求上无常格定式，灵活多样；其三是扩大并提高了题跋的功能，由单一议论发展到说理、抒情、记事、写人和学术研讨等；其四是增强了题跋文字的文学性和可读性、趣味性。总之，题材广泛，体式多样，内容丰富，立意新颖，理、识、情并举，挥洒自如，构成了宋代题跋的突出特点。而在这些方面，山谷题跋是特别突出的代表。

黄庭坚与苏轼"最妙于题跋"[①]，"凡人物书画，一经二老题跋，非雷非霆而千载震惊"[②]。苏轼题跋以理趣、情趣胜，所谓"出新意于法度之中，寄妙理于豪放之外"[③]。黄庭坚题跋则带有浓郁的抒情色彩，间有叙事，形象鲜明生动，篇幅渐长。如《题东坡字后》：

---

① 陈继儒《白石樵真稿·书杨侍御刻苏黄题跋》。
② 毛晋《汲古阁书跋·东坡题跋》。
③ 苏轼《书吴道子画后》。

东坡居士极不惜书,然不可乞。有乞书者,正色诘责之,或终不与一字。元祐中锁试礼部,每来见过,案上纸不择精粗书遍乃已。性喜酒,然不能四五龠已烂醉。不辞谢而就卧。鼻鼾如雷。少焉苏醒,落笔如风雨,虽谑弄皆有义味,真神仙中人!此岂与今世翰墨之士争衡哉!(《黄庭坚全集正集》卷二八)

跋者不是就书法作品推评议论,而是借此回忆和叙述了有关苏轼作书的几件小事,从而将苏轼豪放飘逸的个性风采展现在读者面前,由衷地抒发了跋者钦仰敬佩的心情。又如《书家弟幼安作草后》自谓其书无法,"但观世间万缘如蚊蚋聚散,未尝一事横于胸中,故不择笔墨,遇纸则书,纸尽则已,亦不计校工拙与人之品藻讥弹,譬如木人舞中节拍,人叹其工,舞罢则又萧然矣"[1],其寄情于名利之外习字作书的境界,描述生动形象,寓理新警深刻。

黄庭坚题跋除了具有叙事抒情的特点外,还明理寓识,因而境界阔大,思致深邃,常妙语连珠,趣味丰饶。《跋秦氏所置法帖》着眼于地域文化发展演变的历史,指出两汉至宋"不闻蜀人有善书者",然后突出眉山苏轼"震辉中州,蔚为翰林之冠"[2],视野十分开阔。《书绘卷后》指出"学书要须胸中有道义,又广之以圣哲之学,书乃可贵","士大夫处世可以百为,唯不可俗"[3],都是深有所得的名言。至如《书草老杜诗后与黄斌老》自称"今来年老懒作此书,如老病人扶杖,随意倾倒,不复能工"[4];《跋湘帖群公书》谓"李西台出群拔翠,肥而不剩肉,如世间美女,丰肌而神气清秀"[5];《李致尧乞书书卷后》说"凡书要拙多于巧,近世少年作

---

[1] 《黄庭坚全集正集》卷二六。
[2] 《黄庭坚全集正集》卷二五。
[3] 《黄庭坚全集正集》卷二五。
[4] 《黄庭坚全集外集》卷二三。
[5] 《黄庭坚全集正集》卷二六。

字,如新归子妆梳,百种点缀,终无烈妇态也"①,等等,无不妙喻横出,令人回味。

王羲之《兰亭序》是中国书法史上著名的精品之作,山谷《书王右军兰亭草后》云:

> 王右军《兰亭草》,号为最得意书。宋、齐间以藏秘府,士大夫间不闻称道者,其未经大盗兵火时盖有真墨迹在《兰亭》右者?及梁、陈之间焚荡,千不存一。永师晚出此书,诸儒皆推为真行之祖,所以唐太宗必欲得之。其后公私相盗,至于发冢,今遂亡之。书家得定武本,盖仿佛古人笔意耳。褚庭诲所临极肥,而洛阳张景元断地得缺石极瘦,定武本则肥不剩肉,瘦不露骨,犹可想其风流。三石刻皆有佳处,不必宝已有而非彼也。(《黄庭坚全集外集》卷二三)

这则书跋讲述了《兰亭草》这篇书法精品的流传,并评论了武定本、褚临本和洛阳本各自的特点,认为"三石刻皆有佳处,不必宝已有而非彼",成为一篇有历史深度、学术深度和思想深度,有独特见解、品位高雅、凝练精彩的《兰亭》流传小史。其他如《题彭景山传神》称评人物、议论哲理,"人之有德、慧、术、智者,尝存乎疢疾,惟深也能披剥万象而见已"②;《题子瞻与王宣义书后》议论苏轼"书尺字字可珍,委顿人家蛛丝煤尾败箧中,数十年后,当有并金悬购者"③;《书陶渊明诗后寄王吉老》谈读陶诗的感觉,"血气方刚时读此诗,如嚼枯木。及绵历世事,知决定无所用智。每观此篇,如渴饮水,如欲寐得啜茗,如饥啖汤饼"④;《书老子注解及庄子内篇论后》讲"老庄书,前儒者未能涣然顿解"的原因,指

---

① 《黄庭坚全集外集》卷二三。
② 《黄庭坚全集外集》卷二三。
③ 《黄庭坚全集外集》卷二三。
④ 《黄庭坚全集外集》卷二三。

出"僧中时有人得其要旨,儒者谓其术异,不求之耳"[①];《书草老杜诗后与黄斌老》说自己"学草书三十余年"的历史变化和"异于今人"之"不纽提容止强作态度"[②]的特点,无不有思想、有见解、有体会。

第四节　黄庭坚散文的艺术特征及其人文精神

任何优秀的文学艺术作品,都具备这样两个基本特点:一是具有深厚丰富的思想意义,一是具有普遍长久的美学价值。由上面之考察,大体可以见出山谷散文同样具备这样两个基本特点。山谷散文精于意而得于体、笃于情而深于理、博于识而巧于辞,既有深厚广博的文化底蕴,又有学识、实用与审美臻于完美的结合风貌,表现出宽广的思想境界和很高的文化品位,所谓"鲁直于文章天成性得,落笔巧妙,他士莫逮","其发源以治心修性为宗本,放而至于远声利、薄轩冕、极其志,忧国爱民、忠义之气蔼然见于笔墨之外"。[③]

一、深厚广博与勇于创新

山谷散文的人文精神首先表现在其作品具有深厚广博的文化底蕴和努力创新的进取精神。

宋代文人的一个突出特点就是具有较强的社会意识、集体意识、历史意识、责任意识和忧患意识,正心、诚意、修身、齐家、治国、平天下,是其终生追求的理想和目标,即使在他们不得意、不得志的时候,也是忧国忧民,洁身自好,所谓"处庙堂之高则忧其君,处江湖之远则忧其民"。黄庭坚正是这方面的代表。其散文创作深层的潜在意义,乃在于从人文层面上给个体的人以潜移默化的、根本的、社会的、文化的、道德

---

① 《黄庭坚全集外集》卷二三。
② 《黄庭坚全集外集》卷二三。
③ 洪炎《豫章黄先生退听堂录序》。

的、素质的、高品位的人格修养等多方面的薰染陶冶，从而有益于社会进步和精神文明的发展。

《论语断篇》《孟子断篇》二文，一为"求养心寡过之术"，一为"明养心治性之理"。①前者讲"读书致用"，议论读书的方法、目的，从《论语》的"圣言"性质，"文章条理，可疑者少"的特点，认为是书不但"可以考六经之同异，证诸子之是非"，而且为"义理之会"，"学者所当尽心"。作者指出，"古之言者，天下殊途而同归，百虑而一致"，而近世学者"不能心通性达，终无所得"。他主张读书应"闻一知十"，"至于一以贯之"，"事事反求诸己，忠信笃实，不敢自欺"，要"得于内"而"恤其外"。后者通过评论荀卿"祖述孔氏而诋訾孟子"，指出"荀卿所谓知孔子者，特未可信"，而汉代扬雄说孟子"勇于义而果于德"，于孔子"知言之要，知德之奥"，是为孟子之知音，并以"孟子论孔子去鲁"为例指出"圣人之忠厚"。作者对这两部儒家经典著作都从历史与现实的高度，提出了自己独到的见解，体现出很高的人文境界与文化层次，体现出广阔的文化视野和深厚的学术功底。上面提到的《书老子注解及庄子内篇论后》也体现了这样的特点。

黄庭坚特别强调个人道德的修养和整体素质的提高，倡导积极向上、奋发有为的进取精神。他提倡以"忠信孝友"为本，广学博识，以济世用。其《训郭氏三子名字说》云"忠信者事之基也，有忠信以为基，而济之以好问强学，何所不至哉"②；《与李少文书》言"吾侄性资开爽，他日必不居人后。惟强学自重，读《论语》《孟子》，取其切于人事者，求助诸己躬，改过迁善，勿令小过在己，则善矣"③。在《与洪氏四甥书》中，山谷还分析了人在思想行为方面经常表现出来的十种错误：

---

① 《黄庭坚全集正集》卷二十。
② 《黄庭坚全集正集》卷二四。
③ 《黄庭坚全集正集》卷二四。

人之常病有十种：喜论人之过；不自讼其过；嫉人之贤己；见贤不思齐；有过不改而必文；不称事而增语；与人计校曲直；喜窥人之私；乐与不肖者游；好友其所教。

并要求其外甥"试反己而思之"，同时指出，"若一日去其一，则十日亦尽去矣"。①其《与秦少章觐书》则讲述素养与笃行："学问之本，以自见其性为难。诚见其性，坐则伏于几，立则垂于绅，饮则列于尊彝，食则形于笾豆，升车则鸾和与之言，奏乐则钟鼓为之说。故见己者，无适而不当。至于世俗之事，随人有工拙者，君子虽欲尽心，夫有所不暇。"②

其他如《与马中玉书》称赞江州王寅"清静寡欲，忠信好义，犯而不校"③；《与洪驹父书》教导洪驹父"学问文章，当求配于古人……然孝友忠信，是此物之根本，极当加意养以敦厚醇粹使根深蒂固，然后枝叶茂尔"④；在另一封信里殷切希望洪驹父"勤吏事，以其余从事于文史，常须读经书，味古人经世之意，宁心养气，累九鼎以自重"⑤，都是强调加强个人的学习与修养，做一个有益于社会的人。

二、精于立意与贵于得体

其次，山谷散文的人文精神表现在其作品精于意而得于体，既具有较高的思想境界，又能充分发挥文体的优势。

如前所述，山谷散文有二十多种文体，无论哪种文体，山谷都能充分利用和发挥该种文体的优势，表达自己的思想和见解，给人以启迪。山谷为文强调"皆道实事，要为有用之言"，强调"不为空言""规摹宏

---

① 《黄庭坚全集别集》卷十八。
② 《黄庭坚全集正集》卷一九。
③ 《黄庭坚全集别集》卷一六。
④ 《黄庭坚全集外集》卷二一。
⑤ 《黄庭坚全集外集》卷二一。

远""有益于世",强调"非有为不发于笔端"①,因此非常重视文章的立意与境界。如《仁宗皇帝御书记》并不着眼于赏鉴"御书",而是充分利用"记"体自由灵活的特点,"深求太平之源",追叙"仁宗皇帝在位四十二年","庆云景星,光被万物","而百官修职,四夷承风"的景象,由书而议人议事、议国议政,显示出较高的思想境界。《伯夷叔齐庙记》则立意于"为政"与"教民",由王辟之"政成"而修伯夷叔齐庙,称赞其"贵德尚贤""举典祀以教民,可谓知本",同时批评"今之为吏,愒日玩岁,及为政者鲜矣。政且不举,又何暇于教民"②,在二者鲜明的对比中,表达出作者的境界。

仅就其赋而言,《江西道院赋》③立意于议"政",提出"简静""平易"的为政主张;《苦笋赋》④则以婉转的笔法由苦笋引出"苦而有味,如忠谏之可活国;多而不害,如举士而皆得贤"的观点,名为咏物而立意在于"活国""得贤";《煎茶赋》⑤由煎茶之生活细事而引出"大匠无可弃之材,太平非一士之略"的见解。这些例子都可以看出,文章因立意而表现出较高的思想境界,既增强了文章的思想意义,又增强了文章的艺术表现力,令人回味无穷。

另如《对青竹赋》称赞青竹之美"以节不以文",以竹写人;《木之彬彬》提出"积小不当,是以亡其大当"的见解,也都给人以内涵深厚之感。又如其元符元年(1098)所撰《放目亭赋》:

放心者逐指而丧背,放口者招尤而速累。自作訑訑,自增愦愦。登高临远,唯放目可以无悔。防心以守国之械,防口以挈瓶之智。以此放目焉,方丈寻常而见万里之外。(《黄庭坚全集正集》卷一二)

---

① 《与王立之》,《黄庭坚全集外集》卷二一。
② 《黄庭坚全集正集》卷一六。
③ 《黄庭坚全集正集》卷一二。
④ 《黄庭坚全集正集》卷一二。
⑤ 《黄庭坚全集正集》卷一二。

由"放心""放口""放目"之比较，得出"唯放目可以无悔"的结论；进而提出"防心""防口"。全文六十四字，可谓短小精悍，而寓意深刻，极富人生哲理。其《书生以扇乞书》根据"扇"之作用，引出"治心"与"治身"、"择师"与"择友"诸问题，"治心欲不欺而安静，治身欲不污而方正。择师而行其言，如闻父母之命。择胜己者友，而闻其切磋琢磨。有兄之爱，有弟之敬。不能悦亲则无本，不求益友则无乐。常傲狠则无救，多睡眠则无觉"[1]；《坐右铭》"臧否人物，不如默之知人也深；出门求益，不如窗下之学林"[2]。这些近乎格言式的警句，无不发人深省。

三、笃于情而深于理，博于识而巧于辞

复次，山谷散文的人文精神还表现在其作品笃于情而深于理、博于识而巧于辞。

如前所述，黄庭坚以忠厚为本，重情而明理，所谓"临人而有父母之心者也"[3]。山谷笃于友情、笃于亲情、笃于爱情。其友情、亲情，在上面的书简考察中已经有了较为详细的了解；其爱情除在词中有集中表现外，在他的散文中也有真实的表现。其《黄氏二室墓志铭》回忆原配夫人兰溪"能执妇道，其居室相保惠教诲，有迁善改过之美，家人短长，不入庭坚之耳"；继室介休"闲于礼义，事先夫人，爱敬不倦，侍疾尝药不解衣。至于复常，修禅学定，而不废女工。能为诗而叔妹不知也"；对"兰溪之女美，介休之妇德"的深情称扬，至于"常欲以楚辞哭之，而哀不能成文"[4]，足见感情之深、眷恋之深。至如《药说遗族弟友谅》教其"作药肆，不饥寒之术"，并告诫"尽心于和药，而刻意于

---

[1] 《黄庭坚全集外集》卷二四。
[2] 《黄庭坚全集外集》卷二四。
[3] 《解疑》，《黄庭坚全集正集》卷二九。
[4] 《黄庭坚全集外集》卷二二。

救人"①；《祭叔父给事文》称其叔父"忠信足以感欺匿，和裕足以谐怨诤"②，也都饱含深情。

诸如《跛奚移文》以生动的事例讲"使人也器之"的道理，指出"物有所不可，则亦有所宜"，"有所不能，乃有所大能"，"不通之"，则"小大俱废"，"通之则鼓者之耳，聋者之目，绝利一源，收功十百"③；《庄子内篇论》因感叹"自庄周以来，未见赏音者"，而着眼于解释"内书七篇"④的题目逻辑与内涵，正面提出个人的理解，既高屋建瓴，又切实合理；《东坡先生真赞三首》其一谓东坡"嬉笑怒骂，皆成文章"，其二称东坡"临大节而不可夺，则与天地相始终"⑤；《休亭赋》从议论宇宙万事万物的"一轨"与"并驰"谈起，盛赞友人"休乎万物之祖"⑥的人生态度；《寄老庵赋》写宇宙无限而人生有限的自然规律，称扬莘老"超世而不避世"⑦的人生态度，均以寓理明识见长。

山谷散文所表现出来的广博识见则反映在每一篇作品中。除上面征引的篇章外，如谈制作"雁足灯"工艺，"别作一枚，高七寸，盘阔六寸，足作三雁足，不须高。受盏圈径二寸半，盏面三寸，着柄，盏旁作小圈，如钗股屈之。雁足灯，汉宣帝上林中灯，制度极佳"⑧；评论琴之工拙"借示琴，甚或患桐木太厚，声不清远，头长尾太高，非佳制也。大琴而声不出尾，可谓拙工矣"⑨，可见其一斑。至其辞达之巧妙、语言之精美，在上面的考察中已多有分析，无须例举。

---

① 《黄庭坚全集正集》卷二九。
② 《黄庭坚全集正集》卷二九。
③ 《黄庭坚全集正集》卷二九。
④ 《黄庭坚全集正集》卷二十。
⑤ 《黄庭坚全集正集》卷二二。
⑥ 《黄庭坚全集正集》卷一二。
⑦ 《黄庭坚全集正集》卷一二。
⑧ 《与党伯舟帖》，《黄庭坚全集别集》卷一六。
⑨ 《与党伯舟帖》，《黄庭坚全集别集》卷一六。

第五节　中国古代传世的第一部私人日记
——论黄庭坚《宜州乙酉家乘》①

《宜州乙酉家乘》（以下简称《家乘》）是宋代著名诗人黄庭坚晚年被羁管宜州（今广西山县）时精心结撰的日记，也是中国古代传世的第一部私人日记。这部日记实录了作者"乙酉"之年，即徽宗崇宁四年（1105）在宜州的私人交游，是研究黄庭坚晚年行实、思想及著述的珍贵资料。同时，它又具有不容忽视的文体意义、文学意义以及多方面的参考价值，尤其体现了黄氏在散文创作方面所达到的艺术高度。本节试图就此做些探讨与介绍，以期引起珍视、研究、发掘和利用。

一、自创格范，垂式千秋

《家乘》是我国古代流传下来的第一部成熟、定型的私人日记，作者自创格范，垂式千秋，至今通行，在文体发展史上有着重要意义。

《家乘》既有"日记"之实，又有固定格式，这是其成熟、定型的重要标志。它的记事，从崇宁四年正月初一开始，到八月二十九日终止，共计九月（本年有闰二月），其中除六月未记，五月所记文字在流传中脱落三十六行而短缺六天，余皆每天立目，日有所记，且所书均为当日事，确乎有"日记"之实。全书二百二十九篇，通观其文字，篇幅不等，短至一字，长者逾百，充分体现出"有话则长，无话则短"的特点。至其格式，则先书时日，次记阴晴，后写事实，始终如一，固定不变。这里，我们不妨连续全录数篇，以窥全豹（标点为笔者所加）：

五月初一日丁酉：雨。普义邵彦明寄木瓜及蜜；郭子仁送荷苞鲊。

---

① 本节原文发表于《理论学刊》1991年第6期。

初二日戊戌：雨。夏至。郭全甫、管时当、李元朴、范信中会于南楼。

初三日己亥：雨。得元明长沙三月书；南丰三月书；转附到睦三月书。

初四日庚子：雨。晚晴；夜见星月。

初五日辛丑：晴。郡中以令为安化蛮置酒。

初六日壬寅：雨。

其日日有记与格式的定型，由此可见。黄庭坚创造的这种日记体式格范，竟成为后世日记的通式而为人范模。即便是现在流行的格式，也不过是将《家乘》日序之后的"丁酉""戊戌"之类，换成"星期一""星期二"之类而已。

诚然，《家乘》创格并非凭空臆构，而是亦有所本。"日记"之法式，于古源远流长。前代史籍，多系时日，当为后世日记所祖。考汉代刘向已有"司君之过而书之，日有记也"（《新序·杂事一》）的说法，历代官府，"日有所记"乃是史官、掾吏的职事之一，尽管未必是当日记当日事，也未必是日日有记。前代史书以时系事，更是习见的常格。然而，不论是官府里备忘式的记事，还是史学领域里的著述，它们尽管时或采用"日记"的方法，甚至具备后来"日记"的部分形态，却并非是"日记"，亦不以"日记"称，更非私人日记。

古代以"日记"名，且属私志而传世者，较早的当数北宋赵抃的《御试备官日记》、南宋韩淲的《涧泉日记》与元代郭天锡的《客杭日记》。赵抃时代在黄庭坚之前，《宋史》有传。考《御试备官日记》写于宋仁宗嘉祐六年（1061），时作者为右司谏，其书记本年进士考试事，时间起自二月十六日，止于三月九日，共二十四天，其中间断十四日，故仅立目十篇。内容则是仁宗皇帝的旨谕行端，各科考官姓名、评判标准、取舍人数、工作程序等，虽属"私志"，而非私事，不过是皇家御试记要而已。且时日短暂，亦不贯连，纵有"日记"之名，其实难副。韩淲，字仲止，号涧泉，许昌人，生于庭坚之后，黄升谓其"文献、政事、文学为一代冠冕"（《宋诗纪事》引）。其《涧泉日记》，《四库全书总目提要》认为在"宋人诸说部中，亦卓然杰出者矣"，惜原本轶失，后人从《永乐大典》中辑出，裒合排次，勒为三卷，以类相从，"有关史事者居前，品评人物者次之，考证经史者又次之"（《四库提要》）。考全书计一百九十八条，卷上五十，卷中七十三，卷下七十五；唯卷上诸条系有事件发生时日，却又多属前朝之事，自非是日所记，余皆有篇无日。故名为"日记"，实则"杂记"矣。与《御试备官日记》《涧泉日记》不同，郭天锡的《客杭日记》倒是名实相符。考此书自"至大戊申九月初一日"记起，至"至大二年已酉二月初九日"止，五月有余，立目五十二（除载六条不计），虽非日日有记，而所记则均为作者当日游览杭州的见闻、交游等，短者仅七八字，长者数百，格式亦与山谷《家乘》相同，据其年代，显然接受了黄庭坚的影响。元代以后，日记流行，蔚成风气，至今不衰，而格式均一于《家乘》。

追溯日记源渊，有人以为东汉马笃伯《封禅仪记》肇其端，或以为唐宪宗元和三年（808）李翱的《来南录》创其体，其实不然。

二、构思、主调与文笔

与一般的私人日记不同，《家乘》又是一部别具一格、匠心独运的日记体散文。它有着统一的整体构思、突出的中心主题，文笔精美，语言凝练。

首先，作者进行过宏观的艺术构思。一般说来，除了日记形式的文学作品，如当代的日记体小说，作为普通的私人日记，信手写来，日有所记，累积成书，无须进行宏观的构思。但是，《家乘》却并非如此。据范寥之《序》，知山谷日记始名《乙酉家乘》，为庭坚自定，大约后来付梓时，方冠以"宜州"二字。范氏远道谒访山谷，曾与诗人同居戍楼，"围棋诵书，对榻夜语，举酒浩歌，跬步不相舍"（《家乘·序》）。他又是诗人后事的料理者，山谷在日曾许诺将日记"奉遗"，故范氏所言山谷自定日记之名当为可信。由书名，我们不难看出，作者以"家乘"名日记，用心良苦。古代史书称"乘"，山谷将日记定名为"家乘"，是仿效了春秋时晋国以"乘"名史的方法。如所周知，国史一般都是客观地记录事实，不做议论渲染或褒贬，即所谓"实录"。山谷以"家乘"名日记，一方面与国史相区别，表示是私志、私事，一方面又表明日记采用的是史笔实录的方法。验之全书，从始至终的确是遵循着实录事实的原则。再者，日记从乙酉年的第一天——正月初一日——开始记起，而内容的取舍又惊人地集中和统一——几乎全部是记友情。由此亦可推断，作者在动笔之前，是经过了一番思考筹划，乃至深思熟虑之后，才决定动手写这本日记的。作者对日记名称的预先拟定，对日记内容的取舍标准和实录原则的预先设计与确定，正是进行宏观艺术构思的过程和具体体现。这种宏观的构思，才使《家乘》始终保持了统一的风格和一致的基调。

其次，《家乘》有着集中统一的主题和清晰明快的旋律，形散而神不散。范寥《序》云："凡宾客来（往），亲旧书信，晦月寒暑，出入起居，先生皆亲笔以记其事。"这段话基本上概括了日记的全部内容。今考全书现存日记二百二十九篇，按内容可分三类：记述交谊者一百三十四篇；记录天气者八十一篇；记载个人生活及感受者十四篇。其中数量最多、内容最富、文字最繁的是第一类；而第二类日期之下仅有一字如"晴""雨""阴"者，即达六十篇，其余二十一篇也多是三字、四字，最长不过七字。如果从总数中去掉记录天气的八十一篇，那么，记述交谊的就占了日记总量的百分之九十以上。由此可见，交谊友情是《家乘》的中心旋律和统一主题。作为本书的主调，交谊的基本内容是友人馈赠、造访侍陪、书信往来等。且看下面几篇：

二十一日戊午：雨。何浚、范寥同饭。

二十二日己未：得高德修书。

二十三日庚申：晴。思立、孙子渐送人参芎。

二十四日辛酉：晴。普义、邵革、侍禁来。

二十五日壬戌：晴。普义送粟米二斛。

这是从三月份中随便抽出的连续五天的日记全文，所述全部关涉交谊，其中两篇记馈赠、两篇记造访、一篇记书信往来。《家乘》的主题和基调由此可窥一斑。其他诸如"沙监王稷寄朱砂及猿皮"（四月二十日）、"思立寨寄竹床"（四月二十一日）、"袁安国送梨"（七月初二）、"冯才叔送八桂两壶"（七月初五）等，记友人馈赠；"唐次公来，共蔬饭"（二月十日）、"叶筠元礼来约相见"（二月十七）、"甘祖爽来访"（七月初四）等，记友人造访；"得任德公书"（七月二十）、"得相税书"（三月十一）、"得张八十外甥须城正月书"（三月十八）等，记友人书信。凡此之类，在在皆是。一般说来，人们的生活总是复杂而多面的，每个人身边无时无刻不在发生变化，无时无刻不在出现着各种各样的事情。黄庭坚作为一位善于观察和体验生活而又十分敏感的诗人，周围的任何事物都会成为他日记中的表现对象，可写入日记的事物真是太多了。然而，他从纷纭的社会生活中，只摄取交谊友情作为日记的题材，而将众多可写该记的事，摒于日记之外，其本身就寓意颇深，值得回味和深思。山谷写诗主张表现淳厚和雅的性情，而反对"怒邻骂座"，他把这种精神也运用于日记之中。除此之外，大约作者晚年在逆境中更觉得情谊之可贵、珍贵与难得，而宜州人们对他的敬重、爱戴、关心和爱护，不仅与官场的倾轧争斗形成了强烈鲜明的对比，而且也深深地叩击着诗人的心扉，使年逾花甲的诗人再次感受到民间风俗人情的朴实、真诚与淳厚。加之山谷本人性情笃厚，一生"以忠义孝友为根本"（《与韩纯翁宣义》），晚年只身谪居宜州，历尽世态炎凉，更觉真诚无私的友谊最可贵。这些主客观多方面的因素，促使诗人决定选择交谊友情作为日记的主调，是十分自然的。而这种决定和选择，构成了《家乘》明快的旋律和清晰的线索，使日记成为有统一思想的艺术整体。

复次，《家乘》记事简洁省净，文笔洗练优美，语言朴实有味。黄庭坚是史学界里的行家里手，又是开宗立派的著名诗人。他从元祐元年至六年（1086—1091）曾任职史馆，参与校定《资治通鉴》，并主持编写了《神宗实录》，练就了娴熟的史笔，人称"黄太史"。他作诗则注重句法烹炼，讲究用字，要求"置一字如关门之键"（《跋高子勉诗》）。《家乘》将史笔与诗笔融为一体，记事既具体实在，语言又简洁洗练。或二三字、四五字记一事，或五七字、十数字成一篇，二三十字为常，四五十字已鲜，通观全书，无虚言，无废语，朴实省净，意味隽永。如"四面皆山而无林木"（正月初十）仅八字，既写出了宜州城外的概观全貌，又突出了此处的荒凉贫瘠；"太医朱激馈双鹅"（正月十七）才七字，而友人的身份、职业、姓名和馈赠的实物、数量等，都交代得十分清楚，而令读者可以想象到朱氏家境的清寒及对山谷老人的敬重爱戴之深之切，想象到友情的深挚和诚笃；正月二十日"得永州平安书，并得南丰无恙书"，只十三字，不但记述了收信事，而且也交代了书信的始发地点——永州、南丰和类型性质（前者为家信，故曰"平安书"，庭坚来宜前，将家属安置在永州；后者为友人所寄，故曰"无恙书"），甚至也载明了书信"平安""无恙"的内容，令人想见诗人阅后放心而快慰的表情。《家乘》的语言还极富变化性。如记述下棋，同是写只输不赢，正月十七日是"叔时三北"，而闰二月二十一日为"予败四局"；同是写有输有赢，正月初四称"叔时再胜而三败"，三月五日作"且胜且败，而安国负七局"。这种行文的变化，既反映了语言驾驭能力，又增强了语言的艺术效果。《家乘》的语言，也具有优美的特点。正月二十日是本书文字最长的一篇，日期不计，共有一百三十七字，其中一段记游文字云：

借马从元明游南山，及沙子岭，要叔时同行。入集真洞，蛇行一里余，秉烛上下，处处钟乳蟠结，皆成物象，时有润壑，行步差危耳。出洞。

从出游方式到陪同人物，乃至到达的地方、中途的邀请、游洞的情形、洞中的景观，都记述得十分清晰，依次写来，娓娓而谈，生动而优美，堪称游记散文的精品。其措意下字，如"及"、"要"（邀）、"入"、"蛇行"、"秉烛上下"、"蟠结"、"润壑"等等，亦精确凝练，生动形象，极见腕力。其二十八日"从元明游北山，由下洞升上洞，洞中嵌空，多结成物状。又有泉水清澈。胜南山也"，五月十八日"步至石泉，泉甚清壮甘寒，但不潆不氅耳"，都写得简洁凝练，极有文采，富于精美感，令人展玩回味，爱不释卷。

三、补史正误、发明诗文与气象厥珍

《家乘》不仅具有重要的文学意义，而且还具有多方面的参考价值，是珍贵难得的史料。

其一，《家乘》是研究黄庭坚人生旅途最后一程的重要资料，可补史书之不足，同时，又是研讨山谷行实、思想和品格的不可忽视的重要依据。王称《东都事略·黄庭坚传》、《宋史·黄庭坚传》等，对山谷编隶宜州时的情况，均无一言及之，《家乘》虽然记载的仅是诗人在宜生活的一部分，但已足以反映出诗人这一时期的思想活动和坦荡胸襟。尽管他政治上迭遭打击陷害，被除名羁管于这偏远荒僻的瘴疠之地，且年逾花甲，身体衰病，生活艰难，但仍然是浩然自得，口不停吟，手不辍书，所谓"人不堪其忧，而公处之裕如"（《太常寺议谥》）。前人言，山谷"除名编隶宜州，虽被横逆，未尝一语尤之"（《文献通考·豫章先生传》），范信中说"先生虽迁谪，处忧患而未尝戚戚也……东坡云'御风骑气、与造物者游'，不虚语哉"（《家乘·序》），其依据均是《家乘》。《家乘》又是考证黄庭坚交游，进而研究其思想品格与影响的可靠资料。考《家乘》挂

名其间的人物既有亲朋故旧、官吏百姓，又有僧道隐逸、后学儒生，可以说包括了社会的各个阶层，由此见出诗人交往的广泛和倍受爱戴的普遍。其中有的可正历代传说之讹误。如向来传说山谷在宜州备受官储欺凌，"太守望执政风，抵之罪"，"士大夫畏祸，不敢往还"（周季凤《山谷先生别传》），但考《家乘》，对宜州官吏的友好往来却屡有所记，诗人也时常过从：

是日州司理管及时当，来谒元明，饮屠苏。（正月初一）

郡守而下来谒元明。（正月初五）

过管时当西斋。（闰二月初四）

过管时当西斋。（闰二月初十）

而三月初七至初十，连续四天记载宜守"党君送含笑花"；七月十三日记"将官许子温见过"弹曲填词事……可见《别传》所言未必全是事实。且观全集，山谷亲为郡守党明远写祭文、撰墓志，称扬甚多，对其清正廉洁、孝义忠勇，尤为赞叹，亦可佐证。近世不少研黄文章沿袭周说，以讹传讹，无疑影响了研究的客观性、历史性、准确性和科学性。

其二，可与此期的诗文创作相发明。《家乘》对当时的书信来往与酬唱赠答多有记载，如"得嗣文书"（正月十五日）、"得曹醇老书"（正月二十四日）、"得元明二月十四日丁卯书，寄诗一篇、青玉案一篇"（二月十六日）、"遣高德修书"（二月十四日）、"发元明甲子书"（二月十五日）等等，这些均为考察作品和研究关涉人物提供了线索。任渊《山谷诗集注》卷二十注释了山谷写于崇宁四年（1105）的三首诗，但均未确定具体的写作时间。其中《宜阳别元明用觞字韵》一首，目录所附《年谱》根据其他材料判断"盖春时作"，诚然不错。然考《家乘》于此诗本事记载甚明，二月六日篇云"与诸人饮饯元明于十八里津"，则是日元明离宜，诗当作于此日。但任渊作注完于"政和辛卯"（1111），而《家乘》于山谷逝世时"仓卒为人持去"(《序》),绍兴癸丑(1133)岁,方得面世,次年付梓,注者未睹此秘,故难以明察确断。又如《山谷全书》(清同治戊辰重刻本)正集卷二十八有《题欧阳佃夫所收东坡大字卷尾》一文,考《家乘》于五月十八日、十九日,七月初三、初六、初十有五次记载佃夫事,知跋文当写于宜州五、七月间。正集卷二十九有《代宜州郡官祭党守文》、卷三十有《左藏库使知宣(当为"宜"字之误)州党君墓志铭》,检《家乘》八月初三日有"宜守党明远是日下世",则知二文皆写于八月上旬数日内。

其三,《家乘》又是不可多得的古代气象学资料。全书二百二十九篇日记,除正月初一、二月初三、闰二月初四、三月二十二、七月六日五天漏记之外,其余二百二十四篇,均记有天气情况,且大多所记甚详。如正月初六"四山起云,而朝见日,大热,才夹衣",对气象、气温均做了记载;初七"阴。辰、巳大雨。入新居大寒",十二日"朝雨霢霂,巳,午晴",其连下雨、放晴的时辰和雨后的气温变化都言之甚明。请看下面三天的记载:

十八日丁亥:晴。大热。不可夹衣。
十九日戊子:又阴。小冷。可重夹衣。
二十日己丑:阴。大寒。可重茧。

宜州的气候变化情况,了然在目。其时尚无准确记录气温的方法,而作者却以个人的直观感觉,并通过着衣的多少,做了详细的记载和说明。其他如"雨不已"(二十二日)、"晓雨乃晴……入夜小雨彻明"(二十三日)、"阴。不雨。气候差温……酉后冻雨,夜雨达旦"(三十日)等,均记述详明。上面,笔者仅随手摘录了正月的部分天气记载,其概貌已约略可见。有时,作者也用异地对比的方法记录气象气温,如二月七日"晴。似都下四月气候也"、闰二月二十五日"晴。天气似京师五日"。其记雨量,又多采用描绘实景实况的方法：

大雷雨。沟浍皆盈。（三月十八日）
大雷雨。溪水溢入城濠，井泉皆达。（三月二十日）
自丙子至庚寅，昼夜或急雨，檐溜沟水行。（四月二十三日）

这种方法带有浓厚的文学色彩，虽不能与今日计量之精确、科学相比，却极富形象性，由此亦可大体推知其雨量。至如有些气象术语如"冻雨"之类，在《家乘》中已多次出现，至今袭用。中国古代对气候、气象的详细系统的记载并不多见，除史书偶尔记载作为灾异现象的重大天气变化和怪异情况之外，在黄庭坚之前，尚未见专门的记述，特别是像黄庭坚这样记载得如此之细之确，时间如此之长之久之连续，恐怕更是绝无仅有。《家乘》的记载不仅对于研究古代宜州的气候变化、气象特点有直接的重要意义，而且对于参照研究古代的气象气候特点，乃至从宏观上研究气候变化的周期性，都有重要的参考价值。

另外，《家乘》对宜州风俗人情、食品医药、茶酒水果、生活器具乃至禽鸟花木的记载，对于考察古代人们的生活，或研讨所属门类的渊源流变，都不无参考价值。

黄庭坚硕学宏才，广识博见，其引笔行墨，追古冠今，辉前烛后，一生于文学创作尤其呕心沥血，著述丰富，成就卓著，不仅诗歌开江西一派，为宋诗代表而与苏轼并称，词、赋、散文亦享有盛誉，为人称颂。晚年更是炉火纯青，咳唾成珠，落笔绝妙，篇篇精金美玉，虽欲不自树立而不能。《家乘》乃诗人谢世前的手笔，更不许等闲视之。它集史家笔法、诗人气质、散文运思于一体，既创千秋定式，沾溉来人，又达艺术造化之极诣，超鸷绝类，拔世脱俗，加上它本身具有的多方面的重要参考价值，使得这部中国古代流传下来的第一本私人日记，句句珍贵，字字可宝。

第十二章

李清照散文的多维审视

第十二章　李清照散文的多维审视

李清照是一位诗、词、散文俱有精深造诣的优秀女作家，明代随宏绪《寒夜录》称其"古文、诗歌、小词并擅胜场"；清《四库全书总目提要》亦谓"清照工诗文，尤以词擅名"。但历代的研究重词而略文，尽管李氏一直被推为南宋散文文采派的代表作家，其散文艺术却向无专门、系统、深入的研究。本章拟就此略做考察，以就教于方家。[①]

第一节　易安传世的散文作品及研究的历史与现状

考察易安散文，在未进入本体研究之前，应首先明确现有的传世作品。宋人晁公武《郡斋读书志》载清照有《李易安集》十二卷，张端义《贵耳集》卷上云清照有《易安文集》，《宋史·艺文志》亦著录《易安居士文集》七卷，知宋代有易安文集的多种本子流传。但这些本子因后来失传，已无法得览全貌。据宋人词集单行而诗文合刊的习惯，《李易安集》《易安文集》《易安居士文集》中或有诗歌，而散文数量当亦十分可观，惜传世无多，今据李文裿《漱玉集》、王延梯《漱玉集注》、王仲闻《李清照集校注》和黄墨谷《重辑李清照集》合并统计，现在被认为是易安作品的散文尚有：

一、《词论》（见胡仔《苕溪渔隐丛话后集》卷三三，魏庆之《诗人玉屑》卷二一等）；

二、《投翰林学士綦崇礼启》（见赵彦卫《云麓漫钞》卷十四）；

三、《打马命辞十一则》（见陶宗仪《说郛》）；

四、《打马图序》（见《说郛》）；

五、《打马赋》（见《说郛》）；

六、《金石录后序》（见《金石录》）；

七、《汉巴官铁量铭跋尾注》（见《金石录》）；

[①] 本章原文发表于《文学评论》1994年第1期。其时因篇幅所限，编辑部做了删节，今恢复原稿。

八、《祭赵湖州文》（逸文，见谢伋《四六谈麈》）；

九、《贺人孪生启》（逸文，见《琅嬛记》引《文粹拾遗》）。

上列各篇，《汉巴官铁量铭跋尾注》仅见《校注》收录，且校者按语已有"唯清照未尝至蜀，无由亲见是器"之考辨，殆非易安所为，可略而不论。其余诸篇，除《金石录后序》被公认为易安手笔而无异议外，几乎所有的著作权都曾受到怀疑和挑战，但亦均未提出明证和硬证，笔者以为未可轻否，故均在本节讨论范围之内。即便如此，易安现存散文也屈指可数。然一般传世之作多为妙笔精品，最能反映作家艺术个性，所谓"尝鼎一脔，知为驼峰"。苏轼评论刘伶《酒德颂》曾云"诗文岂在多，一颂了伯伦"，何况易安散文非止一篇。

其实，易安散文同她的诗词一样，在宋代即饮誉士林，颇受推重，朱弁钦服其"善属文"[1]，谢伋称其"四六之工者"（《四六谈麈》），王灼说"本朝妇人，当推文采第一"[2]，赵彦卫云其"文章落笔，人争传之"[3]，陆游、朱熹也递相叹赏，故《宋史》说"清照诗文尤有称于时"（《李格非传》）。

宋代以后，由于文集失传，治词者众，论文者寡，易安散文的影响度远不如词。但关注者亦代不乏人。人们或搜集，或传刻，或品评，或议论，流播影响依稀可见。元陶宗仪《说郛》、明沈津《欣赏编》和周履靖《夷门广牍》、清俞正燮《癸巳类稿》与伍崇曜《粤雅堂丛书》等，都收编了易安的部分散文作品。明代田艺蘅的《诗女史》卷十一、郎瑛《七修类稿》卷十七、张丑《清河画舫申集》、胡应麟《少室山房笔丛》卷四、赵世杰《古今女史》卷一，清代顾炎武《日知录》（集释）卷七、钱谦益《绛云楼书目》（陈景云注）、李慈铭《越缦堂读书记》卷九诸书，亦有对易安散文的总体评价或具体评点。

---

[1] 《风月堂诗话》卷上。
[2] 《碧鸡漫志》卷二。
[3] 《云麓漫钞》卷十四。

近代以来，不少学人在前贤奠定的基础上，继续开展易安散文研究。除作品的搜集整理外，本体研究成果也时有发表。如当代、现代发表的专门研究易安散文的论文，据笔者不完全统计，截止到1990年底，已有数十篇（关于《词论》的研究文章不计在内，因为均从文学理论的角度立论），其中三篇是在新中国成立前发表的。这些论文研究李清照其人而延及其文，或研究漱玉词关涉其文，或诗、词、文综合研究，或是单篇散文的研究（此类居多，又大都集中在《金石录后序》上，其中有两篇作年考）。由于论者的视角和研究的层次不同，尽管文章均具相当深度，且多见解精到，但对易安散文的全面考察和艺术个性的深入探讨，往往不尽如人意，鲜见从散文角度全面、系统地考察和专门研讨易安散文艺术的文章。

第二节　抒写性情，广寓识见：易安散文的立意

抒写性情，广寓识见，是易安散文的重要特征。李清照才高学赡，情感细腻丰富，前人谓其"才而深于情者"[①]，故所为文，洞见博学睿智，尤显性情趣尚。她的散文，多是自我性情和个人识见的自然流泻，像《打马图序》《打马赋》《金石录后序》《投綦公启》乃至《词论》等文，无一不是如此。

一、"应情而发，能通于人"

《打马图序》是一篇叙议密纶的优美文字。作者通过叙述打马图经的问世，主要抒写平生喜好博戏的性情，而识见自在其中。笔者自云"予性喜博，凡所谓博者皆耽之，昼夜每忘寝食。但平生随多寡未尝不进"；又谓"自南渡来流离迁徙，尽散博具，故罕为之，然实未尝忘于胸中也"，至其历难始安，卜居金华"于是乎博奕之事讲矣"。篇末又称"予独爱依

[①] 符兆纶《明湖藕神祠移祀李易安居士记》。

经马,因取其赏罚互度,每事作数语,随事附见,使儿辈图之。不独施之博徒,实足贻诸好事。使千万后世,知命辞打马,始自易安居士也",其偏爱嗜好、自信自负,一一可见。至于文中对博戏众多种类的熟知与了解,对各种博戏精当简洁、爽直犀利的品议与评骘,又足可看出识见广博。

易安散文流传最广、影响最大、抒情色彩最为浓厚的是《金石录后序》。《金石录》为李清照丈夫赵明诚所著。明诚去世六年后,易安"忽阅此书,如见故人",悲叹"今手泽如新,而墓木已拱",故为是序。文章通过介绍成书经过,叙述了作者自"建中辛巳始归赵氏",至作是序"三十四年之间"的"忧患得失",倾吐了对丈夫刻骨铭心的深切怀念和国破家亡的悲愤沉痛之情。其间对夫妇早年"质衣""市碑文果实""相对展玩咀嚼"的回忆,对无力购留徐熙牡丹图而"夫妇相向惋惜者数日"的追叙,对"每获一书,即同共校勘,整集签题。得书、画、彝、鼎,亦摩玩舒卷,指摘疵病,夜尽一烛为率"的讲述,以及对归来堂赌茶的精彩描绘,无不流露着对往昔夫妻甜蜜生活的深刻怀恋,生动地再现了这对艺术家夫妇充满高雅情趣和柔情蜜意的生活情景。当其时,夫妇"食去重肉,衣去重采,首无明珠翠羽之饰,室无涂金刺绣之具",于书却"几案罗列,枕席枕籍,意会心谋,目往神授,乐在声色狗马之上",完全沉浸和陶醉在艺术的海洋里。"靖康之难"发生后,面对浸透着夫妻数十年心血的金石书画而"四顾茫然,盈箱溢篋,且恋恋,且怅怅,知其必不为己物",战乱中转徙江南,流离颠沛,丈夫病逝,不仅金石书画散佚殆尽,而且倍受欺凌,饱受艰辛。国难家仇,忧国悲己,句句悲慨,字字沉痛,洪迈说"说《后序》极道遭罹变故本末……予读其文而悲之"[1],符兆纶说易安"自述流离,备极凄惨,至今读之,尤觉怦怦"(《明湖藕神祠移祀李易安居士记》),可以说是作者十四年间情感变化的生动图画。

---

[1] 《容斋四笔》卷五。

《后序》在抒写性情的同时，也表达了旷达的识见。清代王士禄谓"诵《金石录序》令人心花怒放，肺肠如涤"（《宫闺氏籍艺文考略》），正是接受了序者旷达识见的效果与表现。明曹安在《谰言长语》卷下中云：

> 李易安……序德夫《金石录》谓："王播、元载之祸，书画与胡椒无异；长舆、元凯之病，钱癖与传癖何殊。名虽不同，其惑一也。"又谓："肖绎江陵陷没，不惜国亡而毁裂书画；杨广江都倾覆，不悲身死而复取图书。岂人性之所嗜，生死不能忘之欤？"又谓："有有必有无，有聚必有散，乃理之常。人亡弓，人得之，又胡足道！夫女子，微也，有识如此，丈夫独无所见哉！"

刘士鏻《古今文致》卷三引祝枝山语，谓李清照"有此文才，有此智识，亦闺阁之杰也"；清初顾炎武"读李易安题《金石录》……未尝不叹其言之达"[1]。其识见广为后世哲人称叹，恰见不凡。

二、"闺阁之杰"与"压倒须眉"

与《打马图序》《金石录后序》这两篇具有明显记叙性、抒情性的文字有所不同，《词论》是一篇专门的议论文字，作者性情的表露并不直接。故历代以来，人们只把它作为理论著作研究。其实，此文不仅宏论惊人，表现出作者独到的见解和超人的识度，而且也是最能体现作者豪爽耿直性情的作品，笔者以为非易安不能有此文字。胡仔曾云：

> 易安历评诸公歌词，皆摘其短，无一免者。此论未公，吾不凭也。其意盖自谓能擅其长，以乐府名家者。[2]

---

[1] 《日知录集释》卷六。
[2] 《苕溪渔隐丛话后集》卷三三。

胡氏认为"此论未公"而"不凭",当然有其自由,姑且不论,"其意"两句倒是发人深思,耐人寻味,颇中肯綮。易安聪颖慧达,耿直爽快,好胜好强,志识过人,且才高学富,广见博闻,具有异乎寻常的艺术品鉴力,故于事于物往往见解独到、有胆有识,《词论》正是这种个性的典型体现。裴畅说:"易安自恃其才,藐视一切,语本不足存。第以一妇人能开此大口,其妄不待言,其狂亦不可及也。"[①]裴论未必公允,但他强烈地感觉到了《词论》作者的突出个性和文章饱含的性情却是事实,故有"自恃其才"之说和"其狂"之论。

《词论》发表个人见解,持论或许未必完全精当,但别人以为非,而作者以为是,这与人云亦云、拾人牙慧截然相反,更可见出论者个性,况各有所见,无可厚非。其实,易安"历评诸公歌词,皆摘其短"的做法,同她在《金石录后序》中"得书、画、彝、鼎,亦摩玩舒卷,指摘疵病"的自述,正相一致。

其他如《投启》诉说病中受骗,致遭凌辱和惊官动府的经过,而对綦公的斡旋深致谢忱;《祭赵湖州文》虽仅存数句,"乃泣血磨墨"[②]而成,其情可知;《打马赋》不仅有"五陵豪士面目,三河年少肝肠"[③]之誉,而且其中识见亦为世称许。明代沈际飞评论李清照《念奴娇·萧条庭院》词谓"不效颦于汉魏,不学步于盛唐,应情而发,能通于人"[④],易安散文又何尝不是如此!

抒写性情,表现识度,乃宋代散文习见现象。但不同作家有不同表现,且写性情、谈识见的作品虽比比皆是,而完美地将二者结合在一起的并不多。李清照之前,范仲淹的《岳阳楼记》、欧阳修《秋声赋》、苏轼《前赤壁赋》堪称代表。易安虽未度越前辈和时代潮流,但仍有自己的特

---

① 《词苑萃编》卷九。
② 符兆纶《明湖藕神祠移祀李易安居士记》。
③ 赵世杰《古今女史》卷一。
④ 《草堂诗余正集》卷四。

点。北宋诸名家习惯于借景抒情，寓情于景，因情而言理，将景、情、理密切结合，而所抒之情多为客观景物引发的内心感情，所言之理多侧重人生。与前贤相比，易安更多的是以事见情，寓情于事，因事而明理，事、情、理融为一体，表现的多是个人的性情，引发的多是事物或思维的哲理，与人们的生活更接近，故显得通俗而亲切，易于理解和接受，更富感染力和吸引力。

第三节　含纳丰富，意蕴深厚：易安散文的储存信息与潜在意识

含纳丰富，意蕴深厚，是易安散文的又一重要特征。

一、"尺幅千里"与"意在言外"

李清照往往在有限的篇幅内为读者提供大量的信息，具有"尺幅千里"之势，令人眼界开阔，耳目一新。

《词论》不足五百七十字，却介绍了词在唐代的兴盛、发展、变化及其流行的曲牌、演唱的情形、艺术感染的效果；五代时期的政局及其词在南唐的衍化；北宋"礼乐文武大备"的优越环境、填词名家的出现及诸家创作的得失；歌词与诗文的区别及音律的要求……俨然是一部唐、五代及北宋时期的词学简史。

《打马图序》才一百三十九字，却包括了对"慧、通、达""专、精、妙"辩证关系的阐述与论证，对"后世之人"浅尝辄止的评论和个人"喜博"的介绍以及写作此序的具体背景。其中还描写了当时战乱的局势、人民的流离与心态、笔者的颠沛与定居、种种博戏的状况及高下优劣、打马戏的种类、流变与命辞打马的自创等。丰富的内容和大量的信息，使这篇序文不仅具有极强的可读性和美学意义，而且也具有相当的学术性和史料价值，故为后人著述每每称评或征引，如胡应麟《少室山房笔谈》、周亮工《因树屋书影》、吴衡照《莲子居词话》等。

《金石录后序》是易安现存散文中最长的一篇，也只有一千八百五十五字。但文章像巨幅画卷，生动地展示和描绘了极其丰富的文化、政治、历史、社会、家庭及其个人生活、思想的各个方面，使这篇带有自传性质的书序，不仅成为研究李氏生平、思想、性格的珍贵资料和重要依据，而且也保存了大量当时政治、历史、社会等方面的信息，且这些信息，为笔者所亲历，可靠性、可信性极强，足资史家参照。

二、"随事以行文"与"因文以见志"

易安散文不仅信息量大，含纳丰富，而且意蕴深厚，耐人咀嚼。一般说来，散文与歌不同，文贵直而诗尚婉，直则明朗，婉则丰厚。散文以表达直接见长，表象单层化，意境明朗，语言与意蕴之间是统一的。诗歌却并非完全如此。它往往给读者留下待以填补的空白和丰富想象的空间，含蓄性强，造成耐人寻味的艺术效果。李清照在散文创作中不囿于传统写法，而将散文中的"直"与诗歌表现的"婉"有机地结合起来，使作品呈现出多层表象、多层含义的开放性特征，既增强了散文的语言表现力，又使散文的含义有了弹性，从而形成了意蕴深厚、耐人咀嚼的特点。

《打马赋》最具典型性。这篇赋体散文分正文与尾辞两部分。正文是主体。开头十二句叙述打马之时兴；从"齐驱骥骤"至"志在著鞭"描绘游戏景状；其下从"止啼黄叶"至"正当师袁彦道布帽之掷也"评论其情趣。文章完全就打马游戏本身运笔着墨，不枝不蔓，中心突出，目标明确。但作者不袭用传统散文直接叙述、描写和评论的方法，而借助和发挥赋体散文讲究用典的优势，恰当地组织大量掌故，将视觉、感觉、听觉、幻觉、联想等多种效应融为一体，予以间接、婉转地表达，不仅加大了信息量，而且使文章的表象、意蕴呈多层化，拓宽了读者的期待视野，展延了想象空间。如"齐驱骥骤，疑穆王万里之行；间列玄黄，类杨氏五家之队"，乃概写游戏场面。作者融化了《史记·秦本纪》"造父以善御幸于周穆王，得骥、温骊、骅骝、騄耳之驷，西巡狩，乐而忘归"的典故；《逸周书·周穆王传》"穆王乘八骏宾于西王母，觞于瑶池之上，一日行万里"的典实；《唐书·杨贵妃传》"玄宗每年十月幸华清宫，国忠姊妹五家扈从，每家为一队，著一色衣。五家合队，照映如百花之焕发"的掌故；并置以"疑""类"二字，巧妙地将历史典实与眼前景象联系起来，从而全景式、轮廓式地描绘出打马游戏的热闹场面，使读者可以想象到图上的阵势和服饰艳丽的参加者相互围绕的情形。

再如作者用"吴江枫冷，胡山叶飞；玉门关闭，沙苑草肥；临波不渡，似惜障泥"描绘打马游戏过程中的种种态势。分别化用乔彝《渥洼马赋》"四蹄曳练，翻翰海之惊澜；一喷生风，下胡山之乱叶"[①]典实；借用《汉书·张骞李广利传》关于李广利奉命率师前往西域贰师城取善马，未至而兵疲欲回，汉帝下令挡住玉门关，不准放还的典故；杜甫《沙苑行》"苑中骒牝三千匹，丰草青青寒不死"之诗意；暗用《世说新语·术解》"王武子善解马性。尝乘一马，著连钱障泥，前有水，终日不肯渡。王曰：'此必是惜障泥。'使人解去，便径渡"的说法，从而将打马过程中取胜、受挫、相持、等待的诸种情形和热烈紧张的氛围，都委婉地描绘出来，让读者觉得深厚有味，生动可见，仿佛看到或奋勇争先，席卷千军，或陷入困境，不得前进，或养精蓄锐，坐等时机，或踌躇不前，犹豫不决等各种情态。其他如用"昆阳之战""涿鹿之师"写战术之不同；以"得脱庚郎之失""便同痴叔之奇"喻高手卫冕与新手不凡，而皆技高取胜；用"未遇王良""难逢造父"惜技艺不佳，终致败北……无不在典故本身含义的基础上，又赋予新的内容。

《打马赋》采用的这种表达方法，不仅可以调动读者思维的积极性，而且也给读者创造了丰富原意的基础和条件。像"今日岂无元子，明时不

[①] 张固《幽闲鼓吹》引。

乏安石"，其本意乃就博戏而言，说现在也会像"元子"（桓温）、"安石"（谢安）那样的棋手。桓温"平生不负，遂成剑阁之师"（用元子伐蜀事，见《世说新语·识鉴》）；谢安"别墅未输，已破淮淝之贼"（用安石征讨苻坚事，见《晋书·谢安传》）。桓、谢都是晋代著名的政治军事家，且均嗜好棋博。桓"将伐蜀"，议者谓"观其蒲博"，知其必克；谢将讨贼，与谢玄"围棋赌别墅"，贼破而对博如故。"今日"两句正从上文引发而来。不少读者从人物功业方面来理解，以为透露了易安收复中原的愿望和信心。这种理解就全文和当时的历史背景以及李清照的身世经历联系来看，不无道理，但实际上则是对作品原意的丰富，或者说是对作品潜在意蕴的发掘。

　　向来被认为是直接坦露故乡之思和表现爱国情怀的尾辞，其实乃是对全文的收束和归结。"佛貍定见卯年死"化用《晋书·臧质传》童谣"虏马饮江水，佛貍死卯年"；"时危安得真致此"袭用杜甫《题壁上韦偃画马歌》成句；"老矣不复志千里"反用曹操《步出东门行·龟虽寿》"老骥伏枥，志在千里"，皆用与马有关的典故，紧扣打马博戏。至如"满眼骅骝及骆耳"正是局中景象，更不待言。

　　由于选用的典故与字面的表述同当时局势与作者心境密切契合，且融汇着对时局的深切关注和感慨，遂令后世读者以为是直接坦露其爱国、忧国情怀。此亦正是妙处所在。笔者以为，易安通过打马博戏婉转地表达了自己的潜在意识，其忧国伤时是寓含于全文之内而不表现在个别字句之中，所谓"意在言外"。这种内涵意蕴潜伏于文字背后的情形，不仅加强了文章的整体性特点，而且也显示出其丰厚性、含蓄性，同时又不难觉察。清代李汉章说"予幼读《打马赋》，爱其文，……喜其措词典雅，立意名隽，……若夫生际乱离，去国怀土、天涯迟暮，感慨无聊，即随事以行文，亦因文以见志，又足悲矣"[①]，正说明了这一特点。

[①] 《题易安〈打马图并跋〉》。

第四节　灵活变化，跌宕多姿：易安散文的结构方法与布局安排

在结构布局上灵活变化，跌宕多姿，这是易安散文的第三个特征。肖汉中说《金石录后序》"叙次详曲""段段婉致"[1]；钱谦益云"淋漓曲折"[2]；李慈铭谓"叙致错综"[3]；朱赤玉称《打马图序》"曲谈工巧，游于自然"[4]，无一不是从结构布局着眼，指出易安散文作品的艺术特征。

一、"淋漓曲折"与"游于自然"

结构布局是体现作家匠心和艺术构思的重要方面。李清照往往根据内容和体裁的不同，采取相应的结构方法，故其散文以灵活变化见长。观其现存作品，或取纵向结构法，或用横向结构法，亦有纵向、横向结合，明线、暗线交错之篇，可谓多姿多态，富于变化。

《投翰林学士綦崇礼启》是一篇感谢友人的书信。作者采用单纯的自然纵向结构法，按事情发生、发展的自然情态，安排内容的表达次序：先写家庭教养；次述病中受骗，致遭凌辱，被迫告官；然后感谢綦公斡旋了结，并表达了个人的心愿，从而使全文顺理成章，结构紧凑，自然平易而亲切感人。《打马赋》乃议论打马游戏，作者则用横向结构法。文章先写打马的时兴，次写游戏的景状，再写个中情趣，最后殿以感慨。其各部分中具体内容的层次安排，也体现了这一特点。诸如游戏景状中对马之各种态势的描绘，对参博者不同战略战术的描绘，以及对各种不同技艺境界的描绘，都是如此，这种结构方法的使用，无疑有助于渲染打马博戏的竞技气氛，且与那种对峙、争驰的局面相协调。

---

[1]《古今女史》卷三。
[2]《绛云楼书目》卷四。
[3]《越缦堂读书记》卷九。
[4]《古今女史》卷三。

二、"金线穿珠"与"明暗相辅"

有时,易安也取主辅并行的双线结构法。像《词论》这篇评述词之发展、阐明个人见解的理论文字,即采用了金线穿珠法,纵向结构为主,以时代先后作为评述顺序,同时,又以词的发展变化为暗线相辅。文章起手正面着笔立论,提出"乐府声(音乐性)诗(歌词)并著"的中心论题和衡鉴标准。然后,先以"开元、天宝间"李八郎曲江演唱的故事,说明词须"声、诗并著"方能产生强烈的艺术效果,继又指出"自后郑、卫之声日炽,流靡之变日烦","声""诗"均走上过火一路;"五代"南唐"尚文雅",于诗有所矫正,但"语虽奇甚",而声乏新美。"逮至本朝",柳永"变旧声作新声","声称于世","而词语尘下"。其后继出者,诗或"时有妙语"而少完篇,或"句读不茸","往往不协音律";有"能知之者",诗亦不尽如人意。全文以时为序,紧紧抓住"声""诗"两个方面,评述流变,提出见解,线索分明,层次清晰,论题集中,结构严谨,浑然一体。

《金石录后序》这篇传颂千古的不朽名作,则采用纵向与横向结合、明针与暗线相辅的结构方法。开头介绍《金石录》其书的作者、内容和价值;中间部分追叙此书编撰之始终;结尾表述为序之意。全文框架呈横向结构之势。而文章最重要的主干部分则又采用了纵向结构的方法。作者紧紧围绕《金石录》的编撰,回忆了自己与著者结为伉俪之后的生活经历,重点追叙了夫妇共同搜集、品鉴和整理金石书画的艰难与甜蜜,追叙了"靖康之难"金石书画流散失落殆尽的具体经过。对这些内容和具体事件的叙述与安排,作者使用顺叙的方法,以时为序,体现出鲜明的历时性特点。同时,文章熔叙事、抒情、议论于一炉,叙事以时为序,抒情随事而发,情与事密切契合,诚如有的学者所论,"全文以事为主",其结构线索是"围绕金石书画得失这一主线展开",同时,"还隐置一条以情为径的暗线"(《谈李清照的〈金石录后序〉》),形成了明线与暗线平行交错、表里相辅的态势,加强了文章的整体性和结构的严密性。

仅就文章的开头而言，易安散文也是变化多姿。同是写序，《金石录后序》与《打马图序》的开头方法迥然有异：前者用顿入法，开篇擒题，介绍《金石录》一书的著者、内容和价值；后者取渐引法，作者不直接从打马图经切题入手，而是以哲理发端，提出"慧则通，通则无所不达；专则精，精则无所不妙"的论点，然后由前代事例谈到"后世之人"，再及"嬉戏之事"。同是一类开头法，文章内容不同，着笔的观点与角度也就不一样。如《词论》亦用顿入法，但与《后序》不一样，而以评论唐代乐府"声诗并著"肇始，提出衡词标准，为全文张目；《打马赋》亦用渐引法，却从民俗风情入手，而不同于《打马图序》的哲理发端。

第五节 典赡博雅，精秀清婉：易安散文的语言文采与艺术风格

典赡博雅，精秀清婉，是易安散文的第四个重要特征。漱玉词"皆用浅俗之语，发清新之思"，"以易为险，以故为新"，"以俗为雅"，创为一体，后人竞效；易安散文与词不同，有自然平易的一面，而更多的是以典赡博雅见长，以精秀清婉著称，并形成了极富个性化的文采特征，故在古代散文史上一直被推为宋代文采派的杰出代表。考察易安现存散文，的确篇篇瑰丽，句句典雅，精秀通脱，文采焕然。

一、"错玉编珠"与"工雅可观"

易安散文的文采首先表现在雅善用典方面。用典是古代文学的传统。宋代之前，各种体裁的文学作品中都有程度不同的用典现象。宋代书籍的广泛传播和学子的博闻通识，使用典空前普遍，成时代大潮，从西昆唱和，到江西诗社，用典蔚成风气，故李清照也把"典重""故实"纳入衡词标准之中。宋代散文与诗歌不同，基本上承继了唐代古文运动的优良传统，沿着平易自然的路子走。从王禹偁"句之易道""义之易晓"（《答张

扶书》)的理论主张,到欧阳修自然平易的创作实践,乃至苏东坡"滔滔汩汩,不择地而出"的艺术风格,北宋散文诸名家名作,一般典实甚少,除赋体作品仍旧保持着用典传统,其他体裁的散文并不讲求用典。李清照在这方面与前辈圣哲有所不同,她的散文一方面力求平易自然,同时又大量用典,并形成了自己的特色。

其一,用典频率高。《投翰林学士綦崇礼启》全文四十五句(分句不计,下同),典实近五十;《打马赋》通篇不足五十句,掌故过半百;《打马命辞》《打马图序》《金石录后序》诸篇中的典故均以十计。易安散文不仅篇篇有典,有的句句用典,乃至一句数典。《打马赋》中"若乃吴江枫冷,胡山叶飞;玉门关闭,沙苑草肥;临波不渡,似惜障泥",文才三句,而实五典;《打马图序》中"故庖丁之解牛,郢人之运斤,师旷之听,离娄之视,大至于尧舜之仁,桀纣之恶,小至于掷豆起蝇,巾角拂棋,皆臻至理者何?妙而矣",文只两句,而用八典……其用典之多、之密可见一斑。

其二,用典精博明当。易安散文典实密集,却无堆砌感和艰涩感,这主要与作者的精于选择、巧于组织、善于表述有关。如《贺人孪生启》云:"无午未二时之分,有伯仲两楷之似。既系臂而系足,实难弟而难兄。玉刻双璋,锦挑对襁。"这里挑选了前代四个有关孪生的故实:任文二子、张伯楷仲楷兄弟、白汲兄弟和《西京杂记》中霍将军妻孪生二子论长幼,分别从出生时辰相去无几、长相极相似、亲人难以分辨三个方面,层层深入地予以运化成文,结尾两句又用"双""对"挑明,即便读者不知典出何处,而文意亦已十分明确,知者自诧其精博,无怪乎俞正燮惊叹"其用事明当如此"(《易安居士事辑》)。再如"王涯、元载之祸,书画与胡椒无异;长舆、元凯之病,钱癖与传癖何殊!名虽不同,其感一也"(《金石录后序》),此三句为一意群,前两句运化四个典故,王涯、元载事见《新唐书》,长舆、元凯事采自《晋书》,后一句则点明其实质皆"惑",读者不必详审典实,仅据其文,意亦甚明,且典出一书,异事寻同,又非博熟而不能。

其三,用典妥贴自然,了无斧痕。上面胪列的例子,已略可概见。再如《金石录后序》在回忆追叙了夫妇共同搜集、品鉴、整理金石书画的情形和"靖康之难"以后,丈夫病逝、书画丧失殆尽的全部经过之后,作者沉痛悲切地感慨道:

  昔萧绎江陵陷没,不惜国亡而毁裂书画;杨广江都倾覆,不悲身死而复取图书。岂人性之所著,生死不能忘欤?或者天意以余菲薄,不足以享此尤物耶?抑亦死者有知,犹斤斤爱惜,不肯留在人间耶?何得之难而失之易也!

梁元帝萧绎遣将破平景侯,搜集典籍七万余卷,后其国为周师灭亡,萧焚书十四万卷(见《晋书·牛弘传》);隋炀帝杨广在世时,建观文殿藏书,隋亡,其书将被载还京师,上官魏梦炀帝魂魄叱责,至书舟倾覆河中,一卷无遗,上官魏又梦见炀帝,其曰"我已得书"[①]。萧、杨皆一代王尊,国破身亡而不惜,唯独舍不下图书,可谓生死不忘,其嗜之深,其惑之极,由此可见。易安夫妇数十年苦心搜集金石书画,一旦毁于战火,失于播迁,与萧、杨有近似处,甚至连社会局势与个人境遇也有共通点,其恋书、耽书、难以割舍之情更不待言。故其下"岂人性"诸句,反复问叹,悲痛欲绝。文章于此处颇具匠心地安排使用了萧、杨典实,不仅起到了收拢上文内容、发抒复杂情感的作用,而且显得自然妥帖、毫无斧痕。笔者以为,用典乃是文化发达的一种体现,在一定程度上也反映着文人的学养与功力。好的用典,能充分利用前代文化的积淀,言简意丰,以少胜多,具有味浓趣厚的艺术效果,同时还能增添语言的文采,易安散文堪称典型。

---

① 事见《太平广记》卷二百八十。

二、"文词清婉"与"磊落不凡"

易安散文的文采还表现在表达婉转、语态丰腴上。李清照将诗词婉转的传统移植于散文的语言组织和表达上,从而避免了质直,增添了文采,如《祭赵湖州文》中用"白日正中,叹庞翁之机捷"言丈夫之辞世;用"坚城自堕,怜杞妇之悲深"说自家悲痛欲绝,诚动天地;《投翰林学士綦公启》中用"牛蚁不分,灰钉已具"表其病重将死之态;《金石录后序》中以"少陆机作赋之二年"代言十八岁,以"过蘧瑗知非之两岁"代言五十二岁……皆是十分典型的例子。这种语言表达法婉转而富有变化性,丰约有度,腴而不繁,多含典实,而语意甚明,显示出作者深厚的学养和不同凡响的表达能力。

另外,易安散文的文采还表现在语言的凝练简洁、自然隽秀和极强的状述力上。仅以《金石录后序》为例,其如"穷遐方绝域,尽天下古文奇字之志,日就月将,渐益堆积"叙广搜博集金石书画;"每获一书,即同共校勘,整集题签"述整理情形;"于是几案罗列,枕席枕籍,意会心谋,目往神授,乐在声色狗马之上"状沉浸于文化艺术之境界,无不简洁凝练。至其"六月十三日,始负担舍舟,坐岸上,葛衣岸巾,精神如虎,目光烂烂射人,望舟中告别"描绘人物外貌精神和分手情景;"戟手遥应"描绘远处人物作答形象;"穴壁负五簏去"叙述被窃情形,则不只凝练简洁,尤其生动形象。

前人称"李易安工造语"[①],为"女流之藻思者"(《草堂诗余别录》),"文字有精神色态"(《神释堂脞语》),其文"错玉编珠"(《草堂诗余玉集》),"工雅可观"[②],至有"女相如"之誉。郎瑛云李清照"博古穷奇,文词清婉"[③];端木采说"易安以笔飞鸾耸之才","跄洋文史,跌岩词华"(《漱玉集序》),无不清楚地看到了易安散文语言风格方面的特点。

---

① 陈郁《藏一话腴》。
② 周中孚《郑堂读书记》。
③ 《七修类稿》卷十七。

明代毛晋曾谓"《金石录后序》略见易安居士文妙，非止雄于一代才媛，直脱南渡后诸儒腐气，上返魏晋矣"（《漱玉词跋》），毛氏虽就《后序》立论，其实易安他作当亦如是。魏晋时期的优秀散文大都具有强烈的个性色彩，情感诚挚，体式多样，结构灵活，语言藻丽，文采斐然。易安不仅继承了唐宋古文运动的优秀传统，而且发扬光大了魏晋时期优良的文风，将自己鲜明的个性、广博的学识和强烈的时代气息融汇其中，使作品呈现出丰厚典雅、多姿多彩的风貌，不仅为南宋文苑增添了新的光彩，而且也为古代散文的发展做出了贡献。陈宏绪说易安散文"自是大家举止"，"磊落不凡"（《寒夜录》），良非虚美。

第十三章 杨万里的历史贡献与当代启示

第十三章　杨万里的历史贡献与当代启示

第一节　杨万里的文化定位与研究缺憾①

南宋杨万里向来以文学家和著名诗人称于世，特别是他创造的"诚斋体""活法诗"赞誉颇多，而政论系列散文《千虑策》更是为人称道。然而，诗歌创作、文学成就只是杨万里文化实践的一个方面，并不完全反映他为中国文化发展做出的重要贡献。进入21世纪以来，伴随文化强国战略和中华优秀传统文化传承发展工程的实施，杨万里研究有了新进展，开始出现多角度、多层面、全方位、立体式研究的新苗头，并收获了一批新成果。但是，对于杨万里历史贡献与当代启示的认识，依然不尽如人意，有待深入。

党的十九大提出"推动中华优秀传统文化创造性转化、创新性发展"，"深入挖掘中华优秀传统文化蕴含的思想观念、人文精神、道德规范，结合时代要求继承创新，让中华文化展现出永久魅力和时代风采"，"更好构筑中国精神、中国价值、中国力量，为人民提供精神指引"。这为深入研究杨万里创造了优越的环境和强劲的动力。

研究杨万里，自然需要考察其生平经历、文学创作与文化实践，而杨万里的文化观念、文化精神和文化态度更值得深入思考、深入研究，他在传承前代优秀文化和创造时代文化方面，给人以更深刻的启迪。仅从相关杨万里的传世文献看，他的思想理念、文化观念、文学主张、人格修养、社会实践等，都有很多创新与建树。应当说，他首先是一位思想家、政治家、学问家，然后才是文学家和诗人。我们应当从中华民族的历史长河中把握，在宋代文化发展的时代环境中考察，依据丰富的文献典籍去研究，着眼现实的文化创新来思考。特别是应当深入研究杨万里著述的思想性、学术性、系统性、创新性和实践性，全面审视其历史贡献及其当代启示。可惜很少有学人从这些方面着眼进行深入的思考与研究。

---

① 本章原文是参加江西"杨万里诞辰890周年纪念大会暨国际学术研讨会"的主旨演讲稿，由博士生杨宝珠搜集材料，并按商定的写作提纲起草初稿，已收入会议论文集《诚斋气节万里风》，江西人民出版社2018年版，第282—292页。

第二节　杨万里的文化视野与深厚底蕴

如所周知，中华民族有五千多年的文明历史，创造了灿烂的中华文明，为人类做出了卓越贡献，成为世界上伟大的民族。而中华民族传统文化的一个重要特点，就是文史哲不分家，古代文化经典体现得尤其充分，即使有主辅之分，而实际互为依存。考察古代许多文化名家，其知识结构多是文史哲兼通兼精。杨万里十分典型。

杨万里是一位倾心中华传统文化特别是儒家文化的鸿学硕儒。他对前代的传统文化不仅有着全面、系统、精深的学习、了解、把握、思考与研究，而且提出了一系列的独到见解。这在其传世文集中有着充分的体现。比如，《易外传后序》起端说："《六经》至于夫子而大备。然《书》非夫子作也，定之而已耳。《诗》非夫子作也，删之而已耳。《礼》《乐》非夫子作也，正之而已耳。惟《易》与《春秋》，所谓夫子之文章与？"其下讲"伏羲作易""有其画无其辞"，"文王重易""有卦辞无余辞"，至夫子"发天之藏，拓圣之疆"，"注之于三绝之简"，"其辞精以幽，其旨渊以长，其道溥以崇"，而以感叹后学有幸为结尾，高度肯定孔子的文化传承的巨大贡献。[①]

他的《庸言》二十篇，取《周易·乾》"庸言之信，庸行之谨"之"庸言"义，其实是具有浓厚学术性的系统著作。《四库全书总目提要》说"是编乃其语录，大致规模杨雄《法言》，颇极修饰之力，较其诗文又自为一体，而词工意浅，亦略近于雄"，以对话方式讨论问题，实学术性语录体散文。如《庸言二》开头"或问：横渠子云'阴阳之精互藏其宅'何谓也？"[②] 亲切自然。

其《心学论》之中又有《六经论》《圣徒论》等等，共计二十篇，是整体谋划设计、系统研究思考儒家经典和代表人物的学术著作。《六经

---

① 辛更儒《杨万里集笺校》（第七册）卷九十一——九十四，中华书局2007年版，第3565—3634页。
② 辛更儒《杨万里集笺校》（第七册）卷九十一——九十四，第3565—3634页。

论》的核心是孔子,《圣徒论》的重点在传人。[①] 至于其诗歌、散文中大量论及前代优秀传统文化的例子更是俯拾即是。

由杨万里对前代传统文化的精研深知,这既是他深厚学养、人格养成和思想创造的重要基础,又是他文学创新和文化创造的重要基础,更是杨万里成为思想家、理学家的重要基础。

第三节　杨万里的文化情怀与使命意识

杨万里的文化特点、文化精神和文化态度,反映着他"以文化人""文以化成"的思想理念和"格物致知、正心诚意、修身齐家、治国平天下"的人生理想,体现着鲜明的社会责任心和历史使命感。

杨万里生活的时代是一个文化大发展、文学大繁荣的时代。享有国际声誉的著名学者王国维认为,宋代"人智之活动与文化之多方面,前之汉唐,后之元明,皆所不逮也"[②];著名历史学家陈寅恪指出,"华夏民族之文化,历数千载之演进,造极于赵宋之世"[③];复旦大学王水照教授则认为,"中国传统文化发展到宋代,已达到一个全面繁荣和高度成熟的新的质变点"。宋代是中华文化繁荣发展的又一鼎盛期,而江西表现尤为突出,诸如欧阳修、王安石、杨万里等,都是具有代表性的文化巨擘,成为江西地域的荣耀和中华民族的骄傲。

杨万里正是在这样的文化大背景中成长起来的文化巨子。他的著述不仅表现出深厚的文化底蕴和开阔的视野,而且体现着浓厚的家国情怀和深刻的思想见解。比如,杨万里的《千虑策》共计三十篇,始于"君道",继以"国势""治源""人才",然后"论相""论将""论兵""驭吏",而以"选法""刑法""冗官""民政"殿后,是体大思精、内部逻

---

① 辛更儒《杨万里集笺校》(第六、七册)卷八十四—八十五,第3361—3412页。
② 王国维《宋代之金石学》,《王国维遗书》第五册《静安文集续编》。
③ 《邓广铭〈宋史职官志考正〉序》,《金明馆丛稿二编》,上海古籍出版社1980年版,第245页。

辑紧密、自成体系的治国方略。①

《海鳅赋》以南宋绍兴三十一年（1161）中书舍人虞允文指挥的"采石"战役为题材，描述了打败"既饮马于大江，欲断流而投鞭"的金主完颜亮所统率的大军，将重大历史事件入赋，不仅具有重要的历史文献价值，而且体现了作者热烈的爱国情怀。其结尾"以仁政为甲兵，以人才为河山，以民心为垣墉"更是对战争规律的深刻总结，发人深思。赋还以"后记"的形式记载采石战舰的作战情形。②

《通州重修学记》始于叙述重修学堂，其后，以"玉不琢，不成器"为喻，重点讲论"学者内而不外，古也外而不内"，指出古代"齐家而出，至于平天下，自修身而入，至于格物。出者止于三，而入者极于五"，强调了学习的重要性和必要性。最后指出，"能用力乎此，则自士而进乎贤，自己贤而跂乎圣，潜乎身，溥乎天下国家"，揭示了兴办学校教书育人的重大意义。③而《天问·天对解》取屈原《天问》、柳宗元《天对》比附对照，诠解释义，不仅以浅易自然方便读者理解为要，而且多有考辨新见。④

从这些文章中，我们可以清楚地到杨万里深厚的文化情怀与鲜明的历史使命意识。

第四节　杨万里的文化理念与创新实践

中国古代知识分子一贯追求"内圣外王"之境界，把"修身、齐家、治国、平天下"作为自己终生的奋斗目标和理想终端，而实现这种境界和理想，必须具备很高的思想境界和深厚的文化素养，除了个体的主观努力

---

① 辛更儒《杨万里集笺校》（第七册）卷八十七—八十九，第3413—3540页。
② 辛更儒《杨万里集笺校》（第五册）卷四十四，第2285—2286页。
③ 辛更儒《杨万里集笺校》（第六册）卷七十三，第3053页。
④ 辛更儒《杨万里集笺校》（第七册）卷九十五，第3635—3636页。

之外，尚需有适宜的社会环境。宋代的知识分子无疑成为其前贤和后学共同艳羡的幸运者，时代和社会为他们提供了实践或实现这种理想的机会与条件。宋廷的崇文国策和全社会性的兴教办学以及书籍业的繁荣，使得宋代学子能够在浓厚的文化氛围中砥砺学问，大面积、多层次、全方位地了解、学习、汲取前代文化的精华，从而滋养和提高个体素质，而大体公平竞争、机会均等的科举之路，又为他们实现治国平天下的理想提供了可能，故宋代的作家，往往集学者、显宦、文学于一身，全才、通才型作家不胜枚举，诸如晏殊、范仲淹、欧阳修、王安石、苏轼、杨万里、范成大、辛弃疾、文天祥等等，都是十分典型的例子。杨万里思想境界和文化实践全部体现在他的著述中。这里仅举其散文中的几个例子。

比如，杨万里特别注重创新意识和精品意识。其《答朱晦庵书》突破书信常式，创造了"梦二仙对弈"与"东坡""山谷"来访之幻境，言情说理，讨论"仙家争颁"，融传奇性、故事性和说理性于一体，不但令人耳目一新，而且深刻精警。以"在外则已远，无应则无累"表达谢绝出山的意愿。① 而《再答陆务观郎中书》讨论"富贵"之"偶然"与"必然"，又讨论"旨之不多，多则不旨"，举"采菊东篱，焉用百韵？枫落吴江，一名千载"。②

《石湖先生大资参政范公文集序》始以范成大之子求序，谈与范公"同年进士"之谊，指出范成大"以文学才气受知寿皇，自致大用"，而其"诗文非能工也，不能不工耳"。作者认为范成大"风神英迈，意气倾倒，拔新领异之谈，登峰造极之理，萧然如晋、宋间人物"。作者认为，"长于台阁之体者，或短于山林之味；谐于时世之嗜者，或滩于古雅之风。笺奏与记序异曲，五七与百千不同调。非文之难，兼之者难也。至于公训诰具西汉之尔雅，赋篇有杜牧之之深刻，骚词得楚人之幽婉，序山水

---

① 辛更儒《杨万里集笺校》（第六册）卷六十八，第2887页。
② 辛更儒《杨万里集笺校》（第六册）卷六十八，第2880页。

则柳子厚,传任侠则太史迁。至于大篇决流,短章敛芒,耨而不酿,缩而不窘;清新妩丽,奄有鲍、谢,奔逸隽伟,穷追太白",对范成大创作成就和创新风格给予高度评价。①

《江西宗派诗序》体现着重要的诗歌理论见解。此序以"诗江西也,而人非皆江西也"破题,指出根本原因在于"以味不以形"。文章重点以唐宋之李白、杜甫、苏轼、黄庭坚为例,分析风格韵味异同。最后揭示为吕居仁《江西宗派图》作序。②

《沙溪六一先生祠堂记》先说"门人永丰罗椿"为"六一先生"欧阳修祠堂求记,然后说"自韩(愈)退之没,斯文绝而不续,至先生复作而兴之",欧阳修主盟文坛,"丕变容悦之俗,至于庆历、元祐之隆,近古未有,天下国家,至今赖之",且言"如三百年之唐,而所师尊者惟退之一人;本朝二百年矣,而所师尊者,惟先生一人",最后慨叹"自眉山之苏(轼)、豫章之黄(庭坚),相继沦谢,先生之徒党无在者",而以强调"新斯堂而尸祝之"的必要性结束。全文对比韩愈,衬以苏、黄,高度评价欧阳修对中华文化发展的巨大贡献,体现出鲜明的文化观念与儒学理念。③

《高安县学记》起笔于县学落成而众人议其简,其下则以解惑为重点,"开一卷之书于竹牖之下,举目而见尧、舜、孔、颜,属耳而闻金声玉振,潜心而得性与天道,家焉而亲其亲,官焉而民其民,国焉而君其君。塞则淑诸身,亨则淑诸世",指出立德育人的重大意义,而不在于校舍之大小。思想深刻,构思新巧,确有欧、苏风味。④

《答陆务观郎中书》由陆游以"诗可以妒"推称杨万里为文坛"主盟"谈起,讨论"古者文人相轻",而陆游实为"推者谦之",且以韩愈

---

① 辛更儒《杨万里集笺校》(第六册)卷八十二,第3295—3297页。
② 辛更儒《杨万里集笺校》(第六册)卷七十九,第3231页。
③ 辛更儒《杨万里集笺校》(第六册)卷七十二,第3041页。
④ 辛更儒《杨万里集笺校》(第六册)卷七十三,第3058页。

与柳宗元相互推称为比，表达自己实在陆游之下的谦虚态度。[1]《宜州新豫章先生祠堂记》首先叙述宜州太守韩壁"首新山谷先生祠堂"而求记的过程，然后回忆了"山谷之始至宜州"遭受官府迫害的境遇，进而议论"君子与小人"之区别。[2]

另如《一经堂记》《石泉寺经藏记》《兴崇院经藏记》《建昌军麻姑山藏书山房记》《邵州重复旧学记》《廖氏龙潭书院记》《秀溪书院记》等等，都是讲兴学、藏书、文化事业的优秀篇章。

以上所述，都十分鲜明地体现着杨万里文学创作与文化实践中的创新理念，体现着鲜明的文化境界与艺术高度。南宋刘炜叔《诚斋集跋》："人皆知先生之文，如瓮茧缫丝，璀璨夺目，取而不竭，不知文以气为主，充浩然之气，见诸文而老益壮者，先生之诚也。"[3]

清杨振鳞《杨文节公诗集跋》："公之著作本乎道德，发为文章，同时如朱晦庵、张南轩、周平原诸公莫不推服。虽为公余事，然其胸次矫矫拔俗，间见诸歌咏雄杰排奡，有笼罩万象之概，南渡以来，与尤、萧、范、陆并称五家，评其诗者谓杨诚斋天分也似李白。"[4]

《浯溪赋》以记游的形式，描述游览浯溪的见闻感受，而一改写景为主的传统方法，将"剥苔读碑，慷慨吊古"作为重点，议论唐代中期的"安史之乱"，使作品具有了深刻的思想性，发人深思，被称为"赋体中的精彩史论"。杨万里另有《浯溪摩崖怀古》诗，题材内容与《浯溪赋》基本相同，但着眼点与表现方法都有很大不同。诗用比兴，偏于抒情，重点谴责明皇父子沉于美色而荒废朝政，致使国家动乱，百姓遭殃。[5]《学林赋》为友人书斋所撰，友人胡英彦"取班孟坚《序传》之卒章与黄豫章

---

[1] 辛更儒《杨万里集笺校》（第六册）卷六十七，第2865页。
[2] 辛更儒《杨万里集笺校》（第六册）卷七十二，第3027页。
[3] 辛更儒《杨万里集笺校》（第十册）附录三，第5325页。
[4] 辛更儒《杨万里集笺校》（第十册）附录三，第5329页。
[5] 辛更儒《杨万里集笺校》（第五册）卷四十三，第2255—2256页。

'求益窗下'之意,命其斋房曰'学林'"。此赋重点表现淡泊名利、修养道德、"惟书为林"的思想境界。①

第五节 杨万里的文化影响与当代启示

欧阳修曾云"君子之学,或施之事业,或见于文章,而常患于难兼也。盖遭时之士,功烈显于朝廷,名誉光于竹帛,故其常视文章为末事,而又有不暇与不能者焉",是乃先功业而后文章甚明。欧公之"文学止于润身,政事可以及物"说甚至被视为至理名言而广为流传,可见人们是将能够广济天下的政事放在首位,其次才是文学。宋代很多以文学名世者,实际上大都是深于学术、娴于理政、尤精文学的综合型通才。杨万里就是这方面的典型之一。他不仅能够鉴于古而通于今,视野开阔,气魄宏大,而且具有一种高度自觉的强烈的历史责任感和社会责任心,在"以天下为己任"的同时,追求人格的完善。由此,给后世学人留下了深刻启示。特别是在弘扬光大传统文化精华的积极态度、创造反映时代风貌的文化精神、表现深厚家国情怀与淑世思想,以及强化道德修养与品格情操等方面,都给人深刻启迪。这里重点谈谈杨万里的"诚"。

杨万里在理学、社会政治理念、文学观念与创作、道德实践等诸多方面都有辉前烛后的建树。杨万里把"诚"作为自己思想体系的核心和为人处世的座右铭,贯彻到学、行、文的方方面面,既进行了理论与理念的建构,又完成了创作与德行的实践,既履行了文官的职责,又忠实于文人的身份,从而成功调和了社会角色与本我角色、道德与情趣之间的矛盾,建构出一个知行合一、既不负众又不负我的模范与标杆。这对我们解决当下工作、生活中面临的诸多心理困境有重要的启发、借鉴意义。正如王水照先生所说,"诚"是杨万里思想体系的核心,他总是用这套理论来密切

---

① 辛更儒《杨万里集笺校》(第五册)卷四十三,第2269—2270页。

关注现实，跟他的政治实践、道德实践、文化创造实践密切结合在一起。杨万里的"诚"所蕴含的意义，我们今天可以结合当下现实进行新的阐释，同时加入到我们的核心价值体系里面来。

杨万里社会政治理念与实践中的"诚"表现最为突出。杨万里是儒家思想忠实的追随者与拥护者，他在《习斋〈论语讲义〉序》中说："《论语》之书，非吾道之稻粱而奚也？天下可无稻粱，则是书可无矣。虽然，匹夫匹妇一日而无稻粱，死不死也？死也，一匹夫匹妇而已矣，况未必死乎？然则，稻粱者无之不可也，一日而无之，亦可也。至于是书，一日而无之，则天下其无人类矣。非无人类也，有人类而无人心也。有人类而无人心，其死者一匹夫匹妇而已乎？然则《论语》之书，又非止于吾道之稻粱而已矣。"杨万里把儒家"道统"比作我们生存必需的"稻粱"，认为道统之于精神比稻粱之于肉体重要得多，人一天不吃饭，肉体不一定饿死，但如果一天没有儒家经典，"人类"的身份一定会死，因为没有道统的引导人就会失去"人心"。这个"人心"就是儒家提倡的仁、义、礼、智、信等人文精神。然而，杨万里并不是空谈"道统"和"人心"，他把看似抽象的、道德层面的儒家学说和现实目的即"保民富国"直白而紧密地结合起来。杨万里的《庸言一》写道："仁者，万善之元首，正者，万事之本干。"《庸言七》写道："曰君职在养民，养民在仁政。""然得位之难，又未若守位之难，何以守之？曰：仁而已。何以为仁？曰：财而已。虽有仁心仁闻，而天下不被其仁恩之泽者，夺民之财，为己之财而已。""何谓义？教民理财，义也。谨以出入，亦义也。禁民为非，亦义也。"杨万里继承了孔孟的"仁义"思想并进一步做了经世致用的阐发，他明确指出"仁政"就是"保民"，让民众获得生命安全与生存条件的基本保障，从而可以成为劳动力发展生产，"义"就是"富国""教民理财"，引导民众发展经济，解决现实的生存和生活问题。

这种直白透彻的阐发也与杨万里多年的外宦经历有关。杨万里前后任职过三十多年地方官，非常了解现实民生问题，连年战争、苛捐杂税使农民失去了再生产的能力,他多次上书进言薄税敛、平徭役等"保民"措施,并提出很多具体的经济政策。如运用传统母子相权论,创造性地提出钱楮母子论,以朝廷为后盾,收券之入,发都内散钱以出,守钱券十半之约,于是母子相平,民蒙其利。后人以此为基础形成了"称提之术",即运用通宝、银绢等收兑流通中过多的纸币以稳定纸币币值的管理调控方法。这是历史上币论与币政密切互动与结合的典型史例,更是杨万里重视工商业、忧心民众思想的实践。可以说,杨万里社会政治理念中的务实精神是来自于他的亲身实践。

杨万里的务实精神还体现在他的"卫道远佛"主张,他继承了韩、柳一脉士大夫的主张,反对佛教的过度迷信导致社会秩序混乱、阻碍经济发展等一系列后果。他在《送蒋安行序》中说:"佛之行乎中国几年矣,佛之俗将狭乎夏矣,人之闻于古也弗绝而绝矣。而安行毅以守如此,天下之大,曰无安行乎?圣人者作,因天下守者之心,明先王中正之道,而礼复于古,言异有禁,术异有诛,以攘佛者之妄,而谓天下不复于先王之治,可不可也?"

佛教传入中国后,对社会经济产生的负面影响一直存在,佛教寺院拥有大量土地与男女僧众,并享有免税特权,很多人为了逃避税收而出家加入寺院经济群体,这导致正常经济秩序中劳动力和政府财政税收的流失,给社会正常运转以及军事等造成恶性影响。历史上出现过四次大规模的政府主导的"反佛运动",即北魏太武帝、北周武帝、唐武宗、后周世宗主持的灭佛运动。唐代佛教信仰盛行,信奉儒家道统的士大夫在"卫道远佛"上仍然做出努力。元和十四年(819),唐宪宗迎佛骨入宫,全社会掀起一股狂热的礼佛风潮,百姓甚至有废业破产、烧顶灼臂供养者。韩愈上《谏迎佛骨表》加以阻拦,反对佞佛、维护儒家正统地位,并因此遭到打击,被贬为潮州刺史。

杨万里的"卫道远佛"主张同样出于维护社会正常秩序、确保生产的现实目的。目的都指向建立安定和谐、利于社会生产的社会政治秩序,都是为现实的,解决现实世界中的生存与存在问题。

杨万里在政治实践方面,关切时务,不虚谈仁政,而是落实到具体措施当中,关注现实问题,关注民生,主张富国保民。《千虑策》论及君道、国势、人才、刑法、冗官、民政等多方面的问题,这些均是当时社会矛盾的实质性问题。其中最能体现他与当时社会思潮之间关系的主要有两方面:一是反对和议,恢复中原;二是寄希望于君主,实现理学家所共有的"得君行道之愿望"。而在哲学思想方面则强调"重实尚用""知行合一",主张用实践检验理论。其《千虑策》之《君道上》提出治国要循序渐进,体察事物深层的矛盾与原因,从根本上逐步解决问题,防患于未然;《君道中》以"医疾"拟"治国"。另如《送郭庆道序》切中时弊、针对尖锐矛盾提出措施等。淳熙十二年(1185)被选为侍讲东宫的伴读官后,杨万里著《东宫侍读录》,通过对太子讲史讲道,向他灌输"畏天安民"思想。

总之,杨万里具有开阔的文化视野、深刻的思想理念、强烈的历史使命意识与浓厚的家国情怀。杨万里传承前代优秀文化的积极态度、开拓学术研究的探索精神和文化实践的创新主张,以及注重人格修养的文化精神,都给我们新时代中国特色社会主义文化建设与思想建设以深刻启示。

第十四章 辛弃疾散文艺术论

第十四章　辛弃疾散文艺术论

辛弃疾是中国古代颇为卓特的作家。[1]这位杰出的民族英雄和抗战实践家，在文学上创造的成就同他在功业上的建树一样轰动，时人以"卓荦奇材，疏通远识，经纶事业，有股肱王室之心，游戏文章，亦脍炙士林之口"[2]评骘，其雄视百代的词作固然是"别开天地，横绝古今"[3]，备受世人称誉，他在继承和发扬北宋古文运动优良传统的基础上撰写的散文，同样开辟了迥异于人的新境界。前人或云"辞情慷慨，义形于色"[4]，或称"持论劲直，不为迎合"，或言"笔势浩荡，智略辐辏，有《权书》《衡论》之风"[5]，都从不同的角度和侧面，给予了高度评价。南宋士大夫甚至把稼轩散文作为教授少年后代的范本，谢枋得曾言"年十六岁，先人以稼轩奏议教之"，足见前人的重视和推崇。

然而，历代以来对稼轩散文都歉予深入研究，至为调外所掩。形成这种局面的原因是多方面的，其中作品的严重轶失也给研究工作的开展带来困难。清代法式善、辛启泰的辑佚，可视为稼轩散文研究的起步。近人邓广铭继续搜轶补阙，且辨别真，考订作年，成《辛稼轩诗文钞存》，为学界所注目。刚后，始有学者撰文，成果虽屈指可数，亦多真知灼见，只是着眼点大都在政论言语，且集中于《美芹十论》《九议》等极为有限的几篇作品上，其他则论及很少，对稼轩散文艺术特征、艺术成就方面的控讨，就更为鲜见了。实际上，现存的稼轩散文并不只政论文，除入篇奏议外，尚有启札四篇、祭文两篇、题跋两篇、上梁文一篇。此与宋代其他散文名家相比，数量虽不为多，体裁亦不为富，但仍不难看出其在艺术方面的突出特点和不容忽视的成就。

---

[1] 本章原文发表于《文学遗产》1992年第4期，收入中国文联出版社1993年版《辛弃疾研究论文集》。
[2] 朱熹《答辛幼安启》。
[3] 吴衡照《莲子居词话》。
[4] 王辉《玉堂嘉话》。
[5] 刘克庄《辛稼轩集序》。

第一节　人格与文格的统一：稼轩散文的立意与境界

立意宏伟，气势雄壮，高节操，高境界，高格调，这是稼轩散文最突出的艺术特征。宋人田锡云"文以立意为主，主明则气胜，气胜则铿洋精彩从之而生"[①]，明代陈洪谟亦谓"意者，文之帅也"[②]，近人林纾则称"文章唯能立意，方能造境"（《春觉斋论文》），可见立意乃散文成败的关键。它不仅决定着作品境界、格调的高下，而且也是衡鉴文章优劣的重要尺度。稼轩散文正是在这一点上，充分显示出了迥异于人的自家特色。

一、"思酬国耻"与"罄竭精恳"

强烈的爱国主义精神与高度的历史责任感，崇高的民族气节与不屈的斗争精神，气贯长虹的高风亮节与高瞻远瞩的宏伟气魄，卓越的军事才能与惊人的政治胆略，构成了稼轩散文立意上的宏伟奇绝，使作品不仅充满了激动人心的鼓舞力量，而且闪烁着不可磨灭的思想光辉。辛弃疾现存的十七篇散文，竟有十五篇是表现"雪耻报国""恤民爱民"。全面论述和筹划恢复大计的鸿篇巨制《美芹十论》《九论》，已为人们所熟知，姑且不论，即便是那些应用文字、应酬文字乃至游笔戏墨，也都表现出作者忧国忧民的赤诚之心。

南宋著名的抗战派人士陈亮逝世，辛弃疾为祭奠这位志同道合的至友，写了《祭陈同甫》，文章一反歌功颂德、发抒友情之常式，通篇以慨叹其才、其志为纲，感叹其雄才未展、壮志未酬。由于作者突出了亡友之志是"拟将十万，登封狼胥"，即志在抗金复国，所以文章就不再是单纯地从个人角度祭奠亡友，也不仅仅是发抒对至友的哀思、怀念、同情与惋惜，而是站在时代的高度，立足于国家和民族统一大业的需要，为国惜

[①] 徐师曾《文体明辨序》引。
[②] 徐师曾《文体明辨序》引。

才，痛惜"天下之伟人"的逝世，祭文因此也就具有了丰富而深刻的时代意义和社会意义，表现出崇高的思想境界。

嘉泰二年（1202）八月，袁说友自吏部尚书除同知枢密院事；四年四月，钱象祖由吏部尚书除同知枢密院事。其时，辛弃疾均有贺启。宋制，枢密院主兵，自然与恢复中原之大业有着极为密切的联系。面对友人的升迁，作者首先想到的是"事关国体"，是国家有望，恢复有期。他相信友人"能决胜于千里"，"当为宪于万邦"，希冀"复郓、灌、龟阴之田"，"致唐、虞、成周之治"，并以"怅望神州，共当戮力，分北顾之忧"（《贺钱同知启》），而与友人共勉。贺者这种国事萦怀、恢复为念的爱国思想，使得这些应酬文字一洗流俗之态而变得格调高雅，境界全新。

大约作于淳熙八年（1181）的《新居上梁文》是辛氏蹈循习俗，为带湖住宅中一栋即将落成的建筑而写的一篇文字。此作实际上是作者借题发挥，写成了一篇韵、散结合，境界颇高的抒情散文，文中"直使便为江海客，也应忧国愿年丰"的表白，固然是直接坦露其爱国之心，而那"家本秦人真将种，不妨卖剑买锄犁""人生直合住长沙，欲击单于老无力"的悲愤感慨，更可以令人想见其壮志难酬的痛苦心情。至于其"倦游""静退"之说，其"东阡西陌，混渔樵以交欢，稚子佳人，共团栾而一笑"之言，不过是无可奈何的反语和聊以自慰的谐笔而已。不难看出，全文的宗旨和立意，在于表达自己的一腔爱国之情、忧国之愤，这与通常庸俗不堪的上梁文是截然不同的。

辛弃疾的应用文字、应酬文字的立意与境界尚且如此，其他议论文字可想而知，诸如《论阻江为险须藉两淮疏》讲两淮战略位置的重要性及其开发的必要性；《议练民兵守淮疏》谈如何运用两淮人民的力量加强边界防守，抵御金兵入侵；《论荆襄上流为东南重地》从荆襄的战略地位及军事部署说起，建议朝迁"居安思危，任贤使能，修车马，备器械，使国家屹然有金汤万里之固"；《淳熙己亥论盗贼札子》严正指出人民为"贪浊之吏迫使为盗"的事实，建议朝廷"惠养元元"，无不把国家的安危、民族的存亡、人民的生活作为立论的根本，充分显示出立意的宏伟和较高的境界与格调，显示出作者超人的韬略、巨大的气魄、非凡的识度和开阔的视野。

稼轩散文的立意、气势、境界与格调，同作者的经历、思想、性格、抱负、学识和气度都有着密切的联系。辛弃疾出身宦门，祖辈多仕于北宋，"靖康之难"家乡沦陷，祖父辛赞"以族众拙于脱身，被污虏官"，但其素怀复国之志，并以此影响和教育着辛弃疾，"每退食，辄引臣辈登高望远，指画山河，思投衅而起，以纾君父所不共戴天之愤"（《美芹十论》）。先辈爱国思想的熏陶，使辛弃疾从少年时代就立下了杀敌复国的雄心壮志，把抗金复国作为他终生奋斗的目标。二十二岁时的聚众起义，成为他酬志的第一次实践。南归以后，辛弃疾一方面不折不挠地致力于收复中原的大业，一方面也因地制宜地做了很多便民、利民、恤民的事情。诸如在滁州任上"宽征薄赋，招流散，教民兵，议屯田"（《宋史本传》），于湖南任上创建飞虎军，江西任上救灾赈民，福建任上设置备安库，镇江任上再建新军的计划，等等。自然，作为北方的"反正"之人，他在朝廷内部激烈斗争的旋涡中，也经受了许多打击和挫折，所谓"言未脱口而祸不旋踵"（《论盗贼札子》）。

二、"以气节自负，以功业自许"

独特的经历和坚定的志向，造就了辛弃疾不屈的性格。辛弃疾以豪爽慷慨、英伟磊落著称，"以气节自负，以功业自许"[1]，人谓"有英雄之才，忠义之心，刚大之气"[2]、"果毅之资"[3]，加之"谙晓兵事"（《朱子语

---

[1] 范开《稼轩词甲集序》。
[2] 谢枋得《祭辛稼轩先生墓记》。
[3] 黄榦《与辛稼轩侍郎书》。

类》），"谋猷经远，智略无前"①，文韬武略，集于一身，精忠大义，摩空贯日。陈亮说他"足以荷载四国之重"（《辛稼轩画像赞》）。这种调度、气质和素养，无疑成为他散文创作立意的决定因素，而作品就自然反映出其境界与格调。辛弃疾在《美芹十论》中谓"思酬国耻……未尝一日忘"，"徒以忠愤所激，不能自已"，"故罄竭精恳，不自忖量，撰成御戎十论"，此言正道出了其散文创作真实的思想基础和不可遏止的巨大动力。言为心声，文如其人。稼轩散文的立意，正表现出作者人格与文格的高度统一。

第二节　抗战实践的艺术结晶：稼轩散文的针对性、现实性与社会性

鲜明的针对性、强烈性的现实性和广泛的社会性，是稼轩散文的又一突出特征。毛晋跋稼轩词称"率多抚时感事之作"，稼轩散文亦可作如是观。

一、"率多抚时感事之作"

辛弃疾与那些倾全力进行创作的专业性作家不同，他首先是一位民族英雄和抗战实践家，其散文也不是有意识地进行文学创作的结果，这与他填词的情形是不同的。同时，与那种为文而文的作品或应科制举的策论也不一样。稼轩散文都是作者呼吁抗战、谋划收复中原、亲身参加实践的产物，都是抗金斗争经历的艺术结晶。文章的结撰，都是根据当时抗战复国斗争形势的需要写成的，因此，既具有鲜明的针对性，又具有强烈的现实性。

孝宗隆兴元年（1163），张浚主持的北伐受挫，宋师溃于符离，一时，主降派气焰嚣张，抗战派迭遭打击，朝廷束手无策，公卿讳忌言

---

① 卫泾《辛弃疾充两浙东路按抚使制》。

兵。孝宗动摇了抗战的决心，频频遣使议和，次年张浚也被撤职，抗金复国的斗争面临绝境。在这种严峻的形势下，辛弃疾撰写了著名的《美芹十论》，反对因一败而议和。文章从对符离之役的看法入手，分别论述了"审势""察情""观衅""自治""守淮""屯田""致勇""防微""久任""详战"等十个方面的问题，详细地分析了宋金双方的情况，系统地谋划了宋廷应该采取的方略对策。其开头部分云：

> 张浚符离之师粗有生气，虽胜不虑败，事非十全，然计其所丧，方诸既和之后，投闲踩躏，犹未若是之酷。而不识兵者，徒见胜不可保之为害，而不悟夫和而不可恃为膏肓之大病，亟遂龂舌以为深戒。臣窃谓恢复自有定谋，非符离小胜负之可惩，而朝廷公卿过虑，不言兵之可惜也。古人言，不以小挫而沮吾大计，正以此耳。

这样，作者针对当时的局势，开宗明义，不仅摆出了自己对符离之役的看法，批判了主降派、主和派的错误观点，而且也指出了应有的正确态度。文章分别论述的十大问题，亦各有其针对性。如《审势》针对当时朝廷"沮于形，眩于势"、畏惧金兵、自丧其志的情况，指出"用兵之道，形与势二"，并重点分析了金虏"地广而易分""才多而难恃""兵多难调而易溃"，说明"我有三不足虑，彼有三无能为"，得出了金兵可胜而不可怕的结论。《自治》针对当时主和派"南北有定势，吴楚之脆弱不足以争衡于中原"的错误论调，详细分析了历史与现实的不同，有力地批驳了主降派、主和派的错误观点，希望孝宗"以光复旧物而自期，不以六朝之势而自卑，精心强力，日与二三大臣讲求古今南北之势，知其不侔而不为之惑"，断言"恢复之功可必其有成"。《美芹十论》的结撰，对于打击主降派的气焰，鼓舞抗战派的斗志，坚定人们抗战复国的信念，树立必胜的信心，无疑具有重大的现实意义和广泛的社会意义。

大约写于乾道六年（1170）的《九议》书，写于淳熙二年（1175）的

《论行用会子疏》以及淳熙六年（1179）写成的《淳熙己亥论盗贼札子》，也都是有的放矢之作。宋金"隆兴和议"成立后的第五年，孝宗任用曾反对议和、主张抗战的虞允文为相，于是"'为国生事'之说起焉，'孤注一掷'之喻出焉"（《九议》）。辛弃疾针对这种情况，撰成《九议》，上书虞氏，陈述恢复大计，指出"恢复之道甚简且易，不为则已，为则必成"，只要"上之人持之坚，下之人应之同"，"而恢复之功立矣"。这对排除主降派的干扰和阻挠，帮助当轴者树立抗战的决心和信心，起了积极的作用。

《论行用会子疏》就当时货币流通领域的弊端而发，作为"卷藏提携，不劳而运"的纸币"会子"，比起搬运沉重的金银铜币来，自然方便得多。但由于朝廷发行和使用的政策不当，致使"民间争言物货不通，军伍亦谓请给损减，民怨沸腾，军心不稳"。作者建言朝廷调整政策，兴利除弊，这对保证社会的安定和人民的生活，对于稳定军队的情绪，避免战斗力的涣散，同样有着不可低估的意义。

《淳熙己亥论盗贼札子》则针对当时农民起义接连不断的社会现象，究察"贪浊之吏迫使为盗"的事实，建言朝廷申敕州县，"自今以始，洗心革面"，皆以惠养元元为意，这对缓和当时的阶级矛盾，防止农民起义的继续发生和蔓延，维护南宋的统治，以至改善统治者与人民对立的关系，都不无益处。

二、"文章合为时而著"

关心现实，正视现实，干预现实，反映现实，是一切进步作家的共同特点，也是古代文学的优良传统，所谓"文章合为时而著"，"不为文而作"。[①] 古代散文史上的许多名家无不强调文章同现实的联系。北宋古文运动更是把密切联系现实作为创作的准则之一。诸如孙复主张文章须

---

① 白居易《与元九书》，《新乐府序》。

"正一时之得失""写下民之愤叹""述国家之安危"(《答张尚书》);欧阳修反对作家"弃百事不关心"(《答吴充透才书》);王安石提出"务为有补于世"(《上人书》);苏轼强调"有意于济世之用"(《凫绎先生诗集序》),无一不是强调文章的现实性。辛弃疾正是继承、发扬和光大了这一优秀传统,并把它推向了新的高度,在现实斗争的实践中写作散文,使自己的作品具有了鲜明的针对性和强烈的现实性。这些作品由于深深的植根于现实斗争的社会土壤中,反映了广大人民群众的爱国要求,代表着那个特定时代的最高呼声,因而又有着广泛的社会性。

第三节　兵法与文法的融合:稼轩散文的结构与层次

法度谨严,节制有序,变化出奇,不主故常,是稼轩散文的第三大特征。辛弃疾是"谙晓兵事"(《朱子语类》)的军事家,他精通兵家之书,熟知用兵之道、运兵之术,这在他现存的文字中有着充分体现,无须赘言。细绎其散文结构布局的安排,叙事论理的层次和方法,亦深得兵家布兵行阵秘诀之助,融兵法于文法,使得文章结构严整,节制有序,布局合理,主客分明,层次清晰,富于变化。

一、"精能变化"与"不主故常"

《美芹十论》篇幅恢宏,最有代表性。全文十章,另有引论,共十一部分。其整体结构、布局安排、内容详略、先后次序、表达方式等方面的设计,均匠心独运。引论部分点明本文的立意与基础,实乃号令全文的旗帜与统帅。起笔"臣闻事未至而预图,则处之常有余;事既至而后计,则应之常不足",为本文立论的基石与着眼点,也是驾驭全篇的总纲。作者不叙事而言理,避免了就事论事而立身高处,视野开阔,眼界宽广,便于全文的调度安排,千变万化,不离其纲,使之成为文章整体结构的中心与肯綮。同时,还表达了作者的意图,强调了本文的意义,成为统篇摄意的主线和全篇文字的导源。刘熙载说"雄者善用直捷，故发端便见出奇"（《艺概·文概》），本文正是如此。发端之后，其下言人们"思酬国耻"的普遍与迫切，叙自家爱国抗战的经历与忠心，议今日"和战之权常出于敌"的被动局面，谈"不以小挫而沮吾大计"的观点，说"忠愤所激，不能自已"的创作冲动等，又为打动读者、增强文章的说服力和影响力做铺垫和渲染，同时也交代了本文结撰的思想基础和现实基础，加强了内容的可信性与方略的可行性。至其释题言目，则使读者未睹全篇，纲目已在胸中。故引论虽在"十论"之外，而"十论"皆由此生，成为提携"十论"的总纲。

引论之后的十章，其布局结构与次序安排，亦运思精严，主次分明："其三言虏人之弊，其七言朝廷之所当行。先审其势，次察其情，复观其衅，则敌人之虚实吾既详之矣；然后以其七说次第而用之，虏固在吾目中。"这就是作者的框架设计和整体规划。在层次安排上，则先敌后我，由虚到实，敌我结合，虚实相间。前三章言敌则务虚，侧重于理论分析；谈敌方弊端为主，说我方优势为辅；知有弊可乘，则畏敌之虑消，明我所长，则胜敌之念增。后七章言我则务实，侧重于具体方略；讲我方营度为主，揣之以情，揆之以理，衬之以敌；方略既定，上下一心，同仇敌忾，则恢复大业可成。言敌先审其势，言我首云自治，则由大到小，由高到低，由重及轻，先急后缓，层层深入，步步为营。其间明断而暗续，似断而实连，斡施驱遣，节制有序，繁简奇正，各极其度，不可尽言。在论述方式上，前三章的开头都是从理论角度提出问题，但《审势》用直入法，开门见山，正面立论；《察情》取切入法，从反面入手；《观衅》则以归纳肇笔于比兴，可谓篇篇变化，不主故常。古人认为"文莫贵于精能变化"（《艺概》），《美芹十论》正可见出作者驾笔驭篇、变幻莫测的腕力。自然，像《十论》这样的鸿篇巨制在现存的稼轩散文中并不多，但也不是绝无仅有，像与《十论》并称的《九议》，即有异曲同工之妙，限于篇幅，不再细论。

二、"法度谨严"与"逻辑缜密"

稼轩散文长篇如是,短章亦然。其《跋绍兴辛巳亲征诏草》云:

> 使此诏出于绍兴之初,可以无事仇之大耻。使此诏行于隆兴之后,可以卒不世之大功。今此诏与此虏犹俱存也。悲夫!嘉泰四年三月。门生弃疾拜手谨书。

《亲征诏草》拟于北宋灭亡的三十四年之后,即高宗绍兴三十一年(1161),又四十三年(1204)辛氏作跋,此距北宋灭亡已达七十七年,金人依然占据着中原,而南宋朝廷仍旧统治着半壁河山,不谋恢复,偏安江南,国人愤慨,志士扼腕。跋语表现的正是强烈而深沉的爱国情感,悲诏、悲国、悲时、悲己!作者紧扣"此诏",以时为序,先虚(假设)后实(现实),虽只数语,而行文变化,法度精严,依稀可见。其他如《谢免上供钱启》《祭吕东莱先生文》《贺袁同知启》等篇,在构思运意、谋篇布局上的特点也十分突出。范开序《稼轩词》谓"其词之为体","不主故常,又如春云浮空,卷舒起灭,随所变态",品其为文,当亦如是。

第四节 学养与笔力的造型:稼轩散文的语言与节奏

雅健雄厚,凝炼精警,生动形象,文采斐然,具有优美的节奏和旋律,是稼轩散文的第四大特征。

一、"俊丽雄伟,珠明玉坚"

辛弃疾虽志在建功,无意为文,但却十分注重文采,故其称扬陈亮文章"俊丽雄伟,珠明玉坚"(《祭陈同甫》)。而他本人又才高学富,茹古涵今,思力果锐,大笔如椽,纵横驰骋,左书右书,无不如意,所作长篇短章，皆能妙语连珠、新人耳目，堪称出色的语言艺术大师。《十论》《九议》之类的力作自不必言，即便是书启、祭文也篇篇可观、语语可味。如写于江南西路提点刑狱任上的《启札》：

> 弃疾自秋初去国，倏忽见冬，詹咏之诚，朝夕不替。第缘驰驱到官，即专意督捕，日从事兵车羽檄间，坐是倥偬，略亡少暇。起居之问缺然不讲，非敢懈怠，当蒙情亮也。指吴会云间，未龟合并，心旌所向，坐以神驰。右谨具呈。

此札表述思慰之情与疏问歉意，开头四句叙别后之思。首言离朝三月，时如过隙，"秋初""见冬"分指离朝之时与作书之日，"去国""倏忽"各代离都之事与光阴之感。次说天天赞颂祈祝，未尝一日有废，所谓"詹咏之诚，朝夕不替"。"第缘"以下讲赴任勤职，公务繁忙，疏于问候。"驰驱到官""专意督捕""兵车羽檄""倥偬""少暇"，皆遒笔劲语、气宇轩昂。结尾叙向往之切。"指吴会云间"化用王勃《滕王阁序》中"望长安于日下，指吴会于云间"之句，言相隔遥远；"未龟合并"，以龟印兵符未合，代言尚未完成任务，不能还朝面晤，故只有"心旌所向，坐以神驰"。全文起处自然平实，中间气势雄壮，结穴典雅奇伟，起于实，结于虚，笔势奔放。措辞置句，深厚峻雅，文采飞扬，笔力遒劲，字句凝练，行文变化，极见学养深厚与驭笔吐辞之功力。

他如以"兵寝刑措"《盗贼札子》）写承平景象；以"受廛济南，代膺阃寄，荷国厚恩"（《十论》）叙家世；以"耕而食，蚕而衣，富者安，贫者济，赋轻役寡，求得而欲遂"（《十论》）写北宋生活；以"虏吾民，墟吾城，食尽而去"（《九议》）述金兵侵扰，无不雅健而凝练，峻峭而遒丽。至如"谋贵众，断贵独"（《自治》），"患生所忽，渐不可长"（《防微》），"顺乎耳者伤乎计，利于事者忤于听"（《九议》），其警策，则又近乎格言。

二、"茹古含今"与"节奏优美"

辛弃疾还雅善设譬用喻。其论观察分析敌国,谓"如良医之切脉,知其受病之处而逆其必殒之期,初不为肥瘠而易其智"(《十论》);其言不能正确运用自己的力量而向敌方屈服投降和媾和,是"犹怀千金之璧,不能斡营低昂,而俯首于贩夫,惩蝮蛇之毒,不能详核真伪,而褫魄于雕弓"(《九论》),无不生动深刻,浅显易懂。

有时,作者也运用比喻使文辞变得委婉,减少其强烈的刺激性。比如在批评朝廷时战时和的政策与用人不专的情况时说:

> 虏人为朝廷患,如病疽焉,病根不去,终不可以为身安。然其决之也,必加炷刃,则痛亟而无后悔;而其销之也,止于传饵,则痛迟而终为大患。病而用医,不一而言,至炷刃方施而传饵移之,传饵未几而炷刃夺之,病不已而乃咎医,吁,亦自感也。(《十论》)

从而使对方易于接受,予以纠正。

辛氏还用比喻将抽象的事物或深奥的道理变得通俗易懂:

> 何谓形?小大是也。何谓势?虚实是也。土地之广,财赋之多,士马之众,此形也,非势也。形可举以示威,不可用以必胜。譬如转嵌岩于千仞之山,轰然其声,巍然其形,非不大可畏也,然而暂留木柜,未于容于直,遂有能迂回而避御之,至力杀形禁,则人得跨而逾之矣。若夫势则不然。有器必可用,有用必可济。譬如注矢石于高墉之上,操纵自我,不系于人,有轶而过者,捭击中射惟意所向,此实之可虑也。自今论之:虏人虽有嵌岩可畏之形,而无矢石必可用之势。举以示吾者,特以威而疑我也,谓欲以求胜者,固知其未必能也。(《美芹十论·审势第一》)

"形"与"势"本来是一对非常抽象的概念,作者运用譬喻做了生动的解释,既深入浅出,又通俗形象。

稼轩散文的语言节奏性极强,富有优美的旋律感和音乐感。辛弃疾继承和发扬了古文运动在语言形式方面创造的传统,化骈为散,骈散间用,以散行单句为多,时杂骈语,这种亦骈亦散、骈散兼用的形式,构成了文章语言节奏富于变化性和音乐感的突出特点。前面所引诸篇及段落,已可概见。再如《美芹十论·致勇第七》谈及军队中的不平等现象时说:"营幕之间饱暖有不充,而主将歌舞无休时;锋镝之下肝脑不敢保,而主将雍容于帐中。"其思想内容的深刻且不说,在形式上则吸收了骈偶对仗的美感性,而走笔行墨却取散行单句之便利,在语言章节和旋律上构成了既与骈四俪六之文不同,又与散体单行之篇有别的特点,显示出语言节奏丰富的变化性。像"一人醒而九人醉,则醉者为醒而醒者为醉矣;十人愚而一人智,则智者为愚而愚者为智矣"(《九议·其九》)亦然。至于辛氏用骈语式节奏写成的散文作品或段落,如《新居上梁文》中"青山屋上,古木千章,白水田头,新荷十顷"之类,其语言的自然节奏性、语感的优美音乐性就更不待言了。前人谓"文章最要节奏"[1],稼轩散文语言节奏方面的突出特点,正是其精于此道的具体表现。

南宋散文向有文采派、事功派、道学派之分。辛弃疾作为抗战派的杰出代表。自然位列事功派之中。就其内容而言,诚为不错,观其语言,则兼有文采派之长。前人谓"道德之言不专主乎文,而亦未始不有其文……而况其人与文之光明俊伟若是者乎!"[2]信然。韩愈"文起八代之衰"[3],欧阳修人称"今之韩愈"[4],二人俱为散文大师、一代宗匠,沾溉来人,影响后世,既深且广。辛弃疾生活在北宋之后而去唐未远,韩、柳、

---

[1] 刘大櫆《论文偶记》。
[2] 娄姚椿《南宋文苑序》。
[3] 苏轼《潮州韩文公庙碑》。
[4] 苏轼《六一居士集叙》。

欧、苏诸家馨烈所扇，得之非浅。其《周氏敬荣堂诗》自言"长歌谪仙李，茂记文公韩"。他的散文作品不论从丰厚的思想内容方面，还是从密切联系现实方面，也不论是从结构布局方面，还是从语言锤炼方面，都可以明显地看到前人的影响，诸如韩文的雄直与笔力、柳文的凝练与形象、欧文的辞采与结构、苏文的气魄与奔放等等，在稼轩散文中都有充分的表现。同时，稼轩散文也形成了雅健雄厚、豪壮奔放、遒丽优美的自家特色和风格。笔者认为，稼轩散文是南宋散文的杰出代表，在当时文坛上具有十分重要的典型性，其成就固不能与韩、柳、欧、苏比并，但亦不在八家之亚。他的散文无论内容还是艺术，都足以代表他那个时代的水平。虽然存篇不多，却足以使我们窥见其的确是一位"散文高手"[1]。长期以来，文学史家只述其词，鲜论其文，这种局面应有改观，给稼轩散文以相应的评介。

---

[1] 四川大学中文系古典文学教研室《宋文选》前言，人民文学出版社1997年版。

第十五章 古代散文史料文献的发掘与运用

第一节　古籍善本与史料考镜[①]

中国古籍善本是中华民族优秀传统文化的重要组成部分和学界高度关注的文化载体，是中华民族文化创造真实记录的珍贵留存和历史实践思考探索的智慧结晶，也是人类共有共享的巨大精神财富和深广厚重的文化资源。古籍善本不仅从一个角度体现中国传统文化发展的时代水平，而且反映着中华文明发展的历史进程和为人类和平发展做出的积极贡献。深刻认识、深入发掘和充分运用古籍善本的人文内涵、文化意义和思想价值，是21世纪国家文化建设与人类文明发展的根本需要，也是时代赋予学界的重大责任。

一、古籍善本的概念内涵与认知标准

古籍善本作为版本学的专用概念，伴随书籍制度的发展而诞生，其自身的内涵与标准，也伴随时代的进步与文明的发展而提升。清代国学大家张之洞《輶轩语》说"善本，非纸白版新之谓，谓其为前辈通人用古刻数本精校细勘、不讹不缺之本也"，即着眼于版本学层面审视和定性。其实，古籍善本的内涵与标准远不止如此，其丰富的历史文化积淀和深刻的人文思想观念，令人叹为观止。一般来说，"善本"既包含内容、刻印、版式、材质、装帧等各种外在表现形式构成的"器象"，又包含时代认定界限、内容保存状况、校勘水平高下等内在稳定元素形成的基本要求，尤其包含潜在的民族群体之治学态度与文化精神。

检索文献可知，"善本"概念的使用始于宋代。宋代著名词人叶梦得《石林燕语》记载当时收藏书籍之风盛行于世时，称"藏者精于校勘，故往往皆有善本"；南宋理学家朱熹的叔祖朱弁撰写《曲洧旧闻》，其中也

[①] 原文为国家文化传播重大项目"文脉颂中华·e页千年"中华古籍善本网络主题传播系列稿件之九，以《激活古籍善本，助力文化建设》为题发表于"光明网—文艺评论频道" 2019年7月9日（有删减）。

有"穆伯长好学古文，始得韩（愈）、柳（宗元）善本"之文字。叶氏、朱氏所称"善本"，立足于书籍的整体感觉而着眼于历史久、校勘精、内容多、形制美等多个方面，成为后来判断善本的重要元素与基本标准。

"善本"概念的形成出现与认知使用发生在宋代，与当时宋代文化的繁荣发展和书籍制度的创新发达密切相关。中华文化历经数千载演进而造极于赵宋之世。宋代以文治国，教育空前普及，文化繁荣发达，特别是活字印刷术的创造发明，彻底颠覆了以往书籍的简牍制度和卷轴制度，册页制得到飞速发展并很快进入鼎盛时期，刻书、印书、藏书、鉴书蔚成风气。由此，宋人成为创造发明和最早使用"善本"概念者乃属情理中事。

宋代之后，中华文化的发展历元、明而至清代，人文学术研究渐入佳境，学人尤其注重书籍版本的选择与认定，而善本的内涵与标准日趋于"实"与"细"。晚清藏书家丁丙《善本书室藏书志》提出"旧刻""精本""旧抄""旧校"四标准，而清末张之洞《书目答问》提出"足""精""旧"三原则，即"无阙卷、未删削"的"足本"、"精校精注"的"精本"、"旧刻旧抄"的"旧本"。其于形制、校注之外，特别强调了时代的以往性——"旧"。

当代文化建设与学术研究的丰富实践和迅速发展，使学人对"善本"的内涵与标准不仅有了突破性的新认识，而且理论性、系统性、科学性和可操作性有了极大提高。20世纪70年代末，学界开始编纂《中国善本书总目》，确定收录标准和范围时，不仅提出了"历史文物性、学术资料性和艺术代表性"的善本"三性"原则，而且列出了"元代及元代以前刻印或抄写的图书""明代刻印、抄写的图书"等九条便于识别和易于操作的鉴定标准，从而形成学界高度认可与普遍通行的"三性""九条"说。

进入21世纪，伴随文化强国战略和国家"中华古籍保护计划"的实施，古籍善本的行业标准乃至国家标准进一步科学化、系统化和定型化，古籍善本文化资源的保护、开发和运用，也纳入了国家文化建设和文化强国的规划，国家制定并出台多项政策和实施意见，呈现出鼓舞人心的新局面。

二、古籍善本的"体"与"魂"

深刻认识古籍"善本"的文献价值、文化精神和思想意义，必须从深刻认识其概念的文化内涵入手。

古籍"善本"的文化内涵有狭义、广义之分。狭义的"善本"限于版本学基础领域，着眼于书籍自身的外在呈现形式、表现特点和内在要求，强调技术层面可感知、可量化、可鉴定的客观性表征，上面谈到的丁丙"四标准"、张之洞"三原则"，乃至当代的"三性""九条"说，都属于这种类型。

广义的"善本"既包含狭义"善本"的判断标准，又深入到"善本"形成和传播过程乃至背后涉及的诸多文化元素与"人"的因素，比如创造过程、创造主体、接受群体、社会影响、文化精神、民族特色、人文内涵、思想价值等方面的情况，由此进入人文精神的更高层面去考察和审视。

古籍善本，实际上"善"是"灵魂"、"本"为"道体"、"古"乃时限。善本的承载介质是书"本"，而核心在于"善"。"善"既是定性，又是标准，既有量化的元素，又有"明德"的成分，所谓造福他人，不辞劳苦，自觉奉献，甘之如饴。这不仅仅是对一部书内容形式和水平质量的总体认定与评价，而且是对中华文化"以人为本""尊道贵德""天人合一"之整体思维模式和重大文化原则的基本遵循。"善"与"不善"，乃比较而言。就狭义说，"善本"就是相对完整丰满、具有一定创新和领先元素的版本，富有建设性和美学性的正能量。就广义讲，"善本"又蕴含着不容忽视的多种潜在文化精神和思想价值，其传播的不仅仅是书本的知识系统，尤其体现着民族的创造能力、品德素养和文化精神。

仅以《说文解字》为例。这部由东汉古文经学家和文字学家许慎积数十年之力精心结撰的著作，系统描述汉字发展、分析字形、解说字义、辨识声读，融学术研究与实际应用于一体，成为中国汉语言文字史乃至世界文化发展史上影响巨大、流传至今的第一部汉字学经典，对中华文化的认知理解、传承弘扬和世界传播发挥了重大作用。面世当初，就引起很大反响，而唐宋明清，代有新版，故多有善本。其中北宋初期徐铉奉诏校订的《说文解字》"大徐本"，影响尤其深广。徐氏《重修说文序》称：

> 臣徐铉等，奉诏校定许慎《说文解字》十四篇，并《序目》一篇，凡万六百余字，圣人之旨盖云备矣。……唐末丧乱，经籍道息。皇宋膺运，二圣继明。人文国典，粲然光被。兴崇学校，登进群才。以为文字者，六艺之本，固当率由古法。乃诏取许慎《说文解字》，精加详校，垂宪百代。……盖篆书堙替，为日已久，传写《说文解字》者，皆非其人，故错乱、遗脱不可尽究。今以集书正副本及群臣家藏者，备加详考。有许慎注义、序例中所载而诸部不见者，审知漏落，悉从补录。复有经典相承传写及时俗要用而《说文解字》不载者，承诏皆附益之……其间《说文解字》具有正体而时俗讹变者，则具于注中。其有义理乖舛、违戾六书者，并序列于后，俾夫学者无或致疑。大抵此书务援古以正今，不徇今而违古。……又许慎注解，词简义奥，不可周知，阳冰之后，诸儒笺述有可取者，亦复从附益。犹有未尽，则臣等粗为训释，以成一家之书。

此《序》以"重修说文"必须说明的核心内容为重点，次第展开。发端写校订情况、文化背景与"垂宪百代"的重大意义。其次写校勘的版本依据与"备加详考"的严肃态度。然后重点叙述校定体例与增加的具体内容，诸如"详考""错乱"，"补录""漏落"，"附益""《说文解字》不载者"与"诸儒笺述可取者"，遵循"务援古以正今，不徇今而违古"原则等。这样，既突出重点又言简意赅，十分清楚地展示了新本优于前代的"善"处、新处和优处。

由《重修说文序》可知，宋代"大徐本"同汉代许慎新创本、唐代李阳冰刊定本以及其他前代传写本相比，不仅在保存内容的"量"与"质"

上远过前人，而且在校勘的"精"与"细"、方法的科学与取舍的严谨上也都略胜一筹，充分体现出既合理保存与继承前人成果，又勇于创新、善于出新的文化精神。由此，"大徐本"成为超越前代、领先未来的"善本"，沾溉学子、衣被后人、历代称扬乃势所必然。

  与《重修说文》颇为相似的是，汉代许慎撰写《说文解字》其实也是颇受前人启发并继承借鉴了以往的相关成果。这在其《说文解字序》与《后叙》中有着清楚表达。《序》从远古"庖牺氏之王天下"写起，历述汉字创造发明的历史渊源与衍化流变、编撰的时代背景和文献依据，以及"修旧文而不穿凿"的原则。结尾部分指出文字乃"经艺之本，王政之始。前人所以垂后，后人所以识古"的重大文化意义、政治意义和历史意义，表达"今叙篆文，合以古籀，博采通人，至於小大。信而有证，稽撰其说""於所不知，盖阙如也"的严谨可信，表达"理群类，解谬误，晓学者，达神恉"的良好愿望，最后以"分别部居，不相杂厕"的部首分类创制体例以及书中收纳文字的来源依据收笔。其《后叙》则介绍具体成果、文化意义与突出特点，所谓"此十四篇，五百四十部，九千三百五十三文，重一千一百六十三，解说凡十三万三千四百四十一字"，"同牵条属，共理相贯。杂而不越，据形系联，引而申之，以究万原"。同时也表达了弘扬光大先祖重视文字、文化遗风和德泽后世的执着精神，所谓"圣德熙明，承天稽唐，敷崇殷中。遐迩被泽，渥衍沛滂。广业甄微，学士知方。探赜索隐，阙谊可传"。

  值得注意的是，许氏《序》特别提到了两件事：一是周宣王时期"太史籀著《大篆》十五篇，与古文或异"，二是汉平帝时期扬雄"作《训纂篇》，凡《仓颉》以下十四篇，凡五千三百四十字，群书所载，略存之矣"。由此可知，许氏之前，至少有过两次撰写汉字字书的大行动。但第一次"《大篆》十五篇"未能传播，孔子与左氏仍以古文书写经典，许慎当然不可能见到。而扬雄《训纂篇》，据许氏描述可以推知，非亲见细读不能有此言。许氏《说文》十四篇并序目一篇总数亦十五篇，而收字

"九千三百五十三文，重一千一百六十三"，超出《训纂篇》一倍多。仅就各书结构形式看，太史、扬雄、许慎三次编撰的总体架构无大变，"大徐本"只是将每篇分为上卷与下卷，前后借鉴继承的痕迹很明显，而具体文字与内容方面的保留与沿袭更不待言。

"大徐本"有宋代雕版印刷的"宋椠本"流传于世，明代藏书家毛晋父子据以刊行了字体较大的"汲古阁本"，而清代孙星衍据宋版重刻印行收入"平津馆丛本"丁集，陈昌治又于同治十二年（1873）据孙星衍本校订印行，直到1963年中华书局影印陈昌治本，"大徐本"自宋迄今的传承脉络清晰可见。其部分善本至今流存海外。

由"大徐本"的面世与流传可知：一、古籍善本的形成是一个不断丰富、不断完善、不断提高的历史过程，是个体、时代与社会多个方面相互配合共同努力的文化成果。二、古籍善本的创造，主要参与群体是从推进民族文化发展的高度甘愿奉献，充分体现着鲜明的文化自觉、斯文自任的社会责任心与历史使命感。故许慎称"理群类、解谬误、晓学者、达神恉"，李阳冰谓"天之未丧斯文也，故小子得篆籀之宗旨"，"斯翁（许慎）之后，直至小生"，而徐铉则有"成一家之书""垂宪百代"之言。三、古籍善本创造过程充分体现了主要参与者的文化创造能力和严谨优良的学风，体现了优秀学术文化薪火相传与"天下之公器"的内在规律性，形成"道"在书中、书为"道"体的文化特色，故许慎有"本立而道生"之语。四、古籍善本充分体现了"创制垂法，博施济众"（孔颖达语）推进文化发展和社会文明进步，并"泽及当世""衣被后人"的"文德""大德"与"至德"，由此而使"德"成为"善本"的灵魂。

三、古籍善本的"用"与"藏"

古籍善本"德魂""道体"的突出特点、形成历程与世界传播，展示出其内在的强大生命活力和深厚文化魅力。正如万事万物的活力与魅力都是在运动过程中得以呈现一样，古籍善本的活力与魅力，也是在历代学人的认识使用与不断创新中，展现其文化传承、人才培养和文明发展的巨大功能、实现其无可替代的文化价值。因此，古籍善本重"贵用"而忌"深藏"。

就学者而言，深刻认识、正确理解和充分运用古籍善本，是研究中国古代文化必须具备的基本功。善本知识内容的领先性、治学态度的严谨性和文化积淀的丰富性，既是衣被学林、惠及人类的珍贵资源，又是助力人才成长、推进学术研究和建设当代文化的重要条件。笔者自大学毕业留校任教，一直从事中国古代文化特别是唐宋文学的研究与教学，有着切身体验的过程。

记得1980年仲夏，国学大师程千帆先生受邀到山东大学讲授"校雠学"课程，学校安排笔者与罗青老师专程从曲阜到济南听课，正好与程千帆先生同住山东大学招待所。受程先生嘱托，每天负责全程录音，并与罗青老师一起，根据录音整理成文字稿。这是笔者第一次接触古籍善本的系统知识，并开始留意观察。四年后，当笔者考入山东大学攻读硕士课程时，文献学名家王绍曾先生负责系统讲授"版本目录校雠学"课程。这不仅让笔者对古籍善本知识有了进一步了解，而且当时结合编撰《元曲百科辞典》（业师袁士硕先生主编，山东教育出版社1989年版）条目，开始有目的地选择参考善本书。至1993年考入复旦大学师从王水照先生攻读博士，而《全唐诗补编》《全唐文补编》的作者陈尚君先生为博士生开设"中国古典文献学"，目录版本是其中的重要内容。当时笔者承担《全唐文》第九册校点任务（业师王水照先生主编，香港成诚出版社1997年版），理论学习与实践运用相结合，对古籍善本的重要意义与文化价值，有了深入认识和深刻理解。

回忆以往古代文学研究的学术生涯中，笔者对古籍善本感受最直接、印象最深刻、实战体验最强烈的，当属整理笺注《晁氏琴趣外篇　晁叔用词》（上海古籍出版社1991年版）。这是笔者与刘乃昌教授合作完成的第一部学术著作，也是国家古籍整理委员会、山东省教委资助立项支持的项目。

《晁氏琴趣外篇》是北宋著名文学家晁补之（字无咎）的词集。晁补之与黄庭坚、秦观、张耒并列为"苏门四学士"，颇受苏轼称扬。其词学东坡，王灼《碧鸡漫志》称"韵制得七八"，《四库全书总目》卷一百九十八《晁无咎词·提要》谓"其词神姿高秀，与轼可肩随"，而南宋辛弃疾亦颇受晁补之词风影响。晁补之词虽然成就甚高且广为流传，但向无注本。所以此次整理校勘与笺注，于版本选择颇费心思，十分谨慎。当时调研考察了国家图书馆、南京图书馆和北京大学、清华大学、山东大学、南京师范大学、曲阜师范大学等图书馆的藏本，最后确定以较为完善的吴昌绶双照楼《影宋金元明本词》之《晁氏琴趣外篇》六卷本为底本。同时，用明代毛晋刻汲古阁《六十名家词》本、四库全书本《晁无咎词》、丁丙八千卷楼藏《晁无咎词》、吴氏石莲庵刻《山左人词》之《晁氏琴趣外篇》、清末林大椿校辑《晁氏琴趣外篇》等对校。另外，又以清乾隆翰林院抄本《晁无咎词》（北京大学图书馆藏），以及宋代黄升《唐宋诸贤绝妙词选》、曾慥《乐府雅词》、何士信《草堂诗余》，明代陈耀文《花草粹编》，清代朱彝尊《词综》等参校。这样，反复比勘，精心校对，详加笺注，在前人传播成果的基础上，形成宋代以来第一个比较完备的精校笺注本。上海古籍出版社将其纳入国家传统文化建设基础工程《宋词别集丛刊》印行，为读者提供了既可省去翻检之劳，又能获得重要参考的文化成果。而晁补之族弟晁叔用传世作品仅有17首，故合为一集。

在《晁氏琴趣外篇　晁叔用词》的整理笺注过程中，前贤精益求精的优良学风与文化创造的开拓精神给笺注者以很大启发。此后，古籍善本的运用，成为笔者学术研究的重要支撑而不断有所新发现、形成新成果。不论是参与承担国家"七五"重大攻关项目十四卷本《中国文学史》之《宋代文学史》（上下，孙望主编，人民文学出版社1996年版）的撰写，还是独自主持山东省重点研究项目"黄庭坚研究"，抑或是深入思考中国古代散文发展并撰写《宋代散文研究》书稿，版本的选择与善本的利用，都成为首先考虑的重要方面，在唤醒那些休眠于图书馆"深柜"典籍的同时，享受学术研究的快乐。

改革开放以来，我国开展的大规模的古籍整理工程，培养了一大批优秀的青年学者。伴随高新科技的飞速发展，古籍善本已经摆脱了"藏在深闺人未识"的寂寞命运，成为21世纪国家重点保护、深入开发和广泛运用的珍贵资源和文化建设的热点。我们期待，古籍善本在当代文化建设与促进人类文明发展的过程中，继续发挥无可替代的重大作用。

四、古籍辑佚与史料考镜[①]

辑佚是古籍整理工作中十分艰辛而又颇具学术意义的事情，辨别真伪则是至关紧要的环节。由于辑佚总是从作家本集或原书以外的其他传世文本中发现并获取新资料，而这些资料又都是在作品的传播过程中，通过不同的接受者转手载入典册，如此，则传播者、笔录者、印行者等可能出现的失误，使作品的可信性相对减弱。一旦发现被其他典籍有幸保存下来的佚作，首先进行科学、认真、细致的考辨甄别，便成为辑佚者第一位的工作，以此避免讹传，防止贻误后学，确保辑佚自身的学术价值。近读上海古籍出版社1993年8月出版的辑校本《杨文公谈苑》（李裕民辑校，与宋人张师正《倦游杂录》合刊），由该书《前言》即可见出辑校者在钩沈佚作和考辨真伪方面所做出的显著成绩。

1. "一代奇才"杨亿与《杨文公谈苑》

《杨文公谈苑》（以下简称《谈苑》）是记载杨亿（字大年，谥文，故称文公，974—1020）言谈的语录笔记。始由杨亿乡谊门生黄鑑（字唐卿，《宋史》卷四百四十二有传）杂抄广记文公与人交谈的部分话题而初成一帙，世人谓之"《谈薮》"，或称"《南阳谈薮》（见陈振孙《直斋书录解

[①] 本小节原文发表于1995年12月23日《作家报》。

题》卷十一）。然内容"交错无次序"（宋庠《杨公谈苑·序》）。其后由宋庠（996—1066）删订整理，类为二十一门，"勒成一十五卷，辄改题曰《杨公谈苑》"（同上）传于世。明中叶以后该书失传。

杨亿乃一代奇才，名重天下，学者宗伏，领袖群彦，连欧阳修、苏轼也多所艳叹。"文辞之外，其博物殚见，又绝人甚远。故常时与其游者，辄获异闻奇说，门生故人往往削牍藏弆，以为谈助。"（宋庠《杨公谈苑·序》）由是，《谈苑》成书后即广为流传，且远播海外。但书中所录殆非杨亿笔削，且经后人整理，流播中难免产生讹误。在原书失传数百年之后，辑校者从群书中钩沈成集，去伪存真，再广流传，使学者省却翻检之劳而能览其概貌，实乃一大功德。惜尚有个别疏漏，未及精审。即如《谈苑》第163页第203条记《穆修》云：

文章随时风美恶，咸通已后，文力衰弱，无复气格。本朝穆修，首倡古道，学者稍稍向之。修性褊忤少合，初任海州参军，以气陵通判，遂为捃摭，贬籍系池州，其集中有《秋浦会遇》诗，自叙甚详。后遇赦释放，流落江外。赋命穷薄，稍得钱帛，即遇盗，或卧病，费竭然后已，是故衣食不能给。晚年得《柳宗元集》，募工镂板，印数百帙，携入京相国寺，设肆鬻之。有儒生数辈，至其肆，未评价直，先展揭披阅，修就手夺取，瞋目谓曰："汝辈能读一篇，不失句读，吾当以一部赠汝。"其忤物如此。自是经年不售一部。

穆修乃北宋前期文坛的重要作家，也是宋代古文运动的先驱之一。他以力倡古文而著名于世，《宋史》谓"杨亿、刘筠尚声偶之辞，天下学者靡然从之；（穆）修于是时独以古文称"（《本传》）。正因如此，穆修时常成为宋代学人评议的热门话题之一。从苏舜钦的《哀穆先生文》、范仲淹的《尹师鲁河南集序》，到沈括的《梦溪笔记》（《艺文》）、叶适的《习学记言序目》（卷七十四），乃至许多宋人笔记，都有评述穆修其人的文字。

应该说,《杨文公谈苑》如果有议论穆修的文字,是十分自然的事情。上引文字首先从文学发展史的角度评论穆修在宋初文章发展中的作用,然后讲述其个性特点、生平境遇以及晚年印行传播韩、柳古文的情形。考诸典籍,皆持之有据,非无根游谈,大体符合史实,足可征信。《谈苑》的辑校者在该段文字之末注有出处"同上"二字,则知与第202条《李符知春州》同辑自《类苑》卷七十四。

2.《宋朝事实类苑》与《秋蒲会遇》诗

《类苑》即《宋朝事实类苑》,又称《皇宋事实类苑》(见本书《自序》)、《事实类苑》(见《四库全书总目提要》),乃宋人江少虞编选。辑校本《谈苑》自63条至213条均由《类苑》辑出,计151条,占全书233条中的五分之三还要多,惜辑者未能说明所用版本。今检四库全书本《事实类苑》为六十三卷,则《谈苑》当据别本辑录。《类苑》的编选者江少虞生活于两宋之交,曾官左朝诸大夫,生平事迹已不可详考。其"以宋代朝章国典见于诸家记录甚多,而畔散不属,难于稽考,因为选择类次"(《四库全书总目提要》),将数十家北宋笔记的有关内容"比附伦类而整齐之,去其文不雅驯或有抵牾者"(《自序》),选义按部,考词就班,历十四载编成此书,而北宋一代遗文逸事略具于斯,足观当时风政,故学人士林喜传乐道。该书梓行于绍兴十五年(1145),由于江氏征采浩博而又全录原文,所谓"据实条次,不敢以一字增损","不敢断以己意"(《自序》),故能保持史料原貌,具有较强的可信性,王士禛称该书"宋人说部之宏备而有裨于史者"(《居易录》)是颇具眼力的。至于穆修性格、行事,不仅史有所载,且有文集传世,披览即知,无须赘言征引。

既然《类苑》所收该条的内容与史相符,真实可信,辑入《谈苑》,其内容依然真实可信。然而,史料的真实可信并不能代替佚作的真实可信,二者不能等同。我们只能把史料作为参照系,利用它并通过其他相关材料去鉴别佚作的真伪。首先,细味该段文字的全部内容,可以断言应是评述者在读过穆修文集之后所发,"集中有《秋浦会遇》诗自叙甚详"便是明证。《秋浦会遇》诗长达一千二百余言，见存《穆参军集》卷一。而穆修文集付梓于宋仁宗庆历三年（1043）以后，由穆氏门生祖无择辑勒成帙并为序。由此我们可以推知：上引穆修一段资料之见诸典籍的时间，最早不应早于庆历三年。其次，从评述者与被评述者的关系看，评述的内容应是评述者熟知的事情。杨亿长穆修五岁，且曾主盟词苑，为文坛宿老；穆修于真宗大中祥符二年（1009）及第释褐后，力倡古文；时杨亿尚在世，言谈中或论及穆修是极可能的。然而，杨亿于真宗天禧四年（1020）人归道山，二十三年以后穆修文集方得付梓，自然不会见到穆修文集。复次，该条材料言穆修刻印和出售柳宗元文集事，今据穆修自撰《唐柳先生文集后序》，知印行柳集当在宋仁宗"天圣九年（1031）秋七月"以后。此时，杨亿已谢世十余载，何能论及穆修刊行柳集、设肆鬻书之情形？总之，穆修刻印柳宗元文集和穆修文集的刊布均属杨亿身后事，杨亿既无法知悉，更不会成为他谈论的话题。可以断言：黄鉴的《谈薮》、宋庠的《谈苑》都不会，也不可能有此一段文字。

3.《易学辨惑》与《东轩笔录》

那么，该段文字是如何被辑入《谈苑》的呢？其最早见之于何书？江少虞编《类苑》如此严肃谨慎，是否也有疏漏处呢？今考诸旧籍，与这段材料内容有关的记述甚多，诸如《穆参军集》、《苏舜钦文集》卷十五《哀穆先生文并序》、邵伯温《易学辨惑》、魏泰《东轩笔录》、朱弁《曲洧旧闻》、《宋史》卷四百四十二《穆修本传》等等。但内容的丰廉与文字的表达多有差异。其中《易学辨惑》的文字大体与《谈苑》相近，兹抄录如下，以资参照：

伯长祥符二年梁固榜登进士第，调海州理掾，以忤通判，遂为捃拾，由是削籍隶池州。其集中有《秋浦会遇》诗，自叙甚详。

老益贫。家有唐本韩柳集，乃丐于所亲厚者，得金募工镂板，印数百集，携入京师相国寺，设肆鬻之，伯长坐其旁。有儒生数辈至其

肆，辄取阅。伯长夺取怒视谓曰："先辈能读一篇不失一句，当以一部为赠。"自是经年不售。（四库本）

特别值得注意的是《东轩笔录》卷三亦有此史料，且文字几乎完全与《谈苑》相同（仅有四字稍有区别）。

《东轩笔录》是一部具有较高史料价值的宋人笔记，记载北宋自建国至神宗六朝旧事，朱熹编撰《五朝名臣言行录》《三朝名臣言行录》时，征引采用该书多达三十六条，在二百二十五种引书中居第五位，可见影响之一斑。作者魏泰（字道辅）生活于北宋中期，与王安石、黄庭坚等交游甚密，且博极群书，兼善诗文，著述颇富。该书自序称"少时力学尚友，游于公卿间，其绪言余论有补于聪明者，虽老矣，尚班班可记，因丛撮成书。呜呼！事固有善恶，然吾未尝敢致意其间，姑录其实，以示子孙而已，异时有补史氏之阙，或讥以见闻之殊者，吾皆无憾"（中华书局1983年版李裕民点校本）。其实录的精神和原则是十分清楚的。由序，我们还可以知道该书结集于元祐九年（1094，是年改元绍圣，亦即绍圣元年）。这比《皇宋事实类苑》的杀青早了半个多世纪，《类苑》的编者完全有可能看到《东轩笔录》。基于此，我们可以推断：江少虞的《事实类苑》转录了魏泰《东轩笔录》卷三的该段文字，而首句添一"风"字，又将"讦""削""瞑"三字分别误作"忤""贬"""；同时，还误注出处，将《东轩笔录》误为《杨文公谈苑》，致成罅漏，作俑传讹，遂使《东轩笔录》中评述穆修的一段文字在江氏的疏忽下而暗渡陈仓，被塞进了《杨文公谈苑》，《谈苑》的辑校者则未及辨别，铸成小疵。其实，《谈苑》辑校者同时也是《东轩笔录》点校者，对该段文字应该说并不陌生，只是稍一疏忽，便再度讹传。

至于朱弁《曲洧旧闻》卷四中的一段记述穆修的文字，大概亦源于《东轩笔录》：

穆修伯长在本朝为初好学古文者。始得韩柳善本，大喜，自序云："天既餍予以韩，而又饫我以柳，谓天不予飨，过矣！"欲二家文集行于世，乃自镂板鬻于相国寺。性亢直不容物。有士人来酬，价不相当，辄语之曰："但读得成句，便以一部相赠。"或怪之，即正色曰："诚如此，修岂相欺者？"士大夫知其伯长也，皆引去。（四库全书影印本第863册，第312页）

这段文字的表述虽与《东轩笔录》多有不同，而基本内容大体一致。该书作者朱弁（字少张），为朱熹之从父，生活于北宋后期与南宋前期。《曲洧旧闻》写于建炎丁未（1127）至绍兴戊辰（1148）作者出使金国被留期间，刊布时间大致与《皇宋事实类苑》相当，故二书不会有承传关系。但朱氏却完全可以在北宋末读过《东轩笔录》以及其他有关穆修的史料，据记忆结撰成文，或有意不直录原文，故文字多有不同。至于《宋史》乃元代据宋人文字修纂，穆修本传成文甚晚，无须辨别，故不赘言。

总之，辑校本《谈苑》沿袭了《事实类苑》的讹误而未予精审，误辑《穆修》一段文字，理应予以甄别。另外，《谈苑》第17条《三班奉职》、第135条《佛经》、第114条《驾亲临问臣僚》、第201条《担夫顶有圆光》等，亦均有疑窦（有的业经辑者指出），尚待确考。钱锺书先生《谈艺录》有"非敢好谤前辈，求免贻误来学"（《随园记事之诬》）之说，笔者常以自勉，平素读书或见舛误，即随笔条记而待正之，《谈苑》补甄即其一也。

第二节　苏轼与黄庭坚行谊考[①]

《毛·小雅·常棣》序云："自天子至于庶人，未有不须友而成者。"

---

① 原文发表于《齐鲁学刊》1993年第4期（总第115期），第12—17页。

(《黄侃手批白文十三经》，上海古籍出版社1983年版）。考诸史实，无不信然。古之志士仁人、明贤圣哲，凡有建树者，莫不善友而重谊。在人文科学的研究中，友谊也是为人乐道的重要话题，甚至成为追寻历史演进轨迹的途径之一。譬如在中国古代文化史上，"诗仙"李白与"诗圣"杜甫的深厚友谊、"词中巨龙"辛弃疾与抗战志士陈亮的莫逆之交，都曾为人称扬不已，传为文坛佳话。李、杜同游梁、宋，复遇齐、鲁，"醉眠秋共被，携手日同行"（杜甫《与李十二白同寻范十隐居》），别后怀念不止，"思君若汶水，浩荡寄南征"（李白《沙丘城下寄杜甫》），友谊至老不衰。辛、陈临安初聚、"话头多合"（陈亮《贺新郎·寄辛幼安》），江西再会，"憩鹅湖之清阴，酌瓢泉而共饮，长歌相答，极论世事"，至陈亮辞世，稼轩"涕不能已"，为文以祭，推称"天下之伟人"（辛弃疾《祭陈同甫文》）。李杜之交，辛陈之谊，皆志同道合，终生不渝，且在文化史上有着较为广泛的积极影响。这是一种绝然有别于常俗的高境界、高层次的友谊。较之李杜、辛陈，一代文豪苏轼与诗坛巨子黄庭坚建立的友谊，在中国文化史上发生的影响更为深广，特别是同宋代文化的繁荣与发展，有着更直接、更明显、更密切的联系。二公以硕学宏才，鼓行士林，以文学行谊卓绝当时，为宋代文化的高涨大开契机，前人或称苏黄交游"最密"，"苏公真知鲁直者"（宋洪炎《豫章黄先生退听堂录序》），鲁直"亦心契东坡"（清黄宗羲《宋元学案》卷十九），或言二公"风节行谊，铿轰一时，炳耀千古"（明查仲道《山谷全书书后》），或曰"宋之诗，以苏黄盛"（明蒋芝《黄诗内篇序》），都程度不同地论及到了苏、黄间的友谊及其社会效应。笔者以为，考察苏黄友谊及其对宋代文化的影响，将有益于探寻宋代文化的发展轨迹，有益于研究宋代文化发展的特殊性与规律性。

一、苏黄友谊的序曲：品文识友与推扬汲引

《论语》有云："君子以文会友，以友辅仁。"（《颜渊》），苏轼与黄庭坚的友谊，就是从品评诗文开始的。宋神宗熙宁五年（1072）十二月，杭

州通判苏轼受差湖州公干。湖州太守孙觉（字莘老）既是黄庭坚的泰山岳丈，又是苏轼的故交友人。黄庭坚少时游学淮南，莘老爱其才，"许以远器"，不仅"饮食教诲，道德文章，亲承讲画"①，而且还将女儿兰溪②许配，成翁婿之好。而莘老于仁宗嘉祐年间在京编校昭文书籍时，即已结识苏轼。英宗治平年间苏轼直史馆，交往益厚；宋神宗熙宁中，莘老因言事"黜知广德军，逾年，徙湖州"（王称《东都事略》卷九十二《孙觉传》），苏轼则因与变法派政见不合，乞放外任，通判杭州。此次莘老与苏轼接晤外郡，友人相会，欣喜万分。款叙之余，莘老将新任北京国子监教授黄庭坚的诗文出以示轼，求其指教，且云："此人，人知之者尚少，子可为称扬其名。"③苏轼阅后"耸然异之，以为非今世之人"，且"观其文以求其为人"，知为"必轻外物而自重者"④，对黄氏的文风与品格深表赞赏，由此奏响了苏黄友谊的序曲。

其后至熙宁十年（1077），由于黄庭坚舅父李常（字公择）的绍介和推引，苏轼对黄庭坚诗文及人品又有了进一步的了解。是年，苏轼自密州将赴河中，正月经青州至济南，齐州太守李常迎而款叙多日，并同游大明湖。苏、李为至交，施元之谓二人"皆以论新法摈黜远外，意好最厚"⑤。公择"神宗初，为右正言，力诋新法"（秦观《李公择行状》），出判滑州，后徙鄂州、湖州、齐州等。苏轼熙宁七年（1074）九月离杭赴任密州，途中曾携张先等专访李常于湖州任上，唱和颇多，相得甚欢，至密州仍诗文往来不绝。此次过济，旧友重逢，喜不自胜，苏轼作《至济南……》诗尚忆前事，且云"到处逢君是主人"。盘桓期间，李常出其甥

---

① 黄庭坚《祭外舅孙莘老文》，《山谷别集》卷七，上海古籍出版社1987年影缩四库全书本，下引此本不另注。
② 时年十一岁，参见拙作《山谷始婚考辨》，中华书局《文史》第35辑。
③ 苏轼《答黄鲁直书》，《苏轼文集》卷五十二，中华书局1986年版孔凡礼点校本，下引此本不另注。
④ 苏轼《答黄鲁直书》，《苏轼文集》卷五十二。
⑤ 《苏轼诗集》卷十六引，中华书局1982年版孔凡礼校点本，下引此本不另注。

庭坚诗文求正苏轼，且于庭坚其人多所议论。故苏轼《答黄鲁直》书云"其后过李公择于济南，则见足下之诗文愈多，而得其为人益详"（《苏轼文集》卷五十二）。黄庭坚自儿时就甚得舅父喜爱，十四岁亲父逝世，次年即跟李常游学淮南，随侍左右，学业大进，其《再和公择舅氏杂言》谓"外家有金玉我躬之道术，有衣食我家之德心，使我蝉蜕俗学之市，乌哺仁人之林"[1]，《祭舅氏李公择文》亦云"长我教我，实惟舅氏"[2]。李常对黄庭坚的秉赋个性知之最细最深，既出其诗文求正苏轼，言及其人乃自然之事，而苏轼由此推断黄氏"意其超逸绝尘，独立万物之表，驭风骑气，以与造物者游。非独今世之君子所不能用，虽如轼之放浪自弃，与世阔疏者，亦莫得而友也"（《苏轼文集》卷五十二《答黄鲁直》），其对黄庭坚的推许褒扬，正是已入神交的证明。

元丰元年（1078）三月，李常罢齐州知府而赴淮南西路提点刑狱，路经徐州，造访苏轼，"故人相逢，五斗径醉"，"莫逆之契，义等于天伦，不腆之辞，意勤于地主"（《苏轼文集》卷四十五《寒食宴提刑致语口号》），二人诗酒留连，款叙友情，忆去年盘桓济南，喜今日重聚彭城，苏轼兴奋地挥毫而书："淮西按部威尤凛，历下怀仁首重回。还把去年留客意，折花临水更徘徊。"（同上）其离别时，苏轼将李公择送至龙云山且赋诗曰："宜我与夫子，相好手足侔。比年两见之，宾主更献酬。乐哉十日饮，衎衎和不流。论事到深夜，僵卧铃与驺。颇尝见使君，有客如此不？欲别不忍言，惨惨集百忧。"（《苏轼诗集》卷十六《送李公择》）

孙觉、李常与苏轼的深厚友情，以及对黄庭坚的荐引和绍介，使苏轼初步了解了庭坚的人品，并引以为友，从而拉开了苏黄友谊的序幕。苏轼对黄庭坚的推扬汲引，也自然会通过各种渠道传达于黄氏，故其后黄庭

---

[1] 《山谷外集诗注》卷十五，四部备要本，下引山谷诗注皆此本，不另注。
[2] 《山谷全书·正集》卷二十九，清同治戊辰重刻缉香堂本，下引全书皆此本，不另注。

坚在《上苏子瞻书》里说"传音相闻，阁下又不以未尝及门过誉斗筲，使有黄钟大吕之重"（《山谷全书·正集》卷十八），其知音、知遇之感溢于字里行间。

二、苏黄友谊的确立：投书赠诗与作答次韵

元丰元年（1078）春末夏初，苏轼接到了黄庭坚自北京投寄的书信与赠诗，这是苏黄友谊的一个里程碑。黄氏《上苏子瞻书》首先从正面表达了自己"齿少且贱"，于苏轼虽"尝望见眉宇于众人之中，而终不得备使令于前后"之向慕已久而不能随侍左右的心情；继对苏轼"海涵地负"的高才大德极表钦仰，所谓"学问文章，度越前辈；大雅岂弟，博约后来"；然后以婉转的笔法表达了自己不同流俗的品格，即"晚学之士"皆欲"亲炙光烈，以增益其所不能"，而自己"非用心于富贵荣辱"，这实际上是对苏轼推评"必轻外物而自重"的疏证，以示轼为知己。信中还言及仰慕苏轼由来已久，所谓"早岁闻于父兄师友"；谈到"未尝得望履幕下""乐承教而未得"之心憾；并对自己"未尝及门"而得推扬汲引表示感激。书信饱含对苏轼的敬重钦仰和师事之意，执礼谦恭。

与书信的直言正达有所不同，赠诗则托物引类，委婉含蓄，情真意切：

> 江梅有佳实，托根桃李场。桃李终不言，朝露借恩光。
> 孤芳忌皎洁，冰雪空自香。古来和鼎实，此物升庙廊。
> 岁月坐成晚，烟雨青已黄。得升桃李盘。以远初见尝。
> 终然不可口，掷置官道旁。但使本根在，弃捐果何伤。
> 　　　　（《山谷诗集注》卷一《古诗二首上苏子瞻》其一）

> 青松出涧壑，十里闻风声。上有百尺盖，下有千岁苓。
> 自性得久要，为人制颓龄。小草有远志，相依在平生。

医和不并世，深根且固蒂。人言可医国，何用太早计。

大小材则殊，气味固相似。

（同上，其二）

这两首诗对正确理解苏黄友谊至关重要，它是黄庭坚终生遵循的原则，其精神贯穿于苏黄友谊的全部过程中。但历来对二诗的诠释与理解见仁见智，间有遗落或不合本意者，故于此稍做绎释。

其一言师从之心。首二句作者以"遗核野生，不经栽接"（《群书通要》庚一）的江梅自比，并暗用白居易《春和令公绿野堂种花》"令公桃李满天下"诗意和唐代关于狄仁杰"天下桃李，悉在公门"的故实，言尚未受名师栽培，欲往依苏轼。次二句借用"桃李不言，下自成蹊"之说和白乐天《有木诗》"风烟借颜色，雨露助华滋"诗意，说实际上已是苏轼门生，因为苏轼前已推扬汲引，所谓实至而名归。"孤芳"二句仍自喻江梅，并化用韩愈《孟生》诗"异质忌处群，孤芳难寄林。谁怜松林性，竟爱桃李荫"，鲍照"艳阳桃李节，皎洁不成妍"诗意，说自己虽有孤傲之嫌而实则非常盼望师长训导，不过自己就像江梅一样，在桃李盛开的季节无人欣赏，所以只好孤芳自赏。"古来"二句笔锋陡转，说自古以来，江梅之实就是调和鼎食不可缺少的佐料，因此它是当然的朝廷庙廊中物，这样就以含蓄婉转的隐喻手法表达了辅助治理国政的愿望和志向，故陈衍有"求仕"（《宋诗精华录》卷二）之说。然而，志犹未酬，"岁月"句一方面表达了时光流逝而一事无成的惆怅之情，一方面通过点化《古诗十九道》"思君令人老，岁月忽已晚"表达了仰慕思念的迫切和趋拜恨晚的遗憾；"烟雨"句说梅子由青变黄而成熟。其下说将梅子装在盛桃李的盘子里，请看在远道进呈的心意上予以品尝，如不合口味就掷于路旁，只要托于桃李的本根存在，抛弃又有何妨！此处反用白居易《京兆府新栽莲》"托根非其所，不如遭弃捐"之诗句，不仅照应了开头，而且写出了求师的执着。通篇以江梅为喻，写师事之愿，情意迫切而又高雅却俗。

其二言交友之意。此乃上首诗意的延深，本旨为同声相应，同气相求。从内容与结构的安排看，前六句咏松，次六句咏草，尾二句点题，而"松以属东坡"（任渊《山谷诗注》），草则自况。首二句通过描绘青松的形象和声势，喻写苏轼超世拔俗的品格和高洁的情操以及声名远播的影响。次二句赞颂苏轼的仁义之风："百尺盖"（"盖"一作"丝"，据朋九万《乌台诗案》苏轼所记改）以树冠之大写荫护之广；"千岁苓"即千岁茯苓，《史记·龟策列传》言，茯苓乃"千岁松根也，食之不死"，故其下有"为人制颓龄"之句。"自性"二句乃是对青松自然本性的概括。这样，作者通过描述与评论青松，传达出对苏轼的崇拜敬仰之情。此后，诗人又以小草自况，言有远大志向，愿与青松平生相依，结为至友。"医和"四句"意谓依附贤者，足以自乐；至其不为当世所知，则亦自重"（任渊《山谷诗注》）。尾二句将青松与小草相比较，认为材之大小悬殊而气味却相近相似，从而收拢了全诗。文乃翁《马洲山谷祠记》云黄庭坚"定交苏文忠公也，先之以江梅青松二诗以寄意，至谓'但使本根在，弃捐果何伤'，师友之所以相规儆者"（《山谷全书》首卷二），所言甚是。

苏轼于春末夏初收到黄庭坚的投书与赠诗后，"喜愧之怀，殆不可胜"，只是由于"入夏以来，家人辈更卧病"（《答黄鲁直书》，《苏轼文集》卷五十二），直到秋初方作复并和诗。苏轼答书首先回忆了两次闻知黄氏的情形与感觉，始于孙觉处见庭坚诗文即断言"此人如精金美玉，不即人而人即之，将逃名而不可得"，绝非俗辈，且认为"今之君子莫能用也"，后在李常处了解愈深，从而说明了虽未晤而早已神交的事实；继对投书赠诗表示逊谢，且描述了阅书的心态，同时说明了"裁答甚缓"的原因；然后议论赠诗，认为"托物引类，真得古诗人之风"。全书将黄氏视作故交畏友，推扬汲引，如恐不及，德风仁意，充溢其间。苏轼和诗亦托物吟讽，趣如原作，而尤其挥洒自如，意境开阔，含纳丰厚：

嘉谷卧风雨，稂莠登我场。陈前漫方丈，玉食惨无光。

大哉天宇间，美恶更臭香。君看五六月，飞蚊殷回廊。
兹时不少假，俯仰霜叶黄。期君蟠桃枝，千岁终一尝。
顾我如苦李，全生依路旁。纷纷不足愠，悄悄徒自伤。
（《次韵黄鲁直见赠古风二首》其一，《苏轼诗集》卷十六）

空山学仙子，妄意笙箫声。千金得奇药，开视皆豨苓。
不知市人中，自有安期生。今君已度世，坐阅霜中蒂。
摩挲古铜人，岁月不可计。阆风安在哉，要君相指似。

（同上，其二）

和作与原诗共为一组有机的整体，意绪相联，旨趣相通，但和作不囿于原诗而随意挥洒。其一从评论黄氏及其境遇入手，既正面推许，以"嘉谷""蟠桃"相喻，又反面衬托，用"稂莠""飞蚊"对比，密切联系现实，同时还自况"苦李"，谦称逊谢。据《乌台诗案》，作者自释此篇云，起四句"以讥今之小人胜君子，如稂莠之夺嘉谷"，其下"意其君子小人进退有时，如夏日蚊虻纵横，至秋自息。比黄庭坚于蟠桃，进用必迟，自比苦李，以无用全生。又取《诗云》'忧心悄悄，愠于群小'，以讥讽当今进用之人皆小人也"，大体昭示了诗旨。纵观全篇，既有对黄氏的称赏，又有深切的理解和同情，既有热忱的鼓励和期待，又有对现实的不满和抨击。诗中喻体生动形象，而含意又明朗丰厚。其二主要针对原诗的赞颂表示谦谢并视为至友。起二句先言自己有出世脱俗的愿望，以示与黄氏"超逸绝尘"之气味相似，次说自己枉负虚名；"千金"二句意谓无须寄望过高。其下则将黄庭坚比作安期生、蓟子训，安氏"卖药东海边，时人皆言千岁"，蓟氏度世多年，"后人复于长安东霸城见之，与一老公共摩挲铜人"，作者用此二典传喻黄氏遗世脱俗，恬淡无欲，自可延寿。尾二句暗用《离骚》"朝吾将济于白水兮，登阆风而绁马"之意和原诗"气味固相似"之说，以要去仙人居住的昆仑之巅，说明自己见贤思齐、遗世脱俗的决心,婉转地表达了同心为友的意愿。与前篇相比,此首同原作的联系更密切,几乎句句作答。但无论前首还是后篇,都给人以如对如晤、如话体己、如语家常、亲切放达而又博雅高妙的感觉,故黄庭坚谓"和诗词气高妙,无以为喻"(《山谷别集》卷五《与苏子瞻书》)。

黄庭坚秋末自卫州考试举人回到大名府,户曹郑谨(字彦能,彭城人,是年春赴任时,苏轼作《送郑户曹》诗送行)将苏轼寄来的答书与和诗转交给黄庭坚,庭坚阅后对苏轼之"不以污下难于奖拔接引,开纳勤勤恳恳,俯伛而忘其臂之劳,强驽马于千里",表示感激,并决心"勉奉鞭勒,至于胜任而后已"(《与苏子瞻书》)。至此,苏轼与黄庭坚正式订交,并开始了新的友谊阶段,黄庭坚自此真正成为苏轼的门下士,二人的政治生命也从此联为一体,开始将"相依在平生"付诸实践。

顺便指出,关于黄庭坚投书赠诗和苏轼作答较为确切的时间,历代均未详察,故各种诗注、年谱,乃至近年出版的笺释,都只是系年,偶有涉及时月,则又失考。如投书时间,《乌台诗案》记苏轼供状云"元丰元年二月内,北京国子监教授黄庭坚寄书一封并古诗二首与轼",其说因出自苏轼之口,故学人多信以为实,任渊《山谷诗集注》所附年谱仅有系年,姑置不论,施元之注苏诗、黄子耕《黄山谷年谱》等均引此说,后世亦沿袭不疑。孰不知,《诗案》所记,未必可信,同篇供状中即将"古风二首"写为"六首",诗中字句亦多有出入。盖事隔已近两载,或记忆难以准确,或录者笔误,当未可知。若言二月投书,李常三月至徐州,与苏轼留连数日,唱和颇多,却无一言及之庭坚。苏李情如手足,且于去年在济南荐鲁直事隔未远,倘接庭坚赠诗,自当言之。今检山谷《上苏子瞻书》有云"自入夏以来",细加玩味,参之李常离徐时间,可推知黄书作于暮春,而苏轼收于夏初。王文诰《苏文忠公诗编注集成总案》(巴蜀书社1985年影印本)倒是不囿旧说,颇有识察,其卷十六将"黄庭坚自京上书并以古风二首为贽作报书"与苏轼"和赠"同排于元丰元年四月至六月间,不过,苏轼作答则在七月,其书中有"秋署"二字,言之甚明。

三、苏黄友谊的发展：诗文唱和与翰墨往还

苏黄订交后，诗书往来，酬唱赠答，友谊不断发展。元丰二年（1079）春初，黄庭坚二次奉书苏轼，感谢其奖拔接引，"往闻执事恺悌之声，今食其实，独恨未有亲近之幸耳"（见《山谷别集》卷五）。是春，黄氏一面潜心研读苏作，一面不断次韵相和。他在《次韵答尧民》诗中谈研读苏诗的微妙感觉和深切体会说："君问苏公诗，疾读思过半。譬如闻韶耳，三月忘味叹。"且认为自己难以比附："我诗岂其朋，组丽等俳玩。不闻南风弦，同调广陵散。鹤鸣九天上，肯作家鸡伴。"（《山谷外集诗注》卷五）大约同时前后，黄庭坚和作苏诗多篇，如《次韵子瞻春菜》《次韵子瞻与舒尧文祈雪雾猪泉唱和》《薄薄酒二章》《见子瞻粲字韵诗和答三人四返不困而愈崛奇辄次韵寄彭门三首》《再和寄子瞻闻得湖州》等。

苏轼《春菜》诗写于元丰元年（1078）徐州任上，作者由北方春天无菜而食野蔬，回忆蜀中情形，引发思乡与退隐之情，尾言"明年投劾径须归，莫待齿摇并发脱"（《苏轼诗集》卷十六），从而婉转地传达出仕途失意的淡淡惆怅。黄氏《次韵子瞻春菜》亦从春蔬野菜着笔，极写归隐蔬食旨趣，且暗以《晋书·张翰传》张翰谓顾荣"天下纷纷，祸难未已，吾本山林间人，无望于时"之语，传达失志而相知之情，结尾"万钱自是宰相事，一饭且从吾党说。公如端为苦笋归，明日青衫诚可脱"（《山谷外集诗注》卷三），不仅直接表达了志趣的相同和对时局的不满，而且也传达了甘陪友人隐退的意向，实践"相依在平生"的诺言。此诗史容《山谷外集诗注》据原作在苏集中位于《次韵黄鲁直见赠古风二首》之前，断定"盖未通问时先和此诗也"。目录所附《年谱》视黄氏次韵为熙宁十年（1077）作，皆失察，其时原作尚未问世，何言次韵！

黄庭坚《次韵子瞻与舒尧文祈雪雾猪泉唱和》赞颂苏轼体恤民瘼，义感龙蛇。据《苏诗总案》卷十七，苏轼于元丰元年十一月祈雪唱和，黄氏次韵当在其后不久，且诗有"使君闵雪无肉味，煮饼青蒿下盐豉"之语，乃隐含苏轼《春菜》"碎点青蒿凉饼滑"诗意，故可推知与次韵《春

菜》相去不远，或同时所作。苏轼《薄薄酒》诗据《乌台诗案》记作于熙宁九年（见《苏轼诗集》卷十四），作者以"薄薄酒"起兴，就人生的穷达隐显、富贵荣辱、是非忧乐等发表了自己的看法，其中多合释氏之义，颇含机锋，虚无中不无达观，同时还表露了"隐居求志"的想法，该诗实乃对现实不满的发泄，故黄庭坚以"愤世疾邪，其言甚高"推评。黄氏和作《薄薄酒二章》（见《山谷外集诗注》卷五）较原作更富禅机，诸如"富贵于我如浮云"，"万里封侯不如还家"，"醇醪养牛等刀锯、深山大泽生龙蛇"，"绮席象床廻玉枕，重门夜鼓不停挝，何如一身无四壁，满船明月卧芦花"，其超脱尘世的色彩尤浓，而又不止归隐。

　　熙宁七年（1074），苏轼在密州任上写了《除夜病中赠段屯田》（见《苏轼诗集》卷十二），向友人表述了当时的心态和境遇，结尾部分说，"此生何所似，暗尽灰中炭。归田计已决，此邦聊假馆。三径粗成资，一枝有余暖"，坦露了归隐之意，诗中自然有对现实的不满。提刑段绎、太傅乔叙时为和篇，苏轼又有《乔太傅见和复次韵答之》《二公再和亦再答之》。黄庭坚读此数篇，写了《见子瞻粲字韵诗和答三人四返不困而愈崛奇辄次韵寄彭门三首》（载《山谷外集诗注》卷五），诗中表达了对苏轼才学品德和人格节操的景仰："公才如洪河，灌注天下半""文似离骚经，诗窥关雎乱""先生古人学，百氏一以贯"；也表达了相从恨晚与渴望拜晤的心情："贱生恨学晚，未曾奉巾盥""仁风从东来，试目望斋馆""仰看东飞云，只使衣带缓""东南望彭门，官道平如案"；其中也有对苏轼"入宫又见妒，徒友飞鸟散""元龙湖海士，毁誉略相半"之境遇的不平，以及以"臭腐暂神奇"之现实的挞伐。全诗体现了作者渴慕之情和理解之心。其中对苏轼"只令文字垂，万世星斗粲"的预言，更使今人瞠目！元丰二年（1079）三月初，苏轼以祠部员外郎直史馆移知湖州，庭坚闻讯写了《再和寄子瞻闻得湖州》，诗有"天下无相知，得一已当半""相思欲面论""要以道湔盥""安得垂天翼，飞就吴兴馆"之句，传达知遇之情。

　　苏轼收到黄氏和诗后，即挥毫写了《往在东武与人往反作粲字韵诗四首，今黄鲁直亦次韵见寄，复和答之》；

> 苻坚破荆州，止获一人半。中郎老不遇，但喜识元叹。
> 我今独何幸，文字厌奇玩。又得天下才，相从百忧散。
> 阴求我辈人，规作林泉伴。宁当待垂老，仓卒收一旦。
> 不见梁伯鸾，空对孟光案。才难不其然，妇女厕周乱。
> 世岂无作者，于我如既盟。独喜诵君诗，咸韶音节缓。
> 夜光一已多，矧获累累贯。相思君欲瘦，不往我真懒。
> 吾侪眷微禄，寒夜抱寸炭。何时定相过，径就我乎馆。
> 飘然东南去，江水清且暖。相与访名山，微言师忍粲。

（《苏轼诗集》卷十八）

作者对识得黄庭坚表示异常欣慰，对黄氏及其诗做了高度赞扬，直视为知己畏友，思欲相见，邀其过谈。

这一时期的唱和进一步密切了苏黄友谊。不过，黄氏所和均为苏轼旧篇，可知黄氏乃在研读苏诗的过程中所为，故有一定的选择性。若将原作与和诗统而观之，不难觉察这些作品，都流露了雅意泉壑的归隐思想，表现出高洁的情操和相同的志趣，也都微含对现实的不满，而在艺术上又典实丰富，天运神化，显示出博雅雄厚的学识。所有这些，正体现了苏黄相近的志趣和心态以及相互理解的程度。

时隔不久，发生了震惊朝野的"乌台诗案"。苏轼四月二十日抵湖州任所，七月二十八日被捕，八月十八日入狱，受审期间，还有意保护黄庭坚，"不说曾有黄庭坚讥讽文字等因依"（朋九万《乌台诗案》）。黄庭坚在北京得知苏轼系狱消息，既焦急又愤慨，一方面为苏轼的受人诬陷而愤慨不平，一方面为自己人微言轻、无力援救而忧心如焚，且意识到自己恐怕也难免此劫。其《二十八宿歌赠别无咎》诗云："虎剥文章犀解角，食未下亢奇祸作。药材根氏㰾斸掘，蜜虫夺房抱饥渴。有心无心材慧死，人言不如龟曳尾。卫平哆口无南箕，斗柄指日江使噫。狐腋牛衣同一燠，高丘无女甘独宿。虚名挽人受实祸，累棋既危安处我。室中凝尘散发坐，四壁蠹蠹见天下。奎蹄曲隈取脂泽，娄猪艾豭彼何择。倾肠倒胃得相知，贯日食昴终不疑。"（《山谷外集诗注》卷六）案结后，苏轼于十二月二十九日出狱，贬谪黄州，黄庭坚亦被"罚金"，故张耒《与鲁直书》云："苏公以文章得罪，而闻足下实与其间。"（《柯山集》卷四十六）后来，苏轼在写给司马光的信中曾说："某以愚暗获罪，咎自己招，无足言者，但波及左右，为恨殊深，虽高风伟度，非此细故所能尘垢，然某思之，不啻芒背尔。"（《苏轼文集》卷五十）

元丰三年（1080）春初，苏轼赶赴黄州贬所，二月至黄州，即杜门谢客，"不复作文字，自持颇严"（《苏轼文集》卷五十二《答秦太虚书》）。至友李常寄诗相慰，轼答书有云："吾侪虽老且穷，而道理贯心肝，忠义填骨髓，直须谈笑于死生之际，若见仆困穷便相于邑，则与不学道者大不相远矣！"（《苏轼文集》卷五十一）其"极不以公择慰问为然，而反以规之，千载之下，犹见其生气凛然"（王文诰《苏诗总案》）。是年，黄庭坚则罢北京教授至京师吏部改官，得知吉州太和县，"吏事之余，独居而疏食，陶然自得"（苏辙《答黄庭坚书》）。此后三年间，未见苏黄唱和。然士之相知，温不增华，寒不改叶，贯四时而不衰，历夷附带而益固，苏黄均为重道而得道者，乐在相知，重内而轻外，所谓"祸福得丧，付与造物"，自与常俗殊别。黄庭坚元丰四年（1081）作书苏辙，转达音问，中云"比得报伯氏（苏轼）书诗过辱，不遗绪言，见及敢问，不肖既全于拙矣。于事无亲疏，不了人之爱憎，人谓我疏愚非所恤，独不知于道得少分否"（《山谷全书·正集》卷十八）；又有《次元明韵寄子由》《再次韵寄子由》等诗，表达辞官归隐之意与思念苏轼之情，所谓"欲解铜章行问道"，"想见苏耽携手仙"，亦有对时局境遇的不平，所谓"麒麟坠地思千里，虎豹憎人上九天"。而苏轼亦系念着黄庭坚，且常引以为自豪。其元丰五年（1082）二月《答李昭玘书》云，轼"每念处世穷困，所向辄值墙谷，无一遂者。独于文人胜士，多获所欲，如黄庭坚鲁直、晁补之无咎、秦观太虚、张耒文潜之流，皆世未之知，而轼独先知之"，又云，"鲁直既丧妻，绝嗜好，蔬食饮水，此最勇决"，可见对庭坚的叹赏与深情关注。十二月又有《答李昭玘书》云："观足下新制及鲁直、无咎、明略等诸人唱和，于拙者便可搁笔，不复措词。"（上引均见《苏轼文集》卷五十五）

元丰六年（1083），黄庭坚致书苏轼，其云："自往至今，不承颜色，如怀古人。顷不作书，且置是事，即日不审何如？伏惟坐进此道，如听浮云之去来，客土不给，伏腊尚可堪忍否？夫忠信孝友，不言而四时并行，晏然无负于幽明。而至于草衣木食，此子桑所以歌不任其声，求贫我者而不得也。且闻燕坐东坡，心醉六经，滋味糟粕而见存乎其人者，颇立训传以俟后世，子云安得一见之！"（《山谷全书·正集》卷十八）其敬慕理解之心、勤恳体贴之情，固溢于字里行间，而不以谪居芥蒂，超然物外的旷达襟怀，又与苏轼随缘自适、安贫乐道的雅调何其相似！此书还谈了近读苏诗《初秋寄子由》（见《苏轼诗集》卷二十二）的体会，"昨传得寄子由诗，恭俭而不迫，忧思而不怨，可愿乎如南风报德之弦，读之使人凛然增手足之爱"，并附呈《食笋十韵》（见《山谷外集诗注》卷十二）诗一首与轼。

苏轼接庭坚书并诗，即有《和黄鲁直食笋次韵》：

饱食有残肉，饥食无余菜。纷然生喜怒，似被狙公卖。
尔来谁独觉？凛凛白下宰。一饭在家僧，至乐甘不坏。
多生味蠹简，食笋乃余债。萧然映樽俎，未肯杂菘芥。
君看霜雪姿，童稚已耿介。胡为遭暴横，三嗅不忍嘬。
朝来忽解箨，势迫风雷噫。尚可饷三闾，饭筒缠五采。

（《苏轼诗集》卷二十二）

黄氏原作首写洛下笋为美味而价昂，太和则遍地皆是，不为人重，"茧栗戴地翻，觳觫触墙坏，戢戢入中厨，如偿食竹债"；次写烹制而食然不合小儿口味，"小儿哇不美，鼠壤有余嚼"；最后"尚想高将军，五溪无人采"，则用唐代高力士谪黔州《咏荠》诗"两京作斤卖，五溪无人采。夷夏虽有殊，气味都不改"，收束全篇并揭示题旨。全诗明赋食笋，暗寓身世；含蓄委婉，意蕴丰厚，其中笋之崛强性格、遭烹命运、摈弃境遇，均于诗人相似。时旁州士大夫多有和诗，但"要自不满人意"（黄庭坚《上苏子瞻书》）。唯有"燕坐东坡，心醉六经"的苏轼一望而知其意，故和作开头部分即有"似被狙公卖"与"尔来谁独觉，凛凛白下宰"之语，"一饭"四句则将读书与食笋巧妙的联系起来，写谪居之乐，甚是得道语，极见胸襟，亦极风趣；"萧然"六句写对竹笋的珍惜与喜爱，其中暗用《语林》孙休射雉故事中"虽为小物，耿介过人"之意以赞笋；结尾融化《续齐谐记》《荆楚岁时记》中有关屈原的传说与风俗，屈原曾为三闾大夫，五月五日投汨罗江，楚人哀之，每年此日以竹筒盛米投水祭之，是日人们又以五色线系臂避邪避病，称长命缕。作者以屈原自寓，既体现了失意曹贬的境况，又传达了食笋与珍重的意思，同时还照应了黄诗潜含的"气味都不改"之意。纪昀谓此诗"不粘不脱，信手无痕，而玲珑四照"，可谓善识。由和诗可窥苏黄心神相契的程度。

元丰七年（1084）正月，诏下苏轼量移汝州，四月初离黄州，十月于扬州上《乞常州居住表》，次年正月于泗州再上《乞常州居住表》，二月恩准。是时，黄庭坚监德州德平镇，得知这一消息，写了《次韵清虚喜子瞻得常州》诗：

喜色侵淫动缙绅，俞音下报谪仙人。
惊回汝水间关梦，乞与江天自在春。
罨画初游冰欲泮，浣花何处月还新。
凉州不是人间曲，仁见君王按玉宸。

（《山谷别集诗注》卷上）

作者由时局的变化及朝廷的准乞，预料到苏轼艰难的谪居生活即将结束，从而为友人境遇变好感到由衷高兴。

时隔不久，黄庭坚即于元丰八年（1085）四月以秘书省校书郎召还朝中，季夏离德平，秋初至京师，而苏轼亦于是年六月闻命复朝奉郎起知登州，十月十五到任，仅五日，又以礼部郎中召还，十二月抵京都（至京时间《苏诗总案》卷二十六有辩）。从此苏黄友谊进入了新的高潮。

四、苏黄友谊的高峰：京师初晤与翱翔馆阁[①]

苏轼与黄庭坚这两位宋代文苑巨子的友谊，始自宋神宗熙宁五年（1072），时苏轼在湖州太守孙觉处见到黄庭坚诗文后叹赏称誉，熙宁十年（1077）在济南李常处又对黄氏诗文再次推许褒扬。元丰元年（1078）春末夏初，苏轼接到黄庭坚投寄的书信与赠诗，并于秋初作答，二人定交。此后，他们诗文唱和，翰墨往还，但直到元丰八年（1085）尚未见面。

苏轼与黄庭坚于元丰八年秋初冬末先后相继入京，然是年尚未面晤。至元祐元年（1086）初，这对相知相慕、朝思暮想、心神两契的诗星至友，终于盼到了展晤之期。关于苏黄初晤的准确时间，稽查诸书，均无确载，苏黄集中亦未明示。检《苏轼文集》卷十九有《鲁直所惠洮河石砚铭》，其云：

> 洗之砺，发金铁。琢而泓，坚密泽。
> 郡洮岷，至中国。弃矛剑，参笔墨。
> 岁丙寅，斗东北。归予者，黄鲁直。

铭文写石砚的打制、质地、产区、用途以及赠者、时间。其中"岁丙寅，

[①] 原文发表于《齐鲁学刊》1995年第4期。

斗东北"二句乃记赠砚年月。"丙寅"即哲宗元祐元年，无须赘言。"斗东北"则为时月。古人以北斗星方向的转换代指季节。《鹖冠子·环流》云："斗柄东指，天下皆春；斗柄南指，天下皆夏；斗柄西指，天下皆秋；斗柄北指，天下皆冬。""斗东北"（一作"斗南北"，是则非夏即冬，无确指性，疑为后人臆改，俟考）则言斗柄由北向东渐转之象，此正是冬末春初态势。由此可知黄庭坚赠砚苏轼乃在元祐元年初春季节。苏轼另有《题憩寂图诗并鲁直跋》云："元祐元年正月十二日，苏子瞻、李伯时为柳仲远作《松石图》……此一卷公案，不可不令鲁直下一句。或言：子瞻不当目伯时为前身画师，流俗人不领，便是诗病。伯时一丘一壑，不减古人，谁当作此痴计。子瞻此语是真相知。鲁直书。"（《苏轼文集》卷六十八）是日众人作画题诗，而庭坚身与其间，议论并题书，则至晚此日已拜晤苏公，抑或即此日赠砚。又考山谷晚年《跋子瞻木诗》谓"及元祐中，乃拜子瞻于都下"①；《题东坡像》又云"元祐之初吾见东坡于银台之东"（《山谷别集》卷十），可知苏黄始晤于元祐元年春初，此正与苏铭所记相合。《苏诗总案》将"黄庭坚始拜公都下"系于元祐元年正月条下，虽未言依据，而大体不差。顺便指出，古柏《苏东坡年谱》云正月"八日黄庭坚拜于东坡门下为学生"乃由《总案》删节推衍而来，恐非确实，难以为据。综上资料可以推知黄庭坚于元祐元年春初首次拜晤苏轼，并赠之以洮河石砚，终于实现了十数年来的夙愿。苏轼自熙宁五年（1072）于孙觉处闻知黄庭坚，至此首尾十五载始得相见，而黄庭坚从元丰元年（1078）投书苏轼，于今九度春秋，方得拜晤。从此，苏黄步入了终生最为快意的一段翰墨友谊生活。

苏轼自黄州贬所起知登州，"到州五日而召以省郎，到省半月而擢为右史"（《辞免中书舍人状》，《苏轼文集》卷二十三），元祐元年（1086）三月迁中书舍人，八月除翰林学士知制诰，直迁内制，视草西垣，至元

---

① 《山谷题跋》卷二，丛书集成初编本，下引此本不另注。

祐四年（1089）三月十六日除龙图阁学士，知杭州，于四月下旬离京赴任，前后在朝不足三年半，这是苏轼入仕以来最为显达的时期。而黄庭坚自元丰八年（1085）秋初至京任校书郎，直止元祐六年（1091）夏末丁母忧扶柩归里居丧，立朝六载，官至起居舍人、著作佐郎，亦是仕宦鼎盛期。苏、黄在京供职相处三年有余，政暇雅集，讲道论艺，酬唱赠答，切磋诗文，鉴书赏画，大畅平生师友之情。据今传苏、黄诗注不完全统计，其间唱和几达百篇之多，全都情调高雅，意味隽永，情趣相似，且主题意外地集中、统一，几乎全是围绕友谊和林泉志趣。如元祐元年春，庭坚作《有惠江南帐中香者戏答六言二首》，苏轼有《和黄鲁直烧香二首》，又有《再和二首》《有闻帐中香以为熬蝎者戏用前韵二首》。赠香、烧香本琐事、细事，乃至庸事，何为唱和再三不止？玩绎诸篇，则见多以佛典禅宗珠发妙语，传达出世之思，既含机锋，又富谐趣，正如黄诗所言"九衢尘里偷闲""深禅相对同参"，表现出心神两契的非凡友谊。又如苏轼作《送杨孟容》，且"自谓效黄鲁直体"，而山谷有次韵《子瞻诗句妙一世乃云效庭坚体盖退之戏效孟郊樊宗师之比以文滑稽耳恐后生不解故次韵道之子瞻送杨孟容诗云我家峨眉阴与子同一邦即此韵》表示逊谢；黄有《双井茶送子瞻》，苏作《次韵为谢》；苏为《书晁补之所藏与可画竹三首》，黄皆次其韵……苏黄唱和，既交流了情感，实现了心灵的勾通，增进了友谊，同时又开始倡导一种新文风，故有"元祐文章，世称苏黄"（胡仔《苕溪渔隐丛话》前集卷四十九）之说。

元祐元年十一月，苏轼上《试馆职策问》，"御笔点用"（《苏轼文集》卷二十七《辩试馆职策问札子》），是月二十九日主持学士院考试，黄庭坚、张耒、晁补之等并擢馆职。次年正月，庭坚除著作佑佐郎。至夏秋间，苏轼、黄庭坚等人英集王诜西园，李伯时图而画之，东坡"乌帽黄道服，提笔而书"，山谷"团巾茧衣，手秉蕉箑而熟视"，补之"披巾青服，扶肩而立"，米元章称"自有林下风味，无一点尘埃气"（《西园雅集图记》）。至冬，上《举黄庭坚自代状》云："蒙恩除臣翰林学士，伏见某官黄某，孝友之行追配古人，瑰玮之文妙绝当世，举以自代，实允公议。"（《苏轼文集》卷二十四），举状对黄氏的品德与文学给予高度评价，其对黄庭坚的推举已是无以复加，至成赵挺之弹劾苏轼的口实。

　　元祐三年正月，苏轼领贡举事，辟黄庭坚等人为参详官（《山谷题跋》卷八《题太学试院》），同锁试院，考试进士。据苏轼《书试院中诗》云，"三月初，考校既毕，待诸厅参会，主数往诣伯时"，同观李伯时画马并赋试，而"黄鲁直诗先成，遂得之"（《苏轼文集》卷六十八），黄诗《观伯时画马礼部试院作》尾云"眼明见此玉花骢，径思著鞭随诗翁，城西野桃寻小红"，不仅含有赞赏李画、追随东坡之意，而且坦露了向往自然之怀。苏轼《次韵黄鲁直画马试院中作》中有"十年髀肉磨欲透，那更陪君作诗瘦，不如芋魁归饭豆"，谦谢之余，亦纳归隐雅意。榜出，李廌落第，苏轼有《余与李廌方叔相知久矣，领贡举事，而李不得第，愧甚，作诗送之》，庭坚作《次韵子瞻送李廌》；三月十四日，苏黄等人同游金明池，黄庭坚有《次韵宋茂宗懋宗三月十四日到西池都人盛观翰林公》诗，苏轼作《和宋肇游西池次韵》篇；夏间，东坡叔丈王宣义致书求红带，轼"既以遗之，且作诗为戏，请黄鲁直、秦少游各为赋一首"；秋末，苏轼作《送钱穆父出守越州绝句二首》，谓"我恨今犹在泥滓，劝君莫棹酒船回"；庭坚《次韵子瞻送穆父二绝》，亦有"谪官犹得住蓬莱"之句；冬季，庭坚作《嘲小德》言子相之可爱，苏轼有《次韵黄鲁直嘲小德》，又于题中注云"小德，鲁直子，其母微，故其诗云'解著潜夫论，不妨无外家'"，且以"名驹已汗血，老蚌空泥沙"叹赏，悦同山谷。暮冬，庭坚有《拟省题岁寒知松柏》诗咏松自寓，"心藏后雕节，岁有大寒知"，苏作《和黄鲁直效进士》亦云"炎凉徒自变，茂悦两相知"，神契可见。

　　是年三月，苏轼因台谏攻击不已，接连上札以疾乞郡，不许，又上《乞罢学士除闲慢差遣札子》云，"顷自登州召还，至备员中书舍人以前，初无人言，只从参议役法，及蒙擢为学士后，便为朱光庭、王严叟、贾易、韩川、赵挺之等攻击不已，以致罗织语言，巧加酝酿，谓之诽谤"，"盖缘臣赋性刚拙，议论不随，而宠禄过分，地势侵迫"，"臣只欲坚乞一郡，……得归丘壑，以养余年，其甘如荠。今既未许请郡，……乞解罢学士，除臣一京师闲慢差遣……庶免众人侧目，可以少安"（《苏轼文集》卷二十八），札上不许，而宠遇益厚。九、十月间，群小交攻不已，谗谤日至，故又连札请郡，其十月十七日《乞郡札子》云："御史赵挺之，在元丰末通判德州，而著作黄庭坚方监本州德安镇。挺之希合提举官杨景棻，意欲于本镇行市易法，而庭坚以镇小民贫，不堪诛求，若行市易必致星散，公文往来，士人传笑。其后挺之以大臣荐，召试馆职，臣实对众言，挺之聚敛小人，学行无取，岂堪此选！……以此，挺之疾臣，尤出死力。"贴黄又云："臣所举自代人黄庭坚……皆诬以过恶，了无事实。"（见《苏轼文集》卷二十九）札中点明了台谏交攻的根由，亦谈及黄庭坚由此而受到攻击和株连。

元祐四年春，黄庭坚过访苏轼，苏轼得黄庭坚承宴墨半挺，至三月四日苏轼书《记夺鲁直墨》云："黄鲁直学吾书，辄以书名于时，好事者争以精纸妙墨求之，常携古锦囊，满中皆是物也。一日见过，探之，得承宴墨半挺。鲁直甚惜之，曰：'群儿贱家鸡，嗜野鹜'，遂夺之，此墨是也。"（《苏轼文集》卷七十）山谷之言正叹苏轼不同流俗。三月十六日，苏轼除龙图阁学士知杭州，至四月离京时往别文彦博，文氏嘱其"至杭少作诗，恐为不相喜者诬谤"（《总案》引《明道杂志》）。自此，苏黄结束了终生难忘的京师欢聚，唱和迭入波谷。任渊谓："山谷在京师多与东坡唱和，四年夏，东坡出知杭州，遂无诗伴，而山谷常苦眩冒，多在史局，又多侍母夫人医药，至六年六月遂丁家艰，故此数年之间作诗绝少。"（《〈山谷诗集注〉目录》）

元祐六年三月，苏轼被召入朝任翰林学士知制诰，五月底抵京，继遭洛党攻击，八月出知颍州，次年二月改知扬州，八月又以兵部尚书召还，旋迁端明殿学士兼翰林侍读守礼部尚书。元祐八年九月，哲宗亲政后，苏轼出知定州，永别京城。此间，黄庭坚于元祐六年三月因完成《神宗实录》而迁起居舍人，六月丁母忧扶柩归里，与苏轼失之交臂，其后居丧在家，至元祐八年七月除编修官，九月服除，知政局有变，故上章辞免。总之，元祐后期，苏黄直接的接触极少。

五、苏黄友谊的深化：彭蠡诀别与挽歌湖海

哲宗绍圣元年（1094），党争加剧，苏轼于去年因受洛党攻击而出知定州，今年闰四月又以所谓"讥斥先朝"罪，落职追官，贬谪英州，"火急治装，星夜就道"（《苏轼文集》卷三十七《赴英州乞舟行状》）。未至任所，六月再贬惠州，又责授宁远军节度副使惠州安置，不得签书公事，十月初抵惠州。是岁，黄庭坚继去年辞免编修官居家待命，夏初始除知宣州，未抵任，旋改鄂州，尚未到官，台谏指责所修《神宗实录》"多诬"，史祸发生，朝廷于六月命"新知鄂州黄庭坚管勾亳州明道宫"，且令赴京畿勘问，十一月至陈留。苏轼舟赴惠州，而黄庭坚离家就任，二人七月中旬相遇彭蠡，"相会三日"（黄庭坚《与佛印书》），故后来山谷《题东坡像》云："绍圣之元，吾见东坡与彭蠡之上。"（《山谷别集》卷十）其间，苏轼为庭坚作《黄鲁直铜雀砚铭》（见《苏轼文集》卷十九），据黄𥫃《黄山谷年谱》言，苏轼"亲笔刻砚上"，且有款识"绍圣元年七月十三东坡居士书"。次年，苏轼《与黄鲁直书》有"承中途相见，尊候甚安"语，即指此事。苏黄此次接晤彭蠡，遂成诀别，这是两位文坛巨子所始料未及的，加之政局多变，行色匆匆，苏、黄集中竟无唱和踪迹。

苏、黄离别彭蠡，各奔南北。苏轼十月初抵惠州贬所，至绍圣四年（1097）四月再贬海南，责授琼州别驾昌化军（今海南岛）安置，不得签书公事。六月渡海，三年后方得内迁。而黄庭坚十一月抵京畿陈留，勘问结束，以"诬毁"先朝罪于十二月责授涪州别驾，黔州安置，次年四月至黔；元符元年又移戎州安置，苏轼内迁时，庭坚亦复宣德郎，监鄂州在城盐税。这一时期，苏黄贬居两地，间隔千里，而相互萦怀，或书信往来，

或题跋字画，或追和旧作，友情似海，称颂不已，斑斑见诸集中。

绍圣二年（1095）正月，徐彦和持黄庭坚永思堂所跋《远近景图》《北齐校书图》《右军斫桧图》三画谒见苏轼，轼再跋之，发明山谷之意。四月，苏轼作《桄榔杖寄张文潜》诗，题云"时初闻黄鲁直迁黔南"，中有"身随残梦两茫茫""遥知鲁国真男子，独忆平生盛孝章"句，表示对文潜、鲁直的称叹和怀念。其《答张文潜》书又说，闻"鲁直远贬，为之凄然"。山谷赴黔途中传书苏轼，十二月，东坡作答：

> 方惠州遣人致所惠书，承中途相见，尊候甚安。即日想已达黔中，不审起居何如？风土何似？或云大率似长沙，审尔，亦不甚恶也。惠州已久安之矣。度黔，亦无不可处之道也。闻行囊无一钱，途中颇有知义者，能相济否？某虽未至此，然亦近之矣。水到渠成，不须预虑。……隔绝，书问难继，惟倍祝保爱。不宣。（《苏轼文集》卷五十二）

其惦记、体贴、关心、安慰与勉励之深情，溢于言表。绍圣三年（1096），苏轼侄婿王庠欲问学山谷，遣人求东坡作荐书，苏轼"嘉其有奇志，故为作书"，信中陈述了作书缘由。且言王郎"文行皆超然，笔力有余，出语不凡，可收为吾党也"，又云其"有致穷之具，而与不肖为亲，又欲往求。黄鲁直，其穷殆未易量也"（《苏轼文集》卷五十二），推引同道，尤见神契。苏轼有《跋山谷草书》（见《苏轼文集》卷六十九）记昙秀持山谷草书一轴来见，而东坡作跋称之。是年，黄庭坚亦有《跋秦氏所置法帖》，中云"东坡居士出于眉山。震辉中州，蔚为翰墨之冠"（《山谷题跋》卷一），推重钦佩，可见一斑。

元符元年（1098），已是苏轼谪居海南的第二年。是岁重九，黄庭坚在戎州与诸人游无等院，观甘泉绕井，"见东坡老人题字，低回其下，久之不能去"（《黄山谷年谱》卷三十七），想到生活在天涯海角的老人，担心、记挂、思念、不平、愤懑等复杂的情绪交织一起,心情无比沉重。次年,黄庭坚在戎州发现了多年前苏轼写给叔丈王庆源的一封信,尚未为人珍视,山谷异常痛惜,故题其后云:"东坡道人书尺,字字可珍,委顿人家蛛丝煤尾败箧中,数十年后,当有并金悬购者。"(《山谷题跋》卷七《题子瞻与王宣义书后》)

元符三年(1100)正月,哲宗去世,徽宗即位,太后向氏听政,旧党遭受迫害的局面稍有改观。苏轼五月内迁移廉州安置,黄庭坚复宣义郎,监鄂州盐税。时苏轼《答秦观书》谓"鲁直云,宣义监鄂酒",知山谷曾作书东坡。黄庭坚于秋季在青神作有《和东坡送仲天贶王元直六言韵》,其自序云"王元直惠示东坡先生与景文老将唱和六言十篇,感今怀昔,似闻东坡已渡瘴海",显见怀念之情。

建中靖国元年(1101)皇太后去世,徽宗亲政并改元。苏轼于去年十一月得旨复"朝奉郎,提举成都府玉局观,在外州军任便居住"(见《谢表》),而黄庭坚亦离戎东归。是岁正月,庭坚有《书王周彦东坡贴》云:

东坡云"大字难于结密而无间,小字难于宽绰而有余",此确论也。余尝申之曰:结密而无间,《瘗鹤铭》近之;宽绰而有余,《兰亭》近之;若以篆文说之,大字如李斯绎山碑,小字如先秦古器科斗文字。东坡先生道义文章,名满天下,所谓青天白日,奴隶亦知其清明者也。心悦而诚服者,岂但中分鲁国哉!士之不游苏氏之门,与尝升其堂而畔之者,非愚则傲也。……建中靖国元年正月乙酉书。(《山谷题跋》卷九)

可见其对东坡先生的钦服、崇敬。四月间,山谷至荆州,在承天寺观阅东坡和陶诗卷,"叹息弥日,作小诗题其后"(山谷自序):

东坡谪岭南,时宰欲杀之。

饱吃惠州饭，细和渊明诗。

彭泽千载人，东坡百世士。

出处虽不同，风味乃相似。

（《跋子瞻和陶诗》，《诗注》卷十七）

诗中饱含义愤不平、理解同情和对品格情操的高度赞扬。五月间，黄庭坚与王霖等人同观苏轼墨宝于沙市舟中，作《题东坡字后》云"东坡居士极不惜书，然不可乞，有乞书者，正色诘责之，或终不与一字"，并回忆"元祐中锁试礼部，每来见过，案上纸不择精粗，书遍乃已"，且谓"东坡简札，字形温润，无一点俗气"（《山谷题跋》卷五）。至七夕，黄庭坚在荆州"次东坡七夕韵"作《鹊桥仙》，起句云"八年不见"（自彭蠡分别至是首尾八年），结尾又谓"百钱端欲问君平，早晚具、归田小舫"。又有《病起荆州亭即事十首》，其七专为东坡而发：

文章韩杜无遗恨，草诏陆贽倾诸公。

玉堂端要真学士，须得儋州秃鬓翁。

作者哪里料想得到，其诗成不久，苏轼于七月二十八日仙逝。黄庭坚失却了这位终生钦服的良师益友，心中无限悲痛，悬像室中，奉之终身。邵博《邵氏闻见后录》（刘德权、李剑雄点校本，中华书局1983年版）载："赵肯堂亲见晚年悬东坡相于室中，每早作衣冠，荐香肃揖甚敬。或以同时声名相上下为问，则离席惊避曰：'庭坚望东坡门，弟子耳，安敢失其叙哉！'"

苏轼人归道山之后，黄庭坚用笔表达着沉痛的哀思和深切的怀念，同时也竭尽全力发扬光大苏轼的文化思想，仅崇宁元年（1102）中，此类文字就达二十余篇。是年初夏，其在给友人的信中说："去年失秦少游，又失东坡公，今年又失陈履常，余意文星已宵坠矣！"（《山谷别集》卷二十《简杂》)且言"至太平且遣人往祭之"(指苏轼)。五月,在赴任太平途中,经江州湖口时,李正臣持苏轼去年四月所作次韵《壶中九华诗》来见,山谷见诗怀人,感慨万端。苏轼所喜欢的"异石九峰"已为人取走,"石既不可复见,东坡亦下世矣!感叹不足,因次前韵",诗有"能回赵璧人安在?已入南柯梦不通"之句,笔重情深,催人泪下。六月中旬,在太平看到苏轼所画墨竹,睹画怀人,遂作《书东坡画郭功父壁上墨竹》诗:"郭家鬓屏见生竹,惜哉不见人如玉。凌厉中原草木春,岁晚一棋终玉局。巨鳌首戴蓬莱山,今在琼房第几间?"庭坚至太平领州事,九日而罢,"即日解船至江口",于江州紫极宫见苏轼元丰七年所和李白诗,遂《次苏子瞻和李太白浔阳紫极宫感秋诗韵追怀太白子瞻》,云"不见两谪仙,长怀倚修竹","往者如可作,抱被来同宿"。九月抵鄂州(今湖北武汉),遂流寓此地,写了《追和东坡题李亮功归来图》称扬子瞻古雅之风,又有《武昌松风阁》诗悼念"东坡道人已沉泉"。

是年暮秋,张耒以房州别驾黄州安置来到苏轼曾经谪居的黄州,这里与武昌隔江相对,庭坚与张耒多相过从,旧友重逢,感叹今昔,唱和诗篇,山谷写了《次韵文潜》《和文潜舟中所题》《次韵文潜立春日三绝句》等:"年来鬼祟覆三豪,词林根柢颇摇荡。天生大材竟何用?只与千古拜图像","经行东坡眠食地,拂试宝墨生楚怆";"信矣江山美,怀哉谴逐魂";"眇然今日望欧梅,已发黄州首更回","传得黄州新句法,老夫端欲把降幡"。其对故人的怀念深情溢于字里行间。

次年,黄庭坚在鄂州写了《梦中和觞字韵》诗,其序云:"崇宁二年正月己丑梦东坡先生于寒溪西山之间,予诵《寄元明觞字韵》诗数篇,东坡笑曰:'公诗更进于曩时。'因和予一篇,语意清奇。予击节称叹,东坡亦自喜。于九曲岭道中连诵数过,遂得之。"其因思成梦,而梦中犹在论道赋诗,神契之笃可见。是年十一月,黄庭坚被除名羁管宜州,岁末自鄂州赴贬所,次年春经衡州,于花光寺见苏轼、秦观诗卷,作诗悼友,题云"花光仲仁出苏、秦诗卷,思二国士不可复见,开卷绝叹,因花光为我作梅数枝及画烟外远山,追少游韵记卷未",诗谓:"长眠桔洲风雨寒,今日梅开向谁好?何况东坡成古丘,不复龙蛇看挥扫","叹息斯人不可见,喜我未学霜前草"。

崇宁四年(1105)是黄庭坚人生旅途中的最后一年,五月间《题东坡小字两轴卷尾》云:"此一卷多东坡平时得意语,又是醉困已过后书,用李北海、徐季海法,虽有笔不到处,亦韵胜也。轩辕弥明不解世俗书而无一字,东坡先生不解世俗书而翰墨满世,此两贤,隐见虽不同,要是魁伟非常人也。王右军书妙天下,而庾稚初不信,况单见浅闻又未尝承其言论风旨者乎!刺讥嗤点盖其所也。崇宁四年五月丙午观于宜州南楼。"(《山谷题跋》卷五)九月三十日,黄庭坚阖然长逝。但苏黄友谊并未就此终结,而是继续影响着一代乃至数代优秀正直的文人学子,在中国古代文化史上产生着不容低估的积极影响。

苏黄一为天赋型全才,一为勤苦型通才,二人均博学多识,思力果锐,于诗文词赋、书画哲思都堪称名家巨匠,他们本身就具备着很强的影响力,其友谊又使这种影响力大为扩张,从而自然地形成了以苏黄为中心的强劲凝聚力和推动力,促进着宋代文化的发展,给宋代文化带来了繁荣与生机。明代宋濂曾谓"元祐之间,苏黄挺出,虽曰共师李、杜,而竟以己意相高,而诸作又废矣。自此以后,诗人迭后,或波澜富而句律疏,或锻炼精而性情远,大抵不出于二家,观于苏门四学士及江西宗派诸诗,盖可见矣!"(《宋学士文集》卷二十八《答张秀才论诗书》)正从一个角度指出了苏黄友谊对宋诗发展产生的影响。

第三节　黄庭坚宗族世系新考[①]

宗谱研究在当代已成为文化研究的重要方面而愈来愈受到学界的关

---

① 本节原文发表于《中华文史论丛》(第五十六辑),上海古籍出版社1998年版。

注和重视。研究黄庭坚，倘若忽略其家族的影响，则显然是一件令人感到十分遗憾的事。黄庭坚作为有宋一代的文化巨子之一，诗词文赋及书法绘画均造诣精深，卓然名家，向与苏轼并称。对于这样一位通才艺术家的宗族世系，不会不引起学人的关注。然而，自古迄今，对黄氏世系众说纷纭，莫衷一是。其间讹误杂出，真伪并存。台湾学者刘维崇先生曾作《黄庭坚的家世考》[①]、四川大学周裕锴亦有《黄庭坚家世考》[②]，都对黄氏家世做了有益的探究。这里，笔者并不打算进行宗谱文化研究，但准确地了解、掌握和清晰黄氏宗系，澄清有关的疑窦和讹误，以推动黄庭坚研究的深入及宋代文化研究的开展，则是十分必要的。诸如，现在流行的黄庭坚宗族世系的说法是否正确？分宁黄氏始祖究竟为谁？黄庭坚实属分宁黄氏第几代？黄玘究系何人？其与黄赡[③]是怎样的关系？有学人以为，分宁黄氏始祖为黄赡，"黄赡当为五世祖"[④]，黄庭坚为分宁第六代；也有人认为，黄玘为黄氏五世祖[⑤]，他是黄赡的儿子。这些说法虽然均持之有据，但同时又存在着很多难以圆通的矛盾，故很有必要对黄氏宗系再做考察梳理和订正。

一、北宋欧阳修与黄庭坚的文字记述

一代宗师欧阳修曾谓"黄氏世为江南大族"[⑥]，黄庭坚亦称，"凡分宁仕家，学问之原，盖皆出于黄氏"[⑦]。今见较早的黄氏家世记载，是族人黄

[①] 《省立护专学报》第1期，1966年10月出版。
[②] 《中华文史论丛》（第四辑），上海古籍出版社1986年版。
[③] 黄赡，一作"黄瞻"，"赡"繁体与"瞻"形近，易于混淆，或刻字、拣字疏误，抑或"赡"字部首"贝"脱落笔画致误，故有讹传，二说并存。清同治戊辰（1868）岁重镌明嘉靖年间江西缉香堂刻本《山谷全书·正集》卷二十四《叔父和叔墓碣》、卷首一所附《黄文节公世系图》等，均作"赡"，据改。
[④] 《中华文史论丛》（第四辑）。
[⑤] 《黄庭坚的家世考》，《省立护专学报》第1期。
[⑥] 《黄梦升墓志铭》，《欧阳修全集·居士集》卷二十八，中国书店1986年版。
[⑦] 《叔父给事行状》，《山谷别集》卷八。

注（字梦升，997—1039）[1]写给远房别支族侄黄晦甫的一封叙论宗谱的书信（以下简称"注《书》"），中云：

> 注在江陵与吾侄相见，未得叙宗派，今日之会，幸露底里。始吾高祖本东阳人，与吾侄五代祖实亲昆仲也。唐季畔涣，思避兵难，乃携持书室，来分宁卜遗种之地。伯仲非不睦也，终以占田稍艰，势阻饥，遂一族贾于长沙。时移世变，宗盟遂寒。

此书全文见存《山谷别集》卷十《跋七叔祖主簿与族伯侍御书》中，庭坚跋曰："此书乃七叔祖作南阳主簿时，族伯父晦甫侍御叙宗盟书也。叔祖梦升是时年四十，文章妙一世，欧阳永叔爱叹其才，称之不容口。不幸明年遂捐馆舍于南阳耳。"黄注卒于宋仁宗宝元二年（1039），享年四十二岁（见欧阳修《黄梦升墓志铭》），《跋》谓作书"时年四十"，合而推知，论宗书作于辞世前两年，即仁宗景祐四年（1037）。梦升论宗书于黄氏家世的叙述，值得珍视的主要有三点。其一，祖籍为"东阳"。东阳为三国时期吴天宝元年（266）分会稽郡而建置，治所在长山（今浙江金华市），至南朝陈天嘉三年（562）改名金华，隋大业及唐天宝时又曾改婺州为东阳郡。故知东阳、金华、婺州实为一地。其二，"高祖"于唐季携室徙居分宁。"高祖"之称，在古代有实指与虚指之分，实则指祖父的祖父，虚则指始祖，远祖，无确指性。实指称谓序列一般为：高祖、曾祖、祖、父、子，此处言其"高祖"与晦甫"五代祖实亲昆仲"，则取始来分宁之祖意，非实指。其三，黄注"高祖"（实为曾祖）与晦甫五代祖为亲兄弟，则分宁、长沙两支而同宗。《跋》语则清楚地表达了庭坚与梦升、晦甫的辈分关系。如果将黄庭坚视为最低一辈的话，那么由注《书》和《跋》语可推如下表：

---

[1] 欧阳修《黄梦升墓志铭》谓："梦升讳注，以宝元二年四月二十五日卒，享年四十有二。"宝元二年为公元1039年，逆推四十二年为太宗至道三年，即公元997年，是为黄注生年。

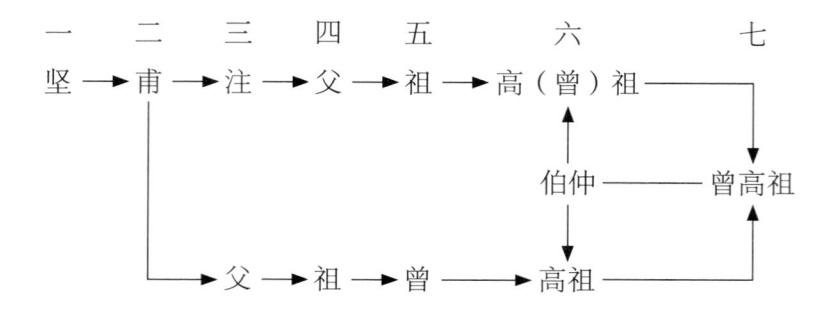

```
一      二     三     四    五    六         七
坚  →  甫  →  注  →  父 → 祖 → 高（曾）祖 ─────┐
                      ↑                          ↓
                     伯仲 ──────── 曾高祖
                      ↓                          ↑
                  父 → 祖 → 曾 → 高祖 ──────────┘
```

由表可知，黄氏徙居分宁至黄庭坚辈已是六世。可惜此书未能言明先人字讳名号。

除黄注论宗书外，较早描述黄氏家世的当数欧阳修撰写的《黄梦升墓志铭》（以下简称"欧《铭》"），文见《欧阳修全集·居士集》卷二十八，其开篇部分云：

> 予友黄君梦升，其先婺州金华人，后徙洪州之分宁。其曾祖讳元吉，祖讳某，父讳中雅，皆不仕。黄氏世为江南大族，自其祖父以来，乐以家赀赈乡里，多聚书以招四方之士。梦升兄弟皆好学，尤以文章意气自豪。予少家随州，梦升从其兄茂宗官于随。予为童子，立诸兄侧，见梦升年十七八，眉目明秀，善饮酒谈笑，予虽幼，心已独奇梦升。

这篇墓志铭作于梦升去世四年后的庆历三年（1043）。欧阳修与黄梦升既同年进士，又终生为友，故志行谊颇细。墓志既说明了黄氏的原籍与徙居分宁，也记述了其先人的名讳与家族的特点。据志文所示，其世系则为：梦升——父仲雅——祖某——曾祖元吉。较之黄注论宗书，除了原籍、徙居分宁、黄注为分宁四世相同之外，墓志文还提到了黄注其父与曾祖的名讳。由于志文并非石刻，且撰志者又非族人，所志家世乃据述而书，或有遗忘颠倒（对此，后文再做辩证），很难完全准确无误，故祖讳阙如，但其墓主世系年辈与父讳则毋容置疑。

二、南宋周必大与袁燮、黄铢的描述

注《书》、欧《铭》之外，便是黄庭坚亲自撰写的有关文字。其中尤以元祐八年（1093）五月为叔父黄廉（字夷仲）撰写的《叔父给事行状》（下称《行状》）、十二月为叔父黄育（字和叔）结撰的《和叔墓碣》（下称《墓碣》）以及崇宁三年（1104）正月写于衡阳的《赠益阳成之主簿》诗引（下称《诗引》）等最为集中，此将有关部分摘录如下：

> 黄氏本婺州金华人，公高祖讳赡，当李氏时来游江南，以策干中主，不能用，授著作佐郎知分宁县。解官去游湘中。久之，念藏器以待时，无兵革之忧，莫如分宁，遂以安舆奉二亲，来居分宁。公曾太父及光禄府君皆深沉有策谋而隐约田间，不求闻达。光禄聚书万卷，山中开两书堂，以教子孙，养四方游学者，常数十百。（《山谷别集》卷八）

> 黄氏自婺州来者讳赡，以策干江南李氏，不用，用为著作佐郎知分宁县。……其后吴楚政益衰，著作乃去官游湖湘间。久之，念山川深重，可以避世，无若分宁者，遂将家居焉。……著作生元吉，豪杰士也，买田聚书，长雄一县，始宅于修溪之上，而葬于马鞍山。马鞍君生中理，赠光禄卿，光禄始筑书馆于樱桃洞、芝台。两馆游士来学者，常数十百人，故诸子多以学问文章知名。黄氏于斯为盛，而葬于双井。光禄生茂宗，字昌裔，……登科授崇信军节度判官……崇信生育是为和叔。（《山谷全书·正集》卷三十二）

> 予之窜岭南，道出衡阳，见主簿君益阳黄成之，问宗派，乃同四世祖兄也。于是出嫂氏子妇，相见唱然。念高祖父之兄弟未远也，而

殊乡异井,六十岁然后相识,亦可悲也。益阳兄之叔父晦甫侍御,在家著孝友之誉,立朝有忠鲠之名。(《山谷别集》卷一)

显而易见,较之注《书》、欧《铭》,庭坚所叙尤以为详。《行状》不仅交代了黄氏原籍和徙居分宁的因由始末,而且明示了卜居分宁的始祖名讳及高祖赡、曾祖父、光禄府君、给事黄廉的承传关系。《墓碣》则进一步昭示了黄氏家族的谱系和历代的善迹行实、名讳官职、墓葬茔址,成为迄今见到的宋代较为详赡完整的黄氏家族谱系资料。①《诗引》虽不如《行状》《墓碣》系统详密,但同样明晰地记述了部分家世谱系关系,可与注《书》互参。另外,黄庭坚尚有《宋故南阳黄府君夫人温氏墓志铭》(见《山谷别集》卷九,下称《温志》)叙述了黄注一支的世谱,其曰"夫人太原温氏,南阳主簿梦升之配也……子男四人:齐、敦、庚、夑……孙男十人:公器,宣德郎知衡州常宁县……梦升讳注",可补欧《铭》之阙而全黄注一支谱系。

三、元明清时期的相关文献史料记载

黄庭坚之后,南宋周必大在嘉泰元年(1201)所撰《分宁县学山谷祀堂记》(下称《周记》)里描述黄氏家世说:"黄氏本金华人,先生六世祖瞻(赡)尝为邑宰,厥后奉亲卜居,没则就葬,历三世,家修水上,宦学有声,而先生出焉。此世家之可考者也。"②显然,此处所言是经过一番稽

---

① 《叔父给事行状》《叔父和叔墓碣》为黄庭坚亲撰,其自叙家世谱系必极恭慎准确,不致有误,故可信性最强,亦最富权威性。宋周必大《分宁县学山谷祠堂记》(见《周益国文忠公集·平园续稿》卷十九)、黄㽮《黄山谷年谱》(适园丛书第七集)卷首所附《文献通考·豫章先生传》及明周季凤《山谷先生别传》、《山谷全书》首卷一所附《宋史本传》(此与现行《宋史》卷四百四十四《文苑传》中的黄庭坚本传文字多有不同),均言黄赡为庭坚"六世祖",或由此而推定。《山谷全书》首卷一所附《黄文节公世系图》亦同此说。

② 《周益国文忠公集·省斋文稿》卷十九,清道光二十八年(1848)庐陵欧阳棨刊咸丰元年(1851)续刊本。

考方形诸文字的，虽未列依据和历代族人名讳，而大体明确清晰，其所本则可推知即黄庭坚所撰《行状》《墓碣》等。袁燮为黄荦撰《秘阁修撰黄公行状》（下称《荦状》）亦追述其家世云："其先婺州金华人，有仕江南者，以著作郎宰分宁。乐其土俗，因徙居焉。分宁之四世孙朝散大夫讳湜，以儒学奋……朝散之长子曰康州太守庶，有诗名，实生太史氏庭坚，朝散之次子，公之曾大父也，讳廉……官至朝散大夫给事中赠太师……大父讳叔敖……绍兴中为户部尚书……"（《洁斋集》卷十四，上海古籍出版社缩印四库全书本）此处"分宁"代指分宁县宰黄赡，至黄湜恰四世，黄庶、黄廉昆仲为五世，庭坚与叔敖从兄弟则是六世，所述与庭坚无异。

宁宗嘉定元年（1208），黄庭坚的裔孙黄铢重刊《豫章先生遗文》，书识于编末，云："铢龆龀时，先祖训之曰：'吾七世祖仕南唐为著作郎，知分宁县，因家焉。传三叶，有孙十人，登第者七名，旁皆从水，从是者第四左，朝散大夫位也，子四人，长从广从共，中庆历二年进士，经大理寺丞，盖太史之父也。次从广从兼，中嘉祐六年进士第，终给事中，太史之叔父也。族广而散，不可缕述，姑自兹列为二派，钩牵绳联，其名从木从火从土从金。'"（以下简称"铢识"）黄铢所言"先祖"无确指性，既无字讳，则祖父之上皆可称之，然训语叙述家世宗系却颇为清晰，对照庭坚所述，亦完全吻合无异。

嗣后，系统描述黄氏宗谱的尚有《山谷全书》首卷一所附黄庭坚《宋史本传》（下称《本传》）和黄子耕《黄山谷先生年谱》（《适园丛书》七集，明嘉靖刊本）卷首所附元代马端临撰写的《豫章先生传》（下称《马传》）。《本传》云："豫章黄庭坚字鲁直，其先婺之金华人，六世祖赡，以策干江南用为著作佐郎，知洪州分宁县。赡生元吉，元吉始卜筑修水上，葬两世于山中，遂占数焉。元吉生中理，赠光禄卿。中理生湜，赠朝散大夫。湜生庶，尝摄康州，赠中大夫，坚之考也。"《马传》曰："豫章先生讳庭坚，字鲁直，姓黄氏。其先婺之金华人。六世祖瞻（赡）以策干江南，用为著作佐郎，知洪州分宁县。瞻（赡）生玘，玘生元吉，元吉始卜筑修水上。葬两世于山中，遂占数焉。元吉生中理，赠光禄卿。中理生湜，赠朝散大夫。湜生庶，尝摄康州，赠中大夫，公之皇考也。"《本传》文字亦本于黄庭坚撰写的《行状》和《墓碣》，几乎没有新的变动，但《本传》第一次正面而系统地描述黄庭坚一系，是为可贵。应当指出，此传与现传世的《宋史》文字出入颇大，今本《宋史》无家世描述，抑或《宋史》原稿本，抑或收编者篡入，俟考。《马传》乃刊黄𪣻《黄山谷先生年谱》时自《文献通考》采录（查今本《通考》亦未有庭坚世系），其文字基本与《本传》仿佛，唯"赡生玘，玘生元吉"说，大异于前代，首次出现"黄玘"一代，疑其有所本，必非妄拟。然其既言赡为"六世祖"，则玘、元吉、中理、湜、庶，至庭坚已是七世矣，分明自相抵牾。考《行状》言赡"遂以安舆奉二亲来居分宁"，《墓碣》谓"著作（赡）生元吉……始宅于修溪之上"，由此而知黄赡父母亦随其一起来分宁，至元吉时又建宅修溪，故《周记》说："先生六世祖赡尝为邑宰，厥后奉亲卜居，没则就葬，历三世，家修水上。"由黄赡父母至元吉恰为三代。《本传》说"赡生元吉，元吉卜筑修水上，葬两世于山中，遂占数焉"，所"葬两世"无疑为其父赡与其祖父。黄赡父讳字号，遍查《山谷全书》，未见记载，疑"玘"乃黄赡父讳，《马传》失察疏忽，而将父子易位，至成罅漏。查《黄氏金字谱蝶》（锡类堂版）中世序为玘生赡，赡生元吉，而黄赡为庭坚六世祖，恰与黄庭坚所撰宗系吻合，则玘为赡父甚明，可正《马传》之误。

明代周季凤（字来轩）综合前代有关黄氏家世资料，撰成《山谷黄先生别传》（下称"别传"），其叙黄庭坚家世说：

山谷黄先生，宋洪州分宁县高城乡双井人也。六世祖赡，世家金华，以策干江南李氏，用为著作佐郎，知分宁县。念山川幽邃，可以避世，无如分宁，遂家焉。则生玘（原作"王己"，据别本改），玘生元吉，元吉生中理。尝筑书馆于樱桃、芝台洞，两馆游学士，常溢百人，故黄氏诸子，多以文学知名，称江南望族。中理生浞，浞生庶，并举进士。庶有诗名……尝摄康州，实生先生。（明嘉靖刊本《黄山谷年谱》卷首附）

此传除承袭《马传》"赡生玘，玘生元吉"的错误之外，其他皆无异于前代，唯对黄庭坚故里的名称，又详于诸家。

值得一提的还有《山谷全书》卷首所附《黄文节公世系图》，较为详明地图示了黄氏自赡而后的宗谱，据图知赡生元吉、元绩，别为两支，而元吉为长；元吉生中雅、中理，中理为次支；中雅生黄注等，中理生黄浞，浞生庶，庶有庭坚。是图未署作者，疑为全书编辑者采自他书，或有意始自黄赡，而不言其父黄玘。此图亦与黄庭坚所叙吻合。

四、历史论误订正与黄庭坚宗族世系表

根据以上介绍的诸种资料，我们可以列成简表，清晰黄氏家世宗系（表截止于庭坚一代而始于来分宁卜居者，无字讳则以称谓代之）：

黄庭坚宗族世系表

世序 字讳 出处	七	六	五	四	三	二	一	备注
注《书》		曾（高）祖 亲伯仲 高祖	祖 曾祖	父 祖	注 父	晦甫	庭坚	辅以庭坚跋语
欧《铭》		元吉	祖某	中雅	茂宗 注			叙次有误表后有辩
《温志》					注	齐	公器	

续表

世序 字讳 出处	七	六	五	四	三	二	一	备注
《行状》		赡	曾大夫	光禄	父	廉		
《墓碣》		赡	元吉	中理	茂宗	和叔		
《诗引》				四世祖	祖	晦甫	庭坚 成之	
《周记》		赡	高祖	曾祖	祖	父	庭坚	
《莘状》		赡				庶廉	庭坚	
《铢识》		赡				庶廉	叔敖 庭坚	
《本传》		赡	元吉	中理		庶	庭坚	
《马传》	玘	赡	元吉	中理		庶	庭坚	已驳正叙次
《别传》	玘	赡	元吉	中理		庶	庭坚	已驳正叙次
《系图》		赡	元绩 元吉	中雅 中理	注	庶	庭坚	只采摘有关部分
《谱牒》	玘	赡	元吉	中理		庶	庭坚	采摘有关部分

由上表并结合前面引述资料可知：一、黄氏自婺州金华来居分宁，至黄庭坚一辈已是七代，而非六世；二、黄赡为黄庭坚之六世祖，而非五世祖；三、黄氏分宁一支的始祖应该是黄玘，而非黄赡；四、黄玘为黄

赡之父，而非黄赡之子；五、欧《铭》中元吉应为黄注之祖父而非曾祖，撰者由于多种原因致使叙次颠倒；六、黄庭坚一支的宗系应为：玘——赡——元吉——中理——湜——庶——庭坚。

第十六章 中国散文的当代思考

第一节 人文思想与人类生存：苏轼《六一居士集叙》的人文内涵

人文思想密切关联和直接引导人类的生存与发展。在中国古代文化发展史上，最早深刻认识到这一根本问题的巨大意义，并具体生动、系统明确地形之于笔端、著述于文章且传之于后世者，当推宋代文化巨擘苏轼，而他的《六一居士集叙》最为经典。复旦大学资深教授王水照先生早在20世纪就曾指出，"苏轼是我国文化史上一位罕见的全才，是人类知识和才华发展到某方面极限的化身"；南宋孝宗皇帝赵昚则称赞苏轼的文章"力斡造化，元气淋漓，穷理尽性，贯通天人"。每读苏轼《六一居士集叙》，常深以为然，感叹王水照先生的"识人之深"与孝宗皇帝的"识文之切"。众所周知，中国古代先贤曾把"立德""立功""立言"，视为实现人生最大价值的三种境界。苏轼《六一居士集叙》就是着眼于"立言"蕴含的人文精神，落脚于体现"功"与"德"的社会效果，来安排表达和结构全篇内容，同时又以天地、大禹、孔子、孟子、韩愈、欧阳修为轴心，展开论述，深刻阐明儒家思想推动社会文明进步的重大作用，突出欧阳修在传承弘扬中华优秀传统文化方面的重大贡献，揭示了人文思想与人类生存的紧密联系，反映了苏轼对人文思想与文明发展的深刻思考与独到见解。

一、《六一居士集叙》与"体大而思精"

苏轼《六一居士集叙》堪称古代散文经典中的奇葩、名篇中的极品。这篇文章不仅人文内涵深刻丰富，有着极强的思想引导性，而且全文构思立意、布局谋篇、思想境界、艺术效果都令人叹为观止。明代著名散文评论大家唐顺之以"体大而思精，议论如走盘之珠，文之绝佳者也"称颂，确为的评。为论述方便，兹将全文抄录标点如下：

夫言有大而非夸，达者信之，众人疑焉。孔子曰"天之将丧斯文也，后死者不得与于斯文也"；孟子曰"禹抑洪水，孔子作《春秋》，而予距杨、墨"，盖以是配禹也。文章之得丧，何与于天？而禹之功与天地并，孔子、孟子以空言配之，不已夸乎？

自《春秋》作，而乱臣贼子惧；孟子之言行，而杨、墨之道废。天下以为是固然而不知其功。孟子既没，有申、商、韩非之学，违道而趋利，残民以厚主，其说至陋也，而士以是罔其上。上之人侥幸一切之功，靡然从之，而世无大人先生如孔子、孟子者推其本末、权其祸福之轻重，以救其惑，故其学遂行。秦以是丧天下，陵夷至于胜、广、刘、项之祸，死者十八九，天下萧然，洪水之患，盖不至此也。方秦之未得志也，使复有一孟子，则申、韩为空言，作于其心，害于其事；作于其事，害于其政者，必不至若是烈也。使杨、墨得志于天下，其祸岂减于申、韩哉！由是言之，虽以孟子配禹可也。

太史公曰"盖公言黄、老，贾谊、晁错明申、韩"，错不足道也，而谊亦为之！予以是知邪说之移人，虽豪杰之士，有不免者，况众人乎？

自汉以来，道术不出于孔氏，而乱天下者多矣。晋以老庄亡，梁以佛亡，莫或正之。五百余年而后得韩愈，学者以愈配孟子，盖庶几焉。愈之后二百有余年，而后得欧阳子。其学推韩愈、孟子以达于孔氏，著礼乐仁义之实，以合于大道，其言简而明、信而通，引物连类，折之于至理，以服人心，故天下翕然师尊之。自欧阳子之存，世之不说者，哗而攻之，能折困其身，而不能屈其言，士无贤不肖，不谋而同曰："欧阳子，今之韩愈也。"

宋兴七十余年，民不知兵，富而教之，至天圣、景祐极矣，而斯文终有愧于古，士亦因陋守旧，论卑气弱。自欧阳子出，天下争自濯磨，以通经学古为高，以救时行道为贤，以犯颜纳谏为忠，长育成就，至嘉祐末，号称多士，欧阳子之功为多。呜呼！此岂人力也哉？非天，其孰能使之！

欧阳子没，十有余年，士始为新学，以佛老之似，乱周孔之真，识者忧之。赖天子明圣，诏修取士法，风厉学者专治孔氏，黜异端然后风俗一变。考论师友渊源所自，复知诵习欧阳子之书。予得其诗文七百六十六篇于其子棐，乃次而论之曰："欧阳子论大道似韩愈，论事似陆贽，记事似司马迁，诗赋似李白。此非余言也，天下之言也。"欧阳子讳修，字永叔。既老，自谓六一居士云。元祐六年六月十五日叙。

《六一居士集叙》全文由三部分构成，仅763字，而思想内容博大精深。第一部分从开头到"况众人乎"，主要论述了儒家人文思想对于人类生存的重要性，即儒家思想之"功与天地并"。第二部分从"自汉以来"至"孰能使之"，通过梳理自汉至宋的历史事实，突出欧阳修传承儒学思想的重大贡献。第三部分从"欧阳子没十有余年"至结尾，描述《六一居士集》的文化境界与编纂背景。

《六一居士集叙》以"言有大而非夸，达者信之，众人疑焉"开头，议论起笔，如高山坠石，气势恢宏，新奇精警。其中的"言""信""疑"三字，正是下面展开论述的根基。作者首先拈出孔子和孟子的两段著名言论论证"言有大而非夸"的观点。孔子受困于匡国之时，曾发出"天之将丧斯文也，后死者不得与于斯文也"的感慨。公元前496年，孔子从卫国到陈国去，路经匡国之地，匡国以前曾受到鲁国阳虎的掠夺和残杀，孔子的相貌与阳虎相像，匡人误以为孔子就是阳虎，所以将他围困。《论语·子罕》记此事"子畏于匡，曰：'文王既没，文不在兹乎？天之将丧斯文也，后死者不得与于斯文也；天之未丧斯文也，匡人其如予何？'"表现出孔子"斯文自任"的历史使命感、文化责任心和不惧危险的充分自信。而孟子的表述更直接，即"禹抑洪水，孔子作《春秋》，而予距杨、墨"，不仅将自己批评杨朱、墨子学说与孔子作《春秋》这两件事，来和大禹治水相比并，而且认为这三件事情的功德，与天地给予人类生存提供条件保障的功德一样大。大禹治水为人类生存创造了条件，正如李白《公无渡河》诗所言"大禹理百川，儿啼不窥家。杀湍湮洪水，九州始蚕麻"。这是属于物质、物理方面的贡献；而孔子作《春秋》和孟子距杨、墨，则是属于思想文化和人文精神方面的创造，那么二者如何能相提并论呢？作者用这两个"大言"之例，提出"文章之得丧，何与于天？而禹之功与天地并，孔子、孟子以空言配之，不已夸乎"的疑问，以此说明"众人疑之"的合理性。

其后，作者以"自《春秋》作，而乱臣贼子惧，孟子之言行，而杨、墨之道废"的历史事实，说明了儒学思想的重要意义和社会作用，突出了舆论、道德、文化的社会影响力，凸显了儒家思想对于弘扬社会正气、推动人类文明健康发展所产生的巨大作用。然而，人们认为这是社会自然发展的结果，并不认为这是儒家思想影响所致，所以"不知其功"。

接着，苏轼又引用申不害、商鞅、韩非之学对社会发展产生危害的历史事实，说明由于偏废儒家思想而对人类社会发展造成的严重后果。申不害、商鞅、韩非之学各成一家之言，但相较于儒家学说关注社会、关注民生，推进社会有序发展的整体思维方式而言，又各有其偏颇之处。所以苏轼认为"申、商、韩非之学"是"违道而趋利，残民以厚主，其说至陋也"，官宦士人"以是罔其上"，而君主又"侥幸一切之功，靡然从之"，在这种情况下由于没有出现类似孔子、孟子这样的圣贤来"推其本末、权其祸福之轻重，以救其祸"，致令申不害、商鞅、韩非之学流行于世，导致社会动乱、生灵涂炭，"死者十八九，天下萧然"，即使是洪水之患也不会达到如此惨烈的破坏程度，由此说明了"以孟子配禹可也"的科学性。

此后苏轼引用司马迁关于"盖公言黄、老，贾谊、晁错明申、韩"的论述，说明和印证"邪说之移人，虽豪杰之士，有不免者，况众人乎"的现象，回应开头"众人疑焉"的合理性。据班固《汉书·曹参传》载，盖公为汉代胶西的著名学者，擅长黄、老之学，认为"治道贵清静而民自定",曾建言西汉宰相曹参用黄、老术治理齐地,成效显著。而与屈原并称"屈贾"、其《过秦论》《论积贮疏》等影响深广的贾谊,和倡导"重农抑商"且以《论贵粟疏》《守边劝农疏》等为人称道的晁错,二人《史记》《汉书》皆为立传,都曾得到史家肯定。苏轼认为此二人都是非同常人的"豪杰之士",但也难以避免为申不害、韩非之学所惑。由此可见,"众人"对"邪说""疑焉"就更不足为怪了。

在第二部分里,作者缕述了自汉代以后,老庄思想或佛家思想成为治理国家的主流文化,导致社会动荡、家国灭亡的历史事实,所谓"晋以老庄亡,梁以佛亡"。汉代之后五百年,韩愈力倡儒学,认为"如古之无圣人,人之类灭久矣",强调了人文思想对于人类生存的重要性,因此学者将韩愈与孟子相比并。韩愈之后二百年,欧阳修出,其上承韩愈、孟子和孔子的儒家学说,通过"简而明,信而通,引物连类,折之于至理"的文章,来弘扬"礼乐仁义"思想,以合于儒家大道。欧阳修主张文章要"经世致用""切于事实""不为空言",面对"世之不说者,哗而攻之"的困境,欧阳修不改其志,正是在他的大力倡导下,"场屋之习,从是遂变",而"士无贤不肖,不谋而同曰:'欧阳子,今之韩愈也'"。以传承儒家学说的韩柳古文传统在宋代得到了发扬光大,"自孔子至今,千数百年,文章废而复兴,惟得二人(韩愈、欧阳修)焉",将宋代文化的发展推进到一个全新的境界,树立了一代士林新风,"天下争自濯磨,以通经学古为高,以救时行道为贤,以犯颜纳说为忠",从而突出了欧阳修在弘扬儒家思想、引导社会良性发展、推进人类文明进步的历史贡献和巨大影响。

第三部分介绍编纂《六一居士集》的文化背景和作序缘由,交代了欧阳修去世十多年后,"士始为新学,以佛老之似,乱周孔之真,识者忧之"的态势,以及"诏修取士法,风厉学者专治孔氏,黜异端然后风俗一变。考论师友渊源所自,复知诵习欧阳子之书"的情形,说明欧阳修影响的深广。与此同时,借"天下之言"高度评价了欧阳修"论大道似韩愈,论事似陆贽,记事似司马迁,诗赋似李白"的文化造诣,并以欧阳修"六一居士"别号收束全文,说明以号名集。全文三部分紧紧围绕欧阳修文集的编纂,深入思考儒家思想与文明发展的关系,内容丰厚、层次分明,前后照应、逻辑严谨,浑然天成,既蕴含着深刻丰厚的人文内涵,又具有很强的思想性和说服力。

二、"出新意于法度之中,寄妙理于豪放之外"

《六一居士集叙》以思想深刻、境界高远、勇于创新著称。

书序作为一种文体,滥觞于两汉,发展于魏晋,兴盛于李唐而变化于赵宋。传孔安国《尚书·序》称"序所以为作者之意",大体昭示了序的功能。约成于汉代的《毛诗序》与《史记·太史公自序》、《汉书·叙传》、扬雄《法言序》等,大都立足全书,进行宏观的阐释、申述,或者兼及作者自身,是为常式。唐宋是序体散文的昌盛期,名篇迭出,尤其是宋代,书序的形象性、可读性、理论性比前代明显加强。黄庭坚的《小山集序》几乎通篇介绍晏几道的为人与性格;李清照的《金石录后序》更以抒情与描写兼胜、文学色彩浓厚见长;徐铉的《重修说文解字序》历述华夏文字自"八卦即画"至"皇宋膺运"长达数千年间的发展演变,注重宏观审视和发展规律的探寻,视野开阔;赵眘的《苏轼文集序》从论述"成一代之文章"与"立天下之大节"的关系入手,探讨"节""气"与"道""文"的联系,议论苏轼其人其文,整篇序文向议论化、理论化方向延伸。不同的作者往往会有许多不同的写法,从而呈现出多姿多彩的风貌。

由于"知人论世"的文化传统,为大家、名家作书序,难度甚大,尤其是像欧阳修这样的文坛巨擘,对其人其文的概括、定位就更难。《六一居士集叙》高屋建瓴、茹古涵今,立意高远、思考深刻,体现出苏轼"出新意于法度之中,寄妙理于豪放之外"的大家风范。其多方面的创新出奇,以下三点尤为突出。

其一，整篇文章着力强调儒家思想对于人类社会健康发展的极端重要性，蕴含着鲜明的"天人合一"宇宙观、"以人为本"价值观、"遵道贵德"发展观和"文以载道、人文化成"等一系列的中国古代哲学理念。全文运用丰富的历史事实，以时为序、由远而近，逐层展开论述，正如清代散文名家张伯行所言"以孟子配禹，以韩文公配孟子，以欧阳子配韩文公，此是一篇血脉"，体现出鲜明的系统性和深刻的思想性，从而说明人文思想对人类社会发展的巨大影响。

其二，苏轼在前贤人文思想认识的基础上，紧密结合已经发生的历史事实，将孔子、孟子、韩愈、欧阳修等主张继承弘扬的儒家思想及其对社会的积极作用，与杨朱、墨子、申不害、韩非学说以及佛老思想对社会产生的负面影响做对比，表明积极的人文思想对社会文明发展的推动作用；又将采用儒家学说则社会安定，与不采用则"乱天下者多"的现象做对比，指出"邪说移人""洪水之患，盖不至此"的严重后果，突出儒家思想是人类社会健康发展的直接动因。唐宋时期都曾出现过儒释道三教并用的主张，但在社会历史的发展进程中，不恰当地运用都将给社会带来破坏性的灾难，通过正反对比，更具说服力。

其三，大视野、高境界。苏轼从中华民族文化发展史的高度来审视、考察、评论儒家思想对推动人类文明和社会发展的重大作用，同时又特别强调对中华优秀文化进行传承弘扬的重要性，突出了孔子、孟子、韩愈、欧阳修的文化创造与思想贡献，而不仅仅局限于文学本身，其格局与气度的确如明代茅坤所说"不负欧公"。

三、"文之为德也大矣，与天地并生"

文化与人文思想对于人类发展的作用，始终是学人思考和关注的重要问题。诸如《周易·贲卦·象传》提出"观乎人文，以化成天下"，《论语》指出"诗，可以兴，可以观，可以群，可以怨"，刘勰《文心雕龙》认为"文之为德也大矣，与天地并生"，曹丕《典论·论文》称文章

"经国之大业，不朽之盛事"，杜甫《偶题》也说"文章千古事"等，都涉及文章的作用、意义和价值，但均稍显简单与模糊。入宋之后，人们对人文思想的思考渐趋深入和系统，关注到文化精神对人们心理意识的影响，王禹偁甚至提出了"主管风骚胜要津"的深刻见解，强调思想文化对社会与人心的重大影响。尤其是理学家张载明确提出"为天地立心，为生民立命，为往圣继绝学，为万世开太平"的主张，将文化的作用提升至空前高度。然而诸如此类的观点与见解，都没有展开深入、系统的论述。

与上述情形不同，《六一居士集叙》站在人类发展与文明发展的高度，阐发儒家思想对人类生存、社会发展的重要性。正如清代著名理学家蔡世远指出的那样："非具千古只眼者不能，是何等识力、笔力！"尤其难能可贵的是，苏轼在《六一居士集叙》中首次将物质物理与精神文明并举，孔子、孟子、韩愈、欧阳修创造的思想文化全都属于意识形态属性，其对社会发展的影响并不像大禹治水那样直观可见，容易被人承认，但其潜移默化的作用，更持久、更稳定。由此突出了精神文化对人类健康发展的重要性、必要性和紧迫性，凸显了人的意识、精神、思想的重要性，强调了人文精神、人文修养对推动历史进步的重要意义，充分彰显苏轼思想的深刻性和深邃性，正如宋代诗人范温所称扬的那样——"超然独立于众人之上"。

苏联著名学者瓦西里耶夫在他的《中国文明的起源问题》一书中指出，"中国的历史是伟大的，它根植于遥远的古代。在千百万年中，中国一再表现出非凡的稳定性和对于古代传统的忠诚。在这个古代，在中国的远古时代，确实有不少稀世的、独特的、只有中国才有的东西，因而似乎可以明显的证明对古代中国文明百分之百的土著性表示任何怀疑都是不对的"。苏轼《六一居士集叙》对于儒家思想的历史作用和人文精神的深刻思考，至今还有着重要的借鉴意义，启示我们一定要站在人类文明发展、健康发展、和平发展的高度，继承和弘扬中华民族优秀传统文化的思想精髓，创造新时代的新文化。

第二节 "经国之大业，不朽之盛事"
——散文研究的人文内涵与价值引领

一、最有思想魅力的艺术奇葩

散文，在人类灿烂辉煌的文化宝库中，是最有思想魅力的艺术奇葩。中国散文，更是人类智慧资源、思想资源和文化资源的巨大宝藏，作为中华优秀传统文化的杰出代表与核心载体，思想博大精深，民族特色鲜明。

众所周知，散文在中国古代，既是治国理政和价值实现的重要手段，又是实践"尊道贵德""文以载道""以文化人""人文化成"诸多文化理念的重要方式。作为中华文化的主要载体和实践智慧的艺术结晶，中国散文曾经独尊一统，持续发展数千年，而且同国家命运、民族兴衰与文人士子的理想抱负紧密相连，融为一体，集中体现着写作者德、才、学、识、胆多方面的综合素质与水平。三国时期的著名政治家、文学家魏文帝曹丕称，"文章"乃"经国之大业，不朽之盛事"（《典论·论文》），而宋代文化巨擘苏轼，则称"文章余事作诗，溢而作词曲"（徐度《却扫编》）。被前贤称为"文章"的散文，其社会功能如此之大，文化地位如此之高，价值意义如此之巨，使得后代学人的散文研究，成为历代弘扬、传承民族优秀文化传统和创新建设时代新文化的重要方面。

二、散文研究的新局面与新态势

人类进入21世纪，伴随中华民族"复兴之梦"的历史实践，中国散文研究也进入了空前繁荣的发展期。尤其是最近十多年来，"文化强国""文化自信""中国文化走出去"的国家战略，为散文研究创造了的良好社会环境与文化氛围。与此同时，学界对于散文促进人类社会文明发展重大意义的认识也越来越深刻，国家支持的力度与学者研究的投入更是越来越大。高新科技的发展与文化典籍数据化的运用，则为开拓散文研究的广度与深度，提供了极大的方便。近些年来，散文研究呈现出让人欣喜的新局面与新态势：一是成长起来一批学术功底扎实的优秀中青年学者，二是出版和发表了一批学术分量厚重的研究成果，三是研究切入角度、考察广度和思考深度都有很大拓展而不再局限于散文本身，四是相关研讨活动和学术会议越来越活跃，五是中国特色的散文研究话语体系、理论体系创建有了新进展。

　　散文研究的新态势，首先得力于国家政策的支持。仅就近些年国家频频出台的文化政策看，密度和力度都是空前。2011年10月《中共中央关于深化文化体制改革、推动社会主义文化大发展大繁荣若干重大问题的决定》提出了实施"文化强国"的长远战略。2016年5月习近平《在哲学社会科学工作座谈会上的讲话》指出，中华文明历史悠久，从先秦子学、两汉经学、魏晋玄学，到隋唐佛学、儒释道合流、宋明理学，经历了数个学术思想繁荣时期。在漫漫历史长河中，中华民族产生了儒、释、道、墨、名、法、农、杂、兵等各家学说，涌现了老子、孔子、庄子、孟子、荀子、韩非子、董仲舒、王充、何晏、王弼、韩愈、周敦颐、程颢、程颐、朱熹、陆九渊、王守仁、李贽、黄宗羲、顾炎武、王夫之、康有为、梁启超、孙中山、鲁迅等一大批思想大家，留下了浩如烟海的文化遗产。中国古代大量鸿篇巨制中包含着丰富的哲学社会科学内容、治国理政智慧，为古人认识世界、改造世界提供了重要依据，也为中华文明提供了重要内容，为人类文明做出了重大贡献。毫无疑问，习近平讲到的这些内容，几乎都以散文为载体，其思想资源的发掘与利用，也都离不开散文的深入研究。《讲话》还提出了"按照立足中国、借鉴国外，挖掘历史、把握当代，关怀人类、面向未来的思路，着力构建中国特色哲学社会科学，在指导思想、学科体系、学术体系、话语体系等方面充分体现中国特色、中国风格、中国气派"的要求与目标，更是为散文研究指出了明确的方向，提供了极大的空间。2017年1月，中共中央办公厅、国务院办公厅印发《关于实施中华优秀传统文化传承发展工程的意见》，是为建设社会主义文化强国，增强国家文化软实力，实现中华民族伟大复兴的中国梦而颁发的文件，对如何实施中华优秀传统文化传承发展工程做出了具体要求。2017年10月，党的十九大提出"推动中华优秀传统文化创造性转化、创新性发展，继承革命文化，发展社会主义先进文化，不忘本来、吸收外来、面向未来，更好构筑中国精神、中国价值、中国力量，为人民提供精神指引"。所有这些，都为散文研究提供了有力的政策支持，让学界眼亮劲足、提神提气。

散文研究的新态势，也得力于国家资金的支持。进入新世纪，散文研究获得国家社科基金立项资助的课题越来越多。目前，中国散文研究的各类课题多达数百项，其中获得国家重大招标项目的课题也有几十项。诸如《中国古代文章学著述汇编、整理与研究》（王水照）、《〈尚书〉学文献集成与研究》（钱宗武）、《中国古代散文研究文献集成》（郭英德）、《两岸现代中国散文学史料整理研究暨数据库建设》（汪文顶）、《中国古代文体学发展史》（吴承学）、《历代儒家石经文献集成》（虞万里）、《历代骈文研究文献集成》（莫道才）、《历代古文选本整理及研究》（马茂军）、《中国古代礼学文献整理与研究》（陈戍国）、《〈尚书〉学研究》（马士远）、《明清骈文文献整理与研究》（吕双伟）等等，领衔专家既有影响深广的学界前辈，也有近年专攻散文研究且年富力强的新锐。这些获得立项资助的课题，不仅因为有了实际经费的支持，可以形成团队和规模，进行深入持续的研究，而且也因为强烈的责任心和荣誉感，产生强大的思想动力，既能出成果、出思想，又能出人才、出影响。

散文研究的新态势，还得力于国家的激励机制。国家和各地政府都制定了哲学社会科学优秀成果的奖励制度，为散文研究的深入开展注入了竞争活力。仅就2015年教育部第七届高等学校科学研究优秀成果奖（人文社会科学）来看，中国文学学科4项一等奖，是所有学科中最多的。这4项一等奖，除《中国诗歌通史》（赵敏俐等）外，其余3项《中国古代文体学研究》（吴承学）、《宋代散文研究（修订版）》（杨庆存）、《鲁迅研究的三种范式与当下的价值选择》（张福贵）均属于中国散文研究成果；而中国文学学科20项二等奖中有10项与中国散文研究密切相关，如《唐宋"古文运动"与士大夫文学》（朱刚）、《先秦文艺思想史》（李春青等）、《文镜秘府论研究》（卢盛江）、《春秋文学系年辑证》（邵炳军等）等等，占了一半。当然，这与散文内容的丰厚广博不无关系。散文研究成果获奖占比的提高，既说明对散文研究的高度关注和充分肯定，又代表着学术研究的一种导向。

散文研究的新态势，更得力于学界的共同努力，相继推出大量厚重的成果。诸如《全宋文》《全元文》《全明文》之类海量典籍的搜集整理，历代大家、名家文集、全集的整理笺注如《欧阳修全集》《苏轼文集》《王安石全集》《吕祖谦全集》等等，均属中华文化建设的基础工程，此不言而喻。特别是最近十年来，系统化、成规模的学术成果越来越多，诸如王水照先生主编的十巨册约600万字的《历代文话》（2007）、郭预衡全三册《中国散文史》（2011）、漆绪邦主编的增订本上下册《中国散文通史》（2014）等等，都得到学界的高度评价。杨树增近百万字的《儒学与中国古代散文》（2017）被认为是"中国古代散文深度研究的杰作"，王兆胜《真诚与自由：20世纪中国散文精神》（2003）是首部研究20世纪中国散文的力作，陈剑晖《散文文体论》（2002）、吕双伟《清代骈文理论研究》（2011）、李建军《宋代浙东文派研究》（2013）、胡建升《宋赋研究》（2017）等等，都是学术新锐撰著的颇具开拓性、补白性的研究成果。至如分量厚重的学术论文更是不胜枚举。正是这些成果，托起了散文研究的蓝天。

总之，散文研究赶上了一个好时代，赶上了国家的好政策。国家密集地制定出台弘扬和传承中华民族优秀文化的措施与文件，从传统文化中发掘和汲取推进人类文明发展的思想与智慧，包括全民族素质学养的提高，"立德树人，教书育人"的人才培养，社会主义核心价值观的提炼等，都需要从古代传统文化来。中华传统文化最基本最重要的两大体裁类型就是散文与诗歌，小说与戏剧都是散文与诗歌的结合体，诗歌以抒情为主，散文则体现出更强的思想性。尽管先秦时期，曾经出现过"不学诗无以言"的情形，但是诗歌的地位、作用与影响依然无法同散文相媲美，从《尚书》到诸子百家著述，我们都可以领略到散文对于治国理政和推动社会发展乃至人类文明的重要性。这也是散文数千年来独尊一统的重要原因。

三、散文研究的价值引领与拓展趋势

如上所述，中国散文研究目前尽管取得了令人鼓舞的诸多成就，但是同国家文化建设和时代发展的需要相比，还很不够、很薄弱。这种薄弱不是体现在数量上，而是体现在深度上。以往的研究主流与重点，大都集中在资料搜集整理、散文发展现象梳理或者是文本诠释、艺术欣赏等等，这些大都是相对比较浅层的基础研究，虽然属于不能绕过而且必须要有的内容，但着眼点仅仅停留在这些层面显然是远远不够的。因此，今后一个时期的散文研究需要继续找准切入点、着力点和落脚点。

首先，散文研究要深入发掘深刻的人文思想内涵。散文既是时代与历史的载体，又是思想与文化的载体，涵盖了诸如文学、历史、哲学、语言、艺术等多个学科、多个领域。仅从文学层面研究散文，甚至仅就散文本身研究散文、仅就文学艺术研究散文，都只能是表面的、浅层的，既不能体现出深刻性，也不能发掘出、发挥出散文真正的思想价值与文化意义。因此，今后散文研究的开展与开拓、方向与趋势，除了继续保持文体本身、思想内容和文学艺术的研究之外，最应该花工夫、下力气的，应当是散文中最有思想引领价值、最具人类文化普遍意义的深刻人文内涵。如上所述，散文是中华传统文化的优秀代表，是中华民族思想精髓的重要载体。诸如最能体现中华民族文化博大精深特点的"以人为本""天人合一""尊道贵德"等等，这些思想理念与著名观点，都存在于散文中、体现于散文中、演绎于散文中。这里面，既有《道德经》《论语》中那样凝

练精警的格言式表达，又《尚书》《庄子》中那种或具体朴实或形象生动的艺术呈现。如果我们只就散文文体的演变来研究，或者停留在材料的搜集与整理层面，这些虽然是必不可少的基础性工作，甚至可以利用现代化科学技术手段，为学者减轻翻检之劳（三十年前笔者研究中国古代散文，仅考证"散文"概念的发生与衍变，就花了数年时间，做了数千张卡片，现在电脑检索只要零点几秒，列出来的结果与数年的人工检索相差无几），极大地提高研究效率，但是却很难实现发掘前代思想资源、建设当代文化和推进人类文明发展的目的，很难实现承担文化大国与文化强国责任、引领世界文化发展的伟大目标。

其次，散文研究要强化国家观念。散文研究服务于国家发展战略，这是时代的要求，也是历史的必然。习近平指出，"要讲清楚每个国家和民族的历史传统、文化积淀、基本国情不同，其发展道路必然有着自己的特色；讲清楚中华文化积淀着中华民族最深沉的精神追求，是中华民族生生不息、发展壮大的丰厚滋养；讲清楚中华优秀传统文化是中华民族的突出优势，是我们最深厚的文化软实力；讲清楚中国特色社会主义植根于中华文化沃土、反映中国人民意愿、适应中国和时代发展进步要求，有着深厚历史渊源和广泛现实基础"（2013年8月19日《在全国宣传思想工作会议上的讲话》）。散文研究是对"四个讲清楚"的学术支撑与基础前提，如果说诗歌是以发挥抒情功能为主、体现思想主张为辅的话，那么散文则是直接表达思想主张，直接体现人文精神，尽管也有抒情的元素。

第三，散文研究要树立人类意识。"构建人类命运共同体"是习近平主席2015年9月在纽约联合国总部发表重要讲话时提出的著名论断，目前早已成为被人们普遍接受的文化理念与流行热词。其实，"人类命运共同体"这一概念，正是对中华民族文化思想精髓和整体思维优秀传统的现代弘扬。中华民族"天人合一""宇宙一体"的世界认知，《易经》天、地、人并称"三才"的文化理念，《黄帝内经》包含的系统化整体思维模式，都含纳着"人类命运共同体"的思想光辉与丰富元素。1988年，75位诺贝尔奖得主在巴黎集会呼吁,"人类如果要在21世纪生存下去,就必须回首2500年前,去孔子那里汲取智慧"。孔子的智慧到底是什么?为什么会得到顶级自然科学家群体的如此重视和如此高度评价?孔子为什么直到现在还会得到全世界人民的欢迎与点赞?其实,这背后的深层原因,并不复杂也并不难理解——孔子终其一生都是"以人为本""以德为先"地在考虑人类社会和平和谐、健康文明发展,即便残酷动荡的当时,孔子也是"知其不可为而为之者"(《论语·宪问》)。换而言之,孔子思想的最大特点,就是将"人类命运共同体"作为思考现实问题和解决社会问题的着眼点与落脚点,且始终不渝。孔子创建的儒家思想体系,为中华民族的健康发展和人类社会的文明进步做出了巨大贡献,苏轼在《六一居士集叙》中认为,孔子"功与天地并"。我个人以为,孔子的最大贡献,不在于建立了以"仁"学与"礼"学为支柱的儒家思想体系,而是面对当时"弑君三十六,亡国五十二"的惨烈战乱年代,提出了高瞻远瞩的理念和思想,即必须建立适合文明发展的社会秩序。孔子以《大学》"明明德""亲民""止于至善",以及"格物、致知、诚意、正心、修身、齐家、治国、平天下"之"三纲八目"为基础,创建的儒家思想体系,就是为了建立一个和平安定、持续稳定的社会秩序。这是一个具有人类普遍意义的重大问题。我们研究散文,也必须树立"人类意识",就是为推进人类文明做贡献,影响和引领人类文明的健康发展,有这样的高度,才有思想的深度。

第四,散文研究要建立充分自信。笔者认为,新时代的挑战、国家战略实施与人类和平发展需要,决定了今后散文研究将会出现十年、二十年乃至更长时间令人振奋的新局面。这种预判,是以国家已经出台的相关政策为基础,从文化强国、文化自信、文化创新、当代文化建设,到核心价值观的提炼、人类命运共同体、中国文化走出去,乃至最近高等教育的"以本为本""立德树人,教书育人"等等,所有这些,无不需要从中华文化、中国散文当中汲取营养。除了前面提到的一些国家政策外,再比如，2014年3月发布的《教育部关于全面深化课程改革落实立德树人根本任务的意见》对于"立德树人"的要求，提出国家统筹各学段、各学科、各环节、各方力量、各种阵地的思路与方法，即要从学前教育开始，实行全程育人方略，这显然需要编写中国特色鲜明的系列教材，散文必然是其中的主体内容。2018年9月，习近平在全国教育工作大会上提出，"要努力构建德智体美劳全面培养的教育体系，形成更高水平的人才培养体系。要把立德树人融入思想道德教育、文化知识教育、社会实践教育各环节，贯穿基础教育、职业教育、高等教育各领域，学科体系、教学体系、教材体系、管理体系要围绕这个目标来设计，教师要围绕这个目标来教，学生要围绕这个目标来学。凡是不利于实现这个目标的做法都要坚决改过来"。2018年12月，全国高校思想政治工作会议强调，要坚持把立德树人作为中心环节，把思想政治工作贯穿教育教学全过程，实现全程育人、全方位育人，努力开创我国高等教育事业发展新局面。笔者认为，作为思想性很强、适用性很强和艺术性很强的散文，必然在人才培养的过程中担当主角，而散文研究也必须为此提供有力的学术支撑。以往散文研究的薄弱之处，恰恰为今后散文研究的繁荣留下了广阔空间。因此，散文研究不仅要有充分的自信和坚强的信心，更要有前瞻性的思想准备，要在把握大势、瞄准前沿上找准着力点。

第五，散文研究要体现"致广大而尽精微"。既要从大处着眼，又要从细处着手，努力做到大而不空、细而不碎、科学严谨、相辅相成，增强系统性。比如说传统经典《十三经》已经有了数千年的研究历史，是否还需要研究呢？答案是肯定的。我们必须依据新资料、新发现、新理解、新方法和新手段，重新审视、重新研究、重新诠释。比如，中国古代的第一部散文总集《尚书》，其开篇《尧典》分量甚重，而首段有"黎民于变时雍"一句，迄今为止，没有看到任何一本符合作者原意的校注、句读、分段或诠释，可以说全部都是错误分段、错误句读、错误理解、错误诠释，以讹传讹，贻误后学。"黎民于变时雍"的正确句读应当是："黎民""于""变时""雍"。句中的"于"是介词,"变时"即季节变化的时间。导致前人理解与诠释错误的关键原因,就在于对"雍"字的理解。关于"雍"字,大家最熟悉的莫过于"雍和""雍容"之类,而"雍"一般大都是表达团结、和睦、和谐、和顺之意。其实"雍"在古代与"壅"同,原义、本义是遮蔽、壅塞、堵塞的意思。黎民百姓"于变时""雍",说的就是老百姓对于季节时令变化的节点不清楚,"雍"在这里表达的就是堵塞、不明白、不清楚。中国远古是农耕文明的社会,那个时代的老百姓不知道一年四季变化的节点在什么时候,由此,也就不清楚在什么时候最适宜从事耕种或收获,达到效果最好,所以尧"乃命羲和,钦若昊天,历象日月星辰,敬授民时",委派羲和等四位大臣分赴四方观察不同时间北斗星的位置与星象,由此确定春分、夏至、秋分、冬至的准确节点,划分四季,然后用了"敬授民时"四个字,描述颁布新农历,供百姓生活生产参考运用的情形。这样的经典,经历了上千年,那么多经学大师的研究和讲解,居然没有严谨科学的正确解释,句读错了,理解错了,解释错了,整篇文章的结构逻辑也都没有搞清楚。所以,研究中国传统文化从头开始,不仅十分必要,而且也是时代发展的需要,是继承、发展和创新的关键"点"。最近(2018年11月24日)清华大学召开了"朱自清诞辰100周年"大会,我们由《朱自清全集》可知,朱自清的学术研究是从研究经典《诗经》开始的,返本开新,非常典型。他的散文创作也是融汇了古代文化的精华,并结合当时的时代发展,形成独树一帜的新风韵、新品位。如果说"以诗为文"是从韩愈、柳宗元开始的话,那么真正的"以诗为文"是由朱自清来完成的,读着《背影》《绿》《匆匆》这样的优美散文,将会沉浸于具有丰富深刻人文内涵的优美意境中。散文研究要"致广大而尽精微",就是要有高的境界、大的视野,但又必须从作品文本的细小处入手。

第六,散文研究要放在中华文化的总体背景中去审视。最近读了杨树增教授《儒学与中国古代散文》,很是钦佩。这部历经十年艰辛精心撰写的皇皇巨著，气势磅礴，厚重深刻，其最大特点就是将中国古代散文的发展放在中华文化特别是儒家文化谱系中深入考察和研究，新视角、大思路、宽视野。儒家学说是中华民族优秀传统文化的重要代表，也是直接影响中国历史发展数千年的主流文化。这种主流文化不仅必然地在散文作品中有着充分体现，而且也直接影响着散文发展的形态衍变。中国古代文化发展史上倡导的"恢宏至道""文以载道""经世致用"，以及出现的"文、道"之争、"骈、散"之争、"时文、古文"之争等，其核心就是对儒家学说弘扬方式的选择与实际效果的强调。研究儒家学说与古代散文的关系，探索文学发展、文化发展的内在规律，不仅是一个全新的视野和独特的视角，而且抓住了中国文化发展的核心与关键，突出了中国古代散文的民族特色。著作从中国古代文化的核心主体——儒学——对散文的影响切入，系统梳理儒学与中国古代散文融为一体的发展嬗变，揭示儒学在中国古代散文发展过程中的支撑作用与巨大影响，对不同历史阶段的散文，深入发掘儒学与散文相辅相成的密切关联，从儒家学说的社会实践与文化创新角度，揭示中国古代散文的内涵、特征及规律，建立起一个崭新的散文史研究体系，不仅具有原创性和开拓性意义，而且抓住和突出了中国文化的民族特色，具有重要学术价值和文化意义。著作内容始于"饱含儒家仁爱基因的中国远古神话传说"，而收缩于"涌动着实学思潮的清代散文"。其间以儒家学说传承创新与散文发展变化为核心，深入论述了先秦时期以《书经》为代表的经典散文、春秋战国时代的儒家散文、经学笼罩下的汉代散文、儒释道交融下的魏晋南北朝散文、隋唐五代儒家道统的复兴与古文的兴起、理学影响下的宋元明散文等等。同时，提出了一系列富有原创性的新见解、新结论。著者认为，儒学以"仁"为核心，最高人生追求是泛爱众而济天下，主张作家担负起历史的使命和社会责任，积极投身于社会实践，并用文学的形式来抒写济世救民、治国平天下的志向，讴歌立德立功立言的不朽事业，提出补偏救弊的方略，批评当轴者的失政与不公，表达怜悯民生苦难，抒发忧国忧民之情。受儒家思想的影响，中国古代散文创作关注社会，贴近生活，直面人生，表现出可贵的现实批判精神，形成了我国文学创作中的现实主义传统。宋王朝重视儒学的社会功能，并吸收佛、道两家思想，从宇宙本原的宏大视角来建构体系，最终形成更富有思辨性与哲理性的新儒学——理学，对中国社会影响至深至远，对散文创作的影响也同样如此。而辽王朝以佛教为主，以道教为辅，以儒学为用，散文作品中表现出浓厚的佛理禅说，虽然缺乏文采，但也表现出北方民族特有的爽朗与朴野，形成叙事简约率直、写景萧瑟苍茫、风格刚健爽朗的特点。

著作还认为，"从散文的最初形态神话开始，至鸦片战争之际的小品文、时文、骈文等古代散文结束，其儒家仁德的精神内核，一脉相承"，"散文是最早的文学形式之一，而非仅是诗歌形式，从散文产生起，就蕴含着儒家仁爱的基因"，"甲骨钟鼎之辞不能代表文本散文水平，能代表当时文本散文水平的是'六经'"，这些都是言前人所未言。而更多的新结论，则体现在通过展示中国古代散文发展的历史"实事"，求得了长期被忽略的一些重大的"真"与"是"，如中国古代散文如何造就了中华民族高尚的道德人格和仁爱大众、兼济天下的人生价值观；如何促进中国历史上数次居于世界前列的太平盛世的出现；如何对人类社会的发展做出过巨大的贡献，等等，这些方面都有创新性的结论。著作还特别指出，中国古代散文的思想核心是儒家的"仁"，强调人与人之间和谐，国与国之间和睦，人与自然之间协调。这恰是建立和谐社会、稳定社会秩序、和平共处建设现代化国家所需要的精神指导，也是治疗当前在商品经济体制中一些人只顾个人物质追求，而精神信仰空虚、漠视社会及他人利益弊病的良药。中华民族每一个人都需要洁净、高尚、美好的精神家园，中国古代优秀散文可以塑造完美的人格，提升人们的精神境界，增长人们的聪明才智，增强民族的自信心与自豪感。认真地发掘其具有超越时空的永恒价值，使其转化为当代需要的精神资源，是当前学界的重要责任。同时，让世界了解中国古代散文，是了解中国的重要途径，将中国古代散文进行准确的阐释并介绍给各国人民,也是学人责无旁贷的任务。所有这些见解,不仅体现着树增教授的学术功力、学术胆识和学术境界,也反映着树增教授的人类意识、国家观念与世界视野。

英国著名历史学家汤因比曾深刻指出:"几千年来,中国人比世界任何民族都成功地把几亿民众从政治文化上团结起来,显示出这种在政治上文化上统一的本领,具有无与伦比的成功经验。"① 这里所说"政治文化",其实指的正是中国散文,此与"经国之大业"说相一致、相印证。

学术研究是文化活动的最高形态,散文研究不仅是文化建设、文化创新和文化发展的重要方面,而且也是思想建设、价值引领和人才培养的重要方式,关系着民族振兴和人类文明的发展。我们期待散文研究更上层楼,全面繁荣!

第三节　朱自清的学术研究与散文创作②

朱自清在世界动荡、民族危亡之际,以学者兼作家身份,创造性弘扬和创新性发展中华传统文化的思想精髓,以学术研究与文学创作"返本开新"的卓著实绩,赢得世人赞誉。朱自清一是对先秦歌谣、汉末古诗以及三国至南宋之前的经典作品和代表作家进行系统梳理,勾勒远古至北宋千年间诗歌发展轮廓,呈现着鲜明的系统性;二是将统计学思维方法引入中国古代文学研究,提高了研究的精确性,增强了学术研究的科学与严谨。三是主张从梳理传统专业术语和思想理论概念入手,建构中国诗歌批评的话语体系和理论体系。朱自清散文弘扬"以人为本""文以化人"优秀传统,内涵深厚、以文为诗、茹古涵今。一是饱含日常生活的亲身体验

---

① 汤恩比、池田大作《展望21世纪》,国际文化出版公司1989年版,第294页。
② 本节原文为2018年11月24日在清华大学"朱自清先生诞辰120周年纪念大会与学术研讨会"开幕式上的主旨演讲稿,发表于杨庆存《人文论稿》,中国社会科学出版社2021年版。

和深刻感受，侧重表现人的思想情感、生活状态和社会行为，体现人的道德修养、品格境界、理想情趣，人性化、生活化、情感化色彩浓厚，充满对人的理解与关怀，人文内涵深厚。二是创造性弘扬唐宋散文名家艺术风格，将诗的题材、意境和诗的语言、手法融入散文中。三是以学术研究为支撑，显示出深厚广博的文化积淀和强烈持久的艺术魅力。

如何认识朱自清先生的学术贡献与文学成就，特别是如何认识朱自清先生对待中国古代传统文化的态度，这是一个值得深入思考且颇具现实意义的重要问题。朱自清先生呈现给世人的"显性"学术贡献与文学成就，如《朱自清全集》的文字文本，以往多有客观切实和公允确当的评论，如李少雍《朱自清先生古典文学研究的贡献》[1]之类；而对其无形无象、潜在内含的"隐性"思想价值与文化意义，学界虽偶有零碎涉及，却鲜见专门思考和系统讨论。笔者以为，后者对于深刻理解朱自清先生和深刻认识其文化贡献更重要，尽管"显性"成果是"隐性"影响的重要基础和基本依据。评价学者或作家的文化贡献，应置于民族发展的历史长河乃至人类文化发展的高度来审视，才可能更科学、更全面、更充分，对于朱自清先生也应作如是观。

朱自清先生生活于20世纪上半叶，这是一个世界动荡、战争频繁的残酷年代，中华民族灾难深重、内忧外患交织。一切爱国志士仁人都在为民族命运与国家存亡而上下求索，尤其是深受中华民族优秀传统文化熏陶滋养而思想敏锐、先知先觉的爱国知识分子，更是"铁肩担道义，妙手著文章"[2]，积极投入拯救民族危难的革命洪流中。"五四"新文化运动是颇具典型意义的集中反映，成为当时先进知识青年实现思想抱负的重要舞台，他们选择不同的方式与角度，表达自己的主张和见解。朱自清先生就是以学者兼作家的身份，积极顺应时代变化与社会转型，参与了这场波澜

---

[1] 详见《文学遗产》1991年第1期，第108—117页。
[2] 这是李大钊在明代文人杨继盛（1516—1555）述志诗"铁肩担道义，辣手著文章"基础上，将"辣"字换为"妙"字写成的警言名句。

壮阔的新文化运动,且以学术研究与文学创作"返本开新"的卓著实绩,创造性地继承和弘扬中华民族优秀文化与优良传统,赢得了世人赞誉。

一、学术研究的"返本开新"

学术研究是文化活动的最高形态,也是体现思想主张和价值取向的重要载体。随着辛亥革命的成功和封建帝制的毁灭,中华民族发展道路与生存方式的选择,成为爱国志士共同面对和深入思考的重大问题,特别是如何对待持续发展数千年且一直占据思想主流位置的中国古代传统文化,成为人们普遍关心的热点与焦点,"五四"新文化运动就是时代的缩影。

朱自清先生并没有盲从当时诸如"打倒孔家店""全盘反传统"的思潮,"把婴儿与洗澡水一起倒掉",而是有着自己的独立思考和主张。他宣称"国学是我的职业",对中国古代传统文化进行审慎、科学、严谨、扎实地认真思考和深入研究,提出一系列新观点、新主张和新思想,充分体现出"斯文自任"的历史使命感和社会责任心。这些都集中反映在上海古籍出版社刊行的《朱自清古典文学专集》中,由此书内容,我们可以看到朱自清先生研究中国古代传统文化呈现的三大特点。

一是系统性构架。《朱自清古典文学专集》除包括《朱自清古典文学论文集》上、下两册外,尚有《古诗歌笺释三种》,即《古逸歌谣集说》《诗名著笺》《古诗十九首释》;《十四家诗抄》,即三国至唐末著名诗人曹植、陶潜、李白、杜甫、杜牧等名篇选注;《宋五家诗抄》,即北宋诗人梅尧臣、欧阳修、王安石、苏轼、黄庭坚的名篇选笺和集评。从内容上可以看出,朱自清先生是从诗歌入手,着眼于具体作品和著名作家,以时为序,依次选取先秦歌谣、汉末古诗以及三国至南宋之前的经典性作品和代表性作家,进行了认真、全面和系统的梳理,基本勾勒和显现出了从上古至北宋千年间诗歌发展的轮廓。这无疑是一部颇具规模的中国古代诗歌史的架构雏形,呈现着鲜明的系统性。这些未竟宏构,都是朱自清先生在清华大学任教时精心准备的教材!正如浦江清先生所言,我们由此可以看到"一位认真负责的教授,如何在教材上用过一番搜辑工夫,就是这么丰富的参考材料,对于学者也是很有帮助的"。细读朱自清先生笺注,其或采用成说,或断以己意,无不细择精审、诠解深刻,表现出非凡的识见和深邃的思想,令人敬佩不已。其具体论著中的整体结构,也充分体现着系统性的特征。比如《诗言志》分为《献诗陈志》《赋诗言志》《教诗明志》《作诗言志》四章,内在逻辑缜密;《比兴篇》分为《毛诗郑笺释兴》《兴义溯源》《赋比兴通释》《比兴论诗》四章,从考查《毛传》《郑笺》比兴说入手,继而探寻渊源、诠释本义并提出个人见解,都呈现出很强的系统性。

二是精确性研究。朱自清先生是最早将统计学思维方法引入中国古代文学研究的著名学者之一。这不仅提高了研究的精确性,是研究方法的重大创新,而且增强了学术研究的科学性和严谨性。据听过朱自清先生授课的同学回忆,朱先生在讲解诗歌"风调"内涵时,就采用了统计学方法,通过归纳和概括其规律性,将一个感性的模糊概念,清晰地解释出其丰富的内涵。朱先生通过统计表明,凡是前人认为不失"风调"的诗,都是七言绝句,并得出"风调"是评论七绝优劣的重要"标准"。先生还以大量实例证明:"风"是指抒情的成分,"调"是指音节的铿锵,并由此推导出七绝不适于叙述和描写。进而指出,"风"的内涵"抒情",是由七绝形式篇幅容量小、没有铺排余地决定的;而"调"的内涵"音节铿锵",则是因七绝入乐而形成。朱先生指出,七绝末二句入乐时要复沓,故全诗的重心得放在第三、四句,才能特别有力。朱先生又由统计得知,四分之三以上的唐人七绝,第三或四句里都含有"否定词"以加强语气和表现力。此外,朱先生还谈到评论五言绝句不用"风调"一语的原因,认为"风飘摇而有远情,调悠扬而有远韵,总之是馀味深长。这也配合着七绝的曼长的声调而言,五绝字少节促,便无所谓风调"。朱先生的这一研究,使诗歌史上"风调"这一重要概念有了比较准确的解释,对于深入理解七绝诗作本身很有帮助。朱先生对于谢灵运名句"池塘生春草"的理解诠释，也是得益于统计学原理。宋人叶梦得称此句好在"无所用意，猝然与景相遇"；元代元好问以"万古千秋五字新"赞誉；而王若虚却说"反复求之，不得佳处，乃晋人自行夸大耳"。朱先生将谢灵运的全部诗句逐一排比，细致分析，发现描写句为多，叙述句及表情句很少。"池塘生春草"是叙述句，风格颇类《古诗十九首》里的句子，因而"在声色富艳的谢诗中……倒显得格外清新"。这样缜密的考察比勘得出的结论，比前人更具体、更确切，也更有说服力。王瑶先生说"朱先生是诗人，中国诗，从《诗经》到现代，他都有深湛的研究。'诗选'是他多年来所担任的课程；陶、谢、李贺，他都做过详审的行年考证"，正是从另一个角度指出了朱自清先生认真、深入、扎实、严谨的治学态度。

  三是理论性思考。理论是文化的最高表现形态。朱自清先生对于中国传统文化的思考与研究，不仅超前性地提出了建构中国特色话语体系和理论体系的设想，而且躬行实践，在中国古代诗歌批评方面多有建树。朱先生主张，应当首先从梳理传统专业术语和思想理论概念入手，建构中国诗歌批评的话语体系和理论体系。这在《中国文评流别述略》中体现得最充分。朱自清先生指出，中国古代评论诗歌与散文的著述典籍，有大量值得研究的传统术语和概念，即所谓"意念"，但往往内涵模糊不清，界定也不明确，诸如"神""气""韵""味"乃至"诗言志""思无邪"等等，"五光十色，层出不穷"。朱先生提出，"若有人能用考据方法将历来文评所用的性状形容词爬罗剔抉一番，分别确定它们的义界，我们也许可把旧日文学的面目看得清楚些"。朱先生提出，要"有许多人分头来搜集材料，寻出各个批评的意念如何发生，如何演变——寻出它们的史迹"，"只要不掉以轻心，谨严地考证、辨析"，就"可以阐明批评的价值，化除一般人的成见，并坚强它那新获得的地位"，形成独特的思想理论体系。朱自清先生的《诗言志辨》其实就是这方面的示范之作。其《"好"与"妙"》指出"好"字出现比"妙"字早，原为审美评语，后延伸至道德领域，而"妙"字最初是道家哲学术语，后衍变为审美评语，表达不可言传的玄虚。作为审美评语，"好"可以诉诸感觉，凭常识就能辨得出，因此大家乐于使用，而"妙"就很难雅俗共赏，"莫名其妙"即表示了"俗人"对这个审美术语的贬抑。其《论逼真与如画》称，"如画"除了"在作为一种境界解释的时候变为玄心妙赏"以外，它与"逼真"都只是分明、具体、可感觉的意思，"这就可见我们的传统的对于自然和艺术的态度，一般的还是以常识为体，雅俗共赏为用的"。其缜密考索，揭示了国人对于自然与艺术的传统态度。朱自清先生《〈文选序〉"事出于沉思义归乎翰藻"说》《论"以文为诗"》《论雅俗共赏》等，也都是考辨文学批评术语的研究成果。

傅璇琮先生曾经提出，"在学术研究中，一要求实，二要创新，并力求出原创性作品，这样才能真正在历史上站得住脚"。朱自清先生正是以认真严谨的治学态度，求真、求实、求是，从早期的中华文化开始，"辨章学术，考镜源流"，重新审视中国古代传统文化，开辟出一片学术研究的新境地，成为返本开新、创造性传承中华民族优秀文化的典范。

二、散文创作的"返本开新"

诗歌与散文是中国古代文学的两大基本样式，也是中国古代文化的两大轴心载体。古代的戏剧与小说，都是在前代诗歌与散文基础上衍生发展起来的新体裁。朱自清先生在《哪里走》一文中宣称"文学是我的娱乐"，表达的就是对创作诗歌和散文的兴趣、投入与感情。朱先生的诗歌与散文，都相当出色，而散文成就更突出、特点更鲜明、影响更深广。与学术研究的思想境界相一致，朱先生的散文在总体风格上也呈现出"返本开新"的新面貌，一方面弘扬了"以人为本""文以化人""尊道贵德"的优秀传统，一方面在思想内容与艺术风貌上独具特色，成功地创造出一片新天地。这突出地表现在以下三个方面。

一是内涵深厚。朱自清先生创作的散文作品，大都饱含着日常生活的亲身体验和深刻感受，侧重表现人的思想情感、人的生活状态、人的社会行为，体现人的道德修养、品格境界、理想情趣，具有深厚的人性化、生活化、情感化色彩，充满对人的理解、关怀与尊重，更多地让人感觉到深厚的人文内涵。经典名篇《背影》最为典型。作者叙述离开南京去北京大学时，父亲送他到浦口火车站，照料他上车，并替他买橘子的情形。作者紧紧抓取父亲为他买橘子时在月台爬上攀下时的背影这样一个瞬间情景，真实具体、生动形象地表现父亲对儿女的爱，深刻细腻，真挚感人，既表现了享受父爱的内心感动，又充满了对父亲的尊敬感激，淋漓尽致地表现了父子亲情的纯朴与真挚。《给亡妇》是在妻子逝世三周年之际写给亡妇的一封信。信中缕述三年来妻子最关心、最惦记的人与事，既描述三个孩子与自己的目前状态，又回忆以往"十二年结婚生活"的温馨、艰难与甜蜜，更诉说对妻子的无限感激与深刻思念。其中的夫妻深情、人文关怀以及体现出的道德品格、家庭责任，着实让人感动、感慨，而亲情、爱情又是那么的亲切！这比潘安《悼亡诗》、白居易《为薛台悼亡》（半死梧桐老病身）、苏轼《江城子》（十年生死两茫茫）、黄庭坚《黄氏二室墓志铭》、陆游《沈园》（梦断香消四十年）、纳兰性德《南乡子》（为亡妇题照）等等，更为平易感人。中国古代是以农耕文明著称的社会，家庭是族群构成与社会构成的基本单位，重视伦理和亲情，既体现社会责任，又反映个体义务，成为凝聚人心最基本的精神动力。朱自清先生的散文即便是记游散文如《桨声灯影里的秦淮河》，也充满对不同社会阶层人们的理解与尊重，特别是关于"道德律"的发挥，更是充满人性、人情与事理，人文内涵十分深厚。当年作家赵景深说"朱自清的文章不大谈哲理，只是谈一点家常琐事，虽是像淡香疏影似的不过几笔，却常能把那真诚的灵魂捧出来给读者看"，其实哲理就在"家常琐事"中。也正是如此，朱自清散文才具有了浓厚的人情味和更为感人的力量。

二是以诗为文。郁达夫在《新文学大系·现代散文导论》中说："朱自清虽则是一个诗人，可是他的散文仍能够贮满那一种诗意。"用"散文贮满诗意"来评论朱先生的散文，的确准确切当！在中国古代文学发展史上，向有"以文为诗"之说，即运用散文的章法、句法、字法和表现手法来进行诗歌创作，清代赵翼《瓯北诗话》认为"以文为诗，自昌黎始；至东坡益大放厥词，别开生面，成一代之大观"。而对于"以文为诗"的反面——"以诗为文"，则鲜有评论。其实韩愈在倡导"以文为诗"的同时，也在尝试"以诗为文"，将诗歌的抒情性、诗歌的意境和诗歌的表现技巧运化到散文创作中，形成形象鲜明、韵味悠长、意境深远的艺术效果，大大提高了散文的文学与美学价值。当其时，柳宗元《小石潭记》已初见端倪，至宋则名篇隽章，层见叠出。朱自清先生创造性弘扬唐宋散文名家艺术风格，而把散文的诗化推进到更高层次，将诗的题材、诗的意境、诗的语言、诗的手法融入散文，呈现出新的风貌。诸如《春》《绿》《匆匆》《背影》《荷塘月色》《桨声灯影里的秦淮河》《月朦胧，鸟朦胧，帘卷海棠红》之类，只看题目就可以领略到浓郁的"诗元素"和"诗韵味"。有学者说朱自清的散文是"诗的变体，具有诗的艺术特征"，诚然不错。

《春》描写、讴歌了一个蓬蓬勃勃的春天："盼望着，盼望着，东风来了，春天的脚步近了。一切都像刚睡醒的样子，欣欣然张开了眼。山朗润起来了，水涨起来了，太阳的脸红起来了。小草偷偷地从土里钻出来，嫩嫩的，绿绿的。园子里、田野里，瞧去，一大片一大片满是的。坐着，躺着，打两个滚，踢几脚球，赛几趟跑，捉几回迷藏。风轻悄悄的，草软绵绵的。桃树、杏树、梨树，你不让我，我不让你，都开满了花赶趟儿。红的像火，粉的像霞，白的像雪。花里带着甜味儿；闭了眼，树上仿佛已经满是桃儿、杏儿、梨儿。花下成千成百的蜜蜂嗡嗡地闹着，大小的蝴蝶飞来飞去。野花遍地是：杂样儿，有名字的，没名字的，散在草丛里，像眼睛，像星星，还眨呀眨的。"从作品的意境、意象和情趣，到炼字、炼句和技法，都鲜明地呈现出写诗的方法和路子。的确是诗化的散文，是名副其实的"散文诗"。

与《春》风格极其相近的《绿》，描绘仙岩"梅雨潭的绿"："我的心随潭水的绿而摇荡。那醉人的绿呀，仿佛一张极大极大的荷叶铺着，满是奇异的绿呀","这平铺着,厚积着的绿,着实可爱。她松松的皱缬着,像少妇拖着的裙幅;她轻轻的摆弄着,像跳动的初恋的处女的心;她滑滑的明亮着,像涂了'明油'一般,有鸡蛋清那样软,那样嫩,令人想着所曾触过的最嫩的皮肤;她又不杂些儿法滓,宛然一块温润的碧玉,只清清的一色——但你却看不透她!我曾见过北京什刹海指地的绿杨,脱不了鹅黄的底子,似乎太淡了。我又曾见过杭州虎跑寺旁高峻而深密的'绿壁',重叠着无穷的碧草与绿叶的,那又似乎太浓了。其余呢,西湖的波太明了,秦淮河的又太暗了。可爱的,我将什么来比拟你呢?我怎么比拟得出呢?大约潭是很深的,故能蕴蓄着这样奇异的绿;仿佛蔚蓝的天融了一块在里面似的,这才这般的鲜润呀。——那醉人的绿呀!我若能裁你以为带,我将赠给那轻盈的舞女;她必能临风飘举了。我若能挹你以为眼,我将赠给那善歌的盲妹;她必明眸善睐了。我舍不得你;我怎舍得你呢?我用手拍着你,抚摩着你,如同一个十二三岁的小姑娘。我又掬你入口,便是吻着她了。我送你一个名字,我从此叫你'女儿绿'"。读来回味无穷。《月朦胧,鸟朦胧,帘卷海棠红》实际上是神品级画记,而其描述画面之精美细腻、品评内涵之无穷韵味、发掘渊源之丰厚积淀,以及意境之含蓄优美、语言之精粹凝练,的确让人爱不释手。

　　三是茹古涵今。朱自清先生以中国古代传统文化的学术研究为支撑,以对当时社会世情与民俗风情的深刻了解和对生活的亲身体验为基础,使散文作品显示出深厚广博的文化积淀和强烈持久的艺术魅力。《桨声灯影里的秦淮河》记述与友人俞平伯夏夜泛舟秦淮河的见闻感受,将与"六朝金粉""纸醉金迷"的秦淮河相关民俗风情、历史事件、著名人物、经典作品融入其中。《匆匆》题目取自宋代辛弃疾《摸鱼儿》起拍"更能消几番风雨,匆匆春又归去",而内容则是表达"逝者如斯"与"惜时如金"的思想,以生动形象的语言告诉读者不能虚度时光,既深含哲理,又含蓄委婉。《荷塘月色》,其题目就包含着深厚的历史文化积淀。"荷塘"与"月色"可以说是中国古代诗歌中出现频率最高的意象景物,甚至有学者提出对"荷文化""月文化"概念进行专门研究。仅就"荷塘"言，从《诗经·泽陂》"有蒲与荷"到唐代司空图《王官》"荷塘烟罩小斋虚"，从北宋周邦彦《苏幕遮》"水面清圆，一一风荷举"到南宋吴文英《天香》"荷塘水暖香斗"，不胜枚举，而"月色"之名篇佳句就更多了。文章结尾部分"忽然想起采莲的事情来了。采莲是江南的旧俗，似乎很早就有，而六朝时为盛；从诗歌里可以约略知道。采莲的是少年的女子，她们是荡着小船，唱着艳歌去的。采莲人不用说很多，还有看采莲的人。那是一个热闹的季节，也是一个风流的季节。梁元帝《采莲赋》里说得好：'于是妖童媛女，荡舟心许；鷁首徐回，兼传羽杯；棹将移而藻挂，船欲动而萍开。尔其纤腰束素，迁延顾步；夏始春余，叶嫩花初，恐沾裳而浅笑，畏倾船而敛裾。'可见当时嬉游的光景了。这真是有趣的事，可惜我们现在早已无福消受了。于是又记起，《西洲曲》里的句子'采莲南塘秋，莲花过人头；低头弄莲子，莲子清如水'"，更展示了作者对古代文学经典的稔熟。

三、朱自清文化精神的当代启示

朱自清先生抒情长诗《毁灭》"一步步踏在泥土上，打上深深的脚印"的诗句，其实正是对他自己学术研究与文学创作特点及其文化精神的最好概括。

朱先生在他所处的新世纪新时代的"新文化"运动中，以求真务实、返本开新的文化精神，致力于学术研究与文学创作，取得出色成绩，为中华民族的文化发展做出了积极贡献，给后人以诸多深刻启示。

一是朱自清的学术研究与文学创作相辅相成，精深的传统文化积淀是创作经典文学作品的重要基础。二是中国古代传统文化研究必须不囿成见，立足原典文本的精准理解，深入发掘人文内涵，进行创造性的科学阐释，增强系统性和科学性，倡导创建中国特色的话语体系和理论体系。三是学术研究与文学创作必须具有国家观念、人类意识和历史使命感与社会责任心，体现思想境界和文化品格，传达正能量。四是中国传统文化研究当前面临最好机遇，国家频频出台政策，推动中华优秀传统文化创造性转化和创新性发展，为学界创造了增强民族自豪感与文化自信心的良好氛围，也为充分发挥学人的智慧才能营造了良好的环境。五是中国古代传统文化研究必须围绕国家发展战略需要，充分利用现代高新科技手段，深入发掘其中深刻的思想战略资源，服务于现实社会的人才培养和当代的新文化建设，出成果、出人才、出效益、出传世之作。六是中国古代传统文化研究重点必须向早期文明与当代文化两端延伸，提高层次，创新境界。

总之，中国现代著名学者与散文家朱自清，创造性弘扬和创新性发展中华传统文化的思想精髓，为当今学人和文化界如何建设新时代新文化树立了榜样，做出了示范。

后记

在上海新冠肺炎疫情得到有效控制的2022年5月中旬，我收到商务印书馆王赟老师发来的微信，告知拙著《中国古代散文探奥》已完成初审与修改，并询问何时提交"待补"的"后记"，一并安排发排。30多万字的书稿脱手才两月，且此间正是新冠肺炎疫情最为严峻的"封控"期，责编勤奋敬业、恪尽职责的工作精神与效率，令人敬佩！

我为责编的付出点赞，更钦佩"上海交大·全球人文学术前沿丛书"策划实施者的学术眼光与思想智慧。上海交通大学人文学院搭建这一展示高层人才科研成果的重要平台，不仅是加强人文学科建设、开展学术交流、扩大成果影响的有力措施，而且也是以大家看得见、摸得着、能判断、可检验的有效方式，反映学校人文发展的沉淀和积累，尤其体现着高校管理者充分尊重知识与积极引导学者的胸怀，彰显着满满的正能量，文化意义颇具示范性！拙作被纳入丛书中，给了我计划外学术产出的欣喜！

中国古代散文是中华传统文化的基本载体与重要支柱，作品融社会实用与个体审美于一体，成为中华文明的重要表征。从宏观与整体的层面看，中国古代散文内容博大精深，思想丰厚深刻，艺术美轮美奂，人文底蕴深厚，成为享誉"经国之大业，不朽之盛事"荣耀的首要文体。我对中国古代散文的认识、理解和思考，始于高校教学，成于前辈引导与学界鼓励，自20世纪80年代初，执教于曲阜师范大学，发表首篇读书札记《论〈论语〉的语言艺术》，至编辑此书，时越四十载。其间发表的研究成果，为这本书的编撰奠定了坚实基础。

回想在曲阜师大为本科讲授宋代文学史，宋代散文的优美意境、深邃思想与斐然辞采，深深吸引着我。从此，散文研究与诗歌研究，成为我学术生涯中两条并行的主线，"以文为诗""以诗为文"与"以文为词""以词为文"更是宋代文学发展的靓丽景观。于是我从考察李清照、辛弃疾的散文创作入手，撰写论文，《文学遗产》[①]、《文学评论》[②]的刊发，不仅让我增强了自信心，而且提供了强劲动力。此后承担讲授中国古代散文史的教学任务，当时尚无专门教材，一般采用以时为序的作家介绍与作品解读套式，大都流于皮毛，既无思想高度，又无学术深度，明显欠缺学理性、科学性、严谨性与系统性。准备教案时，我开始注意系统考察散文发生、发展和衍变轨迹，并努力搜集相关文献资料，作为课堂讲授的重要内容。至1993年考入复旦，师从王水照先生读博，选定"宋代散文研究"作为学位论文题目，开始深入研讨中国古代散文的概念、范畴、发生、发展、分期以及规律、特点之类，并详细考察宋代散文的创作模式、发展轨迹、创新成就、思想境界、艺术规律等，提出了不同于以往的系列新见解，成为学位论文的主体内容。其中两章发表在《中国社会科学》[③]上，还被译成英文刊发[④]；发表在《文学遗产》上两篇，一篇被评为年度优秀论文[⑤]。学位论文得到北京大学葛晓音、复旦大学顾易生与陈尚君、上海

[①]《文学遗产》1992年4期，第63—71页。

[②]《文学评论》1994年1期，第127—128页。

[③]《宋代散文体裁样式的开拓与创新》，《中国社会科学》1995年第6期（总第96期），第154—168页；《散文发生与散文概念新论》，《中国社会科学》1997年第1期（总第103期），第140—152页。

[④] "The Appearance of prose and a New Discussion of the Concept of prose," *Social Sciences in China*, 1998年第4期，第114—123页。

[⑤]《论北宋前期散文的流派与发展》，《文学遗产》1995年第2期，第60—69页；《古代散文的研究范围与音乐标界的分野模式》，《文学遗产》1997年第6期，第5—16页。

社科院徐培均、华东师大马兴荣、山东大学刘乃昌、上海师大蒋哲伦等著名教授以及答辩委员会的高度评价。[①] 这些都给我极大的精神鼓励和学术支持，刊发的论文都成为这本书的重要章节。

　　记得1997年评审专业正高职时，中央党校时任文史部主任的李书磊教授评语认为："杨庆存同志的研究领域是以宋代散文为中心，进而扩展及整个宋代文学与散文文体研究，呈现出一种比较合理的格局。他的《论辛稼轩散文》从立意、现实感、结构、语言诸角度剖析了辛弃疾的文章，思路清晰，论证充分，并表现出了细腻的艺术感受力。他的《宋代散文体裁样式的开拓与创新》详细地评述了'记''书序''题跋''文赋''诗话''随笔'等散文体裁在宋代的发展形态，既有别具一格的量化统计，又有文学研究必需的审美分析，材料搜罗很广，见解也颇有独到之处。他的《苏黄友谊与宋代文化建设》从两位作家的友谊研究入手，对宋代的作家群体及诗、词、书法创作进行了全面的概观，这种以小见大的分析角度新颖而有力，通篇论文显得很扎实也很丰富。他的《散文发生与散文概念新论》一文对散文的起源提出了大胆的新见，可成一家之言。综观杨庆存同志的论著，我认为他学术基本功较为深厚，研究能力也比较强，对人文学科的学科规范有熟练的掌握。"刘景录教授也认为："《散文发生与散文概念新论》(发表于《中国社会科学》)这篇文章对中外普遍流行的'散文的出现晚于诗歌'一说提出异议，作了翻案文章。作者运用逻辑推理和历史实证的方法作了全新的论证，得出散文的出现并不晚于诗歌的结论。此外，作者还对'散文'作为文体概念在中国的出现作了细密的考论，驳倒了中国向无'散文'一词的说法。整篇文章，论据确凿，论证亦颇有力。《宋代散文体裁样式的开拓与创新》(发表于《中国社会科学》)文章认为宋代散文所以取得高度的成就，与宋代作家在散文样式上的开拓与创造有直接关系，'记''序''题跋''文赋'等文体样式在宋代古文运动

[①] 详见拙著《宋代散文研究》(修订版)，人民文学出版社2011年版，第345—360页。

中有了新发展与新创造，留下许多传世之作。作者作了大量数据统计，并作了深入的例证分析，相当有说服力的论证了自己的观点。这篇文章对宋代文学研究有拓展、加深的作用，很可贵。"两位先生的充分肯定，成为激励我继续前行的重要精神动力。

北京大学资深教授兼中央文史馆馆长袁行霈、中华书局原总编兼中央文史馆馆员傅璇琮、南开大学讲席教授兼天津市文联主席陈洪等著名学者，都曾勉励有加。袁先生说："杨庆存教授在宋代文学研究领域耕耘多年，造诣深厚，成就突出。他的《宋代散文研究》《宋代文学论稿》《黄庭坚与宋代文化》等论著，都有重要的学术创获。杨庆存教授的宋代文学研究善于在充分掌握文献材料的基础上，深入挖掘其文学、文化的深层内涵，如他的《论辛稼轩散文》《论北宋前期散文的流派与发展》《古代散文的研究范围与音乐标界的分野模式》等论文，以历史的眼光把握史料，通过细密的考证与阐述，在解决具体学术问题的同时，也丰富了我们对宋代散文成就的整体认识。"傅先生说："杨庆存教授在《中国社会科学》《文学遗产》等学术刊物发表了一批高水平论文，并出版了《宋代散文研究》《黄庭坚与宋代文化》等多部原创性著作，使相关领域的研究取得突破性进展，得到海内外学术界高度评价。"陈洪先生则以杨庆存"宋代散文方面的研究，已臻一流境地"给予鼓励。以上这些学界德高望重的著名专家，治学向以科学严谨著称，辞不轻措，他们称扬有加，既是鼓励和鞭策，又是期待与希望，成为我散文研究不断推进的重要支撑。由于散文研究相对于诗词来说，不但阅读量很大，而且思想内容的理解与艺术表现的分析，把握难度也很大，需要较强的定力与毅力，才能"知难而进"。学界前辈的充分肯定与积极鼓励，无疑是我坚持散文研究的不竭动力。

当这本中国古代散文研究的成果编撰完成之时，学界前辈奖掖后学、和善亲切、温润如玉的精神风貌，如在目前，令人高山仰止！培养引导、提携奖掖之恩，将永远铭记心中！

这本小书，是自2015年3月受聘上海交通大学以来出版的第八部个人专著。谨向资助此书出版的上海交通大学人文学院，向"上海交大·全球人文学术前沿丛书"编委会，向商务印书馆及王赟老师，向人文学院博士后郑倩茹以及所有为拙著出版付出心血的朋友们，深致谢忱！

杨庆存

2022年5月20日拟于上海奉贤

杨庆存著作一览

1.《元曲百科词典》（袁世硕主编），山东出版社，1989年。

2.《晁氏琴趣外篇　晁叔用词》校注（与刘乃昌师合注），上海古籍出版社，1991年。

3.《唐宋诗词》（朱德才、杨燕主编，上、下两册），山东文艺出版社，1992年。

4.《中国文学名篇鉴赏辞典》（萧涤非、刘乃昌主编），山东大学出版社，1992年。

5.《中外散文诗鉴赏大观》（陶文鹏主编），漓江出版社，1992年。

6.《宋代文学史》（孙望、常国武主编，上、下两册），人民文学出版社，1996年。

7.《全唐文校点》（第九册），香港成诚出版社，1997年。

8.《哲学社会科学各学科研究状况与发展趋势》（杨庆存主编），学习出版社，1997年。

9.《宋代文学通论》（王水照主编），河南大学出版社，1997年。

10.《宋词艺术技巧辞典》（宋绪连、钟振振主编），吉林文史出版社，1998年。

11.《首届国家社会科学基金项目优秀成果评奖获奖成果简介》（杨庆存主编），中国社会科学出版社，2000年。

12.《宋代散文研究》（中国古典文学研究丛书本），人民文学出版社，2002年。

13.《黄庭坚与宋代文化》，河南大学出版社，2002年。

14.《传承与创新》，复旦大学出版社，2003年。

15.《中国古代文学通论》(傅璇琮、蒋寅主编,全七册),辽宁人民出版社,2005年。

16.《宋代文学论稿》,复旦大学出版社,2007年。

17.《历代文话》(王水照主编,全十册),复旦大学出版社,2008年。

18.《诗词品鉴》,中国人民大学出版社,2010年。

19.《宋代散文研究》(修订本),人民文学出版社,2011年。

20.《宋词经典品读》,蓝天出版社,2013年。

21.《社会科学论稿》,人民出版社,2013年。

22.《唐诗经典品读》(与唐雪凝合著),蓝天出版社,2013年。

23.《北宋散文选注》(与杨静合著),北京联合出版公司,2013年。

24.《南宋散文选注》(与张玉璞合著),北京联合出版公司,2013年。

25.《中国历代文选》(杨庆存主编,共8种,线装28册),北京联合出版公司,2013年。

26.《中国文化论稿》,中国社会科学出版社,2015年。

27.《中国古代文学研究》,中华书局,2016年。

28.《宋代散文研究》(日文版,后藤裕也译),日本·白帝社,2016年。

29.《长三角娄东文化研究文库》(杨庆存总编,3种),上海三联书店,2016年。

30.《黄庭坚研究》,光明日报出版社,2019年。

31.《北宋文选》(线装本),台湾崇贤馆文创有限公司,2019年。

32.《"文以载道"与中国散文》(与朱丽霞等合著),广东人民出版社,2020年。

33.《深度认识中国文化:理论与方法讨论集》(顾锋、杨庆存主编),复旦大学出版社,2020年。

34.《人文论稿》,中国社会科学出版社,2021年。

35.《神话九章》,上海文艺出版社,2022年。

36.《中国古代散文探奥》,商务印书馆,2022年。

37.《宋代散文研究》(增订本)(与郑倩茹合著),人民文学出版社,2022年。
38.《宋代文学通论》(增订本)(王水照主编),复旦大学出版社,2022年。

图书在版编目(CIP)数据

中国古代散文探奥 / 杨庆存著. — 北京：商务印书馆，2022
(上海交大·全球人文学术前沿丛书)
ISBN 978-7-100-21795-8

Ⅰ.①中… Ⅱ.①杨… Ⅲ.①古典散文—古典文学研究—中国—文集 Ⅳ.① I207.62-53

中国版本图书馆 CIP 数据核字（2022）第 194598 号

权利保留，侵权必究。

中国古代散文探奥
杨庆存 著

商 务 印 书 馆 出 版
（北京王府井大街36号 邮政编码100710）
商 务 印 书 馆 发 行
上海盛通时代印刷有限公司印刷
ISBN 978-7-100-21795-8

2022年11月第1版　　开本 670×970　1/16
2022年11月第1次印刷　印张 33　插页 2

定价：150.00元